Tom Holland
Der Schläfer in der Wüste

Tom Holland

Der Schläfer in der Wüste

Roman

Aus dem Englischen von
Wolfdietrich Müller

Econ

Die Originalausgabe erschien 1998 unter dem Titel
The Sleeper in the Sands bei Little, Brown and Company, London.

Der Econ Verlag ist ein Unternehmen
der Verlagshaus Goethestraße GmbH & Co. KG

ISBN 3-430-14816-2

Für Mattos,
einen Pharao unter den Freunden

Von Howard Carter 1892
in El-Amarna gefundener Ring.
Originalzeichnung aus Tell el-Amarna
von W. M. Flinders Petrie.

Inhalt

DIE GESCHICHTE VOM GOLDENEN VOGEL 13

DIE GESCHICHTE VOM SCHLÄFER IN DER WÜSTE 31

Die Erzählung des Weisen vom Gebirge Káf 174

Die Erzählung des christlichen Kaufmanns 184

Die Erzählung des Harun al-Vachel 213

*Die Erzählung der Dschinn aus
dem Wüstentempel* 241

DIE GESCHICHTE VOM GEÖFFNETEN GRAB 407

*Der historische Hintergrund der
handelnden Personen* 437

Anmerkung des Autors 445

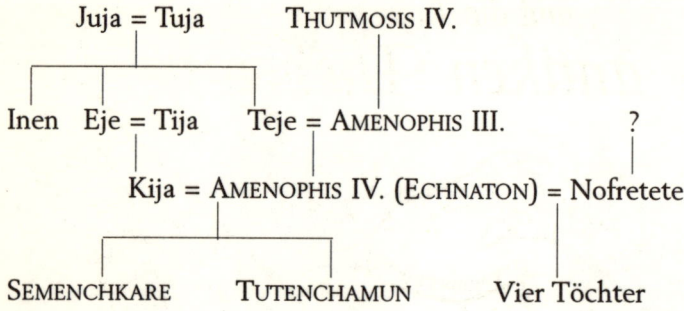

Zur Namenschreibung

Weil die Hieroglyphen lediglich das Konsonantengerüst der altägyptischen Sprache bewahrt haben, läßt sich die antike Aussprache meist nicht mehr eindeutig ermitteln. Infolgedessen gibt es für die ägyptischen Namen eine Vielzahl moderner Schreibweisen, die oft eher auf ihrer gräzisierten Form beruhen als auf der ägyptischen. So heißt es in diesem Buch im Einklang mit dem Großen Brockhaus, 18. Auflage, beispielsweise durchgängig »Amenophis« und »Tutenchamun«, aber in der Literatur finden sich auch andere Versionen dieser Namen wie etwa »Amenhotep« bzw. »Tutanchamun« oder »Tut-ench-Amun«.

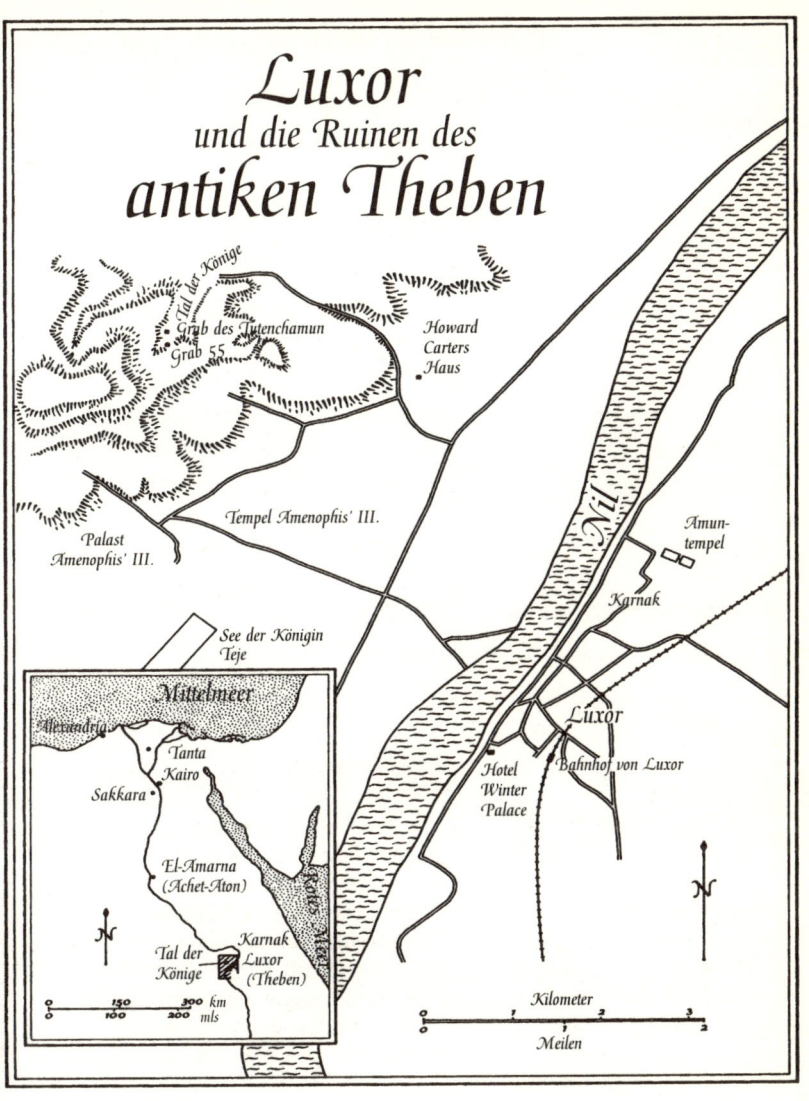

Luxor
und die Ruinen des
antiken Theben

Tal der Könige

Grab des Tutenchamun
Grab 55

Howard
Carters
Haus

Tempel Amenophis' III.

Nil

Amun-
tempel

Palast
Amenophis' III.

Karnak

See der Königin
Teje

Mittelmeer

Luxor

Alexandria

Hotel
Winter
Palace

Bahnhof von Luxor

Tanta
Kairo

Sakkara

El-Amarna
(Achet-Aton)

Tal der
Könige

Karnak
Luxor
(Theben)

N

N

150   300   km
100   200   mls

Kilometer

Meilen

Sprich: Ich nehme meine Zuflucht zum Herrn
          des Morgengrauens,
Vor dem Übel dessen, was Er erschaffen,
Und vor dem Übel der Nacht, wann sie naht,
Und vor dem Übel jener, die Zauberei treiben,
Und vor dem Übel des Neiders, wenn er neidet.

»Surah al-Falaq« (Das Morgengrauen),
113. Sure des Korans.

Die Geschichte vom goldenen Vogel

Die ganze Nacht hindurch träumte er, nach etwas auf der Suche zu sein. Er fand sich in einem steinernen Labyrinth verirrt, wo es nichts gab als Fetzen von Mumienbinden und Papyri, von denen seit langem die Schrift gelöscht war. Doch wenn er auch durch die Dunkelheit und den Staub stolperte, wußte er stets, daß vor ihm, irgendwo im Fels versteckt, eine Kammer auf ihn wartete, ein wundersames, verstecktes Grab, und allein diese Gewißheit bewahrte ihn vor dem Verzweifeln. Noch immer taumelte er weiter und stellte sich unterdessen vor, dem Grab näher zu kommen. Er streckte die Arme aus, wie um das Gestein zu zerteilen. Für einen Moment glaubte er einen goldenen Schimmer zu erhaschen und verspürte sogleich eine Freude, die sein ganzes Leben zu rechtfertigen schien. Als er noch einmal hinsah, war das Glitzern jedoch verschwunden, und er wußte, daß die Rätsel seines eigenen Lebens ebenso im Dunkel bleiben würden wie die Geheimnisse einer weit ferneren Vergangenheit. Wieder streckte er die Arme aus, schlug um sich. Doch noch immer kein Anzeichen von Gold – nichts als Fels und Sand und Staub …

Unvermittelt schreckte Howard Carter aus dem Schlaf auf. Schwer atmend setzte er sich auf – und bemerkte dennoch zugleich, daß er sich beinahe erfrischt fühlte. Er blinzelte. Die erste Morgensonne, trotz der vorgerückten Jahreszeit noch warm, warf bereits ein helles Rechteck über die andere Seite des Zimmers – und doch war es nicht die Sonne, was ihn geweckt hatte. Carter blinzelte noch einmal und rieb sich die Augen. Da hörte er es: den Gesang eines Vogels.

Er schaute quer durchs Zimmer. Vor einer Woche erst hatte er den Kanarienvogel aus Kairo mitgebracht, einen goldenen Vogel in einem vergoldeten Käfig. Er stand auf und ging zu ihm hinüber. Ihm fiel ein, was die Arbeiter gerufen hatten, als er wieder eingetroffen war, um die neue Grabungssaison zu eröffnen, und sein Diener den vergoldeten Käfig hinter ihm hergetragen hatte. »Ein Vogel aus Gold«, hatten sie verkündet, »wird uns sicher Glück bringen! Dieses Jahr, *inschallah*, finden wir ein Grab aus Gold!«

Howard Carter glaubte ganz fest daran. Doch noch als er sich hinabbeugte, um den Kanarienvogel zu füttern, war sein Lächeln bitter. Denn er brauchte nicht daran erinnert zu werden, wie sehr er auf Glück angewiesen war – gewiß mehr Glück, als ihm in den vergangenen Jahren vergönnt gewesen war. So große Mühe – und so geringer Lohn. Er wußte, daß sein Gönner bereits das Vertrauen verlor; nur unter Schwierigkeiten hatte Lord Carnarvon sich überreden lassen, eine weitere, letzte Saison zu finanzieren. Falls sie das Grab ausfindig machen sollten, das versiegelte goldene Grab, das Grab, das ihnen unsterblichen Ruhm bescheren könnte, dann würde das in den nächsten paar Monaten geschehen müssen.

Denn obwohl im Tal noch nie ein ungeplündertes Grab entdeckt worden war, wußte er, daß es dort existierte. Nicht ein einziges Mal hatte er daran gezweifelt. Howard Carter verweilte einen Augenblick und betrachtete den Vogel; dann stand er plötzlich auf und trat an seinen Schreibtisch, wo er zu einem Schlüssel griff und die unterste Schublade aufschloß. Aus ihren Tiefen zog er ein Bündel verblaßter Papiere heraus. Seine Hände umklammerten sie, während er sie fest an die Brust drückte.

Da begann der Vogel wieder zu singen, und im klaren Licht der thebanischen Morgendämmerung schien seine Melodie wirklich wie Gold zu strahlen.

Howard Carter legte die Papiere an ihren Platz zurück und schloß die Schublade ab. Er hatte zu arbeiten. Eine Ausgrabung erwartete ihn im Tal der Könige.

Der Wasserjunge schnitt eine Grimasse und setzte seine Last ab. Der Arbeitstag an der Grabungsstätte hatte gerade begonnen, und der große Tonkrug war noch voll bis zum Rand. Der Junge rieb sich die Schultern, dann schaute er sich neidisch um. Er hätte so gern gegraben, wünschte sich die Chance, das versteckte goldene Grab zu finden, aber wie sollte das gelingen, wenn er den ganzen Tag Wasser trug und für die älteren Männer den Handlanger machte?

Träge scharrte er mit den Zehen im Schmutz. Beim Kratzen spürte er darunter flaches Gestein. Er bückte sich und wischte nun energischer mit den Händen. Während er den Stein freilegte, schien der plötzlich abzufallen.

Einer der Arbeiter rief nach dem Jungen, verlangte Wasser, aber der Junge beachtete ihn nicht. Ärgerlich kam der Arbeiter mit erhobener Hand zu ihm herüber. Dann fiel sein Arm plötzlich herunter, als er stumm betrachtete, was der Junge freigelegt hatte.

Es war eine Stufe. Sie war aus dem Gestein herausgehauen worden. Sie schien hinabzuführen in die Erde.

Als Howard Carter an der Grabungsstätte eintraf, hing die Stille noch immer so dick in der Luft wie der Dunst aus weißem Staub. Die Arbeiter starrten ihn alle an, und er wußte sofort, daß man etwas entdeckt hatte. Ahmed Girigar, sein Aufseher, trat aus der Menge vor. Er verneigte sich unbewegten Gesichts und deutete mit ausgestrecktem Arm auf die Fundstelle.

Einen Moment lang glaubte Carter, daß sein Herz aufgehört habe zu schlagen, daß das ganze Tal, selbst der Himmel, schmölzen und in diesen einen Augenblick eintauchten.

Dann nickte er knapp. Noch immer schweigend ging er an der Reihe der Arbeiter vorbei. Dabei hörte er es unter ihnen gemurmelt, dann aber bald aufgeregt und ehrfürchtig herausgeschrien, daß das, was man gefunden hatte, »das Grab des Vogels« sei.

Er hatte den Kanarienvogel zur Grabungsstätte bringen lassen, um die Arbeiter zu ermutigen, während sie den Schutt wegräumten. Es war auch – dies mußte sich Carter eingestehen – ein schwacher Versuch, die eigenen aufgewühlten Nerven zu beruhigen, denn von klein auf hatte er Vögel geliebt und in ihrem Gesang eine Quelle starken Trostes gefunden. Aber obwohl seine Miene, an jenem ersten langen Tag und am nächsten, vollkommen gefaßt wirkte, blieben seine Gedanken ein Wirrwarr von Ängsten und wilden Hoffnungen, so daß er den Gesang des Kanarienvogels kaum wahrnahm. In seinen Ohren war nichts als das Klirren der Spaten auf Stein, während langsam, Stufe um Stufe, eine Treppe zum Vorschein kam.

Die Sonne war schon am Untergehen, als endlich der erste Teil einer Tür freigelegt wurde. Howard Carter stand auf der obersten Stufe, kaum fähig, sich zu rühren, sämtliche Nerven taub vor plötzlichen Zweifeln. Einem wunderbaren Erfolg so nah zu sein ... und dann enttäuscht zu werden – die entsetzliche Möglichkeit überschattete alle seine Vorstellungen. Doch sein Schritt blieb gemessen, als er langsam zur Tür hinabstieg, sein Gesicht so graniten ruhig, wie es den ganzen Tag über gewesen war.

Seine Hände allerdings waren unsicher, als er sie ausstreckte, um den Schmutz vom Eingang zu wischen. Ein Siegel war darauf angebracht, bemerkte er plötzlich, und er begann so stark zu zittern, daß er sich mit den Händen auf dem Boden abstützen mußte. Währenddessen studierte er das Siegel. Er erkannte es sofort: ein über neun gefesselte Gefangene triumphierender Schakal – das Motiv der Nekropole im Tal der Könige.

Carter holte tief Luft. Er hatte das Motiv schon oft gesehen, aufgeprägt auf den anderen Gräbern des Tals – aber alle waren sie geplündert worden. Er streckte die Hand aus, um den Steinblock zu berühren, um mit den Fingerspitzen

18

das Muster des Siegels nachzuzeichnen. Anderswo war der Schutz des Schakals vergebens gewesen, aus welchem Grund sollte er glauben, daß es hier nicht ebenso gewesen war? Wieder begann Carter, an dem Schmutz auf dem Eingang zu wischen, wobei ihm ein schwerer hölzerner Querbalken über dem Block auffiel. Sofort rief er nach einer Spitzhacke und machte sich daran, sehr vorsichtig mit der Spitze ein Guckloch zu bohren. Als es fertig war, zog er seine Taschenlampe aus der Tasche, kniff die Augen zusammen und spähte durch den Spalt.

Er konnte Bruchsteine erkennen, die den Durchgang versperrten. Die Steine waren dicht gesetzt vom Boden bis zur Decke. Nichts wies darauf hin, daß sie jemals verrückt worden waren. Was auch immer hinter ihnen lag, befand sich gewiß noch an seinem Platz.

Langsam senkte Carter die Taschenlampe. Er lehnte die Stirn an den staubigen Steinblock.

Zweifellos wartete etwas darauf, gefunden zu werden. Etwas, das mit äußerster Sorgfalt eingemauert worden war.

Aber was?

Was?

In plötzlicher Ungeduld ging Carter wieder in die Hocke. Er mußte es wissen, mußte sich Gewißheit verschaffen. Wieder begann er, an der Tür zu wischen und sie sorgfältig nach einem anderen Siegel abzusuchen, nach einem, das den Besitzer des Grabes verraten würde. Es erschien ihm unmöglich, daß es nicht vorhanden sein könnte, denn in der Philosophie der Alten hatte, wie er wußte, gerade die Erinnerung an seinen Namen die Seele des Verstorbenen lebendig erhalten. Und wer wollte behaupten, dachte Carter mit einem plötzlichen Anflug von Verwunderung, daß diese Annahme nicht richtig gewesen war – daß Ruhm nicht in der Tat die schönste Form der Unsterblichkeit war?

Dennoch bot sich nichts seinem Blick, und während er noch weiter wischte, packte ihn plötzlich quälende Ungewißheit. Er begann, mit den Fingern am Schmutz zu kratzen, versuchte einen weiteren Teil der Tür freizulegen – und

19

erstarrte plötzlich. Er hatte unter den Fingern etwas gespürt, und als er weitermachte und die Erde nun mit größtmöglicher Vorsicht entfernte, sah er, daß er ein Täfelchen aus gebranntem Ton freilegte. Es schien unbeschädigt zu sein und war an einer Seite mit einer Zeile Hieroglyphen gestempelt. Carter lockerte es vorsichtig aus der Erde. Er erhob sich und studierte es sorgfältig, wobei seine Lippen stumm die Wörter formten, während er versuchte, den Text zu entziffern.

Den Männern, die ihren Arbeitgeber beobachteten, schien es, als wäre plötzlich die Farbe aus seinem Gesicht gewichen.

»Bitte, Sir«, fragte Ahmed Girigar, der Aufseher, »was ist das, was steht darauf?«

Carter schien zu erschrecken, und dann wurde seine Miene so regungslos, wie sie den ganzen Tag gewesen war. Er gab keine Antwort, griff aber zu einem Tuch, während er die Stufen hinaufstieg, und wickelte das Täfelchen ein. Dann wandte er sich mit einer Geste zur Treppe hin an den Aufseher. »Füllt sie auf«, befahl er. »Wir können nicht weiterarbeiten, ehe Lord Carnarvon eingetroffen ist. Füllt sie bis zur Oberfläche auf, dann verdeckt ihr die Stelle mit Steinen. Ich möchte, daß es aussieht, als habe es hier nie ein Grab gegeben.«

Erst spät war Howard Carter nach Hause geritten. Steil und drohend hatten sich die Klippen vom hellen Schein der Sterne abgehoben, und auf der gewundenen Straße, die aus dem Tal führte, waren die Schatten schwarz vom Schweigen der Toten erschienen. Niemand war da, der ihn hätte beobachten können, niemand, der seinen Gesichtsausdruck erblickte. Dennoch erlaubte sich Carter erst, als er sich seinem Haus näherte, die Kiefermuskeln zu lockern, um mit einem plötzlichen Lächeln sein Triumphgefühl und seine Freude zu verraten. Er erinnerte sich an die Wächter, die er an der Grabungsstätte zurückgelassen hatte, an die Zuverlässigsten seiner Arbeiter und daran, wie aufgeregt sie ihm erschienen waren – beinahe so aufgeregt wie er selbst, dachte er. Wieder mußte er lächeln. Beinahe – aber nicht ganz.

Als er sich aus dem Sattel schwang, blickte er in die Runde, wie um sich zu vergewissern, daß er nicht irgendwie noch immer in einem Traum versunken war. Doch alles war, wie er es am Morgen verlassen hatte: sein Haus eine gefährdete Oase aus Grün inmitten der gezackten Felsen und des Staubs, so nahe am antiken Totenreich, wie ein Mensch nur leben konnte. Noch schien alles still, aber Carter wußte, daß hier, abseits des Tales, zwischen seinen liebevoll gehegten Bäumen und wuchernden Blumen die Nacht von den Regungen des Lebens erfüllt sein würde. Er blickte auf. Er hatte einen plötzlichen Flügelschlag gehört und sah einen Vogel bei der Jagd auf Insekten sehr schnell herabstoßen und dann eine geschickte Wende machen. Er war gut getarnt, aber Carter erkannte dennoch die Sprenkelung des Ziegenmelkers, denn in ganz Ägypten gab es keinen Vogel, den er nicht bestimmen konnte. »*Teyr-el-mat*«, murmelte er vor sich hin, den Ausdruck, den die einheimischen Araber verwendeten. »Leichenvogel« bedeutete es – ein unheilverkündender Vogel.

Und sofort fiel ihm wieder ein, was er in seiner Tasche hatte. Er hielt noch einmal nach dem Ziegenmelker Ausschau, aber er war verschwunden, und so betrat er statt dessen mit der Tasche in der Hand sein Haus. Als er das Gewicht des eingewickelten Gegenstands spürte, wurde ihm plötzlich heiß vor Unbehagen. Er war immer stolz darauf gewesen, den höchsten Anforderungen seines Berufs zu genügen, dachte er, zu arbeiten, um die verborgene Vergangenheit zu erhellen, nicht um zu stehlen – denn welche andere Rechtfertigung konnte es für das Freilegen von Gräbern geben außer jener, der Aufklärung und der Wissenschaft zu dienen? Gewiß, überlegte er, hatte er nie zuvor einen Gegenstand von einem Grabungsort fortgebracht, anders als viele seiner Kollegen – reicher, laienhafter, weniger gewissenhaft als er. Aber bei dieser einen Gelegenheit war sein Handeln doch sicher gerechtfertigt? Er wußte, wie abergläubisch die Einheimischen sein konnten. Er konnte es sich nicht leisten, sie jetzt zu verlieren, nicht wenn sein Ziel so verlockend nahe war – nicht wegen törichter Gerüchte und Ängste.

Sein Diener erschien, und Carter ertappte sich dabei, daß

er die Tasche sofort fester hielt, sie beinahe an die Brust drückte; dann eilte er mit einem knappen, gemurmelten Gruß an dem Mann vorbei. Er ging rasch durch das Haus weiter in sein Arbeitszimmer, wo er sofort die Tür hinter sich schloß und eine Lampe anzündete. Es war ganz still. Der Kanarienvogel, der schon früher am Abend zurückgebracht worden war, schien zu schlafen, und nichts regte sich außer den flackernden Schatten. Carter stand noch einen Augenblick lang reglos im Schein der Lampe, dann trug er sie zum Schreibtisch und zog einen Stuhl heran. Er legte die Tasche vor sich und machte sie auf. Er langte hinein und zog sehr behutsam das Täfelchen heraus.

Er faltete die Hülle auf, um es freizulegen. Dabei wurde ihm bewußt, wie schnell sein Herz schlug und daß er begonnen hatte, das Ende seines Schnurrbarts zu zwirbeln. Wütend auf sich selbst versuchte er, seine Nerven zu beruhigen. Was für eine Torheit! Er war ein Profi, ein Mann der Wissenschaft! Hatte er so hart dafür gekämpft, diesen Rang zu erwerben, nur um diese Anstrengungen nun, ausgerechnet auf dem Gipfel des Erfolgs, zu verraten? Ungeduldig schüttelte Carter den Kopf. Wieder betrachtete er eingehend das Band der Hieroglyphen, indem er die Linien jeder einzelnen mit dem Finger nachzeichnete. Als er fertig war, lehnte er sich zurück.

»Der Tod«, flüsterte er, »wird auf raschen Schwingen zu jedem kommen, der das Grab des Pharaos anrührt.«

Die Worte schienen in der Stille nachzuhallen.

Er wiederholte die Übersetzung noch einmal – und dann, ohne es zu wollen, schaute er sich plötzlich um. Er war sich sicher, etwas gehört zu haben. Ein Fensterladen bewegte sich ganz leise im Wind, aber das Zimmer war leer, und es war niemand da. Carter stand rasch auf und trat ans Fenster. Auch draußen war alles still, bis auf das Funkeln der Sterne am warmen, samtenen Himmel.

Carter kehrte zu seinem Stuhl zurück. Als er sich wieder setzte, wurde seine Aufmerksamkeit auf eine Statue auf dem Schreibtisch gelenkt, die sich im flackernden Lampenlicht abhob. Er nahm sie in die Hand. Die Statue war nur klein, aus einem Stück des schwärzesten Granits gemeißelt, aber im Detail erlesen gearbeitet – so frisch, stellte sich Carter vor, wie damals vor fast dreieinhalb Jahrtausenden, als sie geschaffen worden war. Er betrachtete die Figur. Es war das Gesicht eines jungen Mannes, nicht älter als zwanzig im äußersten Fall; doch bei aller Jugend lagen im starren Blick der Statue eine Unnachgiebigkeit und in ihren Zügen eine Zeitlosigkeit, die sie zu einem Wesen des Todes, kaum menschlich, zu machen schienen. In den Händen hielt der Jüngling die Symbole der Unsterblichkeit, und auf dem Kopf trug er die Insignien eines Pharaos von Ägypten. Carter starrte auf die Kobra, die am Kopfputz noch erhalten war: die heilige Uräusschlange, mit aufgeblähtem Hals und hochgereckt, bereit, Gift gegen die Feinde des Königs zu speien. *Wadjit* – der Hüter der Königsgräber.

Und plötzlich, noch während er dies dachte, fühlte Carter, wie die Furcht sich allmählich verflüchtigte und seine triumphierende und erregte Stimmung wiederkehrte. Er legte die Statue auf die Seite und wandte sich wieder dem Täfelchen zu. Was konnten die Verwünschungen schließlich bedeuten, außer daß das Grab, das er entdeckt hatte, tatsächlich das eines Pharaos war – und nicht bloß irgendeines Pharaos, sondern genau jenes, das zu finden er sich seit langem geschworen hatte? Er warf wieder einen Blick auf die Statue, dann tastete er in seiner Tasche und zog die Schlüssel heraus. Als er die unterste Schublade des Schreibtischs aufzog, sah er zu seiner Erleichterung, daß die verblaßten Papiere zusammengefaltet dalagen, wie er sie zurückgelassen hatte. Er zog sie heraus und legte sie vorsichtig auf das Täfelchen, dann schob er beides zusammen ganz nach hinten in die Schublade. Dann schloß er ab. Dort würden sie bleiben, bis Lord Carnarvon in Ägypten eintreffen konnte. Denn nun, da der Ort des Grabes endlich entdeckt worden war, gab es vieles, das er erklären mußte – zumindest seinem Gönner, wenn auch niemandem sonst. Das hatte Carter geschworen. Das Geheimnis hatte immer als Last auf seinen

Schultern gelegen, und Carter wurde bewußt – fast zu seiner Überraschung, denn er war es gewohnt, sich als unabhängigen Mann zu sehen –, daß er die Chance, das Gewicht dieser Last endlich zu teilen, begrüßen würde.

Er griff zu einem Stück Papier und schraubte die Kappe von seinem Federhalter. »4. NOVEMBER 1922«, schrieb er. »AN LORD CARNARVON, HIGHCLERE CASTLE, HAMPSHIRE, ENGLAND.« Er hielt einen Moment inne, dann schrieb er weiter. »ENDLICH WUNDERBARE ENTDECKUNG IM TAL GEMACHT. GROSSARTIGES GRAB MIT INTAKTEN SIEGELN. BIS ZU IHREM EINTREFFEN ALLES WIEDER ZUGESCHÜTTET. GLÜCKWÜNSCHE. CARTER.« Er löschte die Nachricht ab. Er würde das Telegramm am nächsten Morgen senden lassen – so früh wie möglich. Carter lächelte grimmig. Er konnte das Warten ertragen, aber er verspürte kein Bedürfnis, die Qual des Aufschubs unnötig auszudehnen.

Bevor er zu Bett ging, griff er noch einmal zu der Statue des Königs und legte sie als Briefbeschwerer auf die Nachricht. Er starrte auf ihr Gesicht, indem er die Lampe hochhielt, als auf einmal die Augen zu blinzeln schienen. Ein Streich des Lichts freilich – denn noch während Carter das Gesicht genauer betrachtete, sah er, wie der starre Blick wieder leer, die Schwärze tiefer und verschatteter wurde.

Während der folgenden Tage war er sehr beschäftigt. Lord Carnarvon hatte umgehend zurücktelegraphiert: Er würde innerhalb der kommenden vierzehn Tage, begleitet von seiner Tochter, Lady Evelyn Herbert, in Alexandria ankommen. Er sei in letzter Zeit krank gewesen, bekannte er, und noch immer ein wenig unpäßlich; doch die Nachricht über das Grab sei genau das richtige Stärkungsmittel gewesen, das er gebraucht habe. Er und Lady Evelyn seien von größter Aufgeregtheit erfüllt.

Um ihre Erwartung nicht zu enttäuschen, füllte Carter die beiden Wochen mit gründlicher Planung. Es galt, Arbeitsgerät zu beschaffen und Fachleute heranzuziehen, Schwierigkeiten vorauszusehen und günstige Gelegenheiten im voraus zu ahnen. Planung war alles. Carter war nicht so weit gekommen, hatte sich nicht so lange geduldet, um dann an der letzten Hürde etwas zu überstürzen und zu stolpern. Die Stufen zum Eingang waren unter Schutt verborgen, das Täfelchen und seine Papiere in seinem Schreibtisch eingeschlossen. Auch in seinem Kopf versuchte er sie versteckt zu halten, wo sie weder gestört noch erblickt werden konnten.

Im Schlaf jedoch, in seinen Alpträumen, lösten sich die Fesseln der Selbstbeherrschung leichter. Immer wieder träumte Carter, daß die Stufen ausgegraben worden waren. Er sah sich vor der Tür stehen, die nun völlig freigelegt war. In den Händen hielt er das Täfelchen, und sein Fluch schien in Symbolen aus Blut geschrieben. Er wußte, daß die Siegel unversehrt bleiben mußten – aber er gab dennoch den Befehl, die Tür zu öffnen. Im selben Augenblick zersprang das Täfelchen in seinen Händen, und Carter glaubte plötzlich, wach zu sein. Doch der Staub des Täfelchens schwebte noch in der Dunkelheit und ließ Schatten seltsamer Gestalten in seinem Zimmer erstehen.

Solche Alpträume ärgerten Carter, wenn er dann wirklich aus ihnen erwachte. Nachdem er endlich dem Ziel seiner Suche so nahe gekommen war, entdeckte er, daß er es nicht ertrug, an jenes Geheimnis erinnert zu werden, das ihn zu der Tür des Grabes geführt hatte und das er lieber in der Schublade seines Schreibtisches verschlossen hielt. Allmählich machte er sein Schuldgefühl, das Täfelchen überhaupt aus dem Sand weggenommen zu haben, dafür verantwortlich; doch war ihm klar, daß er es weder zurückbringen noch seine Entdeckung bekanntgeben konnte, denn er fürchtete noch immer, seine Arbeiter in Angst zu versetzen. Auch wollte er es nicht bei sich tragen, denn er hatte keine Lust, sich wie ein Dieb zu fühlen. Ein leidiges Problem, außerordentlich leidig – und doch wußte Carter, daß eine Lösung gefunden werden mußte.

Denn während das Datum der Ankunft Lord Carnarvons näher rückte, wurden seine Träume immer schlimmer.

Er hatte es beinahe sofort bedauert, es mitgenommen zu haben. Wie zuvor, als er es vom Fundort weggebracht hatte, wog das Täfelchen schwer in seiner Tasche. Carter verlagerte sie von einer Hand in die andere. Ein Junge trat an ihn heran und bot ihm an, den Handkoffer zu nehmen; aber allein der Gedanke, seine wertvolle Last aus der Hand zu geben, ließ Carter fester zugreifen. Er schickte den Jungen fort.

Er sah zu, wie sein übriges Gepäck auf die Feluke geladen wurde. Erst als alles verstaut war, machte er sich bereit, selbst an Bord des kleinen Schiffs zu gehen. Er balancierte über die schräge Laufplanke und überlegte einen kurzen, ganz kurzen Augenblick, ob er nicht lieber umkehren und die Tasche und ihren Inhalt wieder in sein Haus bringen sollte. Aber er wußte, daß kein Aufschub in Frage kam: Er konnte es sich nicht leisten, den Zug zu verpassen, denn Lord Carnarvon erwartete ihn in Kairo, und er konnte nur drei Tage in der Hauptstadt erübrigen – es gab keine Zeit zu verlieren. Also stieg Carter weiter hinauf, grüßte den Kapitän und nahm seinen Platz ein. Dann rückte er den Handkoffer dicht neben sich und beobachtete, wie sich das Schiff vom Liegeplatz löste, um im breit dahinströmenden Nil Fahrt zu gewinnen.

Carter setzte sich bequem und schaute sich um. Er konnte einen Nachtreiher über sich sehen, der in der letzten halben Stunde vor Sonnenaufgang noch in der Luft war und anmutig im Licht des frühen Morgens schwebte. Nervös, sogar als er den Vogel beobachtete, spielte Carter an seinem Koffer herum, und obwohl er es gar nicht vorhatte, drückte er auf den Verschluß. Er öffnete ihn, spähte hinein und fühlte, als traue er seinen Augen nicht, mit der Hand nach, ob die Papiere noch dort waren, wohin er sie gelegt hatte, nämlich in einem versiegelten Umschlag ganz unten in der Tasche.

Dann streifte er fast zufällig das Täfelchen mit den Fingerspitzen. Im selben Moment blickte er sich schuldbewußt um, um sich zu vergewissern, daß ihn niemand beobachtete. So verstohlen wie möglich zog er das Täfelchen heraus und legte es auf seinen Schoß, dann blickte er über die Bordkante. Der Nil war hier tief, sein Wasser sehr dunkel.

Carter saß eine Weile zusammengekauert da, wie erstarrt durch seine Zweifel und Selbstvorwürfe. Er wußte, daß sein Vorhaben ein Akt der Feigheit war und – schlimmer noch – eine Preisgabe all dessen, was er immer hatte sein wollen, ein Verrat an jedem einzelnen, der ihm teuer war. Er blickte in die Tasche, auf den dicken versiegelten Umschlag, und schüttelte den Kopf. Fast zwanzig Jahre lang hatte dieser Umschlag dazu gedient, ihn anzutreiben, seine Entschlossenheit zu stärken, ihm Glauben an sich selbst zu geben, auch wenn es an Bestätigung fehlte. Nun endlich, so schien es, lag der Beweis für den Wert des Manuskripts auf seinem Schoß – denn welchen anderen Schluß sollte man wohl daraus ziehen, als daß das Grab des Pharaos tatsächlich mit einem Fluch belegt war? Carter lächelte reumütig vor sich hin und strich sich über den Schnurrbart. Natürlich wußte er, daß man solchen Unsinn nicht wörtlich nehmen durfte. In der Tat war es gerade die Erwähnung phantastischer Wunder und Geheimnisse, geboren aus längst vergessenen abergläubischen Bräuchen, was ihn ursprünglich davon überzeugt hatte, daß das Manuskript auf mehr hinweisen könnte, denn er hatte längst gelernt, daß die Mythen eines Zeitalters so charakteristisch sein können wie seine Gräber und bis heute für den Archäologen genauso wichtig.

Warum hatte ihn dann, wo er dies alles doch wußte, die Warnung auf dem Täfelchen so aus der Fassung gebracht? Er blickte sofort wieder darauf. Hatte er einfach zu lange mit dem Manuskript gelebt, fragte er sich, mit seinen Welten voller Geheimnisse und unmöglicher Kräfte? Hatte es ihn stärker berührt, als er je zu denken gewagt hatte?

Carter seufzte. Es war die Furcht, daß sein Verstand tatsächlich angegriffen war, die Furcht, daß das schließlich sogar seine Arbeit behindern könnte, was am Ende den Ausschlag gegeben hatte. In seinen Ängsten vor den abergläubischen Vorstellungen der Arbeiter war er überheblich gewesen; denn seine eigenen, so schien es, waren eine viel

27

heimtückischere Gefahr. Carter lächelte verhalten. Wenn es ein einziges Opfer brauchte, um sie zu beruhigen, um sie zu beschwichtigen – die Alten zumindest hätten ihn wohl verstanden.

Er blickte noch einmal in die Runde, um sich zu vergewissern, daß er noch immer nicht beobachtet wurde. Zufrieden hob er das Täfelchen von seinem Schoß hoch, legte es auf die Bordkante … und ließ es fallen. Es klatschte leise. Carter starrte hinter sich, auf die Stelle, wo das Täfelchen versunken war, während das Schiff davonglitt. Die Wasser des Nils strömten so still wie zuvor. Nur der Nachtreiher, von dem Geräusch aufgeschreckt, beschrieb einen Kreis und stieß einen aufgeregten Schrei aus, während er vor dem Sonnenaufgang davonflog.

In Carters Haus saß sein Diener im selben Augenblick auf der vorderen Veranda und lauschte den Melodien des Kanarienvogels in seinem Käfig, als plötzlich ein schwacher, fast menschlicher Schrei erklang. Darauf wurde es still, und als der Diener sich anstrengte, mehr zu hören, bemerkte er, daß auch der Gesang des Kanarienvogels verstummt war. Er sprang auf und lief in das Zimmer, aus dem er den Schrei zu hören geglaubt hatte. Es war Carters Arbeitszimmer, und beim Eintreten richtete der Diener den Blick fast instinktiv auf den Käfig.

Er schien von einer unförmigen Gestalt erfüllt. Als der Diener näher kam, erkannte er den aufgeblähten Hals einer Kobra und sah, daß der Kanarienvogel bereits schlaff aus ihrem Maul hing. Ein Zucken lief durch die Windungen der Kobra, und sie begann den Kopf zu wiegen, als wollte sie noch einmal angreifen. Aber dann zog sie den Hals zusammen, ließ den Vogel fallen und schlüpfte zwischen den Stangen hindurch. Während sie auf den Diener zuglitt, wich er gegen den Schreibtisch zurück, sah dann mit Entsetzen, wie die Kobra immer näher kam. Als er verzweifelt hinter sich tastete, fand er eine kleine Figurine; er hob sie in der Hand hoch, doch die Kobra glitt schon an ihm vorbei, schlängelte sich an einem Bein des Schreibtischs hinauf, dann durch das Fenster hinaus, bis sie mit einem letzten verächtlichen Zucken ihres Schwanzes verschwunden war.

Der Diener schob den Schreibtisch beiseite und eilte zum Fenster, um den Weg der Kobra durch den leeren Hof draußen zu verfolgen. Aber er konnte keine Spur von ihr entdecken, nicht einmal eine im Staub zurückgelassene Fährte. Ihn schauderte plötzlich, und er murmelte ein Gebet – denn es war, als hätte sich die Kobra in Luft aufgelöst.

Er wandte sich um und ging zum Käfig hinüber. Er langte hinein und hob sehr behutsam den Leichnam des Vogels heraus. Erst in diesem Augenblick bemerkte er, daß er mit der anderen Hand noch immer die Figurine umklammerte, und als er sie genauer betrachtete, wurden seine Knöchel noch weißer. Denn jetzt erkannte er die Statue: Es war die Figurine des Königs, dessen Grab gefunden worden war und dessen Ruhe bald gestört werden sollte; sein Kopfschmuck trug die Gestalt einer aufgerichteten Kobra – der König, dessen Name, wie er erfahren hatte, Tutenchamun war.

Die Geschichte vom Schläfer in der Wüste

Brief von Howard Carter an Lord Carnarvon

The Turf Club,
Kairo,
20. November 1922

Mein lieber Lord Carnarvon,
Sie werden wissen, wie sehr ich die mit Ihnen verbrachte Zeit stets genossen habe, und doch – wie erfreulich, wie wunderbar erfreulich war bei dieser Gelegenheit, mehr als bei allen anderen, der Grund unseres neuerlichen Zusammentreffens! Auch wenn das Beste, wie ich zu hoffen wage, noch kommen soll und ich, wie es sich gehört, mit dem innigsten Gefühl der Vorfreude darauf warte, daß Sie mir in den nächsten zwei Tagen folgen werden. Bis dahin, hoffe ich, dürfte alles für Sie und Lady Evelyn bereit sein, denn meine Vorbereitungen hier in Kairo sind außerordentlich gut verlaufen, und alles ist nun gekauft, was wir brauchen werden, um unsere Ausgrabung zu vollenden. Daher bin ich zuversichtlich, daß zwischen Ihrer Ankunft in Theben und dem Beginn unserer Arbeit im Tal der Könige kein Grund zum Aufschub entsteht.

Sie fragten mich gestern abend, was wir meiner Meinung

nach hinter der Tür unseres – noch – unidentifizierten Grabes entdecken könnten. Ich zögerte damals, in Gesellschaft anderer mit angemessenem Vertrauen zu antworten; aber jetzt, da ich die Feder ansetze, wage ich zu verkünden, daß wir in der Tat an der Schwelle zu einer großartigen Entdeckung stehen, einer, die uns in den Annalen der archäologischen Wissenschaft zur Unsterblichkeit verhelfen mag. Alles – buchstäblich alles – kann hinter dem Durchgang liegen. Ich spreche nicht nur von Artefakten oder Gold, sondern von Schätzen, die hundertmal wertvoller sein könnten. Denn wenn ich mich nicht sehr irre, ist das Grab, das wir entdeckt haben, das des Königs Tutenchamun; und wenn sich das als zutreffend erweisen sollte, dann werden wir darin, das prophezeie ich, die Beweise eines großen uralten Geheimnisses finden. Wenn das Grab erst einmal geöffnet und sein Inhalt untersucht ist, könnte sich unser Verständnis der Vergangenheit nachhaltig und für immer wandeln.

Sie werden sich zweifellos fragen, was mich veranlaßt, derart zu prahlen, und das um so mehr, wenn Sie sich der sechs Jahre des Mißerfolgs erinnern, die wir durchstehen mußten – ohne auch nur die geringste Aussicht, wie es Ihnen erschienen sein muß. Doch Sie werden sich ebenso meiner Versicherungen erinnern, die ich mit allem mir zur Verfügung stehenden Ernst und Nachdruck vorbrachte, daß das Tal der Könige nicht völlig ausgebeutet war, und wie Sie in diesem Sommer schließlich erwogen, unsere Arbeit aufzugeben, und ich schwor, ich sei davon überzeugt, daß es ein unangetastetes Grab gebe. Damals drängten Sie mich nicht, mich zu rechtfertigen, sondern ließen mir die Ehre zuteil werden, mein Wort zu akzeptieren. Ich werde Ihnen für dieses Zeichen des Vertrauens ewig dankbar sein, denn es ist gewiß, daß unsere Arbeit, wäre da nicht Ihre unermüdliche Großzügigkeit und ständige Ermutigung gewesen, vor langem zum Erliegen gekommen wäre.

Jetzt jedoch wollen wir darauf vertrauen, daß die Stunde des Triumphs bevorsteht. In einem solchen Augenblick läßt sich mein beständiges Schweigen nicht mehr rechtfertigen.

Doch während Sie die Papiere lesen, die ich Ihnen übergeben habe, werden Sie vielleicht meine frühere Verschwiegenheit verstehen, denn die Geschichte, die sie erzählen, ist gewiß merkwürdig. Ich hätte ungern meinen Ruf dafür aufs Spiel gesetzt – und dennoch hätte ich, wie Sie sehen werden, ohne diese Geschichte nie zu glauben gewagt, daß ein Pharaonengrab wirklich noch unentdeckt sein könnte. Deshalb bitte ich Sie, wenn Sie die Zeit erübrigen können, lesen Sie die diesem Brief beigelegten Papiere. Einige sind meine eigenen: biographische Reminiszenzen, die ich im vergangenen Monat zusammenstellte, als ich erfahren hatte, daß diese Saison – wenn sie nicht erfolgreich wäre – meine letzte im Tal sein würde. Die anderen Geschichten haben einen seltsameren Ursprung. Sie befinden sich nun schon seit vielen Jahren in meinem Besitz – und doch sind Sie der erste, dem ich sie jemals gezeigt habe. Ich brauche Sie selbstverständlich nicht zu bitten, über ihren Inhalt Stillschweigen zu wahren. Wie Sie ohne Zweifel verstehen werden, sobald Sie sie überflogen haben, sprechen die Papiere Themen von beträchtlichem Interesse an. Besprechen wir sie vertraulich, sobald Sie in Theben wieder zu mir gestoßen sind.

Erhalten Sie sich bis dahin Ihre ganze Energie, und bleiben Sie gesund – denn ich zweifle nicht, daß vor uns noch viel harte Arbeit liegt! Doch wie mächtig haben wir uns angestrengt, und wie lange haben wir gesucht – und nun endlich ist das Ende der Reise ganz nah!

Passen Sie auf sich auf, mein lieber Lord Carnarvon. Diese Papiere gehören Ihnen – denn das gilt auch für meinen Erfolg.   H. C.

Bericht, zusammengestellt von Howard Carter,
Frühherbst 1922

Castle Carter,
Elwat el-Diban,
Tal der Könige.

Ich bin kein Mann, der in Gesellschaft auflebt, und doch empfinde ich heute abend – nicht Verzweiflung, würde ich sagen, sondern eher den höchst sonderbaren Drang, meine Geheimnisse zu teilen und die fruchtlosen Bemühungen meiner
Karriere zu rechtfertigen. Sollte ich diesen Bericht zu Ende
schreiben, werde ich ihn freilich vor neugierigen Augen weg-
schließen müssen, und dennoch glaube ich, es würde mir heute nacht und in kommenden Nächten guttun, mir einen Kollegen oder einen Freund – Lord Carnarvon vielleicht –
vorzustellen, der mir gegenübersitzt, um meinen Worten zu
lauschen, noch während ich sie dem Papier anvertraue.

Und sie werden auch nicht, wie ich hoffe – selbst in dieser elften Stunde – für immer ungelesen in meiner Schublade schimmeln. Es ist wahr, daß König Tutenchamun und
sein Grab sich meinen Ausgrabungen noch immer widerset-
zen – doch obwohl bald meine letzte Saison im Tal anbricht,

bleibe ich zuversichtlich. Er wird gefunden werden – er muß gefunden werden –, denn anderes zu glauben hieße in der Tat, an meiner gesamten Karriere zu verzweifeln. Ich werde nie heiraten, fürchte ich, doch in Wahrheit bin ich seit langem mit meiner Jagd nach diesem Grab verheiratet. Denn mir wird jetzt klar, daß ich, ohne es zu wissen, innerhalb der ersten Monate nach meinem Eintreffen in Ägypten auf Tutenchamuns Fährte gesetzt worden war – und es könnte sogar noch früher gewesen sein, denn ich erinnere mich nun an ein Ereignis in meiner Jugend, scheinbar alltäglich und doch passend, wie es mir aus diesem großen Abstand erscheint, beinahe ein Omen vieler Dinge, die kommen sollten. Daß ich es zu jener Zeit nicht verstehen konnte, ist nicht erstaunlich, denn meine Aussichten waren damals begrenzt und meine Leidenschaften auf selbsterworbene Kenntnisse über Vögel beschränkt – was leider nicht sehr nützlich war für einen, der seinen Weg in der Welt machen mußte. Tatsächlich war meine Ausbildung, wie ich immer bedauert habe, erbärmlich lückenhaft, und daran war nichts zu ändern, denn es waren Rechnungen zu bezahlen, und ich war bereits in einem sehr zarten Alter angehalten, meinen Lebensunterhalt selbst zu verdienen. Zunächst tat ich das als Gehilfe meines Vaters, der in London als Illustrator und auf dem Land als Porträtist arbeitete, eine Beschäftigung, die den Aufenthalt auf vielen prächtigen Landsitzen notwendig machte. Mein liebster und zugleich jener, auf dem mein Vater am häufigsten zu tun hatte, war Didlington Hall in der Grafschaft Norfolk – denn die Familie, die dort lebte, verfügte über großes Talent und einen erlesenen Geschmack und glaubte auch nicht, daß Qualität unbedingt durch hohe Geburt bestimmt werde. Jedenfalls waren sie so freundlich, in mir gewisse künstlerische Talente zu erkennen, und erlaubten mir freien Zutritt zu einem großen Teil ihres Hauses, denn sie waren wundervolle Sammler, und jeder Raum und jeder Flur schienen mit wahren Schätzen ausgestattet zu sein. Für meine jugendlichen Augen war eine solche Fundgrube von Reichtümern ein wahr gewordenes Märchen, und bald wurde es mein ehrgeiziges Ziel – nein, mein leidenschaftlicher Traum –, selbst solche Wunderdinge aufzuspüren und auszugraben.

Doch bei aller Großzügigkeit und Offenheit in anderen Dingen gab es einen Raum, zu dem die Familie mir den Zutritt verwehrte, denn ich wurde gewarnt, daß sein Inhalt besonders kostbar sei. Natürlich versuchte ich, ihre Wünsche zu respektieren – aber ebenso natürlich war mein Interesse geweckt, denn die menschliche Natur bleibt sich vermutlich immer gleich, und erst recht, wenn es die Natur eines Kindes ist. So kam es, daß ich am Ende, wie Blaubarts Frau, meine Neugier nicht mehr aushielt und mich fortschlich, während mein Vater mit seiner Malerei beschäftigt war, um das geheime Zimmer zu besichtigen. Zu meinem Erstaunen entdeckte ich, daß die Tür unverschlossen war, und so öffnete ich sie verstohlen und schlüpfte hinein. Der Raum dahinter lag im Dunkeln, und mehrere Sekunden lang konnte ich überhaupt nichts erkennen. Indem ich mich an der Wand entlangtastete, langte ich nach einem Vorhang und zog ihn beiseite, so daß ein Sonnenstrahl in das Zimmer fiel. Sofort hielt ich den Atem an vor Verwunderung und Überraschung, als ich die Sammlung von Objekten vor mir erblickte. Nie zuvor hatte ich solche Fremdartigkeit gesehen! Da waren Statuen aus Stein und Ton und Gold, auf Holztafeln gemalte Bilder und der Leib einer in festes Tuch gewickelten Mumie – aufgebahrt in ihrem Sarg, in jeder Hinsicht, als schliefe sie. Die Vorstellung erfüllte mich mit einer bemerkenswerten Faszination und einem Schauder von Furcht und Entzücken zugleich. Ich näherte mich der Mumie und starrte sie lange Zeit wie benommen an, dann ging ich von einem Gegenstand zum andern, wobei ich jeden mit größter Aufmerksamkeit betrachtete. Was für ein absonderliches Wesen diese Menschen gehabt haben müssen, dachte ich, was für absonderliche Verhaltensweisen und Vermutungen und Glaubensvorstellungen, um solche Dinge zu schaffen – und doch, das lag auf der Hand, waren sie Menschen wie ich gewesen!

Selbstvergessen in meinem Staunen, wurde ich natürlich nach einer Weile in dem Zimmer entdeckt – doch so groß war die Freundlichkeit meiner Gastgeber und so deutlich zweifellos das Strahlen in meinen Augen, daß ich nicht bestraft, sondern in meiner Begeisterung ermuntert wurde. Während der nächsten Jahre nahm meine Vorliebe für ägyptische Kunst so zu, daß ich mich nur noch danach sehnte, Ägypten selbst zu besuchen. Nun bedauerte ich meine Armut um so mehr und auch meinen Mangel an Bildung, denn in Wahrheit wußte ich von Ägyptologie nichts außer dem, was ich in Didlington Hall gesehen hatte, und so blieb mein Verständnis dafür gering. Doch schließlich, mit siebzehn Jahren, sollte mir mein Können als Zeichner Gelegenheit zu einer Reise dorthin bieten, denn man hatte beschlossen, einen Überblick aller Denkmäler jenes Landes zu erstellen, bevor die Kunst auf ihren Mauern in Staub zerfiele, und dank der Freundlichkeit meiner Gönner wurde ich für den Posten empfohlen. So betrat ich das erste ägyptische Grab also nicht als Ausgräber, auch nicht als einer, der besondere Kenntnisse geltend machen konnte, sondern als bescheidener Kopist.

Was für Gemälde ich dort entdeckte! Und wieder im nächsten Grab und nach diesem wieder – endlose Galerien des Wunders und der Schönheit! Allein inmitten dieser Werke, in der nur von einer schwachen Fackel erleuchteten Dunkelheit, empfand ich all jene Gefühlserregungen, die ich Jahre zuvor in der privaten Sammlung in Didlington Hall erfahren hatte, jedoch nun tausendfach vervielfältigt, denn ich stand, wo die Alten selbst einst gestanden hatten, und dies berührte mich stärker, als ich jemals für möglich gehalten hatte. Ich fand mich von einem tiefen Gefühl der Zeitlosigkeit erfaßt, so daß ich fast den Fluß der Jahrhunderte vergaß und mir vorstellte, die Figuren vor mir seien frisch gemalt – oder manchmal sogar lebendig auf der Wand!

Ich erinnere mich zum Beispiel besonders an einen Fall, der irgendwie dazu diente, alle meine Gefühle in der Sache auf den Punkt zu bringen. Es geschah eines Nachmittags, daß ich das gemalte Bild eines Wiedehopfs kopiert hatte. Als ich meine Arbeit für den Tag beendet hatte, ging ich zum Eingang des Grabes, wo ich zu meinem Erstaunen ein lebendes

Exemplar genau dieses Vogels sah – sein Gefieder, seine Haltung, die Neigung des Kopfes haargenau gleich! Ich war fast erschüttert von dieser Übereinstimmung, und das um so mehr, als ich meinem Vorgesetzten in dem Archäologenteam, Percy Newberry, davon berichtete und er mir sagte, daß der Wiedehopf für die Alten ein Vogel von magischer Bedeutung gewesen sei. Ich antwortete ihm, daß ich das durchaus glauben könne – denn in der Tat hatte ich mich selbst ein wenig von Magie berührt gefühlt! Der Gedanke, daß sowohl ich als auch ein Künstler, der 4000 Jahre vor meiner Zeit gelebt hatte, dieselbe Vogelart hatten beobachten und darstellen können, traf mich mit der Kraft eines Donnerschlags – und wieder hatte ich das höchst sonderbare Gefühl, daß die Gegenwart und die ferne Vergangenheit doch verknüpft sein könnten. Von solchen Phantasien angeregt, stellte ich fest, wie meine Arbeit stetig gedieh und meine Begeisterung für die Welt des alten Ägypten, mein Interesse, seine Geheimnisse zu durchdringen, um so mehr wuchsen. Zugleich erfüllte es mich beim Kopieren der Figuren nach wie vor mit steter Verwunderung, wie vertraut sie wirkten – und dennoch, im selben Augenblick, wie fremdartig und bedrückend.

Ich erwähnte diesen scheinbaren Widerspruch eines Tages Newberry gegenüber. Er blickte mich eindringlich an, dann fragte er, an welche Erklärung ich denn selbst dächte. Ein wenig zögernd antwortete ich ihm, daß es vielleicht am formalisierten Wesen dieser Kunst liegen könne: daß wir die Konventionen, die sie bestimmt hatten, zwar rasch erkannten, aber dennoch nie aufhören konnten, sie exotisch zu finden. Newberry nickte langsam. »Und doch ist die fremdartigste ägyptische Kunst, die ich je gesehen habe«, erwiderte er, »gewiß auch jene, in der die Konventionen am radikalsten über den Haufen geworfen wurden. Manche haben das Ergebnis lebensecht genannt.« Er hielt inne, dann schnitt er ein Gesicht. »Ich nenne es grotesk.«

»Tatsächlich?« fragte ich interessiert.

»Ja«, sagte Newberry hastig. Ich wollte ihn mehr fragen;

aber er erhob sich, und als ich den Mund aufmachte, schnitt er mir das Wort ab. »Grotesk«, wiederholte er, dann ging er rasch davon. Verdutzt über seine Schroffheit sah ich ihm nach, denn ich hatte ihn immer für einen sehr gesprächigen Menschen gehalten. Ich fragte mich, was für eine Kunst das sein mochte, die ihn in dieser Weise berührt hatte, nahm aber in den folgenden Tagen davon Abstand, ihn zu bedrängen, und Newberry selbst kam nicht mehr darauf zurück. Dann aber, kurz vor Weihnachten, als uns eine Pause von der Arbeit an den Gräbern zustand, trat Newberry vertraulich an mich heran und fragte, ob ich Lust auf einen kurzen Ausflug durch die Wüste hätte. Da ich die kultivierten Säume des Nils noch nicht verlassen hatte, erwiderte ich, daß mir nichts größeres Vergnügen bereiten würde, und fühlte mich in der Tat geschmeichelt, denn ich war nur einer von drei Gehilfen am Grabungsort, und Newberry hatte mir bei seiner Einladung geschworen, die beiden andern nicht ebenfalls mitzunehmen. Dennoch schien er mir nicht völlig zu vertrauen, denn als ich fragte, was unser Ziel sein würde, tippte sich Newberry nur an den Nasenflügel. »Sie werden sehen«, war alles, was er äußerte.

Am selben Nachmittag brachen wir auf Kamelen auf. Ich war noch nie auf so einem Tier geritten, und bald tat mir der ganze Körper weh. Newberry mußte mein Unbehagen bemerkt haben, denn er lachte mich aus und versprach mir, ich würde bald von allen Gedanken an meine blauen Flecken abgelenkt werden. Wieder drängte ich ihn, mir zu verraten, wodurch, aber er hielt weiter hinter dem Berg. Statt dessen trieb er sein Kamel an, und bald hatten wir zusammen, über den staubigen Trampelpfad ruckend und schaukelnd, die Palmenhaine am Nil hinter uns gelassen und waren in die Wüste gelangt. Ich staunte über die abrupte Verwandlung: Eben waren da noch Vieh und Getreidefelder und Bäume gewesen, im nächsten Augenblick nichts als eine weite Fläche aus Stein und Sand. Manchmal strich ein heißer Windstoß über die Dünen, um den Staub in einem flüchtigen Schleier aufzuwirbeln, aber ansonsten war alles totenstill. Es war, als hät-

te die Welt geendet, und als ich über die brennenden Sandflächen blickte, verstand ich sofort, warum für die alten Ägypter die Farbe des Bösen Rot gewesen war.

Gewiß hätte einem die Landschaft, durch die wir ritten –
wild und unfruchtbar und von Felsbrocken übersät –, als pas-
sender Schlupfwinkel für ruhelose Dämonen erscheinen können, und ich empfand fast so etwas wie Erleichterung, als wir
plötzlich die Kante einer Klippe erreichten und unter uns
wieder das Band des Nils erblickten, gesäumt vom Grün der
Felder und Bäume. Wir ritten am Rand des Abhangs weiter,
bis dieser schließlich vom Fluß zurückwich und wir vor uns,
ausgehöhlt wie ein natürliches Amphitheater, eine halb-
mondförmige sandige Ebene sahen. Nichts von größerem Interesse schien sich dort zu befinden, nur Gestrüpp und der
eine oder andere von Kieseln übersäte Hügel; aber ich konnte in der Mitte der Ebene Gruppen von weißgekleideten Arbeitern sich abplacken sehen und unmittelbar hinter ihnen
eine Reihe von Lehmhütten. Wir machten uns an den Ab-
stieg, und nun konnte ich meine Neugier nicht mehr länger
zügeln und fragte Newberry, was wir hier besichtigen wollten. Er antwortete mit einer ausholenden Armbewegung.
»Das ist heute als die Ebene von El-Amarna bekannt«, erwiderte er, »aber der alte Name war Achet-Aton, und hier stand
einst, wenn auch nur für kaum fünfzehn Jahre, die Hauptstadt eines Pharaos von Ägypten.«

»Wirklich?« Ich zeigte auf die Arbeiter. »Dann ist es also
das, was sie hier ausgraben?«

Ich sah Newberrys Augen vor Erregung schimmern, als er
nickte.

»Wer leitet die Grabung?« fragte ich.

»Mr. Petrie«, antwortete er.

»Doch nicht Mr. Flinders Petrie?«

»Genau der.«

Ich hörte es mit größtem Interesse. Natürlich hatte ich von
diesem berühmten Archäologen schon vor meiner Ankunft
in Ägypten gehört, denn er war seit langem die beherrschende
Persönlichkeit auf seinem Gebiet; aber während der wenigen

Tage, die ich in Kairo verbrachte, hatte ich das Glück gehabt, ihn kennenzulernen und einige seiner Ansichten zur Ägyptologie zu erfahren. Er war mir damals als recht exzentrischer Mensch erschienen, aber auch als ein Mann mit bemerkenswerter Urteilskraft und Phantasie, und daher begrüßte ich die Gelegenheit, ihn bei der Arbeit zu beobachten. Als wir uns den Lehmhütten näherten, rief Newberry laut seinen Namen, und ich sah die Gestalt, an die ich mich so gut von früher erinnerte, in der Tür auftauchen, der schwarze Bart deutlich vom grellen Schein des Sands abgehoben.

Doch er begrüßte uns, ohne besondere Begeisterung zu zeigen, und machte uns klar, daß wir ihn von seiner Arbeit abgelenkt hatten. Schroff erkundigte er sich, welchen Zweck unser Besuch habe. Newberry antwortete, er habe Berichte von einer Entdeckung gehört. Petrie grunzte unverbindlich. »Also gut«, murmelte er, »da Sie den weiten Weg geritten sind, kommen Sie mit, und sehen Sie selbst.« Allerdings forderte er uns zuerst auf, von unseren Kamelen zu steigen, denn es war eine seiner Absonderlichkeiten, daß er nie ritt, sondern überallhin zu Fuß ging, und ich zumindest war ebenfalls froh, mein Kamel zurückzulassen. Zusammen stapften wir auf einige ferne Hügel zu, während Petrie unterdessen über die Gemeinheiten der Franzosen vor sich hin grummelte. Dies war eines seiner Lieblingsthemen, so schien es, denn die Franzosen hatten damals wie heute den *Service des Antiquités* fest in der Hand und waren entschlossen, so behauptete Petrie, seine Projekte bei jeder Gelegenheit zu behindern. »Können Sie das glauben«, murmelte er, »aber sie hätten mir beinahe die Konzession verweigert, hier zu graben? *Mir – Flinders Petrie!* Und selbst so kann ich nirgendwo graben als hier, auf der Ebene.« Ich bemerkte, daß Newberry hierauf blaß wurde und sich nach den Felsen umschaute, als fürchte er, daß es dort von Franzosen nur so wimmele. Natürlich war keiner dort – aber ich wunderte mich selbst um so mehr, worin sein Interesse an diesem seltsamen Ort liegen mochte.

Ich sollte es bald herausfinden und bald entdecken, was er

zu finden hoffte. An dieser Stelle jedoch lassen Sie mich unterbrechen, denn ich habe plötzlich bemerkt, wie spät es geworden ist, und morgen wartet Arbeit – schwere Arbeit! – auf mich. Lassen Sie mich also – wenn meine Arbeit nicht zu anstrengend war – morgen nacht fortfahren.

Nun also – um fortzufahren – die Ebene von El-Amarna. Als wir uns dem Ziel näherten, begann Petrie schneller zu gehen. »Dies war einst der Große Palast«, verkündete er, während er an der Seite eines Hügels hinauflief, dann wieder herabkam, um mich am Arm zu packen. »Sie, Carter«, sagte er. »Sind Sie nicht Maler?« Aber er wartete die Antwort nicht ab, und ich fand mich über eine Reihe von Hügeln gezerrt, immer noch im Laufen, bis wir endlich vor einem Bohlensteg zu stehen kamen. Er war eindeutig mit äußerster Sorgfalt angelegt, und mir fiel Petries Maxime ein, mir gegenüber in Kairo geäußert, daß es die Aufgabe eines Archäologen sei, nicht nur die Vergangenheit aufzudecken, sondern auch ihr Hüter zu sein. »Kommen Sie«, sagte er, indem er immer noch an meinem Arm zog. Ich folgte ihm auf den Bohlensteg. »Da«, sagte er und stieß mit dem Zeigefinger nach unten. »Wenn Sie wirklich Künstler sind, dann sagen Sie mir – was halten Sie davon?«

Ich starrte staunend und voller Ehrfurcht hinab auf eine Pflasterung, die mit den herrlichsten Mustern bemalt war. Sie waren alle nach den Schönheiten der Natur gezeichnet: Fische schwammen in Teichen voller Lotusblumen, gefleckte Rinder sprangen durch Felder, und Katzen lagen mit halbgeschlossenen Augen ausgestreckt in der Sonne. Über diesen Tieren gab es überall Vögel, auf Bäumen sitzend oder im Flug aufsteigend, und sie waren es, die meine besondere Aufmerksamkeit auf sich zogen, denn ich merkte, daß ich fast jeden bestimmen konnte. Schwalben gab es und Eisvögel, Gänse und Enten, Ibisse und Wiedehopfe, die ganze bunte Vogelwelt, die für den Nil charakteristisch ist. Und mit welcher Frische waren sie dargestellt worden, mit welcher lebendigen Genauigkeit! Gewiß hatte ich in meiner begrenzten Erfahrung mit ägyptischer Kunst nichts gesehen, das sich mit diesen Malereien vergleichen ließ, weder hinsichtlich des Vergnügens an der Welt des Lebendigen, das sie erahnen ließen, noch hinsichtlich ihres exquisiten Naturalismus im Stil. Überrascht wandte ich mich an Newberry. »Aber die sind doch gar nicht grotesk!« rief ich aus. »Das sind wahre Wunder an zarter Schönheit!«

»Natürlich«, knurrte Petrie. »Künstlerisch gesehen ist es die wichtigste Entdeckung, die ich je gemacht habe.«

Newberry nickte nachdenklich. »Dann muß es darauf hindeuten«, murmelte er, »daß der Pharao, der diese Arbeit in Auftrag gab, der Pharao, der an einem solchen Ort zu leben wünschte, ein noch ungewöhnlicherer Mensch war, als wir bis dahin geglaubt hatten. Denn sehen Sie – keine Streitwagen, keine Heere, keine gewalttätigen Kriegsszenen. Nur – ja …« – seine Augen wurden groß – »der Reichtum des Lebens.«

Noch immer hingerissen, starrte er weiter unverwandt auf den Boden, und selbst Petrie schien beim Betrachten seiner Entdeckung etwas von seiner anfänglichen Barschheit zu verlieren. Er lächelte plötzlich, fast stolz, so schien es. »Er war zweifellos ein höchst außergewöhnlicher Mensch.«

Ich blickte ihn an. »Wer?«

»Na, der Pharao.«

»Welcher Pharao?«

Petries Augenbrauen sträubten sich vor sichtlicher Überraschung. »Was, Newberry«, rief er, »Sie haben Ihrem Gehilfen nicht von Echnaton erzählt?«

»Er ist noch sehr neu in Ägypten«, antwortete Newberry entschuldigend. »Sie wissen sehr wohl, daß ich nicht jedem von den Hoffnungen erzähle, die ich mit diesem Ort verbinde.«

»Ihre Hoffnungen?« Petrie lachte verächtlich. »In dieser Hinsicht vergeuden Sie Ihre Zeit.«

»Das kann ich nicht glauben.«

»Ich sagte Ihnen, die Franzosen haben die Konzession für alle Klippen dieser Gegend. Sie werden zu dem Grab gelangt sein.«

Es trat ein verärgertes Schweigen ein.

»Zu welchem Grab?« wagte ich zu fragen.

Newberry blickte mich mit noch immer zögernder Miene an.

»Bitte«, protestierte ich. Ich drehte mich wieder um und starrte auf den Boden. »Wenn es ein Rätsel um diesen Echnaton gibt, dann möchte ich sehr gern mehr darüber hören.« Ich zeigte auf die vorzüglichen Malereien. »Denn jeder, der sich an der Schönheit solcher Tiere und Vögel freute, ist es gewiß wert, daß man sich näher mit ihm befaßt.«

Petrie lachte plötzlich auf und klopfte mir auf die Schultern. »Also schön, Sie sind ein gutmütiger Bursche«, rief er aus, »und wenn es Sie interessiert, mehr über den Ketzerkönig zu erfahren, dann will ich Ihnen erzählen, was ich kann, denn soviel zumindest ist öffentliches Eigentum.«

»Den Ketzerkönig?« fragte ich.

»Ganz recht«, antwortete Petrie. »Denn nicht allein in seinem Geschmack war Echnaton ein Rebell.« Er gab mir noch einen Klaps auf die Schulter; mit einem Seitenblick auf Newberry steuerte er mich dann an der Seite des Hügels hinunter und zu einer weiteren Reihe von Bohlen und Zelten. »Dies haben wir heute morgen gefunden«, sagte er, indem er eine Zeltbahn hochhob und auf ein Steinfragment deutete, das an der Rückseite des Zelts lehnte. »Leider stark beschädigt, aber dennoch nicht uninteressant.«

Ich näherte mich unsicher, Newberry dagegen mit einem Eifer, den er nicht zu verbergen versuchte. Zusammen betrachteten wir schweigend das Fundstück, und dann nach einer ganzen Weile warf Newberry einen Blick auf mich. »Sehen Sie?« flüsterte er. »Habe ich Ihnen nicht gesagt, daß es überaus grotesk ist?«

Ich erwiderte nichts, sondern starrte weiter voller Verwunderung auf die Skulptur. Sie stellte eine Figurengruppe dar, zweifellos ägyptisch, aber anders als alles, was ich bis dahin gesehen hatte. Da war ein Pharao – ich konnte es an den Insignien seines Ranges ablesen –, aber dieser ähnelte nicht einem Helden oder Gott. Vielmehr wirkte er sonderbar, fast grausam entstellt. Sein Bauch und die Schenkel waren gerundet wie bei einer Frau, die Waden und Arme unnatürlich dünn, während der Schädel gewölbt und das Gesicht sehr lang war, die Lippen überaus fleischig und die Augen wie Mandeln. Während ich die außergewöhnliche Gestalt betrachtete, spürte ich etwas Eisiges mir über den Rücken laufen, denn sie ähnelte eher dem Porträt eines Eunuchen als dem eines Mannes, und ich konnte nicht leugnen, daß sie in der Tat abstoßend und – ja – grotesk war. Doch das Groteske erklärte meine Reaktion darauf nicht ganz; denn da schien noch etwas mehr zu sein, etwas, das meinen anfänglichen Ekelgefühlen entgegenwirkte. Ich brauchte einen Augenblick, bis mir klar wurde, was es war – und dann verstand ich. Denn der Pharao war nicht die einzige Gestalt, die auf der Tafel dargestellt war; er war von drei Mädchen umringt, mit sonderbaren Schädeln wie er, zwei zu seinen Füßen und eine auf seinem Arm, die der Pharao sehr zärtlich auf die Stirn küßte. Ich dachte an die Gräber, in denen ich gearbeitet, und an die Bücher, die ich studiert hatte, und daran, daß ich in der ägyptischen Kunst nichts gesehen hatte, überhaupt nichts, das sich mit einer derart liebevollen und familiären Szene vergleichen ließ.

»Sind das seine Töchter?« fragte ich.

Petrie nickte. »Liebe zu seiner Familie, so scheint es, wurde als großes Lebensideal des Pharaos hochgehalten. Im Bereich königlicher Porträtdarstellungen ist dies etwas höchst Außergewöhnliches und Neues.«

»Und warum ist der Kunststil so außerordentlich seltsam?«

Petrie zuckte die Achseln. »Wer kann wissen, was der Grund war? Etwas Bemerkenswertes gewiß, wenn es die alten Traditionen seines Volkes über den Haufen warf.«

»Es gibt Hinweise«, warf Newberry ein. »Rings um uns verstreut.« Er blickte Petrie an. »Ist es nicht so?«

»Gewiß« – Petrie holte mit der Hand aus –, »diese ganze ausgedehnte Stätte ist ein Hinweis.«

»Tatsächlich?« Ich blickte aus dem Zelt hinaus auf die Sandflächen und Büsche der Ebene. »Aber ich kann nichts entdecken.«

»Genau!« Petrie nickte, dann machte er wieder eine große Geste zu der unfruchtbaren Ebene hin. »Sie können nichts sehen – genauso wie Echnaton selbst nichts gesehen haben dürfte, als er zum erstenmal hierherkam, um seine Stadt bauen zu lassen. Und doch hatte er bereits eine reiche und glanzvolle Hauptstadt in Theben, über viele Jahre von seinen Vorfahren verschönt – denn Echnaton war der Erbe der größten Könige Ägyptens, und Theben selbst befand sich auf dem Gipfel seines Reichtums. Warum also beschloß Echnaton, es aufzugeben? Warum kam er an diesen öden Ort, mehr als zweihundert Meilen von jeglicher Stadt entfernt?«

Ich sah ihn nachdenklich an, dann schüttelte ich den Kopf. »Ich gestehe, daß ich mir keinen Reim darauf machen kann.«

Petrie kniff die Augen zusammen. »Sie haben also noch keine Gelegenheit gehabt, vermute ich, die Ruinen von Theben zu besuchen?«

»Noch nicht.«

»Dann hoffe ich, daß Sie eines Tages die Möglichkeit haben. Denn wenn Sie dorthin gehen, werden Sie entdecken, daß die krönende Zier dort der Tempel von Karnak ist, ein Ort von verblüffender, überwältigender Größe, ein noch immer so ungeheurer Ort trotz der Verwüstungen der Zeit, daß Sie sich fragen werden, mit welcher Kraft er überhaupt erbaut wurde. Und doch ist die Antwort eigentlich ganz einfach – er wurde erbaut mit dem Tribut, der dem Aberglauben gezollt wurde. Karnak war das Haus für Amun-Re, den König der großen Götterschar Ägyptens – und daher der Punkt, auf den sich alle Hoffnungen und Ängste des Landes konzentrierten.«

»Und dennoch gab Echnaton ...«

»... ihn auf.« Ein leises Lächeln zuckte unter Petries Schnurrbart, als er fast liebevoll neben dem steinernen Fragment niederkniete. »Denn habe ich Ihnen nicht gesagt«, fragte er, »daß er ein Rebell gegen mehr als bloß die Konventionen der Kunst war?«

»Was ...« – ich runzelte die Stirn –, »er gab also auch die Verehrung des Amun-Re auf?«

48

»Er ächtete ihn. Löschte seinen Namen im ganzen Land aus. Den des Amun, des Osiris und all der Götter, all der zahllosen alten Gottheiten – bis auf einen …« Petrie schwieg und wandte sich wieder der Skulptur zu. »Bis auf einen.« Er zeigte auf das obere Ende des Steins, wo ein Stück abgebrochen war. Es waren noch Spuren zu erkennen, offenbar von Händen, die segnend über dem Haupt des Königs erhoben waren, während die Arme wie Speichen eines Rads nach unten wiesen. »Sie stellen die Sonnenstrahlen dar«, erklärte Petrie, indem er auf das zeigte, was ich fälschlicherweise für Arme gehalten hatte. »Die andere Hälfte des Steins dürfte die Sonnenscheibe gezeigt haben.«

Ich betrachtete den abgebrochenen Rand des Fragments. »Das war also Echnatons Gott?«

Petrie nickte. »Die Sonne – Aton – der lebenspendende Aton, zu dessen Ehre der Pharao sogar seinen Namen änderte. Denn einst hatte er wie sein Vater Amenophis geheißen – ›Amun ist gnädig‹ –, aber als er hierherkam, paßte dieser Titel nicht mehr. ›Echnaton.‹« Petrie betrachtete noch eine Weile die Gestalt des Königs, dann richtete er sich wieder auf. »Was ganz einfach bedeutet – ›der Ruhm der Sonne‹.«

Er trat aus dem Zelt. Newberry und ich folgten ihm, und wir standen eine Zeitlang in Schweigen versunken da. Hinter den staubigen Hügeln von El-Amarna und den fernen Silhouetten der Palmen am Nil dunkelte der Himmel in der Abenddämmerung, und ich wußte, daß auch die beiden andern auf die rote Scheibe der Sonne starrten. »In der Wahrheit leben‹«, murmelte Petrie schließlich, »das war Echnatons Motto – ›Ankh em maat‹. Und wahrhaftig zu sein, glaube ich, konnte er wirklich von sich behaupten, als er sich entschied, die strahlende Energie der Sonne für heilig zu erachten. In solch einer Verehrung ist kein bißchen Aberglaube oder Falschheit zu finden, sondern eher eine Philosophie, die unsere eigene moderne Wissenschaft bestätigen kann. Denn was ist die Sonne schließlich, wenn nicht die Quelle allen Lebens, aller Macht und Kraft in unserer Welt?«

49

Newberry fröstelte plötzlich. »Und doch«, sagte er, während er auf die Sonne deutete, »sehen Sie, wie sie untergeht.«

Petrie blickte ihn seltsam an. »Ja«, brummte er. »Doch nur, damit sie wieder aufgehen kann.«

Newberry erwiderte nichts, und bald darauf brachen wir auf, denn die Schatten wurden in der Tat allmählich länger. Petrie begleitete uns zu unseren Kamelen, und unterwegs rang Newberry unserem Gastgeber feierliche Versprechen ab, nichts von dem, was er finden würde, vor uns zu verheimlichen. Doch noch immer blieb das genaue Objekt von Newberrys Ehrgeiz vor mir verborgen, und ich verlor die Hoffnung, daß es mir jemals offenbart würde. Sobald wir jedoch aufgesessen waren, nahm er nicht den Pfad zurück, auf dem wir gekommen waren, sondern ließ sein Kamel am Fuß der Klippen entlangtraben, so daß er auf der Ebene blieb und ihrem geschwungenen Rand folgte. Ich schloß daraus, daß er mir noch etwas anderes zeigen wollte, und so trieb ich mein Kamel an, ihm zu folgen. Sobald ich an seiner Seite war, wagte ich ihn noch einmal zu fragen, was er zu finden hoffe.

Newberry rückte auf seinem Sattel herum, um die fernen Zelte und Hügel der Ausgrabung zu mustern. »Petrie ist ein großer Archäologe«, sagte er endlich. »Er hat ein feines Gespür für die Details der Geschichte. Er kann aus dem Bruchstück eines Topfes ganze Wissensgebäude errichten. Und doch …« – er wandte sich wieder mir zu – »es gibt auch welche, die nach Beute jagen, die viel größer ist als Töpfe.«

»Sie sind einer von jenen, vermute ich?«

Newberry nickte abrupt, und ich konnte trotz des Schattens der Felswand sehen, daß seine Augen hell glitzerten. »Mein Gott, Carter«, rief er plötzlich aus, als wären seine Worte ein Sturzbach, der nur mit Mühe bis zu diesem Augenblick eingedämmt gewesen war, »haben Sie jemals überlegt, jemals auch nur erwogen, wie wenig wir die Alten verstehen? Ja, Petrie gräbt seine Grabhügel und Tempel und Töpfe aus, aber was teilen sie uns wirklich mit? Nicht mehr, als ein Schädel uns erzählen kann, was ein Toter einst träumte. Und was für Träume – was für wundersame Träume! – die Menschen, die in diesem Land wohnten, gehabt haben müssen. Sie sind es, nach denen ich jage!« In seiner Erregung hatte er von seinem Sattel herübergelangt und zog jetzt an meinem Arm. »Die langvergessenen Mysterien jener alten Zeiten!«

»Mysterien?« Ich sah ihn stirnrunzelnd an. »Ich verstehe nicht. Was meinen Sie?«

Newberry riß sich zusammen, als wäre ihm sein Überschwang plötzlich peinlich. »Die Griechen sprachen davon.« Sein Ton war wieder zurückhaltender und nüchterner. »Auch die Ägypter selbst, in dunklen, ungewissen Andeutungen, mit ängstlicher Scheu. Von der Weisheit, die die Priester besaßen – von etwas Altem, sehr Altem und unglaublich Seltsamem.« Er schluckte, dann wandte er den Blick ab. »Und obendrein glaube ich ...« – er schluckte wieder – »die Gerüchte, von denen ich sprach ... sie sind nicht gänzlich tot.«

»Wie meinen Sie das?« rief ich ein zweites Mal aus.

»Die Bauern hier – die *fellahin* ...« – er wandte sich wieder mir zu – »auch sie kennen merkwürdige Geschichten.«

»Worüber?«

Newberry schüttelte den Kopf.

»Meine Neugier ist geweckt«, fuhr ich fort, »aber ich kann kaum glauben ...«

»Was? Daß die Vergangenheit so tief reichen könnte?«

Über die plötzliche Heftigkeit seines Tons erstaunt, antwortete ich nicht. Newberry mußte meinen überraschten Ausdruck bemerkt haben, denn er streckte wieder die Hand aus und drückte freundlich meinen Arm. »Die Geschichte der Gegend hier ist wie der Nil selbst«, sagte er nun ruhiger. »Ein ewiger, nicht endender Fluß. Statuen und Töpfe liegen wohlerhalten unter dem Sand. Warum sollten nicht auch Traditionen sich halten?«

Ich hoffte, daß mein Gesichtsausdruck meine Zweifel nicht verriet. »Und was ist die besondere Tradition, von der Sie gehört haben?«

»Daß es hierherum ein Grab gibt, noch unentdeckt, das mit einem Fluch belegt ist.« Newberry hielt inne. »Ein Grab, das einst einem König gehört hatte.«

»Echnaton?«

Newberry zuckte kaum merklich die Achseln. »Das ist, was die Volkssagen von dem König berichten: Er war kein Götzendiener wie die anderen Pharaonen, sondern eher ein wahrer Muslim; denn er hatte an Allah geglaubt, den einen und einzigen Gott. Im Namen dieses Gottes hatte der König alle Dämonen aus dem Land vertrieben und ihre Priester aus den Tempeln, die sie mit dem Blut von Lebenden befleckt hatten. Aber der Ehrgeiz des Königs verriet ihn am Ende, denn er fürchtete den Tod und wünschte sich ewiges Leben, und so versuchte er, den geheimen Namen Gottes zu entdecken. Er fiel wie Luzifer, den die Bauern hier als Iblis kennen, den Fürsten der Dschinn. Sein Grab wurde mit dem Fluch belegt, daß er, der ewiges Leben erstrebt hatte, nun für immer ruhelos im Tod sein sollte. Und das bleibt er bis zum heutigen Tag, ein Dämon, dessen Atem in den Winden der Wüste ist – und die Frauen schrecken ihre Kinder mit seiner Geschichte.«

Er schwieg, dann lächelte er. »Ich bitte um Entschuldigung«, murmelte er, mit einemmal schüchtern, »für die vielleicht melodramatische Art meines Tons. Doch es ist eine faszinierende Geschichte, wie Sie wohl zugeben werden.«

»Aber ...« Ich runzelte die Stirn und schüttelte den Kopf. »... doch sicher eine Sage?«

»Und was sind Sagen, wenn nicht der Ausdruck einer verborgenen oder vergessenen Wahrheit?«

»Jedoch ... der ungeheure zeitliche Abstand, von dem wir reden – was genau waren Echnatons Lebensdaten?«

»Er regierte, so glaubt man, um 1350 v. Chr.«

»Wie könnte die Tradition dann überhaupt einen solchen Zeitraum überlebt haben?«

»Oh, nichts leichter als das«, antwortete Newberry obenhin. »Arabische Volkssagen stammen direkt von den Traditionen des alten Ägypten her. Wenn Sie mir nicht glauben, dann brauchen Sie nur den Westcar-Papyrus mit dem Zyklus von ›Tausendundeine Nacht‹ zu vergleichen.«

Da ich damals noch nie vom Westcar-Papyrus gehört hatte, wußte ich nicht, was ich auf diese Behauptung antworten sollte; aber ich muß noch zweifelnd ausgesehen haben, denn Newberry begann ungeduldig die Parallelen zwischen Echnaton und dem Sagenkönig der Bauern aufzuzählen – wie sie beide versucht hatten, einen alteingesessenen Priesterklüngel zu besiegen, wie sie beide zu einem einzigen Gott gebetet hatten ...

»Und sein Ende?« unterbrach ich ihn. »Was geschah mit Echnaton am Ende?«

»Wir können es nicht mit Gewißheit sagen«, antwortete Newberry sofort. »Aber seine Revolution« – er drehte sich im Sattel, um auf die staubige, verlassene Ebene zurückzublicken – »war zweifellos nicht von Dauer.«

»Und seine Kinder?«

Newberry runzelte die Stirn. »Was meinen Sie?«

»Auf dem Fragment, das Petrie uns zeigte, schien der König von seinen Kindern umgeben. Er muß Erben gehabt haben.«

»Zwei Söhne, glaubt Petrie.«

»Was ist also aus ihnen geworden? Warum führten sie das Werk ihres Vaters nicht fort?«

»Auch hier« – Newberry zuckte die Achseln – »können wir uns nicht sicher sein. Der erste Sohn, so scheint sich aus Petries Ausgrabungen zu ergeben, regierte hier nicht länger als zwei oder drei Jahre. Und dann unter der Regierung des zweiten Sohns – soviel zumindest wissen wir mit Sicherheit – wurde El-Amarna aufgegeben und der Hof wieder nach Theben verlegt.«

»Warum wissen wir das so genau?«

»Weil dieser König ebenso wie sein Vater seinen Namen änderte. Er war zuerst als Tutenchaton bekannt – ›das lebende Abbild der Sonne‹. Aber als er nach Theben und unter den Einfluß der Priester von Karnak zurückkehrte, war es unmöglich, diesen Titel zu behalten. Sie werden sich vorstellen können, für welchen Namen er sich entschied.«

»Meinen Sie?«

»Überlegen Sie, Carter, überlegen Sie.«

Ich schüttelte den Kopf.

»Was könnte es denn anders sein« – Newberry hielt inne und lächelte – »als Tutenchamun? ›Das lebende Abbild des Amun‹ – verstehen Sie?« Sein Lächeln wurde versonnen. »*Tutenchamun.*«

Und so hörte ich zum erstenmal den Namen des Königs, der eines Tages meinen ganzen Ehrgeiz, alle meine Hoffnungen überschatten und schließlich mein eigentliches Lebensziel werden sollte. Und in der Tat, fast als wäre es eine Bestätigung des Augenblicks, bogen wir gerade, als Newberry den schicksalhaften Namen aussprach, um einen vorstehenden gezackten Felsen, und ich sah vor uns als Hüter des Eingangs zu einer engen Schlucht ein Relief aus der Wand der Klippe gehauen. Newberry zeigte darauf. »Hier können Sie sehen«, erklärte er, »was auf Petries Fragment unvollständig war.« Ich blickte zu der Skulptur hinauf. Ich saß zwar noch im Sattel, aber die dargestellten Gestalten erhoben sich hoch über meiner Augenhöhe. Ich erkannte den Pharao Echnaton sofort: Seine Erscheinung war womöglich noch grotesker, als sie mir auf dem vorigen Fries vorgekommen war. Er stand mit ausgestreckten Armen, um die freundlichen Sonnenstrahlen zu begrüßen. Zwei Mädchen waren hinter ihm, sehr klein, auch ihr Äußeres noch bizarrer als vorher. Aber es war auch eine zweite erwachsene Gestalt da, eine Frau, die auf dem Kopf die Krone einer Königin trug, und sie, obgleich in den Zügen ebenso verzerrt wie die andern, schien trotz allem nicht im geringsten grotesk. Ganz im Gegenteil – denn die Merkwürdigkeit ihrer Erscheinung verlieh ihr einen Liebreiz, der so beunruhigend wie tief war, eine Schönheit, die beinahe nicht von dieser Welt zu sein schien. Verwirrt von diesem Rätsel, strengte ich mich an, sie genauer zu betrachten, und während ich mein Kamel noch näher an das Relief lenkte, veränderte sich der Winkel des Sonnenlichts, und alle Gestalten wurden in dunkles Rot getaucht, und dann war der Sonnenstrahl weg, und die Skulptur lag im Dunkeln.

»Wir müssen uns beeilen«, sagte Newberry. »Wir möchten nicht spät am Abend noch draußen in der Wüste sein.« Doch während er sprach, starrte er immer noch auf die bizarre Gestalt des Pharaos, als könne er den Blick nicht losreißen. »Es wäre phantastisch«, flüsterte er, »das Grab zu entdecken. Wirklich phantastisch.«

»Und wenn wir erfolgreich wären« – ich zögerte –, »was dann? Was hoffen Sie, im Innern zu entdecken?«

Newberry ließ sich einen Augenblick Zeit mit der Antwort. »Eine Dunkelheit, die erhellt wird«, erwiderte er schließlich, »ein gelöstes Rätsel. Denn daß das Geschick des Echnaton ein Rätsel ist, darin sind sich Wissenschaft und Legende einig.«

Ich lachte. »Die Legende behauptet, daß er nie in diesem Grab ruhte.«

Newberry schaute sich gereizt nach mir um. »Wer weiß«, murmelte er, »was wir am Ende finden?« Ein letztes Mal blickte er zu der Skulptur hinauf, dann trieb er sein Kamel vorwärts. »Denn das ist das Geheimnis – das große Geheimnis und der Lohn.«

Wir begannen unsere Suche früh am nächsten Morgen. Ich war wieder einmal auf strengste Geheimhaltung eingeschworen worden, und wir verließen das Lager so leise wie nur möglich, denn Newberry konnte den Gedanken nicht ertragen, daß andere von unserem Ehrgeiz erführen. Doch bezweifelte ich, daß unsere Aufbrüche lange unbemerkt bleiben würden, denn das Kamel ist nicht gerade das dezenteste Tier, und ich wußte, daß meine Kollegen Blackden und Fraser aufmerksame Männer waren. Als ich dies jedoch gegenüber Newberry erwähnte und vorschlug, sie in die Suche einzubeziehen, sah er mich mit einem Blick an, der an Panik grenzte. »Nein, nein«, sagte er mit Nachdruck, »das muß unter uns bleiben.« Dann sprach er wieder von seinen Hoffnungen auf das Grab, von den vielen Geheimnissen, die es enthalten mochte. »Dies muß so still wie möglich vor sich gehen.« Und in Wahrheit war ich ganz damit einverstanden, denn seine leidenschaftliche Begeisterung steckte mich allmählich an, und ich erlebte zum erstenmal das Gefühl, nach dem ich mich lange gesehnt hatte – den Nervenkitzel einer Suche.

Wir konzentrierten unsere Anstrengungen auf die Felsen über der Ebene. Wann immer wir in die Wüste kamen, den Nil hinter uns ließen und auf die sich zum Himmel türmenden roten Sandflächen blickten, erfüllte mich das höchst sonderbare Gefühl, daß die Welt geendet hatte, daß alles still und leer und ungeheuer weit war. Während wir uns auf unserer Suche abmühten, in Rinnen und Spalten stöberten, erzählte mir Newberry die Legende von Seth, dem alten Gott der Dunkelheit und des Bösen, der einst versucht hatte, seinen Bruder Osiris vom Thron der Welt zu stoßen. Der folgende Kampf war schrecklich und lang gewesen; aber am Ende war Seth besiegt und in die Wüste, die sich jenseits des Nils dehnte, verbannt worden. Dort hatte er als Geist der Verwirrung regiert, ewig rastlos und hungrig auf Rache. Wenn die glühenden Winde über den Fluß zu wehen begannen und die Felder zur Beute des vordringenden Sandes zu werden drohten, dann betete der alte Ägypter mit Angst im Herzen, Seth möge nicht versuchen, aus der Wüste zurückzukehren, damit das Reich der Dunkelheit nicht wiederhergestellt werde. Nachts, wenn die Stürme von den unendlichen Wüsten hereinfegten, betete er um so eindringlicher, denn da wußte er, daß er die Schreie des Teufelsgotts hörte.

»Außerordentlich«, bemerkte ich. »Genauso wie die Bauern heute, in der Geschichte, die Sie mir erzählt haben, die Schreie des Geistes des ruhelosen Königs hören.«

»Außerordentlich, in der Tat.« Newberry lächelte mich an. »Die Fortdauer dieser Sagen läßt einen immer wieder staunen.«

Und hört nie auf zu beflügeln, was Newberry betraf. Man kann sich wohl seine Aufregung vorstellen, als am dritten Tag unserer Suche drei *bedawin* auf uns zukamen, die von tief in der Wüste verborgenen Gräbern sprachen. Die *bedawin* hatten zweifellos von Newberrys fixer Idee gehört, denn als er ihnen gegenüber die Volkssage von dem ruhelosen König erwähnte, lächelten sie und nickten: »Ja, ja, dieser

König!« In heller Aufregung stiegen wir auf unsere Kamele, und die *bedawin* führten uns mehrere Stunden durch die Wüste, bis wir endlich eine alte Straße entdeckten. Nachdem wir dieser noch einmal mehrere Stunden gefolgt waren, kamen wir zu einer tiefen, ausgedehnten Schlucht, wo lachsrosa Adern durch schimmernd weißen Kalkspat liefen, und wir sahen vor den Felsen aufgehäufte Berge von Geröll und Gesteinssplittern. Newberry saß von seinem Kamel ab und eilte darauf zu. Er hob eine Handvoll auf, betrachtete sie kurz, dann schleuderte er sie auf den Boden. »Aber das ist ein Steinbruch!« rief er aus. Die Enttäuschung in seinem Gesicht war fast schmerzhaft anzusehen. »Nichts als ein Steinbruch!«

Er schritt auf die *bedawin* zu und redete wütend auf sie ein. Ich sah die *bedawin* deuten, dann Newberry in die Tasche greifen und noch mehr Münzen hervorholen. Er gab sie ihnen ungeduldig, während einer der *bedawin* absaß und tiefer in die Schlucht ging.

Ich eilte Newberry nach. »Was hat er gesagt?«

»Er behauptet – soweit ich ihn verstehen konnte –, daß der König hier Opfer darbrachte, als er der Versuchung erlag und zum Diener des Iblis wurde.« Newberry hielt inne, während man noch immer Zweifel und Enttäuschung von seinem Gesicht ablesen konnte. »Er behauptet, daß es Inschriften gibt, die den Ort bezeichnen.«

»Wie steht es mit den Gräbern?«

Newberrys Lippen wurden hart, und er zeigte auf Minenschächte, die in die Felsen getrieben waren. »Das sind die ›Gräber‹.« Verzweifelt zuckte er die Achseln. »Gott weiß, als was sich die Inschriften herausstellen.«

Ich blickte auf den *bedawin* vor uns. Er war an einer Gabelung der Schlucht stehengeblieben, und als wir ihn eingeholt hatten, deutete er in das Dunkel einer der Spalten. Newberry hieß ihn vorangehen; aber der *bedawin* schauderte und schüttelte den Kopf. Er stammelte ein leises Gebet, dann machte er sich auf dem Weg davon, den wir gekommen waren. Newberry sah ihm mit unverhohlener Verachtung nach. »Diese Menschen!« murmelte er, während er in die Spalte schlüpfte.

Ich folgte ihm, und im selben Augenblick wurde mir kalt. Wir waren schon vorher im Schatten gegangen, aber die Dunkelheit schien nun eisig und schwarz, und ich merkte, daß ich nun selbst zitterte wie eben noch der *bedawin*. Ich rief Newberry zu, ob er es auch spüre. Er drehte sich ungeduldig um. »Was spüren?« bellte er. Aber ich konnte nicht antworten. Meine Kehle fühlte sich heiser an – ausgetrocknet von einer verblüffenden, unerklärlichen Furcht.

Als ich Newberry am Ende der Spalte einholte, fragte ich ihn noch einmal, ob er nicht etwas Seltsames an diesem Ort empfinde. Aber er war zu abgelenkt, um mich auch nur zu hören, und zeigte statt dessen auf die innerste Wand der Spalte. »Ja«, murmelte er verzagt, »da ist es.« Ich blickte auf die Stelle, die er bezeichnete. Da war eine Inschrift, deutlich sichtbar, aus dem Felsen gemeißelt, und darüber eine Sonne, deren Strahlen sich nach unten ringelten. Zwei Gestalten, die darunter hockten, waren gerade noch zu erkennen; beide waren stark verwittert, schienen aber einen Mann und eine Frau darzustellen.

Im ersten Augenblick hatte mein Herz einen Sprung gemacht, aber dann, als ich die Inschrift selbst genau betrachtete, runzelte ich enttäuscht und verwirrt die Stirn. »Ist das Arabisch?« fragte ich, denn meine Kenntnis dieser Sprache war noch sehr dürftig. Ich streckte die Hand aus, um die Inschrift mit dem Finger nachzuzeichnen, dann drehte ich mich zu Newberry um. »Können Sie lesen, was da steht?«

Er schüttelte den Kopf. »Ich fürchte, mein Arabisch reicht gerade so weit, daß ich verstehe, wenn die Bettler mehr Bakschisch von mir wollen.«

»Sollten wir es also abschreiben?«

Newberry runzelte die Stirn. »Warum sollten wir das tun?«

»Nun ja« – ich deutete auf die Figur der Sonne – »sie sieht den Porträts des Aton so ähnlich.«

»Es gibt wohl eine oberflächliche Ähnlichkeit. Aber es ist

eindeutig ein Stück einer arabischen Inschrift. Das wird uns kaum zu Echnatons Grab führen.«

»Aber Sie haben selbst gesagt…«

»Ja?«

»Daß Geschichte in Ägypten sehr tief reicht.«

»Nicht so tief, mein Bester.« Newberry starrte wieder vorwurfsvoll auf die Sonne. »Denn allerfrühestens kann sie knapp zweitausend Jahre nach Echnatons Tod entstanden sein. Völlig nutzlos. Nein, nein – dieser ganze verdammte Ort hier ist ein Reinfall.« In einem plötzlichen Wutanfall trat er gegen einen Stein. »Kommen Sie, Carter. Verschwinden wir von hier.« Er machte kehrt und ging rasch durch die Schlucht zurück. Ich holte ein Stück Papier hervor und schrieb schnell die Inschrift ab, dann eilte ich ihm nach. Es wird verrückt klingen, ich weiß, und es ist schwer zu erklären, aber ich rannte fast, denn ich mochte keinesfalls allein an jenem Ort zurückbleiben. Noch als wir durch die Wüste zurückritten, bildete ich mir ein, daß die Kälte seiner Schatten auf meiner Haut haftete. Während sich ein Wind erhob und der Sand auf seinen schrillen Schrei hin in Wirbeln aufstieg, mußte ich an den alten Aberglauben denken und konnte beinahe glauben, daß ich auf Seth lauschte, der aus seinem Felsenbett aufgeschreckt war und sich wieder einmal erhoben hatte, um die Welt zurückzufordern.

Müde und deprimiert kamen wir endlich nach Hause. Angesichts unseres Zustands war es keine Überraschung, daß Blackden und Fraser uns fragten, wo wir gewesen seien. Ich berichtete ihnen von der Entdeckung des Steinbruchs. Doch bemerkte ich, daß sie Blicke tauschten, und mir war klar, daß unsere Absicht nicht mehr lange geheim bleiben würde. Newberry wurde immer verzweifelter, während die Tage verstrichen und nichts Weiteres gefunden wurde, und je verzweifelter er wurde, desto willkürlicher erschien unsere Suche.

Schließlich war unsere Urlaubszeit vorbei, und ich bereitete mich vor, zu meiner Arbeit in den Gräbern zurückzukehren, Newberry jedoch hatte andere Pläne, denn er teilte mir mit, er habe mit meinen Gönnern vereinbart, daß ich nach El-Amarna gehen solle, wo Petrie angeboten habe, mich zum Ausgräber auszubilden. Natürlich wußte ich ganz genau, welches Motiv bei Newberry dahintersteckte: Er wollte ständig einen eigenen Mann an der Grabungsstätte haben, damit er umgehend von bedeutsamen Funden erführe. Aber was kümmerte mich das? Petrie war der bedeutendste Archäologe der Zeit – und nun hatte er angeboten, mich alles zu lehren, was er wußte. Mich – ich war nicht mehr als ein Zeichner, was die Ägyptologie anging, der Geringste der Geringen! Was hätte ich nicht alles getan, um eine solche Chance zu bekommen? Ich war erst seit wenigen Monaten in Ägypten, aber schon hatte es mich in meiner ganzen jugendlichen Begeisterung bestätigt, und ich wußte, daß es meine große Liebe und vielleicht, dachte ich, mein Schicksal werden würde. Die Lockung seiner Geheimnisse hatte mich im Griff, und es war meine tiefste Hoffnung geworden, daß auch ich eines Tages Archäologe sein würde.

Ich verließ mich darauf, daß Petrie, der selbst Autodidakt war, diesen Ehrgeiz verstehen würde – und doch war es gut, daß ich darüber verfügte, denn er sollte sich als nicht gerade einfacher Arbeitgeber erweisen. Von seiner Verschrobenheit hatte ich schon früher gehört; nun sollte ich unter ihren vollen Auswirkungen leiden. An meinem ersten Tag ließ er mich eine Hütte bauen; denn ich stellte fest, daß – wie Möbel und Bettwäsche – Diener streng verboten waren. Das Ergebnis meiner Anstrengungen konnte kaum als Luxus gelten – noch konnten es die Bedingungen, unter denen ich dann zu arbeiten begann. Nun gab es keine Ausritte mehr auf der Suche nach vergessenen Gräbern, vielmehr ein penibles Durchsieben von Geröll und Staub; keine Suche nach verborgenen Geheimnissen oder Schätzen, sondern nach zertrümmerten Statuen, den Bruchstücken von Töpfen und all den verstreuten Stückchen eines hochkomplizierten Puzzles. Wie ich meinen Lehrer haßte, denn er war ein Kleinigkeitskrämer von der rücksichtslosesten und boshaftesten Art. Doch wie sehr verehrte ich ihn zugleich, denn er war unzweifelhaft ein Genie, wie Newberry behauptet hatte, das die höchst ungewöhnliche Begabung besaß, Geschichte aus Chaos zu interpretieren. Während ich unter der Mittagssonne schwitzte und mich abplackte, begann ich zu verstehen, wie sehr die Archäologie auf sorgfältigster Forschung beruhte – nicht auf der abenteuerlichen Suche nach irgendeinem dramatischen Fund, sondern auf der Arbeit von Monaten, vielleicht sogar Jahren, und der Kartierung einer unendlichen Zahl von Spuren. Kurzum, Petrie lehrte mich das ABC meines Berufes – daß ein Ausgräber ein Mann der Geduld und der Wissenschaft sein muß.

Doch bei aller Begeisterung, mit der ich diese Lektionen annahm, merkte ich manchmal, daß ich Newberry vermißte – seinen Glauben an das Außergewöhnliche, die Leidenschaft, die er in seine Suche hineintrug. Petrie mißtraute solchen Gefühlen, wie ich wußte, und beinahe klang Vergnügen an, als er mir eines Morgens, während ich gerade Erdhaufen auswusch, mitteilte, daß einige französische Beamte oben auf den Felsen gesehen worden seien. »*Hierher* werde ich sie nicht kommen lassen«, verkündete er, indem er die Arme in einer großen Geste zur Ebene hin ausbreitete, »denn dieser gesamte Platz ist mir und nur mir allein zugewiesen worden. Aber wenn die Franzosen kommen und ein bißchen zwischen den Klippen herumstöbern möchten, dann, bitte…« – er hielt inne und strich sich über den Bart – »ich glaube, wir können erraten, was sie zu finden hoffen.«

Ich war nicht überrascht, als Newberry noch am selben Nachmittag zu uns stieß, denn seine Miene machte deutlich, daß auch er die Neuigkeit gehört hatte. Er verriet uns, daß er plane, den Franzosen einen Besuch abzustatten, und fragte uns, ob wir Lust hätten, ihn zu begleiten. Also machten wir drei uns in die Wüste auf, wobei Newberry sehr zerstreut wirkte, bis er plötzlich erstarrte und blaß wurde. »Da«, sagte er und streckte den Arm aus. Wir schauten hin – und sahen die Abdrücke von Stiefeln im Sand. Ein solcher Anblick ist in der Wüste selten genug, und so machten wir uns sofort an die Verfolgung dieser Spur. Sie führte uns mehrere Meilen über den Sand und dann in eine zerklüftete, wilde Schlucht.

Vor uns konnten wir zwei Gestalten sehen, und als wir ihnen nachschlichen, war das Rätsel gelöst. Es waren Blackden und Fraser, die beide Maultiere führten, die mit Spaten beladen waren.

Newberry begrüßte die beiden Männer mit kaum gezügeltem Zorn. »Was glauben Sie eigentlich, was Sie da tun?« rief er. Als Blackden eine nahezu unhörbare Antwort murmelte, packte Newberry ihn am Hemd. »*Was haben Sie gemacht?*«

Blackden lachte plötzlich los. »Was wohl«, antwortete er kühl. »Jagd auf das Grab des Echnaton.«

Newberry holte tief Luft. »Und war Ihnen nicht bewußt«, zischte er, »daß ich selbst nach dem Grab suche?«

»O ja, gewiß«, erwiderte Blackden. »Aber ein Mann kann etwas bemerken, was ein anderer übersieht. Zum Beispiel« – er zog ein Bündel Papiere aus der Tasche – »haben wir eine sorgfältige Untersuchung des Steinbruchs in der Wüste vorgenommen. Sie haben einige interessante Graffiti des Mittleren Reichs übersehen.« Er reichte die Papiere weiter. »Ich war so frei, die Details selbst zu veröffentlichen.«

Newberry starrte ungläubig auf die Papiere. »Aber … aber ich habe den Steinbruch entdeckt«, stotterte er.

»Die Graffiti allerdings nicht«, erwiderte Blackden. »Einiges davon ist wirklich sehr interessant.«

»Wir verstehen natürlich völlig«, fügte Fraser hinzu, »daß Sie – *vertieft* waren … in Ihre Suche nach Echnatons Grab. Aber darum brauchen Sie sich nicht mehr zu kümmern. Denn wir haben gerade entdeckt« – er lächelte boshaft –, »daß das Grab gefunden worden ist.«

»Was …« Newberry wischte sich über die Stirn. »Wo?« flüsterte er. »Wo?«

Fraser streckte eine Hand aus. »Am Ende des Wadis.«

Newberry starrte ihn wütend und ungläubig an. Sein Gesicht zuckte, bevor er sich umwandte und davoneilte.

»Es ist sinnlos, ihnen einen Besuch zu machen«, rief Blackden ihm nach. »Wir sind selbst gerade dort gewesen, und sie erlauben niemandem, das Grab anzusehen.« Doch falls Newberry ihn gehört hatte, zeigte er es nicht, sondern eilte weiter das Tal hinauf. Weder Petrie noch ich versuchten, ihm zu folgen.

Später erfuhr ich, daß er seine Arbeit ganz aufgegeben hatte und mit dem Schwur, nie mehr nach Ägypten zurückzukehren, nach England abgereist war. Einige Monate früher wäre ich über einen solchen unbeherrschten Ausbruch vielleicht erstaunt gewesen und hätte nicht geglaubt, daß die Suche nach einem Grab so verzweifelt und zwanghaft werden noch daß sie solche hitzigen Rivalitäten hervorbringen könnte. Nun jedoch konnte ich es verstehen, vielleicht sogar beinahe nachempfinden. Gewiß ließ die Affäre, wie Petrie eines Abends zum Ausdruck brachte, keinen angenehmen Geschmack im Mund zurück. »Ziehen Sie Ihre Lehre daraus«, riet er mir. »Richten Sie Ihre Kräfte nicht auf ein einziges Ziel, denn dann laufen Sie Gefahr, vieles andere zu versäumen.« Ich nickte. Er hatte sich deutlich ausgedrückt. Aber dann langte ich in meine Tasche und fühlte das Papier mit der Inschrift, die ich im Steinbruch kopiert hatte. Man konnte auch noch eine andere Lehre aus der Geschichte ziehen, dachte ich: Wenn du auf eine Spur gestoßen bist, dann behalte es für dich. In Ägypten braucht Verschlossenheit kein Fehler zu sein.

.

Einige Tage später, Anfang Januar, erlangte Petrie die Erlaubnis, das lange gesuchte Grab zu besuchen. Ich begleitete ihn in recht aufgeregter Stimmung, denn ich wollte noch immer unbedingt erfahren, welche Wunder es enthalten mochte. Meine Phantasien sollten jedoch bitter enttäuscht werden. Das Grab selbst schien leer, und sogar die Wandmalereien waren zerstört worden. Ich schaute mich verblüfft um. War es das, was Newberry so verzweifelt zu finden gesucht hatte? Wieder fragte ich mich, was er zu entdecken gehofft hatte. Ich erinnerte mich dunkler Reden von geheimer Weisheit: ein tödliches Geheimnis, vage erinnert – übertragen in die Volkssage von einem ruhelosen König. Ich wandte mich an den Franzosen, der Petrie herumführte. »Was ist mit der Mumie?« fragte ich, während ich ins Dunkel spähte. »Haben Sie eine Spur von Echnaton selbst gefunden?«

Der Franzose beantwortete meine Frage mit einem überaus gequälten Lächeln und gab uns ein Zeichen, ihm zu folgen. Wir traten in die Dunkelheit, gingen durch einen endlosen Korridor und dann, steil absteigend, eine steinerne Treppe hinunter; am Ende lag eine Kammer, ringsum mit Säulen versehen, und als der Franzose seine Taschenlampe hob, sah ich mich in der Grabstätte um.

Überall sah ich das Zeugnis einer äußerst gewaltsamen Zerstörung. Die Reliefs an den Wänden waren entstellt, denn wo auch immer die Köpfe oder Namen von Gestalten gemalt gewesen waren, war der Verputz vom Stein abgeschlagen worden. Der Boden war mit Schutt bedeckt, und als wir uns einen Weg hindurch bahnten, erkannte ich einen zertrümmerten Sarkophag, dessen Basis kaum auszumachen war, denn seine Seiten waren, wie der Putz, in Stücke geschlagen worden. Ich bückte mich und hob ein Steinfragment auf. Als ich es ans Licht hielt, erkannte ich, daß es aus Granit war. »Wieviel Kraft muß es gekostet haben, dies zu zerschlagen«, rief ich aus. Ich überblickte noch einmal die Trümmer in der Kammer. »Es sieht aus, als hätte jemand selbst die Erinnerung an die Person, die hier bestattet wurde, auslöschen wollen.«

»Ja«, sagte Petrie und nickte. »In dieser Hinsicht sind wohl kaum Zweifel angebracht.« Er wandte sich an den Franzosen. »Können Sie sich überhaupt sicher sein, daß dies wirklich Echnatons Grab war?«

Der Franzose antwortete in seiner eigenen Sprache, die ich nicht verstand, aber ich sah ihn auf eine noch über der Tür erhaltene Kartusche zeigen – das traditionelle Oval, das den Namen jedes Pharaos einrahmte. Petrie betrachtete sie eingehend, dann wandte er sich wieder mir zu. »Tja« – er zuckte die Achseln – »eine einzige Kartusche, und das ist alles, was Bestand hatte. Sie muß bei der allgemeinen Zerstörung übersehen worden sein.«

Ich schüttelte den Kopf und ließ den Blick noch einmal

über die Trümmer schweifen. »Aber warum all diese Anstrengung, um seinen Namen zu zerstören?«

»Wer kann das wissen? Schließlich war er der Ketzerkönig – und Ketzereien gefährden von Natur aus die bestehenden Machtverhältnisse.«

»Dann glauben Sie, es waren die Priester Amuns, die dies veranlaßten?«

Petrie las ein Fragment des Sarkophags auf. »Zweifellos«, antwortete er, während er es genau betrachtete. »Er hatte ihre Tempel geschlossen und ihre Macht bedroht. Sie hatten mit Sicherheit Gründe, sein Andenken zu verfluchen.« Er schwieg, dann ging er zu einer Gestalt hinüber, deren Gesicht ausgelöscht worden war. »Und doch ...« murmelte er stirnrunzelnd. »Und doch ...« Er strich über das Loch, das in den Putz geschlagen worden war, und dann über ein anderes. »Die Heftigkeit des Abscheus ist ganz gewiß außergewöhnlich. Als würde er nicht bloß Haß ausdrücken, sondern fast Angst – als könnte selbst seine Erscheinung sie mit Schrecken erfüllen. Und nicht nur die des Echnaton. Denn sehen Sie ...« Er zeigte auf ein weiteres Gemälde an der Wand. »Sehen Sie. Hier sind seine Kinder abgebildet. Sie sind alle entstellt worden. Und überall – nicht nur hier, sondern in ganz Ägypten – stoßen wir immer wieder auf das gleiche: den Versuch, jedes Andenken an Echnaton und seine Familie auszulöschen.«

»Wirklich?« Ich schaute ihn überrascht an. »Das war mir gar nicht bewußt. Seine Dynastie war doch die königliche Linie?«

»Gewiß.« Petrie nickte vor sich hin. »Eine Dynastie, die unzählige Pharaonen hervorgebracht hatte. Und doch, so scheint es, waren Echnatons zwei Söhne die letzten.«

Ich versuchte, mich an das zu erinnern, was Newberry mir früher von ihnen erzählt hatte – und vor allem an den König, der seinen Namen geändert hatte. »Tutenchamun?« fragte ich.

»Ja.« Petrie sah mich an. »Ich bin überrascht, daß Sie ihn kennen.«

»Ich weiß seinen Namen und sonst nichts.«

»Dann wissen Sie alles, was es zu wissen gibt. Und von seinem Vorgänger Semenchkare ist noch weniger bekannt. Sie herrschten, sie starben – der Rest ist dunkel. So groß war der Erfolg der Priester. Vor diesem Jahrhundert und den ersten Ausgrabungen hier wußte man nicht einmal, daß ein König namens Echnaton jemals regiert hatte.«

»Mir war bisher nicht klar, daß die Vergessenheit so vollständig gewesen war.«

Petrie nickte. »O ja. Nicht ein einziges Mal wird er in einem erhaltenen ägyptischen Bericht erwähnt. Es scheint, daß sogar sein Name mit einem Fluch belegt wurde.«

»Ja«, sagte ich leise. Ich dachte an die Legende von dem ruhelosen König, und dann blickte ich noch einmal auf den leeren Sarkophag. »Wahrhaftig ein furchtbarer Fluch.«

Und nach unserer Besichtigung der Kammer war es jedenfalls eine Erleichterung, wieder zum Eingang hinaufzusteigen und davor den strahlend blauen Himmel zu erblicken. Petrie, glaubte ich, war genau wie ich von unserem Besuch in dem Grab merkwürdig verstört, denn er brütete stumm vor sich hin, während wir auf die Ebene zurückwanderten, und schien den ganzen Abend in eine melancholische Stimmung versunken zu sein. Später, als wir am Feuer saßen, sprach er von Echnaton und den Geheimnissen seiner Regierungszeit – in Worten, die mich beinahe an Newberry erinnerten. »Ich stellte mir vor«, begann er, »als ich im Grab stand, daß selbst die Luft von einer uralten Trostlosigkeit angesteckt war. Normalerweise ist es nicht meine Art, solche Einbildungen zuzugeben, und doch – in der Dunkelheit der Grabkammer – wie die Schatten zu verweilen schienen!« Er beugte sich vor und schürte das Feuer, so daß orangefarbene Funken aufflogen und dann in der Nacht vergingen. »Welche Geheimnisse könnte dieses Grab nicht verbergen«, rief Petrie plötzlich aus, »um eine solche Aura des Bösen und der Verzweiflung zu erzeugen? Denn wenn irgendein Pharao ein besseres Gedenken verdiente, dann war es gewiß Echnaton. Ihm galten die Ziele seiner eroberungslustigen Vorfahren nichts –

ihre plündernden, selbstverherrlichenden, pompösen Grausamkeiten. Nur das Licht und die Wahrheit und das Leben
der Sonne. Und doch ...« – Petrie schwieg, dann runzelte er
die Stirn – »ich frage mich ...« Er stand auf und blickte hinüber zu der fernen Silhouette der Klippen. »Wie läßt sich erklären, was ich im Grab empfand?« Lange blieb er schweigend stehen, dann zuckte er ungeduldig die Achseln. »So viele
Rätsel – so wenige Antworten, scheint es.« Seine Miene, dachte ich, wirkte beinahe müde. »Aber das ist nun einmal das
Wesen unseres Berufs, fürchte ich.«

Dennoch schien es, daß Petrie nicht ganz die Hoffnung aufgegeben hatte, mehr herauszufinden. Einige Tage später berichtete er mir, er habe für mich die Genehmigung erhalten,
die Reliefs von den Wänden zu kopieren, und so fand ich
mich zum zweitenmal in Echnatons Grab wieder. Petrie hatte mir nicht eigens auftragen müssen, die Augen offenzuhal-
ten; doch obwohl ich selbst gespannt war und nicht nur seine eigene Neugier befriedigen mußte, konnte ich nichts
entdecken, was mir als besonders fremdartig auffiel. Es traf
zu, daß die Zerstörung der Fresken nicht so vollständig war,
wie man zunächst angenommen hatte; insbesondere in einer
der Seitenkammern waren ganze Szenen zu erkennen, die so
gut wie nicht beschädigt waren. Die auffälligste war auch die
anrührendste und ergreifendste: Der König und die Königin
wurden in ihrer Trauer um ein Kind gezeigt, ein kleines
Mädchen, das auf einer Totenbahre lag. Der König weinte
ganz eindeutig, und ich war, als ich dieses Porträt der Liebe
betrachtete, diesen Herzenserguß eines Mannes, der seit langem tot und vergessen war, von dem höchst merkwürdigen
Gefühl berührt, daß er gar nicht tot war, sondern hinter mir
stand, tief über seine Tochter gebeugt, und den Grabesstaub
in die Luft warf. Erschrocken drehte ich mich um, aber da
war natürlich niemand. Doch im selben Moment, noch als
ich mich umdrehte, wurde mein Blick von etwas anderem
festgehalten, und als ich es im Strahl meiner Taschenlampe
sah, glaubte ich, mir bliebe das Herz stehen.

In die Ecke gemalt, so weit hinten im Schatten, daß ich es

leicht hätte übersehen können, war die Darstellung einer Sonne. Aber sie war nicht im Stil der anderen Fresken gemalt, sondern eher grob, wie in großer Eile, und hätte ich nicht die gleiche Form schon einmal gesehen, hätte ich sie vielleicht gar nicht erkannt. Doch als ich vortrat, merkte ich, daß ich mich nicht geirrt hatte: Es war die gleiche Sonne, die ich als Skulptur im Steinbruch gesehen hatte, und darunter waren die gleichen beiden hockenden Gestalten und dann eine Zeile arabischer Schrift. Solche Ähnlichkeiten, soviel war mir klar, konnten kein reiner Zufall sein, und mit zitternder Hand und starker Erregung griff ich zur Feder, um sie zu kopieren.

Sobald ich fertig war, legte ich mein Zeichenbrett beiseite und hätte mich abgewandt, wenn nicht gerade in diesem Moment meine Taschenlampe noch etwas eingefangen hätte, eine ganz schwache Spur Farbe auf der Wand. Ich strengte mich an, die Stelle genauer zu untersuchen, bis ich unter den groben Strichen der gemalten Sonne mit Mühe die Gestalt einer Frau ausmachen konnte. Während ich sie genau betrachtete und realisierte, wer sie war, empfand ich erneut einen jähen Schrecken. Das Porträt paßte zweifellos zur übrigen künstlerischen Gestaltung der Wände, denn es war im vertrauten Stil der Regierungszeit Echnatons gemalt; doch hatte es, ob wegen der verborgenen Stelle oder aus anderen Gründen, den fanatischen Eifer überstanden, der so vieles andere in dem Grab zerstört hatte. Gewiß, dachte ich, während ich auf das Gesicht der Frau starrte, hatte sie etwas an sich, das durchaus die Hand eines Grabschänders hätte aufhalten können, denn ihre Schönheit war so groß und das Wesen ihrer Schönheit so beunruhigend, daß mich beim Betrachten beinahe fröstelte. Ihr Kopf, unglaublich schwer auf einem schlanken Hals, wirkte wie eine riesenhafte Orchidee, die auf ihrem Stengel schwankt; ihr schwarz umrandeter, starrer Blick war erhaben und kalt; ihre Lippen, unentschieden zwischen einem Lächeln und Strenge, schienen auf tödliche und unermeßliche Tiefen hinzuweisen. Nur diese Lippen hatten ihre frühere Leuchtkraft bewahrt und waren trotz der verstrichenen Jahrtausende noch von einem frischen und lebendigen Rot – die gleiche Farbe, bemerkte ich plötzlich, wie auf dem Grafitto der Sonne.

Ich hatte sofort geahnt, wen das Porträt darstellte. Ich beugte mich vor, um nach einer Inschrift zu suchen, und fand sie, fast unter einem roten Pinselstrich versteckt, neben dem Kopf. Ich hatte mich schon in die Anfangsgründe der Hieroglyphenschrift eingearbeitet und konnte, wenngleich sehr stockend, die auf die Wand gemalten Silben erkennen. *Nofre-te-te.* Ich lächelte vor mich hin. Meine Vermutung hatte sich also als richtig erwiesen. »Nofretete« – »Die Schöne ist gekommen.« Echnatons Königin.

Weitere Hieroglyphen liefen in einer Zeile an der Wand hinab. Ich gestattete mir ein zweites Lächeln. Petrie würde ganz gewiß überaus interessiert sein, denn Nofretete war wie ihr Gatte eine höchst geheimnisvolle Gestalt, und auch ich hatte festgestellt, daß mich das Bild der Königin verfolgte, seit ich es zum erstenmal aus dem Fels gehauen flüchtig erblickt hatte. Sie war in Schönheit gekommen – soviel verkündete ihr Name; aber sonst wußte man fast nichts über Nofretete. Es war ein unumstößlicher Brauch gewesen, daß ein Pharao die eigene Schwester zu seiner Königin machte, aber Echnaton hatte auch diese Tradition mit Füßen getreten. Wer Nofretete wirklich war und woher sie stammte, waren noch immer unbeantwortete Fragen. Mit Sicherheit hatte sie nicht zu Ägyptens königlicher Familie gehört. Petrie hatte seine eigenen Ideen, wie ich wußte – aber es fehlte leider an Beweisen. Ich griff noch einmal zu meinem Zeichenbrett. Ich konnte die Hieroglyphen nicht lesen, doch ich kopierte sie, denn Petrie würde sie entziffern. Wer wußte, welche Auskünfte sie nicht enthalten mochten?

Ja, wer? Noch fast dreißig Jahre später, während ich hier in der nachmittäglichen Wärme der thebanischen Sonne sitze, macht mich diese Frage frösteln. Ich bin, glaube ich, von Natur aus kein übertrieben phantasievoller Mensch, und lassen Sie mich, um mildernde Umstände für meine jugendliche Torheit geltend zu machen, erklären, daß sie mich eine Lektion lehrte, die ich nie vergessen habe. Ein Archäologe, der eifrig Erkenntnissen nachspürt, vergißt allzu leicht, daß ein Grab etwas mehr ist als eine bloße Fundgrube historischer Details. Es ist auch ein Ort, wo die Toten hingelegt wurden; und obwohl ich natürlich nichts übrig habe für Phantasiegebilde wie Gespenster, ist es dennoch möglich, daß die Toten diejenigen überraschen, die sie völlig ignorieren.

Jedenfalls lernte ich das an jenem Tag. Denn während ich in der Dunkelheit des Grabes auf Nofretetes Gesicht starrte, bildete ich mir ein, daß das Lächeln breiter wurde und die Augen zu leuchten begannen, und ich verspürte ein solches Entsetzen, daß ich wie gelähmt war. Plötzlich dachte ich, daß ich noch nie einen so furchtbaren Blick gesehen hatte, und während ich mir noch einbildete, daß sie zum Leben erwachte, war mir auch gleichzeitig klar, daß sie überhaupt nicht menschlich war, sondern etwas Fremdartiges und Monströses und schrecklich Gefährliches. Selbstverständlich erkannte ich, noch während ich mir dies vorstellte, daß diese Phantasien Unsinn waren, und ich zwang mich, mich abzuwenden und mir die Augen zu reiben. Als ich noch einmal auf das Porträt der Königin blickte, war alles wie zuvor, außer daß ihre Lippen im Schein der Taschenlampe voller als zuvor erschienen. Unwillkürlich neugierig gemacht, hielt ich die Taschenlampe näher daran; doch selbst im vollen Schein ihres Strahls blieb meine Halluzination bestehen. So verblüfft war ich von dieser Sinnestäuschung, daß ich ... – du meine Güte, aber ich werde sogar rot, wenn ich dies niederschreibe – daß ich mich tiefer beugte, als ob ich ihre Lippen küssen wollte, und meine Finger ausstreckte, um die Wangen des Porträts zu berühren. Da schien der ganze Fries vor meinem Blick zu schimmern, wirklich wie ein richtiger Geist – ein Schleier aus unzähligen schimmernden Punkten, von der Wand abgehoben und in der Luft hängend. Dann fiel das Ganze in sich zusammen, und das Bild war verschwunden, zerbröselt zu einem Pulver aus feinem Staub auf dem Boden. Wo das Porträt gewesen war, gab es nur noch nacktes Gestein.

Petrie erzählte ich nie davon. Meine Scham und mein

Schuldgefühl waren zu stark. Während der folgenden Wochen versuchte ich statt dessen, meine Torheit wiedergutzumachen, indem ich etwas anderes entdeckte – einen Gegenstand von großer Schönheit vielleicht oder von historischem Wert. Aber leider erbrachten meine Anstrengungen wenig, und ich fand nichts, was sich mit dem Fund, den ich zerstört hatte, vergleichen ließ. Allerdings zeigte ich Petrie gegen Ende unserer Grabungen an der Stätte meine Kopien der arabischen Inschriften. Das Bild der Sonne und ihrer Anbeter weckte kurz seine Neugier, aber geradeso wie Newberry spottete er über den Gedanken, ein Araber könnte die Kunst der Regierungszeit Echnatons nachgeahmt haben. »Eine solche Theorie«, erklärte er mir, »ist zwar ohne Zweifel sehr originell, entbehrt aber jeder Grundlage. Untersuchen Sie die Zeugnisse genauer, Carter, und Sie werden sehen, wie sich der Gedanke in Luft auflöst.« Eine derartige Rüge schmerzte mich mehr, als er wissen konnte, und so drang ich nicht weiter in ihn. Doch trotz Petries brüsker Zurückweisung konnte ich nicht glauben, daß die Inschriften ohne jede Bedeutung sein sollten – und manchmal, in meinen überspannteren Augenblicken, belustigte es mich, sie tatsächlich für ein Geheimnis von großer Bedeutung zu halten.

Vor allem zwei späte Entwicklungen ermutigten mich, an dieser Ansicht festzuhalten. Die erste war die Übersetzung der zwei Zeilen Arabisch, von denen ich anfangs befürchtet hatte, sie hätten überhaupt keinen Sinn. Obwohl Petrie selbst in der Sprache einigermaßen bewandert war, hatte er meine Kopien nicht verstehen können, und als er einen der Dorfältesten in der Nachbarschaft ansprach, runzelte der Alte die Stirn und zuckte die Achseln. Diese Enttäuschung hätte den Ausschlag geben können – hätte ich nicht beobachtet, wie der alte Mann, als er zuerst auf die Zeilen blickte, zu erschrecken schien und sein Gesicht blaß wurde. Als Petrie am nächsten Tag irgendwo auf der Grabungsstätte unterwegs war, trat ich an seinen Aufseher heran und fragte ihn, ob er die zwei Zeilen für mich übersetzen könne. Der Aufseher, der recht gut Englisch sprach, erklärte sich gern bereit; aber in dem Augenblick, als er genauer hinsah, wurde auch er bleich und schüttelte den Kopf. Aber anders als der Dorfälteste konnte er nicht leugnen, daß er die Zeilen erkannt hatte, und so war ich fest entschlossen, in Erfahrung zu bringen, was sie bedeuteten.

»Sehr schlimm«, stammelte der Aufseher. »Wirklich sehr schlimm. Nicht gut zu wissen.«

»Warum nicht?« fragte ich, während meine Neugier immer größer wurde.

Der Aufseher sah sich um, als suche er Hilfe, aber es gab keine, und so schüttelte er den Kopf noch einmal und atmete tief durch. »Dies«, flüsterte er, »dies ist ein Fluch.« Er zeigte auf die Zeile, die ich im Steinbruch kopiert hatte. »Der Fluch Allahs. ›Geh für immer fort‹, heißt das. ›Du bist verdammt. Du bist verflucht.‹ So steht es im Koran geschrieben.«

»Und wer ist das Objekt von Allahs Fluch?«

Nun begann der Aufseher sichtbar zu zittern. »Iblis«, stotterte er. »Iblis, der Böse, der gefallene Engel. Und deshalb, verstehen Sie, bitte, Sir – es ist nicht gut, das zu wissen.«

Ich überging seine Bitte und deutete auf die zweite Zeile. »Und diese?« fragte ich ihn. »Ist sie auch aus dem Koran?«

Die Nervosität des Aufsehers war nun fast quälend anzusehen. Er murmelte leise etwas vor sich hin, dann stöhnte er und schüttelte den Kopf.

»Es tut mir leid«, drängte ich ihn. »Ich habe das nicht ganz mitbekommen.«

»Nein«, flüsterte er. »Es ist ein sehr böser Vers. Kein Vers aus dem Koran. Der heilige Koran wurde von Allah geschrieben. Aber dies« – er zeigte darauf – »dies wurde von Iblis geschrieben – geschrieben, um zu täuschen.«

»Was bedeutet es?«

Wieder schüttelte er den Kopf, aber mit einem beträchtlichen finanziellen Anreiz konnte ich ihm helfen, seine Skrupel zu überwinden. Er nahm ein Blatt Papier, und unter gespenstischem Flüstern schrieb er die Bedeutung der Schriftzeichen auf. »Hast du an Lilat gedacht«, las er, »die Große, die andere? Sie ist höchlich zu fürchten. Wahrlich,

Lilat ist groß unter den Göttern.« Er starrte mich mit aufgerissenen Augen an. »So steht es hier.«

»Wer ist Lilat?«

Der Aufseher zuckte die Achseln.

»Sie müssen es doch wissen.«

»Es ist verboten, das zu wissen.«

Ich versuchte, ihm mehr Geld anzubieten, aber diesmal wollte er es nicht annehmen und schüttelte wieder den Kopf. »Wirklich«, beteuerte er, »ich weiß es nicht. Eine große Dämonin – sehr zu fürchten – aber sonst, Sir ... wirklich – ich kann es nicht sagen. Es tut mir leid, Sir. *Ich kann es nicht sagen.*«

Ich glaubte ihm, und als ich sein Gerede von den Dämonen hörte, überkam mich plötzlich das Gefühl, wie lachhaft das alles war. Ich ließ den Aufseher gehen und lächelte, wieder allein, kläglich bei dem Gedanken, wie meine sorgfältigen Untersuchungen, die ich mit solcher Hoffnung und solch hochfliegenden Zielen verfolgt hatte, mich nur in einen Sumpf des Aberglaubens führten. Iblis! Lilat! Verse aus dem Koran! Was hatte ich mit solchem Hokuspokus zu schaffen? Schon der Gedanke daran erfüllte mich mit Scham. Ich kehrte zu meinen Ausgrabungen zurück, und während ich die mühsame Arbeit wieder aufnahm, Fragmente aus dem Sand zu sieben, schwor ich, alle wilden Mutmaßungen für immer aus meinem Kopf zu verbannen.

Die kommenden Wochen über blieb ich diesem Entschluß treu – und wäre es auch gern weiterhin geblieben, hätte ich nicht in den letzten Tagen unserer Ausgrabungen in El-Amarna einen zweiten und weit erschreckenderen Fund gemacht. Ich sage, daß ich es war, der den Fund machte – aber das ist nicht ganz wahr, denn als der Sommer kam und die Temperaturen stiegen, begann auch ich unter der Hitze zu leiden und dann ziemlich krank zu werden. Während ich mich eines Mittags im Schutz einiger Palmen zu erholen versuchte, kam ein Arbeiter zu mir. Er streckte die Hand aus, und ich sah einen wunderschönen goldenen Ring auf seiner Handfläche schimmern. Ich nahm ihn ohne besondere Begeisterung entgegen, denn ich fühlte mich noch immer schwach, als meine Kraft, während ich ihn ansah, plötzlich wiederhergestellt war. Ungläubig untersuchte ich das eingeschnittene Motiv, rieb mir die Augen, prüfte es noch einmal. Es war kein Irrtum möglich – ich hatte es sofort erkannt: zwei Gestalten, die unter der Sonnenscheibe kauerten. Ich bezahlte den Arbeiter, dann eilte ich zu meinem Zelt. Ich holte meine Papiere hervor und fand die Kopien, die ich von den beiden arabischen Darstellungen gemacht hatte. Ich verglich sie mit dem Ring. Ich holte tief Luft ... sie glichen ihm in jeder Hinsicht.

Ich ging zurück, um den Arbeiter zu suchen. Er führte mich an die Stelle, wo er die Entdeckung gemacht hatte, und mir wurde klar, als ich die Schuttschicht untersuchte, daß der Ring mit Sicherheit aus der Zeit Echnatons stammte, denn er war zwischen Mauerwerk und Tonscherben gefunden worden, die alle in dessen Regierungszeit datiert werden konnten. Doch trotz der Beweise vor meinen Augen konnte ich noch immer kaum glauben und noch weniger erklären, was das anzudeuten schien. Denn wie konnten die Motive – durch mehr als zweitausend Jahre getrennt – so eindeutig identisch sein? War es bloßer Zufall? Oder vielleicht, irgendwie, etwas mehr? Ich wußte die Fragen nicht zu beantworten – doch wenigstens konnte ich mir nun sicher sein, daß sie gestellt werden mußten.

Freilich nicht in El-Amarna, denn bald darauf wurde die Grabung abgeschlossen, und mit dem Ende der Saison verließ ich die Stätte für immer. Was ich dort jedoch erfahren hatte, sollte den ganzen Lauf meines Lebens verändern. Unter Petries Aufsicht hatte ich begonnen, mich in einen Archäologen zu verwandeln, einen echten Fachmann, der systematisch graben und prüfen konnte und gelernt hatte, seine naiven Begeisterungsausbrüche zu zügeln. Aber ich war auch, so glaubte ich, über die Spuren eines bemerkenswerten und verblüffenden Rätsels gestolpert – eines Rätsels, das mich, wie sich herausstellte, durch meine ganze berufliche Laufbahn verfolgen sollte.

Nach meiner Abreise aus El-Amarna hatte ich das Glück, im Herbst 1893 einen Posten zu erhalten, der mein Interesse an dem Geheimnis wachhielt. Genaugenommen war ich schon glücklich, überhaupt eine Stelle zu bekommen, denn ich hatte kurz befürchtet, ohne Anstellung zu bleiben und Ägypten ganz verlassen zu müssen. Doch mit der Hilfe und Empfehlung meiner früheren Gönner konnte ich nicht nur im Land weiterarbeiten, sondern sogar in jenem Teil, den zu besuchen ich mir so sehr gewünscht hatte. Seit Petrie mir von seiner Pracht erzählt hatte, sehnte ich mich danach, den großartigen Tempel von Karnak zu sehen und die Umgebung des antiken Theben zu besichtigen. Die Stelle, die ich erhalten hatte, gab mir genau diese Möglichkeit – und brachte mich an jenen Ort, wo ich auch jetzt sitze und schreibe.

Auch hat dieser Ort, trotz der vielen Jahre, die ich hier verbracht habe, nie aufgehört, mich zum Staunen zu bringen. Denn er ist der Punkt, vielleicht mehr als jeder andere in Ägypten, wo Vergangenheit und Gegenwart gänzlich aufgehoben zu sein scheinen; sogar der Nil, die Palmen, selbst die Feldfrüchte, wenn sie von der Helligkeit der Mittagssonne hervorgehoben werden, können wie die Merkmale einer zeitlosen Architektur erscheinen, immer gleich, unwandelbar, so unverwechselbar und ruhig. Ich erinnere mich, wie mir dieser Gedanke bei meiner ersten Ankunft in Theben kam, als ich mich aus dem Fenster meines Zugs lehnte und dann, im nächsten Moment, Stein über fernen Palmen aufleuchten sah, Stein und noch mehr Stein, und wußte, daß ich den großen Tempel von Karnak erblickte. Ich besuchte ihn noch am selben Nachmittag und stellte mir vor, wie ich da verloren inmitten dieser gewaltigen und bombastischen Masse stand, daß die Jahrhunderte in der Tat ein solches Monument zu fürchten gelernt hatten. Hof auf Hof, Pylon auf Pylon, schien der Tempel sich ohne Ende auszudehnen, und unwillkürlich verglich ich ihn mit dem Sand und der unfruchtbaren Wüste von El-Amarna zweihundert Meilen weit nach Norden. Gewiß empfand ich das Geheimnis der Revolution Echnatons jetzt um so schärfer, denn ich konnte verstehen, als ich mich umschaute, daß er beim Versuch, Karnak zu vernichten, sich an etwas gewagt hatte, was die Zeit selbst erst noch vollbringen muß. Welche Träume konnten ihn angeregt haben, einen so ehrfurchtgebietenden Ort in Frage zu stellen? Welche Träume, welche Hoffnungen – oder, vielleicht, welche Ängste?

Ich hätte die Gelegenheit begrüßt, in Karnak zu bleiben und weitere Gedanken über solche Rätsel anzustellen. Mein Posten verlangte mich jedoch anderswo, und so überquerte ich am selben Abend, als die Dämmerung allmählich tiefer wurde, den Nil zum Westufer. Schlammreiche Felder wichen bald gelbbraunem Sand, und vor mir erhob sich eine niedrige Bergkette, deren Gipfel von der untergehenden Sonne rot gefärbt wurden. Hier hatte in der alten Mythologie die Grenze zwischen den Welten der Lebenden und der Toten gelegen; so wie die Sonne jeden Abend unter dem westlichen Horizont verschwand, so wanderten die Geister der Verstorbenen nach Westen in die Wüste. Ich war gekommen, um im Schatten dieser Grenze zu arbeiten, denn sie war durch Monumente von unvergleichlicher Romantik und Faszination bezeichnet, erbaut als Pforten zur Unterwelt und bis auf diesen Tag eine einzige ausgedehnte, sagenhafte Stadt der Toten bildend.

Hier arbeitete ich über die nächsten sechs Jahre angestrengt daran, ein Meister meines erwählten Berufes zu werden. Ich war angestellt worden, um am größten der pharaonischen Totentempel zu arbeiten, der kaum sichtbar war, als ich an der Stätte eintraf, sich aber allmählich als ein Meisterwerk der Kunst offenbarte. Die Ausgrabung war eine mörderische Knochenarbeit, und ich fand nichts, was irgendein direktes Licht auf die Geheimnisse von El-Amarna werfen konnte. Aber ich war nicht ungeduldig, und tatsächlich habe ich auf diese Jahre stets mit den erfreulichsten Erinnerungen zurückgeblickt. Ich habe oft überlegt, daß ich womöglich, wenn das Leben mir ein anderes Blatt Karten ausgeteilt hätte, einen hervorragenden Detektiv abgegeben hätte: vielleicht keinen Sherlock Holmes, der Lösungen mit einem großartigen Geistesblitz produziert, sondern eher einen, der seine Beweisstücke mit steter Sorgfalt zusammenträgt, jedes winzige Stückchen Information aufstöbert, beobachtet und jeden Hinweis analysiert. Selbstverständlich war mir klargeworden, daß ich zum Erreichen meiner ehrgeizigen Ziele das ganze zugängliche Grundwissen brauchen würde – und dies eignete ich mir in meiner sechsjährigen Arbeit an dem Tempel an. Denn dort erfuhr ich mehr über die alten Ägypter, ihre Geschichte und ihre Lebensweise als an jedem anderen Ort oder zu jeder anderen Zeit, und ich bekam ein gutes Rüstzeug für das große Abenteuer meines Lebens.

Nicht daß ich es während dieser Lehrzeit völlig vernachlässigt hätte, die Geheimnisse zu erforschen, die mich überhaupt erst auf diesen Weg gebracht hatten. Hinter dem Tempel, an dem ich arbeitete, stieg eine mächtige Felswand auf, und hinter der Felswand erstreckte sich eine öde und wilde Schlucht, von jedem Zeichen oder Klang des Lebens weit entfernt. Das Tal der Könige! Von allen Wundern Ägyptens gibt es wohl keines, das die Phantasie unmittelbarer anspricht. Hier waren in alten Zeiten ganze Dynastien von Pharaonen in den Felsen bestattet worden, und bis heute, Tausende von Jahren nach seiner Aufgabe, kann es einem noch als furchteinflößender, heiliger, vom Tod heimgesuchter Ort erscheinen. Fast könnte man glauben, in einer anderen Welt zu sein, und sogar die Pfade, die sich über die Konturen des Tals schlängeln, weißer und blendender als der Sand und die Felsen selbst, können einem wie die Adern eines versteinerten Ungeheuers vorkommen, dessen Lebenspuls vor langem zum Stillstand gekommen ist. Es ist natürlich schwer, die Eindrücke zu erklären, die das Betreten der Gräber an sich so beunruhigend machen, denn die Stille, die widerhallenden Schritte, die dunklen Schatten, die heiße, reglose Luft lassen sich nicht angemessen in Worte fassen; noch kann man die Aura der unermeßlichen Zeit und ihr Durchdringen, das einen so tief erregt, beschreiben.

Doch obwohl die Gräber des Tals von unvergleichlicher Pracht und Schönheit waren, fand ich nichts an den Wänden, das sich mit dem Porträt Nofretetes messen konnte, deren Gesicht, so schön und tödlich, noch immer gelegentlich vor meinem geistigen Auge erschien und meine Phantasie überraschte oder manchmal meine Träume, als ob es mich weiterlockte, einem noch nicht erblickten Ziel entgegen. Auch entdeckte ich keine der merkwürdigen Symbole und arabischen Inschriften, die ich in El-Amarna abgemalt hatte. Allerdings hätte mich der Fund solcher Zeichen in Wahrheit mehr überrascht als ihr Fehlen. Denn Aton war nie der Hüter dieses Tals gewesen; es war nicht das strahlende Abbild eines einzigen Gottes gewesen, das Wache über den Gräbern hielt, sondern die alten Gottheiten der Unterwelt – ebenjene Gottheiten, die Echnaton mit aller Kraft hatte unterdrücken wollen.

Vor allem fand ich auf den Wänden immer wieder das Bild des Osiris dargestellt – Osiris, den ersten König der Ägypter, den sein Bruder Seth zu stürzen versucht hatte. Wenn ich diese Malereien betrachtete, erinnerte ich mich an die Legende, die Newberry mir erzählt hatte: wie der Gott des Bösen seinen Bruder zweimal ermordete, indem er ihn zuerst in einen Sarkophag einschloß und dann zerstückelte und die Gliedmaßen in alle Welt verstreute. Doch ich wurde auch daran erinnert, wie Osiris dann durch Isis, seine Schwester, die große Göttin der Magie, von den Toten zurückgebracht worden war, um für immer in der Unterwelt zu herrschen; und in dieser Rolle war er auf den Wänden der Gräber porträtiert worden, als der ewige König des Totenreichs. Die Legenden verrieten nicht, wie Isis das Mysterium seiner Auferstehung vollzogen hatte, und doch schien seine Anwesenheit als Hüter der königlichen Sarkophage – seine Miene unergründlich, seine Lippen verhalten lächelnd – anzudeuten, daß das Geheimnis irgendwie den Seelen zumindest der Pharaonen zuteil geworden war. Und wieder, wenn ich daran dachte, ertappte ich mich dabei, daß ich über Echnaton rätselte: Was hatte ihn dazu gebracht, einen solchen Gott und die Aussicht auf ein ewiges Leben nach dem Tod aufzugeben?

Bedauerlicherweise hatte ich ohne die Gelegenheit, im

Tal zu graben, kaum eine Chance, Antworten auf derartige Fragen zu entdecken. Genaugenommen bot sich nur ein einziger vager Weg der Untersuchung an. Als ich mir Newberrys Entdeckung der Legende von dem ruhelosen König ins Gedächtnis rief, fiel mir ein, daß es vielleicht ähnliche Volkssagen in der Nachbarschaft von Theben geben könnte. Sicher gab es eine Überlieferung, die seit unvordenklichen Zeiten unter den Dorfbewohnern der Gegend bewahrt worden war, denn das Tal blieb, was es seit dem Zeitalter der Pharaonen gewesen war: das einträgliche Jagdrevier der Grabräuber. Zeugnisse ihrer mühsamen Arbeit fanden sich überall – offene oder halbgefüllte Mumiengruben, Abfallhaufen, große Schuttberge, bei denen hier und da Fragmente von Särgen und Fetzen von leinenen Mumienbinden aus dem Sand ragten. Sicher, dachte ich für mich, könnte die angesammelte Weisheit dieser Spezialisten manches bruchstückhafte Wissen enthalten, das mir nutzen würde. Inzwischen konnte ich mich einigermaßen mühelos auf arabisch unterhalten, und in den dunkleren Nächten, wenn die abscheulichen Schnaken und Mücken meine Geduld erschöpft hatten, verließ ich manchmal meine Unterkunft und besuchte den Vorsteher eines Nachbardorfs. Es ist wahr, daß meine Fragen nicht sofort beantwortet wurden, aber weder überraschte mich das, noch entmutigte es mich sonderlich. Denn ich hatte den Eindruck, als ich mich nach den Legenden über die alten Gräber erkundigte, daß mir etwas verschwiegen wurde, und ich fand genügend Beweise, daß solche Legenden tatsächlich noch lebendig sein könnten. Wenn man am Kaffeefeuer eines Dorfvorstehers saß, konnte man oft Geschichtenerzählern lauschen, die ihren Stoff, ohne ein einziges Buch zu besitzen, auswendig kannten und den Dorfbewohnern wundervolle Unterhaltung boten. Ihre Vorträge enthielten viel Geschichte und überliefertes Sagengut, und ab und zu hörte ich im Zusammenhang mit dem Tal vage Anspielungen auf ein großes und wunderbares Geheimnis, das anscheinend von einem furchtbaren Fluch geschützt wurde. Es war schwierig, diesem Stoff etwas Genaueres zu entnehmen, aber er reizte jedenfalls meine Neugier, und ich fragte mich oft, was die Dorfpoeten nicht noch alles wissen mochten.

Während ich an den Totentempeln beschäftigt war, fern vom Tal, war diese Frage vielleicht nicht so dringlich. Aber im Herbst 1899 dann, gegen Ende meines sechsten Jahres praktischer Arbeit vor Ort in Theben, trat eine dramatische positive Wende meines Geschicks ein, das die Frage in den Brennpunkt rückte. Allem Anschein nach waren meine Bemühungen, mich auf das Leben eines Ausgräbers vorzubereiten, nicht gänzlich unbemerkt geblieben, denn mir wurde urplötzlich, sozusagen aus heiterem Himmel, der Posten des Generalinspekteurs der ägyptischen Altertümerverwaltung angeboten.

Dies war eine doppelt unerwartete Ehre, denn erstens war ich noch sehr jung – gerade 25 Jahre alt –, zweitens hatte ich den viel schwerer wiegenden Nachteil, kein Franzose zu sein. Petries Vorurteile hatten mich stark beeinflußt: Ich hatte immer das Schlechteste vom *Service des Antiquités* angenommen. Aber der Leiter dieser Organisation, Monsieur Gaston Maspéro, war in Wirklichkeit ein Mann von bemerkenswerter Urteilskraft, und dies möglicherweise, gerade weil er kein Engländer war – nur ein Franzose, vermute ich, konnte einen Mann mit meiner bescheidenen Herkunft auf diesen Posten berufen. Natürlich nahm ich ihn mit Feuereifer und mit einer gewissen Erregung an, in die sich die größte Vorfreude mischte; denn von nun an sollte ich für sämtliche Denkmäler Oberägyptens verantwortlich sein – und insbesondere für die Erforschung des Tals der Könige.

Endlich also, dachte ich mit einer gewissen Befriedigung, konnte ich mich als wahren Archäologen betrachten. Dennoch erinnerte ich mich während jener ersten Monate an die Lektion, die ich Jahre zuvor gelernt hatte, als ich sah, wie sich Nofretetes Porträt vor meinen Augen auflöste, und ich trug im Gedächtnis, daß die alles überragende Tugend meines erwählten Berufes immer Geduld, Geduld und noch einmal Geduld sein mußte. Natürlich sehnte ich mich danach, mich in die Ausgrabungsarbeit zu stürzen und großartige Entdeckungen zu machen, aber die gründliche Besichtigung der bereits entdeckten Gräber hatte, wie ich es sah, zunächst Vorrang. Und so kam es, daß ich in meiner Lieblingsrolle als Detektiv, der ein Verbrechen untersucht, meine Jagd nach Indizien aufnahm.

Fast auf Anhieb entdeckte ich etwas Verblüffendes. Anscheinend hatte sich jemand vor mir um die Gräber gekümmert: In allen der zuletzt entdeckten waren winzige Amulette zurückgelassen worden, entweder auf der Brust der Mumien in ihren Sarkophagen oder zu Füßen der Osiris-Darstellungen an den Wänden. Die Amulette selbst schienen erst kürzlich angefertigt zu sein, und doch ließ das Bild, das sie trugen, mein Herz klopfen, denn obgleich sehr grob nachgemacht, war es unmißverständlich das Porträt der Sonne mit den beiden schon bekannten Anbetern, die darunter hockten. Hier stand ich jedenfalls vor einem ganz schönen Rätsel! Was eine Kopie des Aton in Theben zu suchen hatte, viele hundert Meilen von El-Amarna entfernt, war mir vollkommen schleierhaft – und ebenso, was die Einheimischen damit bezweckten, ein Bild von so eindeutig heidnischer Natur anzufertigen. Dennoch war ich mir sicher, als mir die Graffiti einfielen, die ich in El-Amarna gefunden hatte – ebenfalls von einem Muslim stammend, ebenfalls die Sonne darstellend –, daß die Parallelen exakt waren und daß eine derartige Übereinstimmung vielleicht das größte Rätsel von allem war.

Zumindest ein schwaches Licht wurde vom Aufseher meiner Arbeiter, Ahmed Girigar, auf die mysteriöse Geschichte geworfen. Er war ein Mann, dem ich unbedingt vertraute, denn er hatte unter einer ganzen Reihe von Ausgräbern gearbeitet und besaß eine Rechtschaffenheit, mit der es nur noch seine Kenntnis des Geländes im Tal aufnehmen konnte. Als ich eines Tages ein weiteres Amulett auf einer Mumie liegen fand, brachte ich es zu ihm. Ahmed betrachtete es mißtrauisch.

»Erkennen Sie es?« fragte ich.

Er zuckte verächtlich die Achseln. »Es beweist«, antwortete er mir, »daß die Torheit noch immer lebendig ist und gedeiht.«

Neugierig gemacht, bat ich ihn, sich zu erklären.

Ahmed zuckte zum zweitenmal die Achseln. »Man glaubt, wenn ein Grab im Tal freigelegt wird, daß man eines dieser Symbole auf die Mumie legen muß, damit die Geister der Könige nicht aus ihrem Schlaf geweckt werden.«

Ich runzelte die Stirn. »Warum sollten sie geweckt werden?«

»Es ist Unsinn, Sir, alles Unsinn.«

»Natürlich. Aber was sagen die Leute?« drängte ich weiter.

»Es gibt eine alte Geschichte …« Ahmed hielt inne, um auf die Mumie hinunterzublicken. »Eine sehr alte Geschichte … daß vor langer, langer Zeit ein Grab entdeckt wurde. Herrliche Schätze wurden darin gefunden – unvorstellbarer Reichtum –, aber auch ein Geheimnis von furchtbarer Bosheit …« Er schluckte und schwieg erneut, wobei ihm plötzlich unbehaglich zu sein schien. Aber ich konnte nicht zulassen, daß er hier haltmachte, und drängte ihn fortzufahren. »Das Geheimnis?« fragte ich. »Was war das Geheimnis?«

Ahmed blickte mich finster an, dann fing er an zu lachen. »Aber, Sir, was glauben Sie denn? In diesen törichten Geschichten, die wir hier erzählen, muß immer, wo ein Schatz ist, auch ein Dämon vorkommen. Dieser spezielle Dämon war einst ein Pharao gewesen, der in seinem Grab beigesetzt wurde. Als er gestört wurde, bestrafte er diejenigen, die ihn freigelassen hatten, denn er besaß die Macht, die Geister der Toten heraufzubeschwören.« Wieder machte Ahmed eine Pause und beugte sich tiefer über die Mumie in ihrem Sarg. »Der Dämon wurde durch Allahs Gnade am Ende vernichtet. Und so kam es, verstehen Sie, Sir, daß das gestörte Grab wieder versiegelt wurde, und über viele Jahre ließ man das Tal in Frieden – denn man fürchtete, daß überall dort, wo Schätze entdeckt werden könnten, gewiß auch Dämonen gefunden würden.«

»Wohingegen jetzt …«

Ahmed blickte mich fragend an.

»Wohingegen jetzt«, wiederholte ich, »die Menschen keine Angst mehr vor irgendwelchen Dämonen zu haben scheinen«.

»O nein, Sir«, flüsterte Ahmed mit plötzlich ernstem Gesicht, »sie haben immer noch Angst«. Er hob seine Kerze, um das Amulett genauer zu betrachten. »Aber ist das nicht immer so gewesen?« Er lächelte schwach. »Daß die Habgier am Ende stets über die Furcht siegt?«

Später überlegte ich, daß dies eine recht passende Warnung an jeden Generalinspekteur war, und ich hatte gewiß nicht die Absicht, sie zu ignorieren. Ich ließ dann auch vorsichtshalber die berühmtesten Gräber mit Toren versehen, aber leider sollten Ahmeds Worte mir nicht mehr aus dem Kopf gehen. Wenige Monate nachdem er sie gesprochen hatte, wurde ebenjenes Grab, in dem wir zusammen gestanden hatten, brutal geplündert; von der Mumie wurden sogar die Binden abgerissen. Zum Glück waren keine wertvollen Gegenstände bei der Leiche zurückgelassen worden, und der Schaden am Grab selbst war nur sehr gering. Nun begriff ich erst in vollem Umfang, was die Arbeit der Konservierung bedeutete, und so achtete ich darauf, die Tore noch sicherer als zuvor einpassen und elektrisches Licht installieren zu lassen. Auch die Zahl meiner nächtlichen Kontrollgänge erhöhte ich, und natürlich war ich recht aufgeregt, wenn ich allein und unbewaffnet über die Felsen streifte, stets auf der Suche nach Zeichen heimlicher Grabungen. In solchen Augenblicken, mit dem Funkeln der Sterne über mir und den Gräbern ringsum, fiel es mir nicht so schwer, doch an Dämonen zu glauben!

Um die Wahrheit zu sagen, hatte mich der Beweis für das anhaltende Interesse der Grabräuber am Tal insgesamt auch nicht enttäuscht. Ich hielt mich nun schon lange genug in der Gegend von Theben auf und war mit den Gewohnheiten der Einheimischen ausreichend vertraut geworden, um einen gesunden Respekt vor ihren Sagen entwickelt zu haben. Selbstverständlich konnte ich dies nicht ohne weiteres gegenüber meinen Kollegen im Staatsdienst zugeben, die ein derartiges Vertrauen als erniedrigend und töricht angesehen hätten – doch ich war zu der Überzeugung gelangt, daß Aberglaube manchmal die Keime der Wahrheit verhüllt. Gewiß war die Überlieferung, auf die Ahmed Girigar angespielt hatte – daß ein Grab voller Schätze einst von Dorfbewohnern gefunden worden war –, höchst glaubhaft, und wenn sie ein solches Grab gefunden hatten, warum sollte man nicht auch noch ein zweites entdecken? In diesem Punkt zumindest kam mir die Logik der Grabräuber völlig vernünftig vor – so vernünftig in der Tat, daß ich erpicht war, sie mir selbst zu eigen zu machen.

Doch nicht bloß die Aussicht auf Schätze beschäftigte meine Gedanken. Trotz Ahmeds Hinweis auf ihren Zweck verwirrten mich die Amulette, die ich in den Königsgräbern entdeckt hatte, noch immer, denn das Rätsel ihrer Herkunft und ihre offensichtliche Verbindung mit Echnatons Sonne entzogen sich einer Erklärung. Ich war in Versuchung, sie entweder als üblen Scherz oder als Zufall abzutun, doch gab es schließlich noch eine andere Erklärung, die sich aufdrängte. Angenommen, man hätte wirklich einst ein Grab mit einem Schatz gefunden – hätte nicht mit dem Gold auch das Abbild des Aton entdeckt werden können?

Eine solche Lösung konnte natürlich nur ein Gedankenspiel sein. Dennoch wurde sie mir durch eine besondere Episode bestätigt, die dem Leser belanglos erscheinen mag, mich aber stark berührte. Es geschah eines Nachts, als ich meinen Kontrollgang durch die Felsen über dem Tal machte, daß ich einen gedämpften kratzenden Laut hörte, der nur eines bedeuten konnte. Das Geräusch kam aus einer engen Schlucht direkt unter mir, und so stieg ich, so leise ich konnte, den Steilhang hinab und ging die Schlucht hinauf. Genau vor mir, beleuchtet durch das sehr schwache Flackern einer Fackel, konnte ich den Eingang eines bis dahin unentdeckten Grabes erkennen. Das Kratzen kam aus dem Innern, und als ich am Eingang stehenblieb, hörte ich zwei Stimmen miteinander flüstern. Eine war eine Männerstimme, sehr herrisch und ungeduldig; die andere, schrill und fast hysterisch vor Angst, schien einem Jungen zu gehören.

Ich spähte um die Ecke des Eingangs. Zwei Gestalten, eine sehr schmächtig, beide in schwarze Mäntel gehüllt, standen in einem Durchgang; vor ihnen war undeutlich die Dunkelheit einer weiteren Kammer sichtbar, deren Zugang durch einen Haufen Staub und Steine halb versperrt war. Der Mann, so schien es, hatte seinen Gefährten geheißen, durch die Lücke zu schlüpfen, aber der Junge jammerte und zitterte vor Angst. Durch sein Schluchzen verstand ich halb erstickte Hinweise auf Dämonen – er schien offenbar zu befürchten, daß er vielleicht den schlafenden Toten stören könnte. Dann drehte er sich um und hob den Arm, um auf ein an die Wand gemaltes Bild zu deuten, und dabei fing ich den Schimmer in seinen Augen auf und erschrak, denn ich glaubte, noch nie einen Ausdruck solcher Angst gesehen zu haben. Unglücklicherweise brachte ich durch meine plötzliche Bewegung ein paar Steinchen ins Rollen, und so wurden die Diebe vor mir gewarnt. Ich versuchte, sie zu fassen, aber zumindest der ältere war ein gerissener Schurke und konnte zusammen mit dem Jungen rasch genug entkommen, indem er schlichtweg drohend ein Messer zog. Ich war natürlich enttäuscht, aber auch erleichtert, ein frisches Grab gesichert zu haben. Ich rief Ahmed Girigar, wies ihn an, es zur Ausgrabung vorzubereiten, und stellte zu beiden Seiten des Eingangs gutbewaffnete Wachposten auf.

Schließlich zeigte sich, daß das Grab schon im Altertum geplündert worden war, denn in der Grabkammer fand sich wenig, bis auf Bruchstücke von Bestattungsutensilien und Gefäßen. Jedenfalls entdeckte ich nichts, was den Ausdruck des Entsetzens, den ich im Gesicht des jungen Grabräubers flüchtig erblickt hatte, gerechtfertigt hätte; doch so auffallend war er gewesen, die Angst so offenkundig und deutlich, daß ich nicht glauben konnte, sie sei bloß von Schatten verursacht worden. Kannte er die Sage, die ich von Ahmed Girigar gehört hatte? Hatte er sich deshalb so gefürchtet? Der Beweis war eher indirekt, aber er war jedenfalls vorhanden.

Denn das Abbild an der Wand, das ihn so erschreckt hatte, erwies sich als eine Darstellung des Osiris – desselben Gottes, der in der Mythologie der Alten der Totengott gewesen war und vor den in allen anderen Gräbern umsichtig ein Amulett mit einem Aton gelegt worden war. Und ungefähr zwei Tage, nachdem ich das Grab entdeckt hatte, erlebte ich dann auch das gleiche: Als ich den Durchgang betrat, fand ich vor dem Osirisbild ein Amulett, auf das die Gestalt des Aton geprägt war. Doch fand ich keinerlei Hinweis, wer es hingelegt haben könnte.

Dennoch ermutigte mich dies sehr, denn nun war ich beinahe davon überzeugt, daß meine ursprüngliche Hypothese richtig war und daß die Einheimischen wirklich, wenn auch vor noch so langer Zeit, ein Grab gefunden haben mußten, das mit dem Aton geschmückt gewesen war. Die Entdeckung mußte sie tief beeindruckt haben – wie sonst sollte man die bis heute anhaltende Verwendung des Aton als Zauber gegen die Dämonen erklären, die sich in den Gräbern versteckt hielten, wie man sich vorstellte? Der Gedanke, daß diese Dämonen von den Einheimischen mit dem Abbild des Osiris in Verbindung gebracht wurden, belustigte mich. Was sie veranlaßt hatte, diesen Zusammenhang herzustellen, konnte ich mir nicht denken, aber ich war mir sicher, daß Echnatons Geist es nicht mißbilligt hätte!

Natürlich konnte ich nicht mit Bestimmtheit sagen, wessen Ruhestätte es gewesen war, die die Einheimischen gestört hatten. Ein Kandidat allerdings war der Archäologie bereits bekannt – das Grab von Echnatons Vater, Amenophis III., längst geplündert und als leer aufgegeben. Es blieben freilich andere Möglichkeiten, die noch nicht gefunden worden waren: die Gräber von Echnatons Mutter, seiner Kinder, vielleicht sogar seiner Gemahlin. Wenn die Einheimischen nur in eines von diesen eingedrungen waren, dann könnten die anderen, so hoffte ich, noch unberührt sein. Alles, was ich jetzt brauchte, waren Zeit und Mittel, und ich war zuversichtlich, daß ich wirklich eine wunderbare Entdeckung machen könnte, die meinen Namen auf meinem erwählten Gebiet für immer berühmt machen würde. Zeit, glaubte ich, würde kein Problem sein; nur die Mittel schienen meine Pläne zu gefährden, denn der *Service des Antiquités* zahlte nicht gut, und über eigene Mittel verfügte ich natürlich nicht. Ich ertrug es jedoch nicht, meine ehrgeizigen Ziele durchkreuzt zu sehen, und eifrig und ziemlich von mir überzeugt, wie ich war, hatte ich in der Tat schon eine mögliche Lösung vor Augen.

Heute nacht ist Vollmond. Während ich hier an meinem Schreibtisch sitze, kann ich durch mein Fenster sehen, daß selbst die Berge mit geisterhaftem Silber übergossen erscheinen. In einer Nacht wie dieser könnte man beinahe an die Geister der Toten glauben: daß sie durch die Straße huschen, die um mein Haus biegt, in großen Scharen, verhüllt und stumm, dem Paß entgegen, der ins Tal der Könige führt. Selbstverständlich ist es unter Archäologen nicht üblich, solche Phantasien zuzugeben; doch wenn sie ehrlich sind, glaube ich, werden sie nicht völlig leugnen, daß sie sie kennen. Denn was ist schließlich die große Hoffnung unserer Berufung, wenn nicht der Glaube, den wir mit den Alten selbst teilen – daß die Vergangenheit der Dimension der Heutigen wiedergegeben, daß Leben in das Dahingegangene gehaucht werden möge?

Gewiß habe ich die romantische Lockung, die so viele in dieses Land zieht, nie verachtet, wenn sie mich in ihren idiotischeren Äußerungen auch oft geärgert hat. Warum auch? Man müßte dumm sein, würde man eine Einkommensquelle ignorieren. Denn es geschah in einer Nacht wie dieser, als der volle Mond auf den Tempel von Karnak schien und die gewaltigen Bauten in blasses, tödliches Silber goß, daß ich die Finanzierung sicherstellte, die ich so dringend brauchte. In meiner Rolle als Führer für die Reichen hatte ich längst entdeckt, daß es nichts Besseres als das Geheimnisvolle gibt, um eine Brieftasche zu öffnen, und Karnak kann, wenn es von einem gespenstischen Schimmer erleuchtet ist, mehr als jeder andere Ort als eine Stätte erscheinen, die von den Geistern der Vergangenheit heimgesucht wird.

Mein Gefährte in jener Nacht, mit dem ich durch die leeren Höfe und Hallen wanderte, war ein Amerikaner namens Theodore Davis. Als pensionierter Rechtsanwalt war er ursprünglich der Gesundheit zuliebe nach Ägypten gekommen, hatte es aber bald überbekommen, auf seinem Hausboot die Zeit totzuschlagen, und sich statt dessen darauf verlegt, in Theben herumzustöbern. Im Tal war er bald ein vertrauter Anblick geworden, wie er da zwischen den Gräbern herumspazierte, mit aufgezwirbeltem weißem Schnauzbart und stets einer Zigarette zwischen den Zähnen. Er war ein kleiner, rastloser, exzentrischer Mann – aber wie es sich traf, langweilte er sich zu Tode und war sehr reich.

Man wird sich kaum wundern, daß sein Interesse am Tal von mir nicht unbemerkt blieb. In der Tat hatte ich nie vergessen, ihn zu den frischesten Entdeckungen zu führen, und in letzter Zeit war mir aufgefallen, wie seine hellen Augen leuchteten, wenn ich mit ihm über meine Arbeit sprach. »Aber es muß mehr zu entdecken geben!« bellte er mich dann ungeduldig an. »Es muß mehr herauszufinden sein!« Ich hatte es nie geleugnet, bis zu dieser Nacht allerdings auch nicht mehr getan, als Andeutungen über meine persönlichen Vermutungen zu machen. Ich hatte den Köder lieber baumeln lassen – und damit um so sicherer gemacht, daß ich meinen Fang einholen würde.

Als wir an jenem Abend zwischen den mächtigen Säulen des Tempels standen, merkte ich, daß er kurz vor dem Anbeißen war. »Verdammt, Carter«, platzte er plötzlich heraus, »verdammt noch mal, aber der ganze verfluchte Ort scheint ein Geheimnis zu sein.« Er ruderte so ausholend mit den Armen, daß seine Zigarette Funken sprühte. »Was für einen Grund hat es, daß er so riesig ist?« Er funkelte mich anklagend an, als befände er sich wieder in einem Gerichtssaal und ich wäre ein widerspenstiger Zeuge. »Also«, drängte er, »was sagen Sie dazu?«

»Wir wissen«, sagte ich mit einem Achselzucken, »daß er dem Amun, dem höchsten Gott, geweiht war.«

»Aber sehen Sie ihn an …« – er wedelte wieder mit den

Armen – »dies war todsicher mehr als ein Tempel. Dies war eine ganze Stadt!« Er setzte sich wieder in Bewegung, an den Silhouetten von Obelisken und umgestürzten Granitblöcken vorbei. »Stellen Sie sich vor, Carter! Den Reichtum, die Macht, die diese Priester gehabt haben müssen! Woher kam das?«

»Es ist wahr«, antwortete ich, indem ich zu ihm aufschloß, »daß Amun ein recht geheimnisvoller Gott war.«

Davis' flinke, glänzende Augen durchbohrten mich. »Wie das?«

»Wie?« Ich lächelte ein wenig. »Weil das Mysterium der eigentliche Kern seines Kultes war.«

»Was hat das zu bedeuten?«

Ich starrte in die Dunkelheit der Ruinen vor mir. »Der Name Amun«, murmelte ich, »läßt sich als ›der Verborgene‹ übersetzen. Auch seine Attribute – ›unbekannt‹, ›unerkennbar‹, ›geheimnisvoll gestaltet‹ – scheinen alle das gleiche anzudeuten, nämlich daß seine wahre Identität nie aufgedeckt werden konnte, daß sein verborgenes Wesen unermeßlich fremdartig war.«

Davis sah mich stirnrunzelnd an. »Wie meinen Sie das?«

»Es ist ziemlich sicher, glaube ich, daß seine Priester sich als Hüter irgendeines Geheimnisses verstanden, eines magischen Ursprungs von Weisheit und Macht, abgeleitet aus einer unermeßlich alten Quelle.«

»Ihre Beweise dafür, Mr. Carter?«

»Wir besitzen einen Papyrus«, sagte ich wie beiläufig, »vor rund vierzig Jahren gefunden, der berichtet, wie Isis, die Schwester von Osiris und Seth, ›Weret Hekau‹ oder ›Groß an Zauber‹ wurde. Es scheint, daß sie dies erreichte, indem sie Amun erpreßte und von ihm das Wissen um das Geheimnis seines Namens erlangte. Aber was war das Geheimnis? Das verrät der Papyrus nicht. Er ist auch nicht der einzige, der solche quälenden Andeutungen macht. In einem anderen Papyrus, einer Hymne an Amun, wird verkündet, der Gott sei ›zu groß, um nach ihm zu fragen, zu mächtig, um ihn zu verstehen‹, und ›die Menschen fallen sofort nieder aus Furcht, daß sein Name enthüllt wird‹. Offenbar glaubte man, daß es im ganzen Universum nichts von größerer oder magischerer Macht gab. Das war es, was die Priester des Amun zu hüten behaupteten. Und darin lag der Ursprung« – ich holte mit dem Arm aus – »der Herrlichkeit dieses Ortes.«

Davis starrte mich in staunendem Schweigen einen Augenblick an, dann schnaubte er ungeduldig. »Ja, aber das sind nur alte Geschichten und Sagen«, beklagte er sich. »Wie steht es mit harten Tatsachen? Ist dafür nicht Ihr Beruf da? Welches Licht hat die Archäologie auf dies alles werfen können?«

»Bemerkenswert wenig«, antwortete ich geradeheraus.

»Verdammt, Carter«, bellte er, indem er wieder mit beiden Armen nach den Ruinen gestikulierte, »es muß doch an einem Ort von dieser verdammten Größe irgendwelche Hinweise geben!«

»Ja«, antwortete ich, »aber trotz der ausgedehnten Anlage war das innerste Heiligtum auffallend klein.« Ich setzte mich wieder in Bewegung, und Davis begleitete mich beinahe so, dachte ich, als wäre ich ein Priester des Altertums und er ein eifriger Akolyth, der von mir in die großen Mysterien eingeweiht wird. Wir gingen an der zerfallenen Basis eines gewaltigen Tors vorbei, dann wandte ich mich um und blickte zurück auf den Weg, den wir gekommen waren. Tor auf Tor, Halle auf Halle erstreckten sich die Ruinen. »Die prachtvollste Prozessionsstraße der Welt«, murmelte ich. »Doch wohin führt sie uns? Sie führt uns – hierher.« Ich wandte mich wieder um und deutete auf etwas. Ich sah, wie Davis die Stirn runzelte. Denn dort, wohin ich gedeutet hatte, war nichts zu sehen, nichts als Staub und steinerne Bruchstücke.

Davis' Blick wurde noch finsterer. »Wonach halten wir Ausschau?«

Ich bückte mich und schöpfte eine Handvoll Staub. »Wenn wir das nur wüßten.«

»Was sagen Sie, Carter? Daß an dieser Stelle einst das Heiligtum des Amun stand?«

»Die heiligste Stätte in Ägypten, Mr. Davis – das wahre Al-

lerheiligste. Doch wie Sie selbst sehen ...« – ich warf den
Staub hoch, so daß er von der Brise fortgetragen wurde – »es
ist keine Spur mehr davon zu sehen. Kein Hinweis darauf,
was die Mysterien Amuns gewesen sein könnten.«

Davis starrte mich lange schweigend an, dann rauchte er
sehr nachdenklich seine Zigarette zu Ende und drückte die
Kippe mit dem Absatz im Sand aus. »Also sagen Sie mir, Carter ...« – er kniff die Augen zusammen – »worauf Sie eigentlich hinauswollen.«

»Sie waren doch früher Rechtsanwalt, Mr. Davis«, antwortete ich langsam. »Es ist ein Rechtsprinzip, nicht wahr, daß
das Zeugnis der Anklage ebenso gültig ist wie das der Ver-
teidigung?«

Davis griff in die Tasche, um eine neue Zigarette herauszuholen. »Fahren Sie fort«, sagte er nickend, während er ein
Streichholz anzündete.

Ich schaute zu, wie die Flamme zischte und spritzte. »Sie
haben mich gefragt«, murmelte ich leise, »was das Geheimnis gewesen sein könnte, das die Priester hüteten. Wer immer oder was immer Amun gewesen sein mag – wir wissen
mit Sicherheit, daß selbst die größten Pharaonen vor einem
solchen Gott Ehrfurcht hatten. Alle Pharaonen ...« – ich
machte eine Pause – »mit einer einzigen Ausnahme.«

Davis atmete eine dicke Rauchfahne aus. »Sie beziehen
sich, nehme ich an, auf König Echnaton?«

»Sehr gut«, sagte ich und nickte, »Sie haben also von ihm
gehört. Dann werden Sie vielleicht auch wissen, wie nach seinem Tod sein Name, seine Religion, sogar seine Familie von
den rachsüchtigen Priestern des Amun ausgerottet wurden.
Doch hat die Vergessenheit, der seine Familie anheimfiel, der
Versuch, sie im Buch der Geschichte auszulöschen, vielleicht
durch eine wunderbare Ironie dazu beigetragen, daß ihre
Gräber unversehrt blieben.«

Davis zog die Stirn in Falten. »Haben Sie dafür einen Beweis?«

»Sagen wir, ich habe die Wahrscheinlichkeiten gegenein-
ander abgewogen.«

»Und was genau hoffen Sie in diesen Gräbern zu finden – vorausgesetzt, sie sind nicht ausgeplündert?«

Ich holte tief Luft. Aus weiter Ferne hörte ich den plötzlichen Schrei eines Schakals, schwach, aber unverkennbar, dessen düstere Klänge über den Wüstensand getragen wurden. »Was könnten wir in diesen Gräbern finden?« murmelte ich. »Geheimnisse vielleicht. Schlüssel zu der Macht, zu der die Priester Amuns beteten und die Echnaton zu vernichten suchte. Lange begrabene Schlüssel, seit nun drei Jahrtausenden.« Ich hielt inne, denn der Schakal hatte wieder zu heulen begonnen, und so unirdisch klang es diesmal, daß es mir die Zunge erstarren ließ. Dann legte sich der leichte Wind, und ich fühlte mich von einem unerwarteten Gefühl der Enge bedrückt, als preßten die Sterne den von Trümmern übersäten Staub zusammen, als brächen die Tore hinter uns wie eine Welle. Übelkeit trübte meine Gedanken, so daß ich beinahe taumelte und mich an eine umgestürzte Säule lehnen mußte. Ein solch seltsames und irrationales Entsetzen, dachte ich, hatte ich lange nicht mehr verspürt – nicht mehr, seit ich in der Seitenkammer von Echnatons Grab gestanden und das Gesicht auf dem Gemälde seiner Königin angestarrt hatte. Doch während ich mich noch daran erinnerte, fühlte ich das Entsetzen vergehen, und ich konnte nun statt des Geheuls des Schakals die tröstlicheren Geräusche einer ägyptischen Nacht hören, das Flüstern der Palmen, das Wogen des Getreides. Ich wandte mich wieder Davis zu. »Wer weiß«, sagte ich leise, »was wir wirklich finden? Denn ein Geheimnis muß ein Geheimnis bleiben, bis es ans Licht geholt wird.«

Davis antwortete nichts. Sein Gesicht war bleich, und als ich vorschlug, unseren Ausflug nach Karnak abzuschließen, stimmte er sehr bereitwillig zu. Keiner von uns sprach auf dem Rückweg über den Nil, aber ich vermutete, als ich sein Gesicht betrachtete, daß auch er eine merkwürdige Trübung der Sinne erlebt hatte, denn seine gerunzelte Stirn schien eine Mischung aus Verwirrung und Furcht zu verraten. Erst als wir das gegenüberliegende Ufer des Flusses erreicht hatten, fand er wieder zu seiner gewohnten Munterkeit, und als wir

92

die Felder auf die thebanischen Hügel zu durchqueren, fragte er mich weiter nach den Geheimnissen der Regierung Echnatons aus. Ich tat nichts, um seine Begeisterung zu dämpfen, sondern begann zielstrebig und überlegt die Gräber aufzuzählen, die noch der Entdeckung harrten. »Allerdings ist es jammerschade«, schloß ich, »daß die Ausgrabungen finanzielle Mittel verlangen. Ich wünschte, jemand würde die Konzession für das Tal der Könige kaufen, damit ich dann in seinem Namen eine Suche leiten könnte ...«

Natürlich biß Davis an – wovon ich überzeugt gewesen war. Mit meiner Empfehlung war es für ihn nicht schwierig, beim *Service des Antiquités* die Konzession für das Tal der Könige zu erwirken, und da die Finanzierung nun gesichert war, begann ich sofort zu graben. Ich hatte seit langem entschieden, welcher Abschnitt des Tals am lohnendsten für die Erforschung wäre, und so wurden meine neu angeheuerten Arbeiter angewiesen, unter der fachmännischen Aufsicht von Ahmed Girigar diesen Bereich freizumachen. In einer Hinsicht sollten wir durch beinahe ständigen Erfolg belohnt werden, denn während der nächsten beiden Jahre brachten wir eine ganze Anzahl von Gräbern ans Tageslicht. Ein Grab versetzte mich für kurze Zeit in besonders große Erregung, denn es erwies sich als das Grab von Echnatons königlichem Großvater Thutmosis IV. Doch leider folgte, wie es so oft geschieht, Enttäuschung auf den ersten Freudenausbruch. Denn wieder einmal stellten wir fest, daß nichts die Verwüstungen der Grabräuber überstanden hatte: Es gab weder Schätze noch Gold, noch irgend etwas, das ein Licht auf die Vergangenheit hätte werfen können. Selbst der gewaltige Quarzitsarkophag war nicht verschont worden; sein massiver Deckel, der viele Tonnen wog, war weggestemmt und auf den Boden geschleudert, der Inhalt geplündert worden. Allmählich fürchtete ich bereits, mich falschen Hoffnungen hingegeben zu haben, hätte ich nicht einige Tage nach der Entdeckung des Grabes, als ich in der Grabkammer arbeitete, aus dem Innern des Sarkophags einen stumpfen, billigen Schimmer bemerkt und, als ich näher hinschaute, ein Amulett entdeckt.

Offensichtlich war es erst wenige Stunden zuvor dort hingelegt worden, aber von wem und aus welchem Grund, konnte ich mir immer noch nicht vorstellen. Allerdings war das vertraute Bild eingeprägt: zwei hockende Gestalten unter der Sonnenscheibe.

Davis zeigte ich es nicht und erwähnte es auch nicht, denn ich wollte die Einzelheiten des Geheimnisses lieber für mich behalten. Nicht daß Davis jetzt noch Ermunterung nötig gehabt hätte – mit jeder Entdeckung war seine Besessenheit rasch gewachsen und mit seiner Besessenheit auch seine Zuversicht. Seit einer Weile hatte ich die Veränderungen in seinem Verhältnis zu mir beobachtet: War er zunächst vollkommen zufrieden gewesen, meine überlegene Sachkenntnis anzuerkennen, betrachtete er das Tal nun zunehmend als sein privates Lehen und mich, so schien es, als einen einfachen Angestellten. Ich mußte ihn ständig an meinen Status erinnern: daß ich der Inspekteur war, daß ich der offizielle Leiter der Ausgrabungen war. Davis akzeptierte dies nur mit größtem Widerstreben – und in der Tat wurde er, je mehr wir stritten, nur um so anmaßender und autoritärer.

So war ich nicht wenig beunruhigt, als ich im Herbst 1904, nach mehr als zwei Jahren Ausgrabungstätigkeit im Tal der Könige erfuhr, daß ich auf den Posten des Generalinspekteurs mit Sitz in Kairo versetzt werden sollte. Davis jedoch begrüßte die Neuigkeit mit unverhohlener Freude. Zweifellos baute er darauf, daß mein Nachfolger leichter als ich zu lenken sein würde, und ich hatte den Verdacht, daß sein Optimismus sich als durchaus begründet erweisen könnte. In einem solchen Fall fürchtete ich für die Zukunft der Archäologie im Tal, denn Davis' Interesse an der wissenschaftlichen Seite des Ausgrabens war immer oberflächlich gewesen und würde mit meiner Abreise nur noch geringer werden. Wissen an sich interessierte ihn nicht; vielmehr war er davon besessen, Schätze zu entdecken, und in seinen Augen hätte das Tal genausogut ein Klondike sein können. Ich mochte gar nicht daran denken, welche wichtigen Details und Indizien angesichts solcher Goldgier für immer unvermerkt verlorengehen könnten, und allmählich fragte ich mich – wie der Mann in der Sage, der einen dienstbaren Geist aus der Flasche läßt –, was ich da bloß entkorkt hatte.

Die Zeit sollte es mir schließlich nur allzubald zeigen.

Vielleicht ist es nicht erstaunlich, daß meine eigene Arbeit, als sich der Augenblick meiner Abreise nach Kairo näherte, im Zeichen zunehmender Enttäuschung stand. Wir machten weiterhin Funde und erforschten Gräber, aber sie waren nie aus der Regierungszeit Echnatons, und die reine Größe des Tals und die Rauheit des Geländes sorgten dafür, daß unmöglich jeder Zoll erfaßt werden konnte. Doch hatte ich die Hoffnung nicht ganz verloren, und wann immer eine Stätte etwas zu versprechen schien, wies ich meine Arbeiter an, sie zu erforschen. In meiner letzten Woche im Tal hatte ich nicht weniger als vier Gruppen von ihnen zur Arbeit eingeteilt, und ich schritt dann ungeduldig zwischen ihnen hin und her und betete, daß noch eine große Entdeckung gemacht würde – das Grab Nofretetes vielleicht oder das des schattenhaften Königs Semenchkare oder das seines Bruders, des ebenso schattenhaften Tutenchamun. Es gab jedoch nichts – weder ein Grab noch auch nur einen Hinweis, daß sich ein Grab in der Nähe befinden könnte –, und währenddessen verstrich meine letzte Woche in Theben.

Dann, an meinem allerletzten Arbeitstag, als der Himmel schon dunkelte und die Arbeiter sich bereit machten, vom Tal nach Hause zu gehen, wurde ich durch einen Schrei aufgeschreckt. Da die Spaten und Hacken inzwischen beiseite gelegt waren und der Lärm der Grabung im wesentlichen geendet hatte, hallte der Laut mit furchtbarer Klarheit über die Felsen – furchtbar, sage ich, denn aus dem Ton des Schreis hatte entsetzliche Angst gesprochen. Ich konnte mir nichts anderes denken, als daß ein gräßlicher Unfall passiert war, und so eilte ich so schnell ich konnte auf die Quelle des Schreis zu. Als ich näher kam, war ich erleichtert, keine offensichtlichen Zeichen eines Unglücks zu sehen: Drei Arbeiter umringten einen vierten, der etwas fest mit den Händen zu umklammern schien. Als ich jedoch näher kam und er sich mir zuwandte, hatte ich kaum Zweifel, daß er der Mann war, der geschrien hatte, denn seine Augen traten hervor, und sein Gesicht war kreideweiß. Bei meinem Anblick fuhr er zusammen, zitterte dann und wich vor mir zurück.

Ich trat einen Schritt näher und verlangte zu wissen, was passiert sei. Er stotterte etwas Unverständliches, aber plötzlich zuckte ich vor Aufgeregtheit zusammen, denn ich sah, daß der Gegenstand in seiner Hand einen Goldrand hatte. Ich bat ihn, mir das Stück zu zeigen. Er wich noch weiter zurück, und als ich die Hand ausstreckte, um es ihm wegzunehmen, schlug sein Gestotter in angstvolles, gequältes Jammern um. Im selben Augenblick hörte ich Schritte hinter mir, und als ich mich umschaute, sah ich Ahmed Girigar. Ich deutete auf den Arbeiter. »Um Gottes willen, beruhigen Sie ihn.« Der Mann schrie Ahmed wild an, dann fiel er mir vor die Füße, als bäte er um etwas. Es war mir fast peinlich – aber um die Wahrheit zu sagen, nicht sehr, denn als ich den Gegenstand aus der Hand des Arbeiters nahm, vergaß ich sofort alles andere.

Der Fund schien die Gemme eines goldenen Armbands zu sein. Sie war wunderschön aus Karneol gearbeitet, doch war es eher das Muster als die künstlerische Ausführung, was mein Herz schneller schlagen ließ. Denn die goldene Umrahmung umschloß das Porträt einer Königin: nicht Nofretetes, wie ich kurz geglaubt hatte, sondern einer Herrscherin von noch größerer Macht, der Königin der Königinnen selbst, Echnatons Mutter Teje. In einem Zeitalter mächtiger Herrscher war niemand mächtiger oder glanzvoller gewesen als sie, und es erfüllte mich mit Ehrfurcht, allein ihr Porträt in den Händen zu halten. An ihrer Identität gab es gewiß keinen Zweifel – ich erkannte nicht nur ihre Gesichtszüge, sondern auch ihre Lieblingsinkarnation, eine Sphinx mit befiederten, ausgebreiteten Flügeln. Aber obwohl ich mehrere ähnliche Porträts von Teje anderswo gesehen hatte, war ich auf keines gestoßen, das sich mit dem in meiner Hand vergleichen ließ, weder an zartem Liebreiz noch an unheimlicher Macht. Tatsächlich war es die feine Weiblichkeit des Gesichts und der Brüste der Königin, aufgesetzt auf den Körper eines Löwen, was das Porträt so beunruhigend machte und ihm ein unheimliches und zugleich grausames Aussehen gab. Wie ein echtes Raubtier kauerte Teje, die Hinterbeine gespannt und die Arme ausgestreckt: als reckte sie sich nach ihrem Opfer, als wäre sie gierig auf Blut.

Ich warf einen Blick auf den Arbeiter, der immer noch zitternd vor mir stand. Was hatte er in dem Porträt gesehen, daß er in diesen Zustand verfallen war? Ich winkte Ahmed herüber und zeigte ihm den Schmuck. Er runzelte die Stirn, während er ihn betrachtete. Obwohl er sein Unbehagen zu verbergen suchte, bemerkte ich es sofort.

»Du meine Güte«, rief ich aus, »aber was seid ihr alle doch für ein verzagter Haufen, von dem Porträt einer Dame so beunruhigt zu sein!«

Ahmed erwiderte mein Lächeln jedoch nicht. »Es heißt«, murmelte er, »als das Grab gefunden wurde – das Grab, in dem sich der Dämon befand, der die Schätze hütete –, daß dort genau so ein Ding neben der Tür entdeckt wurde: das Bild eines Löwen mit einem Frauenkopf.«

»Die Sphinx«, flüsterte ich fast für mich. »Das Portal hütend, das den Weg zum Schatz weist...« Wieder verspürte ich eine plötzlich aufwallende Erregung, und um sie zu zügeln, klatschte ich in die Hände und gab die Weisung, sofort mit Graben weiterzumachen. Doch keiner rührte eine Hand, und ich sah, daß Ahmed auf die Bergspitzen hinter uns starrte, die von der untergehenden Sonne dunkelrot gefärbt wurden. Er wandte sich wieder an mich. »Es wird bald Nacht sein, Sir.« Er scharrte unbehaglich mit den Füßen. »Wäre es nicht besser, bei Tag weiterzuarbeiten?«

Ich schüttelte den Kopf. »Sie wissen, daß ich morgen von hier abreisen muß, wenn nichts gefunden wird. Nein, nein, wir müssen jetzt weitergraben.«

Ahmed zeigte auf die Arbeiter. »Sie haben selbst gesehen, Sir, daß diese vier hier nicht graben werden, nicht an dieser Stelle.«

»Dann finden Sie mir andere!« rief ich ungeduldig aus. »Und machen Sie schnell! Wir haben keine Zeit zu verlieren!«

Ahmed zögerte noch einen Augenblick, bevor er den Kopf neigte und davoneilte. Ich sah ihm nach, dann betrachtete ich das Ornament wieder genau. Während ich dies tat, kehrte meine Aufgeregtheit sofort wieder. Es schien mir, als ich untersuchte, wie Tejes Züge dargestellt waren, daß sie eine Theorie bestätigten, die ich vor langer Zeit von Petrie gehört hatte – daß nämlich die große Königin Ägyptens selbst keine Ägypterin gewesen sei. Meines Wissens glaubte Petrie, Teje sei semitischer Herkunft gewesen; aber nach dem Zeugnis des Porträts, das ich nun in der Hand hielt, kam es mir wahrscheinlicher vor, daß sie nubischer Abstammung gewesen war. Ich runzelte die Stirn. Obwohl ich selbst darauf gekommen war, fiel es mir schwer, diese Schlußfolgerung stehenzulassen. Denn es war allgemeiner Brauch der Pharaonen gewesen, wie ich wußte, eine Hauptfrau aus der eigenen Familie auszuwählen; in der Tat mehr als ein Brauch – es war eine eiserne religiöse Vorschrift gewesen, bekräftigt und durchgesetzt von den Priestern des Amun, die befürchtet hatten, das königliche Blut könne beschmutzt werden. Woher war Teje also gekommen? Wenn sie nicht nur nicht von Adel, sondern auch Ausländerin war, wie war es dann möglich gewesen, daß sie zur großen Königin der Königinnen aufgestiegen war, tatsächlich zur ersten Königin in Ägyptens langer Geschichte, die als gleichberechtigt mit ihrem Gatten, dem Pharao, porträtiert worden war? Sie mußte so eindrucksvoll und furchteinflößend gewesen sein, wie ihr Porträt andeutete, um König Amenophis so gänzlich verführen und sich dann gegen Amuns Priesterschaft durchsetzen zu können. Welche Hinweise, fragte ich mich plötzlich, mochten sich da nicht auf den Charakter Echnatons finden, ihres Sohnes – Hinweise vielleicht, die im Sand direkt unter meinen Füßen begraben waren?

Also wartete ich in einem Fieber der Vorfreude darauf, die Grabung fortzusetzen. Als Ahmed zurückkam, sah ich jedoch voller Enttäuschung, daß er nicht mehr als zehn Mann mitgebracht hatte und daß diese, nach ihren Mienen zu urteilen, sehr gegen ihren Willen herbeizitiert worden waren. »Es herrscht große Angst«, flüsterte Ahmed mir zu, »und viel abergläubischer Unsinn. Denn jeder hat gehört, daß etwas gefunden wurde, ein Löwe mit einem Frauenkopf. Und deshalb fürchten sie, das Grab, das er schützt, zu stören und den Dämon zum zweitenmal freizulassen.«

»Es gibt keinen Dämon«, antwortete ich laut, damit die vor mir versammelten Arbeiter es hörten. »Keinen Dämon und nichts zu fürchten. Also ...« Ich griff in die Tasche und nahm eine Münze heraus. »Dies ist für den ersten Mann, der auf einen Fund stößt.«

Die Arbeiter griffen zu ihren Spitzhacken und legten los, doch ich konnte im flackernden Licht der Fackeln sehen, daß ihre Gesichter immer noch angespannt und vor Furcht verzerrt waren. Selbst ich, zweifellos angesteckt von der Stimmung der Männer, fühlte allmählich seltsame Momente der Spannung, und anstatt mit der Prüfung des Porträts von Teje fortzufahren, deckte ich es sorgsam zu und legte es beiseite, als ob es Unglück bringen könnte, es bei Mondlicht zu betrachten. Ich griff zu einem Spaten und begann selbst zu graben, und wenn ich ehrlich bin, muß ich zugeben, daß mir die Gelegenheit gerade recht war, mich abzureagieren, denn es gibt kein besseres Mittel, die eigenen Phantasien in Schach zu halten, als körperliche Arbeit.

Wenigstens habe ich das immer festgestellt. Doch bei meinen Arbeitern schien eher das Gegenteil der Fall zu sein. Wir hatten ein paar Stunden gegraben, Sand und loses Geröll von der Stätte weggeräumt, als – genau wie zuvor schon einmal – ein jäher durchdringender Schrei aufstieg. Ich blickte auf. Einer der Arbeiter hatte den Pickel fallen lassen und wich zurück, den Mund zu einer angstvollen Grimasse verzerrt, während er auf etwas zeigte, das er offensichtlich gerade freigelegt hatte. Auch die anderen hatten in der Arbeit innegehalten, und dann wichen auch sie zurück, wie ihr Kamerad es getan hatte. Ich hörte ein leises ängstliches Stöhnen, und einer der Arbeiter machte auf dem Absatz kehrt. »Halt!« rief ich, »halt!«. Aber für ihn gab es kein Halten. Ich trat vor und versuchte, die andern zum Bleiben zu überreden, aber auch sie schleuderten ihre Geräte auf die Erde und krabbelten aus dem Graben, den sie ausgehoben hatten. »Halten Sie sie auf!« schrie ich Ahmed an, aber obwohl er sein Bestes versuchte, konnte er nichts ausrichten. Die Männer waren bald für immer in der Dunkelheit verschwunden, und wir zwei blieben allein in dem verlassenen Graben zurück.

Ich fluchte wütend und trat vor, um nachzuschauen, was diese Massenflucht ausgelöst haben konnte. Zuerst konnte ich überhaupt nichts sehen. Als ich meine Taschenlampe aufleuchten ließ, sah ich weder Metall aufblitzen noch irgendein Zeichen von Steinmetzarbeit, die vielleicht ein Grab bezeichnet hätte. Aber dann, als ich mich tiefer bückte, entdeckte ich etwas, das ein klauenartiger menschlicher Fuß zu sein schien, und als ich den Sand beiseite bürstete, wurde mir klar, daß wir tatsächlich eine Leiche gefunden hatten.

Ich blickte zu Ahmed auf. »Diese Geschichten«, fragte ich ihn, »erzählen sie von solchen Dingen?«

Ahmed zögerte einen Augenblick mit aufgerissenen Augen. »Ich habe Ihnen gesagt, Sir«, antwortete er schließlich, »daß all diese Geschichten nichts als Unsinn sind.« Er zwang sich zu lächeln; aber ich bemerkte, als er sich neben mir bückte, daß er einen raschen Blick hinter sich warf und dann nach links und rechts, als ob er glaubte, es könnte doch jemand in der Dunkelheit lauern.

Es störte uns jedoch nichts, als wir begannen, den Sand von dem Leichnam zu fegen. Bald, als erst ein zweiter Fuß und dann die beiden Beine freigelegt waren, wurde klar, daß die Leiche durch die Trockenheit des Sands auf natürliche Weise mumifiziert worden war. Der Prozeß war nicht vollständig gewesen: an bestimmten Stellen war die Haut dem Knochen gewichen, und entgegen meinen Hoffnungen stellte es sich als unmöglich heraus, das Geschlecht der Mumie zu bestimmen. Allerdings konnte ich aus bestimmten Fetzen eines prächtigen Stoffes, die auf den Gliedmaßen erhalten waren, schließen, daß unser Leichnam einst eine Person von hohem Rang gewesen war; doch verblüffte es mich, daß er oder sie im Sand begraben worden war, wo doch selbst der niedrigste Ägypter darauf gehofft hatte, in einem Grab zur Ruhe gebettet zu werden.

Eine Antwort auf dieses Rätsel ließ jedoch nicht lange auf sich warten. Als wir unsere Arbeit entlang dem Leichnam fortsetzten und den Sand erst vom Becken und dann den Rippen fegten, bemerkte ich allmählich, daß der Körper verdreht war, als sei die Person eines qualvollen gewaltsamen Todes gestorben. Ich fragte mich, ob Ahmed die gleiche Beobachtung gemacht hatte, denn ich merkte, daß seine Hand zu zittern begonnen hatte. Schließlich, als ich im Begriff war, den Hals des Leichnams freizulegen, ließ er seine Bürste ganz fallen und saß mit einer Miene, in der sich Entsetzen und Faszination mischten, wie erstarrt da. Ich begegnete seinem Blick flüchtig, bevor ich die Arbeit fortsetzte. Dann hielt auch ich plötzlich inne und fuhr überrascht zurück.

Es war kein Zweifel mehr möglich, was die Todesursache gewesen war. Durch den Gang der Jahrhunderte vom Sand bewahrt, waren noch zwei Fleischlappen zu erkennen, die über die Länge der Kehle in entgegengesetzte Richtungen auseinandergerissen waren. Die Hände des Opfers preßten sich noch immer vergeblich auf die Wunde, die verkrampfte Haltung der Finger war vom Sand für alle Zeit bewahrt. Und während ich darüber noch nachdachte, beugte ich mich wieder vor und arbeitete mit neuer, ein wenig nervöser Energie weiter, räumte die Steine über dem Kopf beiseite und bürstete dann den Sand weg, der das Gesicht bedeckte. Da hörte ich Ahmed aufkeuchen und dann auch – oder bildete ich es mir nur ein? – ein Geräusch von der anderen Seite des Grabens. Aber ich hielt erst inne, als das Gesicht vollständig freigelegt war. Als ich fertig war, bemerkte ich, wie stark mein Arm zu zittern begonnen hatte. Ich blickte Ahmed an. »Mein Gott«, murmelte ich. »Sie sehen, wie stark Einbildung sein kann. Dieses scheußliche Ding hat mich genauso nervös gemacht wie Sie.«

Ahmed lächelte, aber seine Zähne waren entblößt, daß es dem Grinsen eines Toten glich, und seine Augäpfel waren so groß und vorquellend in ihren Höhlen, daß sie wie in eine Maske eingesetzte Murmeln aussahen. Kurz, sein Gesicht wirkte wie ein lebender Totenschädel; doch so gespenstisch es aussah, war es nicht so gräßlich wie das Ding, das ich freigelegt hatte. Ich konnte mich kaum überwinden, das scheußlich erhaltene Ding ein zweites Mal anzuschauen, und als ich es dennoch tat – wie ich mich schäme, das zuzugeben! –, begann ich aufs neue schrecklich zu zittern. Noch nie hatte ich ein derartiges menschliches Gesicht gesehen, so scheußlich, so ekelhaft verändert und deformiert! Das Schädeldach wirkte so groß, daß es das Gesicht geradezu überschattete, das selbst merkwürdig geschrumpft erschien, als ob die Wangen von zwei Riesendaumen zusammengedrückt worden wären. Es gab nicht viel, was diesem kaum menschlichen Eindruck widersprochen hätte: einige wenige Haarbüschel saßen noch auf dem Schädel, und eine Schicht schuppiger Haut spannte sich straff über den Knochen, aber Hinweise auf die lebende Person hatten sich nicht gehalten, keine Andeutung hinsichtlich Geschlecht, Alter oder Rasse, denn alles Sterbliche war völlig weggewelkt, und nur die Merkwürdigkeit der Form hatte sich erhalten.

»Sir!« Ahmeds plötzlicher Ausruf war fast ein Schrei. Er zeigte auf das Dunkel hinter dem Grabenrand. »Ein Geräusch. Ich habe … ein Geräusch gehört.«

Ich spitzte die Ohren. Es schien ganz still; totenstill. Ich war nahe daran zu lachen – Ahmed zu tadeln, daß er sich Gespenster einbilde –, als auch ich plötzlich etwas hörte. Ein Schlurfen, sehr leise, aber unmißverständlich, und es kam immer näher.

Ahmed schaute mich an, die Augen noch immer weit aufgerissen. Dann packte er eine Fackel, hielt sie ganz hoch und kletterte an der Wand des Grabens hinauf. Ich rief ihm zu, er möge warten, aber er hielt nicht inne, und mit einem ärgerlichen Fluch eilte ich ihm nach. In diesem Augenblick hörte ich das Schlurfen wieder. Nun merkte ich, daß es von hin-

ten kam. Ich warf mich herum, ließ meine Taschenlampe aufleuchten, konnte aber noch immer nichts sehen. Ich kroch
vorwärts. Es herrschte wieder völlige Stille. Dann plötzlich,
immer noch von hinten, hörte ich Schritte, laufende Schritte nun, und als ich mich umdrehte, war es schon zu spät.
Ganz kurz bekam ich meinen Angreifer zu sehen – einen Araber, sehr kalte Augen, ein sehr dünnes Lächeln –, und dann
spürte ich einen feuerheißen Schmerz an der Schläfe, bevor
alles schwarz wurde.

Wie lange ich bewußtlos blieb, weiß ich noch immer nicht
mit Gewißheit. Ich wurde von Ahmed wiederbelebt, der mir
Wasser ins Gesicht spritzte, aber noch ehe er etwas sagte,
wußte ich, daß man auch ihn überfallen hatte, denn ich konnte
sehen, daß sein Haar blutverklebt war. Von unseren Angrei-
fern gab es keine Spur, nur ein Durcheinander von Fußab-
drücken, und sie waren auch nicht das einzige, was verschwunden war. Denn als ich mich schwankend aufrichtete, zeigte
Ahmed mit finsterer Miene in die Richtung des Grabens. Ich
eilte hinüber, aber leider sollten sich meine schlimmsten Vorahnungen als wahr erweisen. Die Mumie war verschwunden,
desgleichen das Schmuckstück, das ich eingewickelt und so
vorsichtig zur Seite gelegt hatte. Von all meinen Hoffnungen
und Funden jener Nacht blieb keine einzige Spur.

Die Enttäuschung traf mich besonders tief, da mir nun klar
war, daß mir nichts anderes übrigbleiben würde, als am nächsten Tag nach Kairo abzureisen. Ich hatte kurz gehofft, Ahmed hätte unsere Angreifer erkannt; aber er war wie ich überrumpelt worden, und als ich versuchte, den Mann zu
beschreiben, den ich ganz flüchtig erblickt hatte, konnte er
nur die Achseln zucken und den Kopf schütteln. Doch versprach er, eine gründliche Untersuchung einzuleiten, um
nicht nur unsere geheimnisvollen Angreifer aufzuspüren, sondern auch die Mumie und Tejes Porträt wiederzufinden.
Noch während er dies gelobte, war mir natürlich bewußt,
daß seine Erfolgsaussichten gering waren; aber ich steckte
ihm dennoch Geld zu und ließ ihn versprechen, mich über
alle Neuigkeiten auf dem laufenden zu halten.

Dann dankte ich ihm für die vielen Jahre, die er mir gedient hatte, und hätte ihm Lebewohl gesagt, wenn ich nicht gespürt hätte, daß er noch etwas loswerden wollte. Doch schien er sich seltsam widerwillig zu sträuben, es auszuspucken, und ich war tatsächlich nahe daran, die Geduld zu verlieren, als er sich endlich räusperte. »Das Grab, Sir«, fragte er mich. »Was ist mit dem Grab?«

»Welches Grab?« wiederholte ich stirnrunzelnd.

»Das Grab, Sir, in der Geschichte, mit dem Dämon darin. Ich habe Ihnen von dem Löwen mit dem Frauenkopf erzählt – daß der angeblich neben der verschlossenen Tür gefunden wurde. Aber in der Geschichte, Sir – da war … ja – da war noch etwas anderes. Eine ausgetrocknete Leiche mit aufgerissener Kehle.«

Ich kniff die Augen zusammen und strich sehr bedächtig über meine Schnurrbartenden. »Ach wirklich?« sagte ich nach einer Weile.

Ahmed räusperte sich noch einmal. »Sie können nicht noch ein paar Wochen bleiben, Sir?«

Ich erwog diese Möglichkeit, schüttelte dann aber langsam den Kopf. »Nein. Nicht, solange der endgültige Beweis fehlt.«

»Und … Mr. Davis, Sir?«

Ich blickte ihn scharf an.

»Werden Sie Mr. Davis berichten, was heute nacht hier geschehen ist?«

Während ich über die ebenen Sandflächen blickte, dachte ich an all die Geheimnisse, die Schätze, die sie bergen mochten. Ich blickte Ahmed wieder an, erwiderte aber nichts.

»Sie werden wiederkommen, Sir«, flüsterte er. »*Inschallah*, die Chance wird sich bieten, und Sie werden wieder im Tal der Könige graben.«

Ich zuckte kaum merklich die Achseln. »Wollen wir es hoffen«, sagte ich.

Es versteht sich natürlich von selbst, daß ich meine Versetzung von Theben zutiefst bedauerte, und doch konnte ich, bei aller Enttäuschung, eine gewisse erregte Stimmung vor

Antritt des neuen Postens nicht unterdrücken. Wie riesengroß erschien Kairo nach der Einsamkeit und Stille meines früheren Inspekteurspostens, wie unglaublich erfüllt von Farben und Lärm! In der Wüste hörte ich mitunter über Stunden nichts als den Schrei eines Schakals oder eines Falken, in Kairo dagegen machten die Geräusche der Straßen die endlose Untermalung meines Tages aus. Selbst bei Nacht hörte weder das Trappeln der Füße auf noch das Stimmengewirr der Gespräche, noch die Rufe der Händler und das Heulen der Hunde. Und manchmal kamen die Aufrufe zum Gebet hinzu, ein Chor so alt wie die Stadt selbst, so daß in meiner Phantasie, wenn ich auf meinem Dach stand und die in den Dunst ragenden Minarette überblickte, Kairos Jahrhunderte mit dem Gebetsruf dahinschmolzen. Aber dann drehte ich mich um und blickte zum südlichen Horizont, um eine sehr viel ältere Silhouette zu sehen. Die Pyramiden von Giseh erschienen vom Dach meines Hauses aus sonderbar unkörperlich, als schwebten sie auf einem Nebel; dennoch würden sie vermutlich ganz Kairo überleben. Auch bewegte es mich stets aufs neue und erfüllte mich mit Stolz, daß ich es war, der mit ihrem dauernden Schutz beauftragt worden war – denn die Pyramiden waren schon in Echnatons Zeit uralt gewesen.

Nicht daß mein Interesse an diesem König oder an den Geheimnissen seiner Herrschaft durch meine Versetzung nach Kairo in irgendeiner Weise nachgelassen hätten. Natürlich war mir bewußt, daß die Spuren, denen ich in Theben nachgegangen war, nun schwierig zu verfolgen wären. Nahe Kairo gab es weder Ausgrabungsstätten noch irgendwelche Quellen jener Volkssagen, auf die ich mich zuvor verlassen hatte. Tatsächlich stand mir nur noch eine einzige Tür für meine Nachforschungen ein wenig offen, denn es würde in Kairo, wie zuvor in Theben, zu meinen Pflichten gehören, eventuellem Antiquitätenschmuggel nachzuspüren. Bei den vielen Händlern in der Haupstadt fürchtete ich, daß sich dies als nahezu unmögliche Aufgabe erweisen würde, aber ich wußte auch, daß die schönsten der geplünderten Schätze Ägyptens, die reichste Beute aus dem Tal der Könige, unfehlbar irgendwann in Kairos Basaren landen würden, wo europäische Sammler dann ihre Wahl treffen konnten. Wenn meine anderen Pflichten mir Zeit ließen, suchte ich diese Geschäfte auf, machte mich mit den Antiquitätenhändlern bekannt und sah mir gründlich ihr Warenangebot an. Besonders hoffte ich, das Porträt der Teje aufzutreiben, aber das war nicht der einzige Gegenstand, den ich suchte, denn in Wirklichkeit war ich an allem aus Echnatons Regierungszeit interessiert. Vor allem stöberte ich nach Abbildern der Sonne, nach Darstellungen mit zwei Betenden unter ihr.

Wie ich es jedoch schon vermutet hatte, stand das Glück anfangs nicht auf meiner Seite. Doch meine Besuche bei den Händlern waren nicht völlig sinnlos, denn sie trugen dazu bei, daß sich ihnen mein Name und ihre Namen sich mir einprägten. Ich hatte bald herausgefunden, wo das eigentliche Herz des Antiquitätengewerbes lag, in einem Suk unmittelbar südlich des Chan el-Chalili, des großen überdachten Marktes der mittelalterlichen Stadt. Hier konzentrierte ich folglich meine Suche. Und der Ort schien mir wirklich bestens geeignet, um nach Schätzen zu suchen; denn die engen, gewundenen Gassen mit ihren Gewürzen und leuchtenden Seidenstoffen, ihren Lastträgern und Eseln, ihren Kaufleuten im Schneidersitz und sich langsam vorwärtsschiebenden Menschenmengen wirkten auf mich wie eine aus einer orientalischen Phantasie, einer Kinderbuchversion von »Tausendundeine Nacht« heraufbeschworene Vision.

Mehrere Monate nach meiner Ankunft in Kairo allerdings verlor ich allmählich die Hoffnung. Aber dann, gerade als ich nahe daran war, meine Suche ganz aufzugeben, hatte ich Glück – ein glücklicher Zufall, der mich, als wäre ich ein echter Aladin oder Ali Baba, in eine Welt voller dunkler und sagenhafter Geheimnisse führen sollte. Es geschah eines Abends, als ich durch die mit Krimskrams vollgestopften Seitengassen des Suks ging, daß mir ein Laden auffiel, den ich bis dahin übersehen haben mußte, denn er war sehr schmal und stand im Schatten einer hohen abbröckelnden Mauer. Ich ging hinüber, schob den Vorhang beiseite, der den Inhalt vor meinem Blick verborgen hatte, und trat ein. Drinnen saßen zwei Männer. Einer war gebeugt und sehr alt; sein Gefährte dagegen schien kaum mehr als ein Junge zu sein, und er war es, der aufstand, um mich zu begrüßen. Ich fragte ihn, ob sie Antiquitäten zu verkaufen hätten. Er nickte und gab mir einen Wink, ihm zu folgen. Obwohl er nur eine einzelne Lampe trug, hatte ich vor mir schon Metall schimmern sehen, und als ich tiefer in den Laden vordrang, machte ich allmählich Pokale, Schmuck und Säbel aus, die aufs Geratewohl zwischen verzierten Steinblöcken aufgestapelt waren. Ich bemerkte jedoch bald, daß die Objekte alle aus islamischer Zeit stammten. Meine Enttäuschung muß sich in meinem Gesicht gespiegelt haben, denn der alte Mann trat nun vor, um zu sehen, ob er helfen könnte.

Ich beschrieb ihm, wonach ich suchte. Wie es im Orient üblich ist, konnte der alte Mann sich nicht überwinden, zuzugeben, daß er nicht hatte, was sein Kunde wünschte, und so ließ er mich mit meinen Fragen fortfahren, wobei er immerzu nickte und lächelte und die Achseln zuckte. Dann fragte ich ihn, ob er irgendwelche Darstellungen der Sonne besitze, und endlich schien sein Lächeln Erleichterung auszudrücken. Noch immer breit lächelnd, nahm er mich am Arm und führte mich zu den Steinblöcken. Er zeigte auf einen, aber ich schüttelte den Kopf, denn ich hatte sofort gesehen, daß die Verzierungen an den Seiten wie alle anderen frühislamischen Ursprungs waren. Aber der Alte bestand darauf, daß ich genauer hinschaute, und aus Höflichkeit beugte ich mich vor, um das Bild zu studieren.

Sofort machte mein Herz einen Satz. Mit aufgerissenen Augen blickte ich zu dem alten Mann auf, dann wieder auf die Abbildung an der Seite des Steins. Denn es stand außer Frage, daß es nicht bloß ein Porträt der Sonne war, sondern speziell eines des Aton – und unter der Scheibe waren die Gestalten zweier kauernder Anbeter zu erkennen. In beinahe jeder Hinsicht glich es der Darstellung, die ich mit Newberry in dem Steinbruch gefunden hatte, und obschon jene vor mir keine Inschriften trug, stammte sie doch eindeutig aus einer ähnlichen Periode. Als der alte Mann meine Aufgeregtheit bemerkte, nannte er seinen Preis, aber wenn ich auch bereit war zu zahlen, war ich doch mehr an der Auskunft interessiert als an dem Stein an sich. Ich fragte, wo man ihn gefunden habe. Der alte Mann zuckte die Achseln und lächelte, aber als ich ihn dann bedrängte, wich sein Lächeln plötzlich einem Ausdruck der Angst. Ich zog mehr Geld aus der Brieftasche.

»Alles, was ich wissen möchte«, wiederholte ich, »ist die Herkunft dieses Steins.«

Aber der Alte, der aus irgendeinem Grund über meine Absichten nun zutiefst erschrocken war, ließ urplötzlich eine höchst auffällige Verstörtheit erkennen und sagte überhaupt nichts mehr. Statt dessen begann er mit den Händen zu wedeln, als wolle er mich hinausscheuchen. Ich versuchte noch einmal, seine Nerven zu beruhigen, indem ich noch mehr Geld herauszog, aber der Alte schien es kaum zu sehen, so tief war sein Entsetzen, und er wedelte immer noch herum, wobei er unaufhörlich stöhnte. Schließlich sah ich ein, daß ich nichts Vernünftiges aus ihm herausholen würde, machte kehrt und ging, wütend über sein Entsetzen, aber zugleich auch neugierig gemacht.

Voller Zorn schritt ich durch das Gewimmel des Suks. Einem so bemerkenswerten Durchbruch so nahe zu sein – und dann abgewiesen zu werden! Aber dann traf es sich, als ich gerade den Entschluß faßte, kehrtzumachen und zurückzugehen, daß ich jemanden an meiner Jacke zupfen fühlte, und als ich mich schnell umwandte, sah ich den jungen Burschen aus dem Laden. Er grinste mich an. »Der Steinblock, Sir«, flüsterte er, »der kam aus einer Moschee.«

»Aus welcher Moschee? Einer hier in Kairo?«

Der Junge grinste noch breiter.

Ich langte in die Tasche, zog eine Rolle Banknoten heraus und reichte ihm ein paar davon.

Der Junge betrachtete sie verächtlich. »Sie müssen wissen, Sir, daß die Auskunft, die Sie wünschen, sehr gefährlich ist.«

»Warum?«

»Eine sehr schlechte Moschee – mit sehr schlechtem Ruf.«

Ich zählte noch mehr Banknoten ab und gab sie ihm.

Der Junge stopfte sie in sein weites Gewand, dann nahm er mich am Arm und führte mich mit verschwörerischer Pose ins Dunkel einer Seitengasse. »Die Moschee, Sir, die Sie wissen wollen, ist die des Al-Hakim. Er war ein Kalif, ein großer König, der vor sehr langer Zeit über alle arabischen Länder herrschte. Aber er war böse, Sir, und wahnsinnig, und es heißt, er habe nicht zu Allah gebetet, sondern zu Iblis, denn er war ein Diener der Dunkelheit.«

»Wie ist der alte Mann zu dem Stein gekommen?«

»Die Moschee, Sir, ist aufgegeben worden – deshalb war es ganz leicht für meinen Onkel, Steine zu entfernen, wo das Mauerwerk verfällt.«

»Aber warum hatte er solche Angst, daß er es mir nicht selbst sagen konnte?«

Der Junge schaute sich im nächtlichen Dunkel nach allen Seiten um. Als er sich wieder zu mir wandte, tastete er nach einem Amulett, das an seinem Hals hing. »Eine Sonne zu meißeln, Sir«, zischelte er, »noch dazu auf die Mauern einer Moschee, ist ein furchtbares Verbrechen. Sollte jemand erfahren, daß mein Onkel sie gefunden hat …«

»Aber wer könnte es wissen? Hast du nicht gesagt, die Moschee sei aufgegeben?«

Der Junge zuckte die Achseln. Jetzt machte er einen beinahe ebenso nervösen Eindruck, dachte ich, wie sein Onkel. »Ich muß gehen, Sir«, sagte er.

»Warte«, rief ich, »warte! Wo kann ich diese Moschee des Al-Hakim finden?«

Der Junge sah mich über die Schulter an. »Am Bab al-Futuh«, rief er, »dem Nordtor. Allah schütze Sie, Sir!« Dann drehte er sich um und war fort.

Ich starrte ihm einen Augenblick nach, bevor ich den Blick zum Himmel hob. Die Sterne funkelten schon hell, und eingedenk der Angst, die die Moschee dem alten Mann ebenso wie dem Jungen eingeflößt hatte, war ich fast versucht, meinen Besuch dort aufzuschieben. Aber am nächsten Tag hatte ich außerhalb von Kairo zu tun, und als ich mich erkundigte, erfuhr ich, daß es nicht weit zum Bab al-Futuh war. Also verließ ich den Suk und machte mich auf den Weg nach Norden, indem ich mich durch die immer noch überfüllten Basare vorkämpfte und kläglich vor mich hinlächelte bei dem Gedanken, wie Aberglaube selbst meinen eigenen rationalen Geist anstecken konnte. Aber als ich die überdachten Märkte hinter mir ließ, lichtete sich auch das Gedränge, und die Dunkelheit schien allmählich dichter und tiefer. Gewiß wurden die Abfallhaufen auf der Straße höher, aber auch die baufälligen Häuser zu beiden Seiten, so daß ich, als ich den Kopf hob, nur einen schmalen Streifen von Sternen sehen konnte, kaum noch zu erkennen zwischen den Balkons, die von den Mauern vorragten. Weder aus Fenstern noch Türen fiel Licht, noch konnte ich – was für Kairo höchst merkwürdig war! – irgendwelche Geräusche hören; doch hatte ich ein ganz starkes Gefühl, beobachtet zu werden, als gäbe es hinter jeder vergitterten Fassade versteckte Augen. Während ich noch darüber nachdachte, fielen mir die auf die Mauern gemalten Augen auf, die aus Handflächen herausstarrten – der traditionelle ägyptische Zauber gegen einen eingebildeten Fluch.

Als die Straße wieder breiter wurde, nahm die Zahl der Augen auf den Wänden stetig zu. Als ich nun angestrengt nach vorn blickte, konnte ich die Silhouette eines mächtigen Tores ausmachen – das Bab al-Futuh, nahm ich an, wo angeblich die Moschee stand. Ich blieb stehen und schaute mich um. Ich konnte jedoch nichts sehen, nur eine baufällige Mauer mit einem Torbogen rechts von mir, so verfallen und voller Schutt, daß ich mich fragte, warum die Behörden ihn noch nicht abgerissen hatten. Selbst verglichen mit dem Rest der Straße schien es eine besonders verlassene und dunkle Öde zu sein; aber obwohl ich versuchte, meinen Blick davon loszureißen, fühlte ich mich von dem ruinösen Aussehen sonderbar angezogen. Fast gegen meinen Willen ging ich auf den Torbogen zu und blickte hindurch, um zu sehen, was dahinterlag. Ich konnte einen Hof erkennen, dessen geborstener Marmor vom Mond silbern beleuchtet war; aber als ich darauf zuging, begann der Schimmer zu verblassen und wurde vom welken Gewirr des Unkrauts gesprenkelt, als würde die Trostlosigkeit das Licht ersticken. Ich setzte meinen Weg fort. Nun konnte ich vor mir noch mehr Trümmer sehen: eingestürzte Mauern, verlassene Innenhöfe, Steinhaufen. Auch zwei Minarette konnte ich sehen, links und rechts von mir, spitz aufragend, klar abgehoben vom sternenverzierten Himmel. Im selben Augenblick spürte ich, wie sich eine sonderbare Schwärze auf mein Herz legte, und ich war mir sicher, daß ich die Moschee des Al-Hakim gefunden hatte.

Indem ich dieses reichlich irrationale beklemmende Gefühl überwand, ging ich auf eine Tür unter dem nächsten Minarett zu. Das Mauerwerk schien dort besser erhalten, und ich hoffte, etwas zu finden, das einer näheren Betrachtung wert war. Als ich die Tür untersuchte, fand ich darüber eine arabische Zeile, aber sie war so verwittert, daß ich sie kaum verstand. »Al-Vachel«, las ich – das schien ein Name zu sein –, und dann abgewitterte Steinmetzarbeit, dann »dieser Ort« und dann, auf der andern Seite des Türbogens, nur das einzige Wort »Dunkelheit«. Ich runzelte die Stirn. Es war unmöglich, mehr zu lesen, aber der Text, wie auch immer er ursprünglich gelautet haben mochte, schien jedenfalls nicht auf einen seit langem toten Pharao anzuspielen, und ich schüttelte den Kopf über mich, daß ich dies überhaupt jemals gehofft hatte. Wie in Gottes Namen hätte Echnatons Name einem muslimischen Kalifen bekannt sein sollen, wo doch seine Herrschaft dem völligen Vergessen anheimgegeben worden war? Und wenn er durch irgendeinen außerordentlichen Zufall bekannt gewesen wäre, wie hätte sich dann das Zeugnis solcher Ketzerei – ins Mauerwerk einer Moschee, nicht weniger, gemeißelt – durch so viele Jahrhunderte erhalten sollen? Und doch … ich runzelte die Stirn. Und doch – und doch … ich erinnerte mich an das Relief des Aton in dem Laden des alten Mannes. Ich hatte es mit eigenen Augen gesehen. Und ich hatte auch das Entsetzen des Alten gesehen, seine abgrundtiefe Angst, und sie war gewiß real genug gewesen …

Als ich gegen die Tür stieß, schwang sie lautlos auf. Ich spähte in die Dunkelheit dahinter und konnte mit einiger Mühe Stufen erkennen. Vorsichtig tastend, begann ich hinaufzusteigen. Ich merkte bald, daß sie in einer Spirale angelegt waren und daß ich in der Mitte des Minaretts hinaufstieg. Allerdings kam ich nur sehr langsam voran, denn die Dunkelheit blieb pechschwarz, bis ich plötzlich einen dünnen Silberstrahl vor mir sah, der schräg über die Treppe fiel, und als ich durch den Fensterschlitz blickte, merkte ich, daß ich höher gestiegen war, als ich geglaubt hatte. Ich betrachtete eine Weile das Gerippe der Moschee, das nun unter mir ausgebreitet lag, dann setzte ich den Aufstieg fort. Bald kam ein weiteres Fenster und dann noch eins, und dann, gleich nach dem vierten, kam eine schwere Tür. Anders als die erste, durch die ich gegangen war, schien sie neu angebracht zu sein, und ich konnte im fahlen Mondlicht sehen, wie das Mauerwerk rund um die Tür verstärkt worden war. Ich probierte die Klinke. Sie ließ sich nicht bewegen. Ich versuchte es mit Gewalt, aber ohne viel Hoffnung. Schließlich trat ich stirnrunzelnd zurück. Was mochte hinter der Tür liegen, daß man sich so sichtliche Mühe gemacht hatte, sie zu sichern? Ich untersuchte die Tür noch einmal und dann das Mauerwerk genauer. In diesem Moment muß der Winkel des Mondlichts sich verändert haben, denn plötzlich fiel mir etwas ins Auge, das ich vorher nicht bemerkt hatte, und sofort schien mir das Herz stillzustehen.

Über dem höchsten Teil des Bogens befand sich ein Relief des Aton. Aber ich konnte es noch immer kaum erkennen, und so reckte ich mich, um die Linien mit den Fingern nachzuziehen. Ich konnte fühlen, daß die Scheibe voll war und daß zwei Anbeter darunter knieten und die Hände streckten, um die Strahlen zu grüßen.

Ich atmete tief ein, und im selben Augenblick bildete ich mir ein, sehr leise und weit unter mir, ein Geräusch zu hören, wie wenn eine Tür sich quietschend öffnet. Ich erstarrte und stand eine Weile regungslos, während ich angestrengt lauschte. Aber ich konnte nichts mehr hören, und so nahm ich an, daß meine Nerven mir einen Streich gespielt hatten. Ich atmete erneut tief ein, diesmal vor Erleichterung, und wandte mich wieder der Untersuchung des Reliefs auf dem Bogen über der Tür zu.

Jetzt konnte ich sehen, daß zu beiden Seiten der Sonne zwei Schriftzeilen waren. »Hast du an Lilat gedacht«, zitierte ich laut, während ich die erste Inschrift abschrieb, »die Große, die andere? Sie ist höchlich zu fürchten. Wahrlich, Lilat ist groß unter den Göttern.« So hatte es im Grab Echnatons gestanden, neben dem Porträt seiner Königin; und so war es hier wieder hingeschrieben worden.

Ich wandte mich der zweiten Inschrift zu. Auch diese hatte ich schon einmal gesehen, in dem Steinbruch, den ich mit Newberry erkundet hatte. Wieder schauderte ich, als ich begann, sie abzuschreiben, denn dieser Vers traf mich plötzlich wie eine Warnung, die sich eindringlich an mich richtete. Und während mir dies noch durch den Kopf ging, hörte ich sie gesprochen, von der Treppe hinter mir heraufsteigend, gesprochen von einer Stimme, so silbrig wie das Mondlicht und so kalt wie sein Widerschein auf den Sanddünen der Wüste. »Geh fort für immer««, flüsterte die Stimme. »Du bist verdammt. Du bist verflucht.‹ *Geh fort für immer.*«

Ich drehte mich um und sah einen Mann eine Stufe unter mir stehen. Er trug die Gewänder eines arabischen Gelehrten, die lang und weiß flossen wie sein Bart und Schnurrbart. Seine Schultern waren gebeugt, sein Gesicht sehr faltig; doch obwohl er von der Erscheinung her sagenhaft alt wirkte, hatte seine Haltung nichts Schwaches oder Gebrechliches. Ganz im Gegenteil, denn er starrte mich mit einem so unerschrockenen und leuchtenden Blick an, daß ich es kaum ertrug, ihm zu begegnen, und so hell funkelte er, und so hohl und teilnahmslos wirkte sein Gesicht, daß es eher das einer Schlange zu sein schien als das eines Menschen. Und während ich dies dachte, erschauerte ich unwillkürlich; denn ich konnte mir nicht vorstellen, wie es anging, daß der Mann hinter mir stand, hatte ich ihn doch nicht die Treppe hinaufsteigen gehört.

»Was haben Sie hier zu schaffen?« fragte ich, indem ich versuchte, mein Unbehagen hinter Schroffheit zu verbergen.

Der alte Mann lächelte sehr schwach. »Vielleicht stünde es eher mir zu, diese Frage an Sie zu richten.«

»Ich bin ...« Ich hielt inne, dann versuchte ich mich stolz aufzurichten. »Ich bin der Generalinspekteur der Altertümer«, verkündete ich.

Der starre Blick des Alten schien zu zucken. »Gibt Ihnen das die Zuständigkeit für einen heiligen Ort Gottes?«

»Dies ...« – ich zeigte auf die Gestalt der Sonne über der Tür – »dies ist das Abbild eines Gottes, der einst von einem Pharao verehrt wurde.«

»Pharao?« Der alte Mann trat einen Schritt näher. »Aber im allerheiligsten Koran heißt es, daß Pharao verkündete, es gäbe keinen anderen Gott als ihn selbst. Wie kann also das, was Sie behaupten, die Wahrheit sein?«

»Gerade das will ich herausfinden.«

Der Alte lachte sehr leise. »Aber Sie haben kein Recht, überhaupt etwas herauszufinden.«

»Wie ich Ihnen schon gesagt habe«, wiederholte ich. »Ich bin der Generalinspekteur der Altertümer!«

»Und trotzdem gehören Sie nicht hierher. Gehen Sie! Gehen Sie, Sir – und kommen Sie nicht zurück!« Der alte Mann gestikulierte plötzlich mit dem Arm, und tatsächlich wäre ich beinahe gegangen, denn in seiner Stimme hatte ich einen Unterton einer furchtbaren Warnung und fast einer Bitte gehört. Aber ich hielt stand, denn ich spürte, daß ich einer Enthüllung, einem außerordentlichen Geheimnis vielleicht ganz nahe war, und ich hoffte, der Alte würde es schließlich offenbaren. Aber er schüttelte nur den Kopf über mich und blickte drein, daß einem das Blut gefrieren konnte. »Was können Sie denn hoffen, von Ägypten zu wissen?« flüsterte er. »Wie in den Alpträumen unseres Schlafes Ängste vergraben liegen«, hörte ich ihn murmeln, »so liegen Geheimnisse in der

114

Vergangenheit dieses Landes begraben. Stören Sie sie nicht, Mr. Carter. Stören Sie sie nicht. *Seien Sie gewarnt!*«

Der plötzliche und unerwartete Gebrauch meines Namens hatte mir die Zunge gelähmt. Mit ungläubiger Miene starrte ich dem Alten in die regungslosen Augen, tief in ihr sonderbares reptilienhaftes Glitzern. Noch immer versuchte ich zu sprechen, aber es war, als gehörte mein Denken nicht mehr mir selbst, sondern den Augen des Alten. Ich bildete mir ein – so merkwürdig es klingen mag! –, in ihnen eine Sandwüste zu sehen und Schätze, auf den Dünen verstreut, herrenlos. Hier lag eine halb zersprungene Steinbüste, dort glitzerte Goldenes, und manchmal, freigeweht und dann wieder vom Wind begraben, spröde Pergamente, Geheimnisse andeutend, die ich mir nicht zu eigen machen konnte. Auf diesen stechenden Winden wurde ich selbst wie Staub dahingeweht, wurde über den Traum des alten Mannes geweht, der sich vor mir zu dehnen schien wie die Wüsten Ägyptens. Ein Schatten wurde länger. Er schien über den Horizont aufzusteigen. Er fiel über mich, und dann, als ich nach vorne blickte, konnte ich die Form eines Tempels ganz ähnlich dem zu Karnak sehen, halb im Sand versunken, aber immer noch so gewaltig, daß er hoch über mich aufragte, und sein Schatten wurde immer kälter, je näher ich kam. Dann endlich hatte ich die äußerste Linie der Kapitelle überquert und wurde immer tiefer ins Dunkel geweht, und doch schien der Tempel sich unendlich von mir fort zu dehnen. Allerdings befand sich etwas vor mir, etwas, das im tiefsten Heiligtum des Ortes begraben war, eine furchtbare Gegenwart, noch von der Dunkelheit verhüllt, doch näher kommend, immer näher, als ob die Unendlichkeit schließlich doch durchdrungen werden könnte, und nie zuvor hatte ich solches Entsetzen empfunden. Ich sehnte mich danach zu schreien. Ich hatte mir eingebildet, nur noch eine Sekunde von dem bedrohlichen Etwas entfernt zu sein. Ich würde es erblicken, denn es war, als würde der Vorhang, der es verhüllt hatte, vor meinen Augen hochgezogen. Ich spannte mich und warf den Kopf zurück; dann schlug ich die Augen auf. Die Halluzination war ver-

115

gangen, und ich stand allein am oberen Ende der Treppe. Von dem alten arabischen Gelehrten war keine Spur zu sehen.

Natürlich, überlegte ich später, brauchte an meinem Erlebnis nichts Übernatürliches oder Geheimnisvolles zu sein. Ich war das Opfer eines geschickten Hypnotiseurs gewesen, das war alles. Ich hatte von solchen Zauberkunststücken schon gehört und sie in der Tat gelegentlich praktiziert gesehen, wenn ich in Theben am Feuer eines Dorfältesten saß. Nie jedoch hätte ich mir vorgestellt, selbst dafür empfänglich zu sein – denn ich habe mich immer für jemanden gehalten, der die Dinge fest im Griff hat –, und so hatte mich das Erlebnis, wie ich gern gestehe, einigermaßen erschüttert. Ich zog es vor, in jener Nacht nicht in der Moschee zu verweilen, denn die Tür war mir ohnehin versperrt, und ich bezweifelte, daß es mir gelingen würde, viel mehr herauszufinden – aber ich will auch nicht leugnen, daß ich erleichtert war, nach Hause zu kommen. Ich lag lange auf meinem Sofa, wo ich mich immer noch eigenartig im Bann der Bilder fühlte, die ich gesehen hatte, und dankbar für die Gesellschaft der Vögel war, die ich aus Theben mitgebracht hatte. Wie immer halfen die Musik ihres Gesangs und der Anblick ihres schönen Gefieders und Fluges mich trösten. Doch meine gedrückte Stimmung wurde mir nicht genommen, denn ich empfand noch immer ein mir ganz neues Gefühl des Bedauerns darüber, wie einsam ich geworden war, und begann mich vor den möglichen Ergebnissen meiner ehrgeizigen Suche zu fürchten. Und so wurde ich erst nach vielen Stunden endlich vom Gesang meiner Vögel eingelullt.

Am nächsten Morgen erwachte ich nach einer Nacht voll schlechter Träume. Ich hatte eine Menge dringender Dinge zu erledigen, und doch konnte ich den Gedanken an die Moschee nicht aus dem Kopf verbannen. Denn nun konnte ich mir sicher sein, daß ich wirklich einer sehr merkwürdigen Sache auf der Spur war: einem lange begrabenen, aber dennoch irgendwie lebendigen Geheimnis, einer Verschwörung vielleicht, die mehr als dreitausend Jahre überspannte. Wohin dies führen würde, vermochte ich mir nicht einmal annähernd auszumalen – denn in Wirklichkeit konnte ich mir auch jetzt noch kaum vorstellen, daß das alles tatsächlich existieren könnte. Auch war ich in Wahrheit der Lösung des Rätsels kein bißchen nähergekommen, denn die Tür des Minaretts war mir vor der Nase verschlossen geblieben, und der alte Mann hatte zwar Geheimnisse angedeutet, mir aber mehr nicht verraten. Es erschien mir als grausamer Zug meiner Suche, daß anscheinend um so mehr noch zu finden blieb, je mehr ich entdeckte – daß Enttäuschung die Frucht jedes Erfolgs zu sein schien.

Während ich meinen Geschäften nachging, sann ich den ganzen Morgen über diesen offenkundigen Widerspruch nach. Doch Ereignisse am selben Tag sollten alles noch drängender machen. Es traf sich, während ich Arbeiten in der Wüste bei Sakkara beaufsichtigte, daß ich von einem Raufhandel unter Betrunkenen benachrichtigt wurde. Anscheinend war eine Gruppe Franzosen rüpelhaft und ausfallend geworden, als sie die nahe gelegenen Gräber besuchte, und hatte angefangen, meinem einheimischen Personal Ärger zu machen. Natürlich beeilte ich mich, den Vorfall so schnell wie möglich zu untersuchen, und entdeckte, als ich dort eintraf, einen regelrechten Tumult. Meine Bitten, sich zu beruhigen, waren in den Wind gesprochen, denn nicht nur die Franzosen bedrohten meine Leute, sondern auch eine Gruppe ihrer Diener, die ein so boshafter Klüngel von Schlägern und Halsabschneidern waren, wie man sich ihn nur denken konnte. Es war mir sofort klar, daß diese Diener die eigentliche Ursache des Problems waren, und so forderte ich Verstärkung an und ließ sie entwaffnen. Als die Franzosen merkten, daß sie zahlenmäßig unterlegen waren, zogen sie sich sofort aus dem Streit zurück, protestierten aber lautstark weiter, als meine Männer nun ihrerseits den Angriff fortsetzten. Sie verlangten, man sollte ihre Diener in Ruhe lassen, und unter der Bedingung, daß sie sich sofort zurückzögen, willigte ich widerstrebend ein. Als meine Männer jedoch zurückwichen, konnte ich die Raufbolde genauer betrachten – und einen ganz besonders, offenbar den Rädelsführer, dessen Gesicht ich noch nicht hatte sehen können. Ich trat vor. In diesem Augenblick drehte er sich nach mir um, und ich fuhr vor Überraschung zusammen, denn ich erkannte ihn wieder.

Es konnte keine Verwechslung sein. Ich hatte ihn nur für den Bruchteil einer Sekunde gesehen, als er aus der Dunkelheit des Tals der Könige auf mich losgegangen war und mich bewußtlos geschlagen hatte – aber ich erkannte ihn dennoch, jenes dünne Lächeln, jenen funkelnden Blick. Ich rief meine Leute, deutete auf ihn und befahl, ihn festzunehmen. Aber die Franzosen, empört über meine vermeintlich böse Absicht, drohten damit, selbst in den Kampf einzugreifen, und ich hatte meine liebe Not, sie zurückzuhalten. Im Durcheinander des anschließenden Handgemenges konnte der Schurke, den ich zu fassen gehofft hatte, entkommen, er und seine ganze Bande. Ich hatte nichts in der Hand, um den Zwischenfall zu beweisen, außer den Wunden meiner Leute, sechs beleidigten Franzosen – und einer möglicherweise tödlichen Bedrohung meiner Karriere.

Denn die Franzosen hatten, mit der für ihre Nation so typischen Arroganz, den Nerv, sich bei meinem Vorgesetzten zu beschweren – zweifellos im Wissen, daß er selbst Franzose war. Ich muß jedoch an dieser Stelle wieder einmal anerkennen, daß der Leiter des Altertümerdienstes, Monsieur Gaston Maspéro, ein Mann von seltener Urteilskraft und Ehre war, der nun, nachdem er mich erst einmal zum Inspekteur gemacht hatte, nicht gewillt war, mich wegen einer derart aus den Fingern gesogenen Geschichte fallenzulassen. Er kannte mich gut genug, um gelten zu lassen, daß mich keine Schuld traf, und trotz wachsender Proteste seitens der französischen Kolonie in Ägypten stand er weiterhin zu mir. Dennoch wünschte er, um der Form Genüge zu tun, daß ich mich entschuldigte, und stellte sich wohl vor, ich würde das mit Anstand tun. Ich dagegen fand eine solche Bitte natürlich beleidigend und empfand die Demütigung tatsächlich außerordentlich stark. Ich hatte meine Pflicht getan, so wie es stets mein Bemühen gewesen war – wie also konnte ich mich für anderer Leute Fehler entschuldigen?

Dennoch akzeptierte ich, daß, obschon mein Stolz und meine Ehre selbst auf dem Spiel standen, es auch andere, vielleicht bedrohlichere Sorgen gab. Denn wer konnte der Araber gewesen sein, überlegte ich, der mich zuerst im Tal der Könige überfallen und dann die Rauferei inszeniert hatte, die meinem Ruf so sehr schadete? Was war der Grund für seinen Feldzug gegen mich? Und war es bloß Zufall oder etwas viel Finstereres, daß er ausgerechnet an dem Tag nach meinem Besuch in der Moschee Al-Hakims erneut in mein Leben eindrang? Ich erinnerte mich an den alten arabischen Gelehrten und seine Abschiedsworte an mich: »Seien Sie gewarnt!« Ganz recht, nun war ich es – gewarnt und bereit. Denn in der Tat erschien es mir wahrscheinlich, daß ich einem Durchbruch näher war, als ich je zu hoffen gewagt hatte – warum sonst sollte jemand versuchen, mich von meinem Posten zu verjagen?

Diese Überzeugung schien sich zu bestätigen, als ich wenige Tage nach den Handgreiflichkeiten mit den Franzosen einen Brief erhielt, der aus dem Tal der Könige an mich geschickt worden war. Theodore Davis hatte ihn, offensichtlich sehr aufgeregt, in Eile geschrieben; und er teilte die Entdeckung eines Grabes voller Schätze mit. Meine Gefühle waren beim Lesen dieser Neuigkeit äußerst gemischt: Selbstverständlich empfand ich lebhaftes Interesse, aber auch – wie ich gestehen muß – ein gewisses Maß an Groll, daß ich nicht derjenige war, der den Fund gemacht hatte. In der Tat befürchtete ich zunächst, Davis sei über die Stätte gestolpert, an der ich an meinem letzten Abend im Tal der Könige gegraben hatte, aber beim Überfliegen seines Briefes wurde ich in dieser Hinsicht beruhigt, denn es schien klar, daß er an einem ganz anderen Hang gegraben hatte. Trotzdem war der Fund für mich von besonderem Interesse – die Gräber hatten nämlich den Eltern der Königin Teje gehört. »Daran ist kein Zweifel möglich«, behauptete Davis in seinem Brief, »obgleich ich erst einmal überrascht war, denn ich hatte nie von

Adligen gehört, die im Tal der Könige begraben wurden. Aber ihre Namen waren auf den Sargdeckeln erhalten – Juja, der Vater, und Tuja, seine Gemahlin. Die Mumien sind erhalten – und Juja insbesondere ist in hervorragendem Zustand. Ich weiß, daß Sie meinten, er sei vielleicht Nubier gewesen, aber mir ist noch kein Nigger begegnet, der wie er ausgesehen hat. Genaugenommen ist er das exakte Ebenbild eines jüdischen Politikers, den ich zu Hause in Rhode Island kannte – die gleiche Hakennase und der lange, dürre Hals. Ein wunderbarer Fund, Carter – und verdammt schade, daß Sie nicht hiersein können. Da buddeln Sie all die Jahre das Tal der Könige um, und kaum sind Sie fort, finden wir dieses erstaunliche Grab!«

Wirklich verdammt schade. Doch obwohl Davis die Gelegenheit zu hämischer Freude zweifellos genossen hatte, hatte ich doch den Eindruck, daß ihm unsere ehemalige Partnerschaft etwas bedeutete. Die Funde, berichtete er, würden sich bald auf dem Weg ins Kairoer Museum befinden, zuerst die Schätze und dann einige Monate später die Mumien, und er würde Aquarelle für sein geplantes Buch über das Grab brauchen. »Ich habe es selbst gesehen«, schrieb er am Schluß seines Briefs, »daß Sie derzeit der glänzendste Künstler auf dem Gebiet der Ägyptologie sind. Würden Sie sich also überlegen, die Funde aus dem Grab für mich zu malen, sobald sie in Kairo eingetroffen sind? Natürlich«, fügte er in einem gekritzelten Postskriptum hinzu, »würde ich Sie für Ihre Mühe entschädigen.«

Ich schrieb sofort zurück, daß ich sein Angebot annähme. Der Tag könnte kommen, dachte ich trübselig, an dem ich eine solche Anstellung würde gebrauchen können, denn man hatte mich zwar noch nicht aufgefordert zurückzutreten, aber ich hatte mich auch nicht überwinden können, mich für etwas zu entschuldigen, das nicht meine Schuld gewesen war. Maspéro, der zweifellos nach einem Ausweg aus der Sackgasse suchte, war offenbar entschlossen, mich weit weg von Kairo zu verbannen. Ich wußte, daß er hoffte, der Sturm, den ich hervorgerufen hatte, werde sich von allein legen, wenn er mich in die Provinz schickte; dennoch saß die Demütigung durch meine Degradierung sehr tief. Ich konnte mich nicht dazu bringen, Kairo zu verlassen, nicht in diesen Tagen, nicht wenn die Spur plötzlich so vielversprechend erschien – und doch mußte ich zweifellos fortgehen, um meinen Posten zu behalten. Mit größtem Widerstreben beugte ich mich deshalb dem Unvermeidlichen und brach nach Tanta auf, dem unsäglichen Kaff, das mir zum neuen Hauptsitz bestimmt worden war. Eine elendere Stadt war mir noch nicht begegnet, denn sie war öde und heiß und besaß die abscheulichste Kanalisation. Sogar meine armen Vögel wurden von dem Gestank angegriffen, und mit jedem Atemzug wuchs die Verlockung, meinen Posten aufzugeben. Doch noch brachte ich es nicht über mich, den schicksalhaften Schritt zu tun, denn ich würde nicht nur mein Einkommen verlieren, sondern auch, was vielleicht das entscheidende war, meine Befugnisse als Generalinspekteur. Wer wußte schon, wann ich sie vielleicht noch brauchen würde? Geduld, ermahnte ich mich selbst, wie ich es immer versucht hatte – Geduld und noch mal Geduld.

Auf dem Höhepunkt eines unerträglichen Sommers erhielt ich endlich die Nachricht, daß die Fundstücke aus Jujas Grab in Kairo eingetroffen seien. Sobald ich konnte, nahm ich einige Wochen Urlaub und reiste zu dem Museum, erleichtert, Tanta entkommen zu sein, und aufgeregt über die Aussicht auf das, was die Schätze vielleicht offenbaren würden. Wie Davis behauptet hatte, waren sie von hervorragender Qualität, und es lag auf der Hand, daß Juja wirklich ein Mann von großer Bedeutung gewesen sein mußte, denn er wurde auf mehreren Objekten als »ein Mann, zum Ebenbild des Pharao gemacht« beschrieben und seine Gemahlin als »die Oberste des Harems«. Wie Davis mir in seinem Brief bereits dargelegt hatte, wußte man von keinem anderen gemeinen Mann, daß er im Tal der Könige bestattet worden war – und doch konnte ich nichts entdecken, was solch eine bemerkenswerte Ehre erklären konnte. Die Sarkophage zum Beispiel, normalerweise eine so vorzügliche und ausführliche

Quelle, wiesen praktisch keinen Schmuck auf, schon gar nicht die kunstvollen Götterporträts, die nach dem Brauch der Alten auf die Särge gemalt wurden. Enttäuschender jedoch war, daß ich keine Hinweise darauf fand, wer Juja wirklich gewesen sein könnte und wie es kam – in direktem Widerspruch zum überlieferten königlichen Brauch –, daß seine Tochter Teje den Pharao geheiratet hatte. Es war mir schon lange klar, daß diese Rätsel von entscheidender Bedeutung sein könnten, und so war es um so entmutigender, sie noch immer ungelöst zu finden.

Aber ich hatte die Hoffnung nicht völlig aufgegeben. Die Schätze waren in einer öffentlichen Galerie ausgestellt worden, und es war mir unmöglich gewesen, ihnen inmitten der Trauben von gaffenden Touristen die Aufmerksamkeit zu widmen, die sie zweifellos verdienten. Mit der schriftlichen Hilfe von Davis besorgte ich mir daher die Erlaubnis, die Kostbarkeiten außerhalb der Öffnungszeiten der Galerie zu malen; und wenn ich sie spät am Abend betrachtete, in der Stille und Dunkelheit ringsum, wurden meine Sinne in der Tat geschärft für die Geheimnisse, die sie verhüllen mochten. Trotzdem blieb dieser Schleier gesenkt, und während ich meine Malereien fortsetzte, wuchs meine Überzeugung, daß ich nur die Oberfläche erblickte und sonst nichts. Was also entging mir?

Besonders ein Vorfall drängte mir diese Frage auf. Eines Abends war ich früh in die Galerie gekommen, vielleicht eine halbe Stunde vor Schließung. Ich stand eine Weile mitten unter den letzten paar Touristen, als wäre ich einer von ihnen, und bewunderte die Schätze. Dann legte ich die Malutensilien ab, die ich mitgebracht hatte, und schlenderte weiter, um andere Galerien zu besichtigen, bis ich die Gewißheit hatte, daß das Museum endlich geschlossen war. Erst dann kehrte ich durch die nun geschlossenen Hallen, deren Ausstellungsstücke jetzt in ein unbeleuchtetes Halbdunkel gehüllt waren, zu Jujas Sarg zurück. Wo ich dagegen arbeitete, hatte man das Licht brennen lassen – und daran lag es, daß ich das Amulett sofort sehen konnte. Andere hätten es vielleicht nicht bemerkt, denn es war unauffällig an die Seite des Sargs gelehnt worden – aber vielleicht hatte ich es nach meinen Erfahrungen im Tal der Könige fast erwartet. Ich ging zu dem Amulett hinüber und hob es auf. Ich brauchte das Muster kaum genauer zu untersuchen, aber da war es gleichwohl: zwei Betende, die unter einer Sonne knieten. Ich schaute mich um und spitzte die Ohren. Alles war still. Ich eilte durch die Galerien, suchte das ganze Museum ab, fand aber keinen Hinweis auf einen Eindringling. Dennoch mußte jemand dagewesen sein – jemand mußte das Amulett neben Jujas Sarg gelegt haben. Wenn ich ihn bloß finden könnte! Wenn ich nur der Verschwörung mit ihrem Gespinst aus seltsamen Geheimnissen und lange begrabenen Legenden auf die Spur käme – und der offenbar jahrhundertealten Angst vor einem schrecklichen Fluch! Aber mein Urlaub näherte sich dem Ende, und in Tanta würde es überhaupt nichts aufzudecken geben.

Dennoch begab ich mich in meine Verbannung zurück. Noch hegte ich Hoffnungen, auf meinen früheren Posten in Kairo zurückberufen zu werden, und solange das eine realistische Aussicht blieb, wollte ich ungern meine Karriere in der Antikenverwaltung gefährden. Aber meine Frustration war inzwischen abscheulich, und je länger ich die Abwässer von Tanta riechen mußte, desto weniger reizvoll wurde ihr Duft. Bis zum Herbst war mein Geduldsfaden sehr dünn geworden, und als Davis mir schrieb, um die Ankunft von Juja und seiner Gemahlin in Kairo zu melden, hielt ich es nicht mehr aus, auf einen offiziellen Kurzurlaub zu warten. Statt dessen nahm ich den nächsten Zug und traf noch in derselben Nacht an der Pforte des Museums ein. Nur ein verschlafener Aufseher hatte Wachdienst, und er mußte mich erkannt haben, denn er winkte mich durch. Zum Glück hatte ich meine Schlüssel dabei und konnte so ohne Begleitung das Museum betreten. Ich nahm jedoch nicht den Hauptflur, sondern ging durch eine Seitentür, die zum ersten Stock hinaufführte. Dort nämlich waren die Mumien ausgestellt, wie ich wußte, die Leichname einiger der größten Könige Ägyptens – und auch, so hoffte ich, die von Juja und Tuja.

Da ich nicht auf mich aufmerksam machen wollte, unterließ ich es, die Deckenbeleuchtung anzuschalten, und zog lieber meine Taschenlampe heraus und ließ ihren Strahl durch den Ausstellungsraum wandern. Mumie an Mumie reihte sich in der Dunkelheit, die ausgedörrten Formen nun nicht mehr in Goldsärgen oder unter Osiris' wachsamem Blick bewahrt, sondern unter beschriftetem Glas. Ich ging an ihnen vorbei, wobei meine Schritte durch die Stille hallten. Ich suchte mit meiner Taschenlampe weiter, leuchtete in das Gesicht jedes längst verstorbenen Mannes, bis ich ganz am Ende des Raums zwei in Tücher gewickelte Objekte von menschlicher Form entdeckte. Ich beschleunigte meine Schritte, trat über das Absperrungsseil und näherte mich der ersten Leiche. An ihrer Seite war ein Bündel mit Notizen liegengeblieben: »Tuja«, las ich, »die Mutter der Königin Teje.« Ich blickte noch einmal hinter mich, um mich zu vergewissern, daß ich allein war, dann hob ich das Laken an und warf einen Blick darunter.

Der Blick einer jahrhundertealten Frau begegnete meinem. Doch die Enttäuschung traf mich wie ein Stich, denn ihre Züge waren alles andere als gut erhalten, und ihr Gesicht wenig mehr als ein Totenschädel. Es war etwas Leeres an ihrem Ausdruck, etwas Unmenschliches und Fremdartiges, das ich merkwürdig beunruhigend fand, und zwar so sehr, daß ich, als ich vom anderen Ende des Raums plötzlich Getrippel vernahm, heftig erschrak und mich umschaute, als rechnete ich damit, irgend etwas Entsetzliches in den Schatten kauern zu sehen. Aber dann war nichts mehr zu hören oder zu sehen, und so nahm ich an, daß irgendein nächtliches Nagetier das Geräusch verursacht hatte. Ich schaute mich noch einmal um und ging dann zu der zweiten Leiche. Wie zuvor packte ich den Rand des Lakens, hob es hoch und spähte darunter.

Diesmal jedoch konnte ich gerade noch einen Ausruf des Staunens unterdrücken. Während Tujas Gesicht arg verfallen gewesen war, hatte sich das ihres Gemahls erstaunlich gut erhalten. Davis hatte nicht übertrieben, denn es war, dachte ich, die schönste Mumie, die ich je gesehen hatte. Seine Gesichtszüge waren nicht im geringsten verzerrt, und so konnte ich wieder einmal sehen, daß Davis mit seinen Behauptungen recht hatte, denn es war klar ersichtlich, daß Juja tatsächlich ein Semit gewesen sein konnte. Er hatte einen weißen Haarschopf, eine gewaltige Hakennase, ein vorstehendes energisches Kinn – selbst im Tod noch ein Mann von gebieterischer Ausstrahlung. Als ich in dieses kraftvolle und würdige Gesicht blickte, fragte ich mich unwillkürlich, ob ich vielleicht den Urheber jener großen religiösen Bewegung gefunden hatte, jener erhabenen Verehrung eines einzigen Gottes, die der Enkelsohn des alten Mannes als Pharao einführen sollte. Aber während ich diese Möglichkeit noch erwog, drangen wieder Fragen auf mich ein. Denn wer konnte Juja gewesen sein? Wie hatte er seine Tochter einem König vermählt? Und wie – wenn er nicht einmal Ägypter und noch weniger selbst ein König gewesen war – war es dazu gekommen, daß er im Tal der Könige begraben wurde?

Meine Betrachtung dieser Geheimnisse wurde jedoch plötzlich wieder von einem schlurfenden Geräusch unterbrochen, sehr leise, aber nun unüberhörbar. Ich warf mich herum, und diesmal fing ich mit dem Strahl meiner Taschenlampe die Silhouette einer menschlichen Gestalt ein. Sie stand einen Augenblick regungslos in der Tür zum Flur, und wenn ich auch die Gesichtszüge des Mannes nicht erkennen konnte, wußte ich sofort, wer es war, denn ich sah das Funkeln seiner Augen und erinnerte mich ihrer von Sakkara und aus dem Tal der Könige. »Halt!« rief ich laut, aber der Mann rannte schon die Treppe hinab. »Halt!« rief ich noch einmal und nahm die Verfolgung auf, in der Hoffnung, einige der Wachposten würden mich hören. Aber als ich den Fuß der Treppe erreichte, war alles wieder still, und obwohl ich mit der Taschenlampe suchte, wußte ich, daß ich meine Beute nie finden würde, denn in einem so ausgedehnten und vollgestopften Ort wie dem Museum gab es unendlich viele Stellen, wo ein Mensch sich verstecken konnte. Doch ich bezweifelte, daß er überhaupt noch an diesem Ort lauerte. Wohin also mochte er dann gegangen sein? Wo könnte so ein Mann seine geheime Ausgangsbasis haben?

Ich machte mich auf der Stelle zur Al-Hakim-Moschee auf. Meine Droschke kam anfangs gut voran, denn es war inzwischen sehr spät, und die Straßen Kairos, die zwar nie ganz leer sind, waren nicht so überfüllt wie vielleicht noch kurze Zeit zuvor. Doch als wir uns der Moschee näherten, konnte ich das zunehmende Unbehagen meines Kutschers spüren, bis er schließlich bereits einige Straßen vor unserem Bestimmungsort sein Pferd zügelte und sich weigerte weiterzufahren; weder meine Ermahnungen noch Geldangebote vermochten ihn umzustimmen. Wütend gab ich es endlich auf und ging zu Fuß weiter, denn in Wahrheit wußte ich, daß es nicht mehr weit bis zur Moschee war. Doch obwohl ich geglaubt hatte, den Weg wiederzuerkennen, hatte ich mich bald verirrt. Die Straßen schienen sich zu winden und zum Ausgangspunkt zurückzuführen wie ein alptraumhaftes Labyrinth ohne Grenzen, und bis ich endlich auf die Moschee stieß, war mir klar, daß es zu spät war – nun würde ich meinen Mann nicht mehr überraschen können. Trotzdem stieg ich die Treppe des Minaretts hinauf, und als ich zu der Tür kam, rief ich laut, man möge öffnen. Aber da war nichts als Stille, und die Tür blieb verschlossen. Ich lief wieder hinunter auf den Hof der Moschee. Wie bei meinem ersten Besuch war er vom Mond kränklich weiß gebleicht. Ich sah, daß er leer war. Dennoch rief ich nach meiner Beute, nach dem alten Mann, nach irgend jemandem. Aber nichts antwortete mir. Die Moschee wollte nicht reden.

Ich kehrte zu meinem alten Haus in Kairo zurück, um ein paar Stunden zu schlafen, dann nahm ich den Zug zurück nach Tanta. Ich traf dort am späten Abend ein, entmutigt und müde, und wünschte mir nichts so sehr wie eine ungestörte Nacht. Als aber die Droschke, die mich vom Bahnhof hergebracht hatte, abfuhr, kam mein Diener stöhnend und unverständlich schluchzend aus der Tür gerannt. Sein Gesicht wirkte von ungeheurer Angst verzerrt, und obwohl ich versuchte, ein vernünftiges Wort aus ihm herauszuholen, konnte er nur auf das Haus zeigen. Ich lief zur Haustür hinein. Alles schien genauso zu sein, wie ich es verlassen hatte, aber als ich mich gerade nach meinem Diener umwenden und eine Erklärung verlangen wollte, bemerkte ich, daß die Tür zu meinem Arbeitszimmer eingeschlagen worden war.

Obschon ich mich nun selbst einigermaßen angespannt fühlte, ging ich darauf zu. In der Tür blieb ich wie angewurzelt stehen, plötzlich starr vor Schreck über das, was ich im Zimmer sah. »Der Teufel soll sie holen«, flüsterte ich. »Mögen sie alle zur Hölle fahren.« Zu meiner Überraschung merkte ich, daß meine Augen feucht wurden, und da ich vom Diener so nicht gesehen werden wollte, mußte ich noch eine Weile innehalten, um die Tränen wegzuwischen. Erst dann betrat ich mein Arbeitszimmer und bückte mich, um meine toten Vögel aufzuheben. So leicht und klein waren sie, daß ich alle ihre Körper in den Händen halten konnte … meine Vögel, meine wunderschönen Vögel. Ihre winzigen Leiber waren aufgerissen worden, um mit ihrem Blut eine Warnung an die Wand zu kritzeln. Es war die gleiche, die ich schon einmal bekommen hatte. »Geh fort für immer«, las ich. »Du bist verdammt. Du bist verflucht.« Und dann hinter mir, über meinem Schreibtisch, war eine zweite Zeile hingeschmiert worden. »Hast du an Lilat gedacht, die Große, die andere? Sie ist höchlich zu fürchten. Wahrlich, Lilat ist groß unter den Göttern.«

Es lag auf der Hand, daß sie hofften, mich mit ihren Zaubersprüchen einzuschüchtern. In meinem Fall freilich, dachte ich, waren sie an den Falschen geraten, denn ich hatte immer jene Zielstrebigkeit besessen, die unfreundliche Menschen als Verbohrtheit bezeichnen, die ich aber Entschlossenheit nenne. Man hatte mir, so wirkte es auf mich, keine Warnung übermittelt, sondern eine Kriegserklärung. Am selben Abend noch setzte ich mich an den Schreibtisch und ließ Monsieur Maspéro meine Absicht wissen, mein Amt mit sofortiger Wirkung niederzulegen.

Ich reiste nach Theben ab. Einen festen Vorgehensplan hatte ich nicht; ich wußte nur, daß ich meine Gedanken ordnen mußte. Im Tal der Könige könnte ich frische Hinweise finden, Entdeckungen, die Davis mir mitzuteilen versäumt hatte. Ich mußte auch für meinen Lebensunterhalt sorgen, und ich hoffte, daß ich mich in Theben, wo ich unter den reichen Touristen sehr bekannt gewesen war, als Maler und Fremdenführer über Wasser halten könnte. Aber nach dem Schock über den Vorfall in meinem Arbeitszimmer in Tanta wünschte ich nichts so sehr, als mich sicher zu fühlen – und Theben war mir mehr als jeder andere Ort so etwas wie ein Zuhause geworden.

Dennoch befürchtete ich, daß es nirgendwo in Ägypten, und schon gar nicht nahe dem Tal der Könige, einen Ort gab, wo ich wirklich sicher sein konnte vor meinen unbekannten Feinden. Meine dringendste Überlegung war, Ahmed Girigar vor der Gefahr zu warnen, denn er war bei mir gewesen, als ich zum erstenmal überfallen worden war, und ich hatte seit jener Nacht im Tal nichts mehr von ihm gehört. Folglich war nach meiner Ankunft in Theben meine erste Anlaufstelle das Dorf, wo er wohnte, und als ich auf sein Haus zuging, war ich sehr erleichtert, ihn gesund und munter dort sitzen und ein Pfeifchen rauchen zu sehen. Er stand auf, um mich zu begrüßen, wobei sein Gesicht jenen Ausdruck ungeheuchelter Freude ausstrahlte, die so typisch für den Ägypter ist. »Mr. Carter!« rief er, machte eine tiefe Verbeugung und schüttelte mir dann die Hand. »Ich bin so froh, Sie zu sehen – und es tut mir leid zu hören, daß Sie Ihr Amt niedergelegt haben.«

»Wie haben Sie das erfahren?« fragte ich stirnrunzelnd. »Die Nachricht ist noch nicht veröffentlicht.«

Ahmeds Lächeln wich nicht. »Sie kennen dieses Land, Sir. Geheimnisse reisen immer sehr schnell.«

»Nicht jedes Geheimnis«, antwortete ich.

»Ah.« Ahmed sah mich scharf an. »Dann sind Sie also Ihren Geheimnissen immer noch auf der Spur.« Mit einer Handbewegung forderte er mich auf, Platz zu nehmen, während er nach Kaffee rief; sobald er uns gebracht worden war, begann er mir von den letzten Entwicklungen im Tal zu erzählen. Es fiel mir jedoch schwer, mich zu konzentrieren, selbst auf solche Neuigkeiten, denn ich mußte mich immer wieder fragen, wie Ahmed von meinem Rücktritt erfahren hatte. Aber ich wußte, daß ich seine Erklärung hinnehmen sollte: Sie war nicht nur glaubwürdig – nur allzu glaubwürdig –, sondern in meiner damaligen Stimmung fürchtete ich auch, allmählich überall Verschwörungen zu wittern. Und so schlürfte ich meinen Kaffee, versuchte, mein Mißtrauen zu verscheuchen, und hörte mit größerer Aufmerksamkeit auf alles, was Ahmed mir zu berichten hatte. Er mußte meinen Stimmungsumschlag bemerkt haben, denn plötzlich hielt er inne und beugte sich zu mir herüber. »Habe ich es nicht vorhergesagt, Sir?« sagte er lächelnd. »Habe ich nicht gesagt, daß Sie, so Allah will, einmal wieder hier graben werden?«

Seine Treue rührte mich, aber ich konnte seine Erwartungen kaum teilen. Denn er hatte wenig von größerem Wert zu berichten: Er hatte nicht bei Davis' Ausgrabungen mitgewirkt und wußte nicht einmal genau, ob die Amulette noch immer in den Gräbern auftauchten. Von Davis selbst konnte ich wenig Wohlwollen erwarten und ganz gewiß nicht die Chance, meine eigenen Ausgrabungen wieder aufzunehmen. Da ich ursprünglich die Konzession für das Tal für ihn beschafft hatte, wußte ich, daß ich nun warten müßte, bis er sich von der Archäologie zurückzog, ehe ich hoffen konnte, selbst wieder dort zu graben – und Davis schien leider überhaupt nicht auf Ruhestand gestimmt zu sein. »Sehen Sie, Carter«, pflegte er triumphierend zu sagen, »ich grabe jede verdammte Saison ein oder zwei Gräber aus! Bei meinem Tempo wird es nicht lange dauern, bis das ganze Tal abgegrast ist!« Und stets merkte ich dann, daß die Enttäuschung mir allzu deutlich ins Gesicht geschrieben stand, denn er lehnte sich dann herüber und tätschelte mir den Arm. »Machen Sie sich trotzdem keine Sorgen – wenn ich die Gräber der Königin Teje und von Semenchkare und Tutenchamun finde, erfahren Sie es als erster.« Dann wurde sein Grinsen langsam breiter. »Ja doch«, fügte er manchmal hinzu, »ich werde mehr tun, als Sie nur zu benachrichtigen! Schließlich – wer könnte meine Funde besser für mich malen als Howard Carter?«

Ich nahm dies mit aller guten Laune hin, die ich aufbieten

konnte. Wenigstens konnte ich mich beruhigen, daß das Tal noch nicht völlig ausgebeutet war, und ich vergaß nicht, Davis' Arbeit in unauffälliger Weise so genau wie möglich zu beobachten. Es gab gewisse Bereiche – vielversprechende, wie ich meinte –, die er nur höchst oberflächlich ausgegraben hatte, und so merkte ich mir diese denn zur späteren Bearbeitung vor. Aber es gab auch Bereiche, wo Davis noch zu graben hatte – und einer von diesen, der am meisten versprechende von allen, war die Stelle, wo ich das Porträt der Königin Teje freigelegt hatte. Das bereitete mir die größte Sorge. Ich war mir so gut wie sicher – wenn ich an die Leiche dachte, die wir exhumiert hatten, und an den Überfall, der auf meinen Versuch weiterzugraben gefolgt war –, daß dort ein Grab verborgen lag, und nicht bloß irgendein Grab. Denn wenn es auf irgendeine Weise mit den Volkssagen der Gegend zusammenhing, dann konnte es durchaus mit mehr verknüpft sein – mit jenen Geheimnissen, welche die Al-Hakim-Moschee anscheinend barg, und mit einer Verschwörung, die fast schwindelerregend alt erschien. Was also mochte geschehen, falls Davis das Grab tatsächlich fand? Und wenn er es öffnete, was mochte im Innern warten?

Aber ich wußte, daß ich nichts tun konnte, um ihn aufzuhalten. In der Tat wurde die Situation so gespannt und frustrierend, daß es mir manchmal schwerfiel, in Theben zu bleiben. Natürlich waren in Kairo noch Nachforschungen anzustellen, und da ich nicht einmal Geld hatte, einen Diener zu bezahlen, mußte ich die ganze Arbeit dort allein leisten. Während meines Aufenthaltes in der Hauptstadt war ich in der Lage, die Moschee so sorgfältig zu erkunden, wie ich nur konnte. Ich fand wenig Neues von größerer Bedeutung, außer daß ich über der Tür des zweiten Minaretts die Zeichen einer zweiten Inschrift aufspüren konnte. Wie bei der ersten kam das geheimnisvolle Wort »Al-Vachel« vor, aber diesmal konnte ich den ganzen Satz verstehen. »Al-Vachel«, las ich, »ließ diese Warnung einmeißeln, damit durch den Schutz der Dunkelheit das Licht erhalten werden möge.« Während ich dies las, blickte ich an dem Minarett gegenüber empor. »Die

Dunkelheit«, überlegte ich. Welche Dunkelheit? Was war es, was dort weggeschlossen war, hinter einer Tür, die von der Sonne Echnatons gekrönt war?

Was die Identität Al-Vachels selbst anging, so konnte ich keine weiteren Hinweise finden. Anfangs war ich optimistisch gewesen, denn ich hatte viele Überlieferungen entdeckt, die sich auf den Kalifen Al-Hakim bezogen, den sechsten der Fatimidenherrscher Ägyptens, der um die Wende zum 11. Jahrhundert geherrscht hatte und dessen Grausamkeit und blasphemische Äußerungen selbst nach so langer Zeit noch von den Gläubigen nur voller Entsetzen und Scheu erwähnt wurden – jedenfalls überraschte es mich nicht, daß seine Moschee als verflucht galt. Und obschon sein Wahnsinn anscheinend so groß gewesen war, daß er sich am Ende zum Gott erklärt hatte, traf ich doch auch auf Menschen, die den Kalifen zum Heiligen machten, die behaupteten, er sei nie gestorben, die flüsterten, er habe sogar das Elixier des Lebens entdeckt. Ganz eindeutig schien seine Ermordung – denn dieses Los war dem Kalifen den Geschichtsbüchern nach zuteil geworden – in Wahrheit eine überaus mysteriöse Angelegenheit gewesen zu sein, und ich fragte mich in diesem Zusammenhang allmählich, welche Rolle Al-Vachel gespielt haben mochte, denn wo immer ich auf ein Geheimnis stieß, hielt ich Ausschau nach seinem Namen. Aber ich konnte ihn nach wie vor nirgendwo erwähnt finden, noch vermochte ich, obwohl ich meine Suche Monat für Monat fortsetzte, überhaupt einen Anhaltspunkt zu entdecken.

Und dann wartete eines Abends, als ich zutiefst niedergeschlagen in mein schäbiges Hotelzimmer zurückkehrte, ein auf arabisch geschriebener Brief auf mich, den jemand auf mein Bett gelegt hatte. »Mr. Carter, Sir«, las ich, »kommen Sie schnell. Die Gruft des begrabenen Dämons ist gefunden worden. Dringend.«

Der Brief war mit Ahmed Girigar unterschrieben.

Ich brach sofort nach Theben auf. Während der ganzen Fahrt quälten mich die stärksten Zweifel und Ängste, nicht nur wegen des entdeckten Grabes, sondern auch wegen des Briefes, den Ahmed geschickt hatte, denn ich hatte ihm meine Adresse nicht gegeben, und mich beunruhigte die Frage, wie er daran gekommen sein mochte. Als ich an meinem Ziel eintraf, trat ich deshalb nicht wie früher an Ahmed heran, um die letzten Neuigkeiten aus dem Tal zu erfahren, sondern machte mich auf der Stelle selbst auf den Weg dorthin. Als ich durch die enge Schlucht schritt, die den Eingang bildet, traf ich auf den Archäologen, der von Davis angeheuert worden war, um die Ausgrabungen zu leiten, ein Engländer wie ich und ein recht anständiger Bursche, wenn es ihm auch an Fachwissen mangelte. Ich fragte ihn, ob es wahr sei, daß man ein weiteres Grab gefunden habe. Er nickte, machte dabei aber einen äußerst nervösen und angespannten Eindruck. Neugierig gemacht, fragte ich ihn, was denn los sei. Der arme Kerl atmete tief ein. »Davis«, zischte er.

Er begann mir zu erklären, während er mich zum Grab begleitete, daß alles daran ein Rätsel und einziges Durcheinander sei. Das Grab war geplündert worden; aber es lagen noch unzählige Objekte auf dem Boden verstreut. Es stammte eindeutig aus der Zeit Echnatons; aber sämtliche Namen auf den Wänden waren weggemeißelt worden. Im Sarg lag ein Leichnam; aber das Gesicht auf dem Deckel war ebenfalls zerstört worden. Selbst das Skelett war ein Rätsel. »Davis allerdings«, erklärte mein Kollege, »ist davon überzeugt, daß er die Überreste der Königin Teje gefunden hat.«

»Aus einem bestimmten Grund?«

»Wir fanden einen großen vergoldeten Schrein, teilweise zerlegt, das ist wahr, denn er war verwendet worden, um den Eingang zur Grabkammer zu versperren, aber er war jedenfalls eindeutig mit Tejes Kartusche gekennzeichnet.«

»Warum glauben Sie dann, es sei nicht ihr Leichnam?«

»Weil wir heute morgen einen Arzt herkommen ließen, und er sagt, es sei die Leiche eines Mannes – vermutlich eines Jünglings, sicher nicht älter als Anfang zwanzig.«

»Ah. Und was hat Davis dazu gesagt?«

»Sie kennen ihn ja. Sie könnten genausogut versuchen, eine Lawine aufzuhalten, wie ihn dazu zu bringen, daß er seine Meinung ändert.«

Ich nickte mitfühlend. Inzwischen kamen wir aus der Schlucht in das breitere Tal der Könige. Mein Begleiter zeigte auf das neue Grab, und ich erkannte es sofort, mit sinkendem Mut, als die Stelle, wo ich das Porträt der Königin Teje gefunden hatte. Der Eingang war erst zum Teil freigeräumt, aber während ich noch hinschaute, sah ich zwei Arbeiter aus dem Dunkel auftauchen, die verschiedene Gegenstände in den Armen hielten. Ich wandte mich ungläubig an meinen Begleiter. »Was zum Teufel machen die da?« herrschte ich ihn an. »Ist Ihnen denn nicht klar, daß Sie möglicherweise entscheidende Zeugnisse zerstören, wenn Sie den Inhalt fortbringen, bevor Sie das Grab untersucht haben?«

»Selbstverständlich ist mir das klar«, fuhr mein Begleiter seinerseits auf. »Aber wie gesagt – Davis hat es angeordnet, und Davis muß seinen Willen durchsetzen.«

Ich knurrte eine Verwünschung und eilte zum Grab. Als ich in aller Eile die Tür untersuchte, konnte ich Anzeichen sehen, daß das ursprüngliche Mauerwerk aufgebrochen und dann ausgebessert worden war, fand aber nichts, was darauf hinwies, wann dies geschehen war. Auch in der Kammer dahinter stellte es sich nicht besser dar, denn dort waren, wie ich es befürchtet hatte, die Objekte schon hoffnungslos verstreut und durcheinandergeworfen worden.

Ich versuchte einen Beweis für die Legende zu finden, daß das Grab in muslimischer Zeit betreten worden war, die ich von Ahmed gehört hatte, merkte dabei aber gleich, daß es schon zu spät war. Wieder fluchte ich, wobei ich die unseligen Arbeiter mit der Heftigkeit meines Ausbruchs erschreckte, dann trat ich aus dem Dunkel hinaus in die blendende Helligkeit des Tages.

Aber ich war nicht so geblendet, daß ich die Gestalten zweier Araber nicht gesehen hätte, die oben auf der gegenüberliegenden Klippe standen. Als ich aus dem Grabeingang auftauchte, hatten sie sich beide abgewandt; doch während ich noch hinschaute, blickte einer wieder über die Schulter, und ich erkannte ihn sofort. Es war mein alter Widersacher aus Sakkara, der Mann, den ich verdächtigte, meine Vögel getötet zu haben. Ich lief sofort los, auf den Pfad zu, der den Steilhang hinaufführte. In diesem Augenblick schauten beide Männer zurück, und ich bemerkte zu meinem Erschrecken, daß der zweite Einheimische Ahmed Girigar war. Sie machten beide kehrt, und als ich den Pfad erreichte, verlor ich sie aus den Augen. Bis ich den Steilhang erklommen hatte, gab es kein Zeichen mehr von den beiden, und als ich ihren Spuren zu folgen suchte, ging der Sand bald in nackten Fels über. Ich eilte jedoch weiter in Ahmeds Dorf. Sein Haus war leer, und als ich mich davon entfernte, empfand ich jenes Gefühl der Unruhe, der lastenden Bedrohung, die so oft im Nahen Osten die Stille zu begleiten scheint, erzeugt aus Hitze und Lautlosigkeit und dem Starren verschleierter Augen.

Unentschlossen, was ich tun sollte, und eigenartig verwirrt ging ich den Weg zum Grab zurück. Aber als ich näher kam, hörte ich Davis' Stimme und erstarrte auf der Stelle. Wie ein Überzug aus feinem weißen Staub hatten sich Mattigkeit und Enttäuschung über mich gelegt, und ich konnte einer Begegnung mit meinem ehemaligen Gönner nicht ins Auge sehen. Ich machte kehrt und verließ festen Schrittes das Tal der Könige; aber nun war es heiß, unerträglich heiß, und meine Knie wurden unter der unbarmherzig brennenden Sonne schwach. Ringsum flimmerte die Landschaft, und die Helligkeit blendete mich. Jetzt würde ich nichts finden, dachte ich – wie ich überhaupt nie etwas finden würde. Warum also die Suche fortsetzen? Wo und wofür?

Ich wanderte zu Fuß zurück zu meinem etliche Meilen entfernten Quartier. Ich hatte das schäbigste Zimmer im schäbigsten Hotel der Stadt, und die Luft war, wie ich, klebrig vom Staub. Ich ging durchs Zimmer zu meinem Bett. Ohne mir die Mühe zu machen, mich auszuziehen, schlug ich das Laken zurück. Da lag es. Hatte ich es erwartet? Durchaus möglich – denn wie ließe sich sonst erklären, daß ich nicht überrascht war? Ich hob es auf und betrachtete es einen Augenblick – ein Amulett, in das ein Bild der Sonne eingeprägt war.

Dann ließ ich es auf den Boden fallen. Undeutlich hörte ich es auf den Brettern klappern, aber ich muß schon am Eindämmern gewesen sein, denn das Geräusch schien endlos nachzuhallen, als würde es durch meine Träume verstärkt. Doch die ganze Zeit über hielt ich mich für wach, denn es war noch zu heiß, um richtig einzuschlafen. Und so kam es, daß mich der Ausbruch eines Fiebers überwältigte, eines Fiebers, das von meiner Erschöpfung und Enttäuschung und der Hitze ausgebrütet worden war. Und doch glaubte ich die ganze Zeit hindurch zu wachen.

Als ich dann Reliefs auf den Wänden meines Zimmers sah, empfand ich ganz scharf, daß sie real waren. Sie waren im Stil der Regierungszeit Echnatons gemeißelt, grotesk und deformiert. Während ich sie noch betrachtete, traten sie langsam aus dem Verputz heraus, die geschwollenen Köpfe schwankend, die dicken Lippen zu einem idiotischen Grinsen geteilt. Bald umringten sie mein Bett. Als sie nach mir griffen, schienen ihre Gliedmaßen zu knacken und zu knistern, und ihre Köpfe begannen noch mehr zu schwanken, als wären sie riesenhafte Insekten. Da ging mir auf, daß ich träumen mußte, und so versuchte ich, die Augen zu öffnen.

Als ich es tat, glaubte ich, wieder allein im Zimmer zu sein – bis ich am Fußende des Bettes eine einsame Gestalt regungslos dastehen sah. Ich begegnete dem starren Blick des Mannes. Mit seinen dünnen Gliedern und dem geschwollenen Schädel schien er den andern sehr zu gleichen, außer daß er auf dem Kopf die Doppelkrone eines Pharaos trug und sein Lächeln nicht gierig war, sondern nur leer, sehr leer. Und dann war er fort, und ich schrak plötzlich auf. Ich öffnete die Augen. Wo in meinem Traum die Gestalt des Königs gewesen war, stand nun ein anderer Mann.

Obwohl ich ihn nur als Silhouette sah, erkannte ich ihn sofort. »Sind Sie gekommen, um mich zu töten«, fragte ich ihn langsam, »so, wie Sie meine Vögel getötet haben?«

Der Mann antwortete nicht sofort. Erst als ich mich regte und aufsetzte, sprach er endlich, als hätte er Angst, ich würde sonst vielleicht aufstehen. »Ich habe noch nie«, flüsterte er, »bereitwillig einer Menschenseele Leid zugefügt.«

Und tatsächlich hatte seine Stimme eine solche Wirkung, war ihr Klang so müde und scheinbar so verzweifelt, daß ich regungslos auf der Bettkante sitzen blieb. Ich hatte nicht erwartet, daß er so sprechen würde, nicht dieser Mann, der mich überfallen und meine Karriere zerstört und mit Blut heftige Drohungen gegen mich hingekritzelt hatte. Ich runzelte die Stirn, als ich seinen Gesichtsausdruck zu erkennen suchte, aber sein Antlitz blieb im Schatten. »Was haben Sie dann mit mir zu schaffen?« fragte ich. Ich griff nach dem Amulett, wo ich es auf den Boden hatte fallen lassen, und hielt es hoch. »Was bedeutet das?«

»Es steht mir nicht zu, das zu sagen«, flüsterte der Mann endlich.

»Wer kann es mir dann verraten?«

»In der Moschee des Kalifen Al-Hakim werden Sie die Antwort finden.«

»Was finde ich dort, was ich nicht bereits gefunden habe?«

Der Mann seufzte. »Gehen Sie hin«, sagte er mit einem Achselzucken. »Gehen Sie, und finden Sie es heraus.«

Er wandte sich ab, und nun stand ich endlich auf. »Warten Sie!« rief ich, aber der Mann schaute sich nicht um. Ich folgte ihm und wollte ihn am Arm packen, denn ich durfte ihn nicht gehen lassen, nicht solange noch so viele Fragen unbeantwortet waren. Er wandte sich mir zu – und es verschlug mir die Sprache. Nie zuvor, glaubte ich, hatte ich einen solchen Ausdruck der Niederlage gesehen, eine solche Mischung aus Wut und heftiger Verzweiflung; doch obwohl er das Gesicht des Mannes grotesk verzerrte, funkelte in seinen Augen noch immer eine eindringliche Warnung. »Fragen Sie, wie ich Sie geheißen habe«, zischte er. Er begegnete flüchtig meinem eigenen starren Blick, dann drehte er sich um und verließ das Zimmer. Ich versuchte nicht, ihm zu folgen, denn mein Fieber war zu hoch. Statt dessen konnte ich mich nur wundern, was geschehen sein mochte, welches dunkle und unvorhergesehene Ereignis, das den Weg hatte öffnen können, als alles schon verloren schien – das die Tür zum Minarett hatte aufschließen können.

Das fragte ich mich noch immer, als ich mehrere Tage später die Treppe zu der Tür hinaufstieg, selbst dann noch, als ich anklopfte und mein Klopfen beantwortet wurde. Ich wurde von dem alten Gelehrten empfangen, der mir schon einmal entgegengetreten war. Er bedeutete mir einzutreten. Ich ging an ihm vorbei und konnte dabei sehen, daß auch auf seinem Gesicht, wie auf dem seines Stellvertreters, das Zeichen einer Niederlage erschien. Seine Augen, die mich zuvor so merkwürdig angerührt hatten, zeigten nichts mehr von ihrem früheren Glanz; seine Haut hing in lockeren Falten vom Schädel; er wirkte alt und schäbig und absolut nicht eindrucksvoll. Er sagte kein Wort, während er mich eine weitere Spirale von Stufen hinaufführte und dann, am höchsten Punkt, in ein winziges quadratisches Zimmer geleitete. Ich sah mich um, konnte aber nichts von Interesse entdecken. Meine Verwirrung muß offensichtlich gewesen sein, denn der alte Mann lächelte sehr bitter und deutete auf die gegenüberliegende Ecke des Zimmers, wo ich die Schatten einer weiteren Tür bemerkte. »Dort«, flüsterte der Alte, und während er sprach, spürte ich ein leichtes Frösteln, einen Schimmer jener Wirkung, die er schon einmal in mir ausgelöst hatte. Er grinste, aber ganz scheußlich, indem er die Lippen zurückzog, um seine geschwärzten Zähne zu entblößen. »Dort drin ist, was Sie suchen.«

Ich versuchte, sein Lächeln zu erwidern. »Ich bin mir nicht sicher, was genau ich suche.«

»Das Geheimnis des Pharaos.« Der Alte kniff die Augen zu Schlitzen zusammen. »Al-Vachels Geheimnis.«

»Und was könnte dieses Geheimnis sein?«

Noch tiefer fielen die Lider des Alten, so daß es fast schien, als sänke er langsam in Schlaf. »Eine Last«, flüsterte er endlich. »Die ich in dieser Moschee so viele lange Jahre bewacht habe. Und so hat es ein anderer vor mir getan und vor ihm wieder ein anderer, in einer langen ununterbrochenen Reihe, die bis in die Zeit zurückreicht, als der wahre Glaube jung war.«

»Ist es denn so furchtbar«, fragte ich ihn, »dieses Geheimnis, das Sie hüten, daß es nicht verraten werden kann?«

Der alte Mann öffnete die Augenlider eine Winzigkeit. »Es ist ein Geheimnis«, murmelte er, »aus den Gefilden jenseits des Todes.«

Ich runzelte die Stirn. Es trat ein unbehagliches Schweigen ein, denn das Gespräch machte mich verlegen, und ich war mir nicht sicher, wie ich reagieren sollte. Schließlich räusperte ich mich. »Wenn es so steht«, fragte ich ihn so beiläufig, wie ich konnte, »warum haben Sie mir dann erlaubt herzukommen?«

»Ich bin überzeugt worden«, antwortete der alte Mann, »daß ich keine andere Wahl habe.«

»Von wem?«

»Von jenen, die begreifen, wie es heutzutage in der Welt zugeht.«

Er hielt inne, und ich wartete schweigend, da ich ihn nicht unterbrechen wollte, denn ich spürte, daß er mit gewaltigen Bedenken und Ängsten rang. Noch tiefer zuckten seine Augenlider. »Sie haben die Geschichte gehört«, fuhr er endlich fort, »wie vor langer Zeit ein Grab gestört wurde. Seit jener Zeit hat es an dem Ort, der Ihnen als das Tal der Könige bekannt ist, immer Wächter gegeben, die die Gräber behütet haben, damit sie nie wieder gestört werden konnten.«

»Ahmed Girigar?« fragte ich.

Der alte Mann nickte kaum merklich. »Er ist genau, wie ich, einer aus einer langen Reihe von Wächtern. Aber jetzt, sagt er, haben sich die Zeiten geändert. Es gibt Fremde im Tal. Diese Fremden haben neue Methoden, neue ehrgeizige Ziele. Sie lassen sich nicht aufhalten.« Er schwieg einen Augenblick. »Männer wie Sie.«

Ich hob die Hände. »Ich grabe nicht nach Gold«, protestierte ich, »auch nicht, um lange verborgene Geheimnisse zu entweihen, sondern allein im Namen der Wissenschaft und der Erkenntnis.«

Der Alte lächelte matt. »Das behaupten Sie.« Er schwieg einen Augenblick. »Und Ahmed Girigar sagt es auch.« Plötzlich nahm er meine Hände und drückte sie fest. »Er sagt, von allen Fremden, die im Tal arbeiten, seien Sie der Beste. Jener, der am ehesten an die Gefahren glaubt, die dort begraben liegen – und der am wenigsten ein Opfer der Gier zu werden droht.«

»Dann fühle ich mich geschmeichelt«, erwiderte ich ihm, »mehr, als ich sagen kann …«

Aber der alte Mann tat meinen Erguß mit einer schwungvollen Handbewegung ab. »Sagen Sie mir, daß es wahr ist«, flüsterte er. Er fixierte mich. Wieder fühlte ich mich in die Tiefe seines starren Blicks fallen und kämpfte, um mich daraus zu befreien.

»Sagen Sie mir, daß es wahr ist«, wiederholte er.

»Es ist wahr«, antwortete ich.

Der alte Mann erschauerte; er drückte meine Hände noch fester. »Dann nehme ich Sie beim Wort«, flüsterte er. »Denn seien Sie gewarnt, daß jede Seele dereinst für ihre Taten in die Pflicht genommen wird, wie es in den Worten des Allerhöchsten geschrieben steht. Es hat Männer wie Sie gegeben, lange vor Ihrer Zeit, die versucht haben, Wissen zu erlangen, und dennoch verdammt wurden.«

Er ließ meine Hände los, griff in sein Gewand und zog einen Schlüssel heraus. Ohne mich noch einmal anzusehen, ging er zu der Tür und schloß sie auf. Er trat ein, und gleich darauf sah ich in der Dunkelheit eine Kerze aufflackern. Ich folgte ihm bis zur Tür. »Schließen Sie die hinter sich.« Ich tat, wie mich der Alte geheißen, und blinzelte, um mich an das Licht zu gewöhnen, bevor ich mich umschaute. Um die Wände liefen Borde, und auf jedem Bord stand eine Reihe Flaschen. Die Flaschen waren mit einer klaren, dicken Substanz gefüllt, und in der Flüssigkeit schwammen die Teile verschiedener Gliedmaßen. Ich betrachtete sie genauer. Hier war ein Fuß, dort das Fragment eines Unterarms, das Fleisch sehr schwarz und bis auf den Knochen geschrumpft.

»*Mumia*«, flüsterte mir der Alte ins Ohr. Ich drehte mich nach ihm um. »Mumien«, wiederholte er grinsend in meiner eigenen Sprache.

Ich nickte, runzelte aber unwillkürlich die Stirn vor Enttäuschung. Solche geschwärzten Leichenteile gab es spottbillig auf den Basaren, denn es war, wie ich wußte, ein verbreiteter Aberglaube unter der hiesigen Bevölkerung, daß sie Heilkräfte besäßen. Aber wo lag das große Geheimnis in derartigem Unsinn? Ich deutete auf eine Flasche. »Ist das alles, was Sie mir zeigen wollten?« fragte ich.

Der Alte grinste erneut. »Es ist wahr« antwortete er, »sie werden nie dem Hauch der Verwesung erliegen wie anderes Fleisch, sondern vielmehr so lange bestehen bleiben wie die Zeit selbst. Wenn Ihnen das Geheimnis ihres alterslosen Zustands offenbart würde, wäre Ihnen das nicht schon Wunder genug?«

»Für mich ist es kein Wunder«, entgegnete ich, »nicht im geringsten. Denn die Geheimnisse des Mumifizierungsprozesses, die von den Priestern angewendeten Einbalsamierungsmethoden, bieten der modernen Wissenschaft kaum noch Rätsel.«

Das grinsende Gesicht des Alten verzog sich zu einer scheußlichen Grimasse. »Ist das so?« sagte er nickend. »Ist das wirklich so?« Er raffte seine Gewänder und ging dann mit hochgehaltener Kerze quer durch das Zimmer in die dunkelste Ecke. Ich sah ihn nach einem anderen Schlüssel greifen. Er untersuchte ihn im Kerzenlicht, dann schaute er sich nach mir um. »Ihre Wissenschaft kann nicht alles wissen«, sagte er. »Denn es gibt Geheimnisse, die nur der Weisheit Gottes bekannt sind, damit ihr Anblick nicht unsere schwachen, aus Lehm geschaffenen Hirne sprengt. Doch wenn Sie es wagen, Sir ...« Er winkte mich heran. »*Wenn Sie es wagen.*«

Ich trat neben ihn. Vor mir bemerkte ich ein kleines Gitter, das zweifellos eine Nische in der Wand schützte. Als ich mich vorbeugte, um es genauer zu betrachten, holte ich tief

Luft, denn ich sah darauf ein Bild, im muslimischen Stil gemalt, aber offenkundig nach einem weit älteren Vorbild. »Diejenigen, die nicht an das Jenseits glauben««, murmelte der Alte, »nennen die Engel bei weiblichen Namen.«« Ich blickte ihn an, dann wieder das Bild. »Aber sie ist kein Engel«, antwortete ich ihm. »Ihr Name ist Nofretete, und sie war die Königin eines Pharaos.«

Der alte Mann lachte hohl und öffnete das Gitter, hinter dem ein zweites zum Vorschein kam. Darauf gemalt war das vertraute Bild der Sonne mit den zwei knienden Anbetern darunter. Der Alte zeigte auf einen der beiden. »Dieser Pharao?« fragte er mich. Er schwieg einen Augenblick, als verhöhne er mich, bevor sein Finger zu der zweiten betenden Gestalt wanderte. »Und diese Königin?«

Ich zuckte die Achseln und schüttelte den Kopf. »Woher soll ich das wissen?«

»Sie werden es sehr bald erfahren.«

»Das Geheimnis?«

»Hier ist es.« Der Alte steckte einen Schlüssel in das zweite Gitter, drehte ihn und schwenkte das Gitter auf. Brennend vor Ungeduld spähte ich hinein. Außer einer zerfledderten Handschrift schien nichts darin zu sein. Der Alte blickte mich an und griff dann nach dem Manuskript. »Hüten Sie es gut«, wies er mich an. »Denn sein Wert läßt sich nicht ausdrücken, und mit seinem Gewicht in Diamanten könnte man nicht einmal den tausendsten Teil davon erwerben.«

Ich nahm die Handschrift an mich. Wie brüchig sie schien und wie fleckig vom Alter! »Aber was ist das?« fragte ich.

»Lesen Sie es«, antwortete der Alte scharf. »Warum hätte ich es Ihnen sonst gegeben? Lesen Sie es, Mr. Carter – lesen und verstehen Sie.«

Und das tat ich denn auch.

Selbstverständlich tat ich es – denn warum sonst würde ich jetzt hier sitzen?

Eine Kopie der Handschrift liegt vor mir auf meinem Schreibtisch. Ich hebe sie auf. Ich werfe einen Blick auf die erste Zeile. Und dann hebe ich die Augen, um die Sterne zu betrachten, die über dem Tal der Könige brennen.

Ich staune. Ich staune und hoffe – und manchmal fürchte ich mich.

Manuskript, von Howard Carter
angefertigte Kopie eines
Originals ungewisser Herkunft
und unbekannten Datums,
von ihm in der Al-Hakim-
Moschee entdeckt, März 1905

IM NAMEN ALLAHS, DES BARMHERZIGEN, DES MITLEIDSVOLLEN,
AUF IHN BAUE ICH

Gelobt sei Allah, der Schöpfer des Alls, der die Himmel errichtete und die Welt bevölkerte, es gibt keine Wahrheit außer in Allah! In Ermanglung seines Schutzes wurde die Messingstadt zu Fall gebracht, von der höchsten Höhe ihres Stolzes, wurden ihre großartigen Bauten stumm gemacht wie das Grab, so daß man nun über ihrer gewaltigen Fläche, ihren riesigen Statuen aus Metall, ihren Kuppeln aus leuchtenden Juwelen nur die Eulen klagen hört. Oder denkt an jene Stadt der Feueranbeter, sie, die versäumten, auf die mächtige Stimme Allahs zu achten, und die alle, bis auf einen, in Stein verwandelt wurden. Oder denkt an den Pharao mit den ungeheuren Ländern, keiner war mächtiger als er, und in seinem Stolz erklärte er sich selbst zum Gott. Und doch ist da ein

Meister, der auf Heere haucht und der ein enges und dunkles Haus für Könige baut, und sein Name ist Tod. Wo also ist der Pharao? Gefallen, für immer gefallen, weil er Allahs Gnade entbehrt. Wahrlich, es gibt keinen Führer außer Allah allein.

Es wird berichtet – doch Allah allein sieht und weiß, was verborgen liegt –, daß der Beherrscher der Gläubigen, Al-Asis, fünfter der Kalifen, die über Ägypten herrschten, ein Fürst war, dessen weise Voraussicht der des Königs Salomon glich. Eines Abends, als er sich sehr beunruhigt fühlte, rief er Harun al-Vachel zu sich, seinen getreuesten Diener und vertrautesten Freund, der so groß an Weisheit war wie sein Herz an Güte.

»Komm«, sagte der Kalif, »laß uns gemeinsam spazierengehen und den süßen Duft der Rosen und des Jasmins atmen – denn nichts ist erholsamer als die Kühle eines Gartens, wenn der Tag heiß ist und die Seele bedrückt.«

Harun erhob sich von seiner Liege und folgte seinem Herrn. Zusammen schlenderten die beiden Männer zwischen den Springbrunnen und Blumen einher, bis sie zu einer marmornen Bank an einem Teich kamen und sich setzten. Der Kalif seufzte tief, dann wandte er sich an seinen Freund.

»Du mußt wissen«, sagte der Kalif, »daß ich auf den Tod krank bin. Glaube nicht, daß ich den Tod an sich fürchte, denn er ist der Unerbittliche, der Unentrinnbare, der Erbauer der Gräber. Doch alle Menschen müssen ihre Schmerzen haben – jene ungetanen Dinge, die sie zu vollenden hofften. Und daher, o Harun, bitte ich dich um zwei Dinge, bevor ich sterbe.«

»Auch wenn Ihr nicht mein Fürst wäret, o Beherrscher der Gläubigen, wäre Eure geringste Laune ein Befehl für mich.«

Der Kalif lächelte mild, als wäre er plötzlich in seine Erinnerungen versunken, und legte die Hand auf das Heft seines Schwertes. »Welche Eroberungen, o Harun«, murmelte er, »haben wir gemeinsam gemacht! Nicht um unser selbst willen, sondern für den Ruhm unseres Glaubens!«

Er warf einen Blick auf seinen Freund. Harun hatte seine Hände ineinander verschlungen und schien weit weg ins Leere zu starren. Der Kalif runzelte die Stirn. »Sag mir, was hast du, daß du nicht antwortest?«

Harun zögerte, denn er mochte nicht sagen, was eigentlich die Wahrheit war, daß er nämlich vom Blutvergießen erschöpft und des Krieges überdrüssig war. »Eure Länder, o Kalif, sind alle befriedet«, sagte er endlich. »Jedes Volk preist die Weisheit Eurer Herrschaft.«

Der Kalif schüttelte den Kopf. »Du weißt, o Harun, daß es jene Ungläubigen gibt, die über die Nachricht von meinem Tod jubeln und darin ihre Gelegenheit sehen werden, wieder zu den Waffen zu greifen.« Der Kalif umklammerte die Hände seines Dieners. »Sei ihnen, o Harun, mein gezogenes Schwert! Ruhe nicht, bis ihre Götzenbilder zerstört sind und du in ihren Heiligtümern verkündet hast, daß es keinen Gott gibt außer dem einen Gott und Mohammed sein Prophet ist!«

Harun sah seinem Herrn in die Augen. »Hören ist gehorchen«, murmelte er endlich. Er wandte sich wieder ab. »Und was, o Beherrscher der Gläubigen, ist Eure zweite Bitte?«

Der Kalif öffnete den Mund, um zu antworten, aber im selben Augenblick hörten sie einen plötzlichen Schrei und dann einen Laut, der wie das Weinen eines Mädchens klang. Sofort sprangen der Kalif und Harun auf und eilten durch die Gärten, um herauszufinden, was die Ursache des Weinens sein könnte. Im Schatten eines ausladenden Baums stehend, trafen sie auf den jungen Prinzen Bi-amr Allah al-Hakim. Er war ein Knabe von außergewöhnlicher Schönheit, mit einer Taille so dünn wie ein Seidenfaden, Wangen so lieblich wie die Tönung von Anemonen und Augen vom Glanz farbigen Achats. Aber in der Hand hielt er eine Peitsche, und sein Arm war erhoben, und zu seinen Füßen lag ein Mädchen, dessen Kleider vom Rücken gerissen waren. Ihre Schultern bluteten, und ihr heftiges Schluchzen war mitleiderregend. Als der Kalif auf sie zuging, wandte sie den Kopf, und er erkannte seine Tochter, Prinzessin Sitt al-Mulq.

145

»Was hat das zu bedeuten?« fragte der Kalif erzürnt.

Der Prinz wandte sich um. »Ich bestrafe sie für ihre Unverschämtheit«, antwortete er, während er noch einmal die Peitsche auf ihren Rücken niedersausen ließ. »Sie hat mir gewisse Bitten abgeschlagen.«

»Sie ist älter als du«, sagte der Kalif finster. »Sie hat das Recht, dir zu befehlen.«

»Aber sie ist ein Mädchen, Vater – eine Mischung aus klebrigem Schleim und unreinem Blut! Steht nicht im Koran geschrieben, daß ein Mann nie einer Frau untertan sein sollte?«

»Du bist noch kein Mann.«

Der Junge sah ihn sehr sonderbar an. »Aber bald, o Vater, werde ich es sein. Denn meine Schwester hat mir gesagt« – er schlug wieder nach dem Mädchen –, »daß Ihr bedrohlich krank seid, und bald werde ich selbst Kalif sein.«

Die Stirnfalten seines Vaters vertieften sich, und seine Augen begannen zu funkeln. Plötzlich riß er dem Prinzen die Peitsche aus der Hand und schleuderte sie so weit weg, wie er nur konnte. Aber die Anstrengung ließ ihn nach Luft ringen, und er faßte sich ans Herz und wäre gestürzt, hätte Harun ihn nicht mit den Armen auffangen können. Während er auf seinen Vater starrte, kniff Prinz Al-Hakim die Augen zusammen, und langsam stahl sich ein sehr kaltes Lächeln auf seine schmalen Lippen. Dann eilte er über den Pfad fort, und währenddessen erhob sich seine Schwester mühsam vom Boden. Noch immer gegen das Schluchzen ankämpfend, warf sie nicht einmal einen Blick auf ihren Vater, sondern wandte sich um und lief hinter dem Prinzen her. Der Kalif schaute den beiden nach. Er seufzte tief. »Mein Sohn«, flüsterte er, »der sehr bald dein Herr sein wird.«

Harun schüttelte den Kopf. »Wenn Allah es will«, entgegnete er, »werdet Ihr noch viele Jahre leben.«

»Aber wenn er es nicht fügt …« Der Kalif richtete sich mit zitternden Knien auf. »Du mußt schwören, daß du stets auf meinen Sohn aufpassen wirst. Er ist wild, Harun, wild und sehr unbesonnen. Er wird gute Freunde brauchen, die ihn auf Allahs Wegen halten.«

»Ihr wißt, o Kalif, daß ich immer der getreue Diener Eures Hauses sein werde.«

»Du wirst ihm immer treu sein?« Der Kalif umklammerte die Hände seines Freundes und drückte sie sehr innig. »Du schwörst, daß du nie die Hand gegen ihn erheben wirst?«

»Ich schwöre es«, antwortete dieser, »in Allahs Namen.«

Der Kalif lächelte, dann küßte er seinen Freund auf beide Wangen. »Endlich«, flüsterte er, »kann ich in Frieden sterben. Drei meiner Diener und Freunde habe ich hier in Kairo zu Hütern meines Sohnes bestellt – meinen Bruder, meinen Wesir und meinen Stallmeister. Aber von allen meinen Dienern, bist du, o Harun, jener, dem ich am meisten vertraue, daß er zu seinem Wort steht. Allah segne dich also, o Harun. Gelobt sei Allah.«

So geschah es, daß Harun al-Vachel den Wünschen des Beherrschers der Gläubigen gehorchend, aber im Widerstreit mit seinen eigenen, Kairo verließ und reiste, als wäre er der Atem des Windes, sein glänzendes Schwert gezückt, um der Schrecken der Ungläubigen zu sein. Denn während er noch dahinritt, war ein Bote mit der Nachricht vom Tode des Kalifen gekommen und am nächsten Tag dann ein zweiter, der meldete, daß sich die Ungläubigen erhoben hätten, von den Bergen Chorasans bis zu den Wüsten von Schem, und von den Inseln von Kamar bis zum leuchtenden Meer von Rum. Aber Harun al-Vachel verzagte nicht, denn er besaß den Mut und die Kraft von hundert Löwen, und es lebte niemand, der es im Kampf mit seinem Schwert aufnehmen konnte. Groß war die Zahl der Gefangenen, und schwer wog das Gold, das er zum größeren Ruhm seines Glaubens gewann und das er in gewaltigen Karawanen an den Kalifen Al-Hakim schickte. Aber die ganze Zeit schickte der Kalif ihm nie eine Antwort.

Sieben lange Sommer und sieben Winter vergingen, bis dank der Siege Harun al-Vachels alle Länder des Kalifen wieder befriedet schienen. »Nun sei Allah gepriesen«, sagte Harun zu sich, »denn die Zeit ist gekommen, daß ich nach Kairo zurückreise, in die unvergleichliche Stadt, die Mutter der Welt! Zu lange bin ich ihren Straßen fern gewesen und all ihren friedlichen Künsten.« Und er dachte mit Vergnügen, wie er in seinen Gärten sitzen und sich eine Frau nehmen würde, denn obgleich nicht mehr jung, war er noch ohne Kind, jenen vollkommensten Segen, den Allah gewähren kann.

Zunächst freilich mußte er, wie er wußte, den Segen des Kalifen gewinnen, bevor er sein Schwert in die Scheide stecken konnte. In Kairo eingetroffen, begab er sich sofort zum Palast. Über den Toren sah er einen Gepfählten. »Ist das nicht der Bruder des vorigen Kalifen?« fragte er erstaunt. Der Wächter nickte kaum merklich, schien aber nicht willens zu sprechen. Vielmehr führte er Harun schweigend durch ein zweites Tor. Auch über diesem sah Harun einen Mann aufgespießt, und als er das Gesicht des armen Teufels genauer betrachtete, hielt er den Atem an und rief laut aus: »Ist das nicht der Wesir des vorigen Kalifen?« Wieder nickte der Wächter, aber wieder sagte er nichts, sondern führte Harun statt dessen durch ein weiteres Tor. Über diesem Tor war ein dritter Mann auf einen Pfahl gespießt, und sein Stöhnen und seine Schreie um Gnade waren mitleiderregend anzuhören. Harun rief einen Segen auf ihn herab. »Ist das nicht der Stallmeister des vorigen Kalifen?« fragte er den schweigsamen Wächter. Doch der Wächter wollte noch immer nicht sprechen, aber als sie durch ein viertes Tor schritten, zeigte er auf einen Pfahl, auf dem noch niemand steckte. Harun starrte diesen schweigend an. »Geh weiter«, sagte er schließlich.

Der Wächter führte Harun in den Thronsaal. Auf der Stelle verstummten alle Versammelten, als Harun sich dem Thron näherte und zu Boden warf.

»Steh auf«, befahl ihm der Kalif.

Harun erhob sich.

»Komm näher«, befahl der Kalif.

Harun tat, wie ihm geheißen worden war. Er konnte nun sehen, daß Al-Hakim ein hochgewachsener und hübscher Jüngling geworden und daß sein Bart gestutzt und fein wie Seide war. Auf seinen Knien saß seine Schwester, Prinzessin

Sitt al-Mulq, und auch sie war kein Kind mehr, sondern hatte die Blüte und den Liebreiz der Weiblichkeit erreicht. Gerundet und geschmeidig waren ihre Gliedmaßen, süß schwellend ihre Brüste, und auf eine davon hatte der Kalif seine schmalgliedrige Hand gelegt.

Lange starrte er Harun schweigend an. »Sag mir«, begann er endlich, »warum du zurückgekommen bist, wenn deine Arbeit noch nicht getan ist.«

»Aber all Eure Länder, o Fürst, befinden sich nun im Frieden, vom westlichen Weltmeer bis zu den Grenzen von Hind.«

»Du lügst.«

So erschrocken war Harun und auch so aufgebracht, daß seine Hand sofort nach dem Heft seines Schwertes griff. Aber dann dachte er an den Eid, den er Al-Hakims Vater geleistet hatte, und so schluckte er seinen Zorn hinunter und beugte demütig den Kopf. »Sagt mir, o Beherrscher der Gläubigen, welcher Feind noch unbesiegt von Eurem Sklaven bleibt.«

Der Kalif lächelte sehr dünn. »Hast du nicht«, fragte er, »vor kurzem die Stadt Iram geplündert?«

»In der Tat, Euer Hoheit, Iram, die Stadt der vielen Säulen, weit jenseits der fernsten Bereiche der Wüste.«

»Und mir von dort viele Gefangene und Sklaven geschickt?«

»Zu Eurer größeren Ehre und Zufriedenheit, o Fürst.«

Der Kalif nickte ganz schwach, dann klatschte er in die Hände. »Hier ist einer von ihnen.« Sogleich trat aus dem Schatten ein Mohr von so abscheulicher Häßlichkeit und gewaltiger Größe hervor, daß er eher einem Dämon als einem Sterblichen glich, denn seine Augen loderten vor Höllenfeuer, und seine weißen Zähne grinsten in schrecklicher Drohung.

»Teile ihm mit, o Masud«, befahl der Kalif, »womit du mich unlängst bekanntgemacht hast.«

Der Mohr trat vor, so daß er direkt auf Harun hinabblickte. »Erfahre, o General, daß jenseits von Iram eine noch entferntere Stadt liegt, die Lilatt-ah heißt und reich an Schätzen und wundersamen Dingen ist, denn kein Mann hat je gelebt, der eine Bresche in ihre hochragenden Mauern geschlagen hätte. Denn diese Stadt ist bekannt als die Stadt der Verdammten.«

»Warum?« fragte Harun, unschlüssig zwischen Furcht und einem plötzlichen neugierigen Staunen. »Was ist die Eigenart dieser Stadt, daß man ihr diesen Namen gegeben hat?«

»Es wird behauptet«, erwiderte der Mohr, der noch immer gemein grinste, »daß die Bewohner dieser Stadt ihre Seelen abgetreten haben.«

»Aber an wen?« Der Kalif zuckte. »Sag es ihm! An wen?« Der Mohr verschränkte seine gewaltigen Arme. »In ihren Tempeln«, antwortete er, »verehren sie nicht Allah, sondern Lilat, die sie die Große Göttin nennen, die Schöpferin von allem. Sie behaupten – möge Allah mich erretten! –, daß sogar der Mensch die Schöpfung dieser Göttin war, geformt und mit Leben erfüllt durch den Ausfluß ihres Blutes.« Der Mohr hielt inne, dann warf er einen Blick auf den Kalifen. »Und dies alles bekräftige ich und schwöre, daß es wahr ist.«

»Nun?« fragte der Kalif ganz leise. Er griff nach den Brüsten seiner Schwester, als hielte er sich daran fest, und ein Schauder des Entzückens huschte über sein Gesicht. »Ich möchte wissen«, flüsterte er, »welcher Preis diese Stadt der Verdammten veranlaßt haben könnte, ihre Seele zu verkaufen.« Er blickte auf seine Schwester hinunter und wölbte wieder die Hände um ihre Brüste, während sein Gesicht die gleiche Lust ausdrückte wie vorher. »Es muß etwas Wunderbares gewesen sein.« Er beugte langsam den Kopf. »Wirklich wunderbar.«

Dann plötzlich erschauerte er, und während er wieder auf seine Schwester hinabblickte, kniff er die Augen zusammen, als hätte er diese zum erstenmal wirklich gesehen, und sein Gesicht schien sich plötzlich zu verdüstern vor heftigem Abscheu. »Was?« schrie er und sprang auf, so daß seine Schwester von seinem Schoß geschleudert wurde und zu Boden stürzte. »Bin ich nicht der Beherrscher der Gläubigen? Sollten die Schätze dieser Stadt nicht die meinen sein? Sollten ihre Mauern nicht dem Wüstensand gleichgemacht werden? Und sollten ihre Götzenbilder nicht zu Staub zerschmettert werden?« Er stieß einen Finger vor. »Wie kannst du hier ruhen, o Harun al-Vachel, wenn du weißt, daß eine solche Stadt noch steht, die behauptet, daß der Mensch von einer Metze geformt wurde, nicht aus Staub geschaffen, sondern aus unreinem Blut, aus dem stinkenden, sickernden Blut des Geschlechts einer Frau? Das darf nicht geduldet werden!« Seine Augen begannen zu rollen, und Schaum trat ihm auf die Lippen, während er auf die Tore zeigte. »Geh«, schrie er, »geh! *Das darf nicht geduldet werden!*«

Harun neigte den Kopf und tat, was ihm befohlen wurde, denn er fühlte sich noch immer durch den Eid gebunden, daß er dem Sohn seines verstorbenen Herrn in allem gehorchen werde. Dennoch wunderte er sich, als er sein Pferd wieder sattelte und, das glänzende Schwert an der Seite, aus Kairo ausritt, darüber, wie der Kalif die Brüste seiner Schwester gestreichelt hatte und wie ein Mann, der so glühend für die Sache und den Namen Allahs eintrat, gleichzeitig so lasterhaft und verdorben sein konnte. »Aber es gibt vieles auf der Welt, das ein Geheimnis bleiben muß«, dachte Harun, »denn Allah allein weiß von allen Dingen.« Und so suchte er solche Verwirrungen aus seinem Geist zu verbannen und statt dessen an die Stadt der Verdammten zu denken.

Vierzig Tage und Nächte führte er also seine Soldaten durch die Wüste, bis er endlich vor der Stadt Iram ankam. Aber ihr Anblick, der sich ihm bei diesem zweiten Mal bot, war ein völlig anderer als beim ersten Mal, denn die Mauern und Säulen der Stadt waren nun nichts als Asche, und ihre Bewohner waren Bettler, die zwischen den Ruinen hausten. Und als er sie sah, empfand Harun schreckliche Scham, weil er es war, der sie in diesen Zustand gebracht hatte. Und er befahl, daß ihnen Speisen und Almosen gegeben würden.

Aber als er einem jeden, der ihn nach Lilatt-ah geleiten würde, noch größere Geschenke anbot, wurden alle, die ihn hörten, bleich und wichen zurück. »Kehrt um«, schrien sie,

»kehrt um, denn nicht einmal Euer unvergleichliches Schwert, o General, wird gegen den Fluch der Stadt der Verdammten gefeit sein.«

Harun verlangte zu wissen, worin dieser furchtbare Fluch denn bestehe, aber die Leute wurden, wenn das überhaupt möglich war, noch bleicher und schrien, daß keiner jemals zurückgekehrt sei, um davon zu berichten. Aber als sie sahen, daß Harun unverzagt blieb und seine Entschlossenheit so fest wie zuvor, willigten sie ein, ihm ein gewisses Mittel zu verraten, durch das die Stadt gefunden werden konnte. »Gießt einen Schauer Blut auf den Sand«, rieten sie, »und achtet auf die Richtung, in die es fließt, denn es wird stets vom Götzenbild der Lilat angezogen. Und auf diese Weise – Allah schütze Euer Haupt! – könnt Ihr das Geheimnis des Fluches selbst entdecken.«

So setzte Harun seinen Weg tief in die Wüste fort, ritt mit seinen Männern weitere vierzig Tage über den Sand, bis er endlich eines Abends eine Säule aus schwarzem Stein erblickte. Als er näher kam, bemerkte er, daß arabische Buchstaben in die Seite gemeißelt waren und daß eine Gestalt, anscheinend ein Dämon, mit glänzenden Ketten an ihren Fuß gefesselt war. Dieser Dämon war bis zur Brust im Sand begraben und welk und trocken wie ein Ifrit oder Ghul. Plötzlich jedoch, mit einem gellenden Schrei, der selbst die Luft frösteln zu machen schien, schrie das Ungeheuer den heiligen Namen Allahs heraus, und eine einzelne Träne begann ihm über die Wange zu rinnen. Aber es konnte nicht mehr sagen, denn seine Zunge war ausgedörrt, und es konnte nur verzweifelt mit den Armen winken, als wolle es die Ketten zerreißen, die sie fesselten, bis schließlich die Träne fiel und auf seine Zunge tropfte. Da begegnete der Dämon Haruns Blick und sprach ein einziges Wort: »Wasser«, worauf Harun ihm mitleidig Wasser in die Kehle goß.

»Sag mir«, verlangte er dann, während er aufstand, »im Namen dessen, der über das Sichtbare und das Unsichtbare herrscht, was für ein Wesen du bist.«

»Ich werde Euch nicht antworten«, sagte der Dämon, »bevor Ihr nicht geschworen habt, daß Ihr mir Euer Schwert durchs Herz stoßen werdet.«

»Das ist freilich eine merkwürdige Bitte.«

»Schwört es!«

»Ich erschlage kein lebendiges Wesen«, erwiderte Harun, »nicht ohne gerechten Grund.«

Das elende Geschöpf stöhnte vor Qual. »Ich werde Euch Grund genug geben.«

Und so gräßlich war sein Ton und so jämmerlich anzuhören, daß Harun wieder eine plötzliche Anwandlung von Mitleid mit der Kreatur verspürte. »Nenne mir also den Grund«, gelobte er, »und ich werde deine Bitte erfüllen.«

»Ich war einst ein Mensch«, antwortete der Dämon, »und ein Muslim wie Ihr, der Anführer einer Armee mit funkelnden Schwertern. Ich hoffte, die Stadt Lilatt-ah zu entdecken und in ihren Tempeln den einen und einzigen Glauben zu verkünden. Aber es liegt ein Fluch über diesem Ort, der viel zu stark ist, um überwunden zu werden, und so wurde statt dessen ich besiegt und überwunden. Um den Propheten zu verhöhnen, wurde ich hier angekettet und eingegraben, und über meinem Kopf wurde ein Vers in riesigen Buchstaben eingemeißelt.«

Harun trat zurück. »Hast du an Lilat gedacht«, las er laut vor, »die Große, die andere? Sie ist höchlich zu fürchten. Wahrlich, Lilat ist groß unter den Göttern.« Während Harun dies aussprach, schüttelte er ungläubig den Kopf. »Es gibt keinen Gott außer Allah!« rief er. »Und doch muß diese Lilat, fürchte ich, eine Dschinn von wahrhaft gewaltigen Kräften sein!« Er kniete wieder neben dem eingegrabenen Dämon nieder. »Sag mir«, bat er ihn, »was ist das Geheimnis ihrer Größe? Was ist das für ein Fluch, der dich in diesen Zustand versetzt hat?«

»Nun«, antwortete das Geschöpf, »ein Preis, den manche den Stein der Weisen genannt haben und nach dem sie jeden Winkel der Welt durchstöbert haben.« Er lachte bitter, so daß alle, die ihn hörten, bis in die Knochen Eiseskälte spürten. »Denn obwohl ich einst sterblich war wie Ihr, bin ich nun seit dreihundert Jahren an diese Säule gekettet.«

Harun starrte ihn erstaunt an. »Und sind die Menschen von Lilatt-ah alle so langlebig wie du?«

»In der Tat.« Der arme Kerl schnitt eine Grimasse. »Denn selbst wenn ihnen der Kopf abgehauen, der Leib aufgeschlitzt und das Gedärm im Staub verstreut wird, stehen sie dennoch auf und kämpfen weiter.«

»Und worin liegt das Geheimnis dieses Wunders?«

Sofort begann die elende Kreatur zu zittern und zu stöhnen. »In einem Elixier«, antwortete er, »sehr bitter schmeckend, das ich und alle meine gefangenen Männer trinken mußten, damit wir durch die Jahrhunderte Folterqualen erleiden und niemals Erlösung finden würden.«

»Und wie wird dieses Elixier bereitet?«

»Das ist das dunkelste aller dunklen Geheimnisse. Denn es wird von den Priestern gehütet, die die Herrscher und Gründer von Lilatt-ah sind und die, wie es heißt, in uralten Zeiten aus dem Land Ägypten kamen, als dort die heidnischen Pharaonen regierten.«

»Aus Ägypten?« Harun runzelte verblüfft die Stirn und ließ den Blick über die endlose Sandwüste schweifen. »Aber warum sollten Weise von solcher Macht dieses reiche und glückliche Land jemals verlassen haben?«

Die angekettete Kreatur grinste abscheulich. »Was glaubt Ihr, warum, o General? Damit sie nicht von Leuten wie Euch und mir gestört werden.« Und während er dies noch sagte, begann er, sich schreiend und schäumend wie ein Wahnsinniger in seinen Ketten zu winden. »Kehrt um«, schrie er gellend, »kehrt um, kehrt um! Denn warum hat man mich sonst hier gelassen, wenn nicht als Warnung und gräßliches Wunder? *Kehrt um, ich flehe Euch an, kehrt sofort um!*«

Gebeugt und schweigend stand Harun da und dachte an seine Gelübde, die er Al-Asis gegeben hatte. »Nein«, sagte er entschlossen, »ich kann nicht umkehren.«

Sofort sackte der Dämon reglos in sich zusammen. »Dann mag es geschehen«, sagte er endlich, »daß Ihr, wenn Ihr und Eure ganze Macht überwältigt seid, hierher gebracht werdet, um an meiner Stelle zu hängen und zu leiden.«

Aber Harun schüttelte den Kopf und zog langsam sein Schwert aus der Scheide. Er setzte die scharfe Spitze auf die verdorrte Brust der Kreatur. »Du hast selbst behauptet«, sagte er lächelnd, »daß sogar die Verfluchten Lilats Allahs Gnade zugeführt werden können. *La Ilaha Illallah!* Es gibt keinen Gott außer Allah!« Und mit diesen Worten stieß er dem armen Teufel das Schwert in die Brust, und der Dämon schrie gellend auf und wand sich in den funkelnden Ketten, während er die Klinge mit bloßen Händen umklammerte.

»Stirbst du?« rief Harun. »Fühlst du deine Unsterblichkeit nachlassen und entschwinden?«

Der Dämon erstarrte einen Augenblick, dann stieß er die Klinge immer tiefer, bis eine schwarze Flüssigkeit schäumend auf den Sand spritzte. »Ja«, flüsterte er plötzlich, »ja, ich erinnere mich …«

»Aber wie?« drängte ihn Harun. »Wie kann dies geschehen, wenn du doch gesagt hast, du könntest nicht sterben?«

»Auf den Mauern … das gleiche … ich erinnere mich – der letzte Mann, mit dem ich kämpfte, bevor sie mich gefangennahmen … ich durchbohrte sein Herz und sah ihn anscheinend sterben.« Er begann zu husten, und noch mehr schwarze Flüssigkeit spritzte in den Sand. »All die vielen Jahre …« Plötzlich lächelte er. »Diese vielen langen Jahrhunderte … ich habe mich gefragt … ich habe zu hoffen gewagt … ob ich diesen Feind wirklich erschlagen hatte. Und jetzt scheint es … scheint es … daß ich es weiß.« Und während er noch sprach, begannen sich seine Augen zu verdrehen und ihr Glanz sich zu trüben, und dann zerfielen sogar die Höhlen, die sie umgeben hatten. Bald war der Leib des Mannes nur noch eine Wolke feinen Staubes, und sie wurde vom Hauch der Brise davongetragen, und die Ketten hingen leer an der steinernen Säule.

Harun kniete vor ihnen nieder, den Kopf im Gebet gesenkt, und dann hob er die Fesseln hoch und wandte sich um zu seinen Männern. »Allah ist wahrlich groß!« rief er. »Denn was haben wir erhalten wenn nicht ein Wunder und ein Zeichen, daß selbst die Verdammten in der Stadt Lilatt-ah erschlagen werden können? Gelobt sei Allah! Denn für Ihn und Seine Macht ist nichts unmöglich!«

Auch sollte sich Haruns Glaube nicht als unangebracht erweisen. Gewiß, auf die Herzen seiner Mitstreiter hatte sich großes Entsetzen gelegt, und als sie am nächsten Abend zum erstenmal die fernen Türme der Stadt im flammenden Rot der sinkenden Sonne erblickten, konnte Harun seine Männer nur mit Mühe von der Flucht abhalten. Gewaltig breitete sich die Stadt vor ihnen aus, als würde sie von lebendigem Feuer gebildet, die Spitzen jeder Flamme ein prahlerischer gezackter Turm, während sich ringsum eine Mauer aus mächtigen polierten Steinen dehnte, die schimmerten und dann verschwunden waren, als die Sonne vom westlichen Horizont geschluckt wurde. Vom Umriß der Stadt Lilatt-ah war nun, da die Nacht hereingebrochen war, nur eine bedrohlich ragende Masse vor den Sternen zu sehen, eins mit der öden und konturlosen Ebene, und Harun zog sein Schwert und befahl seinen Männern, wachsam zu sein.

Es war gut, daß er das getan hatte, denn der erste Angriff ließ nicht lange auf sich warten. Wieder entstand Panik, waren verzweifelte Schreie zu hören, denn die Feinde schienen Geister zu sein, mit Augen aus brennendem Silber und einer Haut, die sogar in tiefster schwärzester Nacht bleich schimmerte. Doch dank Allahs Gnade hielt die muslimische Linie entschlossen stand. Mit dem Nahen der Dämmerung ließen die Attacken allmählich nach, bis der Feind sich endlich, als die ersten Sonnenstrahlen golden im Osten aufstiegen, hinter die Stadtmauern zurückzog. Einige wenige lagen noch dort, wo sie niedergestreckt worden waren, trotz gräßlicher Wunden keiner von ihnen tot, und unter den Muslimen erhob sich entsetztes und verzweifeltes Gemurmel, daß ihre Feinde nicht erschlagen werden könnten. Aber Harun ging zwischen den verwundeten Kreaturen umher und stieß ihnen die Schwertspitze durchs Herz, und im selben Augenblick schrien sie gellend auf und wurden zu Staub.
Ohne Aufschub wurde darauf der Marsch gegen die Mau-

ern aufgenommen. Nur kurz hielt Harun inne, als sie in ihren gewaltigen Schatten traten, und blickte in stummem Staunen hinauf, verblüfft über das Strahlen der funkelnden Türme der Stadt, ihre mit Gold und glutroten Edelsteinen übersäten Tempel, ihre Bögen und Pyramiden und Alabasterkuppeln. Aber es war nicht nur Ehrfurcht, was Harun frösteln machte, denn entlang den Zinnen waren die Leiber von Männern zu sehen, die auf gräßliche Folterinstrumente gespießt waren – doch obgleich die Foltern tödlich aussahen, waren die Männer noch am Leben. Und als Harun zu ihnen hinaufblickte, spürte er verzweifelten Zorn in sich aufwallen, wenn er daran dachte, wie lange sie wohl schon so gelitten hatten, gefesselt an die Martern endloser Jahrhunderte. Und so blieb er nicht länger wie erstarrt stehen, sondern zog sein blitzendes Schwert, galoppierte voran und stieß den Schlachtruf aus.

Wie ein wütender Löwe kämpfte er, er und seine Männer, um eine Bresche in die schimmernden Mauern von Lilatt-ah zu schlagen, denn der Kampf war blutig und der Feind stark, und der Ausgang blieb den ganzen glühenden Morgen über ungewiß. Doch als die Sonne am Himmel immer höher stieg und heller brannte, verebbte die Stärke des Feindes allmählich, und Harun wußte, daß ihn die Woge des Sieges trug. Bis Mittag schwammen die Straßen in Blut, und der Staub der Getöteten lag dick in der Luft; aber Harun drängte weiter in das Herz der Stadt. Ein Tempel stand dort von gewaltiger Größe, mit Toren aus Gold und Türmen aus schwarzem Marmor, in die Porträts von Dämonen mit abstoßenden Fratzen gemeißelt waren; und in die Höfe dieses Tempels hatten die Verwundeten zu kriechen versucht. Harun hielt inne und blickte fast mitleidig auf ihre zerschlagenen, verstümmelten Gestalten. Doch dann wandte er sich um und schaute zur Mittagssonne empor, und er dachte, wie bald sie sich im Westen niedersenken würde. »Tötet sie alle!« rief er, denn er fürchtete, daß mit der Dunkelheit ihre Kraft zurückkommen könnte. »Keiner darf verschont werden! Keiner darf überleben!«

Doch ihm war bereits übel vom Anblick und Gestank des Gemetzels. Auf und nieder schwang sein Schwertarm, auf und nieder, während er vom Hof zum Vorraum und durch weitere Hallen vordrang, immer tiefer in die Dunkelheit des Tempels, bis es endlich, so schien es, keine Herzen mehr zu durchbohren gab und niemand in dem ganzen riesigen Bau noch am Leben war. Aber noch konnte Harun sich nicht sicher sein, denn die Flure vor ihm schienen zwar leer zu sein, doch er hatte noch nicht den innersten Raum des Tempels erreicht, und je tiefer er eindrang, desto dunkler wurde es, während die Decke immer niedriger und die Flure immer enger wurden. Die Luft war nun schwer von Weihrauch, aber auch von einem stinkenden, eigenartig süßlichen Geruch, und Harun spürte, wie dieser sich dick auf seine Lunge legte. Plötzlich blieb er stehen. Vor sich konnte er dünnen braunen Rauch erkennen, der sich durch den Spalt zweier versiegelter Türen kräuselte, und hinter ihnen schien ein orangerotes Glühen zu flackern.

Harun schlich vorwärts, dann warf er sich plötzlich mit seinem ganzen Gewicht gegen die Türen, die splitterten und nachgaben. Vorsichtig stieg er über die Trümmer und betrat den Raum dahinter. Auf beiden Seiten, bis zur Decke gestapelt, lagen lange Reihen von Körpern. Sie schienen trocken und verwelkt, aber da sie sehr straff mit dünnen Tuchstreifen umwickelt waren, konnte man unmöglich erkennen, was unter ihren Hüllen lag. Harun trat an die nächste Leiche heran. Von ihrem Gesicht war durch den Stoff nur das Profil einer Nase zu erkennen, und es schien genaugenommen kaum menschlich. Harun streckte die Hand aus, um die Leiche zu berühren, doch dabei entdeckte er, daß der Kopf vom Hals auf den Boden rollte, denn der ganze Körper war in viele Teile zerlegt worden. Im selben Augenblick hörte er von dem in Rauch gehüllten gegenüberliegenden Ende des Raums ein leise zischelndes Lachen und dann eine Stimme, so welk, wie es schien, wie der vertrocknete Kopf vor seinen Füßen. »Maßt Ihr Euch an, das Geheimnis der Götter anzutasten?«

Harun drehte sich um. Mit einem Arm versuchte er den braunen Rauch zu zerteilen, und mit dem andern hob er sein funkelndes Schwert. Langsam rückte er mitten durch den

Raum vor. Nun konnte er den Umriß eines Mannes erkennen – mit kahlrasiertem Kopf, so schien es, und in die langen fließenden Gewänder eines Priesters gekleidet –, der hinter einem Kohlenbecken stand, das mit sachten Flammen gefüllt war. Eine flache Pfanne lag darüber, und aus dieser quoll der braune Rauch empor. Als Harun sich dem Kohlenbecken näherte, sah er eine zähe schwarze Flüssigkeit in der Pfanne brodeln.

»Es gibt keine Geheimnisse«, sagte Harun, »die Allahs Auge nicht durchdringt.«

Wieder lachte der Priester, ein scheußlich knisternder, trockener Laut. »Und dennoch bin ich viele tausend Jahre älter als Euer Gott.«

Harun streckte den Arm über die Kohlenpfanne. »Was für eine prahlerische Behauptung.« Er drückte die Spitze seines Schwertes auf die Brust seines Gegners. »Hoffen wir also, daß diese Zeit dazu gedient hat, Euch auf Euren Tod vorzubereiten.«

Harun spürte, wie der Priester sich spannte. Er stieß die Schwertspitze ein wenig tiefer und schlug gleichzeitig wieder nach dem Rauchschleier, so daß er zum erstenmal klar sehen konnte, was dahinter lag. Ein Starren, hell und kalt wie der Mondschein, begegnete seinem Blick und ein Gesicht, völlig bar jeder Gefühlsregung. Einst war es vielleicht schön, dachte Harun – vor langer Zeit, vor den Verstümmelungen, denn der Priester hatte keine Ohren, und seine Nase war aufgeschlitzt.

»Der Tod«, flüsterte der Priester. Plötzlich lächelte er, und Harun bemerkte, daß auf seiner Stirn nun Schweißperlen standen. »Ich hatte ihn fast vergessen und was er sein könnte.« Dann schloß er die Augen. Er schrie plötzlich auf, ein seltsames ausländisches Gebet, während er sich nach vorne fallen ließ und dadurch das Schwert tief in sein Herz trieb. »Teje«, flüsterte er, dann schrie er dasselbe Wort: »Teje!« Er taumelte noch immer vorwärts. Dann stürzte er in das Kohlenbecken, so daß die Kohlen in hohem Bogen im Raum verstreut wurden und die Pfanne mit ihrem Inhalt durch die Luft flog.

Harun fuhr zusammen und trat zurück, als Spritzer von der Flüssigkeit auf seinen Mantel fielen. Sie schienen keine Wirkung zu haben, doch er hatte keine Zeit, sie zu untersuchen, denn schon breitete sich Feuer im Raum aus, und der Leichnam zu seinen Füßen war bereits eine Pfütze aus Staub und sich ausbreitendem Blut. Höher und höher züngelten die Flammen nun, aber Harun zögerte noch immer, denn er hatte gesehen, wie das Blut rasch in die zuckenden Schatten am anderen Ende des Raums floß. Ihm fiel der Rat der Leute von Iram ein, dem er es verdankte, daß er sich in der Wüste nie verirrt und die verhängnisvolle Stadt Lilatt-ah entdeckt hatte, und so stieg er über das Kohlenbecken hinweg, um das Götzenbild ausfindig zu machen.

Er entdeckte es vor der rückwärtigen Wand, aber als er sich ihm näherte, spürte er, wie ihn der Mut zu verlassen begann. Er konnte sich diesen Effekt nicht erklären, denn das Götzenbild war in der Dunkelheit nichts als eine Silhouette. Ungehalten über sich selbst murmelte Harun ein leises Gebet, wandte sich um und griff nach einer Fackel aus brennendem Holz. Er wandte sich wieder dem Götzenbild zu und hob die Flammen an sein Gesicht. Sein erster Gedanke, als er es anstarrte, war, daß er noch nie eine Frau von so wunderbarer Vollkommenheit gesehen hatte, denn die Statue war mit überirdischer Kunstfertigkeit gearbeitet, so daß der Marmor weicher wirkte als die weichste Haut, und als er auf die Lippen blickte, war er fast versucht, seine eigenen auf sie zu pressen. Aber dann blinzelte er und schüttelte den Kopf, und als er wieder hinsah, bemerkte er – was ihm vorher entgangen war –, daß die Lippen spöttisch und grausam lächelten, als deuteten sie Geheimnisse an, zu ungeheuerlich, um ausgesprochen zu werden, und eine Lasterhaftigkeit, zu furchtbar für menschliche Betrachtung. Sogar ihr Kopfputz aus Gold erschien tödlich, denn er zeigte das Abbild einer züngelnden Kobra, und als Harun es betrachtete, fühlte er sich plötzlich gefangen, als wäre er bloß noch ein Beutestück. Langsam fühlte er sich vergehen vor höchst merkwürdigen Gedanken, Begierden, von denen er nicht gewußt hatte, daß er sie besaß. Immer näher kam er ihrem glänzenden Mund, immer mehr fühlte er sich verloren … und dann schloß er die Augen und streifte ihre Lippen mit einem Kuß. Sofort jedoch fuhr er entsetzt zurück und wischte sich über den Mund, denn die Statue hatte sich kalt und feucht angefühlt, so daß ihm tatsächlich war, als hätte er eine Schlange geküßt; und Harun versetzte ihr einen Schwerthieb, so daß sie umstürzte und zu Boden fiel.

Noch immer lächelte sie zu ihm empor, aber Haruns gesamte Begierde war nun in Ekel umgeschlagen. Er konnte sehen, wie die Fliesen, auf die sie gestürzt war, hochrot glänzten, und als er sich umschaute, war der Raum feucht von einem Schwall aus Blut, der von den Flammen in allen Schattierungen von Orange und Rot beleuchtet wurde. Harun wandte sich wieder dem Götzenbild zu. Einen Augenblick lang blieb sein Arm starr unter dem Blick des Idols, aber dann erschauerte er und ließ sein glänzendes Schwert niedersausen. Der Hals zersprang unter der Wucht des Schlags, und der Kopf rollte über den Boden. Harun folgte ihm, und wieder schlug er zu, diesmal nach dem Lächeln. Erst als er es ausgelöscht hatte, wandte er sich ab und eilte aus dem Raum, durch Blut watend und zwischen zwei Wänden aus bis zur Decke hochschlagenden Flammen hindurch.

Auf die Straßen zurückgekehrt, erteilte er seine Befehle. »Verbrennt die Stadt und alle ihre Toten. Seht zu, daß die Grundmauern mit Salz bestreut und untergepflügt werden. Laßt nichts übrig, das zeigt, wo sie stand.« Dann wandte er sich ab und ritt hinaus durch die Tore von Lilatt-ah. Lange stand er auf einem nahe gelegenen Hügel und blickte auf das Flammenmeer der Stadt der Verdammten, während ihre Türme von roten Flammenzungen verzehrt wurden, ihre Mauern und Pyramiden und Alabasterkuppeln, bis endlich alles schwarz und stumm und reglos war.

»Es ist vollbracht«, flüsterte Harun. Er neigte den Kopf im Gebet. »Aber nie mehr, das schwöre ich, werde ich solches Blut vergießen.« Und er zog sein Schwert und brach die Klinge entzwei.

Im Thronsaal des Palastes des Kalifen Al-Hakim verneigte sich Harun al-Vachel tief vor dem Thron. »Eurem Wunsch gehorchend, o Beherrscher der Gläubigen, habe ich Lilatt-ah zerstört, so daß kein einziger Ziegel dieser riesigen Stadt übrig ist. Ihre Schätze sind mit einer Karawane aus vielen Kamelen zu Euch gebracht worden, damit Ihr sie verwenden könnt, um den Kranken und Armen beizustehen.«

»Den Kranken und Armen?« Der Kalif zog eine Braue hoch. »Ich hätte nicht geglaubt, o General, daß du so mitfühlend geworden bist.«

»Ich diene Euch am besten, o Kalif, wenn ich Eurem Volk diene.«

»Du dienst mir am besten, o General, wenn du meine Kriege führst.«

Harun senkte den Kopf, aber dann zog er unter seinem Umhang die Bruchstücke seines Schwertes hervor.

»Was hat das zu bedeuten?« verlangte der Kalif zu wissen.

»Ich habe mir einen schrecklichen Eid geschworen, o Beherrscher der Gläubigen, nie mehr menschliches Blut zu vergießen.«

Wieder zog der Kalif eine einzelne Augenbraue hoch. »Dann müssen wir«, murmelte er mit samtener Stimme »über einen neuen geeigneten Posten für dich nachdenken.«

»Es ist jetzt mein Ehrgeiz, o Fürst, die alten Wissenschaften zu studieren, damit ich weise werde in der Magie der Engel und, so Allah will, Leben bringe, wo ich zuvor Tod gebracht habe.«

Lange erwiderte der Kalif nichts, sondern erhob sich statt dessen und trat an ein Fenster, durch das er zu den Toren hinausblickte, die zu seinem Palast führten. Auf dreien davon waren Leichname zu sehen, fast Skelette inzwischen, dem Hunger der Geier und Krähen ausgeliefert. Auf dem vierten Tor stand ein Pfahl, der noch immer ohne Leichnam war. Der Kalif erschauerte heftig am ganzen Körper. »Ich kann in dieser Sache nicht klar denken«, rief er in plötzlichem Zorn aus, »nicht jetzt, nicht jetzt!« und dann stampfte er mit dem Fuß auf und stürmte aus dem Saal.

Harun blieb allein zurück. Den ganzen Tag über erwartete er Stunde um Stunde, ergriffen und hingerichtet zu werden. Endlich, am späten Nachmittag, kamen zwei Wachen auf ihn zu. Einen Augenblick lang glaubte er, alles sei vorbei, und überantwortete sich Allahs Gnade, aber die Wachen brachten nur einen Befehl des Kalifen, daß er am Tor zu den Palastgärten warten solle. Harun tat, wie ihm befohlen. Der Nachmittag ging in eine purpurne Dämmerung über, die Dämmerung dann in eine wunderbare, sternenübersäte Nacht. Endlich, als der Mond voll am Himmel stand, hörte er die Tore hinter sich aufgehen und wandte sich um. Es war der Kalif, in einen schweren Mantel gehüllt. Er hatte nur einen einzigen Begleiter bei sich, Masud, den Mohren.

»Komm«, sagte der Kalif und nahm Haruns Arm, »denn es gibt nichts Schöneres noch Lehrreicheres, als durch die Nacht zu wandern und den Gewohnheiten der Menschheit nachzuspüren.« Mit diesen Worten ging er voraus, an der Palastmauer vorbei und dann hinunter in das Labyrinth der engen Gassen der Stadt. Bald war alles Gestank und Lärm und Schmutz, und trotzdem glänzten die Augen des Kalifen – das wenigstens glaubte Harun – viel heller als zuvor in der Pracht seines Palastes. »So«, zischte er plötzlich, indem er Harun in den Arm kniff, »du willst also nicht mehr töten?« Er deutete auf eine Reihe Metzgerläden. Obwohl Nacht war, flimmerte noch eine Wolke von Fliegen über den Ladenfronten, die sichtbaren Teilchen einer noch dickeren Wolke aus Düften, gebildet aus der Süße von verdorbenem Fleisch und Gewürzen. Der Kalif lachte vor Entzücken und klatschte in die Hände. »Alle müssen töten!« rief er aus. »Denn hast du nicht verstanden, o General, daß die Geringeren stets die Beute der Größeren sein müssen? Das ist doch schließlich das ewige Gesetz dieser Welt! Und deshalb befehle ich dir« – er zeigte auf einen Metzger –, »diesen Mann jetzt zu töten!«

Harun runzelte die Stirn. »Was, o Kalif, hat er Euch jemals angetan?«

»Frag lieber, was er den unschuldigen Kühen angetan hat, den Kälbern mit den großen Augen, die nun zerlegt auf den

Fliesen seines Ladens liegen.« Der Kalif schwieg, und seine Augen begannen zu rollen. »Töte ihn!« schrie er plötzlich schrill. »Töte ihn, töte ihn jetzt!«

Doch Harun schüttelte den Kopf. »O Fürst, ich kann nicht.«

Ein Schauder durchlief den Kalifen von Kopf bis Fuß. Er wandte sich nach Masud um; er klatschte in die Hände, und der Mohr entblößte sofort grinsend seine Zähne. Er ging zu dem Metzger hinüber, der sich umdrehte und, als er diesen Riesen erblickte, einen entsetzten Schrei ausstieß und in seinen Laden zurückweichen wollte. Aber Masud ergriff ihn mühelos, packte ihn bei den Haaren und stieß sein Gesicht in einen Brocken stinkenden Fleisches. Der Kalif klatschte wie vorher entzückt in die Hände, ging zum Laden hinüber und hob ein Hackmesser auf. Mit aller Wucht schlug er damit auf den Kopf des Metzgers ein und hörte nicht auf, es zu schwingen, bis der Leichnam des Mannes in zwei Teile gespalten und an Haken zwischen die anderen Kadaver gehängt war. Dann erst drehte er sich nach dem zuschauenden Harun um. »Du siehst«, sagte er mit einer wegwerfenden Geste, »wie leicht der Tod sein kann. Hättest du getan, was ich befohlen, hätte ich dir die Hälfte der Schätze geschenkt, die du aus Lilatt-ah mitgebracht hast. So allerdings bekommst du keinen Dinar.«

Sie setzten ihren Spaziergang durch die Straßen fort. Nach einem kurzen Stück Wegs kamen sie an einer weiteren Reihe von Geschäften vorbei. Eine große Menschenmenge hatte sich vor einem davon versammelt, und sie bekamen bald heraus, daß ein Bäcker beim Gebrauch falscher Gewichte ertappt worden war. Wieder kniff der Kalif Haruns Arm. »Mach deinen Fehler wieder gut«, befahl er. »Denn er ist ein Dieb, auf frischer Tat bei seiner Schurkerei ertappt. Töte ihn!« schrie er plötzlich gellend, »töte ihn, töte ihn jetzt!«

Aber wieder schüttelte Harun den Kopf. »O Fürst, ich kann es nicht.«

Der Kalif streckte und schüttelte sich wie eine hungrige Katze. Er wandte sich Masud zu, der wieder zu grinsen begann. Der Mohr ging zu dem Bäcker hinüber und packte ihn bei den Haaren, dann drückte er sein Gesicht in den Schlamm zu Füßen des Kalifen. Der Kalif trat auf den Kopf des armen Teufels, stampfte mit aller Gewalt darauf, dann nickte er Masud zu. Sofort hob der Mohr den Mantelsaum des Bäckers hoch, löste die Schnur, die seine Hosen hielt, und beging dann an ihm die Sünde, die nie beim Namen genannt werden sollte. Der arme Teufel schrie wie am Spieß, bis Masud den Bäcker schließlich durch die Gewalt seines Angriffs entzweigerissen hatte. Dann ließ er die Leiche in den Schlamm fallen und stopfte ihr einen Laib Brot in den Mund.

Der Kalif wandte sich Harun zu. »Wieder siehst du«, sagte er mit einem Achselzucken, »was für eine leichte Sache der Tod sein kann. Hättest du getan, wie ich befohlen, hätte ich dein Haus, deine Sklaven und alle deine irdischen Güter verschont. So allerdings bleibt dir kein einziger Dinar.«

Sie wanderten weiter, bis sie sich schließlich der nördlichen Stadtmauer näherten. Hier, am Bab al-Futuh, erklang plötzlich Lachen und Rufen von Frauen. Der Kalif blieb sofort wie angewurzelt stehen, und sein Gesicht wurde finster vor Empörung und Wut. »Was ist das?« schrie er. Er wandte sich der Quelle des Lärms zu und entdeckte ein öffentliches Bad, das mit vielfarbigem Marmor gekachelt und mit köstlich verschlungenen goldenen Gittern verziert war. »Wie ist das möglich«, schrie der Kalif, »daß Frauen es wagen, einen Ort von solcher Schönheit mit ihrem Schmutz zu besudeln? Habe ich nicht befohlen, daß sie die Häuser nie verlassen dürfen? Habe ich diesen Befehl nicht bekräftigt, indem ich die Herstellung von Schuhen für sie verbot? Wie hätte ich meine Wünsche deutlicher ausdrücken können?« Er drehte sich zu Harun um. »Ich bin der Kalif, der Geliebte Allahs! Man wird mir gehorchen!« Er deutete auf das Bad. »Töte sie!« schrie er. »Töte sie, töte sie alle!«

Aber wieder schüttelte Harun den Kopf. »O Fürst, ich kann nicht.«

Der Kalif biß sich auf die Lippe, und sein Gesicht wurde blaß. »Sieh dich vor, o General, denn du hast nichts mehr zu verwirken, auf der ganzen Welt nichts mehr, bis auf eines.«

Aber Harun senkte den Kopf und antwortete nicht, und so wandte sich der Kalif an den Mohren. »Tu es!« schrie er. Masud ging zu einem Kohlenbecken am Bab al-Futuh und nahm einen Feuerbrand heraus. Er ging auf das Badhaus zu. Zuerst verschloß er die Türen, dann umschritt er das Gebäude und legte ringsum Feuer. Das Lachen der Frauen schlug bald in Schreie um, und Harun, der regungslos dagestanden und Masuds Tun ungläubig beobachtet hatte, ertrug es nicht mehr zuzuschauen. Er lief zu den Türen. Indem er die Riegel zurückschob und sich ins Badhaus wagte, konnte er einige der Frauen retten, die dort in der Falle gesessen hatten, aber weit mehr rangen schon mit dem Tod, lebendigen Leibes im zischenden Wasser der Bäder gesotten. Verzweifelt versuchte Harun, durch die Flammen zu ihnen vorzudringen, aber da wurde er von Masud gepackt und vor den Kalifen geschleppt.

»In Allahs Namen«, schrie Harun, »o Fürst, was tut Ihr?«

Der Kalif richtete sich kerzengerade auf, gab aber keine Antwort.

Harun gestikulierte wild nach dem lodernden Badhaus. »Seid Ihr nicht der Beherrscher der Gläubigen«? schrie er. »Ist es nicht Eure Pflicht, jene zu schützen, die schwächer sind als Ihr? Sind wir nicht, wir alle, Kinder Allahs?«

Ein Zucken schien durch die Glieder des Kalifen zu laufen. Er bedeutete Harun zu schweigen, aber Harun sprach weiter.

»Die Frauen, die Ihr lebendigen Leibes gesotten habt, o Fürst, waren Sterbliche genau wie Ihr. Sie hätten Euer eigen Fleisch und Blut sein können.« Er schüttelte ungläubig den Kopf, dann rief er, so laut er konnte, aus: »Ja, sie waren wie Eure Schwester, die Prinzessin Sitt al-Mulq!«

Das Gesicht des Kalifen zuckte heftig, und wieder wurde er von einem merkwürdigen Krampf geschüttelt. Er biß sich so fest auf die Unterlippe, daß sie zu bluten begann, und dann stöhnte er und schlug seinen Kopf mit den Händen. Er starrte zu dem Mohren auf. »Du«, schrie er plötzlich. »Worauf wartest du, du verfluchter Brocken Aas, du Hund, von Huren geboren? Lösch die Flammen!« Dann griff er, noch immer zitternd, nach seiner Börse. Er öffnete sie und begann den Überlebenden des Feuers, die zitternd unter dem Bogen des Bab al-Futuh standen und verzweifelt Kleiderfetzen an sich preßten, Münzen zuzuwerfen. Der Kalif starrte sie mit aufgerissenen Augen an, dann wandte er sich wieder an Harun. »Wer hätte gedacht«, murmelte er, »daß Fleisch so reizend aussehen kann?«

Harun antwortete nicht, denn er hatte kehrtgemacht und den Blick abgewandt. Der Kalif folgte ihm und nahm ihn beim Arm. »O Harun al-Vachel«, sagte er, »geh nicht von meiner Seite, denn lieber trenne ich mich von meinem eigenen Dasein als von einem Mann mit deiner Weisheit.«

Überrascht blickte Harun ihn an. »Ich hatte geglaubt, es wäre Eure Absicht, mich auf einen Pfahl zu spießen und den Krähen zu überlassen.«

»Ich hätte es getan, wenn Ihr Euer Gelübde gebrochen und Blut vergossen hättet, denn ein Mann, der den eigenen Worten untreu wird, wird sich gewiß seinem Fürsten als untreu erweisen. Aber jetzt sollst du entdecken, wie hoch ich Treue achte. Hiermit schenke ich dir die Schätze aus Lilatt-ah und lege das Doppelte dazu.«

Aber Harun schüttelte den Kopf. »O Beherrscher der Gläubigen«, erwiderte er, »das kann ich nicht annehmen.«

Wieder verfinsterte sich die Stirn des Kalifen. »Was soll das bedeuten?«

»Ihr habt gesagt, ein Mann solle seinen Gelübden treu bleiben. Ich habe geschworen, von nun an die hohen und magischen Künste zu studieren, denn es ist mein Wunsch, die Macht zu erlangen, alle irdischen Krankheiten zu bannen und die Verletzungen aller Verwundeten zu heilen. Wozu sollte mir Reichtum in einem solchen Leben nutzen?«

Noch immer blickte der Kalif finster drein, aber dann nahm er Harun plötzlich in die Arme und küßte ihn auf beide Wangen. »Gesegnet seist du«, rief er, »denn wie Josef zu Pharao war, so bist du zu mir gewesen! Ich werde die Schätze aus Lilatt-ah wirklich den Armen schenken. Und damit auf immer mein Andenken gewahrt und meiner Güte gedacht werde, errichte ich hier eine heilige Moschee, wo die Gläubigen Stunde um Stunde meinen Namen preisen mögen.«

Er deutete auf die Ruinen des Badhauses. Die Flammen waren gelöscht worden, und Männer begannen, die qualmenden geschwärzten Trümmer zu durchsuchen. Einer hob einen Leichnam auf seine Schultern, und Harun hätte sich abgewandt, aber der Kalif starrte fasziniert und mit hell leuchtenden Augen auf die Leiche. Plötzlich dann, wie schon zuvor, begann er zu zittern und klammerte sich mit unnachgiebigem Griff an Harun. »O Fürst unter den Ratgebern«, flüsterte er, »nenne mir die Magie, die du ausfindig zu machen hoffst.«

»Die Magie, die König Salomon besaß, weil er den geheimen Namen Allahs wußte.«

»Und welche Macht hat ihm das gebracht?«

»Die Macht, den Dschinn und allen Geistern, die aus Feuer gemacht sind, zu befehlen.«

»Und was konnte er den Dschinn befehlen, für ihn zu tun?«

»Alles, o Fürst, denn ihre Macht kennt keine Grenzen.«

Der Kalif blickte auf die Ruine des Badhauses, wo ein weiterer geschwärzter Leichnam aus dem Schutt gezogen wurde. »Alles?« flüsterte er.

»Wirklich alles.«

Der Kalif holte tief Luft. »Wenn du dann den geheimen Namen Allahs entdeckt hast«, befahl er, »wirst du ihn für mich aufschreiben, und ich werde dann seine Buchstaben in das Mauerwerk meiner Moschee einmeißeln lassen. Denn ich bin zwar der Kalif, aber es ist dennoch ein Verräter unterwegs, der gegen meiner Schwester und mein eigenes Glück Ränke schmiedet und droht, unsere Körper mit grausamen Folterqualen zu peinigen und die Spuren seiner schändlichen Finger auf unseren Gestalten zu hinterlassen.« Er hielt inne und blickte noch einmal hinüber auf das Badhaus, wo die Leichen nun in einer Reihe niedergelegt wurden. »Er haucht auf alles Glück, dieser Verräter, er reißt Paläste ein, er errichtet Gräber, wo einst Paläste standen. Und sein Name, o Harun – sein Name ist bitterer Tod!«

Durch die Lande, durch die er einst als stolzer und mächtiger Eroberer geritten war, wanderte Harun nun als demütiger Schüler. Überall suchte er jene auf, die ihn am besten Weisheit lehren könnten, Gläubige wie Ungläubige, ob sie inmitten der Türme Konstantinopels wohnten oder in den fernen Tempeln des sagenhaften Peking oder in den Ländern jenseits der Weltmeere, wo Menschen neben den Engeln wohnen. Zu Füßen von tausendundeins verschiedenen Weisen saß Harun, so daß er schließlich selbst ein mächtiger Weiser wurde, und in der Krankenheilung konnte es keiner mit ihm aufnehmen. So groß war sein Erfolg, daß diejenigen, die er geheilt hatte, ihn als Zauberer bezeichneten, denn es schien unmöglich, sein Können anders zu erklären. Nie, so wurde behauptet, hatte es einen Magier wie Harun gegeben. Er sei in jeder geheimen Wissenschaft bewandert, hieß es hinter vorgehaltener Hand. Er konnte die Sprache der Sterne und der Tiere und Vögel deuten, und die flammengeborenen Dschinn gehorchten seinen Befehlen. Und manche sprachen von viel schrecklicheren Geheimnissen und deuteten an, wenn man sie drängte, er sei sogar Herr über das Grab.

Das Gerücht war also Haruns ständiger Herold. Lange vor seiner Ankunft in Kairo hatte es seinem Heimatland seine Rückkehr angekündigt, und der Kalif, der ihn ungeduldig erwartete, ließ an jedem Stadttor Wächter postieren. Endlich wurde Harun auf der nördlichen Straße gesichtet, und sofort ritt eine Eskorte aus, um ihn zu empfangen und zum Beherrscher der Gläubigen zu bringen. Harun begleitete sie wortlos, doch wurde beobachtet, daß er kaum merklich lächelte und ein einziges Mal den Kopf schüttelte, als er nahe dem Bab al-Futuh an der zur Hälfte fertiggestellten Moschee vorbeikam. Aber er hüllte sich weiter in Schweigen, bis er endlich im Thronsaal mit dem Kalifen allein gelassen wurde, der sich erhob, um ihn zu küssen und zu umarmen.

»O Fürst unter den Magiern«, rief der Kalif aus, »der Ruhm

deiner Zauberkünste hat sich über die ganze Welt verbreitet!«

Aber Harun schüttelte den Kopf. »O Beherrscher der Gläubigen«, erwiderte er, »ich besitze keinerlei Kenntnisse in den magischen Künsten.«

Der Kalif starrte ihn ungläubig an. »Aber es heißt, daß du fast jede Krankheit heilen kannst.«

»Man braucht keine Zauberkunst, o Fürst, um die Kranken zu pflegen und zu heilen.«

Der Blick des Kalifen wurde hart. »Es ist dir also nicht gelungen, den geheimen Namen Allahs aufzudecken?«

»Sein Name, o Fürst, kann nicht von sterblicher Hand aufgedeckt werden, nicht ohne die Führung der himmlischen Engel, mögen Friede und Segen für alle Zeit auf ihren Häuptern ruhen!«

Der Kalif ballte die Faust und schlug fest damit auf die Lehne seines Throns, einmal und dann noch einmal. »Du bist dir sicher?« fragte er.

»Ganz sicher, o Fürst. Denn als ich Euch verließ, reiste ich durch viele ferne Länder und viele fremde Gegenden, bis ich schließlich das Gebirge Káf erreichte, wo die Dschinn oft unter Menschen wandeln und zu ihnen von den Geheimnissen dieser und weit entfernter Welten sprechen. Aus diesem Grund werden die Menschen des Gebirges Káf zu den weisesten Männern gezählt, denn es gibt wenig, was sie nicht wissen oder verstehen. Doch auch sie haben nie den geheimen Namen Allahs erfahren – und als ich sie fragte, erschauerten sie und schienen plötzlich zu erbleichen.«

Der Kalif nagte an seiner Unterlippe, dann schlug er die geballte Faust wieder heftig auf. »Es scheint also«, flüsterte er, »daß das Mauerwerk meiner Moschee doch leer bleiben wird.« Er drehte sich brüsk um und ging zu einem Fenster hinüber, wo er lange in Schweigen versunken stand und auf den Garten darunter blickte. »Meine Schwester…« murmelte er schließlich. Er wandte sich nach Harun um und winkte ihn zu sich. »Meine Schwester.« Der Kalif zeigte aus dem Fenster, und Harun sah die Prinzessin Sitt al-Mulq neben einem Springbrunnen sitzen, lieblicher als die schönste Blume im Garten. »Muß sie sterben?« flüsterte der Kalif. »Muß sie wirklich alt werden und ins Grab sinken?«

»Sie ist eine Rose, o Fürst. Rosen müssen welken.«

»Nein.« Der Kalif hatte dies sehr leise geflüstert, so daß Harun, als jener sich plötzlich mit einem schlanken silbernen Messer in der Hand herumwarf, völlig überrumpelt war. »Nein!« sagte der Kalif lächelnd. Er hielt die Klinge an Haruns Kehle. »Du verschweigst mir etwas.«

»Ich bin ein Rechtgläubiger, o Fürst. Nur die Engel und die Propheten haben jemals den geheimen Namen Allahs gekannt.«

»Warum wurden die Weisen von Káf, als du sie fragtest, dann bei der bloßen Erwähnung bleich?«

»Weil sie wußten, daß ich einen Weg suchte, um den Tod zu überwinden.«

»Es gibt also einen Weg?«

»In der Tat, o Fürst.« Harun hielt plötzlich inne, und seine Stirn wurde sehr finster, aber er zuckte zusammen, als er spürte, daß ihm der Kalif das Messer an die Kehle drückte. »Denn ich habe die Beweise selbst gesehen«, fuhr er fort, »in der verfluchten Stadt Lilatt-ah, und ich weiß, daß es der Weg der schwärzesten Nekromantie ist.«

Der Kalif lächelte sehr bitter. »Du hast Lilatt-ah völlig zerstört, nicht wahr, und es eins mit dem Sand gemacht?«

Harun nickte langsam.

»Dann bist du ein Narr gewesen«, flüsterte der Kalif, »und schlimmer noch, ein Verräter an deinem Fürsten.«

»Und doch wart Ihr es, o Kalif, der die Zerstörung befahl.«

»Dann hättest du in meine Seele schauen und dort meinen geheimsten Wunsch erblicken müssen, denn hast du nicht verstanden, o Harun, daß ich in Wahrheit die Weisheit dieser Stadt für mich begehrt hatte?«

Harun stand regungslos und antwortete nicht darauf, und nach einer Weile lächelte der Kalif wieder. »O ja«, sagte er nickend, »du verstehst mich sehr wohl.« Er zog das Messer quer über Haruns Kehle, so daß eine sehr dünne Linie Blut aus dem Schnitt quoll. Er berührte die Wunde, dann betrachtete er seine Fingerspitze. »Ich war ein Narr, als ich dich verschonte, ich hätte dich töten lassen sollen.« Er kostete das Blut. »Doch enthülle mir, was du im Gebirge Káf erfahren hast, mag sein, daß ich dich dann doch leben lasse.«

Lange herrschte Stille.

»Denke an deinen Eid gegenüber meinem Vater«, drängte der Kalif. »Du hast geschworen, o Harun, mir in allen Dingen zu gehorchen.«

Aber Harun schwieg noch immer. »Das Geheimnis«, begann er endlich, »ist für immer begraben und kann nicht ans Licht dieser Welt gebracht werden. Denn die Vergangenheit ist eine Dunkelheit, in der vieles verborgen bleiben sollte, damit es den Blick der Heutigen nicht erschrecke und gefährde.«

»Dennoch möchte ich wissen, was das Geheimnis ist.«

Mehrere Minuten lang blieb Harun still. Dann atmete er tief ein. »Ihr seid der Kalif«, murmelte er, »der von Allah Erwählte.« Er wandte sich wieder zum Fenster um. Jenseits der Gärten und der Palastmauer, jenseits der Moscheen der Stadt und des Silberbands des Nils konnte er die Pyramiden von Giseh aufragen sehen, gleich den Segeln ferner Schiffe über einer Brandung aus silbernem Dunst. Als Harun zu ihnen hinüberblickte, kniff er die Augen zusammen. »Während ich mit den Weisen von Káf sprach«, sagte er langsam, »und sie drängte, mir zu erzählen, was die Geheimnisse des Lebens und des Todes sein könnten, schüttelten sie die Köpfe und baten mich, mein Heimatland zu nennen. Ich tat es. Sogleich brachen sie in Gelächter aus. Ich fragte sie nach dem Grund. Und dann antworteten sie mir, ich hätte nicht bis an die entferntesten Enden der Erde zu wandern brauchen, sondern bleiben sollen, wo ich geboren wurde. Denn in Ägypten, erzählten sie mir, verborgen in seinen ungeheuren, unermeßlichen Steinmauern, in seinen Palästen und Tempeln, in seinen Gräbern, die aus dem Innersten der Erde herausgehauen wurden, waren einst Geheimnisse von ungeheurer Macht bekannt, Geheimnisse, furchtbarer, als menschliche Worte auszudrücken vermögen, Geheimnisse, so alt wie der Sand – denn Ägypten, sagten sie, ist der Geburtsort aller Magie gewesen.«

»Und diese Magie …« – der Kalif leckte sich die Lippen, während seine Augen wie Feuer leuchteten – »hatte sie gelehrt, wie die Geheimnisse des Grabes aufgedeckt werden könnten?«

Harun zuckte die Achseln. »Die Sprache der Alten ist jetzt stumm«, sagte er, »und es gibt niemanden, der sie lesen kann.« Dann schwieg er, wandte sich zum Fenster und blickte wieder hinüber zu den fernen Pyramiden. »Doch im Gebirge Káf«, murmelte er leise, »hat sich noch eine Tradition erhalten.«

»Erzähle mir davon!«

»Ich habe es von einem Weisen, der sehr bewandert in geheimem Wissen ist. Sie ist verwerflich und muß abscheulich in den Ohren aller Gläubigen klingen.«

»Trotzdem will ich sie hören«, rief der Kalif aus, »auch wenn es Iblis selbst wäre, der von ihr gesprochen hätte!«

Harun lächelte dünn. »Es war, wie ich sagte, ein gelehrter Weiser aus Káf. Was er mir berichtete, hatte er in einem heidnischen Buch gefunden – und so, o Fürst, erzählte er mir seine Geschichte:

Die Erzählung des Weisen vom Gebirge Káf

Ihr solltet wissen, o Ägypter, daß von den vielen Ländern dieser Erde Eures das bei weitem älteste Reich ist. Denn dort fielen die Dschinn zuerst auf die Erde, nachdem sie am Himmel heller als die Sterne gelodert hatten. Und viele nahmen die Gestalten seltsam gekreuzter Ungeheuer an und erschienen den Menschen mit den Köpfen von Hunden und Vögeln und Katzen und jeder Tierart, so daß die Unwissenden glaubten, die Dschinn seien Götter. Aber es gab einige Dschinn, die Rechtgläubige waren und auf dem Pfad der Liebe Allahs wandelten.

Der größte von allen trug den Namen Osiris. Er war der erste König, der über das heilige Ägypten herrschte, denn bis zur Ankunft der Dschinn waren die Menschen in jenem Land so grausam und wild wie Tiere; doch Osiris lehrte sein Volk, wie es leben sollte, so daß an den Ufern des Nils allmählich die ersten Städte emporwuchsen und die ersten steinernen Monumente, in denen die Geheimnisse der Sterne eingeschlossen wurden. Auch gab es nichts, was Osiris nicht zu lehren vermochte, so daß seine Regierungszeit später die Erste Zeit genannt wurde – denn es geschah damals, daß die wahre Weisheit den Menschen zum erstenmal offenbart wurde.

Osiris zur Seite standen seine Schwester und Königin Isis, die schönste und klügste der Dschinn, und sein Bruder Seth, der Böses im Herzen barg. Denn Seth war stolz und neidisch auf Osiris und begehrte den Thron Ägyptens für sich, und so ersann er einen Plan, um den König zu beseitigen. Er lud seinen Bruder zu einem Festmahl, und auf dem Höhepunkt der Festlichkeiten ließ er Geschenke und Schätze in den Saal bringen. Am herrlichsten von allen war eine Truhe, aus den seltensten Zedernhölzern gearbeitet und mit Mustern von wunderbarer Schönheit vergoldet, und Seth versprach sie dem Mann, der am besten hineinpassen würde. Aber er hatte sie so arbeiten lassen, daß sein Bruder den Wettbewerb gewinnen würde, und als Osiris in der Truhe lag, gab Seth den Befehl, den Deckel aufzulegen und mit Nägeln festzuhämmern. Dann ließ er die Truhe in den Nil werfen, und so geschah es, daß sie für Osiris bald zum Sarg wurde.

Der Leichnam des Königs, noch immer in der Zederntruhe, wurde von der Strömung des Nils zum Meer getragen, wo sie auf der riesigen Wasserfläche verlorenging. Aber Isis, die eine Magierin von unvergleichlicher Macht war und die alle Geheimnisse des Weltalls gelesen hatte, verzweifelte nicht, als sie die Nachricht vom Schicksal ihres Gemahls erfuhr. Vielmehr machte sie sich auf, um zu entdecken, wo sein Leichnam sein könnte, und nachdem sie alle Länder bis ans Ende der Welt durchwandert hatte, wurde sie endlich – denn Allah ist groß und stets barmherzig – mit Erfolg belohnt. Die Truhe war noch unversehrt, und als sie den Deckel öffnete, fand sie, daß Osiris' Leichnam makellos erhalten und in einen wunderbaren Wohlgeruch gehüllt war, süßer als der süßeste Duft einer Rose. Mit dem Leichnam des Osiris reiste sie zurück nach Ägypten, und als sie dort eintraf, bahrte sie ihn sorgfältig auf, denn es war ihre Absicht – groß waren ihre Kräfte! –, eine furchtbare und wundersame magische Handlung zu vollziehen.

Aber Seth, der seiner Schwester nachspioniert hatte, erfuhr von ihren Absichten, und es gelang ihm, Osiris' Leichnam wieder an sich zu bringen. Wütend vor Eifersucht zerlegte er den Leichnam dann in vierzehn Teile und verstreute sie in alle Winde, denn er hoffte, sich auf diese Weise endlich des Throns zu versichern. Aber Isis verlor den Mut nicht, und als sie ein zweites Mal durch die Welt wanderte, konnte sie die Teile des Leichnams finden und sammeln und sie alle zusammensetzen. Dann endlich konnte sie ihre furchtbare Magie anwenden – denn sie hatte von den Engeln den geheimen Namen Allahs erfahren. Tief über das Gesicht ihres Gemahls gebeugt, flüsterte sie ihn in seine halb geöffneten Lippen; und im selben Augenblick standen alle Sterne und der Mond still, und sogar der Himmel schien zu erschauern, denn nie zuvor war das heilige Wort ausgesprochen worden. Und was jenes Wort gewesen sein mag, kann niemand sagen – denn nie ist ein Geheimnis furchtbarer oder tödlicher gewesen. Deshalb, o Ägypter, hüte dich davor! Denn es zu hören, es auszusprechen, heißt Vernichtung zu riskieren!

Doch Isis war die klügste der flammengeborenen Dschinn, und als sie ihren Zauber in den Mund des Leichnams ihres Gemahls gesprochen hatte, begann dieser zu atmen und sich zu regen, und sein Leben kehrte zurück. Dann bestieg Isis seinen Leib, und sein Sperma mischte sich mit dem Ausfluß ihres Blutes, und aus dieser Vereinigung wurde ein kleines Kind geboren. Und zu gegebener Zeit wurde dieses Kind der neue König Ägyptens; denn Allah, dessen Auge nie schläft, zog es zum Mann auf und machte seine Hand stark. Dann kam es zu einem furchtbaren Krieg, denn Seth beanspruchte noch immer den Königsthron, und er führte eine Armee böser Dschinn an, all jene, die sich geweigert hatten, sich vor Allah zu verneigen. Aber es wird berichtet – denn Allah weiß alles! –, daß ihre Macht am Ende vernichtet und besiegt wurde und Seth und seine Anhänger in die Wüsten verbannt wurden. Und Seth wurde der Fürst alles Dunklen – und er ist derselbe, den die Gläubigen in der gegenwärtigen Zeit Iblis nennen.

Und Ihr solltet wissen, o Ägypter, daß seine Anhänger noch angetroffen werden können, da sie die bösen Orte der Welt heimsuchen, die Wüsten und die Gräber der seit langem toten Könige. Haltet Euch fern von solchen Ghulen und ihren Werken, o Ägypter! Denn wenn sie gestört werden, dann werden sie Euch zum Schrecken und Wunder, denn ihre Beute ist der einsame Reisende, und ihre Nahrung ist sterbliches Fleisch. Doch Allah ist barmherzig! Gelobt sei sein Name!

Und als Harun al-Vachel diese Geschichte beendet hatte, senkte er den Kopf und verfiel in Schweigen. Aber der Kalif al-Hakim, der mit hingerissener und regungsloser Aufmerksamkeit zugehört hatte, packte ihn an den Armen. »O Meister der weisen Worte«, rief er aus, »diese Geschichte des Weisen vom Gebirge Káf ist wirklich bemerkenswert! Aber sag mir – nachdem die große Königin Isis das heilige Wort gesprochen und ihren königlichen Gemahl ins Leben zurückgeholt hatte, gab es da keinen Ort in Ägypten, wo das Wort niedergeschrieben wurde?«

»O Fürst«, erwiderte Harun, »selbst wenn es aufgeschrieben worden wäre – ich habe Euch von der Warnung an mich berichtet, daß es gefährlich und gotteslästerlich wäre, das Geheimnis ergründen zu wollen.«

»Und dennoch würde ich es lesen, wenn es gefunden werden könnte. Denn bin ich nicht der von Allah Eingesetzte? Und habe ich nicht in meiner Moschee Steine leer gelassen, um seinen heiligen Namen einzumeißeln?«

Aber Harun schüttelte den Kopf. »Es ist wahr«, antwortete er, »daß der Weise vom Gebirge Káf mir von einer merkwürdigen und uralten Tradition berichtete. Denn es heißt, daß es in Ägypten Priester gab, die den geheimen Namen hüteten, aber daß sie schließlich hochmütig wurden und dem Bösen verfielen. Und so bauten sie einen Tempel für den geheimen Namen, und sie verehrten ihn wie einen Gott – ja, und auch Isis und Osiris, obwohl es nur einen Gott gibt und sein Name Allah ist.«

Der Kalif stand lange regungslos da und starrte hinaus auf seine Schwester, die Prinzessin Sitt al-Mulq. »Und dieser Tempel«, flüsterte er schließlich, »wo könnte man ihn finden?«

»Er wurde zerstört.«

Der Kalif starrte ihn ungläubig an. »Von wem?«

»Von dem Propheten Josef, möge ewig Friede auf seinem Namen ruhen. Denn als er zum Ratgeber des Pharaos aufstieg – so hörte ich es im Gebirge Káf –, lehrte er den Weg des einen wahren Gottes. Und obschon er sich damit die Priester zum Feind machte, blieb Allah sein Führer. Und so geschah es, daß das Böse des Tempels zerstört wurde – denn alles Streben des Menschen ist nichts als Staub. Allah allein ist groß!«

Noch immer stand der Kalif am Fenster, vollkommen regungslos bis auf ein ganz leichtes Zittern, das über sein Gesicht lief. »Ja«, flüsterte er endlich, »Allah allein ist groß.« Er wandte sich zu Harun um; seine Wangen wirkten ungewöhnlich bleich, wie die Knöchel einer sehr fest geballten Faust.

Aber Harun war unverzagt, und da er begriff, daß die Audienz zu Ende war, verneigte er sich tief vor dem Kalifen, dann wandte er sich ab und ging.

Lange Zeit sah er den Kalifen nicht wieder und verfolgte auch die Geheimnisse der Vergangenheit nicht weiter. Nicht nur glänzte in den Gräbern der alten Heiden angeblich Gold, sondern auch ihre Gelehrsamkeit schien ihn zu locken; doch beides, fürchtete Harun, würde vielleicht von furchtbaren Zaubern geschützt. Deshalb versuchte er, sogar den Gedanken daran aus seinem Kopf zu verbannen – denn er mochte gar nicht überlegen, wohin seine Faszination ihn sonst führen könnte.

Doch es war sein Glück, daß ihm nicht viel Zeit blieb, über anderes als seine Arbeit unter den Kranken nachzudenken, denn sein Ruf war sehr groß, und sein Wissen und Können waren stets gefragt. Auch verweigerte er sich nie dem Ruf eines Kranken, denn wann auch immer einer kam, mußte Harun an sein früheres Leben denken, an die vielen Männer, die er erschlagen, und die vielen Städte, die er niedergebrannt hatte. In jedem Viertel Kairos bewegte er sich, von den prachtvollen Palästen und Gärten der Reichen bis hin zu den Elendshütten der Armen, die mitten auf Friedhöfen hausten oder an den schwarzen Abwasserlachen neben den Stadttoren und Stadtmauern, und er behandelte einen jeden, der ihn darum bat, ohne Rücksicht auf seine Armut oder seinen Reichtum, als gehörte er zu seiner eigenen Familie. Denn Harun war zwar in allen anderen Dingen glücklich und mit seinem Leben zufrieden, doch er hatte keine Kinder, und dies bekümmerte ihn zutiefst.

Aber dann geschah es eines Abends, daß er einen sonderbaren Traum hatte. Er bildete sich ein, daß ihm ein Mädchen ins Ohr flüsterte, doch als er sich umdrehte, war niemand zu sehen. Aber die Stimme sprach noch immer zu ihm, und er war stumm vor Staunen, als er dachte, daß er nie etwas Süßeres oder Verlockenderes für die Sinne gehört hatte, denn sie schien von den Düften der Paradiesgärten berührt. »Sehr bald«, sagte diese Stimme, »wirst du von einem Klopfen an deiner Tür aus dem Schlaf geweckt werden. Es wird ein Jude sein, in Tränen aufgelöst, weil sein Sohn in der Nacht krank geworden ist und dem Tod sehr nahe zu sein scheint. Geh mit ihm zu seinem Haus. Wenn du das tust, wirst du nicht mehr lange kinderlos sein!« Und dann verklang die Stimme allmählich, und als Harun aufwachte, hörte er es an die Tür klopfen.

Alles geschah, wie die Stimme angekündigt hatte, denn Harun wurde von dem Juden zu seinem Haus geführt und in ein Zimmer, wo der Sohn des Mannes schwerkrank daniederlag. Der Knabe wirkte totenbleich und von schlechten Träumen gequält, und Harun vermochte ihn nicht aus seinem Schlaf zu reißen. Er runzelte die Stirn, während er versuchte den Jungen zu behandeln, denn es schien eine sehr seltsame Krankheit zu sein, und obwohl er in der Heilkunst erfahren war, hatte er solche Symptome nie zuvor gesehen. Er hörte das Herz des Knaben ab, wie es schwach flatterte, und da erschrak er plötzlich, denn er entdeckte eine dünne leuchtend rote Narbe, die quer über die Brust lief. Sie blutete noch, und der Knabe begann plötzlich, daran zu kratzen und zu stöhnen.

179

Harun rief die Eltern des Knaben und deutete auf die Narbe. »Sagt mir«, drang er in sie, »was ist das?«

Die Eltern blickten darauf und wurden auf der Stelle bleich. Die Mutter begann laut zu schreien, bis das Schluchzen ihr den Atem raubte, und der Vater senkte den Kopf und murmelte ein Gebet.

»Was habt Ihr?« rief Harun aus. »Was macht Euch solche Angst?«

Der Jude wandte sich nach ihm um. Er rang die Hände. »Nur ein Dämon«, murmelte er, »kann eine solche Wunde geritzt haben.«

»Ein Dämon?« Harun schüttelte den Kopf. »Was die Menschen als Dämonen bezeichnen, sind meist Dinge, die sie nicht verstehen können.«

»Aber dies widerfuhr in der Nacht zuvor der Tochter unseres Rabbis; die gleiche sonderbare Narbe fand man auf ihrer Brust. Sie fiel in ein Fieber, genau wie unser Sohn, und bis zum Nachmittag« – der Jude erstickte ein Schluchzen – »war das kleine Mädchen tot.« Er schluchzte erneut, dann schluckte er und suchte sich zu fassen. »Unser Rabbi meint«, erklärte er, »daß es ganz gewiß ein Dämon war, denn eine solche Wunde ist seit jeher das Zeichen Liliths gewesen.«

»Lilith?«

»In unseren heiligen Büchern«, stammelte der Jude, »wird berichtet, daß sie im Paradies die erste Frau Adams war. Aber sie wurde gierig nach dem Fleisch ihres eigenen Neugeborenen – und so wurde sie ausgestoßen, um durch das Dunkel der Nacht zu wandern.«

Harun stand wie erstarrt da.

»Wie«, fragte der Jude, »können wir sie von meinem Sohn fernhalten?«

Langsam drehte sich Harun um und begegnete seinem Blick. »Lilith?« murmelte er leise. »Nein. Das kann nicht sein.«

»Aber ich sage Euch, unser Rabbi…« Dann zog der Jude die Stirn in Falten. »Doch Ihr seid freilich ein Muslim. Ist es also möglich, daß Ihr nie von Lilith gehört habt? Doch finden sich nicht auch in Euren Büchern Sagen von den Ghulen, die die Wüsten heimsuchen?«

Harun nickte sehr langsam. »Diese Sagen gibt es«, murmelte er. Aber er sprach nicht weiter, denn seine Gedanken waren dunkel von Erinnerungen und Alpträumen, und er schien plötzlich die schimmernden Mauern von Lilatt-ah wieder vor sich aufragen zu sehen.

Im Blick des Juden mischten sich Hoffnung und Verzweiflung. »Was also, o Meister des Wissens, sollen wir tun?«

Harun öffnete den Mund, um einzugestehen, daß er es nicht wisse.

Aber genau in diesem Augenblick klopfte es unten auf der Straße laut an die Tür.

Die Frau des Juden verließ das Zimmer, um nachzusehen, wer sie besuchen käme. Sie kehrte mit einem Mann zurück, der wie ein Kaufmann aussah und nach seiner Tracht ein Christ aus dem Reich der Griechen zu sein schien. Aber ungeachtet seiner reichen Kleidung war er zweifellos sehr krank, denn sein Gesicht war bleich, und er stützte sich auf einen Stock. Doch als er die Versammlung um sich herum bemerkte, wurde sein ausgezehrtes Gesicht plötzlich von einem Lächeln erhellt. »Gelobt sei Gott!« rief er aus. »Dieses Zimmer ist genau, wie ich es in meinem Traum sah!« Er blickte von einem Gesicht zum anderen. »Aber sagt mir bitte, wer von Euch ist Harun al-Vachel?«

Harun trat vor. »Ich bin der Mann. Aber nun verratet Ihr mir bitte, wieso Ihr meinen Namen kennt, denn ich bin mir sicher, daß ich Euch nie zuvor begegnet bin.«

»Ich erfuhr von einer fremden Stimme, die ich in einer Vision vernahm, daß ich Euch hier finden würde. Denn Ihr allein, so scheint es, besitzt die Macht, mich zu heilen.«

»So Allah will, werde ich gewiß mein Bestes tun. Aber zuerst müßt Ihr mir berichten, welches Eure Symptome sind.«

»Nun«, rief der Christ aus, indem er auf den jüdischen Knaben deutete, der murmelnd auf seinem Bett lag, »die gleichen wie seine!« Und mit diesen Worten schlug er seinen Mantel auf und enthüllte eine dünne nässende Narbe, die über seine Brust lief. »Ich kann Gott nur danken, daß ich Euch rechtzeitig erreicht habe, denn ich habe gespürt, wie ich mit jedem Tag schwächer wurde.«

Harun aber schüttelte verwirrt den Kopf. »Es tut mir leid, aber ich fürchte, ich kann Euch nicht helfen.«

»Aber mein Traum …«

»Ich habe das Heilmittel nicht.«

Vor Enttäuschung und Verzweiflung schloß der Christ die Augen. »Aber mein Traum …« wiederholte er leise. »Ich wurde geheißen …« Dann lachte er plötzlich auf und klatschte in die Hände. »Natürlich!« rief er aus. »Ich muß Euch die Sklavin zeigen!«

»Die Sklavin?« fragte Harun verdutzt.

»Ist es nicht wahr, daß Ihr noch kinderlos seid?«

Harun blickte ihn merkwürdig an, denn ihm fiel ein, was die Stimme in seinem eigenen Traum gesagt hatte. »Warum fragt Ihr?«

Aber der Christ lächelte bloß. »Ihr werdet sie, glaube ich, über alle Maßen schön und anmutig finden.« Und mit diesen Worten nahm er Harun beim Arm und führte ihn an das Fenster des Zimmers. Von dort zeigte er auf ein Mädchen auf der Straße, und als Harun sie betrachtete, bemerkte er, daß der Christ nicht übertrieben hatte. Nie zuvor hatte er eine solche Schönheit bei einem Menschenkind gesehen. Ihre Gestalt war vollkommen, schlank wie Schilfrohr, ihre Brüste glichen Zwillingsfrüchten aus Elfenbein, und ihre Hände waren köstlich klein. Ihr Haar hatte die Farbe der tiefsten Nacht und hing in sieben Zöpfen weit über ihre Taille. Ihre Wangen waren rosig, ihre Lippen leuchtend rot und ihre Zähne wie zierliche, leuchtende Perlen. Unter den langen seidigen Wimpern glänzten ihre Augen schwarz, und ihr Schimmer schien so hell wie der eines Engels. Für Harun schien dieses Mädchen in der Tat sogar die Sonne und die Sterne aus ihren Bahnen zu werfen, und er erschauerte plötzlich, denn er glaubte, erst ein einziges Mal so ein schönes Gesicht gesehen zu haben, nämlich an der Statue der Göttin im Tempel von

Lilatt-ah. Aber dann starrte er wieder auf die Sklavin, und seine Ängste legten sich, denn ihr Blick schien matt vor zärtlicher und fesselnder Leidenschaft, und er fühlte sich verwirrt und überwältigt von Liebe.

Er wandte sich an den Christen. »Sagt mir, o Kaufmann, was ist der Preis dieses Mädchens?«

Doch der Christ lächelte. »Sie gehört Euch, das sagte ich doch bereits.«

»Aber ich kann Euch nicht heilen.«

»Das sagt Ihr, und doch bin ich davon überzeugt, daß Ihr es könnt. Denn sollte mein Traum in allen anderen Punkten wahr sein und unwahr nur in dieser einen Sache?«

»Vielleicht«, schlug Harun vor, »wäre es das beste, Ihr würdet mir erst die Geschichte Eures Traums erzählen und wie Ihr zu dieser wunderbaren Sklavin kamt.«

»Gewiß«, erwiderte der Christ, »wenn Ihr bereit seid, sie zu hören.« Dann ließ er sich auf den Boden nieder und sprach wie folgt:

Die Erzählung des christlichen Kaufmanns

Ihr müßt wissen, meine edlen Gastgeber, daß ich die Worte
des Königs Salomon immer beherzigt habe, der sagte, das
Grab sei besser als Armut. Aus diesem Grund habe ich die
Welt bereist, um meine Waren zu verkaufen und zu tauschen
und seltene Luxusartikel ausfindig zu machen. Aber ich reise nicht nur des Gewinns wegen, denn ich habe auch seit
Kindertagen den Wunsch gehegt, ferne Länder zu besuchen
und fremdartige und bemerkenswerte Dinge zu entdecken.
Dies war der Grund, warum ich nach Ägypten reiste und den
Nil hinauffuhr, denn ich hatte in den Büchern meines eigenen Volks viel von seinen Wundern gelesen. Mehr als alles
andere begehrte ich die alte Stadt Theben zu sehen, die einst,
vor langer Zeit, die Hauptstadt dieses Landes war. Sie be-
herbergt jedoch nichts mehr außer Schakalen und Eulen, und
ihre großen steinernen Hallen sind halb im Sand versunken.
Aber ein Mensch mag noch immer ihre Pracht bestaunen,
obwohl sie in Ruinen liegt, und sich über die Macht wundern, die einst notwendig gewesen sein muß, sie zu errichten – und er mag sich auch über den Reichtum wundern,
den sie einst besessen haben muß.

Auch ist der Reichtum selbst nicht einmal heute völlig verschwunden. Denn es gibt ein Dorf am gegenüberliegenden Ufer des Nils – sehr klein und elend anzusehen –, dessen Bewohner dennoch hin und wieder fremdartige und wunderschön verzierte Gegenstände aus Gold und Silber und reich besetzt mit Edelsteinen anbieten. Es wurde mir zur Gewohnheit, diese Schätze zu erstehen, denn mir war klar, daß ich sie mühelos mit Gewinn verkaufen konnte, und so wurde ich bald ein regelmäßiger Besucher Thebens. Die Dorfbewohner sträubten sich, die Herkunft ihrer Entdeckungen preiszugeben, aber schließlich konnte ich mit Hilfe einer Flasche Wein einen von ihnen überreden, das Geheimnis zu verraten. Anscheinend gab es ein Tal in der Nähe, das die Alten vor langer Zeit dafür bestimmt hatten, die Gräber ihrer Könige aufzunehmen. Diese Könige liegen noch dort, tief im Fels, und um sie herum Gold und Edelsteine zuhauf. Aber es sei gefährlich, das Tal aufzusuchen, behauptete der Dorfbewohner. Es werde von Ghulen, die er ›udar‹ nannte, heimgesucht, sagte er, und als er das Wort nur aussprach, wurde er schon bleich.

Allerdings war er nicht der einzige, der vor diesen Dämonen schreckliche Angst hatte. Als am selben Abend die Sonne sank, bemerkte ich, wie die Dorfbewohner allesamt von den Feldern nach Hause kamen und keiner gern draußen bleiben wollte. Etwa um zwei wurde ich von einem fernen Schrei geweckt, und als ich aus meinem Zelt spähte, bildete ich mir ein, in der Ferne silberne Augen funkeln zu sehen. Trotzdem glaubte ich die Geschichte von den Ghulen nicht ganz, bis man mir am nächsten Morgen die Leiche eines armen Teufels zeigte, der ihnen zum Opfer gefallen war und dessen Schrei ich offenbar in der vergangenen Nacht gehört hatte. Seine Brust war aufgeschlitzt und sein Fleisch angenagt – doch war dies der geringste der Schrecken. Denn mein Führer zeigte auf eine Wunde zwischen den Beinen der Leiche und klopfte dann auf ihren Leib, und da spaltete sich das Fleisch, und ich sah, sich in den Eingeweiden windend, eine unendliche Menge von Würmern. Denn daran, so schien es, konnte man die *udar* erkennen: Würmer und Maden gingen aus ihrem Ausfluß hervor.

Dies war für mich natürlich ein großes Wunder und zugleich ein großes Entsetzen, aber ich habe im Verlauf meiner Reisen oft entdeckt, daß die kostbarsten Belohnungen von Gefahren umgeben sind. Gold, habe ich entdeckt, war nicht die einzige Beute, die das Tal barg: Mit eigenen Augen hatte ich auf Kairos Märkten die ausgetrockneten Leichname alter Könige gesehen, und ich kannte den Preis, den solche Dinge erzielen konnten. ›Mumia‹ wurden sie genannt, und man glaubt – Jesus Christus behüte und erhalte meine Seele! –, daß ihre Gliedmaßen, aufgelöst und zu einem Trank verarbeitet, die Spanne des irdischen Lebens wundersam verlängern können. Denn wenn diese Leichname in ihren Gräbern gelassen werden, bleiben sie auf ewig in nicht endender Stille liegen, ungestört selbst vom Kriechen der Würmer, bis zum Jüngsten Gericht – und es gibt viele hier in Kairo, die begierig darauf sind, an dieser Magie teilzuhaben. Aber Gott und Christus, sein Sohn, allein sind groß!

Mit einem so reichen Vorrat an Waren fand ich mich deshalb bald von großem Wohlstand gesegnet. Doch die Nachfrage war so groß, daß der Vorrat im Dorf schließlich zur Neige ging, und als ich die Dorfbewohner drängte, mehr aufzutreiben, behaupteten sie, die Gefahr durch die *udar* sei zu groß geworden. Ich erhöhte meinen Preis, aber sie weigerten sich immer noch. Sie sagten mir, die *udar* suchten nun alle Gräber heim, und es sei sogar bei Tag unsicher geworden, dort herumzustöbern.

Am Ende war meine Enttäuschung so groß, daß ich beschloß, selbst das Tal zu besuchen. Ich ritt den Pfad entlang, der auf den Eingang zuführte, aber noch bevor ich diesen erreichte, mußte ich den Preis für meine Habgier und Dummheit bezahlen! Ich spürte einen plötzlichen Schlag auf den Hinterkopf, und dann schien sich der Himmel zu drehen, und ich stürzte vom Pferd wie ein Sack Kohlen. Das nächste, was ich merkte, waren Hände um meinen Hals und ein drückender Verwesungsgestank um mich herum. Mit einem Mal zuckte ein scharfer Schmerz über meine Brust, und ich schrie, denn ich spürte feuchte Lippen an der Wunde saugen. Doch das war nicht das Schlimmste, denn ich mußte an die Leiche des Bauern denken, die ich gesehen hatte und deren Leib von wimmelnden hungrigen Würmern aufgedunsen gewesen war. Bei diesem Gedanken schrie ich noch einmal auf und vertraute meine Seele der Liebe Jesu Christi an, denn ich war nun davon überzeugt, daß ich zum Sterben verurteilt war. Auf dieser Woge des Entsetzens umwölkten sich meine Gedanken.

Da jedoch, als ich mir noch einbildete, in den Tod zu sinken, träumte ich einen sonderbaren Traum. Ich sah vor mir die Vision eines Mädchens, das im Schatten eines mächtigen Tempels stand. Dann hörte ich eine Stimme, die mir sagte, ich solle sie Euch, o Harun al-Vachel, vorstellen, damit Ihr durch sie endlich ein Kind bekämet. Und darauf wurde mir eine Vision von diesem Zimmer zuteil, wo wir jetzt alle zusammen stehen, und ich erfuhr, daß Ihr als Gegenleistung für mein Geschenk des Mädchens an Euch, o Meister, in der Lage sein würdet, mich von meiner Krankheit zu heilen. Und als ich erwachte, stellte ich fest, daß ich wirklich sehr krank war, bleich und schwach, und diese Wunde auf der Brust hatte. Ich ließ eine Sänfte für mich fertigen und überquerte den Nil, denn ich wußte, daß dort ein Tempel von gewaltiger Größe auf dem Ostufer stand, sehr ähnlich jenem, den ich in meinem Traum erblickt hatte. Und als ich durch die Ruinen wanderte, entdeckte ich tatsächlich am äußersten Ende dieses Mädchen, das Ihr hier seht. Ich drängte sie, mir zu sagen, woher sie gekommen war und wie sie hieß, aber sie antwortete nicht – noch hat sie seit jenem Tag ein Wort gesprochen. Das einzige, dessen ich mir sicher bin, ist, daß ihr Gesicht dem Gesicht des Mädchens in meinem Traum gleicht. Es ist also gewiß ein großes Rätsel – aber Gott allein kann alles wissen!

Darauf verstummte der Christ, und Harun schüttelte verwirrt den Kopf. »Das ist allerdings eine außergewöhnliche Geschichte«, rief er aus, »aber ich vermag noch immer nicht zu sehen, wie ich Euch von Eurer Wunde heilen könnte. Vielleicht wäre es das beste, wenn Ihr das Mädchen riefet, damit ich herausfinden kann, ob sie vielleicht bereit ist, zu mir etwas zu sagen.«

Der Christ tat, was Harun vorgeschlagen hatte, und das Mädchen wurde in das Zimmer heraufgebracht. Als sie durch die Tür trat, fühlte Harun seine Liebe zu ihr erneut auflodern, denn ihr Leib war so fein wie das reinste Silber, ihre Augen so unergründlich wie die Tiefen des Weltmeers. Aber obwohl sie Haruns Anwesenheit bemerkte, zeigte sie keine Ehrfurcht ihm gegenüber, noch sprach sie ein einziges Wort, sondern blähte nur ganz leicht die zierlichen Nasenflügel, als hätte sie einen Duft in der Luft aufgefangen. Dann musterte sie ihn genauer und streckte die Hand aus, um seinen Mantel zu berühren. Harun band ihn auf und übergab ihn ihr. Sie roch noch einmal daran, hielt ihn dann in die Sonne, und dabei bemerkte Harun, daß der Stoff mehrere Flecken aufwies, schwarz, aber mit Spuren dünner Lichtfäden darin. Er runzelte die Stirn, während er überlegte, was für Flecken das sein mochten – und dann plötzlich erinnerte er sich und stimmte ein Dankgebet an Allah an.

Denn der Mantel, fiel ihm ein, war der älteste, den er besaß, und er hatte ihn am Tag des Angriffs auf Lilatt-ah getragen. Er erinnerte sich an die Flüssigkeit, die der Priester im tiefsten Innern des höllischen Tempels erhitzt hatte, und wie sie umgestürzt war und seinen Mantel bespritzt und befleckt hatte. »Zweifellos«, sagte sich Harun, »ist er mit einem Zauber behaftet, aber wenn dieser dazu dient, zwei Menschen am Leben zu erhalten, dann wird Allah mir in seiner Weisheit die Sünde gewiß vergeben.« Und mit diesen Worten riß er die Flecken aus dem Stoff seines Mantels und ließ sie kochen, dann zermahlen und zu einer Paste verarbeiten. Als alles bereit war, nahm er die Arznei und strich sie auf die Wunden, die sich sofort schlossen und zu heilen begannen. Sowohl der Christ als auch der Knabe fühlten ihre Kräfte wiederkehren, und sie fielen ihrem Retter unter Dankesworten und Freudentränen zu Füßen.

Aber selbst während sie ihn als den Fürsten aller Ärzte priesen, war Harun noch immer verwirrt und gedankenverloren. Er warf in der Hoffnung, sie würde endlich sprechen, einen Blick auf die Sklavin, doch obwohl sie seinem Blick begegnete, blieben ihre rubinroten Lippen geschlossen. Für einen winzigen Augenblick fühlte Harun einen Schatten des Unbehagens über seine Gedanken ziehen, aber dann schaute er sie an und spürte seine Liebe wiederkehren. »Gerühmt sei Allah«, flüsterte er vor sich hin, »der die Macht hat, solch ein Geschöpf zu formen. Etwas so Liebreizendes kann nur gut sein.«

Dann geleitete er sie mit der gebührenden Ehre und Aufmerksamkeit zu seinem Haus. Aber das Sklavenmädchen blieb stumm und sprach noch immer kein einziges Wort.

Sobald Harun die Sklavin in sein Haus gebracht hatte, versuchte er, so gut er konnte, für sie zu sorgen. Er ging zu einer geheimen Truhe, wo er alles aufbewahrte, was von seinem früheren Reichtum geblieben war, dann begab er sich auf den Markt, dingte Diener und kaufte Kleider und köstliche Speisen und Getränke. Die Dienerinnen badeten und schmückten die Sklavin, so daß sie in einer Weise gekleidet war, die ihrer Schönheit angemessen war. Als Harun sie in ihrem Schmuck und den feinen Kleidern sah und den köstlichen Wohlgeruch ihrer Gliedmaßen und gerundeten Brüste roch, dachte er bei sich, daß nicht einmal die Sieben Himmel es mit ihrem Glanz aufnehmen könnten. Dann umarmte er sie sehr zärtlich und führte sie zu einem Sofa, wohin er von den Dienern Speisen für sie bringen ließ. Dann schickte er alle fort und fütterte die Sklavin, als wäre er selbst ein Diener. Aber sie hielt den Kopf tief gebeugt, während sie aß, und blieb stumm, ohne Harun auch nur anzusehen.

Und so ging es ein ganzes Jahr lang fort. Harun erschien dies alles wie ein einziger Tag, denn seine Liebe zu dem Mädchen wurde immer tiefer. Auch hatte er nie zuvor solche Leidenschaft gekannt. Dennoch behandelte er sie mit großer Zärtlichkeit, als wäre sie eine Segnung, die ihm vom Himmel gesandt war und die man nicht berührte und nicht mit Gewalt nahm, sondern hegte und pflegte wie eine Flamme, die sonst ausgehen würde. Sie dagegen blieb durch all die Monate so still wie immer; auch blieb sie, wenn die Dunkelheit hereinbrach, nicht an Haruns Seite, sondern starrte aus einem Fenster auf die Sterne der Nacht, denn es schien, als könnte sie ihres Anblicks nie müde werden.

Dann geschah es eines Abends, daß Harun sie auf dem Dach seines Hauses vorfand, als sie über die Stadt nach der westlichen Wüste blickte, wo das Mondlicht silbern auf die Wellen des Sands fiel. So wunderschön schien sie und dennoch so von Trauer berührt, daß Harun meinte, ihm müsse das Herz vor Liebe brechen. »O Sehnsucht meines Herzens«, rief er, »du bist mir teurer als mein Leben! Wenn du meine Liebe nie erwidern willst, dann laß es mich wissen, damit ich wenigstens die Hoffnung aufgebe. Andernfalls, meine Herrin, sprich zu mir, denn ich würde sogar meine Aussicht auf das Paradies für dich fahrenlassen!«

Und als das Mädchen dies hörte, lächelte sie plötzlich und wandte sich Harun zu, um seine Wangen mit ihren schlanken Fingern zu streicheln, bevor sie ihn sanft küßte. Dann führte sie ihn zu seinem Zimmer und wartete ihm zärtlich auf, während sie ihn drängte, sich auf sein Bett zu legen. Dort tat sie, was noch keine Frau jemals getan hatte, und legte sich auf ihn, aber Harun beklagte sich nicht, noch suchte er seine Stellung zu verändern; denn während sie ihm zu Diensten war, fühlte er sich in einem Feuer des Entzückens verloren, wie es den Gläubigen nach dem Tod verheißen ist. Und dann, als es vorbei war und sie seinen ganzen Körper mit ihren Küssen gesalbt hatte, schaute sie ihn eindringlich an und lächelte erneut.

»O freundlichster und großzügigster der Männer«, sagte sie, »möge dir ein langes Leben gewährt und jeder Wunsch erfüllt werden.«

Harun blickte erstaunt zu ihr auf, denn ihre Stimme war so bezaubernd wie die Schönheit ihres Gesichts, und doch wußte er, daß er sie in seinem Traum schon einmal gehört hatte. »O Freude meines Herzens«, bat er sie, »sag mir, wer du bist und woher du kommst, denn du scheinst wie ein Wunder, das mir vom Himmel gesandt wurde.«

»O mein Herr und Gebieter«, antwortete sie, indem sie von seinem Bett aufstand, »ich werde dir sagen, wer ich bin. Ich heiße Leila, und ich bin die Prinzessin eines fremden und weit entfernten Landes.« Sie trat ans Fenster, wo sie auf die Sterne deutete. »Einst wohnte ich auf dem Atem der Luft, denn mein Volk, mußt du wissen, beherrscht das weite Reich des Himmels.«

»Das ist ein großes Wunder!« rief Harun aus, während er neben sie trat und zu den Sternen emporblickte. »Aber wie ist es deinem Volk möglich, dort zu leben, ohne in den Tod zu stürzen?«

»O mein Meister«, antwortete sie, »wir können im Himmel leben, wie du auf Land leben kannst. Für diejenigen, die das rechte Wissen besitzen, sind alle Dinge möglich.«

»Wahrlich«, sagte Harun nachdenklich, »die Größe und Macht Allahs haben keine Grenzen! Aber warum hast du mir das nicht sofort gesagt? Denn du weißt, wie ich dich liebe, und doch hast du ein Jahr lang nicht gesprochen.«

Da quoll eine einzelne Träne hervor und blieb an ihren Wimpern hängen. »Verzeih mir«, antwortete sie, während sie die Träne wegwischte, »aber ich bin eine Sklavin und Verbannte in einem fremden Land.«

Harun umarmte sie und küßte sie auf die Stirn. »Du bist keine Sklavin, sondern die Herrin dieses Hauses.«

Sie lächelte, als er so sprach, und reckte sich, um ihn zu küssen. »Glaubst du, ich wäre eine einzige Stunde hiergeblieben«, fragte sie, »wenn du nicht mit solcher Zärtlichkeit und Liebe für mich gesorgt hättest? Und nun, o Bester der Männer, wird dir dein Lohn zuteil, denn du sollst wissen, daß ich seit diesem Abend dein Kind trage.«

»O meine Herrin, o meine Liebe«, rief Harun vor Freude, »gepriesen sei Allah! Denn nun sehe ich, daß mein Traum die Wahrheit gesprochen hat, indem mir eine Gnade gewährt wird, an die ich nicht mehr geglaubt hatte.« Doch dann hielt er inne und nahm Leilas Hand. »Aber wie kann ich wissen, wenn du von den Sternen kommst, daß du nicht versuchen wirst, dorthin zurückzukehren?«

Leila lächelte traurig. »Ich bin so weit von den Gefilden meines Volkes abgeirrt, daß ich zweifle, ob ich jemals zurückkehren kann.«

»Dann wirst du in meinem Haus bleiben und als meine Gemahlin leben?«

Sie wandte sich zu ihm um und begegnete seinem Blick. Da überlief es Harun einen Moment lang eisig vor Angst, denn die Schwärze der Augen Leilas schien plötzlich sehr kalt, pechschwarz wie der nächtliche Himmel, aus dem sie kam. »Unter einer einzigen Bedingung«, flüsterte sie schließlich.

»Dein Wunsch ist mir Befehl.«

Doch die Tiefe ihres Blicks blieb wie Eis, bis ihre rubinroten Lippen sich zu einem trägen, zärtlichen Lächeln wölbten. »Daß du mich weiterhin mehr als alle Welt liebst.«

Er lachte. »Die Bedingung läßt sich leicht erfüllen!«

Doch noch während er dies sagte und sie in die Arme nehmen wollte, drängte sie sich an ihn und drückte seine Wangen. »Schwöre es«, zischte sie. »Denn ich sage dir noch einmal – solltest du jemals etwas mehr lieben, als du mich liebst, dann werde ich, o mein Gemahl, im selben Augenblick davongehen.«

So fest packte sie ihn, daß Harun unter dem Druck ihrer Nägel Blut hervorspritzen spürte. Für einen Augenblick bereitete ihm der Schmerz Unbehagen, und er dachte bei sich, was für ein Rätsel es doch war, daß ein Mädchen, das ein ganzes Jahr lang stumm gewesen war, mit einem Mal so heftig und drängend in seiner Leidenschaft schien. Aber dann blickte er ihr wieder ins Gesicht, und sofort vergingen alle seine Zweifel und Vorbehalte, und er stimmte ein stilles Dankgebet für eine solche Gnade an. »Ich schwöre es«, flüsterte er, »ich werde dich immer lieben. Jetzt« – er küßte sie – »jetzt und allezeit.«

So geschah es, daß Harun mit Leila, seiner Herzallerliebsten, in großer Zufriedenheit lebte, und als neun Monate verstrichen waren, wurde er Vater eines Kindes, eines kleinen Mädchens, und er gab seiner Tochter den Namen Haidée. Und vom ersten Tag ihres Lebens an war sie voller Fröhlichkeit und Anmut, und Harun, der die Hoffnung aufgegeben hatte, jemals Vater zu werden, freute sich über sie wie ein Mann, der sich in der Wüste verirrt hat und die ersten Aasgeier über sich kreisen sieht, den unerwarteten Anblick von Wasser begrüßt – denn es gibt nichts Kostbareres als eine unvorhergesehene Segnung.

So vergingen mehrere Jahre, und Haidée wuchs an Schönheit und Reiz, und sie wurde immer mehr zum Kleinod im Mittelpunkt von Haruns Leben. Er glaubte, sein Glück werde niemals enden – denn wie seine Freude über Haidée zunahm, so wuchs auch das Vergnügen, das er an seiner Gemahlin hatte. Leilas Frische schien, anders als die der Rose, unempfindlich gegen die Zeit und das Vergehen der Jahreszeiten zu sein, so sehr, daß Harun, verblüfft von dem Geheimnis, sie schließlich bat, ihre anhaltende Blüte zu erklären. Aber sie lächelte und schüttelte den Kopf und antwortete nur, mit einem Blick zu den Sternen, daß es selbst im mächtigen Strom der Zeit Inseln geben könnte. Als Harun sie jedoch zu drängen versuchte, verstummte sie und wollte nichts mehr sagen, und er bemerkte, wie sie sich von da an vor ihm zurückzog. Auch ihr Blick wurde kälter, und manchmal, wenn er bei ihrem Kind saß, fiel ihm auf, daß sie ihn von fern beobachtete – die Augen halb geschlossen, aber dennoch funkelnd hell wie Edelsteine. Mitunter verschwand sie ganz, und Harun fand sie dann schließlich wie schon so oft während des Jahres, als sie kein Wort gesprochen hatte, auf einem Balkon stehend und in die Nacht starrend.

Dann geschah es eines Abends, als Leila mehrere Tage fort gewesen war, daß Harun ins Haus seines Nachbarn gerufen wurde, wo ein Diener von einer unbekannten Krankheit befallen war. Harun war davon nicht überrascht, denn Kairo war zu der Zeit unerträglich vor Gestank und Sommerhitze.

Die Südwinde bliesen Sand durch die Straßen, machten die Hunde toll und trockneten den Schmutz zu giftigem Staub, und Harun wußte nur allzu gut, wie fremdartige Seuchen, in der ruhelosen, brennenden Luft ausgebrütet, sich mit tödlicher Leichtigkeit in der Stadt ausbreiten konnten. Aber in dem Augenblick, als er das Haus des Nachbarn betrat und in das Zimmer geführt wurde, wo der Kranke bleich im Fieberwahn lag, war Harun sofort klar, daß er die Krankheit schon einmal gesehen hatte. Er kniete neben dem Diener hin und zog ein Laken beiseite. Über die schweißnasse Brust des Mannes lief eine noch blutende Narbe.

Harun tat sein Bestes, um das Leiden des armen Teufels zu lindern, aber er wußte, daß er kein Gegenmittel hatte. Er hielt sich nicht lange auf, und als er nach Hause kam, suchte er nach seiner Frau. Er fand sie in ihren privaten Gemächern, wo sie eine schlafende Haidée auf den Armen wiegte.

»Was war das Geheimnis des Tranks«, fragte er sie, »den ich an dem Tag bereitete, als ich dich zum erstenmal sah?«

Leila hielt seinem Blick stand, ohne mit der Wimper zu zucken. »Ich weiß nicht, wovon du sprichst.«

»Du weißt es sehr wohl.« Harun ging auf seine Frau zu. Er fühlte Zorn in sich aufwallen, und er öffnete erneut den Mund, um von ihr das Geheimnis zu verlangen.

Doch Leila besänftigte seinen Zorn mit einem einzigen Lächeln. »Sag mir, o mein Liebster«, fragte sie, indem sie Haidées Kopf von ihrem Schoß hob, »erinnerst du dich nicht an deinen Eid?« Sie erhob sich und schloß ihn so fest in die Arme, daß er sich von ihren Haarflechten eingehüllt fühlte. Dann stellte sie sich auf die Zehenspitzen, um ihm ins Ohr zu flüstern: »Liebst du mich nicht mehr als die ganze Welt?«

Sie küßte ihn, und schon spürte Harun die letzten Funken seines Zorns verglühen, und wieder einmal dachte er, während er ihren halb geöffneten Lippen begegnete, daß er keine größere Segnung und Freude im Leben hatte. »Mehr als die ganze Welt«, flüsterte er. »Mehr sogar als das Paradies.« Und so drängte er sie nicht weiter, und all seine Ängste und

Zweifel wurden von ihren Küssen beruhigt. Und in jener Nacht war sein Vergnügen bei seiner Frau sehr groß.

Als er aber am nächsten Tag bei seinem Nachbarn vorbeischaute, mußte er feststellen, daß sich der Zustand des Dieners verschlimmert hatte. Als Harun sich über ihn beugte, um ihn zu untersuchen, bemerkte er zu seinem Entsetzen eine zweite häßliche und noch feuchte Narbe auf seiner Brust. Wieder versuchte er den Armen zu trösten, so gut er konnte, jedoch mit geringerem Erfolg, und so kehrte er bestürzt zu seiner Frau zurück. Wie tags zuvor fand er sie mit der schlafenden Haidée auf dem Schoß.

»Wo warst du letzte Nacht?« verlangte er zu wissen.

Sie lächelte zu ihm auf. »Mußt du daran wirklich erinnert werden, o mein Geliebter?«

»Aber danach schlief ich so tief und so gut, als wäre ich mit Mandragora betäubt gewesen. Wo warst du dann? Schlafend an meiner Seite – oder unterwegs, o meine Gemahlin, auf den giftigen Winden über Nacht?«

Und wieder spürte er den Zorn in sich aufwallen. Aber wieder beruhigte ihn Leila mit einem einzigen Lächeln und umarmte ihn und drückte ihn an sich. Und wieder küßte sie ihn und flüsterte ihm ins Ohr: »Liebst du mich nicht mehr als die ganze Welt?«

Und wieder war Harun beschwichtigt und sagte nichts mehr.

Doch am folgenden Tag wiederholten sich die Ereignisse, nur daß Harun dieses Mal, als er den Nachbarn aufsuchte, den Diener tot auf dem Boden liegend vorfand und der Leichnam sogar bereits einem Skelett glich, denn das Fleisch war von den Knochen genagt worden. Und als Harun dies sah, fröstelte ihn, und er stimmte ein Gebet an Allah an. Dann aber eilte er aus dem Haus und kehrte zu seiner Gemahlin zurück.

Wie an den vergangenen beiden Tagen traf er sie mit Haidée an, die auf ihrem Schoß schlief. Harun starrte die beiden einen Augenblick lang schweigend an, und schon spürte er, wie sein Grauen vor der hellen Flamme der Liebe allmählich verging. Aber er ballte fest die Fäuste, dann ging er auf Leila zu und setzte sich neben sie.

Er starrte ihr ins Gesicht, in die unergründliche Schönheit ihrer schwarzen, seidig bewimperten Augen. »Was bist du«, flüsterte er, »was für ein Wesen?«

»Was fragst du?« erwiderte sie lächelnd. »Deine Gemahlin, o mein Geliebter.«

Aber Harun schüttelte den Kopf. »Belüge mich nicht. Du hast gesagt, daß du aus einem Reich im Himmel gekommen bist, und ich glaubte dir« – er zuckte die Achseln –, »denn ich habe in meinem Leben viele merkwürdige Dinge gesehen und gehört. Aber ich glaube dir nicht mehr.«

»Was also« – ihr Lächeln wurde kälter – »meinst du, das ich sein könnte?«

Harun zitterte, sowohl vor Angst wie vor der Stärke seiner Begierde. »Ich fürchte«, flüsterte er leise, »daß du eine von jenen Dschinn bist, die aus dem Himmel geworfen wurden und die ihre Häupter nie vor Allah gebeugt haben. Und wenn dies wirklich der Fall sein sollte« – er warf einen Blick auf seine Tochter und streichelte zärtlich ihre Wange –, »dann fürchte ich mich, daran zu denken, was deine Absicht sein mag.«

»Keine andere Absicht«, erwiderte Leila leise, »als dich zu lieben, wie ich dir sagte, bist du aufhörst, mich zu lieben.«

Sie starrten sich eine Weile an. Dann stöhnte Harun auf und schüttelte den Kopf. »Wie kann ich dir glauben?« flüsterte er. »Denn Leila, o meine Geliebte – wie ich mich danach sehne, dir zu glauben!«

Ihr rubinrotes Lächeln verging. »Laß mich dir dies hier geben«, murmelte sie nach einer längeren Pause. Mit diesen Worten streifte sie einen goldenen Ring vom Finger, küßte ihn flüchtig und reichte ihn dann Harun.

Harun betrachtete ihn verwirrt. Der Ring war nicht glatt, sondern mit einem Bild der Sonnenscheibe und den Konturen zweier darunter kniender Gestalten verziert. »Was bedeutet das?« fragte er.

»Der Ring besitzt den Zauber, o mein Liebster«, erwiderte Leila, »daß derjenige, der ihn trägt, durch die Macht meiner Liebe geschützt ist.«

Dann streckte sie sich, um ihn zu umarmen. Harun versuchte, sie beiseite zu schieben und aufzustehen, doch obschon er sich zwar bemühte, war seine Gegenwehr sehr schwach. Er fühlte ihren duftenden Atem über seine Wange streichen, und dann stöhnte er und lehnte sich zurück und zog sie an sich, um sie zu küssen.

Leila lächelte wieder. Nach einer Weile machte sie sich von seinen Lippen los und flüsterte ihm ins Ohr: »Liebst du mich nicht mehr als die ganze Welt?«

Harun starrte einen Augenblick auf das Bild auf dem Ring. »Mehr als selbst das Leben«, flüsterte er endlich. Er streifte sich den Ring auf den Finger. »Allah sei mir gnädig – mehr als das Leben.«

Wenn von diesem Tag an Menschen mit der Nachricht von einer seltsamen Krankheit, deren Kennzeichen eine nässende Narbe auf der Brust war, zu Harun kamen, teilte er ihnen mit, daß er nichts dagegen tun könne. Die Neuigkeit, der berühmte Arzt sei machtlos im Kampf gegen die rätselhafte Krankheit, trug noch zu der großen Furcht bei, die sie allmählich erweckte, denn wie der Abfall im Wind flogen und wirbelten Gerüchte durch die Straßen. Manche behaupteten, die Krankheit sei gar keine Krankheit, sondern das Zeichen des Zorns einer furchtbaren Dschinn, die auf der Brise kam und deren Lippen den Tod brachten. Andere behaupteten, eine schwarze, mit einem Schleier verhüllte Gestalt an den Betten der Menschen gesehen zu haben, die dann krank wurden; wieder andere behaupteten, sie hätten den Schleier fallen gesehen und flüchtig, nur für einen Augenblick, funkelnde Augen erblickt, tief und sehr schön, aber tödlich wie Gift. Es gab einen Juden, der gerade gestorben war, und seine Frau erzählte, sie habe in ebender Nacht, da er erkrankte, eine Gestalt auf seiner Brust gesehen. »Lilith«, habe sie geheult, »Lilith ist gekommen!« Nun hatte sich der gleiche Ruf weit über das Judenviertel hinaus verbreitet, und es gab keinen Haushalt in Kairo, der die Nächte nicht fürchten gelernt hatte.

Während dieser ganzen Zeit der Angst jedoch hielt sich Harun von den Kranken fern und leistete auch nicht den flehentlichen Bitten derer Folge, die ihn aufsuchten. Vielmehr hatte er sich mit seiner Gemahlin und seiner Tochter vergraben, spielte mit Haidée oder las Bücher mit ihr und versuchte, sie alles zu lehren, was er konnte, um ihr sein eigenes Gefühl des Staunens über die Welt einzuflößen. Und jeden Abend kam Leila zu ihm, legte die Arme um seinen Hals und flüsterte ihm ins Ohr: »Liebst du mich nicht mehr als die ganze Welt?« Und immer antwortete er darauf: »Ja«, und jede Nacht, nach einer Ekstase der Lust, sank er in tiefen, traumlosen Schlummer.

Dann geschah es eines Abends, als Harun bei Haidée saß, daß sein Diener einen Boten des Kalifen meldete, und als Harun aufblickte, sah er, daß es Masud war. »Ihr müßt sofort kommen«, sagte der Mohr. »Die Prinzessin Sitt al-Mulq ist erkrankt, und der Beherrscher der Gläubigen ist rasend vor Verzweiflung.«

»Wie äußert sich die Krankheit der Prinzessin?«

»Sie ist sehr blaß, hat schreckliche Träume – und auf der Brust hat sie eine blutende Narbe.«

Harun schnürte es die Brust zusammen. »Ich kann ihr nicht helfen.«

»Der Kalif befiehlt es.«

»Doch wie ich gesagt habe – ich kann nicht helfen.«

Der Mohr warf einen Blick auf Haidée. »Es ist niemals klug«, flüsterte er, »dem Kalifen Wünsche abzuschlagen. Wenn Ihr wißt, was das Beste für Euch ist und für diejenigen, die Ihr liebt« – er hielt inne und entblößte seine Zähne zu einem scheußlichen Grinsen –, »dann kommt Ihr sofort mit mir.«

Harun blieb noch eine kleine Weile sitzen, bedrückt von großer Furcht und Ungewißheit, dann küßte er seine Tochter auf die Stirn und stand auf, um Masud zum Palast zu folgen. Dort angekommen, fand er den Kalifen am Bett der Prinzessin Sitt al-Mulq. Ein einziger Blick genügte, um seine schlimmsten Befürchtungen zu bestätigen, aber obwohl er wußte, daß es nicht viel nutzen würde, tat er dennoch sein Bestes, um die Qual der Prinzessin zu lindern. Trotz seiner Bemühungen hörte sie jedoch nicht auf zu stöhnen, und der Kalif, der sie beobachtete, stieß Harun plötzlich beiseite und nahm sie fest in die Arme. »Warum heilst du sie nicht?« rief er laut, während er ihre Brust mit den Fingern streichelte und voller Entsetzen auf die blutende Narbe starrte.

»Ich bin hilflos, o Fürst.«

»Das ist nicht möglich! Du bist der weiseste Arzt in ganz Kairo!«

»Ich kann ihr diesen Trank geben, der ihr helfen kann zu schlafen.«

»Tu es«, befahl der Kalif. »Und komm morgen ganz bestimmt und bring ein Heilmittel mit. Sonst, o Arzt...« – er zog sein Messer – »sonst...«

Harun kehrte mit schwerem Herzen nach Hause zurück. Leila war nirgendwo zu sehen und erschien während der ganzen langen Nacht nicht. Harun dagegen verbrachte sie damit, Haidée zu hüten, und als Masud am nächsten Morgen kam, starrte er auf Haidée, als würde er ihr Gesicht vielleicht nie mehr sehen. Aber Masud grinste häßlich, ging zu der Kleinen hinüber und hob sie auf seine Schultern. Harun versuchte zu protestieren, aber Masud schüttelte den Kopf. Und so gingen Vater und Tochter zusammen zum Palast.

Im Krankenzimmer der Prinzessin angekommen, sah Harun sofort, daß sich ihr Zustand verschlimmert hatte. Eine zweite Narbe war auf ihrer Brust erschienen, und sie schlug mit den Armen um sich, als wollte sie ein Gespenst verscheuchen. Der Kalif, der neben ihr saß, schaute mit haßerfülltem Blick zu Harun auf. »Warum hat sich meine Schwester nicht erholt?« fauchte er. »Du hast geschworen, sie würde geheilt.«

»Nein, o Fürst, das habe ich nicht geschworen.«

Der Kalif starrte ihn unverwandt mit wildem Blick an. »Sie soll geheilt werden«, flüsterte er endlich. Dann wandte er sich wieder seiner Schwester zu, um sie verzweifelt an sich zu drücken und auf die Lippen zu küssen. Aber da begann sie zu schreien und nach ihm zu schlagen, und Harun sprang herbei, um sie zu beruhigen. »Ich muß ihr wieder ein Schlafmittel geben«, sagte er, indem er in seine Tasche griff.

Die Augen des Kalifen glänzten. »Wird es sie heilen?«

»Es wird ihr helfen zu schlafen, denn sie braucht Ruhe.«

Der Kalif nickte besorgt. Im selben Augenblick heulte jedoch irgendwo in der Stadt plötzlich ein Hund, und sofort schrie der Kalif nach seinen Wachen. »Hört ihr den Lärm dieser Tiere?« schrie er. »Hört! Sie bellen und heulen, und währenddessen liegt meine Schwester hier krank – und immer noch heulen die Köter! Und? Was steht ihr hier herum? Liebt ihr euren Kalifen nicht, sorgt ihr euch überhaupt nicht um ihn? *Meine Schwester braucht Ruhe!*«

Die Wachen schauten ihn unsicher an. Dann verneigte sich einer von ihnen tief, und sie zogen sich eilends aus dem Zimmer der Prinzessin zurück. Es dauerte nicht lange, und Harun hörte von den fernen Straßen die ersten Hunde im Todeskampf jaulen, und er blickte entsetzt und ungläubig zum Kalifen auf. Aber der Kalif lächelte vor Aufregung, während er auf dem Balkon stand und zitternd vor Freude und Wut das Gemetzel beobachtete. »So wird es allen ergehen«, murmelte er für sich, »die zu denken wagen, daß meine Schwester nicht am Leben bleiben wird!« Er drehte sich zu Harun um, und dabei fiel sein Blick auf Haidée, die verwirrt und ängstlich in der Ecke kauerte. Der Kalif stand einen Augenblick wie versteinert von dem Anblick, dann ging er auf das Mädchen zu und hockte sich daneben. Die kleine Haidée riß vor Angst die Augen auf, als er begann, ihre Wangen zu streicheln.

»Sie ist hübsch, deine Tochter, sehr hübsch«, flüsterte er. Dann schaute er mit jählings gehässiger Miene hoch zu Harun. »Doch meine Schwester ist schöner – und du sagst, sie wird vielleicht nicht am Leben bleiben? Hältst du das für gerecht, o Harun?« Seine Augen glühten, und Haidée rückte noch weiter an die Wand zurück. »Sie wird sterben«, murmelte der Kalif und erhob sich. »Wenn meine Schwester stirbt, wird auch deine Tochter sterben!«

Er blickte noch einmal hinüber zum Bett, wo seine Schwester lag, dann eilte er aus dem Zimmer. Haidée sah ihm nach und brach plötzlich in Schluchzen aus, und Harun lief zu ihr, um sie auf den Armen zu wiegen. »Sei nicht traurig, o meine Blume, o meine Lilie, hab keine Angst.« Und mit diesen Worten streifte er den Ring ab, den ihm seine Frau geschenkt hatte, und befestigte ihn an einer Schnur um Haidées Hals. »So«, flüsterte er zärtlich. »Jetzt wirst du vom Zauber deiner Mutter geschützt und brauchst dich nie mehr zu fürchten.«

Aber obwohl er versuchte, zu lächeln und seine Tochter zu trösten, fühlte er im Herzen nichts als eine schreckliche Übelkeit und Entsetzen bei dem Gedanken, was vor ihm liegen mochte.

Sobald Harun an jenem Abend Haidée zu Bett gebracht hatte, ließ er Wachposten im Zimmer der Prinzessin aufstellen. Er postierte sie nicht nur an den Türen, sondern auch bei den Fenstern, obwohl die Mauer unter diesen so steil aufragte, daß es unmöglich schien, sie zu ersteigen. Dennoch bestand Harun darauf, und er erklärte zwar nicht, wen oder was er fürchtete, ermahnte aber die Wachen, auch nicht für einen einzigen Moment die Augen zu schließen.

Als alles vorbereitet war, verließ Harun den Palast, denn er ertrug es nicht, eine Nacht in diesen Mauern zu verbringen. Manchmal blickte er, als er ziellos durch die Straßen wanderte, zurück auf die ferne Silhouette und versuchte, das Zimmer der Prinzessin zu erkennen, wenngleich er davor zurückschreckte, sich auszumalen, was er sehen könnte, welche Gestalt, welche seltsame Erscheinung sich auf dem Balkon abheben mochte. Um derartige Gedanken aus seinem Kopf zu verbannen, verweilte er statt dessen bei den Anblicken, die ihm die Straßen boten – doch auch hier gab es nur Greuel zu sehen.

Überall war der Staub von einer blutigen Kruste überzogen. Die Kadaver der Hunde lagen mitten im Abfall aufgehäuft und in der glühenden Hitze der Nacht war die Luft bereits voll von ihrem abscheulichen Gestank. Die Straßen, die normalerweise vom Lärm widerhallten, schienen unnatürlich still, und Harun mußte bei dem Gedanken, wie zufrieden der Kalif sein würde, vor bitterer Verzweiflung lächeln. Aber dann, während er sich noch vorstellte, wie ganz Kairo durch das Gemetzel zum Schweigen gebracht worden war, hörte er ein leises, ängstliches Winseln, und als er sich umschaute, sah er einen verletzten Hund, der versuchte, auf die Beine zu kommen. Mit großer Mühe schaffte er es endlich und machte, noch immer winselnd, ein paar wacklige Schritte. Er näherte sich einigen zerfetzten Tierkörpern, und sein Gewinsel wurde immer verzweifelter. Er fing an, ihr nasses Fell zu lecken, und als Harun näher kam, sah er, wie winzig die Kadaver waren. Der Hund, vermutete er, mußte ihre Mutter gewesen sein, und während er dies noch dachte, begann die Hündin zu heulen. Harun nahm sie schnell in die Arme, denn er fürchtete, es könnten noch Soldaten unterwegs sein, aber die Hündin heulte immer noch und wand sich in seinen Armen, um zu ihren gemordeten Welpen zurückzukommen. Harun versuchte, das Geheul mit seinem Mantel zu dämpfen, und während er weitereilte, verfiel die Hündin wieder in trauriges Gewinsel. Er streichelte sie und flüsterte ihr ins Ohr, und bis er sein Haus erreichte, war sie fast eingeschlafen. Er versorgte ihre Wunden, dann befahl er seinen Dienern, dafür zu sorgen, daß sie genug zu fressen und zu trinken bekam, solange er weg war. Bevor er sie verließ, beschloß er, sie Isis zu nennen, weil sie sich um ihre geliebten Kinder noch nach deren Tod gekümmert hatte.

Als es dämmerte, kehrte er zum Palast zurück und eilte sofort in das Zimmer, wo er Haidée schlafend allein gelassen hatte. Sie lag mit geschlossenen Augen da, ihr Gesicht der Inbegriff ungetrübter Unschuld, und Harun beugte sich tief über sie, um sich zu vergewissern, daß der Ring noch sicher um ihren Hals hing. Sehr behutsam küßte er sie einmal auf die Stirn, und er sehnte sich danach, sie hochzuheben und in den Armen zu halten, denn er fürchtete, es könnte das letzte Mal sein. Aber er ließ sie lieber ruhig weiterschlafen und ging weiter zum Zimmer der Prinzessin Sitt al-Mulq, betend, auch sie möge eine traumlose Nacht gehabt haben. Doch noch bevor er es erreichte, hörte er ihre wortlosen Schreie, und ihm war sofort klar, daß in der Nacht etwas Furchtbares geschehen sein mußte.

Und seine Vorahnung erwies sich als richtig. Die Soldaten lagen um das Bett der Prinzessin hingestreckt, die Augen mit einem Ausdruck unaussprechlichen Entsetzens vorquellend, die Kehlen so tief durchschnitten, daß ihre Köpfe beinahe vom Hals abgetrennt waren. Die Prinzessin selbst lebte noch, schrie aber fürchterlich. Sie hatte die Augen fest geschlossen, und obwohl Harun sie schüttelte, konnte er sie nicht aus ihrem Alptraum wecken. Sie wirkte sehr viel blasser und entsetzlich dünn, und über ihre Brust zog sich eine dritte nässende Narbe. Von ihrem Angreifer gab es freilich keine Spur.

Den ganzen Tag über kämpfte Harun um das Leben der Prinzessin. Gegen Abend endlich schöpfte er allmählich Hoffnung, daß er sie vor den schwarzen Pforten des Todes bewahrt hatte, obgleich sie sehr blaß blieb und nicht aus dem Grauen ihres Traums geweckt werden konnte. »Mehr kann ich nicht tun«, sagte er zum Kalifen, der den ganzen Tag lang hinter ihm das Zimmer abgeschritten hatte. »Was immer in der Dunkelheit der Nacht geschehen mag« – Harun zuckte die Achseln und schüttelte den Kopf – »Allah allein ist allwissend und allmächtig.«

»Dann mußt du darauf bauen, daß er deine Gebete hört«, antwortete der Kalif ihm schroff, »wenn du möchtest, daß deine Tochter am Leben bleibt.« Und er machte kehrt und ließ Harun mit der Prinzessin allein. Und als Harun aus dem Fenster schaute, sah er die Sonne am westlichen Horizont sinken und die Nacht schon den Osten dunkeln.

Er ließ jedoch nicht wieder Soldaten kommen, um das Zimmer zu bewachen, sondern blieb selbst bei der Prinzessin. Ab und zu erhob er sich von ihrer Seite und ging zum Balkon, um auf das gewaltige Labyrinth Kairos zu blicken, das sich unter ihm ausbreitete, und wie er da so stand, stellte er sich vor, er könnte in das Herz jeder menschlichen Seele, die es beherbergte, hineinsehen und in die Geheimnisse jeder engen Gasse eindringen. Doch noch während er dies dachte, wußte er, daß es eine Illusion war. Und dann hob er den Blick von der Stadt und starrte empor auf das stechende Silber der Sterne, und er fürchtete sich vor dem Gedanken, welchen eigenartigen Schatten, von den Winden getragen, er plötzlich am Mond vorbeistreifen sehen könnte.

Doch die Stunden verstrichen, und nichts kam, und die Dunkelheit begann langsam zu vergehen. Beim ersten Licht der Dämmerung stieg hoch wie ein Pfeil der Ruf eines Muezzins auf, dann noch einer und dann Rufe ohne Zahl, von einem Minarett nach dem andern, und Harun wandte sich gen Osten und verneigte sich, um zu beten. Doch in diesem Augenblick hörte er hinter sich einen plötzlichen leisen Schritt, und als er sich umdrehte, sah er einen schimmernden Glanz und dann ein goldenes Flimmern, tief über die Prinzessin gebeugt.

»Leila?«

Keine Antwort.

Harun erhob sich. »Leila?« Er trat einen Schritt vor, und dabei schimmerte der Glanz und schien deutlicher zu werden. Nun konnte er, von einem goldenen Schein umgeben, Leilas Gesicht und rabenschwarzes Haar sehen und die rubinroten Lippen, die sich zu einem Lächeln öffneten. »O mein Liebster«, flüsterte sie. »Liebst du mich nicht mehr als die ganze Welt?«

Harun starrte sie stumm an. Sie erhob sich langsam, mit der giftigen Schönheit einer todbringenden Schlange, und da sah er – was ihm entgangen war, seit sie sich zum erstenmal begegnet waren –, daß sie das Ebenbild des Götzenbildes in Lilatt-ah war.

Er versuchte zurückzuweichen, mußte aber feststellen, daß er sich nicht regen konnte. »In Allahs Namen«, flüsterte er, »was für ein höllisches Wesen bist du?«

»O mein Gemahl«, sagte sie mit süßem Lächeln, »liebst du mich wirklich nicht mehr als die ganze Welt?«

»Mehr als die ganze Welt«, antwortete er, »mit einer Ausnahme.«

»Und das ist?« flüsterte sie.

»Unsere Tochter, Leila – unsere Tochter, unser Kind!«

Sie erstarrte, und das Lächeln schwand von ihren halb geöffneten Lippen. »Und so geschah es schon einmal«, flüsterte sie, »vor langer Zeit. Nur einen, o Harun, habe ich jemals geliebt wie dich – und auch er verriet mich, wie du es getan hast.« Ihr Blick trübte sich plötzlich, und Harun entdeckte darin zu seinem Erstaunen eine Einsamkeit, so kalt wie die eisigen Tiefen des Weltalls. Dann lächelte sie wieder, und diesmal erkannte er auf ihren Lippen eine Mischung aus Mitleid und Verachtung. »Wie du entschieden hast«, flüsterte sie, »so mußt du bezahlen. Lebe wohl, o mein Gemahl. Auf immer, lebe wohl.« Er spürte ihren Mund seine Lippen berühren, während seine Sinne allmählich in einen Duft der Dunkelheit zergingen.

Als der Kalif am frühen Morgen in das Gemach seiner Schwester kam, fand er sie schlafend und mit sehr ruhiger Miene vor. Harun kniete neben ihr, und da der Kalif das Gesicht des Arztes nicht sehen konnte, nahm er an, alles sei in Ordnung, ein Heilmittel sei gefunden worden. Aber dann wandte sich Harun ihm zu, und beim Anblick seines Gesichtsausdrucks verschlug es dem Kalifen vor Bestürzung die Sprache. Noch nie hatte er einen so verzweifelten Blick gesehen – und sogleich eilte er an die Seite seiner Schwester.

Er kniete nieder und ergriff ihre Hand; aber Harun, der ihn beobachtete, schüttelte müde den Kopf. »Glaubt nicht, Ihr könntet sie wecken, o Fürst, denn sie ist in einen Schlaf gesunken, aus dem sie nicht gerissen werden kann.«

Die Miene des Kalifen wurde finster. »Was meinst du? Wie ist das möglich?«

»Sie ist das Opfer des Zaubers einer sehr mächtigen Dschinn.«

»Kannst du ihn nicht brechen?«

»Wie ich Euch schon einmal gesagt habe, o Beherrscher

der Gläubigen, bin ich in den magischen Künsten nicht bewandert.«

Der Kalif lächelte ihn sehr kalt an. »Aber wie du mir ebenfalls gesagt hast, besitzt du das Wissen, wie solche Künste beschworen werden können.«

Harun schüttelte ungeduldig den Kopf. »Dafür ist keine Zeit, o Fürst.« Er erhob sich. »Ich muß sofort von hier weg.«

»Nicht bevor du mir den Grund genannt hast.«

»Ich muß jemanden zur Strecke bringen.«

Wieder lächelte der Kalif kalt. »Aber da ist noch etwas, das du finden mußt.«

Harun erschrak. »Ich verstehe nicht.«

»Nun« – der Kalif lächelte breit – »den geheimen Namen Allahs.«

Harun kniff die Augen zusammen, erwiderte aber nichts.

»Wenn dieser entdeckt würde«, zischte der Kalif mit plötzlicher Stärke, »wenn seine Silben ausgesprochen würden, dann wären doch die Kräfte der alten Dschinn mein?«

Lange verharrte Harun in Schweigen. »Ihr wißt, o Fürst«, murmelte er endlich, »daß es Gotteslästerung und eine Gefahr wäre, das Geheimnis aufzuspüren.«

»Doch ich befehle es.«

»Und wenn ich ablehne?«

»Du wirst es mir nicht abschlagen, o Harun al-Vachel.« Der Kalif drückte die Hand der Prinzessin fester, während er begann, sie lange und wie im Fieber zu küssen. »Denn wie ich meine Schwester liebe, so liebst du dein Kind.« Er lachte. »Aber wie dem auch sei – du hast früher schon die Pfähle über den Palasttoren gesehen.«

Wieder antwortete Harun lange nicht. Dann endlich atmete er tief ein und ging zum Balkon hinüber. »Ihr müßt mir schwören«, flüsterte er, »bei allem, was Euch heilig ist, daß Ihr meine Tochter beschützt, solange ich fort bin.«

»Ich schwöre es«, erwiderte der Kalif, »wenn du mir jetzt beim Leben deiner Tochter schwörst, daß du nichts unversucht lassen wirst, um meine Schwester von diesem Bann zu befreien und für immer vor dem Tode zu bewahren.«

Harun schwieg eine Weile. »Ihr wißt ja nicht, worum Ihr da bittet.«

»Dennoch bitte ich darum.«

»Seid Ihr wirklich auf die Schrecken vorbereitet, die ich aufdecken mag, Schrecken, die Tausende von Jahren lang begraben waren?«

»Was würde ich für die Macht der alten Dschinn nicht alles wagen?« Der Kalif trat an Haruns Seite und packte ihn am Arm. Dann deutete er auf die nördlichste Stadtmauer, wo zwei Minarette hoch in den Dunst ragten. »Die Moschee«, flüsterte er, »die zu erbauen ich gelobt habe, ist nun vollendet – und doch nicht ganz, denn ein Stein ist dort noch glatt und unverziert. Er wartet darauf, mit dem geheimen Namen Allahs beschriftet zu werden. Kehre mit diesem Geheimnis zurück! Kehre schnell damit zurück! Denn dann, o mein Freund« – der Kalif hielt inne und lächelte –, »dann werde ich die Weisheit und das Geheimnis aller Dinge besitzen. Ja doch!« Er lachte auf. »Ich werde selbst ein Gott sein!«

Ein Schatten zog über Haruns Gesicht, ein Schatten der Qual und Vorahnung, aber dennoch verneigte er sich tief zum Zeichen des Einverständnisses. Dann wandte er sich wortlos ab und verließ das Zimmer. Der Kalif lauschte dem verhallenden Echo der sich entfernenden Schritte nach, während er sich umwandte, um noch einmal über die Stadt und zu den Minaretten der soeben vollendeten Moschee zu blicken. »Nicht mehr lange«, flüsterte er. Er ging zu seiner Schwester zurück und nahm sie fest in die Arme, küßte sie auf die Lippen und das ganze Gesicht. Doch sie wachte nicht auf. Der Kalif erschauerte und grinste und küßte sie noch einmal. »Alles wird gut.«

Am selben Tag ritt der Kalif von seinem Palast zum Bab al-Futuh und begab sich in den Marmorhof der Moschee. Er postierte zwei Wachen an den Türen zu den beiden Minaretten und befahl, daß niemandem außer ihm selbst jemals gestattet werden sollte, sie zu besteigen. Dann stieg er selbst in einem hinauf, bis er auf halbem Weg vor einer dicken, schweren Tür innehielt, die um den Türbogen von unverzierten Steinblöcken gerahmt war. Der Kalif streckte den Arm nach dem oberen Block aus und strich voller Ehrfurcht mit der Handfläche darüber. Auf die Fläche dieses Steins, hatte er immer zuversichtlich gehofft, würde eines Tages der geheime Name Allahs gemeißelt werden, und nun, so schien es, würde sich sein Glaube erfüllen. So viel Glück, dachte der Kalif, konnte kein Zufall sein. Er war schon immer der Liebling der Sterne und des Himmels gewesen – gewiß war ein solcher Liebling dazu bestimmt, ein Gott zu sein?

Und von dieser Stunde an ritt er jeden Abend zur Moschee und stieg die Treppe zum Minarett hinauf, und obwohl der Stein leer blieb, wuchsen seine Träume und sein Ehrgeiz allmählich ins Unermeßliche. Im gleichen Maße nahmen aber auch Gerüchte zu, dunkel und aufrührerisch, nur voller Entsetzen geflüstert, so daß ganz Kairo bald vor Angst wie benommen schien. Im Minarett, so hieß es, werde ein Dämon gefangengehalten; die Moschee sei mit dem Blut und den Gebeinen von Kindern gebaut; der Kalif selbst sei kein anderer als Iblis. Das alles wurde geredet und zunehmend geglaubt und dem Kalifen schließlich von seinen Spionen zugetragen. Doch als der Kalif davon hörte, lächelte er nur, und noch immer, ein ganzes Jahr lang, ritt er Abend für Abend von seinem Palast zum Bab al-Futuh.

Da geschah es eines Abends, als er durch das Tor kam, das in die Moschee führte, daß er von einem zitternden Hauptmann seiner Wache empfangen wurde. Der Hauptmann fiel auf die Knie und küßte die Füße des Kalifen. »O höchster und glücklicher Fürst«, stieß er hervor, »ein Schurke ist in Euer Minarett eingedrungen, denn als ich vor kurzem hier ankam, fand ich meine Soldaten betäubt vor, und es ist mir bis jetzt noch nicht gelungen, sie zu wecken.«

Doch zum Erstaunen des Hauptmanns lachte der Kalif nur, und dann griff er in seinen Sattel und zog eine schwere Börse voll Gold hervor. »Geh voraus«, befahl er, indem er dem Hauptmann die Börse zuwarf, und als der Hauptmann dann vorausging, lachte er noch einmal, denn er sah, daß die

Tür zum Minarett offenstand. Er saß ab und ließ sich eine Fackel reichen; dann eilte er hinein und stieg die Treppe hinauf.

Auf halbem Weg, an der schweren Tür, hob er die Fackel, um das Mauerwerk zu untersuchen. Sofort jedoch wurde sein Blick finster. Da war wirklich eine Inschrift, frisch in den Stein über dem Bogen gemeißelt; aber es war kein Name, nicht einmal ein Wort, es war vielmehr ein Abbild der Sonnenscheibe, und darunter kauerten zwei kniende Gestalten. Der Kalif wich erstaunt zurück. »Was bedeutet diese Gotteslästerung?« rief er laut aus. Doch sofort warf er sich herum, denn er hatte aus der Dunkelheit spöttisches Gelächter gehört, und als er hinter sich blickte, sah er plötzlich ein Gesicht schimmern.

»Harun al-Vachel?« Der Kalif schluckte. »Harun al-Vachel?« Er schrie nun, versuchte, eine Welle der Panik zu unterdrücken. »Harun al-Vachel, bist du es wirklich?«

Das bleiche Gesicht kam näher, während die Gestalt die Treppe hinaufstieg, und da sah der Kalif, daß seine Vermutung richtig gewesen war. Harun blieb vor ihm stehen und lächelte, dann neigte er langsam den Kopf. »O Beherrscher der Gläubigen, Ihr seht, ich bin zurückgekommen.«

Der Kalif betrachtete Harun genau. Er machte einen sehr erschöpften Eindruck, denn er war nicht nur bleich, sondern auch schmal und hohlwangig, und seine Kleidung war staubbedeckt und schmutzig von der Reise. Harun hatte einen Hund bei sich und bückte sich kurz, als sei er sich seines Tuns gar nicht bewußt, um den Kopf des Tiers zu streicheln; da schien sich seine Miene plötzlich aufzuhellen und zu entspannen. Aber dann blickte er wieder auf, und der Kalif hatte die Empfindung eines großen Wunders, denn in Haruns Augen zeigte sich ein merkwürdiges und tiefes Glühen, das auf die Erfahrung unvergleichlicher Wunder hindeutete. Der Kalif wandte sich wieder um und blickte auf das Bild der Sonne. »Zurückgekehrt, so hoffe ich«, fragte er, »nach erfolgreicher Suche?«

Wieder lächelte Harun und neigte den Kopf.

»Was bedeutet diese Sonne mit ihren Strahlen?« Der Kalif zeigte auf den Türbogen.

»Es wird ein großes Wunder für Euch sein, o Fürst, die Geheimnisse zu erfahren, die ich Euch nun offenbaren kann.«

»Ich kann es nicht abwarten, davon zu hören.«

»Dann kommt, o Fürst, morgen wieder in diesen Turm, denn im Augenblick bin ich müde von vielen Schicksalsprüfungen und Wechselfällen. Sagt mir jedoch, bevor Ihr aufbrecht – wie geht es meiner Tochter?« Er zerrte am Gewand des Kalifen, und auf seinem Gesicht zeigte sich flüchtig ein Ausdruck heftigen Verlangens. »Sagt es mir bitte, o mächtiger Fürst – lebt sie noch, ist sie gesund?«

»Sie ist, wie wir vereinbarten, mit größter Aufmerksamkeit bewacht worden.« Der Kalif runzelte die Stirn. »Aber du kommst jetzt doch gewiß mit mir in den Palast?«

»Nein.« Harun stieg zur Tür hinauf und drückte sie auf. »Ich werde vorerst hierbleiben.«

»Warum?« fragte der Kalif mißtrauisch. »Was hast du hier zu schaffen?«

»Schlafen. Ich muß schlafen.«

»Aber meine Schwester?«

»Eure Schwester?«

»Wird sie sich erholen? Bleibt sie am Leben?«

Ein knappes Lächeln zuckte über Haruns Lippen. »O ja«, flüsterte er. »Wie ich versprochen habe – sie bleibt am Leben.« Er wandte sich ab. »Gute Nacht, o Fürst.« Dann ging er, gefolgt von seinem Hund, durch die Tür in die Dunkelheit des Minaretts, während der Kalif, in Staunen und Gedanken versunken, noch lange verweilte. Dann verließ er die Moschee und kehrte zum Palast zurück; sofort eilte er in das Krankenzimmer der Prinzessin Sitt al-Mulq, wo sie unter einem Zauber viele lange Monate gelegen hatte. Doch als er dort eintraf, mußte er feststellen, daß sie nicht mehr da war, aber niemand hatte gesehen, daß sie aufgestanden war oder man sie fortgebracht hatte. Den Kalifen ängstigte dies freilich nicht, denn er wußte, daß es der Beweis für Haruns neuentdeckte Magie war, der Beweis für die Macht des geheimen Namens Allahs. Und so rief er Masud und gab ihm Weisungen, daß am nächsten Tag, in jeder Moschee in jedem Viertel Kairos, ein neues Gebet von den Minaretten gerufen werden sollte, das die Göttlichkeit des Kalifen al-Hakim verkündete. Und es geschah, wie er befohlen, und die Gläubigen hörten es erschrocken und fassungslos.

Den ganzen Tag über stieg ihr entsetztes Gemurmel auf wie Wogen des Meeres. Aber der Kalif lachte nur, als er den Schrei der Entrüstung hörte, und befahl seinen Soldaten, die Aufrührer über die Klinge springen zu lassen. Als er an jenem Abend zur Moschee am Nordtor ritt, schien ganz Kairo von Flammen erleuchtet, und der Kampfeslärm stieg zum Himmel auf; aber der Kalif wußte, daß es nun nichts mehr zu fürchten gab. »Alles wird klar werden«, sagte er zu sich, als er vom Pferd absaß und sich anschickte, das Minarett zu besteigen. »Alles wird offenbart werden.« Und mit energischen und eifrigen Schritten eilte er die Treppe empor.

In einem kleinen quadratischen Raum am höchsten Punkt des Minaretts fand er Harun, der durch das Fenster auf die fernen Flammen schaute und dabei langsam seinen Hund streichelte, der ihm ausgestreckt zu Füßen lag.

»Sag mir, o Harun«, verlangte der Kalif sofort zu wissen, »wie der geheime Name Allahs klingt, denn du hast versprochen, ihn mir zu verraten, und nun ist der Augenblick gekommen.«

Der Schatten von etwas Unirdischem zuckte über Haruns bleiches, abgezehrtes Gesicht. »Zuerst muß ich Euch berichten«, murmelte er, »wie ich das Geheimnis entdeckte, denn sonst, o Fürst, werdet Ihr nicht verstehen, was seine wahre Macht bedeuten kann.«

»Dann berichte«, sagte der Kalif, »denn ich kann es nicht mehr erwarten.«

»Es ist eine Geschichte, die Euch verblüffen wird, so außerordentlich merkwürdig ist sie. Doch alles, was ich Euch erzählen werde, war vor vielen Jahrhunderten für mich aufgeschrieben worden – denn das ist das Merkmal der Hand des Schicksals, daß man nichts fliehen kann, was sie geschrieben

211

hat. Die Wege dieser Welt sind unermeßlich und seltsam, und die Vergangenheit und die Zukunft können durch ein einziges Geschick verbunden sein.«

»Verrate mir, was du meinst«, rief der Kalif, »denn ich brenne vor Neugier, deinen Bericht zu hören.«

»Mit dem größten Vergnügen, o mächtiger Fürst. Lauscht mir also, und Ihr werdet einen vollständigen Bericht über alles hören, was ich tat und sah und erfuhr.«

Die Erzählung des Harun al-Vachel

Nachdem ich Euch an dem Morgen, als die Prinzessin ver-
zaubert worden war, verlassen hatte, suchte ich die Gesellschaft eines alten Bekannten, eines christlichen Kaufmanns,
der zu meinem großen Glück gerade in Kairo eingetroffen
war. Es war derselbe Kaufmann, der mir vor vielen Jahren
meine Frau zum Geschenk machte, nachdem er sie in den
Ruinen eines mächtigen Tempels gefunden hatte. Was dieser
Tempel gewesen sein könnte und welche Geheimnisse er
noch bewahren mochte, erschien mir nun von größter Bedeutung, und ich war entschlossen, ihn so rasch wie möglich
aufzusuchen. Ich wußte, daß sich der Kaufmann als bewun-
dernswerter Führer erweisen würde, denn er war oft dorthin
gereist und in den Bräuchen und Sitten der Alten sehr bewandert. Gewiß, zunächst wollte er mich nur ungern begleiten, denn er erzählte mir, daß Theben einen üblen Ruf als
Schlupfwinkel von Ghulen und Wüstengeschöpfen erworben
habe. Doch er war ein Mann von unstillbarem Durst auf
Abenteuer, und so fiel es mir am Ende nicht schwer, ihn zu
überreden. Mein einziger anderer Gefährte war mein Hund
Isis, der einfach nicht zurückbleiben wollte, sondern stets hinter mir herlief, wenn ich fortzureiten versuchte.

Viele Tage dauerte unsere Reise, o Fürst, indem wir dem Lauf des breit dahinfließenden Nils folgten, und wir sahen viele Wunder, in fernen Zeiten von den Heiden erbaut. Aber immer, wenn ich mein Erstaunen ausdrückte, lächelte der Kaufmann und schüttelte den Kopf und sagte, ich solle mich bis zu meinem ersten Blick auf Theben gedulden. Dann beschrieb er mir die Wunder jener Ruinenstadt in so überschwenglichen Worten, daß sich alles eher nach dem Werk von Giganten als von gewöhnlichen Sterblichen anhörte. Gleichzeitig warnte er mich jedoch auch vor der Dunkelheit, die auf den Ort gefallen war, vor den Dämonen, die sich aus den Gräbern der Könige erhoben hatten, den *udar*, deren Absonderungen das Gift von Maden und Würmern trugen. Natürlich erinnerte ich mich, daß der Kaufmann Grieche war, und es ist allgemein bekannt, daß alle Griechen Lügner sind. Dennoch fiel mir, während wir stromauf vorankamen, allmählich auf, daß die Siedlungen spärlicher wurden und manche Dörfer ganz aufgegeben worden waren. Die Bewässerungskanäle waren unter Staub und Unkraut erstickt, und wo Felder hätten sein sollen, breitete sich Sand aus.

Mein Gemüt war schon düster geworden, als der Kaufmann endlich die Hand ausstreckte und ausrief: »Theben!« Ich starrte in die Ferne und entdeckte etwas, das wie riesige Bäume aussah, die aus den Dünen emporwuchsen und einen wahren Wald aus Stein bildeten. Als ich näher kam, sah ich, daß die Bäume in Wirklichkeit Säulen von verblüffender Dicke waren, verziert mit den Skulpturen seltsamer Talismane und Dämonen, den Symbolen einer Magie, die kein lebender Mensch deuten kann. Als ich in den Schatten jenes riesenhaften Tempels trat, wuchs meine Überzeugung, daß ich wirklich am Ziel meiner Suche angekommen war, denn ich verstand nicht, wie ein solcher Bau anders als durch Zauberei errichtet worden sein konnte. Ein Großteil davon war eindeutig von der Wüste begraben worden; aber von seinem ausgedehnten Raum, der nicht im Sand untergegangen war, erhoben sich selbst die Trümmerblöcke noch höher als ich auf meinem Pferd. Ich entdeckte, an einer der Säulen er-

richtet, eine Moschee und saß eifrig ab, um Gebete anzu-
stimmen. Aber die Moschee war längst aufgegeben worden;
ihr ärmliches Mauerwerk zerfiel bereits, und im Grunde glich
sie, wie sie sich da in den Schatten der viel größeren Ruine
duckte, einem Meeresvogel, der kurz auf dem Rücken eines
mächtigen Wals gelandet ist.

Ich konnte es kaum erwarten, weiter ins Dunkel des Ortes vorzudringen, denn es fesselte mich, mir auszumalen, was
in seinem Innern liegen mochte, welche Geheimnisse und
Hinweise auf die langvergessene Zauberei der Priester. Aber
die Sonne sank bereits hinter die Berge im Westen, und der
Kaufmann wurde allmählich unruhig. »Wir müssen das Dorf
der Grabräuber erreichen«, sagte er stirnrunzelnd, »denn in
dieser Gegend ist es nach Anbruch der Nacht im Freien nicht
sicher.« Mit diesen Worten gab er seinem Pferd die Sporen
und galoppierte auf die Linie der Felder zu, die sich jenseits
des Tempels dehnten und wo wir – so hoffte ich wenigstens
– einen Bootsführer finden würden, der uns zum anderen
Ufer des Nils übersetzen konnte. Aber meine Erwartungen
wurden enttäuscht, denn die Felder erwiesen sich in Wahrheit als stinkendes Sumpfland, und von den Siedlungen, die
einst das östliche Ufer gesäumt hatten, war nichts übrig als
die nackten Außenmauern einiger Häuser. »Irgendwo muß es
ein Boot geben«, murmelte der Kaufmann, »denn dies war
immer ein sehr belebter Abschnitt des Flusses.« Aber obwohl
wir auf und ab ritten, konnten wir nichts Brauchbares finden
– und währenddessen rötete sich der Himmel im Westen immer mehr.

Dann, als wir der Verzweiflung nahe waren, sahen wir, wie
Isis aufmerkte und plötzlich bellte. Sie schien vor etwas im
Schilf Verborgenem Angst zu haben, denn sie umkreiste das
Gestrüpp und begann zu knurren, und als ich absaß, schmieg-
te sie sich an meine Seite. Ich bahnte mir einen Weg durchs
Schilf, bis ich vor mir ein kleines Boot sah, das in einem ste-
henden Tümpel auf dem trüben Wasser trieb. Ich rief dem
Kaufmann zu, um ihm unser Glück mitzuteilen, dann wate-
te ich los, um das Boot zu bergen. Isis paddelte neben mir

her, knurrte aber die ganze Zeit und schnupperte in den leichten Wind, und als ich näher zum Boot kam, kam auch mir der plötzliche Gestank von etwas Ekelhaftem und Süßlichem in die Nase. Da bemerkte ich, daß ein Arm über die Bugkante hing, die Hand noch immer um das Heft eines Schwertes geklammert. Ich streckte den Arm aus, um das Boot zu mir heranzuziehen, während der Gestank vor meinem Blick zu schimmern schien, und ich entdeckte – mögen Segen und Friede auf ewig über ihm sein! – die Leiche eines Knaben, die Augen groß und vorquellend, aber tot, sehr tot.

Als der Kaufmann zu mir stieß, starrte er den Leichnam voller Mitleid und Abscheu an. »Christus sei seiner Seele gnädig!« rief er aus. »Genauso war es, als man mir den Leichnam eines Opfers der *udar* zeigte.« Und mit diesen Worten hob er das Hemd des Burschen hoch, und ich sah, daß der Bauch aufgedunsen und purpurn verfärbt war. Der Kaufmann tippte einmal mit seinem Stock daran, wie man eine Melone prüft, und sofort platzte die Haut auf, als wäre sie in der Tat überreif, und gab nach, und ein klebriges Gewimmel von Würmern schlüpfte durch die Öffnung. »Du lieber Gott, du lieber Gott!« flüsterte der Kaufmann, während er auf die Würmer starrte, die sich vor seinen Füßen ringelten. »Ihr seht nun, o mein Freund, daß ich weder die Wunder noch die Schrecken dieses Ortes übertrieben habe.« Dann bückte er sich, löste behutsam das Schwert aus der Hand des Knaben und überreichte es mir. »Es wäre das beste, glaube ich«, murmelte er, »wenn Ihr dies für Euch behieltet.«

»Aber ich habe einen heiligen Eid geschworen«, antwortete ich ihm, »daß ich nie wieder das Blut eines Menschen vergießen werde.«

Der Kaufmann jedoch lachte, ein gespenstisches, angsterfülltes Lachen. »Dann ist ja alles in Ordnung«, erwiderte er. »Denn wie kommt Ihr darauf, daß unsere Widersacher Menschen sein könnten?«

Ich starrte noch einen Augenblick auf die Leiche des Knaben, bevor ich nickte und das Schwert in meinen Gürtel steckte. Zusammen fegten wir die Würmer in das Wasser des

Nils, dann trugen wir den Leichnam des Knaben vom Boot zum Ufer, wo wir ein Grab aushoben und einen Haufen Steine aufschichteten, um die Stelle zu kennzeichnen. Nachdem wir uns dann vergewissert hatten, daß unsere Pferde sicher angebunden waren, kehrten wir zum Boot zurück und überquerten den Nil. Als wir uns dem westlichen Ufer näherten, zog ich sicherheitshalber mein Schwert, und als wir die Uferböschung hinaufkletterten, bemerkte ich plötzlich, daß Isis sich ganz steif machte und so angespannt wirkte wie ein im Bogen zurückgezogener Pfeil. Im selben Augenblick hörte ich aus dem Dämmerlicht vor uns einen jähen Schrei und dann gedämpfte Rufe und noch einen weiteren Schrei. Isis sprang voraus, und ich folgte ihr, so schnell ich konnte, indem ich ein Gebet an den Allerhöchsten ausstieß, ohne den es weder innere Kraft noch Hoffnung gibt. Nun konnte ich sonderbare Gestalten vor mir ausmachen, drei insgesamt, und ich sah, daß sie einen alten Mann umzingelten, den sie vor einer halb eingestürzten Mauer gefangen hatten. Doch der Alte hielt eine brennende Fackel, und mit dieser machte er einen plötzlichen Ausfall, so daß sie Lichtpunkte in der Dunkelheit verstreute. Für einen Moment erblickte ich zwei seiner Feinde in dieser Beleuchtung, und ich konnte sehen, wie entsetzlich dünn ihre Gliedmaßen erschienen, wie von Insekten, die über Wasser laufen, doch mit auffallend aufgeblähten und großen Schädeln. Dann schwand das Licht, und die Gestalten waren wieder bloße Schatten, und ich sah sie vorgleiten und dem Alten die Fackel aus der Hand winden.

Im selben Augenblick sprang Isis auf sie zu, und ich folgte, indem ich mein scharfschneidiges Schwert schwang. Zwei Ghule fielen vor mir zu Boden, doch der dritte entwischte und wurde eins mit der Dunkelheit. Ich gedachte schon, ihn zu verfolgen, aber dann hörte ich, wie sich die Ghule hinter mir wieder erhoben, obwohl die Wunden, die ich ihnen zugefügt hatte, mir tödlich erschienen waren. Doch dann erinnerte ich mich der Stadt Lilatt-ah und der Natur der Dämonen, gegen die ich dort gekämpft hatte. Die Ghule vor mir waren noch immer nichts als Schatten; dennoch zielte ich, als der erste mich angriff, so gut ich konnte, nach seinem Herzen. Er taumelte und fiel in sich zusammen, als wären beide Beine plötzlich unter ihm abgeknickt, und ich sah, wie sein Gefährte sofort verschwand.

Ich wandte mich dem Greis zu und griff nach seiner Fackel.

»Ihr könnt ihn nicht töten«, rief er aus. »Sie können nicht erschlagen werden.«

Aber ich schüttelte den Kopf. »Mit Allahs Führung«, antwortete ich ihm, »ist alles möglich.« Und mit diesen Worten zielte ich noch einmal mit der Schwertspitze, und als ich sie in die Brust und das Herz des Ghuls eindringen spürte, bäumte der Dämon sich auf und krümmte sich und lag dann still.

Ich kniete neben ihm nieder, um den Leichnam zu untersuchen. Dabei mußte ich blinzeln und stimmte ein Gebet an, denn noch nie hatte ich ein Wesen gesehen, das mich mit solchem Abscheu erfüllte. In der äußeren Form erschien es beinahe wie ein sterblicher Mensch, doch war es gerade diese Ähnlichkeit mit der Gestalt, die Allah dem Adam schenkte – Friede sei mit ihm –, was den *udar* so scheußlich anzusehen machte. Wie die Gliedmaßen war auch sein Leib spindeldürr, der Bauch und die Oberschenkel dagegen waren seltsam geschwollen; die Augen standen schräg; der Hinterkopf war stark gewölbt, wie die Kuppel einer Moschee, und ragte merkwürdig von dem verkniffenen, schmalen Gesicht nach hinten. So könnten die Ungläubigen aussehen, dachte ich für mich, wenn sie nach dem Tod von Allahs Liebe verlassen sind.

Ich blickte zu dem alten Mann auf. »Aus welchem seltsamen Dunkel«, fragte ich ihn, »haben sich diese höllischen Dämonen erhoben?«

»Das gäbe eine merkwürdige Geschichte ab«, antwortete der alte Mann, indem er sich nervös umschaute. »Aber laßt uns erst den Schutz meines Dorfes aufsuchen, denn Ihr habt selbst gesehen, wie gefährlich die Dunkelheit ist.« Doch trotz seiner Worte schien er nur ungern fortgehen zu wollen, und ich sah, daß sein Gesicht dunkel vor Jammer schien.

In diesem Augenblick trat der christliche Kaufmann vor.

»Was hast du selbst, o Dorfvorsteher, dir dabei gedacht, zu so später Stunde noch draußen zu sein?«

Das Gesicht des Alten hellte sich beim Anblick des Kaufmanns kurz auf, und er begrüßte ihn herzlich, aber dann fiel wieder der Schatten des Leids über sein Gesicht. »Ich habe meinen Sohn gesucht«, erklärte er, »der seit drei Nächten verschwunden ist. Wie könnte ich es ertragen, zu meinem eigenen Herd zurückzukehren, wenn ich nicht weiß, wo mein armer Sohn sein mag?«

Der Kaufmann fing meinen Blick auf; dann trat er vor und nahm den Alten beim Arm. »Er ist in der Erde, o Dorfvorsteher, zur Ruhe gebettet, zur ewigen Ruhe.« Er erklärte, wie wir auf die Leiche des Knaben gestoßen waren, und beschrieb, daß wir einen Haufen Steine über seinem Kopf aufgeschichtet hatten. Dann versuchte er, den Dorfvorsteher, so gut er konnte, zu trösten.

Sobald er seine Tränen getrocknet hatte, wandte sich der Dorfvorsteher an mich. »Es scheint also, o mein Gast, daß ich doppelt in Eurer Schuld stehe. Kommt nun mit, und setzt Euch an meinen Herd, wo ich Euch erzählen will, wie es kam, daß diese *udar* gestört wurden. Dann, wenn Ihr eine Vorstellung habt, wie sie vernichtet werden könnten, will ich Euch mit großer Aufmerksamkeit zuhören, denn ich erkenne, daß Ihr an Jahren so weise seid, wie Ihr geschickt mit dem Schwert umgeht.«

Dankbar für sein großzügiges Angebot verneigte ich mich, und zusammen eilten wir drei, mit Isis auf den Fersen, durch die Dunkelheit den Feuern des Dorfes entgegen.

An diesem Punkt seiner Geschichte aber sah Harun den Morgen heraufdämmern und schwieg still.

»Warum sprichst du nicht weiter?« fragte der Kalif.

»O Beherrscher der Gläubigen«, erwiderte Harun, »ich bin noch matt von meinen vielen Abenteuern und würde gern, mit Eurer Erlaubnis, die Tagesstunden ruhend verbringen. Wenn Ihr morgen abend wieder herkommen möchtet, werde ich meine Erzählung fortsetzen und Euch berichten, was mir im Dorf der Grabräuber widerfuhr.«

Und so verließ der Kalif den Raum in der Moschee und kehrte erst am folgenden Abend zurück. Dann aber, als er an Haruns Seite Platz genommen hatte, befahl er ihm, mit seiner Geschichte fortzufahren.

Und Harun sprach:

Als wir beim Haus des Dorfvorstehers angekommen waren, einem recht prachtvollen Gebäude für ein so kleines und armes Dorf, bewirtete er uns mit Speise und Trank, und dann erzählte er uns die Geschichte, wie die *udar* gestört worden waren.

»Ich müßt wissen«, erklärte er mir, »daß wir in diesem Dorf seit jeher die Schätze gesucht haben, die hier in der Gegend vergraben liegen, denn in der Torheit ihres Aberglaubens häuften die Heiden Silber und Rubine, Gold, prachtvolle Perlen und Götzenbilder aus kostbaren Metallen tief in der Erde an. Doch von diesen Schätzen ist nicht mehr viel übrig, denn wir sind nur eine von vielen Generationen, und jede hat nach den verborgenen Gräbern gesucht. Trotzdem gibt es noch Reichtümer zu finden, besonders in dem Tal, das hinter den Hügeln liegt, und von allen Schatzsuchern war der berühmteste, jener mit dem untrüglichsten Gespür dafür, wo ein verstecktes Grab entdeckt werden könnte, mein eigener Urgroßvater, Mohammed Girigar.«

Und das ist also die Geschichte seines großartigsten Fundes. Eines Tages erkundete er die Schluchten des Tals, als er vor seinen Füßen winzige Steinsplitter entdeckte. Dies versetzte ihn in große Aufregung, denn solche Splitter sind unfehlbare Hinweise auf ein Grab. Am selben Abend noch kehrte er ganz heimlich zu der Stelle zurück und brachte nur seine zuverlässigsten Diener mit. Er setzte sie an die Arbeit, und es dauerte nicht lange, bis ein Schmuckstück gefunden wurde, das mit dem Abbild eines gräßlichen Dschinns verziert war, von der Art, wie die Heiden sie als Götter anbeteten. Wenn Ihr wissen möchtet, wie es aussah, hier« – der Dorfvorsteher griff in sein

Gewand – »betrachtet es selbst, denn wir haben es in unserer Familie als Andenken an diese Nacht aufbewahrt.«

Er reichte es mir. Es war nur klein, aber in Gold gefaßt und sehr schön gearbeitet. »Ihr werdet sehen«, sagte der Dorfvorsteher zu mir, »daß der Dschinn den Leib eines raubgierigen Löwen und den Kopf einer Frau hat.«

»Es gibt ein solches Ungeheuer«, antwortete ich ihm, »allerdings von männlichem Geschlecht, das als Wächter neben den Pyramiden liegt.«

Der Dorfvorsteher nickte. »Dann werdet Ihr die Erregung meines Urgroßvaters verstehen, denn er wußte, daß das Bild eines solchen Wesens nur auf verborgene Reichtümer hinweisen konnte. Er befahl seinen Helfern, um so angestrengter zu arbeiten, und bald fanden sie tatsächlich ein zweites Wunder, einen antiken Leichnam, dessen Miene noch einen Ausdruck des Entsetzens zeigte und dessen Kehle gräßlich aufgerissen war. Darauf begannen Mohammeds Arbeiter zu murren und drohten, die Hacken niederzulegen, denn sie behaupteten, ein solches Ding sei das sichere Zeichen der Zauberei. Mohammed jedoch befahl, den Leichnam wieder zu begraben, und dann gab er jedem ein zusätzliches Goldstück, was mehr als genug war, um ihre Ängste zu überwinden. Kurz vor Tagesanbruch schließlich wurde der Eingang eines Grabes entdeckt, und als Mohammed ihn untersuchte, dankte er laut Allah, denn er sah, daß das Siegel an der Tür unbeschädigt war, und er wußte, daß dahinter ein Reichtum lag, den er nicht einmal erträumen konnte.

Und so stellte es sich dann auch heraus, denn sobald die Tür aufgebrochen war und Mohammed sich durch einen mit Schutt gefüllten Gang gezwängt hatte, hörte er plötzlich vor sich Steine in einen offenen Raum poltern, und als er nach einer Fackel rief, entdeckte er den Schimmer von Gold. Aber als er in die Dunkelheit sprang, erstickte er fast an der großen Menge Staub und einem Schwall ekelhafter Luft, so daß Mohammed, so erfahren er in der Erforschung von Gräbern war, schauderte und beinahe beschlossen hätte, sich davonzumachen, denn etwas derart Scheußliches und Seltsames hatte er noch nie gerochen. Doch dann dachte er wieder an das schimmernde Gold, und so blieb er, wo er war und hob die Fackel hoch.

Sogleich erstarrte er vor Staunen und Furcht. Überall waren Schätze – bis zur Decke aufgeschichtet und nach hinten ins Dunkel der Grabkammer reichend – von einer Schönheit und Pracht, die jeder Beschreibung spottet. Aber nicht der Anblick dieses Reichtums machte Mohammed regungslos, sondern die Anwesenheit der Leiche eines Königs, die mitten in der Kammer auf einem vergoldeten Thron saß und mit der ausgetrockneten Hand ein Zepter umklammerte. Zumindest nahm Mohammed an, es sei ein König – doch in Wahrheit schien er eher ein Dämon als ein Mensch zu sein. Er trug einen mit Gold und Edelsteinen bestickten Mantel, so daß man die Gliedmaßen nicht sehen konnte, aber der Schädel unter der Krone wirkte gräßlich geformt, und die Miene war tödlich wie die eines Gespenstes. Mohammed schlich näher, um den Leichnam genauer zu betrachten, aber dann, als er die Edelsteine an dem Gewand berühren wollte, öffneten sich mit einemmal die Augen des verdorrten Königs. Mohammed wollte zurückweichen – merkte aber, daß er sich nicht rühren konnte und in ihrem wütenden Blick, der aus zwei schmalen mandelförmigen Schlitzen blitzte, gefangen war. Lange Minuten verstrichen; dann sprach der König stockend, als bereite es ihm große Mühe, einige Worte in einer rauhen, unbekannten Sprache. Aber Mohammed konnte ihm nicht antworten, und das Gesicht des Königs verdüsterte sich plötzlich, und er hob mit einer seltsamen, schmerzhaften Bewegung sein Zepter. Mit der Spitze berührte er Mohammed an der Stirn – und in diesem Augenblick wurde mein Urgroßvater vor Angst ohnmächtig.

Als er erwachte, war er allein. Er krabbelte durch den Gang zurück und stellte fest, daß auch das Tal verlassen war; denn seine Männer hatten ihren Herrn tot geglaubt, als er nicht wieder auftauchte, und waren vom Eingang des Grabes geflohen. Es war klar, daß sie nichts von dem König mit der Gespensterstirn gesehen hatten, und so beschloß Mohammed, sein merkwürdiges Erlebnis für sich zu behalten. Dennoch schien das Grab allgemeine Angst einzuflößen, denn trotz des Goldes, das Mohammed nun zahlen konnte, fiel es ihm schwer, jemanden zu überreden, die Grabkammer zu betreten, und so konnte er sie nur unter Schwierigkeiten ausräumen. Manche Schmuckstücke, so hieß es, seien auf dem Boden verstreut geblieben, und seit jenem Tag hat niemand versucht, sie herauszuholen.

Denn sowie die Masse der Schätze aus dem Grab geschafft war, war selbst Mohammed nicht mehr gewillt, noch einmal hineinzugehen, und er mied von da an das Tal sogar ganz. Vielmehr lebte er mit seiner Familie so umsichtig wie möglich, indem er von dem Vermögen lebte, das der Große Spender ihm gesandt hatte, und darauf achtete, den Armen stets Almosen zu geben. Dennoch fiel auf, daß seine Miene von einer heimlichen Furcht gequält schien und wie er nachts, wenn die Schatten im Feuerschein zuckten, vor ihnen erschrak und zurückwich, als fürchtete er, sie könnten einen von der Dunkelheit gezeugten Dämon bergen. Erst auf dem Sterbebett enthüllte er das Geheimnis, das er in dem Grab entdeckt hatte. Wer ihn hörte, nahm freilich an, er wäre wahnsinnig geworden, und nur sehr wenige glaubten seine Geschichte von dem König.

Dann aber, einige Jahre nachdem mein Urgroßvater zur letzten Ruhe gebettet worden war, wurden immer wieder seltsame Gestalten flüchtig im Tal gesehen, Gespenster, so schien es, die mit jeder Abenddämmerung aufstanden, um die Grabstätten der heidnischen Könige heimzusuchen. Schon flüsterten manche von einer Rasse von Ghulen, gezeugt – Allah errette uns – vom Dunkel der unreinen Bräuche der Alten, während andere sich daran erinnerten, was mein Urgroßvater gesehen haben wollte: einen Pharao, untot und in der Gestalt eines Ghuls. Einige wenige spotteten noch immer über diese Berichte und suchten das Tal weiter nach anderen Gräbern ab, aber dann geschah es zu gegebener Zeit, daß einer von ihnen nicht zurückkam. Als man später die Leiche fand, war kein Platz mehr für Zweifel oder Streit,

223

denn das Zeichen der *udar* ist so eindeutig, wie es schänd-
lich ist. Und möge Allah, dessen Gnade und Barmherzigkeit
unendlich sind, der Seele jenes armen Mannes und aller, die
ein ähnliches Schicksal erlitten haben, gnädig sein.«

Hier hielt der Dorfvorsteher inne, und ich sah das Silber
von Tränen in seinen Augen schimmern und wußte, daß er
an seinen ermordeten Sohn dachte. Der Kaufmann und ich
versuchten ihn zu trösten, aber als er sich gefangen hatte,
drängte ich ihn weiterzusprechen, denn ich war neugierig zu
erfahren, warum er und seine Nachbarn angesichts der
großen Gefahr nie daran gedacht hatten, das Dorf zu verlassen. Aber der Dorfvorsteher runzelte nur die Stirn. »Hätten
wir«, fragte er, »das bittere Brot des Exils kosten und die Erde, wo unsere Ahnen liegen, verlassen sollen?« Und als er dies
sagte, begann er wieder zu weinen und Gebete zu murmeln
und an seinem weißen Bart zu reißen.

»Dennoch«, antwortete ich ihm, »müßt Ihr fort, du und
deine Frauen und alle deine Kinder, denn ich werde jeden gesunden Mann morgen mit ins Tal nehmen, wo ich versuchen
will, den Fluch der *udar* zu brechen.«

Der Dorfvorsteher starrte mich entsetzt an. »Wollt Ihr ein
Hornissennest stören?« rief er. »Wenn Ihr das versucht, werden gewiß die *udar* ausschwärmen, um uns zu vernichten.«

»Ja«, antwortete ich ihm, »aber das wird auch geschehen,
wenn ihr hier im Dorf wartet und zulaßt, daß die Leute einer nach dem andern geholt werden. Es ist besser, mit dem
Schwert in der Hand zu sterben, als ein solches Schicksal zu
ertragen. Aber glaube nicht, o Dorfvorsteher, unsere Sache
sei hoffnungslos, denn Allah sieht alles und weiß am besten,
was im verborgenen liegt. Ich habe dir schon heute nacht gezeigt, was du für unmöglich gehalten hast – wie diese Ghule getötet werden können.«

Aber der Dorfvorsteher starrte mich immer noch zweifelnd an. »Dann müßt Ihr sie allesamt töten«, murmelte er,
»während die Sonne hell am Himmel steht, denn beim Licht
des Mondes werden sie uns gewiß überwältigen.«

»Deshalb«, antwortete ich ihm, »möchte ich, daß ihr dieses Dorf verlaßt – nicht weit, sondern nur bis zum Tempel auf der anderen Seite des Flusses.«

»Dem Tempel?« Der Dorfvorsteher schien sich erst recht zu fürchten.

»Was auch immer seine Geheimnisse sein mögen«, antwortete ich, indem ich ihn beim Arm nahm, »er ist jedenfalls leichter zu verteidigen als dieser Ort.« Und mit diesen Worten führte ich ihn aus dem Haus an den Rand des Dorfes, von wo aus wir im Dunkel die brennenden hellen Augen sehen konnten.

»Habe ich es Euch nicht gesagt?« murmelte der Kaufmann. »Wie ein Rudel hungriger Schakale beobachten sie uns – und sie warten.«

»Aber wie lange werden sie noch warten«, flüsterte ich, »wenn ihre Macht und ihre Zahl ständig zunehmen?«

Der Dorfvorsteher blickte zu mir auf, dann hinter sich zum Dorf, ehe er wieder in die Dunkelheit der Wüste starrte. »Es geschehe, wie Ihr ratet«, erklärte er sich endlich einverstanden. »Und möge Allah Euch bei allem, was Ihr tut, bewachen und führen.«

An diesem Punkt seiner Geschichte aber sah Harun den Morgen heraufdämmern und schwieg still.

»Warum sprichst du nicht weiter?« fragte der Kalif.

»O Beherrscher der Gläubigen«, erwiderte Harun, »ich bin noch matt von meinen vielen Abenteuern. Aber wenn Ihr morgen abend wieder herkommen möchtet, werde ich meine Geschichte fortsetzen und Euch berichten, was mir im Tal der *udar* widerfuhr.«

Und der Kalif tat, wie Harun vorgeschlagen, und am folgenden Abend kehrte er zur Moschee zurück.

Und Harun sprach:

Sobald das erste Licht der Morgendämmerung den Himmel im Osten erreichte, wurde alles ausgeführt, was wir in der Nacht zuvor vereinbart hatten. Der Dorfvorsteher geleitete die Frauen und Kinder und Gebrechlichen über den Nil zu dem Ort, wo der große Tempel stand, und sie versuchten, zwischen den Säulen eine Befestigung zu errichten. Die gesunden Männer führte ich dagegen selbst, nicht zum Nil hin, sondern in die entgegengesetzte Richtung, über den Pfad, der sich zum Tal der Ghule schlängelte.

Um in dieses Tal zu gelangen, o Fürst, muß man zuerst zwischen zwei mächtigen Felswänden hindurch, schweigend und drückend vor weißen Staubwolken. Nichts gedeiht dort; nur flache Halden schwarzer Kiesel drängen sich in den Schimmer. Hoch über den Hügeln aus Findlingen und Geröll erscheinen die Felsen, als wären sie aus gepreßtem Staub gebildet. Gerade in dieser Schlucht, hatte ich befürchtet, würden uns die Ghule einen Hinterhalt legen – doch wir betraten das Tal ohne jeden Zwischenfall, und ich stimmte ein Gebet zum Höchsten an. Während ich mich aber umblickte an diesem unheimlichen Ort aus brennendem Fels und Sand, wo kein Schutz vor der Sonne zu finden ist, keine Erleichterung gegen die Hitze, fühlte ich dennoch einen Schatten auf meiner Schulter hocken, der auf mein Vergnügen an allen schönen Dingen des Lebens starrte; denn ich wußte, daß ich dort hingekommen war, wo der dürre Tod zu Hause ist. Aber dann dachte ich an Allah und daran, daß nur er allein den Zweck unseres Geschicks kennt, und ich betete zu ihm, mich jederzeit vor dem Schatten der Schwingen des Todes zu bewahren.

Um das Meinige in dieser Sache zu tun, befahl ich den Dorfbewohnern, sofort mit der Arbeit zu beginnen und in die geöffneten Gräber einzudringen, denn ich glaubte, dort könnten die Ghule überrascht werden. Und dies erwies sich als richtig, denn in vielen Grabkammern, von der Dunkelheit geschützt, fanden sich die *udar* mitten unter den Toten, die oft in unordentlichen Haufen bis unter die Decke aufgeschichtet waren. Und als ich diese Leichname untersuchte, verschlug es mir vor Zweifel und Staunen die Sprache, denn mir fiel sofort ein, wo ich solche Leichen schon einmal gesehen hatte – aufgehäuft im Tempel von Lilatt-ah, im Heiligtum, in dem das Götzenbild der mächtigen Dämonin gestanden hatte.

Lange stand ich regungslos, und zu meinem Glück waren andere an meiner Seite. Es fügte sich auch glücklich, daß die Ghule vom plötzlichen Aufflammen unserer Fackeln verwirrt und von ihrer Helligkeit geschwächt erschienen, denn sie zuckten mit allen Gliedmaßen, wie die Nachtfalter hektisch mit den Flügeln schlagen, wenn sie ins Lampenlicht geraten. Es war also eine leichte Sache, diese Kreaturen unschädlich zu machen, geschwächt, wie sie waren, und überrascht durch unseren Überfall – und dennoch war unsere Aufgabe wahrhaft dazu angetan, uns mit Schrecken zu erfüllen. Denn die Schwärze der Wände, der erstickende Staub und die welken Gesichter der uralten Toten, leer hinter ihren Hüllen, aber vollkommen erhalten – das alles zusammen beunruhigte uns zutiefst, und während die Stunden verstrichen, wuchsen unsere Ängste immer mehr. Lange vor der Dämmerung konnten wir beobachten, wie die Kräfte der *udar* wiedererwachten, und so befahl ich den Dorfbewohnern, das Tal zu verlassen und den Nil zu überqueren, solange die Sonne noch hoch stand.

Ich blieb mit einigen der tapfersten Männer zurück, und zusammen machten wir ein besonderes Grab ausfindig, denn ich wünschte vor Einbruch der Dunkelheit die Kammer zu besichtigen, aus der der untote König freigelassen worden war. Ich hatte große Angst gehabt, diesen Ort der dunkelsten Magie zu betreten, doch das Grab erwies sich als völlig verlassen; nur einige wenige Schätze lagen noch verstreut auf dem Boden, genauso wie der Dorfvorsteher behauptet hatte. An der Wand stand ein Sarg mit einer gut erhaltenen Leiche, die in Tücher gewickelt war. Sie sah nicht so aus, als wäre sie jemals ein Ghul gewesen, doch das Porträt auf dem Sarg stellte zweifellos einen *udar* dar, und für einen Augenblick stand ich verblüfft vor diesem Rätsel. Aber ich hatte keine Zeit, allzulange darüber nachzudenken, und so befahl ich, das Gesicht auf dem Sarg zu zerstören, desgleichen gewisse Talismane, die ich, in ovalen Umrandungen eingeschnitten, auf den Wänden gefunden hatte und für die Zauberformeln der alten Magier hielt. Außerdem war da ein Gerüst, das die Grabkammer halb ausfüllte – es sah ungefähr aus wie ein riesiges Zelt, war aber aus Holz gebaut und mit Gold bedeckt –, und ich befahl, es zu zerstören und damit den Zugang abzusperren. Während diese Arbeit ausgeführt wurde, zog ich unter meinem Mantel den Talisman hervor, den Mohammed Girigar gefunden und den sein Urenkel mir übergeben hatte, wozu ich ihn allerdings lange hatte überreden müssen. Ich vergrub das Medaillon dann sehr tief, damit niemand es jemals wieder entdecken würde, und ließ die Tür des Grabes versiegeln. Auf diese Weise, o Fürst der Gläubigen, hoffte ich, daß die Erinnerung daran für immer vergessen würde – und das hoffe ich bis auf den heutigen Tag, denn es gibt Geheimnisse, die besser begraben bleiben und nie gestört werden sollten.

Inzwischen rückte die Dämmerung näher, und am Westhimmel, über den Bergspitzen, färbten ein halbes Dutzend Tönungen, von Rosa bis zu Grün und Gold, den Horizont. Widerstrebend befahl ich den Rückzug aus dem Tal. Doch schon versammelten sich in den Schatten seltsame Gestalten, und als wir uns der Schlucht näherten, die zur Ebene zurückführt, erhoben sie sich in Massen zwischen den Findlingen, so wie Ameisen auftauchen, wenn man einen Stein aufhebt. Ich und alle meine Männer saßen zu Pferd und ritten den Pfad hinunter, so schnell wir konnten, doch als ich die Gestalten der *udar* vor uns sah, die spindeldürren Gliedmaßen zuckend und die schrägen Augen lodernd, fürchtete ich, daß wir uns viel zu lange im Tal aufgehalten hatten. »Schneller!« rief ich. »Schneller, um Allahs Liebe!« Dann waren wir mitten unter ihnen, und ich spürte ihre Finger, gräßlich dünn und lang, die an mir zerrten, versuchten, mich vom Pferd zu reißen – aber mein Schwert war blank und seine Schneide messerscharf. Ich wußte, daß alle, die ich niedergestreckt hatte, wieder aufstehen würden, denn ich hatte keinem dieser Dämonen eine Wunde durchs Herz geschlagen; doch in diesem Augenblick wollte ich mir lediglich einen Weg durch ihre Reihen bahnen. Und es gelang mir endlich, auszubrechen in den brennenden weißen Staub der Schlucht, und als ich hinter mich blickte, sah ich, daß die meisten meiner Gefährten ebenfalls durchgebrochen waren. Zwei von ihnen waren allerdings noch von einer Horde *udar* umzingelt, und ihre Pferde bäumten sich auf und wieherten vor Angst; während ich noch hinschaute, schrie einer gellend auf und wurde vom Sattel gerissen, um dann unter einem plötzlichen Ansturm des Feindes zu verschwinden. Ich hörte einen höllischen gleitenden, zischenden Laut und dann einen zweiten Schrei. »Reitet weiter«, rief ich den andern zu, »reitet weiter zum Nil!«, während ich mein Pferd herumwarf und zum Ende der Schlucht zurückgaloppierte. Sie war jetzt schwarz von *udar*, und während ich noch vorstürmte, sah ich den zweiten Dorfbewohner untergehen. Im selben Augenblick jedoch schienen die Ghule, als wären ihre Reihen die Wellen einer mächtigen See, zu branden und zu wogen, und ich fürchtete, sie würden losbrechen und die Schlucht hinabströmen. Die Sonne hinter den westlichen Bergen war kurz vor dem Untergehen, doch als der letzte rote Strahl zu verblassen begann, standen die Reihen der *udar* mit einem Mal vollkommen regungslos da. Dann wichen sie auseinander, und als das letzte Tageslicht verschwand, sah ich, daß sie sich umwandten, um in die Dunkelheit zu starren, auf etwas... etwas... das sich vom Tal her näherte. Ich konnte das Dunkel nicht durchdringen, aber es erfüllte mich dennoch mit einem unerklärlichen Gefühl des Entsetzens, und ich verspürte kein Verlangen zu bleiben, um zu sehen, was es war. Ich schob meine Flucht nicht länger auf und ritt ohne Pause, bis ich das Ufer des Nils erreicht hatte.

Wir setzten ohne Behinderung über – doch als ich in die Dunkelheit auf dem Westufer zurückblickte, fürchtete ich mich, daran zu denken, was die Nacht bringen könnte. Die Dorfbewohner hatten eine Mauer zwischen den Säulen errichtet und schienen zu glauben, daß sie dahinter sicher wären, aber ich konnte die Dunkelheit, die ich im Tal empfunden hatte, nicht vergessen. Um uns noch besser darauf vorzubereiten, befahl ich, alles Holz, das aufgetrieben werden konnte, zusammenzutragen und in einer Linie vor unserer äußeren Befestigung aufzuschichten. Als dann alles fertig war, zog ich mich in die halbverfallene Moschee zurück, um in den heiligen Ritualen des Gebets Trost zu suchen. Doch mir war, als lastete ein Gewicht auf meinen Gebeten und als wollte – oder könnte – Allah mich nicht hören.

Bestürzt und ängstlich erhob ich mich schließlich und trat wieder hinaus in die steinerne Nacht. Ich wanderte durch die Säulengänge, und plötzlich empfand ich einen Schauder des Wiedererkennens. Ich starrte hinter mich, ringsum, voraus. Das Frösteln wurde eisiger. Denn ich war mir nun sicher, daß ich trotz des verfallenen Zustands die Form der Gänge des Tempels verstehen konnte, das Muster, das sie bildeten, und den scheinbar endlosen Prozessionsweg – daß ich schon einmal, Jahre zuvor, in etwas Gleichartiges eingetreten war.

Nun stolperte ich über die Sandflächen, suchte den Punkt, den es, wie ich wußte, geben mußte, wenn die Säulen aufhörten und nichts mehr kam als ein kleiner Raum, das innerste Heiligtum, wo im Tempel von Lilatt-ah das Götzenbild der Dämonin gestanden hatte. Endlich kam ich zu der Stelle und entdeckte zu meiner Erleichterung, daß da nichts war außer Geröll, Staub und Sand. Dennoch wurde mein Unbehagen tiefer, als ich dort stand, und wieder kniete ich nieder und suchte meine Gedanken im Gebet zu erheben. Aber im selben Augenblick hörte ich über dem Wüstensand das Geheul eines Schakals, und sogleich wurde mein Geist von einer Übelkeit getrübt, denn es schien, daß aller Stein des Tempels schmölze und sich sein ganzes gewaltiges Gewicht in nichts als Rauch auflöste. »Dies ist ein großes Wunder«, rief ich für mich aus, »möge Allah mich beschützen!« Ich rieb mir die Augen, und als ich sie wieder aufschlug, war alles wie zuvor, und die Übelkeit war verschwunden. Doch ich war nun davon überzeugt, daß der Tempel verflucht war, und ich erhob mich, suchte den Kaufmann auf und bat ihn, mir die Stelle zu zeigen, wo er gemäß der Vision, die ihm im Traum gezeigt worden war, Leila entdeckt hatte. Seltsam berührt erwiderte er meinen Blick; dann führte er mich durch den Tempel, durch die großartigen Hallen aus Stein, zu ebendem Platz, wo ich gerade gekniet und mich an das Götzenbild von Lilatt-ah erinnert hatte. »Hier«, sagte der Kaufmann, indem er auf den öden Ort aus Staub und Stein deutete. »Hier habe ich sie entdeckt.«

Da wußte ich, daß uns in jener selben Nacht zu sterben bestimmt war, denn nun hatte ich die Gewißheit, daß der Tempel durchaus kein Ort der Zuflucht war, sondern der Zauberei und des Schreckens und des lange begrabenen Bösen. Und während ich mit finsterer Miene noch mit dem Kaufmann dastand, hörte ich ferne warnende Schreie, und ich wußte, daß die *udar* den Nil überquert hatten. Während ich durch den Tempel zu den Barrikaden zurückkehrte, begegneten mir Scharen von Dorfbewohnern, die in die entgegengesetzte Richtung flohen, und es hätte in der Tat nicht viel gefehlt, und ich wäre selbst in blinder Panik davongerannt, denn ich stellte mir vor, daß in der Ferne, für mich noch unsichtbar, auf Wolken von sternenbeschienenem Staub, von den Hügeln herabsickernd, ein Böses nahte – dasselbe, das ich in der Abenddämmerung in der Schlucht gespürt hatte.

An den Barrikaden angekommen, fand ich meine schlimmsten Befürchtungen bestätigt. Dicht gedrängt standen die *udar* in dunklen Reihen vor uns, und ich wußte, daß der Nil tatsächlich überwunden worden war. An die Leute aus dem Dorf gewandt, befahl ich allen, die nicht kämpfen konnten, sich den Fliehenden anzuschließen, während wir wenigen, die blieben und zusahen, wie sich die höllischen Wesen vor uns sammelten, uns bereit machten, uns der Gnade Allahs anzuvertrauen. Da kamen schon Rudel von Dämonen über den Sand geglitten, und plötzlich waren sie vor uns, erklommen unsere Mauer, mit wild brennenden Augen in der prickelnden Dunkelheit, während wir verzweifelt versuchten, ihrem Angriff nicht zu erliegen. Noch hielt unsere Stärke, doch spürte ich sie nachlassen, und als ich Ausschau hielt, konnte ich immer schwärzere, dichtere Gruppen von Schatten sehen, ein ganzes Heer, das auf uns zu rückte. Dann begann es langsam vorwärtszurollen, Welle auf Welle ohne Ende, in einer gewaltigen Staubwolke gegen unsere Schwerter anprallend, doch nie vorbeikommend, so daß ich beinahe zu hoffen wagte, Allah wäre doch mit uns. Aber dann kam er schließlich, der Augenblick, den ich erwartet und im Innersten gefürchtet hatte: Rufe und Schreie des Entsetzens, als dunkle Gestalten über unsere Mauer kletterten.

»Feuer«, rief ich, »bringt mir Feuer!« Eine brennende Fackel wurde mir in die Hand gedrückt, und ich sprang von der Mauer auf den Sand dahinter, wo die Linie aus Holz sorgfältig aufgeschichtet war, trocken und bereit, von unseren Flammen verzehrt zu werden. Und so, gelobt sei Allah, geschah es, und die Ghule wichen zurück, abgestoßen vom Licht, und ich rief meinen Leuten zu, sie von der Mauer aus zu verfolgen. Bei unserem Angriff machten die Ghule kehrt und flohen, und ich beobachtete, als die Flammen zum Himmel züngelten, daß manche schmierig von den Leichen unserer Feinde waren und daß sogar der Mond brennend rot verfärbt erschien. Verschwommen sah ich durch den Rauch die Reihen der *udar* zögern, dann auseinanderlaufen. Über das ganze Schlachtfeld, über die Felder und den Fluß und über die Ruinen des Tempels fiel Stille, so daß selbst der Himmel über den Augenblick erschrocken schien.

Ich stand auf der Mauer und wies mit dem Schwert auf den blutroten Mond. »*Allahu akbar*!« schrie ich. »Allah ist groß!«

Nichts antwortete mir.

Aber plötzlich, als wäre die Sandfläche vor mir lebendes Fleisch, das vor Furcht eine Gänsehaut bekäme, spürte ich eine Regung in der schweren Luft, und dann warf Isis an meiner Seite den Kopf zurück und heulte.

Ich schaute mich um. Meine Männer, die eben noch vor Freude gejubelt hatten, standen nun regungslos und erschrocken mit hängenden Armen da, und dann plötzlich floh einer, dann folgten zwei und schließlich die ganze zerlumpte Reihe. Am liebsten hätte ich mich ihnen angeschlossen, und tatsächlich war mir mein eigenes Schwert aus der Hand gefallen. Aber ich hielt stand, auf dem höchsten Punkt der Mauer, und ich wandte mich wieder um und starrte ins Dunkel.

Die Reihen der Ghule standen noch immer regungslos und geteilt, aber etwas tauchte allmählich aus der Lücke auf, die sie gebildet hatten. Es war eine Gestalt, bemerkte ich, auf einem totenähnlichen weißen Pferd – und doch war das Pferd nicht so bleich wie der Reiter. Auch seine Gewänder waren weiß und reich mit Gold verziert, und auf dem Kopf trug er eine Doppelkrone – eine weiß, die andere rot –, wie ich sie in den Königsgräbern und auf den Wänden des Tempels in meinem Rücken gesehen hatte. Doch wenn er jemals ein Pharao von Ägypten gewesen sein sollte, sah er nicht mehr wie ein sterblicher Mensch aus, denn er wirkte gräßlicher als selbst der häßlichste und gespenstischste *udar* und älter sogar als der Sand und Staub, über die er ritt. Was für eine Art Wesen er sein mochte – ob ein Ifrit oder Dschinn, Phantom oder Ghul –, konnte ich mir nicht vorstellen; aber ich wußte, daß er über eine Macht verfügte, die meine menschlichen Möglichkeiten weit überstieg. Selbst von meinem Standort aus erkannte ich das Eis in seinem Blick, und ich bildete mir ein, meine Seele würde verbrennen, als ich in seine Augen blickte.

Der Reiter zügelte das Pferd. Er wandte sich um und zog an etwas, und ich sah, daß er einen Strick in den Händen hielt. Eine Gestalt stolperte vorwärts, und ich erkannte einen der Dorfbewohner, der zweifellos auf dem Westufer gefangen worden war. Der arme Teufel hatte noch ein wenig Leben in sich, und als der König die Hand ausstreckte, um ihn an der Kehle zu packen, begann der Mann sich zu winden und zu strampeln und Gebete herauszuschreien.

Die Kraft des Königs stammte jedoch aus der Hölle. Sein Griff schloß sich fest um den Hals seines Opfers, bis schließlich ein scharfes Knacken ertönte und der arme Mann sich nicht mehr regte. Friede und Segen sei mit ihm.

Den Leichnam noch immer mit einer Hand festhaltend, begann der König, ihn mit der anderen in Stücke zu reißen.

»Nein«, schrie ich auf, »nein!« Aber ich konnte nichts tun. Ich sah zu, wie der Leib des Toten in Fetzen gerissen, dann von dem Dämon auf dem Pferd über den eigenen Körper geschmiert wurde, so daß die Gliedmaßen und die Brust des Königs von Blut besudelt waren. Dann endlich ließ der König den Leichnam in den Sand fallen, und er lehnte sich zurück und schrie zum Himmel empor – ein Schrei, den ich, so Allah will, nie wieder hören werde. Selbst der Mond, bildete ich mir ein, schien anzuschwellen, als wäre er erstarrt von dem Laut, und grausamer und greller rot zu werden.

Aber dann achtete ich nicht mehr auf den Mond. Der König ritt vorwärts. Ich sprang von der Mauer und floh.

An diesem Punkt aber sah Harun den Morgen heraufdämmern und unterbrach seine Geschichte. »O Beherrscher der Gläubigen«, sagte er, »wenn Ihr morgen abend wieder herkommen möchtet, dann werde ich Euch berichten, was mir im Tempel des Sandes widerfuhr.«

Und der Kalif tat, wie Harun vorgeschlagen, und am folgenden Abend kehrte er zur Moschee zurück.

Und Harun sprach:

Ich fürchtete, o Fürst, als ich über den von Steinen übersäten Sand des Tempels stolperte, daß meine Stunde gewiß gekommen war, denn unsere Linie war durchbrochen worden, in unsere Mauer war eine Bresche geschlagen, und es gab nichts mehr, um das Heer der Ghule aufzuhalten. Undeutlich konnte ich durch das Knacken der Flammen ein Durcheinander von Schreien, schrecklich und unmenschlich, und den Donner unzähliger Schritte hören; aber vor allem waren es die Hufschläge des Pferdes mit dem König, was ich am meisten zu hören fürchtete. Doch während ich noch auf sie lauschte, bemerkte ich, daß der Lärm allmählich verklang, und ich spürte eine plötzliche merkwürdige Übelkeit wie schon einmal zuvor, als ich das Heulen des Schakals gehört und mir eingebildet hatte, der Stein des Tempels sei Rauch.

Ich warf einen Blick hinter mich. »Allah sei mir gnädig!« schrie ich, denn wieder schien aller Stein nichts als Rauch zu sein. Die magischen Talismane, die von den alten Heiden in die Säulen gemeißelt worden waren, und die Gestalten der Könige und tierköpfigen Dschinn erschienen plötzlich von einem heftig brennenden Feuer umrahmt, und während ich weiter durch den Tempel schritt, loderte das Feuer um so mehr. Aber alles andere war nun still, und das Mondlicht war wieder silbern. »Was für ein Rätsel ist das?« dachte ich, denn in der ganzen riesigen Ruine schien ich völlig allein zu sein, bis auf Isis, die noch an meiner Seite lief. Zusammen gingen wir durch die Höfe und Hallen weiter, über den Schutt und die aufgehäuften Dünen aus schattenfarbenem Sand, bis ich endlich vor mir die Säulen aufhören sah, dieselbe Stelle, wo ich das alte Heiligtum vermutete, wenn der gleiche Plan wie bei dem Tempel von Lilatt-ah zugrunde lag. Und sofort blieb ich vor Staunen und Zweifel wie angewurzelt stehen, denn da war es auch, wie ich mich erinnerte, wo der Kaufmann meine Frau gefunden hatte.

Sehr langsam setzte ich mich schließlich in Bewegung. Noch immer herrschte Stille, kein Laut war zu hören, nicht das Fächeln eines Palmbaums noch das Gemurmel einer Brise. Aber dann empfand ich wieder die Übelkeit, so daß ich taumelte und die Augen schloß, und als ich sie wieder öffnete, mußte ich entdecken, daß das Mondlicht ausgelöscht war. Statt dessen bemerkte ich nun ein Dach über meinem Kopf, sehr schwarz und niedrig, und vor mir ein Kohlenbecken, in dem milder Weihrauch brannte. Ich konnte nicht sehen, was hinter den Wolken aus rötlichem Rauch lag, aber ich sah, wie angespannt Isis nach vorne starrte und dann plötzlich leise knurrte.

Ich streichelte sie und versuchte sie zu beruhigen, indem ich ihr zuflüsterte, still zu sein. Aber als ich ihren Namen aussprach, hörte ich aus der rauchigen Dunkelheit vor mir Gelächter aufsteigen. Einen Augenblick lang stand ich wieder da wie festgewurzelt, denn ich wußte, o Fürst, wessen Gelächter es gewesen war, und konnte mir kaum denken, was ich als nächstes sehen oder hören würde. Aber dann ging ich weiter, indem ich versuchte, den Rauch mit den Armen zu zerteilen, und als ich durch die Qualmwolken den Raum durchschritt, erblickte ich Leila, meine Frau, auf einem goldenen Thron. Ihr Schädel war rasiert worden, und sie trug eine hohe blaue Krone mit einer Kobra aus Gold, die sich hoch über ihrer Stirn erhob. Ihre Gewänder waren lang und weiß, ihre Halsbänder breit und reich mit Edelsteinen besetzt. Ihr Gesicht wirkte sehr blaß, die Lippen waren leuchtend rot und die Augen dick mit dem schwärzesten Kohl umrandet. Sie wirkte reizender denn je, aber irgendwie sehr fremd, so daß ich glaubte, sie zuvor nie wirklich gesehen zu haben. In diesen ersten Augenblicken konnte ich dieses Gefühl nicht erklären – doch es genügte, um mir die Gewißheit zu geben, daß sie eine Dschinn war, so alt wie der Tempel um uns – in der Tat so alt wie der Sand selbst.

Als ich vor ihr stehenblieb, erhob sie sich. Sie nahm meine Hände in die ihren und lachte noch einmal. »Isis!« rief sie. »Du hast deine Hündin Isis genannt! O mein Geliebter« – sie hielt inne, um mich zu küssen –, »du kannst nicht wissen, was für ein Frevel dies ist.«

»Es gibt anscheinend vieles, was ich nicht wissen kann.«

»Nein?« Sie zog eine Braue hoch. »Und dennoch bist du hier!«

Ich starrte sie lange schweigend an. »Was wirst du mir also sagen?« fragte ich schließlich.

»Was möchtest du wissen?«

»Den geheimen Namen Allahs. Denn sonst, o meine Geliebte, wird unsere Tochter getötet.«

Mit ausdruckslosem Lächeln setzte Leila sich wieder auf den Thron. »Was würdest du, o mein Geliebter, für dieses Geheimnis bezahlen?«

»Was immer ich bezahlen muß.«

Wieder zog sie eine Braue hoch. »Wirklich?« Sie lachte. »Wirklich?«

»Falls ein solches Geheimnis wirklich offenbart werden kann, gibt es keinen Preis, den ich nicht zahlen würde.«

»Es gibt ein Geheimnis, ganz gewiß. Einst, vor langer Zeit, wurde es genau an diesem Ort gehütet, wo es als das Geheimnis des Namens Amuns bekannt war. Was seine Macht sein kann, hast du bereits selbst gesehen, in den Tälern und den Tempeln dieses alten Ortes. Wie kannst du dann zweifeln, daß es eine Macht gibt, die größer ist, als der Mensch verstehen kann? Würdest du der Meister und der Herr der sterblichen Dinge werden, würdest du dich in das Land der Dunkelheit wagen und die Magie der alten Dschinn lernen, würdest du Jugend gewinnen und Weisheit und Unsterblichkeit, dann, ja, o mein Gemahl – dann gäbe es wirklich ein Geheimnis, ein großes Geheimnis zu erfahren.«

Eine Stille, dicht und schwer, füllte die duftgeschwängerte Halle.

»Und der Preis?« fragte ich schließlich.

»Es ist etwas, das du leicht bezahlen kannst.«

»Sag mir, was es ist.«

Aber Leila schüttelte den Kopf.

»Wie kann ich einer Sache zustimmen, wenn ich sie nicht kenne?«

»Aber mein Geliebter, mein Geliebter – du hast bereits zugestimmt.«

Bestürzt und zweifelnd neigte ich den Kopf. »Wir gehören alle Allah«, dachte ich, »und müssen am Ende alle zu ihm zurückkehren.« Und dann dachte ich an meine Tochter, daß sie die Sonne und der Mond und die Sterne meines Lebens war und daß es nichts auf der ganzen Welt gab, das ich nicht wagen würde, um sie zu retten. Dann dachte ich weiter über die wundersame Magie meiner Frau nach, über die mannigfachen Beweise, die ich von ihren Kräften erhalten hatte, und über das Wissen, das sie um ferne Welten und Zeiten besaß. Und am Ende dann betrachtete ich meine eigenen Wünsche und wie ich mich immer danach gesehnt hatte, die Weisheit der Alten zu beherrschen, und in Allahs Namen gegen diese Versuchung angekämpft hatte. Dies alles erwog ich, während ich die Schönheit meiner Frau bewunderte, und da spürte ich mit einemmal, wie meine Gedanken zu schmelzen und zu schwimmen und zu fliegen begannen, und ich wußte, daß ich nicht mehr gegen meine eigenen Wünsche ankam.

»O höchstmächtige Dschinn«, sagte ich, »denn ich kann nicht mehr daran zweifeln, daß du das bist, verrate mir dein Geheimnis, und sag mir, was ich tun muß.«

Aber Leila schüttelte den Kopf. »Zuerst«, antwortete sie, »möchte ich dir eine Geschichte erzählen.« Und mit diesen Worten zeigte sie auf einen goldenen Thron neben ihrem eigenen und bedeutete mir, darauf Platz zu nehmen.

»Was für eine Geschichte möchtest du mir erzählen?« fragte ich sie, während ich mich auf den Thron setzte.

»Die Geschichte des Pharaos und des Amuntempels.«

»Ich möchte sie sehr gern hören, denn sie scheint mir viele große Wunder und Überraschungen zu verheißen.«

Leila lächelte. »Du irrst keineswegs, o mein Geliebter. Denn solange du sie nicht vernommen hast, wirst du weder das Geheimnis der Kräfte, die ich dir schenken möchte, verstehen noch den Preis, den ich dafür verlangen werde. Denn du mußt lernen, o mein Geliebter, daß alles, was ist, sich schon einmal zugetragen hat und daß es irgendwann in der Zukunft abermals Wirklichkeit werden könnte.«

»Dann berichte mir, und laß mich alles hören.«

»Wenn du es wünschst, so soll es sein.« Und Leila lächelte noch einen Moment, und dann sprach sie:

Einfügung, zwischen die Blätter
des Lord Carnarvon über-
gebenen Manuskripts gelegt

The Turf Club
20. Nov. 1922

Mein lieber Lord Carnarvon,

ich kann nicht umhin, während ich dieses Manuskript wieder durchsehe, mich an meine anfängliche Erregung, so überwältigend, daß sie mir beinahe Schmerzen bereitete, zu erinnern, als mir die eigentliche Bedeutung dieser scheinbar phantastischen Geschichte bewußt wurde. Ich will zugeben, daß ich zunächst über ihre lächerlichen Unwahrscheinlichkeiten bestürzt war und mich als Opfer eines monströsen Streiches betrachtete – doch hinter all den Phantasien erblickte ich allmählich einen schwachen Bodensatz von Wahrheit, so, wie wenn einem beim Durchsieben der Schutthaufen der Umriß eines lange im Schmutz vergrabenen Artefakts ins Auge fällt. In der frühen muslimischen Zeit war ein Grab gefunden worden – soviel war klar –, und es war unberührt gefunden worden, alle seine Schätze unversehrt. Was Wunder also in jener primitiven und abergläubischen Zeit, daß die Entdeckung eines Pharaos in vollem Totenstaat Legenden von einem Fluch entstehen ließ, so daß man sich schließlich einbildete, der König sei nicht wirklich tot gewesen? Man braucht natürlich nicht an die buchstäbliche Wahrheit der Erzählung Harun al-Vachels zu glauben – daß der Pharao auf seinem Pferd sitzend gesehen worden war, als er mit einem Dämonenheer gegen Karnak ritt –, um die Hinweise auf eine Wahrheit zu erkennen, die außerordentlich genug ist.

Denn für mich war klar, daß das in der Volkssage beschriebene Grab Punkt für Punkt dasselbe war, das Davis gefunden und das er mit allem Nachdruck der Königin Teje zugeschrieben hatte. Aber ich wußte, daß Davis sich in seinem Urteil geirrt hatte – der Pathologe hatte nachgewiesen, daß es sich um das Skelett eines jungen Mannes handelte, eine Tatsache, die das Manuskript nun zu erhärten schien. Aber wer war es dann, der in dem Grab gefunden worden war? Könnte die Geschichte, die ich las, mir nicht irgendeinen Hinweis geben? Und könnte sie mir nicht, und sei es auch in entstellter Form, Schlüssel zu noch bemerkenswerteren Geheimnissen bieten – und vielleicht sogar zur Existenz eines noch unberührten Grabes?

All diese Fragen verursachten mir starkes Herzklopfen – wie sie zweifellos auch Ihnen jetzt Herzklopfen bereiten. Ich werde Sie also nicht länger von der Lektüre der Geschichte der Dschinn abhalten – denn als sie ein wundersames Geheimnis versprach, sagte sie nichts als die Wahrheit.

Die Erzählung der Dschinn
aus dem Wüstentempel

Du mußt wissen, o Harun, daß im Dunkel der Zeiten und im Altertum vieles bekannt war, das nun verborgen liegt, viele große, längst vergessene Wunder, denn die Vergangenheit ist eine Wüste, die mit unendlich vielen vergrabenen Dingen gefüllt ist. Glaube nicht, daß eine Geschichte nur deshalb nicht geschehen ist, weil du sie nie gehört hast, denn selbst im Leben der Propheten gab es Taten und Ereignisse, die nie festgehalten wurden und darum für das Gedächtnis dieser Welt verloren sind.

Zum Beispiel könnte ich dich fragen, was du wirklich von Josef weißt, der von seinen Brüdern als Sklave nach Ägypten verkauft wurde. Du hast gelesen, wie er von einem Großen bei Hofe gekauft und dann von der Frau seines neuen Herrn fälschlich beschuldigt wurde. Du hast gelesen, wie er ins Gefängnis geworfen und dann von König Thutmosis, dem Pharao von Ägypten, gerufen wurde, um die Träume zu deuten, die ihn im Schlaf quälten. Und du hast gelesen, wie Josef die fetten und die mageren Kühe, die König Thutmosis aus den Wassern des Nils hatte steigen sehen, als Warnung erklärte, die durch den Willen des Allmächtigen gesandt wurde – daß nämlich die Welt zuerst die Früchte des Reichtums genießen würde, um danach in einer schlimmen Hungersnot zu darben.

Alles geschah so, wie Josef vorausgesagt hatte, aber da er angeordnet hatte, Getreidespeicher zu bauen und bis zum Rand mit Korn zu füllen, mußte das Volk Ägyptens keine Not leiden. Und nie hatte König Thutmosis einen Menschen so geliebt wie Josef, so daß er ihn zum Wesir über alle seine Länder erhob und ihm den Titel »Ebenbild des Pharao« gab, der nie zuvor einem Fremden verliehen worden war. Josef herrschte mit großer Weisheit und Umsicht, so daß ihn bald auch alle anderen Menschen so liebten wie der Pharao, nicht nur weil er das Land vor der Hungersnot gerettet hatte, sondern auch wegen der Freundlichkeit und Großzügigkeit seiner Gesinnung. Nur die Priester haßten ihn, weil sie sahen, wie er sich von der Verehrung ihrer Götzen fernhielt – denn in seinem Herzen vergaß Josef nie, daß es einen einzigen Gott gab, selbsterschaffen, ewig, allgegenwärtig, den er in seiner eigenen Sprache mit dem geheiligten Namen Jahwe ansprach. Als die Ägypter davon hörten, nannten sie Josef, wie es bei ihnen Brauch ist, nach dem Namen seines Gottes, denn sie waren Heiden und hatten viele seltsame Bräuche und Glaubensvorstellungen. Jahwe sprachen sie in ihrer eigenen Sprache »Juja« aus – und so redeten sie auch Josef mit dem Namen Juja an.

Nun geschah es aber, daß König Thutmosis, obgleich jung, erkrankte, denn sein Fleisch schien zu welken und dünn zu werden auf seinen Knochen. Als dies gemeldet wurde, suchte ihn der Hohepriester auf, und eine Nacht und einen Tag schlossen sich die beiden im innersten Heiligtum des großen Amuntempels ein. Wer dieser Gott »Amun« wirklich war oder wie seine Erscheinung sein könnte, wurde vor allen außer vor den höchsten Priestern verheimlicht, und doch hieß es, er besitze einen furchtbaren Zauber, zu groß, um ihm nachzuspüren, zu mächtig, um erfahren zu werden. »Geheimnis der Verwandlungen« wurde er genannt und »sprühend vor Erscheinungen«, und doch gab es in Wahrheit

242

niemanden, der die wahre Gestalt des Gottes gesehen hatte, und die Menschen fielen auf der Stelle nieder, aus Furcht, sein wahrer Name würde offenbart. So furchtbar sei er, hieß es hinter vorgehaltener Hand, daß sogar der Pharao zögere, dem Hohenpriester entgegenzutreten, der behauptete, ihn als einziger unter den Sterblichen erfahren zu haben, und damit das Verständnis des Weltalls und seiner Geheimnisse.

Als ihr Pharao krank wurde, beteten die Menschen also, daß solches Wissen ihn wiederherstellen möge – und wirklich, als er endlich aus dem Tempel ins Tageslicht trat, wurde die Macht von Amuns Magie deutlich sichtbar, denn König Thutmosis schien wieder bei bester Gesundheit, und sogar seine Gliedmaßen sahen wieder voll und stark aus. Dennoch schien seine Stimmung noch viele Tage danach getrübt, und diejenigen unter seinen Höflingen, die es wagten, seinem Blick zu begegnen, bekamen manchmal flüchtig einen Ausdruck wilder und lastender Angst zu sehen, die sich anscheinend mit Eiseskälte um seine innerste Seele gelegt hatte. Schließlich schickte König Thutmosis nach Josef und wollte ihn nicht mehr gehen lassen, sondern fragte ihn nach dem Gott aus, den Josef verehrte und von dem er behauptet hatte, er sei weitaus größer als Amun. Als der Hohepriester dies hörte, kam er zu König Thutmosis und versuchte ihn zu überreden, Josef aus seiner Nähe zu verbannen; aber König Thutmosis weigerte sich und schloß Josef von da an sogar noch mehr ins Herz.

Etwa um diese Zeit geschah es, daß die Schwester des Königs Thutmosis, die als Große Königin Bett und Thron mit ihm teilte, einen Sohn gebar. Niemand freute sich mehr für seinen Herrn als Josef, doch dachte er auch, als er den kleinen Prinzen betrachtete, daß er weder Sohn noch Tochter sein eigen nennen konnte. Er wandte sich an die Amme und erkundigte sich, welchen Namen der Prinz tragen sollte. Sie antwortete ihm: »Amenophis« – was in der Sprache der Heiden »Amun ist gnädig« bedeutete. Als er den Namen dieses geheimnisvollen Gottes hörte, dessen Hoherpriester sein tödlichster Feind war, geriet Josef in noch tiefere Nachdenklichkeit, und er spürte, wie sich eine große Schwere auf sein Herz senkte. »Denn ich bin ein Fremdling in einem fremden Land«, sagte er zu sich, »und wenn ich keine Familie habe, wird niemand dasein, dem ich meinen Namen weitergeben und den ich die Verehrung des einen und einzigen Gottes lehren kann.« Und dann wandte er sich um und verließ den Palast, und er lenkte seinen Streitwagen über den Sand, bis er zu einem Tal zwischen den Hügeln kam, wo die Leichname der Pharaonen in verborgenen Gräbern zur Ruhe gebettet waren, und während er dort war, legte er sich im Schatten nieder und schlief ein.

Sogleich begann er zu träumen. Er bildete sich ein, das Tal der toten Pharaonen unter sich zu sehen, so wie er es zuvor wach gesehen hatte, außer daß aus den Türen der verborgenen Gräber ein Blutstrom quoll, der durch den Sand und die Steine aufstieg und den weißen Staub klebrig rot färbte. »Welch großes Grauen!« rief Josef aus. »Aber es gibt nur einen Gott, dessen Wille immerdar geschehe!« Kaum hatte er dies gesagt, hörte er ein sonderbares Dröhnen, wie von den Wellen einer gewaltigen Überschwemmung, und dann beobachtete er, wie eine Sintflut durch das Tal rollte, und als sie vorbei war, waren alle Blutflecken verschwunden. Da wachte Josef auf und war von großem Staunen erfüllt, denn er fragte sich, was das Brausen des Wassers wohl ankündigen könnte. Obwohl er lange darüber nachdachte, blieb ihm der Sinn verborgen – dennoch war er überzeugt, daß ein großes Wunder vorausgesagt worden war.

Dann geschah es, als er aus der Wüste zum Palast des Pharaos zurückkehrte, daß er die Straße entlangfuhr, die nach Theben führte. Auf dieser Straße herrschte sehr starker Verkehr von Kaufleuten und Karawanen aus allen Ecken der Welt, denn keine Stadt war prächtiger oder reicher als Theben. Während Josef auf seinem Streitwagen durch das Gedränge fuhr, blieb sein Blick plötzlich an einem langen Zug Sklaven hängen – Nubier, so schien es, nach ihrer Hautfarbe und Erscheinung –, die in den Kriegen, die Ägypten im Süden führte, gefangengenommen worden waren. Josef starrte auf die Ketten, mit denen die Nubier gefesselt waren, und er hörte Schreie der Wehklage und Trauer, und da fiel ihm ein, wie er selbst einst ein Sklave gewesen war, mit Ketten beladen und in ein unbekanntes, fremdes Land verkauft, und sofort erfüllte ihn schreckliches Mitleid. Er hielt seinen Streitwagen an, trat auf den Kaufmann an der Spitze des Zuges zu und gab ihm einen Beutel voller Gold für die Sklaven. Dann befahl er, die Ketten der Sklaven abzunehmen, und während er einen zweiten Beutel mit Gold unter ihnen verteilte, sagte er ihnen, sie seien frei zu gehen. Da begannen die Gefangenen vor Freude zu weinen, fielen Josef zu Füßen und riefen den Segen ihrer Götter auf ihn herab. Dann standen sie auf und machten sich auf den langen Weg zurück zu ihren Familien und Häusern.

Aber eine der Sklavinnen saß noch immer im Staub der Straße, ein Mädchen, dessen Schönheit das edelste Ebenholz beschämte, und stumme Tränen liefen silbern über ihr Gesicht. Josef ging zu ihr hinüber und wollte sie trösten, indem er ihr zu erklären versuchte, sie sei frei. Aber sie nahm seine Hand und netzte sie mit ihren Tränen, und sie flüsterte, daß ihre Eltern und ihre ganze Familie erschlagen und ihr Haus und ihre Habe niedergebrannt worden seien. Wieder spürte Josef in seinem Herzen tiefes Mitleid aufwallen, und er zog sie auf die Beine und nahm sie in die Arme. Während er sie festhielt, fühlte er sein Mitgefühl in Liebe verwandelt, denn er wußte, daß er noch nie solchen Liebreiz gesehen hatte, und er beschloß, daß er sie, wenn sie nur wollte, als seine Frau behalten würde. So führte er sie vom Staub der Straße zu seinem Streitwagen und fuhr mit ihr weiter zum Palast des Pharaos, wo er befahl, sie zu baden und in reiche Gewänder zu kleiden. Und als er sie geschmückt vor sich sah, dankte er dem Allmächtigen und pries ihn laut, daß er seine Gebete erhört hatte; denn Josef zweifelte keinen Moment daran, daß sie ein Geschenk des Himmels war. Er nahm sie in die Arme und strich ihr Haar zurück, so schwarz und dicht wie die tiefste Nacht, und dann küßte er sie auf die Lippen und fragte sie nach ihrem Namen. Sanft erwiderte sie seinen Kuß, und dann flüsterte sie: »Tuja.«

Am selben Tag führte Josef sie vor König Thutmosis, um den Segen seines Herrn für die Hochzeit zu erbitten. Aber als König Thutmosis Tuja vor sich sah, schien er plötzlich zu erbleichen und die Seiten seines goldenen Thrones zu umklammern. Dann stand er auf und nahm Josef beim Arm; aber auch noch als er Josef wegführte, konnte er den Blick nicht von Tujas schönem Gesicht losreißen. Erst als sie allein in einem ungestörten Zimmer waren, wandte sich König Thutmosis wieder Josef zu, seine Miene noch immer dunkel und voller Zweifel.

»O Fürst der Ratgeber«, rief er aus. »Ich hatte einen Traum, den ich dir erzählen muß, denn du allein von allen meinen Dienern besitzt die Weisheit, ihn zu deuten. Ich stellte mir vor, auf den Hügeln jenseits der Wüste zu stehen, über dem Tal, wo die Gräber meiner Ahnen liegen. Während ich jedoch hinabblickte, sah ich, daß Blut aus den verborgenen Eingängen aufstieg, und all der Staub im Tal wurde von dem Strom gefärbt.«

»Dies ist ein großes Wunder!« sagte Josef. »Denn vor nur wenigen Stunden schlief ich über dem Tal ein und träumte das gleiche. Aber sagt mir, o mächtiger König – habt Ihr nicht gesehen, wie das Blut fortgespült wurde?«

König Thutmosis schaute ihn sonderbar an und nickte. »Ich sah es, durch eine mächtige Flut. Aber hast du nicht gesehen, woher die Flut strömte?«

»Nein«, antwortete Josef, »das kam in meinem Traum nicht vor.«

»Aber in meinem, und ich werde dir sagen, was ich sah. Da stand eine Nubierin am Eingang zum Tal, und sie trug einen großen Wasserkrug in den Armen. Sie neigte diesen Krug und vergoß das Wasser, und das Wasser strömte aus dem Krug, ohne je zu versiegen. Und dies war die Ursache der Flut.«

Lange stand Josef da und antwortete nicht. Dann schließlich runzelte er die Stirn und schüttelte den Kopf. »O mächtiger König«, sagte er, »wie soll ich Euren Traum deuten, wenn

Ihr mir nicht alles erzählt?«

König Thutmosis lächelte zögerlich. »Wahrhaftig«, antwortete er, »dir entgeht auch nichts.«

»Bitte, o König, sagt mir, was Ihr noch gesehen habt.«

Noch immer lächelte der König, aber seine Miene wurde sehr seltsam. »Das Gesicht des Mädchens in meinem Traum«, sagte er endlich, »war das gleiche wie das des Mädchens, das du als deine Frau mitgebracht hast. Kannst du dann überrascht sein, daß ich vor Staunen erbleichte?«

»Es mag sein«, sagte Josef langsam, »daß Ihr die Bedeutung dieses Traums nicht zu hören wünscht.«

»Sag es mir trotzdem, ohne Furcht.«

Josef verneigte sich. »Also gut«, erwiderte er. »Ihr müßt wissen, o mächtiger König, daß auf Eurem Geschlecht ein Fluch liegt, der ich weiß nicht wie weit oder zu welcher Quelle zurückreicht. Es muß so sein, daß auch Ihr denselben Fluch in den Adern habt.«

König Thutmosis' Gesicht war wieder sehr bleich und sein Ausdruck eisig geworden. »Osiris' Blut fließt in meinen Adern«, sagte er endlich. »Ich bin Erbe jenes Gottes, der die Menschen die Kunst des Lebens und die Wunder des Himmels und der Sterne gelehrt hat. Wie kann solches Blut, ein solches Erbe verflucht sein?«

»Das, fürchte ich, offenbart Euer Traum leider nicht.«

»Wie soll ich dann beurteilen, was der Fluch sein könnte?«

Josefs Miene war nun wie die seines Herrn völlig regungslos. »Wenn Ihr es nicht wißt, o Fürst, wer bin dann ich, es Euch zu sagen?«

Ein Schatten flog über König Thutmosis' Gesicht, so daß er für einen Augenblick so angsterfüllt wie zuvor wirkte, als er zum erstenmal wieder aus dem Amuntempel aufgetaucht war. »Das ist Narretei«, murmelte er schließlich.

»Wirklich, o Fürst?«

Noch immer stand der König in Gedanken verloren da. »Narretei!« wiederholte er, indem er die Fäuste ballte. Plötzlich erbebte er. »Und wenn es doch wahr wäre – gibt es überhaupt keine Hoffnung?«

Josef lächelte. »Dem Willen des Höchsten sind alle Dinge möglich.«

»Dann sag mir, o mein Freund, welche Botschaft der Hoffnung du in meinem Traum lesen kannst, denn ich bin von Grauen und namenloser Furcht erfüllt.«

Wieder lächelte Josef und küßte dem Pharao die Hand. »Ihr habt die Flut gesehen, die die Gräber Eurer Ahnen reingewaschen hat. Was könnte das anderes bedeuten, als daß der Fluch auf Eurer Dynastie ebenso weggewaschen werden wird?«

»Aber wie?« flüsterte er. »Ich bitte dich, sag mir, wie?«

»In Eurem Traum«, antwortete Josef, »war es Tuja, die das Tal reingewaschen hat; es war ihr Krug, aus dem das Wasser floß. Entsprechend prophezeie ich, daß der Retter Eures Geschlechts aus ihrem Schoß kommen wird. Gelobt sei also der Allerhöchste, der Euch den Traum gezeigt und der zugleich Tuja auf meinen Weg geworfen hat, damit sie meine Frau werde!«

Aber König Thutmosis antwortete nicht. Vielmehr wandte er sich um und ging dort hinüber, wo seine Gärten sich dehnten, voller Blumen jeglicher Art und süß duftender Bäume und Brunnen, so kühlend wie der Schnee auf den Bergen, seine liebste Zuflucht vor der Hitze des Tages. Lange stand er dort, um in die Stille hinauszustarren, und Josef, der ihn beobachtete, war von Unruhe erfüllt. »O mein teuerster Herr«, sagte er endlich, »und mein noch teurerer Freund, wollt Ihr das Geheimnis, das Euch bedrückt, nicht mit mir teilen?«

König Thutmosis drehte sich langsam um, und Josef sah, was ihm vorher nicht aufgefallen war – wie schmal das Gesicht seines Herrn wieder geworden war, so wie vor seinem Einzug in den Amuntempel, und wie welk und gespannt das Fleisch über dem Schädel. Für einen Augenblick wirkte er tatsächlich kaum wie ein Sterblicher; aber dann lächelte er und zeigte wieder das Gesicht, das Josef so sehr liebte und kannte. »O Fürst der Ratgeber«, flüsterte er, »gib mir deine Hand.«

Josef gehorchte, und König Thutmosis hielt sie lange; dann lächelte er wieder. »Heirate Tuja«, flüsterte er, »und zeuge mit ihr viele Söhne. Und laßt uns beten, daß mein Traum bedeutet, was du behauptest.«

An diesem Punkt aber sah Harun den Morgen heraufdämmern und unterbrach seine Geschichte. »O Beherrscher der Gläubigen«, sagte er, »wenn Ihr morgen abend wieder herkommen möchtet, dann werde ich Euch beschreiben, wie die Königin ein tödliches Vorzeichen trug und wie König Thutmosis ein Geheimnis vor Josef verschwieg.«

Und der Kalif tat, wie Harun vorgeschlagen, und am folgenden Abend kehrte er zur Moschee zurück.

Und Harun sprach:

Josef lebte mit Tuja, seiner neuen Frau, in großer Freude, und nach einem Jahr gebar sie einen Sohn, und Josef gab ihm den Namen Inen. Er wurde nicht nur von seinen Eltern geliebt, sondern auch von Thutmosis, der ihn in den Großen Harem des Palasts bringen ließ, damit er mit seinem eigenen Sohn, dem Kronprinzen Amenophis, aufgezogen werden konnte, als ob das gleiche königliche Blut in beider Adern flösse. Auch Tuja ließ er, obwohl sie bloß Sklavin gewesen war, glänzende Ehrungen zuteil werden, indem er sie zur Vorsteherin des Harems und Ersten Gefährtin seiner Schwester, der Großen Königin, ernannte. Was Josef selbst anging, diesen weisen und glücklichen Mann, so ertrug es Thutmosis kaum, von ihm getrennt zu sein, und wenn dies dennoch geschah, bemerkte man, wie seine Stimmung allmählich sank und sein Gemüt von seltsamen Phantasien und Ängsten überschattet wurde.

Dann geschah es, daß Tuja ankündigte, wieder schwanger zu sein, und einige Tage später gab die Königin das gleiche bekannt. Josef begrüßte die Neuigkeit mit großer Freude, mußte aber zu seiner Bestürzung sehen, daß König Thutmosis sich keineswegs freute, sondern zunehmend nervös und in sich gekehrt wurde. Josef versuchte, seinen Herrn zu trösten und ihn mit seinen liebsten Vergnügungen abzulenken, aber der Pharao brütete noch immer vor sich hin, und während die Monate verstrichen, verschlechterte sich seine Stimmung noch weiter, bis er am Ende wieder so angsterfüllt wirkte wie damals, als er zum erstenmal aus dem Amuntempel aufgetaucht war. Aber er weigerte sich, darüber zu sprechen, was ihm solche Furcht bereitete.

Eines Abends jedoch geschah es, daß er und Josef sich in den Gärten ergingen, als sie Tuja und die Königin zusammen am See sahen. Bei beiden war die Schwangerschaft nun deutlich zu erkennen. König Thutmosis starrte einen Augenblick lang schweigend auf ihre Bäuche, dann runzelte er die Stirn, erbebte und machte einen Schritt zurück. Durch das Geräusch auf seine Anwesenheit aufmerksam gemacht, erhob sich die Königin sofort, um ihn zu begrüßen, aber da blickte der König noch finsterer drein und zuckte abermals zurück. »Bleib mir vom Leib«, flüsterte er. Die Königin starrte ihn bestürzt an. »Bleib mir vom Leib«, flüsterte er noch einmal mit rauher Stimme. Sein Gesicht war nun überschattet von bösen Vorahnungen und Abscheu, und einen Augenblick lang schien es, als die Königin vor ihm stand, als wolle er die Hand heben und ihren geschwollenen Bauch schlagen. Aber mit sichtlicher Anstrengung beherrschte er sich, wandte sich mit einem Ruck um und eilte davon. Da starrte ihm nicht nur die Königin bestürzt nach, sondern auch Josef, der sich nicht erinnern konnte, daß sein Freund sich in den langen Jahren seines Dienstes jemals so verhalten hatte. Er wandte sich wieder der Königin und Tuja zu, um sie zu trösten. Gleichzeitig blickte er wieder auf ihre geschwollenen Bäuche, während er an König Thutmosis' Traum dachte, in dem Tuja das Blut von der königlichen Linie wusch, und er fragte sich um so mehr, was sein Herr befürchtete.

Als aber die Stunde der Niederkunft Tujas kam, beobachtete Josef, daß König Thutmosis für einige Tage beinahe glücklich erschien. Endlich wurde ihnen die Nachricht überbracht, daß Tuja einen zweiten Sohn geboren hatte, und Josef pries den Höchsten und nannte den Knaben Eje. König Thutmosis ließ sich den Säugling bringen, und er stand einige Minuten lang vor dem Kind und betrachtete es. »Was glaubst du?« murmelte er endlich, indem er zu Josef aufblickte. »Ist dies das Kind oder dein älteres oder ein noch zu gebärendes, das mein Geschlecht von dem Fluch, den du gesehen hast, reinigen wird?«

Josef neigte den Kopf. »Darauf kann ich nicht antworten, o Fürst, denn es gibt nur einen, dessen Auge alle Dinge durchdringen kann.«

»Wahr gesprochen.« Thutmosis nickte, während er den Säugling noch einen Augenblick länger betrachtete. »Und doch wünsche ich mir, ich könnte das verborgene Muster der Zukunft flüchtig erblicken. Denn in sehr wenigen Wochen wird mein eigenes Kind geboren werden.«

Er sagte nichts mehr zu diesem Thema, und Josef hätte nur zu gern gewußt, was er gemeint haben könnte. Allerdings bemerkte er in den folgenden Wochen, wie das Fleisch auf König Thutmosis' Knochen wieder auszutrocknen begann, so daß sein ganzes Äußeres immer dünner erschien, außer daß sich gleichzeitig sein Bauch und seine Oberschenkel rundeten. Diese Zeichen der Krankheit erfüllten Josef mit Unruhe, denn er hatte von solchen Symptomen noch nie gehört, und er wußte sich machtlos, ein Heilmittel vorzuschlagen. Aber wie damals, als er schon einmal krank geworden war, zog König Thutmosis sich in das Heiligtum des Amuntempels zurück und blieb dort auch noch im tiefsten Dunkel eingeschlossen, als die Niederkunft der Königin nahte. Erst als die Wehen einsetzten, tauchte er endlich wieder auf, und Josef sah sofort, daß die volle Gesundheit des Königs wiederhergestellt war. Aber obwohl er rein äußerlich völlig genesen wirkte, blieb seine Stimmung ängstlicher als je zuvor, denn selbst während er den fernen Schreien seiner Königin lauschte, schien er die mögliche Frucht der Entbindung zu fürchten. Schließlich, als die Schreie endgültig verhallt waren und alles ruhig klang, tauchte Tuja mit tränennassen Wangen aus dem Gemach auf, in dem sie der Königin in den Wehen beigestanden hatte. Sie wischte sich das Gesicht ab, dann verneigte sie sich tief vor dem Pharao. »O mächtiger König«, stotterte sie, »Euer Kind, Euer Kind ...«

König Thutmosis ballte die Fäuste, als würde er etwas Kleines zerdrücken. »Was ist damit?« flüsterte er. »Was hast du gesehen?«

Verwirrt runzelte Tuja kurz die Stirn, dann schluckte sie und schüttelte den Kopf. »Nein«, sagte sie, »Euer Kind ... Euer Kind wurde tot geboren.«

Ganz kurz, so schien es Josef, hellte sich das Gesicht des Königs Thutmosis vor Erleichterung auf. »Und wie sah es äußerlich aus?« fragte er.

»Ein Mädchen«, antwortete Tuja. »Es wäre ein sehr hübsches Mädchen geworden.«

König Thutmosis atmete tief ein, und der Ausdruck der Erleichterung war unmißverständlich, obwohl er sogleich versuchte, ihn zu verbergen, und ins Gemach der Königin eilte, um sich lange zu ihr zu setzen und sie in ihrem Schmerz zu trösten. Von da an schien er jedoch für eine Spanne von wenigen Monaten seine frühere gute Stimmung wiedergefunden zu haben, und Josef erkannte den Mann wieder, den er zu lieben gelernt hatte. Da aber, gerade als er zu hoffen begonnen hatte, alle seine Ängste wären überflüssig gewesen, kündigte Tuja an, daß sie zum drittenmal schwanger sei, und Josef bemerkte erneut den Schatten in König Thutmosis' Blick und einen Ausdruck, der fast so etwas wie Schuld verriet – verschlimmert noch, so schien es, wenn er Josefs Blick begegnete. Er grübelte nun immer häufiger über seinen Traum vom Tal nach und über die Bedeutung, die Josef darin entdeckt hatte. Wann immer er dies tat, meinte Josef, hing König Thutmosis' Fleisch trockener und dünner auf seinen Knochen, zeigten sich die Zeichen seiner Krankheit deutlicher in seinem Gesicht. Dann verriet seine Königin, auch sie sei wieder schwanger, und die Neuigkeit versetzte den Pharao in eine schwarze eisige Wut.

Ganz eindeutig erschien seine Krankheit von diesem Augenblick an immer unerbittlicher, als ob ihr Griff seine Knochen preßte und knetete und nicht mehr gelockert werden

252

könnte. Auch in seinen Launen schien er nicht mehr er selbst, sondern merkwürdigen heftigen Wutausbrüchen unterworfen, wie Josef es schon einmal im Garten erlebt hatte, als er beinahe die Hand gegen seine schwangere Gemahlin erhoben hätte. Doch nun, befürchtete Josef, gehörte seine Selbstbeherrschung der Vergangenheit an, denn wenn die Königin auch nie davon sprach, wurde sie doch manchmal mit rotgeweinten Augen und mit blauen Flecken auf den Schultern und Armen gesehen. König Thutmosis selbst war nun seltener zu sehen, da er viele Tage im Amuntempel eingeschlossen verbrachte. Doch sogar die Geheimnisse der Zauberei des Gottes verloren anscheinend ihre Macht, die Krankheit einzudämmen, und man flüsterte, in dem Tal auf dem westlichen Ufer des Nils, wo die Toten ihr Reich hatten, werde ein Grab vorbereitet. Doch nicht einmal Josef, das Große Ebenbild des Königs, konnte sich dieser Nachricht sicher sein, und so fürchtete er allmählich, Thutmosis könnte wirklich tot sein.

Ein Monat ging dahin, in dem er seinen königlichen Herrn kein einziges Mal erblickte, und dann geschah es, daß bei Tuja die Wehen einsetzten. Angesteckt von der Erinnerung an die letzte Niederkunft der Königin, wartete Josef auf die Nachricht aus dem Gemach seiner Frau mit nervöser Ungeduld und einer Furcht, über die er nicht zu genau nachdenken wollte, denn seine letzten Träume waren von dunklen Visionen und bösen Vorzeichen heimgesucht worden. Gedämpft hatte er den ganzen Tag über die Schmerzensschreie aus dem Gemach seiner Frau gehört; doch als der Abend heraufzog, schienen sie immer verzweifelter vor Qual zu werden. Schließlich erreichten sie einen Höhepunkt und verstummten, und Josef, der dem Murmeln der Palmen in der Brise und dem fernen Lärm der Gänse über dem Nil lauschte, konnte sich nicht vorstellen, daß solche Klänge in diesem Augenblick wirklich sein könnten. Seine Haut begann wie vor Fieber zu brennen. Geistesabwesend fragte er sich, warum. Die Schatten waren noch trübe von der Hitze des entschwundenen Tages – doch er wußte, daß es nicht die Hitze war, was ihm in den Augen stach.

Eine Dienerin trat auf ihn zu und teilte ihm flüsternd die Neuigkeit mit. Er folgte ihr in das Gemach seiner Frau. An Tujas Seite kniend, küßte er sie auf die Lippen, als wären ihre Augen nur im Schlaf geschlossen, als würde ihr Kuß den seinen plötzlich erwidern. Dann tat er, was seine Frau einst bei ihm getan hatte, und netzte ihre Hand mit der Flut seiner Tränen. Erst nach einer langen Weile erhob er sich wieder und schloß ihre Lider und verließ das Zimmer. Im Dunkel des Ganges draußen wartete die Dienerin mit einem Bündel auf den Armen. Wortlos reichte sie es ihm. Als Josef es nahm, regte sich das Bündel, und er lächelte plötzlich, blickte hinunter und blinzelte durch die Tränen. »Sie hat das Gesicht ihrer Mutter«, flüsterte er, indem er die Kleine sehr sanft auf die Stirn küßte. »Der Allmächtige gebe, daß sie ebenso schön und gut wird.« Und dann drückte er seine Tochter fest an sich, und er gab ihr den Namen Teje.

In jener Nacht holte er seine Söhne Inen und Eje zu sich und versuchte sie zu trösten, so gut er konnte, und dann, während sie schliefen, saß er wachend an ihrer Seite. Erst gegen Morgen, als die Dunkelheit jener vom Tod heimgesuchten Nacht zu schwinden begann, ließ Josef seine beiden Söhne allein und trat auf einen Balkon, um zum östlichen Horizont hinauszublicken. In der Ferne konnte er die friedlich weidenden Kühe sehen und die Vögel, die sich tirilierend von ihren Nestern hoch in die Luft aufschwangen, während auf dem Nil die ersten Sonnenstrahlen golden glänzten und die Schönheit des bevorstehenden hellen Tages ankündigten. Josefs Herz war plötzlich erfüllt von einem Gefühl des Staunens, während er an die Herrlichkeit dachte, die der Allmächtige geschaffen hatte, und dann fiel ihm mit einemmal ein, daß seine geliebte Gemahlin tot war und nie mehr die aufgegangene Sonne sehen würde. Im selben Augenblick hörte er einen Schritt hinter sich, und als er sich umdrehte, sah er die Gestalt des Pharaos.

»Ich hatte befürchtet, auch Ihr könntet gestorben sein«, sagte er nach einer Weile.

»Gestorben?« Die Stimme des Königs klang fern und dennoch rauh. Plötzlich lachte er auf, und wieder schien das Geräusch mißtönend und sonderbar. »Aber ich habe nun begriffen«, flüsterte er, »daß ich nie richtig sterben werde.«

Josef schüttelte den Kopf. »Alle Männer müssen sterben.« Er wandte sich ab, um wieder in die Sonne zu blicken. »Auch alle Frauen.«

»Ja.« König Thutmosis trat aus dem Schatten ins Licht. »Ich habe die Neuigkeit erfahren.« Er trat neben Josef, und als dieser sich wieder umwandte, um ihm ins Gesicht zu blicken, sah er, wie merkwürdig die Krankheit davon Besitz ergriffen hatte, denn seine Augen waren nun wie Mandeln, sein Schädel riesig und gewölbt. Auch in seinem starren Blick war er seltsam verändert, denn es schien kaum noch eine Spur von Sterblichkeit darin enthalten. Doch während dies Josef noch durch den Kopf ging, flackerte etwas in König Thutmosis' Miene auf, und Josef bildete sich für einen Augenblick ein, daß es beinahe Schuldbewußtsein gewesen sein könnte.

»Ich habe befohlen«, sagte König Thutmosis, »für Tuja ein Grab im Tal vorzubereiten.«

»Im Tal?« Josef starrte ihn erstaunt an. »Aber dort, o Pharao, werden nur Könige zur Ruhe gebettet.«

»Bist du nicht mein Ebenbild? Und war nicht Tuja deine Frau?«

Dennoch starrte Josef ihn überrascht an; dann neigte er den Kopf und küßte König Thutmosis' Hand. Aber der König schob ihn weg und blickte statt dessen hinüber zu den westlichen Hügeln. »Deine Tochter«, sagte er schließlich, »die Amme hat sie mir gezeigt. Sie ist sehr schön.«

»Wie es ihre Mutter war.«

»Gewiß.« König Thutmosis rang sich ein schwaches Lächeln ab. Er wandte sich halb um, dann wurde er starr und blickte wieder auf die Hügel. »Glaubst du«, murmelte er nach einer Weile, »daß es Teje ist, der es bestimmt ist, das Blut von den Gräbern zu waschen?«

»Ich habe es Euch bereits gesagt, o edler König, daß es nur einen gibt, der sehen kann, was kommen wird.«

255

»Der Hohepriester Amuns ist nicht deiner Meinung, o Juja.«

»Doch welche Beweise hat er geliefert?«

»Für Amuns Macht? Viele merkwürdige Beweise.«

»Ich würde gern mehr darüber erfahren.«

»Wirklich, o Juja? Willst du das ganz gewiß?« Noch immer lächelte König Thutmosis, und doch war plötzlich wieder die Kälte in seinen Blick zurückgekehrt. »Im Tempel habe ich flüchtig eine sehr große Dunkelheit erblickt.«

Josef starrte ihn fasziniert an und versuchte dabei gar nicht erst zu verheimlichen, wie stark sein Interesse war, denn darüber hatte König Thutmosis noch nie zuvor gesprochen. »Ich möchte wissen«, sagte er langsam, »was diese Dunkelheit bedeutet.«

»Das darf ich dir nicht sagen.« König Thutmosis hielt inne. »Nein – das darf ich dir niemals sagen.«

»Warum?«

»Ich habe zu ihr gebetet, o Juja. Ich habe mich vor ihr verneigt. Ich bin ihr Bittsteller und glühender Verehrer gewesen.«

Josef runzelte die Stirn. »Ich verstehe nicht. Warum sollte ein Mann wie Ihr so etwas tun?«

»Weil es die Dunkelheit war, die mir meine sterbliche Form bewahrt hat, genauso wie der Hohepriester Amuns es mir immer vorausgesagt hatte. Ohne sie wäre ich das Wesen, das ich heute bin« – er deutete auf sein Gesicht – »schon vor langer, langer Zeit geworden.«

»Aber …« – Josef schluckte – »wie, o mächtiger König? Mit welchen Mitteln erreichte diese Dunkelheit so etwas?«

»Das solltest du besser gar nicht erst wissen wollen.« König Thutmosis' Lächeln verzerrte sich seltsam, als er den Kopf schüttelte. Aber dann verging sein Lächeln mit einemmal, und als er weitersprach, klang seine Stimme so rauh und fern wie nie zuvor. »Und doch«, verkündete er, als spräche er die Morgendämmerung an, »war ich in Wahrheit ein Narr, den Wandel zu fürchten. Diese Gestalt, die ich besitze, ist keine Entstellung. Gewiß, ich biete nicht mehr den Anblick eines

Sterblichen, aber gerade das ist das Kennzeichen meiner Abstammung von einem Gott. Denn ich habe es von dem Hohenpriester Amuns erfahren, o Juja, daß auch Osiris, als er von den Sternen herabstieg und in der Ersten Zeit als König über Ägypten herrschte, genauso aussah wie ich jetzt.«

Josef starrte König Thutmosis schweigend an, das gedehnte Gesicht, den geschwollenen Schädel und die eigenartig schrägen Augen.

»Was denkst du?«

»Ich meine ...«

König Thutmosis lächelte bitter. »Du brauchst deinen Abscheu nicht zu verheimlichen, o Juja, denn ich kann ihn an deinem Gesicht ablesen. Doch der Freundschaft zuliebe, die uns in all den Jahren verbunden hat, sei ehrlich zu mir – komm – sag mir, was du denkst.«

»Daß Osiris ein Dämon war und daß sein Blut tatsächlich verflucht war.«

König Thutmosis' Lächeln verweilte noch wie gefroren auf seinen Lippen. »Wie kannst du das sagen«, rief er plötzlich aus, »wenn es seiner Lehre zu verdanken ist, daß Ägypten gegründet und gewaltige Denkmäler errichtet und die Wissenschaften des Weltalls offenbart wurden? Was hätte er anderes sein können als ein mächtiger Gott?«

»Vielleicht war er ein Dschinn, der sich nicht vor dem einzigen wahren Gott beugen wollte.«

»Dem einzigen wahren Gott?« König Thutmosis starrte Josef eine Weile an, dann lachte er plötzlich auf. »Du bist ein weiser Mann, o Juja, mit der Gabe, Blicke in die Zukunft zu werfen und sie zu deuten, und es mag sein, daß dein Gott wirklich ein großer Gott ist. Und doch sage ich dir, deine Kräfte und dein Verstehen sind nichts, verglichen mit denen des Hohenpriesters im Amuntempel.«

»Aber die Anbetung des Amun ist die Verehrung der Dunkelheit. Ihr, o König, habt es mir doch selbst gesagt!«

»Nicht nur der Dunkelheit. Es gibt auch andere Geheimnisse – o Juja, welche Geheimnisse! –, denn sie ist Erbe einer Weisheit, die die Sterne gezählt und die Erde ausgemessen hat, ja, und das Totenreich gebannt hat. Denn jenseits des Grabes, laß es dir sagen, wartet Osiris.«

Josef lachte jäh auf vor bitterer Verachtung. »Ihr mögt glauben, was Ihr wollt, o König, aber Ihr werdet trotzdem tot sein.«

König Thutmosis kniff die Augen zusammen. Einen Augenblick lang versuchte Josef, seinem Blick standzuhalten, aber der Glanz war zu hell, die Tiefe zu unergründlich, in einer Weise, die er nie zuvor daran bemerkt hatte. Ihn schauderte, und er versuchte, sich abzuwenden, doch der König ließ seinen Arm los, packte ihn dafür aber am Kinn und zwang ihn, ihm das Gesicht wieder zuzuwenden. Als Josef den Druck der Finger des Königs Thutmosis spürte, wurde er plötzlich ihrer Stärke gewahr – einer so schrecklichen Stärke, daß sie kaum noch menschlich erschien.

Er bemühte sich vergeblich, sich zu befreien. »Im Tal hinter den westlichen Hügeln«, rief er aus, indem er seine ganze Verachtung aufbot, »sind die Gräber dort nicht mit den Leichen der Toten gefüllt, alle von ihnen deine Ahnen, allesamt von Osiris' Blut?«

König Thutmosis antwortete seinerseits mit Verachtung. »Du magst glauben, was du willst.«

Josef sah ihn erstaunt und mit einem plötzlichen furchtbaren Zweifel an. »Was sagt Ihr?« Er schüttelte den Kopf. »Ich verstehe nicht…«

»Nein, du verstehst nicht, und ich war ein Narr, als ich es für möglich hielt. Was kannst du, ein Ausländer, ein Fremder, je zu wissen hoffen? Und doch, wenn du, o Juja, nur nicht so verstockt wärst, so blind…«

Josef runzelte die Stirn. »Wenn nur, o Pharao, wenn nur – was dann?«

»Dann wäre Tuja vielleicht noch am Leben.«

Beide Männer standen eine Weile schweigend da. Dann schüttelte Josef den Kopf und versuchte sich abzuwenden, aber König Thutmosis gab ihn mit der Kraft, die in seinen Augen zu liegen schien, nicht aus dem Glanz seines starren Blicks frei. Josef taumelte; er spürte seine Sehnen nachgeben;

er wollte nicht niederknien, konnte aber nicht dagegen an. Er fiel zu Boden, und König Thutmosis lachte bei dem Anblick.

»Kannst du nun noch an der Größe meiner Kräfte zweifeln? Um jedoch endgültig zu beweisen, daß sie sind, was behauptet wird, und daß die Hohenpriester Amuns mir die Wahrheit gesagt haben, soll ich ein unfehlbares Zeichen erwarten.«

»Ein Zeichen?«

»Ein Kind«, sagte König Thutmosis, »von meiner Königin geboren.«

»Aber worin liegt das Wunder?«

»Du wirst es wissen«, antwortete König Thutmosis, »wenn das Kind geboren ist.«

»Wie?«

König Thutmosis stand lange stumm da. »Lange hatte ich es gefürchtet«, flüsterte er endlich, »denn das Zeichen wird furchtbar und abscheulich sein. Jetzt allerdings …« – er zuckte die Achseln – »habe ich keine Angst mehr. Denn ich werde wissen, wenn das Kind geboren ist – ein Kind, o Juja, gräßlich anzusehen –, daß mein eigener Eingang in Osiris' Reich nahe ist!«

Josef blickte auf in das Gesicht des Königs Thutmosis, seines Freundes, und plötzlich dachte er, daß er es gar nicht mehr kannte, denn es schien zu einem völlig fremden Wesen zu gehören. Unwillkürlich begann er auf Händen und Knien davonzukriechen, dann, als er sich umwandte, um zitternd vor jäher Panik und Angst zurückzuweichen, sah er einen tiefen Schmerz in König Thutmosis' starrem Blick schimmern, und ihm wurde bewußt, daß sein Freund trotz allem doch noch sterblich war. Er versuchte sich zu beruhigen und aufzustehen, aber als er im Begriff war, König Thutmosis in die Arme zu nehmen, wurde er starr vor Schreck.

Mit sehr blassem Gesicht und weit aufgerissenen Augen stand sein Sohn Inen in der Tür. Josef holte tief Luft, dann ging er zu ihm und nahm ihn auf den Arm. »Wie lange bist du schon hier?« fragte er ihn in jähem Zorn. Er schüttelte ihn. »Wieviel hast du gehört?«

259

Inen machte noch größere Augen, aber er antwortete nicht.

König Thutmosis lächelte. »Was macht es, wenn er alles gehört hat?« Er zerzauste Inens widerspenstiges schwarzes Haar. »Was kann es einem Kind schaden, die Wahrheit zu hören?«

»Die Wahrheit?« flüsterte Josef, während er seinen Sohn absetzte. »Die Wahrheit, o König? Aber Inen ist noch ein Kind. Wie kann ich von ihm erwarten, die Wahrheit zu verstehen und keinen Schaden zu nehmen durch alles, was er gehört hat, wenn er Euer Beispiel, einen erwachsenen Mann, vor sich sieht?«

Alles Leben schien aus König Thutmosis' Gesicht zu weichen. »Paß auf, was du sagst«, flüsterte er, »auch wenn du mein Freund bist.«

»Ja«, antwortete Josef nun wahrhaft erzürnt, »und weil ich Euer Freund bin, muß ich Euch sagen, was ich denke, so lange Ihr mich noch hören und verstehen könnt. Kommt zur Besinnung! Wozu braucht Ihr die Zauberei der Priester, ihr Gemurmel von Rätseln und todessüchtigen Geheimnissen, ihre Verheißungen einer Ewigkeit, die zu erklären sie sich weigern? Schaut Euch um, o König! Seht den Nil, strahlend blau im Sonnenschein, wo wir so oft zusammen in Eurer Barke gesegelt sind, die frisch aus dem süßen strömenden Wasser gefangenen Fische gegessen, den Flug der leuchtend bunten Vögel beobachtet, uns an den unendlichen Schönheiten Eures Landes erfreut haben. Diese Vergnügen, o großer Pharao, habe ich dank Euch kennengelernt. Es kann keine Magie geben, keine Zauberei, die größer ist als solche Freuden – und das, o mein Freund, das ist die Wahrheit.«

Einen Augenblick lang stand König Thutmosis wie erstarrt da, dann ergriff er Josefs Hand und drückte sie so fest, daß Josef sich nicht sicher war, ob aus übergroßer Wut oder Liebe. »Ich bin Osiris' Erbe – dagegen kann ich nichts machen.«

»Ich bitte Euch nur darum, o Pharao, Euch vor den Priestern zu hüten, denn ich fürchte ihre Absichten und die Lockung ihrer Zauberei.«

König Thutmosis lächelte. »Doch sie versprachen mir Unsterblichkeit, und all die Freuden, die du aufgezählt hast, all die süßen Wonnen des Lebens, werden dann für die Dauer der Ewigkeit mein sein.« Er küßte Josef einmal, dann noch einmal auf die Wange. »Mein einziger Kummer, o Juja, ist, daß du dort nicht an meiner Seite sein wirst und auch Tuja nicht.«

Dann wandte er sich schroff ab, als fürchtete er sich, mehr zu sagen, und eilte fort; und Josef, der König Thutmosis nachschaute, fühlte, wie sich ein seltsames Gewicht auf sein Herz legte. Er seufzte und bückte sich, um Inen hochzuheben. Zu seiner Bestürzung jedoch wich sein Sohn vor ihm zurück. »Was hast du?« flüsterte Josef. »Inen, bitte komm zu mir.«

Aber Inen antwortete nicht, und seine Augen waren groß vor Feindseligkeit und Zweifel.

»Inen, bitte.« Josef streckte die Arme aus, aber sein Sohn wich weiter vor ihm zurück und schüttelte den Kopf.

»Inen, was hast du?«

»Sind sie wahr«, fragte sein Sohn plötzlich, »die Dinge, die der Pharao gesagt hat?«

»Welche Dinge?«

»Daß die Priester es vielleicht vermocht hätten, meine Mutter vor dem Tod zu bewahren?«

»Nein.«

»Und doch hat er dich auf die Knie gezwungen. Ich habe es gesehen, o mein Vater. Ich habe dich auf den Knien gesehen. Also müssen die Priester dennoch die Wahrheit gesprochen haben.«

Josef stand einen Augenblick lang regungslos und wußte nicht, was er darauf sagen sollte. »Der Pharao wollte es nicht tun«, flüsterte er. »In diesem kurzen Moment war er nicht mehr er selbst.« Dann streckte er wieder die Hände aus, und diesmal wich Inen nicht aus, sondern ließ sich von seinem Vater in die Arme nehmen. Josef drückte ihn lange an sich, dann küßte er ihn auf die Stirn und trug ihn in die Kammer, wo sein Bruder noch schlief. »Fürchte dich nicht«, flüsterte Josef und küßte ihn noch einmal, »denn es gibt einen, der dich immer behüten wird, wie er auch mich immer behütet hat.« Dann stand er auf, um aus dem Zimmer zu gehen, aber als er zur Tür kam, blieb er stehen und drehte sich wieder um. Er sah Inen mit totenbleichem Gesicht noch immer vollkommen regungslos an die Wand gelehnt sitzen. Josef lächelte, versuchte, seinem Sohn eine Antwort zu entlocken, aber Inen wollte nicht antworten, und seine Augen wirkten sehr kalt. Josef seufzte und senkte den Kopf. »Nur der Allmächtige«, dachte er für sich, »kann die Wege dieser Welt befehlen. Doch ich bete, daß er mir helfe, meinen Sohn zu trösten.« Dann verließ er das Zimmer mit dem Versprechen, noch am selben Tag wiederzukommen, wenn die Staatsgeschäfte erledigt waren, um seinen Söhnen Trost zu spenden und ihnen in ihrer Trauer zu helfen.

Doch am Ende sollte er lange aufgehalten werden. Wie es am Abend zuvor Tuja geschehen war, kam die Königin plötzlich nieder, und Josef erhielt die Nachricht, verbunden mit einem Befehl, sich sofort beim Pharao einzufinden. Josef traf ihn an der Tür zum Harem, wo er vom Palast zum träge strömenden Nil blickte. »Ich befolge deinen Rat«, sagte König Thutmosis, ohne sich umzusehen, »und präge meinem Gedächtnis die Schönheiten des Lebens ein. Sieh, das Blau des Himmels und das Grün der Felder und die Anmut der Vögel, die hoch vor der Sonne schweben! Wie kann die Welt böse sein, wenn sie solche wunderbaren Dinge enthält?«

Josef öffnete den Mund, um zu antworten, aber da drang plötzlich aus dem Innern des Harems ein Schrei, lang und furchtbar, bevor er schließlich verklang. Unwillkürlich zuckte Josef zusammen, denn er erinnerte sich, den gleichen Laut in der Nacht davor gehört zu haben, und König Thutmosis sah es, als er sich umdrehte.

»Die Wehen sind um viele Monate zu früh«, flüsterte er.

Josef neigte den Kopf. »Es kann noch alles gut werden.«

Lange erwiderte König Thutmosis nichts. »Ich habe viel über alles nachgedacht«, sagte er schließlich, »was du heute morgen zu mir gesagt hast. Vor ein paar Stunden dann schlief ich ein, und ich träumte noch einmal den Traum, den ich dir vor langem geschildert habe, den gleichen, den du hattest, als du über dem Tal einschliefst.«

Hinter sich hörte Josef das Geräusch von eiligen Schritten und drehte sich halb, um zu sehen, wer es war. Aber König Thutmosis packte ihn am Arm und zog ihn ganz nah zu sich. »Beim erstenmal«, flüsterte er, »als ich dir meinen Traum erzählte ...« – er schluckte – »habe ich nicht alles gesagt.«

Josef erschrak. »Was habt Ihr also ausgelassen?«

Wieder schluckte König Thutmosis. Die Schritte kamen näher, und mit einemmal wurde Josef bewußt, daß sein Gefährte sich fürchtete. »Hier«, sagte der König, indem er eine Papyrusrolle unter seinem Mantel hervorzog und verstohlen in Josefs Hand drückte, »lies dies gut«. Dann trat er zurück, und als Josef sich umwandte, sah er, daß ein Fremder den Raum betreten hatte, kahlgeschoren und mit einem Stab in der Hand, der vom Talisman Amuns gekrönt war.

Der Priester verneigte sich tief.

»Was gibt es Neues?« fragte König Thutmosis.

»Die Königin«, antwortete der Priester, »Eure Schwester, o König ...«

Er ließ den Rest ungesagt, machte kehrt und ging in den innersten Harem voran. Als er sah, daß Josef König Thutmosis begleitete, blieb er jedoch stehen und versuchte, diesem den Zutritt zu verwehren; aber König Thutmosis befahl ihm, zu schweigen und weiterzugehen. Mit deutlichem Widerstreben verneigte sich der Priester wieder, aber er befolgte den Befehl, und es dauerte nicht lange, bis die drei in dem Gemach ankamen, wo die Königin niederkommen sollte. Josef zögerte, ehe er eintrat, weil er sich nicht aufdrängen wollte; aber dann hörte er vor sich König Thutmosis einen Schrei ausstoßen und folgte ihm sofort in das Zimmer.

Auch er konnte, als er die Szene vor sich sah, einen Laut des Schreckens nicht unterdrücken. »Der Allmächtige sei ihr gnädig«, flüsterte er, als er nach der Königin sah, die in einer schmutzigen Lache aus Blut und Schweiß lag und einen gräßlichen Schnitt quer über den Leib aufwies. Als Josef auf die Wunde starrte, hielt er es für unmöglich, daß die Königin dies überlebt haben könnte; aber während er das noch dachte, stöhnte sie sehr leise, und er sah eine einzelne Träne hervorquellen und dann über ihre Wange rollen. König Thutmosis ging zu ihr und nahm sie zärtlich in die Arme, wobei er seine weißen Gewänder mit dem Blut seiner Schwester und Königin befleckte; und als Josef die beiden betrachtete, erinnerte er sich, daß der König ihm früher am Tag gesagt hatte, er sei Osiris' Erbe und könne nicht sterben. Josef fühlte sich bei dem Gedanken, diese Worte könnten die Wahrheit sein, sehr tief drinnen von etwas Kaltem angerührt. Und wenn sie die Wahrheit waren, fragte er sich plötzlich, wie verhielt es sich dann mit dem unfehlbaren Zeichen, das der Hohepriester versprochen hatte, dem Wunder, das all seine Behauptungen beweisen würde?

Er blickte wieder auf die gräßliche Wunde der Königin. »Das Kind«, rief er drängend, »wo ist das Kind?«

König Thutmosis wandte sich zu ihm um, und sein Gesicht war eine Maske aus Pein und böser Vorahnung. Im selben Augenblick trat ein Mann aus dem Dunkel vor, kahlgeschoren wie sein Genosse, aber mit goldenem Kragen und einem Mantel aus Leopardenfell, und Josef wußte, daß diese ihn als den Hohenpriester Amuns auswiesen. Unwillkürlich machte Josef einen Schritt zurück, und als der Hohepriester dies bemerkte, lächelte er ganz schwach. Dann klatschte er in die Hände, und eine Dienerin trat mit einem Bündel auf den Armen vor. Der Hohepriester nahm es ihr ab, und da sah Josef, daß das Bündel sich heftig regte. Der Hohepriester schlug das Tuch auseinander, in das der Säugling gewickelt war, und ganz kurz – während er das Kind betrachtete – glaubte Josef, daß seine Augen eine schreckliche Leere verrieten, einsamer, als er es je für möglich gehalten hätte. Aber dann kam das dünne Lächeln wieder, und indem er die Windel wegzog, hielt der Hohepriester das, was darin gelegen hatte, ans Licht hoch.

»Nein!« schrie König Thutmosis plötzlich, als er auf den Säugling blickte – auf das Ding, das sein Kind war. Sein Schädel war gräßlich aufgebläht und lang, sein Bauch geschwollen, die Glieder spindeldürr: eine abscheuliche Parodie auf König Thutmosis selbst. Doch am schlimmsten waren die Augen, denn die brannten hell und schienen eher einem Dämon zu gehören als einem sterblichen Kind, und plötzlich begann es zu zischen und zu fauchen und mit Fingern in die Luft zu greifen, die dünn und gekrümmt wie Insektenkrallen waren. Es schien nach etwas zu schnuppern, und dann bemerkte Josef, daß es das Blut der eigenen Mutter war, das sich über den Boden ergossen hatte.

»Nein!« schrie König Thutmosis wieder laut. Er taumelte vorwärts, und Josef sah, wie bleich der Schweiß auf seiner Stirn schimmerte. Er versuchte, die Arme nach dem Geschöpf auf dem Arm des Priesters auszustrecken, aber da bekam er einen Erstickungsanfall und griff nach seiner Brust, als ob er sich den entsetzlichen Anblick aus dem Herzen reißen könnte. Aber sein Herz wollte sich nicht beruhigen, und als Josef zu König Thutmosis sprang, um ihn in die Arme zu nehmen, konnte er es sehr schnell und laut klopfen hören.

»Das Grauen wird ihn töten!« rief er. »Sein Herz wird es nicht aushalten!«

»Dann holt Ärzte«, antwortete der Hohepriester. »Geht! Ich bleibe bei dem Pharao, denn Ihr seid es, der weiß, wo am besten Hilfe zu finden ist.«

Mit stummem Mißtrauen blickte Josef ihm kurz in die Augen, dann starrte er hinab auf König Thutmosis und lauschte wieder auf sein Herz. Ein zweites Mal hob Josef den Kopf und begegnete dem starren Blick des Hohenpriesters, dann stand er auf und eilte fort, um nach Bedienten zu rufen. Als er aber genügend Diener herbeigerufen hatte und in das Gemach zurückkehrte, war König Thutmosis nicht mehr dort – auch nicht die Königin noch der Hohepriester, noch das gräßliche Kind. Auch von dem Blut, das über den Boden geflossen war, gab es keine Spur mehr, und tatsächlich war es, als hätte es das ganze Grauen, dessen Zeuge er in dem Gemach geworden war, nie gegeben.

Dennoch verweilte Josef, nachdem er alle Bedienten fortgeschickt hatte, lange in dem Zimmer und hoffte, König Thutmosis werde vielleicht wieder auftauchen. Doch alles blieb still, und während die Schatten des Abends allmählich länger wurden, nahmen seine Verzweiflung und Furcht erst recht zu. Plötzlich dann, als er nahe daran war, alle Hoffnungen fahrenzulassen und wegzugehen, hörte er Schritte hinter sich, und als er sich umwandte, sah er die Gestalt des Hohenpriesters.

Die beiden Männer standen eine Weile schweigend da, dann neigte der Hohepriester den Kopf. »Der Falke ist zum Himmel aufgeflogen«, verkündete er in einem Ton, bar jeder Gefühlsregung. »Der neue Falke ist an seiner Stelle erstanden.«

Josef holte tief Luft. »Es tut mir leid ...« flüsterte er, »solche Neuigkeit zu hören ... Es tut mir leid.« Er atmete wieder tief ein, kniff dann die Augen zusammen. »Doch Ihr habt behauptet, so erzählte mir der Pharao, er würde nie sterben.«

Das Gesicht des Hohenpriesters blieb völlig ausdruckslos. »Versucht nicht, o Wesir, in unsere Geheimnisse einzudringen – denn haben wir uns jemals in Eure Staatsgeschäfte eingemischt? König Thutmosis ist tot – Prinz Amenophis ist der neue Herrscher über Ägypten. Er wird die Beratung eines weisen und treuen Dieners brauchen – und wer anders als Ihr, o Juja, könnte das sein? Denn Ihr müßt wissen, daß es der letzte Wunsch des Königs Thutmosis war, mit seinem letzten Atemzug gesprochen, daß Ihr auch für seinen Sohn das sein sollt, was Ihr stets für ihn gewesen seid.«

Josef schwieg eine Weile, ehe er knapp nickte. »Im Tod wie im Leben werde ich ihm gehorchen.« Wieder schwieg er einen Augenblick und begegnete dem Blick des Hohenpriesters. »Trotzdem wüßte ich gern, ob er wirklich tot sein kann.«

Zum erstenmal an diesem Abend zuckte es belustigt um die Lippen des Hohenpriesters. »Wenn es Geheimnisse gibt, die vor allen außer den höchsten Priestern verborgen sind, warum sollte ich sie dann mit Euch teilen, der Ihr nicht einmal an unsere Bräuche und Götter glaubt?« Er hielt inne, und wieder, als er in seine Augen starrte, bildete sich Josef ein, einen flüchtigen Blick auf eine unendliche Einsamkeit zu erhaschen. »Seid nicht neugierig«, flüsterte der Priester plötzlich, indem er Josef leicht mit seinem Stab an der Brust berührte. »Denn glaubt mir – es gibt Geheimnisse, die Ihr besser niemals erfahren solltet.«

Dann verneigte er sich noch einmal und verließ das Gemach. Josef machte keine Anstalten, ihm zu folgen. Aber später, als seine drei Kinder schlafend vor ihm lagen, holte er den Papyrus hervor, den König Thutmosis ihm heimlich zugesteckt hatte, und las ihn aufmerksam, während der Schatten der Bestürzung auf seinem Gesicht immer dunkler wurde. Als er zu Ende gelesen hatte, ging er hinüber, wo seine kleine Tochter Teje lag, und blickte mehrere Minuten lang auf die kleine schlafende Gestalt, ganz in seine Gedanken versunken. Dann trat er auf den Balkon und steckte den Papyrus unter seinen Mantel, während er auf die westlichen Hügel starrte, hinter denen das Tal mit den Gräbern der Pharaonen lag.

Vom selben Balkon aus beobachtete Josef rund siebzig Tage nach König Thutmosis' Tod, wie der einbalsamierte Leichnam aus dem Palast gebracht wurde, auf den Schultern der Anbeter Amuns getragen, in Binden gewickelt und in Gold eingeschlossen. Josef hatte nicht begehrt, sich der Prozession anzuschließen, aber trotzdem stand er lange dort und beobachtete den Weg der Fackeln, die in einer Reihe über die westliche Ebene flackerten und sich durch die Nacht zu dem aus dem Fels des heiligen Tals herausgehauenen Grab hinter den westlichen Hügeln schlängelten. Erst als wieder alles dunkel war, wandte sich Josef endlich ab. Er ging langsam zu dem Zimmer, wo seine Tochter schlief. Er nahm sie hoch, wiegte sie in den Armen und betrachtete sehr gründlich die Schönheit ihres Gesichts. Dann stand er wieder lange in Gedanken versunken wie zuvor.

An diesem Punkt aber sah Harun den Morgen heraufdämmern und unterbrach seine Geschichte. »O Beherrscher der Gläubigen«, sagte er, »wenn Ihr morgen abend wieder herkommen möchtet, dann werde ich Euch vom Schicksal Tejes, der Tochter des Josef, berichten.«

Und der Kalif tat, wie Harun vorgeschlagen, und am folgenden Abend kehrte er zur Moschee zurück.

Und Harun sprach:

Auf ausdrücklichen Befehl im Testament des Königs Thutmosis wurde Teje wie eine königliche Prinzessin aufgezogen, so daß sie von ihren ersten Tagen an im Harem lebte, in der Pracht seiner Gemächer und inmitten seiner Blumengärten. Doch sie war schöner als die schönste blühende Blume, und da sie auch das jüngste Kind im Palast war, fiel es ihr nicht schwer, der Liebling ihrer Ammen zu werden. Gewiß wußte sie sich mehr bewundert als die Königinnen und Prinzessinnen, denn sie bekam es oft von König Amenophis persönlich gesagt, der seine Schwestern nicht mochte, außer um sie an den Haaren zu zerren. Aber Teje brauchte den Pharao nicht, um sich geliebt zu fühlen, denn sie wußte bereits, daß ihr Vater sie mehr als alles auf der Welt liebte. Er sprach es selten aus, aber sie ertappte ihn oft dabei, daß er sie schweigend beobachtete, und manchmal, wenn er sie an sich drückte, sprach er von ihrer Mutter. Einmal trug er Teje auf den Schultern zu einer Stelle weiter weg vom Palast, wo Bäume das Ufer eines kleinen Sees säumten, und er sagte ihr, daß ihre Mutter dort oft und gern spazierengegangen war. Er erwähnte es nie wieder; aber als Teje älter wurde, machte ihr Vater es sich zum liebsten Zeitvertreib, sie aus dem Harem zu holen und mit ihr durch die Felder zu wandern, um die Enten zu beobachten, die auf dem See schwammen, oder die Tauben, die strahlend weiß unter dem Himmel dahinflogen. Teje bescherten solche Ausflüge seltene und flüchtige Augenblicke der Freiheit, und auch sie, wie ihr Vater und ihre tote, nie gekannte Mutter, verliebte sich in den See und den Anblick der Vögel und der Hügel nach Westen hin.

Diese Liebe wurde um so inniger, als Tejes Leben im Harem schwerer zu werden begann. Ihre Brüder hatten sie wie ihr Vater stets angebetet, und es hatte ihnen gefallen – da es ihnen half, sich mehr wie Männer zu fühlen –, ihre jüngere Schwester schrecklich zu verwöhnen. Zu gegebener Zeit jedoch hatten Inen und Eje den Harem hinter sich gelassen und die große Welt betreten, die sich außerhalb seiner Mauern dehnte, so daß Teje, immer noch ein kleines Mädchen, sich grausam im Stich gelassen fühlte. Die Gärten und die Höfe des Harems langweilten sie; sie wollte nur wieder bei ihren Brüdern sein. Wenn einer von ihnen sie besuchen kam, bat sie begierig um ausführliche Berichte von all den Wundern der Welt, und wenn er dann wegging, versank sie tief in Anfälle von Groll und Enttäuschung. Aber wenn sie davon sprach, selbst den Harem zu verlassen, spotteten ihre Gefährtinnen, die Schwestern des Pharaos, über sie und rächten sich für die Behandlung durch ihre Brüder, indem sie nun ihrerseits Teje an den Haaren rissen. Während sie älter und immer schöner wurde, nahm der Haß der Prinzessinnen auf ihre Rivalin stetig zu, bis Teje am Ende nur noch daran dachte zu entfliehen. Aber noch immer kostete sie die Freiheit nur auf den Spaziergängen mit ihrem Vater – dabei und bei den geschätzten Besuchen ihrer Brüder.

Auf ihre sehr unterschiedliche Weise waren ihr Eje und Inen gleichermaßen kostbar. Eje brachte eine Kostprobe der offenen Weite der Wüste mit, denn obwohl er erst vierzehn war, konnte er schon jagen und einen Streitwagen lenken und sich so gut wie jeder Mann in allen Künsten des Krieges hervortun. Der ältere Inen war verschlossener, als ob sein Schweigen ein tief verborgenes Geheimnis schütze, das er sich selbst kaum offenbaren mochte. Doch seine Intelligenz war durchdringend und stets rastlos: Teje argwöhnte, daß er manchmal, wenn ihr Vater fort war, den Priestern des Amuntempels nachspionierte, und er konnte die Geschehnisse bei Hofe bis ins Innerste durchdringen. Wenn Teje die Qualen erdulden mußte, die ihr die vielen Schwestern des Pharaos bereiteten, gefiel es ihr besonders, zu glauben, daß sie mehr vom Treiben ihrer Brüder wußte als sogar die Königin; und so wurde Teje unruhig und besorgt, als Inens Besuche plötzlich seltener wurden. Mehrere Monate vergingen, und in dieser ganzen Zeit kam der ältere Bruder sie kein einziges Mal besuchen. Eines Tages, als Teje mit ihrem Vater durch die Felder hinter dem Palast spazierenging, fragte sie ihn, wohin Inen verschwunden sei, und sie bemerkte, wie seine sonst so ruhige Miene sich sofort verfinsterte. Aber Teje konnte nicht glauben, daß ihr Vater wirklich zornig sein könnte, denn sie hatte ihn nie zuvor in Wut geraten sehen; und so fragte sie ihn noch einmal, wohin ihr Bruder wohl verschwunden sein könnte. Josef hielt inne und stand eine Weile regungslos. »Ich habe Angst, daran zu denken«, sagte er endlich, indem er sich umwandte und seine Hand hob, um jede weitere Frage seiner Tochter zum Schweigen zu bringen. »Er ist jetzt das Geschöpf meiner tödlichsten Feinde. Ich kann nichts für ihn tun. Erwähne bitte den Namen deines Bruders nicht mehr.« Und so streng wirkte er, und so sehr achtete Teje die Wünsche ihres Vaters, daß sie ihre Neugier den ganzen Abend lang zügelte und ihr erst am folgenden Tag nachgab, als sie einen Boten losschickte, der Eje ausfindig machen sollte.

Sie mußte mehrere Tage warten. Die Verzögerung erstaunte sie nicht, denn sie wußte, daß Eje der engste Freund von König Amenophis geworden war und daß die beiden häufig zu ihren Vergnügungen unterwegs waren, um die öden Staatsgeschäfte weit hinter sich zu lassen. Fast eine Woche verging, bis Eje endlich erschien, mit einem Löwenfell auf dem Rücken und begleitet von König Amenophis, der einen zweiten Löwenkopf trug. Teje warf sich sofort zu Boden, denn der König war zwar einmal ihr Spielkamerad gewesen, doch sie hatte ihn fast ein Jahr lang nicht mehr gesehen und erinnerte sich noch gut, wie sehr er zu seltsamen Launen und Wutanfällen neigte. Aber sogleich bückte er sich und zog sie an der Hand hoch, die er sehr lange küßte, so daß sie errötete und sich abwandte. Eje, der alles beobachtete, zwinkerte und lachte laut, dann deutete er auf die Kadaver der Löwen.

»Wie du siehst«, sagte er, »haben wir dir Geschenke mitgebracht.«

Teje starrte auf die Tierkörper, dann rümpfte sie die Nase. »Lebendige wären mir lieber gewesen.«

270

König Amenophis zuckte die Achseln und lächelte. »Das läßt sich leicht einrichten.« Er warf einen Blick auf Eje. »Denn wir sind große Jäger, oder etwa nicht? Gerade erst sechzehn, und schon gibt es keinen in Ägypten, der es mit mir aufnehmen könnte.«

Eje nickte und lächelte, aber wenn Teje die beiden zusammen sah, bezweifelte sie, daß der König es ihrem Bruder gleichtun konnte. Obwohl beinahe noch Knaben, waren beide sehr groß; aber während Eje wie aus dem härtesten Marmor gemeißelt wirkte, erschienen König Amenophis' Bauch und Glieder viel weicher. Aber Teje behielt ihre Meinung für sich, denn der König schien entschlossen, sie mit wüsten Geschichten von seinem Heldenmut zu beeindrucken, und immer wieder unterbrach er sich, um den abgetrennten Löwenkopf zu streicheln. Einmal tauchte er seine Hände in das noch klebrige geronnene Blut und saugte an jedem Finger; dann, kurz vor dem Aufbruch, beschmierte er Tejes Mund mit einem Strich Blut rot. Übertrieben leckte er die eigenen Lippen ab, und Eje brach in Lachen aus; Teje dagegen lächelte zwar ebenfalls, verstand aber den Spaß nicht. Sie war erleichtert, als König Amenophis endlich aufbrach und sie Eje fragen konnte, ob er etwas von seinem älteren Bruder gehört habe. Eje runzelte die Stirn und zuckte die Achseln, denn er wußte nichts; aber er versprach ihr hoch und heilig, soviel wie möglich herauszufinden.

Doch nicht Eje besuchte sie in den folgenden Tagen, sondern König Amenophis, der ihr wie zuvor die Hand küßte und sie dann zu ihrem Erstaunen plötzlich in die Arme nahm. Die Anstrengung raubte ihm fast den Atem, aber seine dicken Lippen waren dennoch in einem hungrigen Lächeln halb geöffnet, und Teje straffte sich, als sie sie weich und feucht auf ihren eigenen spürte. Mit einer jähen Anstrengung entwand sie sich seinem Griff, aber das Lächeln des Angreifers wurde nur noch breiter. »Es paßt«, keuchte er, »daß ich ein so gewaltiger Jäger bin – denn ich sehe, daß du nicht nur schön bist, sondern auch beherzt. Ein hübsches Ding zum Jagen!«

Teje begegnete seinem Blick mit nackter Verachtung. »Ich hatte gehofft, ich wäre es wert, etwas mehr als das zu sein.«

Einen Augenblick lang gefror König Amenophis' Lächeln auf seinen Lippen. »Das bist du auch«, flüsterte er plötzlich. Er trat auf sie zu, und dabei wandelte sich sein Lächeln zu einem halb bereuenden Schmollen. »Das bist du«, wiederholte er leise, indem er sie beim Arm nahm und zum Balkon führte. »Denn warum hätte ich dir sonst ein Geschenk bringen sollen, das einer Königin würdig wäre?«

Er zeigte hinunter in den Hof, wo drei schwarzmähnige Löwen blutbeschmiert und staubbedeckt in einem Käfig hingestreckt lagen. König Amenophis strahlte Teje voller Stolz an. »Ich habe sie selbst gefangen, nur ich und Eje.«

Teje betrachtete sie schweigend.

Der König berührte sie am Arm. »Warum dankst du mir nicht«, flüsterte er, »für das Geschenk?«

Teje zuckte die Achseln. »Frei wären sie mir lieber.« Sie warf einen Blick auf die Haremsmauern hinter ihr. »Wilde Geschöpfe sollten nicht in Käfigen gehalten werden.«

König Amenophis straffte sich, dann nickte er heftig und klatschte in die dicken weichen Hände. »Und so soll es geschehen!« Er nahm Teje beim Arm und führte sie in den Hof hinunter, wo sie das Gesicht dicht an die Stangen des Käfigs drückte. Trotz der Wunden und ihrer sichtlichen Erschöpfung glänzten die Augen der Löwen von einer bedrohlichen Würde, und einer von ihnen regte sich, als er Tejes Blick begegnete, und erhob sich halb, um sich auf die Hinterbacken zu setzen. Er gähnte sehr langsam, und alle drei begannen mit den Schwänzen hin und her zu schlagen.

Teje dachte gerade für sich, daß sie noch nie solche Schönheit und Kraft bei einem Lebewesen gesehen hatte, als ein Zug Sklaven begann, den Käfig quer über den Hof zu rollen. Teje sah den König an, um ihn zu fragen, welche Pläne er für die Tiere habe, und er lächelte und zeigte auf ein kleines Metalltor, das auf der einen Seite von einer hohen weißen Mauer und auf der anderen vom höchsten Teil des Harems gerahmt war. Teje runzelte die Stirn, als sie beobachtete, wie das Metalltor geöffnet und der Käfig hineinbugsiert wurde. »Aber das sind die Gärten der Großen Königin!« rief sie aus.

König Amenophis lachte. »Nicht mehr«, erwiderte er. Er nahm Teje wieder am Arm und führte sie auf das Dach des Harems. Unten konnte sie die drei Löwen sehen, nun aus dem Käfig befreit und unter den seltenen und kostbaren Bäumen des Gartens hingelagert, und unwillkürlich strahlte sie und stieß einen lauten Freudenschrei aus. Das Grinsen ihres Freiers verbreitete sich. Er hob ihre Hand und küßte sie noch einmal. »Ein Geschenk«, murmelte er, »das, wie ich schon sagte, einer Königin würdig wäre.«

Dann wandte er sich ab und ging davon, und Teje, die ihm nachblickte, erbebte vor Ehrgeiz und plötzlicher Hoffnung, die sich um so süßer anfühlten, da sie so unvermutet aufgetaucht waren. Eine Stunde lang blieb sie liegen, um ihre Löwen zu beobachten, bevor sie wieder in die Kühle des Harems und die Gärten, die den dort wohnenden Frauen zugewiesen waren, hinabstieg, denn sie verspürte selbst den starken Wunsch, zwischen Springbrunnen und Blumen zu sitzen. Doch als sie hinkam, sah sie voller Unmut, daß bereits jemand ihren Lieblingsplatz eingenommen hatte, und als sie näher kam, bemerkte sie, daß es die ältere Schwester des Pharaos war, die Große Königin.

Teje erstarrte und wäre fortgegangen, hätte die Königin sie nicht bemerkt und beim Namen gerufen. Nervös ging Teje auf sie zu und kniete vor ihr nieder.

»Wundere dich nicht«, sagte die Königin endlich, »daß ich gezwungen bin, in deinem Garten zu sitzen, Haremsmädchen. Mein eigener ist mir, wie du wohl weißt, verschlossen worden.«

Teje neigte den Kopf, erwiderte aber nichts. Plötzlich trat die Königin nach ihr, so daß sie auf den Rücken fiel. »Was hat der Pharao gesagt?« zischte die Königin. »Was hat er dir versprochen?«

Teje blinzelte die Tränen der Entrüstung weg. Nun konnte sie sehen, daß noch mehr Schwestern des Königs Amenophis hinter der Königin versammelt waren, alle mit ebenso haßerfülltem Gesicht wie die älteste. Der Anblick machte Teje wütend, und sie stand auf und reckte sich zu ihrer vollen Größe. »Er sagte mir«, verkündete sie, »daß ich Große Königin werde.«

Zu ihrer Freude konnte sie aus dem Kreis der Prinzessinnen Geflüster und Laute des Erschreckens hören. Aber die Große Königin selbst schüttelte nur den Kopf und lachte. »Das hat er dir gesagt?« rief sie aus. »Dann bedeutet es, daß er dich zu seiner Hure machen will.«

»Ihr könnt glauben, was Ihr wollt«, sagte Teje lachend, »doch es ist klar, daß er sogar meine Löwen mehr liebt als Euch.«

Sofort schien alles Blut aus dem Gesicht der Großen Königin zu weichen, aber als sie aufstand, wirkte sie beinahe merkwürdig, eisig gelassen. »Du wirst nie mehr als seine Konkubine sein«, flüsterte sie, indem sie die Hand ausstreckte und Tejes Wangen berührte. »Denn – weißt du das nicht, Kind? – nur eine Prinzessin kann des Pharaos Königin werden.«

»Ich bin als Prinzessin erzogen worden.«

Wieder lachte die Große Königin. »Hört sie!« rief sie aus. Dann verschwand das Lächeln mit einemmal von ihren Lippen, und sie faßte Teje am Kinn und stieß ihren Kopf zurück. »Dir fehlt das königliche Blut«, fauchte sie. »Deshalb bist du nichts. Ha!« – sie lachte noch lauter, aber nun hysterisch – »du bist nicht einmal Ägypterin, und doch glaubst du, unsere Königin zu werden? Seht euch dieses Haar an!« Sie riß heftig daran. »Seht, wie kraus es ist, wie häßlich! Seht diese Haut!« Sie riß Tejes Gewand auf, um die Brüste zu entblößen. »Sie ist schwarz wie die dunkelste Nacht!« Sie langte hinter sich, und Teje sah, daß eine ihrer Schwestern ihr eine Peitsche gereicht hatte. »Es wäre besser für dich«, flüsterte die Große Königin, »falls du dem Pharao wirklich als Konkubine dienen willst, wenn wir dir die Haut abzögen, damit man dir weniger die Nubierin ansieht.« Und mit diesen Worten riß sie Tejes Kleider ganz herunter, dann ließ sie die Peitsche auf ihren Rücken niedersausen. Verzweifelt versuchte Teje aufzustehen, aber sie wurde von den Prinzessinnen gepackt und auf den Boden gedrückt, und die Hiebe hörten erst auf, als die Große Königin erschöpft war. Sie warf die Peitsche weg und gab Teje einen letzten Fußtritt; dann machte sie sich mit allen ihren Schwestern auf, und Teje blieb sich selbst überlassen.

Einige Zeit später kamen die Ammen zu ihr, ängstlich, weil sie fürchteten, von den Prinzessinnen entdeckt zu werden, und sie trugen sie zu einem Bett, das sie ihr in ihrem Gemach bereitet hatten. Teje sprach nicht einmal, um ihnen zu danken, sondern lag stumm da und starrte die Wand an. Erst als die Nacht anbrach und alle im Harem schliefen, stand sie endlich auf und trat auf den Balkon, um in die Richtung ihres Lieblingssees zu blicken; aber eine Mauer versperrte ihr die Aussicht, und so wandte sie sich bald ab. Sehr behutsam versorgte sie ihre Wunden; dann kleidete sie sich an und schmückte sich mit allem Geschick, das sie nur aufbringen konnte. Viele Stunden saß sie im Mondschein, flocht sich das Haar, bis es endlich dämmerte und sie den Spiegel niederlegte.

Da sah sie hinter sich die Silhouette eines Mannes. »Wer ist da?« rief sie erschrocken aus. Dann lächelte sie vor Staunen und vor Erleichterung. »Inen! Bist du's? Aber was machst du hier?«

»Na, was meinst du? Ich habe meine kleine Schwester vermißt.«

»Aber zu dieser Stunde ist es verboten«, flüsterte sie in plötzlicher Angst.

»Nein.« Er schüttelte den Kopf. »Für mich ist nichts mehr verboten.« Und mit diesen Worten trat er vor, und Teje sah, daß sein Kopf kahlgeschoren war und um seinen Hals nun das Symbol des Amun hing. Er betastete es und lächelte. »Damit besitze ich die Macht von hundert Pharaonen.«

Teje starrte ihn erschrocken an. »Aber … nein … wie konntest du?« Sie schüttelte den Kopf. »Unser Vater …«

»… fürchtete sich vor der günstigen Gelegenheit, die ich nun beim Schopfe gepackt habe.«

»Was für eine Gelegenheit? O mein Bruder, wovon sprichst du?«

»Unser Vater wußte – denn einst hörte ich, wie er es erfuhr – von den Geheimnissen, die im Amuntempel verborgen sind. Doch er hatte Angst, den Schleier, der sie verhüllte, beiseite zu ziehen. Aber ich, wie du sehen kannst« – er berührte seinen kahlen Schädel – »bin kein solcher Feigling gewesen. Und, o meine Schwester – was sind das für Geheimnisse!«

Teje starrte ihn mit aufgerissenen Augen an. »Und«, flüsterte sie begierig, »was hast du gefunden?«

»Du meinst, ich würde dir das erzählen?«

»Warum nicht?«

Inen lächelte. »Weil es sich um Geheimnisse handelt, die älter als der Anbeginn der Zeit sind, aufgeschrieben in den heiligen Lehrbüchern, gehütet von einer Handvoll Priester und die Wunder der Götter selbst offenbarend – alles gute Gründe, dir nichts zu verraten.«

Teje drehte sich um und zog die Nase hoch, um ihre Enttäuschung zu verbergen. »Warum erwähnst du sie dann überhaupt?«

»Um dich zu beeindrucken, aus keinem anderen Grund.« Wieder lächelte Inen, dann zog er seine Schwester in die Arme. Da jedoch zuckte sie zusammen und wich zurück, und Inen blickte erstaunt auf sie hinunter. »Was hast du?« fragte er, und dann entdeckte er die Spuren der Peitschenhiebe auf ihren Armen.

Zuerst wollte Teje ihm nicht sagen, was geschehen war, und versuchte statt dessen aufzuspringen und wegzulaufen, aber dann sprudelte die ganze Geschichte unter halb erstickten Schluchzlauten aus ihr heraus. Inen hörte schweigend zu, dann zog er ein kleines Fläschchen aus dem Gürtel. »Möglich«, flüsterte er, indem er Teje in den Armen wiegte, »daß ich dir wenigstens etwas von meiner Macht zeigen kann.« Mit diesen Worten nahm er ein Stück Stoff und befeuchtete es mit einer dicken schwarzen Flüssigkeit, die er aus dem Fläschchen goß. Er legte es auf die Wunden an den Armen seiner Schwester, und sofort fühlte sie den Schmerz vergehen, und als sie nachsah, waren die Narben ver schwunden. »O Inen«, rief sie, »das ist wirklich Zauberei! Welches Geheimnis, welche Magie kann solch ein Wunder vollbringen?«

Aber Inen lächelte nur und legte einen Finger an den Mund, dann löste er ihre Gewänder und untersuchte die Wunden auf ihrem Rücken. Wieder strich er die Flüssigkeit auf die Striemen, und wieder spürte Teje, daß der Schmerz sofort abflaute. »Und die Narben«, fragte sie ihn, »sind die Narben auch fort?«

»Es ist keine einzige Spur mehr da.«

Teje nickte mit wilder Genugtuung und bückte sich sofort nach ihren Kleidern und ihrem Putz. Doch Inen blickte finster, als er ihr beim Ankleiden zusah. »Tust du nicht des Guten zuviel?« murmelte er. »Du bist für diese frühe Stunde schon schön genug.«

Aber Teje schüttelte den Kopf. »Der Pharao«, flüsterte sie. »Ich muß – ich werde – den Pharao bekommen.«

Inens Blick wurde noch finsterer. »Aber hast du nicht gehört, was die Große Königin gesagt hat? Nur eine Prinzessin von Geblüt kann ihn heiraten.«

»Das war doch sicher eine Lüge?«

»Nein.« Er erhob sich, um seine Schwester zu umarmen. »Nein, das war es nicht.«

»Durch wessen Entscheidung?«

»Durch die Entscheidung der uralten Weisheit Amuns.«

Teje starrte ihren Bruder eine Weile ungläubig an, dann schüttelte sie wild den Kopf. »Ich kann dir nicht glauben.«

»Und doch – es tut mir leid – ist es die unverrückbare Wahrheit.«

»Unverrückbar?«

»Wie sie es seit den Tagen des allerersten Pharaos gewesen ist.«

Teje hob den Handspiegel hoch und legte einen Zopf zurecht. »Wir werden sehen«, sagte sie. Sie schürzte die Lippen und malte sie wieder an. »Denn eine unveränderliche Sitte kann doch verändert werden.« Darauf machte sie kehrt und lief aus dem Zimmer und blieb auch nicht stehen, um Inens

Protestrufe zu hören. Vielmehr stieg sie auf das höchste Dach des Harems und blieb lange dort sitzen, um ihre Löwen zu betrachten, die unten in der Morgenfrische der Bäume lagen. Zur gegebenen Zeit geschah es, daß König Amenophis auf den Hof unter ihr trat, und als er den Kopf hob, sah er Teje dort oben sitzen, und er spürte wieder das Begehren in sich aufsteigen, denn er glaubte, nie zuvor solche Schönheit gesehen zu haben – weder in den Sternen noch in der Sonne, noch in irgendeinem Werk des Himmels oder der Erde. So hielt er in seinem Vorhaben inne und stieg sofort zu Teje hinauf, und er nahm sie in die Arme und versuchte, sie zu küssen. Aber Teje drehte den Kopf weg und wollte seinen Lippen nicht begegnen, bevor er ihr nicht hoch und heilig versprochen hatte, daß sie seine Große Königin sein würde. Dann küßte sie ihn sehr zärtlich und riß sich gleich darauf los und lief die Treppe hinab. Und König Amenophis blieb allein zurück.

Als er am folgenden Morgen auf den Hof trat, blickte er wieder auf und sah Teje in ihrer ganzen Schönheit, und wieder fühlte er sich von seiner Liebe und einem unbeherrschbaren Begehren überwältigt. Doch wie zuvor wollte Teje, nachdem er auf das Dach gestiegen war und versucht hatte, sie in die Arme zu nehmen, seinen Lippen nicht begegnen, sondern blickte statt dessen weg und erinnerte ihn an sein Versprechen.

König Amenophis erbebte vor Verlangen. »Ich bin der Herr der Zwei Länder!« rief er in plötzlichem Zorn aus. »Ich könnte mit dir tun, was mir gefällt!«

»Doch ich würde mich lieber von diesem Dach stürzen«, antwortete Teje, »als Euch als Hure dienen.«

»Du kannst nicht meine Königin sein.«

»Warum nicht?«

»Es ist von den Priestern des Amuntempels verboten.«

»Und doch sagt Ihr selbst, Ihr seid der Herr der Zwei Länder – oder ist der Hohepriester Amuns der wahre König Ägyptens?«

König Amenophis ballte die Fäuste. »Nun gut.« Er nickte

knapp. »Es soll alles in die Wege geleitet werden.« Und mit diesen Worten wollte er sie wieder an sich ziehen, aber erneut wich sie ihm aus. »Es muß in jeder Ecke des Landes verkündet werden«, verlangte sie bestimmt, »damit kein Zweifel bleiben kann.« Und dann küßte sie ihn flüchtig und sprang davon.

Am nächsten Morgen stand König Amenophis vor Anbruch der Dämmerung auf, so schlaflos war seine Nacht gewesen, und setzte sich auf Tejes Lieblingsplatz, auf das Dach über dem Harem, von wo man den Garten überblickte. Als Teje dort erschien, dachte König Amenophis wieder, daß sie schöner als die Sonne sei, selbst als diese im Osten hinter ihrem Kopf aufging und ihr Haar mit einem hellen Schein beleuchtete. Er spürte ein eisiges Feuer über seinen Rücken laufen, gleich dem Atem einer Göttin, als Teje ihn anlächelte und dann spöttisch die schwarzen Augen senkte.

»Ziere dich nicht vor mir«, brüllte er, indem er aufstand. Sofort spürte er den Atem der Göttin im Magen, und er stöhnte fast vor Qual. »O Teje, o Teje …« Er hielt inne, denn er hatte nie zuvor versucht, seine Liebe in Worte zu fassen, da er nicht gewußt hatte, was Liebe sein konnte. Er stand da und kam sich dumm vor, als Teje zu lachen begann; dann stolperte er plötzlich auf sie zu und packte ihr schmales Handgelenk. Er versuchte, sie mit seiner massigen Gestalt auf das Dach zu pressen, aber wie zuvor entwand sie sich seinem Griff.

Als sie diesmal seinem Blick begegnete, schlug sie nicht die Augen nieder. »Habt Ihr getan, was Ihr versprochen habt?« fragte sie ihn. »Werde ich Eure Königin sein?«

König Amenophis holte tief Luft.

»Werde ich Eure Königin sein?«

Wieder holte der König Luft. »Du verstehst nicht.«

»O ja.« Teje spie die Worte heftig aus, während sie zurückwich. »Ich verstehe nur allzu gut.«

»Nein.« König Amenophis machte eine hilflose Geste. »Ich kann nichts tun – nicht ohne ein Zeichen der Erlaubnis von den Göttern.« Er sah das verächtliche Funkeln in Tejes Augen und fühlte seine Wangen brennen, als ob die Göttin begonnen hätte, Feuer darauf zu blasen. Im selben Augenblick wallte seine ganze Wut und Enttäuschung in ihm auf, und er hielt es nicht mehr aus, Teje nicht in den Armen zu haben. »Es spielt keine Rolle«, schrie er, indem er wieder vorsprang und sie an den Haaren packte. »Noch bin ich der Pharao und kann machen, was mir gefällt.«

Sie schrie und wand sich, so kräftig sie konnte, aber König Amenophis packte ihre Arme, und sie konnte nicht entkommen. Dann spürte sie ihn nach ihren Beinen greifen, und sie wich sofort zurück, weg von seinem Griff, so daß sie an der Dachkante über dem Garten stand. Als sie in den Hof hinunterblickte, sah sie, daß dort, zweifellos von ihren Schreien herbeigerufen, viele Menschen versammelt waren, die zum Pharao und zu ihr emporblickten. Dann drehte sie sich weiter um, damit sie in den Garten blicken konnte. Weit unter sich sah sie die obersten Blätter der höchsten Bäume. Neben einem Springbrunnen lag ein Löwe, der sie träge beobachtete.

Schwerfällig warf sich König Amenophis noch einmal vor und ergriff sie am Fußgelenk.

»Werde ich deine Königin sein?« rief Teje laut.

Aber König Amenophis zitterte nun, so daß sein ganzes Fleisch bebte und wogte, und er schien sie nicht zu hören. Er zerrte an ihrem Bein, langte wieder mit seinen Händen hoch, und Teje schloß die Augen, während sie das Haremsdach unter sich spürte – wie hart es war, wie fest das Mauerwerk. Dann krümmte und wand sie sich rückwärts – und plötzlich fühlte sie das Haremsdach überhaupt nicht mehr. Verschwommen hörte sie den Pharao vor Entsetzen und Enttäuschung brüllen, aber der Klang verging bereits, verloren an die Luft, die an ihren Ohren vorbeirauschte, und Teje lächelte, nur einen Augenblick lang, bei dem Gedanken, frei zu sein. Dann fühlte sie sich auf etwas Rauhes prallen und roch das Aroma seltener, kostbarer Blätter, und sie wußte, daß sie die Äste eines Baums getroffen haben mußte. Aber es schien ihren Fall nicht aufgehalten zu haben, denn sie hörte noch immer die Luft in ihren Ohren pfeifen, und dann auf einmal roch sie den Duft von Blumen und feuchter Erde, und dann schrie sie auf, als sie spürte, wie ihr Schädel zu schmelzen schien.

Der heftige Schmerz glich einer sengenden Explosion aus rotem Licht. Doch obwohl der Aufprall ihren ganzen Körper zerschmettert zu haben schien, denn sie spürte, daß ihre Glieder eigenartig verdreht waren, blieb ihr ein einziger Gedanke erhalten, eine Insel über dem Sturm ihrer Schmerzen: »Ich lebe.« Die Vorstellung verblüffte sie, und doch war sie wahr. »Ich lebe.«

Eine ganze Weile versuchte sie nicht, sich zu bewegen, spürte nur die Sonnenhitze im Gesicht, roch die Blätter der Akazien und Tamarisken, hörte die Lieder der Vögel in den Büschen des Gartens. Wie viele Stunden verstrichen, konnte sie nicht sagen, da sie kein einziges Mal die Augen öffnete; aber irgendwann merkte sie, daß der Abend nahte, denn sie konnte die Sonne nicht länger auf ihren Wangen spüren. Aber zu ihrem Erstaunen war ihr immer noch so warm wie zuvor, so daß sie sich einbildete, es läge vielleicht etwas neben ihr, bis sie sich endlich bewegte und feststellte, daß da wirklich etwas war.

Sofort setzte sie sich auf. Die Schmerzen waren zwar stark, aber nicht unerträglich – und doch war sie sich sicher, daß sie gespürt hatte, wie ihr Schädel nachgab. Sie berührte ihren Kopf. Es schien keine Spur einer Wunde zu geben. Wie war das möglich? Warum war sie nicht tot? Dann schlug sie die Augen auf. Zwei Löwen lagen zu beiden Seiten neben ihr ausgestreckt, während der dritte halb zusammengerollt an ihren Füßen lag. Teje hätte beinahe gelacht, als sie sah, wie die Löwen sich nun regten, denn sie dachte, daß sie den Sturz nur überlebt hatte, um von wilden Tieren gefressen zu werden – doch dann begannen die Löwen, sich an ihr zu reiben und ihre Wunden zu lecken, als wäre sie kein Mädchen, sondern selbst eine Löwin. Ihre Zungen fühlten sich sehr rauh auf den geschundenen Gliedern an, aber während sie noch leckten, ließen die Schmerzen allmählich nach. Endlich fühlte sie sich in der Lage aufzustehen, und sofort streckten sich die Löwen verspielt und drehten sich auf den Rücken, und als Teje sich bückte, um sie zu kitzeln, rollten sie sich um ihre Beine. Auch als sie auf die Gartentore zuging, spielten sie weiter und tappten um sie herum wie übergroße Kätzchen. Sie blieb nur kurz an den Toren stehen, dann zog sie den Riegel zurück und ließ die Löwen frei. Aber sie folgten ihr weiter, als sie den verlassenen Hof überquerte und am Harem vorbeiging, in einen Palastbereich, wo sie noch nie gewesen war. Doch sie erinnerte sich an die Beschreibungen des Grundrisses, die Eje ihr einmal gegeben hatte, und so wußte sie, wo der Pharao höchstwahrscheinlich zu finden war. Sie schritt durch einen Bogengang und dann einen zweiten, wo einige Wachen sie aufzuhalten versuchten. Aber dann sahen sie ihr ins Gesicht und dann nach den Löwen, stotterten etwas und traten ängstlich beiseite.

Hinter den Bogengängen erstreckten sich weitere Gärten. Auf den ersten Blick schienen sie leer, doch als Teje stehenblieb, konnte sie zwei ferne Stimme hören, die anscheinend in ein erregtes Gespräch vertieft waren. Sie ging darauf zu, während ihre Löwen immer noch ruhig hinter ihr hertappten, bis sie an einem Teich, dessen gekräuselte Wellen vom Mond silbern beleuchtet waren, stehenblieb und wieder den Stimmen lauschte.

Jetzt konnte sie jene ihres Vaters erkennen. Sie war sehr leise und schien vor nur mühsam beherrschtem Zorn gespannt. »Ich sage Euch«, hörte sie ihn hervorstoßen, »sie kann nicht tot sein. Es ist unmöglich. Deshalb frage ich Euch noch einmal, o Pharao, von wo ist sie herabgestürzt? Wo kann ich sie finden? Ich muß zu ihr.«

»Sie ist tot.« König Amenophis schwieg. »Ich habe es gesehen. Und so kam es, o Juja, daß ich den ganzen Tag nicht zu ihr gehen und in ihr Gesicht blicken konnte. Es ist sonderbar.« Wieder hielt er inne. »Es ist nie meine Gewohnheit gewesen, vor dem Anblick des Todes zurückzuschrecken.«

»Wenn Ihr in ihr Gesicht blickt, das verspreche ich Euch, werdet Ihr sie immer noch sehr lebendig antreffen. Denn Teje hat seit dem Tag ihrer Geburt unter einem geheimnisvollen Schutz gestanden.« Und mit solcher Gewißheit sagte es ihr Vater und mit solcher Ungeduld, daß Teje sich plötzlich mit einem eisigen Schrecken fragte, was ihr Vater wußte. »Ich sage es noch einmal, o Pharao – meine Tochter lebt.«

Aber König Amenophis lachte wild. »Wenn es nur so wäre!«

»Ja? Was dann?«

»Dann hätte ich meinen Segen von den Göttern! Dann könnte ich sie doch zu meiner Königin machen!«

Als Teje dies hörte, lächelte sie leise vor sich hin, dann blickte sie zum erstenmal auf ihr Spiegelbild im Teich. Ihr Gesicht und ihre Gliedmaßen sahen grausam zerschunden aus, und ihr langes Haar war wirr und verfilzt vom Blut. Aber von ihren Löwen umringt, wirkte sie fast wie eine Göttin, und der Mond auf dem Wasser krönte ihren Kopf mit Silber.

Wieder lächelte sie, dann wandte sie sich ab und ging auf dem Pfad weiter. Als sie auf ihren Vater und König Amenophis zukam, verstummten die beiden Männer. Das Gesicht ihres Vaters wirkte starr, beinahe entsetzt, doch dann lächelte er plötzlich und nahm sie in die Arme. Sie zuckte zusammen und lachte, dann zuckte sie noch einmal und machte sich von ihm los, so daß sie in König Amenophis' ungläubig aufgerissene Augen blickte. »Aber ... nein ...« stotterte er, »ich sah dich ... du warst tot ...«

»Habt Ihr nicht ein Zeichen der Götter gefordert?« erwiderte Teje.

»Ja.« König Amenophis schluckte, dann nickte er heftig. »Ja – ja, das habe ich.«

Er streckte die Arme nach ihr aus, und Teje ließ sich trotz der schmerzenden Wunden umarmen, ließ sich küssen, erlaubte sich ein Lächeln der Freude über ihre Eroberung; denn als sie ihn beobachtete und seinem Blick begegnete, wußte sie, daß sie gewonnen hatte. Und dies bewahrheitete sich auch tatsächlich, denn noch am selben Abend wurde ihr neuer Rang im Palast verkündet, und alle, die sie sahen, wunderten sich, daß sie noch am Leben war, so daß das Gerücht ging, sie sei wirklich eine wahre Erbin der Götter. In der allgemeinen Verwirrung und dem Fieber des Klatsches hielt sich niemand damit auf, sich über ihre Abstammung zu wundern und daran zu denken, daß sie keine Schwester des Pharaos war; denn es wurde nur wiederholt, wie sie von den Toten zurückgebracht worden war, um Große Königin zu werden.

Aber selbst in der ersten Begeisterung und Aufgeregtheit über ihren Triumph vergaß Teje nicht, daß noch ein letztes Hindernis zu überwinden war. Auch war sie nicht überrascht, als ihr am folgenden Morgen, während sie durch den Palast spazierte, um ihr neues Reich zu besichtigen, von einem Diener mitgeteilt wurde, daß ein Priester Amuns sie zu sehen wünsche. Sie wandte sich um und sah am Eingang zum Garten ihren Bruder Inen stehen, dessen Miene sehr finster war. Er wartete, bis sie zu ihm kam, dann spazierten sie gemeinsam unter den Bäumen einher.

»Ich glaube«, sagte Inen schließlich, indem er etwas unter seinem Mantel hervorzog, »daß du dies brauchen wirst.«

Er reichte ihr ein Fläschchen, und Teje lächelte, als sie die klebrige schwarze Flüssigkeit betrachtete und dann ein wenig auf eine Narbe an ihrem Arm tupfte. Fasziniert sah sie zu, wie die Wunde allmählich verschwand. »Es ist wahrhaftig«, flüsterte sie, »die außerordentlichste Magie.«

»Ja.« Inen runzelte die Stirn. »Und auch gefährlich für diejenigen, die nicht verstehen, womit sie es zu tun haben.«

Teje blickte erstaunt auf. Das Gesicht ihres Bruders war noch finsterer und entschlossener als zuvor. »Was meinst du?« fragte sie. »Wirst du meine Heirat mit dem Pharao verbieten?«

»Das kann ich nicht. Die Götter haben gesprochen. Sie haben dich aus dem Rachen des Todes zurückgebracht und dich damit als würdige Königin ausgezeichnet.«

Teje lächelte. »Dann scheint es, daß die Götter ihre Meinung geändert haben.«

»Ja.« Sein Blick wurde noch finsterer, und er wandte sich ab.

Teje beeilte sich, um mit ihm mitzukommen, während er

mit großen Schritten weiterging. »Inen«, fragte sie, »was ist los? Was weißt du?«

Er blickte sie ungeduldig an, dann schien seine Miene plötzlich zu zerfallen, und er ergriff ihre Hand. »Ich wünschte…« flüsterte er. Er schüttelte den Kopf, dann küßte er ihre Fingerspitzen. »Ich wünschte«, wiederholte er, »ich wünschte, daß die Dinge anders lägen.«

»Welche Dinge?«

»Daß du nicht… daß… nein.« Er lächelte und schüttelte den Kopf. »Du weißt, daß es mir verboten ist, dir zu sagen, was verborgen ist.«

Teje schwieg, dann blickte sie durch halb gesenkte Wimpern zu ihm auf. »Hat es dich erstaunt, zu erfahren, daß der Sturz mich nicht getötet hat?«

»Sehr.«

»Doch unseren Vater hat es keineswegs erstaunt.«

»Wirklich?« Wieder runzelte er die Stirn. »Was du nicht sagst.«

»Kannst du dir einen Grund vorstellen?«

Inen schwieg eine Weile, dann zuckte er die Achseln und schüttelte den Kopf. »Ich darf nicht länger mit dir reden«, sagte er, »denn ich fürchte mich davor, was ich sonst vielleicht preisgeben könnte.« Er machte kehrt, aber Teje rief ihm nach, und er blieb stehen, anscheinend gegen seinen Willen, und schaute sich noch einmal um. »Ich bin dein Bruder«, sagte er, »und ich liebe dich sehr – aber noch mehr bin ich ein Priester Amuns.«

»Aber wird Amun mich in meiner Ehe segnen?«

»O gewiß.« Er verneigte sich. »Gewiß doch, o Große Königin.«

Dann wandte er sich erneut ab und eilte weiter, und Teje versuchte nicht, ihn noch einmal aufzuhalten. Doch noch während sie ihn gehen sah, fühlte sie sich einen Augenblick beunruhigt beim Gedanken an seine merkwürdigen Worte und den warnenden Ton, den sie zu vermitteln schienen. Aber dann lachte sie und schüttelte den Kopf und begann den Pfad entlangzuhüpfen. »Warum sollte ich Angst haben?« rief sie laut. »Wie Inen selbst gesagt hat – bin ich nicht die Große Königin? Es gibt nichts auf der Welt, worüber ich jetzt nicht bestimmen könnte!«

Jenseits der Gärten blieb sie in einem Hof stehen, denn dort arbeiteten Steinmetzen an dem Mauerwerk des Tores. Teje blickte empor zu den Worten, die sie einmeißelten, und dabei klatschte sie in die Hände, bevor sie in den eigentlichen Palast weitereilte. Hinter ihr beendeten die Steinmetzen ihr Werk. »Teje«, hatten sie geschrieben, »die hochgeschätzte Erbin. Teje, Herrin aller Länder, entzückende Gebieterin, die den Palast mit Liebe erfüllt. Teje, Herrin Unter- und Oberägyptens, Königin der Zwei Länder.«

An diesem Punkt aber sah Harun den Morgen heraufdämmern und unterbrach seine Geschichte. »O Beherrscher der Gläubigen«, sagte er, »wenn Ihr morgen abend wieder herkommen möchtet, dann werde ich Euch die Geschicke des Pharaos und der Königin Teje beschreiben.«

Und der Kalif tat, wie Harun vorgeschlagen, und am folgenden Abend kehrte er zur Moschee zurück.

Und Harun sprach:

Teje brauchte nicht lange, noch bedurfte sie großer Ermunterung, um zu entdecken, wie ergötzlich das Leben einer Großen Königin sein konnte. Alles, wovon sie innerhalb der hohen Haremsmauern geträumt hatte, all die mannigfaltigen Wunder ihrer Phantasie offenbarten sich nun als die blassesten Schatten der Wahrheit, denn in Wirklichkeit schien die Pracht am Hof des Pharaos, seine unerschöpflichen Vergnügungen, Schönheiten und Reichtümer, alle Träume zu übersteigen. Die Herrin einer solchen Welt zu sein erschien Teje wie ein flüchtiger Blick ins Paradies; denn auch dort, vermutete sie, würde man unvergleichlichen Überfluß finden – Gold und Silber, Weihrauch und Duftwässer, aromatisch duftende Hölzer und Stühle aus Elfenbein, die seltensten Fleischsorten und die erlesensten Weine. Kein Tag verstrich, an dem

nicht eine Bootsfahrt auf dem Nil, ein Jagdausflug durch die
Wüste oder Feste in der Kühle der Gärten stattfanden, und
kein Abend ohne ein Festmahl, bei dem Teje, die Gefährtin
ihres Gemahls, die allergrößte der Großen Königinnen, den
Ehrenplatz an der Tafel einnahm.

Denn nachdem Teje den Harem hinter sich gelassen hatte, war sie entschlossen, nie wieder hinter seine Mauern
zurückzukehren. Sie hatte selbst erlebt, wie leicht eine Königin entthront werden konnte, und manchmal, wenn die
Laune sie überkam, stand sie hinter dem Wandschirm, den
ihr Gemahl immer benutzte, wenn er den Harem ungesehen
besichtigen wollte. Es belustigte Teje, ihre Rivalin zu beobachten, die ehemalige Große Königin, wie sie bei ihren
Schwestern saß – nun eine gewöhnliche Haremsfrau; doch
der Anblick enthielt auch eine schreckliche Warnung, denn
Teje wußte, daß ihre Stellung nie ganz sicher sein würde, solange sie ihrem Gemahl keinen Sohn geschenkt hatte. In
Wahrheit jedoch lernte sie den König Amenophis trotz all
seiner Macht bald verachten, denn sie sah, daß er faul war
und nur seine Vergnügungen liebte, und so wurde sie zur
Meisterin in der Kunst, ihm diese zu verschaffen, darauf vertrauend, daß es keines größeren Geschicks bedurfte, ihn zu
lenken. Während Teje ihn allmählich um den Finger wickelte, wurde König Amenophis immer mehr von ihr betört, bis
schließlich er derjenige war, der unbedingt ihr gefallen wollte. Als er sah, wie sehr sie es liebte, am See spazierenzugehen, dem Ort ihrer glücklichsten Kindheitsstunden, ver-
größerte er den See und baute einen Palast an sein Ufer,
reicher und glänzender als jeder, den man bis dahin gesehen
hatte. An der Ufermauer war eine goldene Barke vertäut, und
auf ebendieser Barke wurde Königin Teje über den künstli-
chen See oder den Nil gerudert, mit leuchtenden Edelsteinen geschmückt und inmitten ihrer Löwen auf dem Thron
sitzend. Den Menschenmengen, die sich am Ufer versammelten und ungeduldig auf ihre großzügigen Almosen warteten, erschien sie wie eine Vision aus den Sagen der Götter
– und tatsächlich sprach man von ihr stets nur flüsternd und

voller Ehrfurcht. Die Menschen wußten, daß sie ihren Sturz vom Harem überlebt hatte, sie staunten über die Löwen, die ihr ständig auf den Fersen folgten, und sie bemerkten, daß König Amenophis auf seinen mächtigen Porträtskulpturen seine Gemahlin im gleichen Maßstab wie sich selbst darstellen ließ. Dies alles waren sonderbare und beispiellose Wunder, und so war es nicht erstaunlich, daß die Menschen Teje, während die Jahre dahingingen, als eine große und furchteinflößende Göttin betrachteten – größer noch, so wurde geflüstert, als der Pharao selbst.

Aber Teje, im Harem fernab der Welt aufgezogen und manchmal trotz ihrer Bemühungen noch immer naiv, merkte nichts von der Wirkung, die sie auf ihre Untertanen ausübte. Ihr Vater machte sie schließlich darauf aufmerksam. Er fand sie eines Morgens auf der Terrasse sitzend, die auf den See ging, ganz nah der Stelle, wo sie beide immer am liebsten gesessen hatten. Er stand eine Weile über ihr. »Ich habe merkwürdige Dinge über dich gehört«, begann er schließlich und ließ einen Armreif in ihren Schoß fallen.

Teje hob ihn auf und betrachtete ihn genau. Daran war ein Täfelchen, golden umrandet und aus Karneol gefertigt. Es zeigte eine Göttin mit Flügeln, dem Leib einer Löwin und dem Kopf einer Königin, in der Teje sich sofort wiedererkannte. Sie klatschte vor Freude in die Hände. »Aber das ist ja entzückend!« rief sie aus.

»Nein«, sagte ihr Vater. »Nein, das ist es nicht.«

Teje blickte erstaunt auf. Ihr Vater, der früher nie böse auf sie gewesen war, hatte verärgert geklungen. »Ich sehe darin nichts Schlimmes.«

»Sieh es dir genauer an.« Ihr Vater riß es ihr aus der Hand. »Siehst du es denn nicht? Du bist als todbringendes Wesen dargestellt, hungrig auf Beute. Die Menschen fürchten dich, o meine Tochter, obgleich sie dich auch lieben und verehren, denn es heißt, du seist die Göttin der wilden Tiere der Wüste und all jener Geschöpfe, die sich vom Fleisch der Sterblichen nähren müssen.«

»Ist das meine Schuld?« fragte Teje mit einem trägen Achselzucken. Sie streckte den Arm aus, um den Kopf eines ihrer Löwen, der neben ihr schlief, zu streicheln. »Ich kann nichts dafür, was die Menschen glauben möchten.«

»Du mußt es auf der Stelle von dir weisen.«

»Es von mir weisen?«

»Du mußt dem Volk verkünden, daß du gar nicht göttlich sein kannst, denn es gibt nur einen wahren Gott, in dessen Händen alles liegt.«

Teje saß lange schweigend da und brachte es nicht fertig, ihrem Vater in die Augen zu sehen, so daß sie schließlich den Blick senkte und wegschaute. Josef seufzte und ging hinüber zu den Stufen, an die sanft das Wasser des Sees plätscherte, ein schimmerndes Blau gegen den hellen Marmor.

»Ich kann das nicht aufgeben«, flüsterte Teje und deutete auf die Stelle, wo ihre goldene Barke vertäut lag. »Nicht all das.«

»Das wäre nicht notwendig.«

»Du hast gut reden. Du bist ein Mann. Du riskierst nicht, wieder in den Harem geschickt zu werden.«

Josef lächelte sie betrübt an, schüttelte aber dennoch den Kopf. »Du darfst dir sicher sein, o mein Kind, daß dein Geschick ein großes ist, denn es wurde vor Jahren in einem Traum offenbart, der durch den Willen des Allmächtigen gesandt wurde.« Und mit diesen Worten ging Josef zu ihr, nahm sie bei der Hand und zog sie hoch, um sie in seinen Armen zu halten; und er erzählte ihr König Thutmosis' Traum vom Tal der Gräber, der bedeute, daß die königliche Dynastie eines Tages von dem Fluch reingewaschen werden würde.

Doch als er fertig war, runzelte Teje die Stirn und schüttelte den Kopf. »Wenn es meine Mutter war, die König Thutmosis mit dem Wasserkrug sah, wie kannst du dir dann so sicher sein, wenn du von meinem Schicksal sprichst? Es könnte sich doch auch um Inens oder Ejes Geschick handeln.«

Als sie da aufblickte, sah sie im Gesicht ihres Vaters einen grauen Ausdruck des Schmerzes, und sie erinnerte sich, daß sie einen solchen Ausdruck erst einmal zuvor gesehen hatte, als sie sich ihm zum erstenmal am Abend ihres Sturzes gezeigt hatte. »Was hast du?« flüsterte sie. »Bitte, du machst mir angst.«

Sie konnte kaum atmen, so fest drückte ihr Vater sie an sich. »Du wirst mich immer lieben, hoffe ich«, flüsterte er schließlich.

»Aber ... ja ... ja, natürlich ... warum sollte ich nicht?«

»Ich ...« Ihr Vater holte tief Luft. »Ich habe dir nicht alles gesagt, als ich dir König Thutmosis' Traum erzählte. Da war noch etwas anderes – etwas, das der König nie über die Lippen brachte, aber am selben Tag, an dem er starb, auf einem Papyrus niederschrieb.«

»Was ist das?«

»Du kannst es selbst lesen.«

Teje nahm den Papyrus, den ihr Vater ihr reichte. Sie überflog ihn, dann las sie noch einmal langsam. »Ich verstehe nicht.«

Josef lächelte bitter. »Wie, ist der Sinn denn nicht so klar wie das Licht des Tages? In dem Traum, in dem er deine Mutter beobachtete, als sie Wasser aus dem Krug goß, sah König Thutmosis sich selbst, wie er sie nahm und mit seinem Samen füllte. Ganz bestimmt bedurfte er nicht meiner, um diese Vision zu deuten.«

»Wie ... was meinst du?«

Josefs Lächeln wurde härter. »Als ich den Papyrus, den König Thutmosis mir gab, gelesen hatte, trat ich an die Dienerin deiner Mutter heran, die mir sofort bestätigte, daß der König ihr neun Monate zuvor einen Trank gegeben und befohlen hatte, ihn am selben Abend ihrer Herrin vorzusetzen. Ich hege keinen Zweifel, daß der Trank dazu diente, deine Mutter in tiefen Schlaf zu versetzen, und ich bin mir auch sicher, was König Thutmosis in jener Nacht mit ihr vorhatte. Ich weiß, daß sein Traum ihn bitter bedrückte. Er muß ihn für einen heiligen Befehl gehalten haben, von seinen Göttern geschickt, der ihm das auftrug, was er da hinter dem Rücken seines Freundes tat – hinter meinem Rücken.

»Nein.« Teje schüttelte den Kopf. »Nein. Denn gewiß ... es

ist nicht möglich … Sie schluckte, dann wandte sie den Blick ab. »Wie kannst du dir sicher sein?«

»Ich war mir nicht sicher – lange nicht – erst als ich dich am Leben sah, obwohl du vom Dach des Harems gestürzt warst. Da wußte ich, daß … daß das Blut in deinen Adern nicht meines sein konnte.« Er lächelte sie traurig an und stand einen Augenblick ganz reglos da, dann schloß er sie noch einmal fest in die Arme. »Du wirst immer meine Tochter bleiben«, flüsterte er. »Mein jüngstes, liebstes Kind.«

Teje spürte die Tränen naß an ihrer Wange, und sie küßte ihn zärtlich, wischte dann die Tränen mit ihrem Haar weg. »O mein Vater …« flüsterte sie.

Er sah sie an, und trotz seiner Traurigkeit lächelte er.

»Die Merkmale dieses Geschlechts – du hast gesagt, sie seien ein Fluch?«

»Das fürchte ich.«

»Und wie lautet der Fluch?«

Er zuckte kaum merklich die Achseln. »Das kann ich nicht sagen. Ich weiß nur …« – er hielt einen Augenblick inne, schluckte, blickte dann auf den Armreif, auf das Täfelchen mit dem Porträt – »daß du dem Willen des Allmächtigen getreu bleiben mußt. Sieh dir das an. Sieh es dir genau an.« Er drückte seiner Tochter den Armreif wieder in die Hand. »Sei gewarnt von dem, was du siehst, und hüte dich.«

Teje starrte lange schweigend auf ihr Porträt. »Ich erinnere mich«, begann sie schließlich, »an den Abend der Bekanntgabe, daß ich die Große Königin werden sollte. Da kam Inen zu mir und sagte, er wünschte, es wäre alles anders. Ich habe mich oft gefragt, was er damit meinte, was er vielleicht wußte.«

Josef runzelte kalt die Stirn und wandte sich ab.

»Sieben Jahre sind es nun, seit ich ihn zum letztenmal sah.«

»Und in dieser Zeit wird er gewiß noch mehr gelernt haben, denn wie ich höre, steht er nun sehr hoch in der Gunst des Tempels.«

»Meinst du, er würde mir manche Geheimnisse, die er kennt, enthüllen?«

»Wenn er bereit war, die Liebe seines Vaters mit Füßen zu treten und sich der Anbetung der Magie und der Götzenbilder zuzuwenden, glaubst du, er würde dir seine kostbaren Geheimnisse verraten?«

»Es könnte sein.« Teje lächelte, dann legte sie den Armreif um ihr Handgelenk. »Denn vergiß nicht, ich bin nicht nur seine Schwester, ich bin auch seine Königin.«

Und so geschah es am selben Abend, als sie an König Amenophis' Seite lag, daß sie alles wiederholte, was sie am Nachmittag erfahren hatte, und ihr Gemahl hörte sehr verwirrt und erstaunt zu. Als Teje dies sah, beschloß sie, ihren Nutzen daraus zu ziehen, und so verlangte sie, den Hohenpriester sofort zu rufen, um ihnen beiden all die Geheimnisse zu offenbaren, die er kannte. König Amenophis aber wurde bleich und schüttelte den Kopf, denn er fürchtete, gestand er, dem Hohenpriester Amuns in die Quere zu kommen, da die Kräfte seiner Zauberei jedes menschliche Maß überstiegen. Aber Teje gab nicht auf, denn sie hatte sich längst an die Angst ihres Gemahls vor dem Gott gewöhnt, und so bemühte sie sich die ganze Nacht hindurch, seinen Beschluß zu ändern. So geschickt war sie, so groß ihre Überredungskunst, daß es ihr am Ende gelang, und am nächsten Morgen begaben sie sich gemeinsam zum Tempel.

Als sie unter dem Dröhnen von Gongs, dem monotonen Sprechgesang der Gebete, den Angstschreien der Opfertiere durch den äußeren Hof schritten, bemerkte Teje, daß ihr Gemahl und Bruder wieder bleich geworden war, aber sie wich seinem Blick aus und ging den eingeschlagenen Weg weiter. Der zweite Hof führte zu zwei riesigen Türen, und Teje bedeutete den Dienern, sie aufzustoßen. Als sie aufschwangen, sah sie hinter ihnen eine endlose flackernde Dunkelheit, und zu ihrem Erstaunen verspürte sie im Herzen eine leichte Furcht. »O großer Pharao, o große Königin«, ertönte eine unsichtbare Stimme, »Ihr seid im Begriff, aus dem Reich des Menschen in das der Mysterien und der unter den Sternen wohnenden Götter zu treten. Überschreitet die Schwelle des geheimen Reiches!«

Zum erstenmal, seit sie den Tempel betreten hatten, erlaubte sich Teje, ihrem Gemahl in die Augen zu sehen, aber dann wandte sie sich wieder ab und folgte dem Befehl der Stimme. Als sie durch die Tür schritten, sah sie einen Priester auf sie warten, und sie brauchte einen Augenblick, um in ihm ihren Bruder Inen zu erkennen. Doch dies nicht etwa, weil er sich verändert hätte – sondern vielmehr, weil er sich, obschon sieben Sommer verstrichen waren, eben gerade nicht verändert hatte. Sein Gesicht war faltenlos, sein Körper noch immer straff, und er wirkte jünger, dachte Teje, als sie selbst. »Aber Inen«, flüsterte sie, »du bist mir an Jahren voraus. Wie ist das möglich?«

Inen aber antwortete ihr nicht, noch begegnete er ihrem Blick, sondern wandte sich nur um und ging zu einer weiteren Tür voran. Sie tat sich vor ihm auf, und Teje sah, daß dahinter ein weiteres Tor wartete. Immer weiter wurden sie geführt, während die Decken der Räume zunehmend niedriger wurden und die Dunkelheit tiefer und von weniger Kerzen erhellt, so daß die Talismane an den Wänden nicht zu lesen waren. Es war Teje, als spotteten die Schatten über ihre Unwissenheit, und sie fühlte Zorn in sich auflodern und befahl Inen stehenzubleiben.

Er wandte sich gleichmütig zu ihr um.

»Was ist das Geheimnis dieses Ortes«, verlangte sie zu wissen, »und des königlichen Geblüts, das ich mit dem Pharao teile?«

»Es ist noch nicht an der Zeit für dich, o meine Schwester, dies herauszufinden.«

»Ich bin die Königin!« rief Teje. »Ich darf herausfinden, was ich wünsche!«

»Nein.« Inens Stimme war plötzlich schroff und sehr fest. »Der Pharao darf kommen« – er verneigte sich sehr tief – »denn er ist nun bereit, die Geheimnisse Amuns zu erblicken und zu erfahren, was es heißt, von den Göttern abzustammen. Aber du, meine Schwester, mußt noch warten.« Und mit diesen Worten wandte er sich ab und ging einige Schritte weiter, dann klopfte er an zwei Türen, die klein waren und tief in die gegenüberliegende Wand eingefügt. Sie taten sich mit einem eigenartigen Ton auf, indem sie ohne Zutun einer menschlichen Hand auseinanderglitten, und Teje starrte sie staunend an, denn sie spürte eine furchtbare Zauberei.

Inen winkte dem König Amenophis. Dieser warf noch einen Blick auf Teje, mit vorquellenden Augen, dann schritt er sehr langsam in die Dunkelheit hinter der Doppeltür. Teje machte Anstalten, ihm zu folgen und Inen beiseite zu schieben, aber er verstellte ihr den Weg, und im selben Augenblick glitten auch schon die Türen hinter ihm zu. »Es tut mir leid«, flüsterte er, »aber du mußt Geduld haben, o meine süße, innig geliebte Schwester. Denn warum hätten wir dir sonst erlaubt, so tief in diesen Tempel einzutreten, wenn nicht, um dir einen Vorgeschmack auf die Geheimnisse zu geben, die noch kommen werden?«

Teje holte tief Luft und sah ihm nicht in die Augen, sondern auf die Türen, die ihr den Weg versperrten. Sie schienen aus einem fremdartigen Metall gefertigt, sehr glänzend und glatt und mit Zeichen in einer unbekannten Sprache beschriftet. Sie runzelte die Stirn, versuchte, deren Sinn zu begreifen, dann erbebte sie, denn sie merkte, daß sie nie etwas Ähnliches gesehen hatte – daß sie in der Tat aus einer Welt fremder Götter stammen könnten. »Unser Vater …« flüsterte sie mit einem Blick auf Inen, »unser Vater – er hatte recht. Dies ist ein höllischer Ort.«

Sie machte kehrt und lief zurück, auf das Tageslicht zu. Doch Inen rannte ihr nach und packte sie am Arm. »Vertrau mir«, flüsterte er, »ich flehe dich an, bitte!«

»Dann sag mir, was das Geheimnis dieses Ortes ist, denn ich fürchte es entsetzlich.«

»Ich darf nicht.« Inen schaute sich um, dann senkte er die Stimme noch mehr. »Aber ich schwöre, o meine Schwester, die Zeit wird kommen, da du verstehst.« Wieder schaute er sich gehetzt um, dann küßte er ihr die Hand. »Alles, was ich tue, o Teje – es ist alles für dich.«

Dann wandte er sich wieder um und verschwand ins Dunkel, so daß Teje allein zum Licht zurückkehren mußte. In großer Bestürzung grübelte sie den ganzen Tag lang über die Worte ihres Bruders nach und wartete voller Ungeduld auf die Rückkehr ihres Gemahls, darauf vertrauend, daß wenigstens er nicht fähig sein würde, ihr etwas vorzuenthalten. Aber als er endlich wieder auftauchte, wollte er kein Wort sagen, obwohl sein Gesicht ein furchtbares Erschrecken verriet und er die ganze Nacht im Schlaf murmelte und stöhnte. Am nächsten Morgen bedrängte sie ihn aufs neue wegen des Geheimnisses, doch abermals widerstand er ihren verlockendsten Überredungskünsten. »Es ist verboten«, flüsterte er, während alle Farbe aus seinen Wangen wich und ihn gleichzeitig unwillkommene Gedanken zu überfallen schienen. Er dehnte die Finger, und reckte seine Glieder, als wäre er sich ihrer nie richtig bewußt gewesen. Beunruhigt starrte Teje ihn an und versuchte, ihn in die Arme zu nehmen, aber er erbebte gräßlich und stieß sie fort. Dann plötzlich, als erwachte er aus einem Alptraum, schaute er sie verwirrt an und streckte wieder die Hand nach ihr aus. Da fiel sein Blick auf den Armreif um ihr Handgelenk. »Was ist das?« fragte er, während er das Bild betrachtete, und dann warf er den Kopf in den Nacken und begann zu lachen.

»Was ist los?« wollte Teje wissen.

Doch der Pharao lachte nur.

»Was ist los?« schrie sie, nun in wildem Zorn. »Du darfst mir nicht länger vorenthalten, was du weißt!«

Sogleich erstarb das Gelächter des Pharaos auf seinen Lippen. »Ich darf«, flüsterte er. »Ich darf, und ich tue es. Denn wahrhaftig, es erfüllt mich mit solchem Grauen, daß ich es kaum ertrage, daran zu denken, geschweige denn es in Worte zu fassen.« Dann stieß er sie wieder von sich und sagte keinen Ton mehr, und Teje errötete und fühlte große Angst in sich aufwallen. Sie lauschte den Schritten des Pharaos, die durch die Stille hallten, dann berührte sie den Armreif mit dem Porträt und erinnerte sich daran, daß es ihre Absicht und ihr feierliches Gelübde gewesen war, das Ding wegzuwerfen. Stirnrunzelnd betrachtete sie es gründlich, dann sah sie sich nach ihren drei Löwen um. Teje ging zu ihnen und streichelte ihre dichten schwarzen Mähnen, wie es ihre Gewohnheit war, wenn sie sich verärgert oder unruhig fühlte. Dann setzte sie sich zu ihnen und betrachtete das Porträt noch einmal ganz genau. Sie wußte bereits, daß sie es nicht wegwerfen würde. Denn welches andere Beweisstück, welchen anderen Schlüssel besaß sie für ihre Suche nach dem geheimen Wesen ihres Blutes? Da war nur die Erinnerung an König Amenophis, der lachte, wild lachte wie über einen verborgenen Scherz, als er ihr Abbild als raubgierige Löwin sah, aber so sehr Teje sich auch anstrengte, konnte sie den Scherz nicht erkennen.

An diesem Punkt aber sah Harun den Morgen heraufdämmern und unterbrach seine Geschichte. »O Beherrscher der Gläubigen«, sagte er, »wenn Ihr morgen abend wieder herkommen möchtet, dann werde ich Euch von den Ängsten und den Entdeckungen der Königin Teje berichten.«

Und der Kalif tat, wie Harun vorgeschlagen, und am folgenden Abend kehrte er zur Moschee zurück.

Und Harun sprach:

In den Wochen, die folgten, und dann den Monaten und Jahren lernte Teje den Armreif, den ihr Vater ihr gebracht hatte, schätzen wie ein Amulett, ein Pfand darauf, daß die Geheimnisse des Tempels wirklich eines Tages ihr gehören würden. Nie hörte sie auf, es übelzunehmen oder sich darüber zu ärgern, daß ihr Gemahl diese bereits kannte; denn ihr war, als hätte sie seit ihrem Besuch im Tempel die Macht verloren, ihn zu lenken, und sie fürchtete ständig, sie könnte ihr vollständig entgleiten. Gewiß hielt sich König Amenophis oft im Amuntempel auf, und sein Schweigen über sein Tun dort war so unerschütterlich wie von Anfang an. Aber Teje hatte dennoch eine feine Veränderung in seinem Verhalten bemerkt, die immer besonders deutlich war, wenn er vom Tempel zurückkam, seine Trägheit schien dann gebannt, sein Appetit geweckt, und manchmal hatte sie Mühe, mit seinen

Forderungen Schritt zu halten. Oder aber er zog für Tage in die Wüste und kam erst zurück, wenn er zahllose Tiere getötet hatte, damit ihre Kadaver im Triumph durch den Staub geschleift und der Beweis des Gemetzels vor dem Palast aufgehäuft werden konnte. Teje warf einen angeekelten Blick auf die von Fliegen umschwirrten Leichname, dann streckte sie die Hand nach ihren Löwen aus, die sich an ihren Beinen rieben, und versuchte, sowohl die aufgeregten Tiere als auch sich selbst zu beruhigen, indem sie sie fest an sich drückte und ihre Mähnen streichelte. Um den Gestank aus der Nase zu bekommen, ließ sie sich in ihrer Barke über den See fahren, beobachtete die buntgefiederten Vögel, wenn sie zum Himmel aufstiegen, und atmete den Duft der Lilien im Wind ein. Solche Vergnügungen wurden ihr um so kostbarer, je gefährdeter sie ihr erschienen; denn mit jedem Tag, den König Amenophis auf der Jagd verbrachte, fern von ihr und ihrem Einfluß, schienen die Mauern des Harems höher zu wachsen und ihre Schatten dunkler auf Tejes Gedanken zu fallen.

Als König Amenophis aber seine Absicht ankündigte, in den Krieg zu ziehen, mit seinen Truppen gegen die fernen asiatischen Stämme zu reiten, konnte sie sicher sein, daß ihr Einfluß einer tödlichen Bedrohung ausgesetzt war. Nur ein Sohn, dachte sie, könnte ihn jetzt wiederherstellen, und so wurde ihre Sehnsucht nach einem Erben immer verzweifelter und drängender. Aber erregt von der Aussicht auf Krieg, suchte König Amenophis vor seinem Aufbruch von Theben ihr Bett kaum auf – und Teje wußte, als sie ihn davonreiten sah, daß sie kein Kind von ihm erwartete. Es würde lange dauern, fürchtete sie, bis er wieder zu ihr käme, und in der Tat zogen sich die Wochen hin und wurden zu Monaten. Manchmal wurde ein Brief gebracht, in dem der Pharao höchst erregt die Vernichtung seiner Feinde beschrieb und daß er ein »rasendes Feuer«, ein »glutäugiger Löwe« sei; aber zwischen den Prahlereien fand sich kaum eine Andeutung, ob er Teje überhaupt vermißte.

Also hörte sie die Nachricht von der bevorstehenden Rückkehr des Pharaos mit Beklommenheit und einer gewissen grimmigen Entschlossenheit. Sie wurde ihr von Eje überbracht, inzwischen Ägyptens berühmtester General, der mit der Vorhut nach Theben vorausgeschickt worden war, um die in den Kriegen erbeuteten Schätze zu eskortieren. Aber in Wahrheit, verriet Eje, hatte es kaum Kriege gegeben, denn es gab kaum Feinde, die stark genug waren, um sich zu wehren – und so hatte König Amenophis sich damit begnügt, Städte zu plündern und ab und zu ein Blutbad anzurichten, wenn ihm allzu langweilig wurde. In Wirklichkeit, so berichtete Eje, hatte er sich für nichts sonderlich interessiert außer für die Gefangennahme von Feinden, von denen nun viele Hunderte, unter Ketten ächzend, im Heerzug nach Theben gebracht wurden.

»Und ich?« wagte Teje endlich ihren Bruder zu fragen. »Hat er nie von mir gesprochen oder sich für mich interessiert?«

Eje lächelte sie an, dann zuckte er die Achseln und nahm sie bei den Händen. »Du mußt ihm einen Sohn gebären.«

»Als ob ich das nicht wüßte!« rief sie enttäuscht aus.

»Da gibt es doch hoffentlich kein Problem?« fragte Eje stirnrunzelnd.

»Wie kann ich das wissen?« Teje konnte die Tränen nicht mehr zurückhalten. Eje streckte den Arm nach ihr aus, und sie vergrub ihr Gesicht an der starken Brust ihres Bruders, bis ihr Zorn und ihre Leidenschaft erschöpft waren und sie wieder trübsinnig dasaß, während die Tränen auf ihren Wangen trockneten.

Eje sagte: »Du solltest meiner Frau einen Besuch abstatten, der Herrin Tija. Sie ist in vielen Künsten bewandert.«

»Künste? Was meinst du?«

»Die heiligen Künste. Du weißt doch, daß die Herrin Tija die Hohepriesterin der Isis ist, und Isis ist eine Göttin mit großer Zauberkraft.«

Teje starrte ihn ungläubig an. »Zauberkraft?« wiederholte sie. Dann blickte sie finster und schüttelte den Kopf. »Nicht auch du noch, o mein Bruder! Was wird unser Vater sagen?«

Eje zuckte die Achseln. »Warum muß er es wissen?«

»Nein.« Teje schüttelte den Kopf. »Nein, ich kann nicht.«

Wieder zuckte Eje die Achseln. »Na schön – wie du willst. Aber solltest du deine Meinung ändern ... Ich weiß, daß meine Gemahlin dir sehr gern helfen wird. Aber entscheide dich bald, o meine Schwester. Der Pharao dürfte spätestens morgen nacht hier sein.«

Er küßte Teje flüchtig und schritt dann davon, während sie allein zurückblieb. Den ganzen Tag und Abend nagten Ejes Worte an ihren Gedanken. Anfangs war sie entschlossen gewesen, das Vertrauen ihres Vaters nicht zu verraten und der Verehrung des einen und einzigen Gottes treu zu bleiben; aber als sie dann am See spazierenging, wurde ihr aufs neue bewußt, wie wunderschön und kostbar er war, und den Thron zu verlieren, empfand sie als eine Art Tod. Sie blickte auf ihr Spiegelbild hinab. Sie erschrak, als sie sah, wie sehr ihre Schönheit gewelkt war, denn ihr Gesicht und auch die Beine und Arme waren mager geworden. »Ich bin beinahe eine vertrocknete alte Frau«, dachte sie.

Einer plötzlichen Regung folgend ließ sie sich einen Umhang bringen und verhüllte sich damit; dann ging sie zum Harem und stellte sich hinter sein Gitter, um die Frauen im Garten unter ihr zu beobachten. Es gab jetzt viele, die Perücken im nubischen Stil trugen, der sie, die Große Königin, nachahmte, und eine von ihnen, bemerkte sie mit jähem Erstaunen, war ihre vor langem entthronte Rivalin, die frühere Große Königin, die sie einst am Haar gezerrt und es wegen seiner Häßlichkeit verhöhnt hatte. Teje lächelte; aber die Süße des Triumphs schien merkwürdig bitter. Das bekräftigte ihren Entschluß: Sie eilte wieder hinaus in die Nacht.

Dennoch näherte sie sich dem Haus ihres Bruders mit einem beklommenen Gefühl. Eje hatte nicht gelogen: Über die Kräfte der Herrin Tija waren tatsächlich merkwürdige Dinge zu hören, denn es wurde behauptet, daß sie wie Isis, die Göttin, der sie diente, eine große Zauberin sei und den Stand der Sterne deuten könne. Teje zögerte am Eingang des Hauses unsicher, aber die Herrin Tija hatte sie offenbar erwartet, denn sie tauchte plötzlich ohne Ankündigung in der Tür auf. Sie nahm ihre Besucherin mit einem stummen Lächeln an der Hand und führte sie hinaus in die Kühle des Gartens, der ummauert und vor neugierigen Blicken geschützt war. Dennoch schaute sich Teje ängstlich und unsicher um. »Mein Vater«, flüsterte sie, »darf es nie erfahren.«

Tija lächelte und schüttelte den Kopf, dann blickte sie zu den Sternen empor. »Sagt er nicht, daß sein Gott den Himmel und die Sterne schuf?«

Teje neigte den Kopf. »Ganz recht.«

»Was ist dann falsch daran, wenn wir die dort bewahrten Muster deuten?«

Unwillkürlich hob Teje den Blick zum Himmel. »Du kannst verstehen, was sie sagen?«

»Es heißt in unseren unergründlichsten Mysterien, daß die Herrin Isis das Wissen um alle in den Sternen enthaltenen Geheimnisse besaß, denn sie hatte die Kenntnis des geheimen Namens Amuns und alle darin enthaltene Magie erlangt.«

»Und was kannst du heute nacht am Himmel lesen?«

Tija lächelte, dann flüsterte sie ihrer Gefährtin eindringlich ins Ohr. »Morgen! Wenn der Pharao zurückkommt – morgen muß es geschehen. Dann wird dir gewiß ein Kind gewährt, denn ich habe die Muster der Sterne deiner Geburt gedeutet, und sie sind unmißverständlich. Es bleibt nur ein Problem. Sie versprechen dir ein Mädchen.«

»Nein.« Tejes gehobene Stimmung wich jäh tiefer Verzweiflung. »Nein, nein, ich muß einen Sohn haben!«

Tija hob eine Hand. »Noch ist nichts verloren Als ich die Konstellation deiner Sterne deutete, deutete ich auch meine eigenen. Mir ist ein Sohn verheißen, wenn ich morgen mit meinem Gemahl schlafe. Zwillingsschicksale also – aber mit unterschiedlichem Ausgang. Sie müssen vermischt werden – irgendwie ausgetauscht …«

»Du glaubst, das ist möglich?«

»Es mag sein – durch die allergeheimste Magie der Göttin, der ich diene.« Mit diesen Worten hob Tija eine Schatulle neben ihren Füßen auf und legte sie sich behutsam auf den Schoß. »Was du gleich sehen wirst«, flüsterte sie, »ist der flüchtige Anblick eines Wunders, der nur sehr wenigen zuteil wurde, denn er ist die wahre Gestalt der Göttin. ›Die jenseits der Sterne wohnte‹, der ›Herrin des Ortes vom Anbeginn der Zeit‹. Verrate also mein Vertrauen nicht, o Königin, denn ich gehe ein großes Wagnis ein, wenn ich dir dieses Mysterium enthülle.«

»Ich schwöre beim Gott meines Vaters«, antwortete Teje, »daß niemals ein Wort über meine Lippen kommen wird.«

Tija öffnete den Deckel, so daß zwei winzige Statuetten zum Vorschein kamen.

»Was ist das?« rief Teje, indem sie eine davon herausnahm und aus der Nähe betrachtete, denn sie hatte noch nie ein so beunruhigendes Abbild gesehen. Es war eine Frau, geschmückt mit der Krone und den königlichen Insignien der Herrin Isis, aber mit langen, dünnen Beinen und einem geschwollenen Bauch, einem schmalen Gesicht und einem geschwollenen Schädel. Teje erbebte vor Abscheu, dann blickte sie zu Tija auf. »Warum stellt ihr eure Göttin auf diese Weise dar?«

»Weil sie so aussah, als sie von den Sternen kam, sie und Osiris und ihr Bruder Seth. Es ist eine Erinnerung, die in den Tempeln seit der Ersten Zeit gehütet wurde, als die Götter die Menschen in den Künsten des Lebens belehrten.«

»Und was hat es mit diesen Porträts auf sich? Besitzen auch sie die Macht der Zauberei?«

»Darauf müssen wir vertrauen«, antwortete Tija lächelnd. »Denn in unseren geheimsten und ältesten Texten steht geschrieben, daß der Mensch zuerst aus Blut und Lehm geformt und durch Isis' Macht zum Leben erweckt wurde, als sie den Zauber des geheimen Namens Amuns sprach. Deshalb«, sie nahm ein goldenes Messer von ihrer Seite, »müssen wir darauf vertrauen, daß dieser Zauber nicht ganz tot ist. Gib mir dein Handgelenk, o mächtige Königin.«

Teje gehorchte, und mit einem raschen Druck des Messers zog Tija einen dünnen Schnitt. Sie legte Tejes Arm so zurecht, daß das Blut auf eine der Statuetten fiel, dann schnitt sie sich ins eigene Handgelenk und ließ ihr Blut auf das andere Figürchen tropfen. Die seltsam gewölbten Schädel waren mit roten Flecken übersät, doch dann begann der Lehm es aufzutrinken und tief einzusaugen. Tija nahm die Statuetten und hielt sie zum Mond empor. »Blut von Blut«, flüsterte sie, »Staub von Staub«, und dann warf sie die Figürchen hart auf den Boden. Sie zersprangen in winzige Bruchstücke, und Tija vermischte die Trümmer mit ihrem Zeh, den sie kreisen ließ, bis die beiden nicht mehr zu unterscheiden waren. Als dies geschehen war, schöpfte sie den Staub auf und warf ihn in die Luft, so daß er von der Brise verweht wurde. »O Herrin Isis«, flüsterte sie, »erhöre die Gebete deiner Dienerin.« Dann wandte sie sich wieder Teje zu; sie lächelte und nahm ihre Hände, die sie fest drückte. »Jetzt weißt du, was du morgen nacht tun mußt.« Sie lächelte wieder.

Am nächsten Tag bereitete sich Teje mit ihrem ganzen Geschick und großer Sorgfalt vor. Sie badete lange, dann ließ sie sich die Glieder salben und parfümieren. Als sie dabei zuschaute, dachte sie wieder, wie merkwürdig dünn ihre Beine und Arme geworden waren, aber sie bemühte sich, diese Gedanken von sich zu schieben. Als ihr Körper zu ihrer Zufriedenheit vorbereitet war, ließ sie sich ihr schönstes Gewand und den kostbarsten Schmuck bringen, und nachdem sie sich geschmückt hatte, befahl sie ihrer Lieblingsdienerin, sie zu frisieren. Als das Mädchen sich an die Arbeit machte, hielt Teje sich einen Spiegel vor, um ihr Gesicht zu betrachten. Wie schon bei ihren Gliedmaßen erschrak sie zutiefst, als sie sah, wie schmal und knochig ihre Züge geworden waren. »Wie die Statuen«, dachte Teje plötzlich, »die Statuetten der Isis«, und mit einemmal fühlte sie den Schatten eines seltsamen Gedankens. »Nein«, sagte sie sich, »nein, das ist nicht möglich«, doch die Erinnerung an die Statuetten blieb vor ihrem inneren Auge. Dann hörte sie plötzlich die Dienerin heftig einatmen, und als sie sich umdrehte, entdeckte sie einen Ausdruck des Staunens und des Abscheus auf ihrem Gesicht. »Was ist los?« wollte Teje wissen. »Sag es mir. Hab keine Angst. «

Das Mädchen zitterte. »O meine Herrin«, flüsterte sie, »es tut mir leid, sehr leid …«

»Sag's mir – bitte.«

»Euer Schädel«, flüsterte das Mädchen. »Euer Schädel, Euer Schädel …«

Teje hob den Spiegel und beugte den Kopf vor, dann ließ sie den Spiegel fallen, so daß er auf dem Boden zersprang. Im selben Augenblick stand sie auf, ließ ihre Toilette sein und schrie nach einer Sänfte zum Amuntempel. Als sie dort eintraf, fand sie die Tore zum inneren Hof verschlossen, aber wie zuvor befahl Teje, sie aufzustoßen, und schritt ins Dunkel dahinter. Tür auf Tür ließ sie sich in gleicher Weise öffnen, so daß sie immer tiefer in den Tempel eindrang, bis sie endlich zu der Stelle kam, die sie schon einmal erreicht hatte, nur um festzustellen, daß die Metalltüren sich nicht öffnen ließen. Teje begann, mit den Händen dagegenzuhämmern und lauthals nach ihrem Bruder zu rufen, bis sie endlich aufglitten und Inen erschien.

Teje nahm die Perücke ab und zeigte auf ihren Schädel. »Sieh, o mein Bruder!« zischte sie. »Sieh, wie er geschwollen ist! Verbirg nicht länger vor mir, was aus mir wird, denn ich habe das geheime Bild der Götter aus der Ersten Zeit gesehen. Keine Geheimnisse mehr, kein Schweigen mehr! Es ist Zeit, daß du mir alles sagst!«

Inen stand eine Weile regungslos da, dann küßte er sie plötzlich auf die Wangen. »Du hast recht«, flüsterte er. »Die Zeit ist wirklich gekommen.«

Er wandte sich um und ging zwischen den offenen Türen hindurch, und Teje, die ihm folgte, fand sich in einem langen, schmalen Raum wieder, sehr dunkel und in Rauch gehüllt. An der Seite lief eine Rinne entlang, wie sie in ihrem eigenen Gemach eine hatte, die zu ihrem Bad führte, und tatsächlich sah sie, als sie durch die Weihrauchwolken spähte, ein kreisrundes Becken, ohne Wasser, in das die Rinne zu münden schien. Hinter dem Becken stand die einzelne Silhouette eines Mannes, und hinter dem Mann erhob sich ein gewaltiger Altar. Ansonsten war der Raum leer, und

Teje fragte sich, welches Geheimnis er wohl enthalten mochte.

»Warte hier«, befahl Inen, als sie das Becken erreichten. Teje tat, was ihr Bruder sie geheißen hatte, dann sah sie ihn darum herumgehen und sich dem Mann auf der anderen Seite nähern. Er flüsterte ihm ins Ohr, wobei er sich manchmal umdrehte und auf Teje zeigte, und sie bemerkte durch die Weihrauchwolken, daß der Mann einen kahlrasierten Kopf hatte und wie ihr Bruder gekleidet war, und ihr war klar, daß es kein anderer als der Hohepriester Amuns sein konnte. Als sie sein Gesicht genauer betrachtete, begriff sie allmählich, warum König Amenophis ihn so sehr gefürchtet hatte, denn er schien etwas nahezu Unmenschliches an sich zu haben, etwas Raubtierhaftes und Kaltes, als wäre er eine jener Kobras, die sie hin und wieder im Schatten der Palastmauern zusammengerollt entdeckt hatte. Als sie dies dachte und sich an das alterslose Aussehen dieser Schlangen erinnerte, wußte Teje plötzlich, was sie an dem Hohenpriester so fremdartig fand: Nicht daß er zerfurcht oder vertrocknet oder gebeugt gewesen wäre, denn in Wahrheit erschien er im Aussehen so jugendlich wie Inen – und dennoch, trotz allem, war Teje davon überzeugt, daß er unvorstellbar alt war. Als er um das Becken herum auf sie zukam, konnte sie einen Schauder nicht unterdrücken, und als der Hohepriester dies bemerkte, entblößte er seine Zähne zu einem Lächeln, das gleichzeitig spöttisch und grausam wirkte.

Doch während er sich näherte, streckte er die Hand aus und berührte ihren Arm mit einer beruhigenden Geste. »Es ist kein Wunder, daß du dich fürchtest«, sagte er leise, »denn ich kann mir gut vorstellen, wie beunruhigend es sein muß, die Bedeutung deiner Abstammung von den Göttern zu entdecken.«

»Die wahre Bedeutung?«

Der Hohepriester umfaßte ihren Arm fester und führte sie hinüber zu der Wand hinter der Rinne. In den Stein waren Porträts gemeißelt – mit dünnen Gliedern, runden Bäuchen, riesigen geschwollenen Schädeln. »Isis?« flüsterte Teje, indem

304

sie auf eine Gestalt deutete, an deren königliche Insignien sie sich vom Abend zuvor erinnerte.

Der Hohepriester nickte. »Und hier …« – er zeigte auf eine andere – »Osiris – und Seth. Die Götter der Ersten Zeit. Die Götter, die den Menschen schufen.«

»Und Amun?« flüsterte Teje.

Der Hohepriester runzelte die Stirn. »Was ist mit ihm?«

»Ist dies nicht sein Tempel?«

»Gewiß.« Er atmete tief ein. »Ja, ganz gewiß.«

»Von ihm gibt es hier also keine Porträts zu sehen?«

»Nein.« Der Hohepriester sprach das Wort mit unvermutetem Nachdruck aus. »Denn er ist der Gott, der hier drinnen ist, aber nie erblickt werden darf, dessen Name die Quelle der Macht dieser Welt ist.«

»Und was ist diese Macht?«

»Es ist die Macht, mit der die Götter den Menschen aus Lehm formten. Es ist die Macht des Blutes, das sie in ihren Adern haben. Und es ist deshalb die Macht, o Königin« – er betrachtete sie von Kopf bis Fuß –, »die auch in dir und deinen Adern vorhanden ist.«

Während er dies sagte, schien sein Blick so funkelnd und begierig, daß Teje unwillkürlich einen Schritt zurück tat. Sie hob eine Hand, um ihren Hinterkopf zu berühren. »Wie werde ich dann diese Macht in mir erkennen?«

»Auf mannigfache Art«, sagte der Priester lächelnd, »denn du und dein Geschlecht sind vor allen Sterblichen gesegnet worden.«

»Sag mir«, flüsterte Teje, »sag mir, wer ich bin.«

Der Hohepriester warf einen Blick auf Inen und lächelte wieder. »Nachdem die Götter den Menschen geformt und durch die Macht des Namens Amuns zum Leben erweckt hatten, schliefen sie mit den schönsten ihrer neuen Geschöpfe – und ihre Kinder, o Königin, waren die ersten deiner Art. Die Götter haben Ägypten seit langem verlassen und sind in den Himmel zurückgekehrt, aber ihre Nachkommen sitzen immer noch auf dem Thron der Zwei Länder. Und ich« – er deutete auf Inen – »wir – die Priester, die die Geheim-

305

nisse der Götter hüten – sind die Erben jener, welche die Blutlinie als erste hüteten und die das Geheimnis vom Anbeginn an weitergereicht haben.«

Tejes Blick wanderte zwischen den beiden hin und her. »Das also«, flüsterte sie, »war der Grund, warum ihr mir zuerst nicht erlauben wolltet, Große Königin zu werden?«

Der Hohepriester nickte. »Die Reinheit des königlichen Blutes muß stets gewahrt bleiben.«

»Aber dann«, sagte Inen lächelnd, »als du vom Haremsdach fielst, wußten wir, daß du doch das heilige Blut besitzt. Denn es ist die Eigenschaft derer, die es besitzen, o meine Schwester, daß sie überleben können, was für andere den sicheren Tod bedeuten würde.«

»Und doch…« Teje runzelte die Stirn und kniff die Augen zusammen. »Als du entdeckt hast, wer ich bin, damals an dem Abend… als der Pharao mich zur Großen Königin erklärte, hast du mich aufgesucht, o mein Bruder, und hast mir gesagt, du wünschtest, es wäre anders gekommen. War das nicht so, o Inen? Sag, war das nicht so?«

Inen warf einen Blick auf den Hohenpriester, dann nahm er die Hände seiner Schwester. »Es ist wahr«, flüsterte er, »daß die Macht Amuns, die in dir strömt, ein Ding des Himmels und der fernen Sterne ist und deshalb durchaus nicht von dieser Welt. Wundere dich also nicht, wenn die äußere Erscheinung die Menschen manchmal mit Grauen erfüllt.«

»Wie meinst du das?« flüsterte Teje mit einer Stimme, die heiser vor Mißtrauen und Furcht war.

Wieder blickte Inen nach dem Hohenpriester, dann an ihm vorbei auf die Porträts der Götter an der Wand. »Wunderst du dich«, fragte er Teje, »daß wir ihr wahres Aussehen vor sterblichen Augen verbergen und sie statt dessen als Wesen gleich ihren Anbetern darstellen? Das, o meine Schwester, müssen wir nun auch mit dir tun.«

»Was, du meinst doch nicht… es ist nicht möglich… daß ich am Ende so abscheulich aussehen werde wie diese Götter?«

»Wenn nicht – Vorkehrungen – getroffen werden, ja, dann wirst du das.«

»Vorkehrungen?« flüsterte Teje. »Was für Vorkehrungen?« Inen wandte sich zum Hohenpriester, der eine Weile regungslos dastand und dann langsam nickte. Teje bemerkte, wie ihr Bruder die Rinne entlangblickte, dann auf eine Seitentür, aus der die Rinne kam. »Komm«, sagte er beruhigend, indem er sie an der Hand nahm. Er geleitete sie zu dem leeren Becken und befahl ihr ganz ruhig, ihren Schmuck abzulegen und sich zu entkleiden.

»Vor dir?« Teje starrte ihn entsetzt an. »Das werde ich nie tun!«

»Und doch mußt du es. Fürchte dich nicht – ich werde nicht zuschauen.«

»Ich kann nicht.«

»Nun gut.« Inen zuckte die Achseln. »Dann weißt du, was du werden wirst.«

Teje schloß die Augen. Als sie sie wieder aufmachte, begegnete Inen kurz ihrem Blick, dann wandte er sich um und sah weg. Teje holte tief Luft, bevor sie widerstrebend seinem Befehl gehorchte.

»Ich bin bereit«, sagte sie endlich.

»Steige ins Bad«, sagte Inen, noch immer abgewandt.

Teje tat es, mit hochgezogenen Schultern und vor der Brust verschränkten Armen. Die Steine fühlten sich klebrig und klamm unter ihren Füßen an. Sie wagte nicht, nach unten zu blicken, um nachzusehen, was da war. »O Inen«, flüsterte sie, »ich habe Angst, solche Angst.«

»Das glaube ich«, sagte Inen einfühlsam. »Denn was nun geschieht, wird dich mit wundersamem Grauen erfüllen.«

»Aber was mag es sein?« stotterte sie.

»Es ist die Art des Göttlichen, daß es sich vom Sterblichen nähren muß, wie eine hungrige Pflanze auf Wasser angewiesen ist. In dir, o meine Schwester, wird das Sterbliche trocken. Du mußt dich vorbereiten, wie eine Pflanze von neuem gegossen zu werden.«

»Nein!« rief Teje laut. Aus dem Dunkel hörte sie plötzlich

gedämpfte Geräusche, merkwürdig und verschwommen, und als sie sich umwandte, sah sie, daß der Hohepriester verschwunden war. Im selben Augenblick bemerkte sie eine zähe Flüssigkeit, die durch die Rinne strömte und dann auf sie hinabspritzte und in die Wanne tropfte. »Nein!« rief sie noch einmal aus, dann schrie sie gellend, als sie auf die Flüssigkeit blickte und ihr klar wurde, was es war. Nun kratzte sie verzweifelt an der Wand des Beckens und versuchte zu entkommen, aber als sie sich hochziehen wollte, sah sie Inen kopfschüttelnd über sich hocken.

»Ich ertrage es nicht!« schrie sie.

»Und dennoch«, flüsterte Inen, »o meine geliebte Schwester, mußt du es durchstehen.«

»Nein«, schluchzte sie, »nein ...« Als sie jedoch wieder den Kopf hob, sah sie, daß Inen jetzt einen Spiegel in den Händen hielt. Sie starrte auf ihr Spiegelbild, streifig und naß vor Blut, und sie stieß einen Laut des Staunens aus, als sie sah, daß ihre Wangen bereits voller wurden und ihre Gliedmaßen nicht mehr so mager auf den Knochen waren. »Was für eine Zauberei ist das?« flüsterte sie. »Ist es Einbildung, oder sehe ich meine verlorene Schönheit wiederhergestellt?«

»Ja, o meine Schwester«, sagte Inen lächelnd. »Dieselbe Schönheit, deretwegen dich der Pharao zur Königin gemacht hat.«

Teje starrte ihn sprachlos an.

»Wasch dich«, flüsterte er. »Du weißt, daß du es tun mußt. Du weißt, daß du keine andere Wahl hast.«

Sie stand noch eine Weile regungslos da und starrte ihrem Bruder in die Augen. Dann kniete sie nieder und neigte den Kopf, während sich immer mehr Blut aus der Rinne über sie ergoß. Sie tauchte die Hände ein, rieb sich den Bauch und die Brüste damit ein und empfand dabei eine goldene Wärme, so süß wie ein Liebesrausch, prickelnd und tief in die Knochen dringend. Sie stöhnte leise. Alles Zeitgefühl, alles Raumgefühl schien in Lust aufgelöst. Sie spürte kaum, wie der Strom des warmen Blutes allmählich versiegte und dann durch eine Flut reinen und reinigenden Wassers ersetzt wurde. Erst als Inen ihr half, aus dem Bad zu steigen und ihre verstreuten Schmuckstücke und Kleider anzulegen, begann die lustvolle Trance allmählich zu vergehen. Einen Augenblick lächelte sie, als sie ihr Abbild im Spiegel erblickte, den er ihr vorhielt, aber dann erinnerte sie sich. Sie taumelte rückwärts, wandte sich um und begann zu laufen.

In dem Raum hinter den magischen Eisentüren sah sie den Hohenpriester an der Wand stehen, vom schwachen Schein der Kerzen kaum beleuchtet. Er lächelte sie an, dann verschwand er im Dunkel. Teje lief weiter, doch da hörte sie Schritte hinter sich auf dem Stein hallen, die immer näher kamen. Sie schaute sich um und erkannte Inen. Im Vorwärtstaumeln war ihr klar, daß er sie einholen würde, aber sie lief trotzdem weiter, denn sie wollte nicht, daß er sie für seine willige Komplizin hielt. Dann endlich spürte sie seine ausgestreckte Hand auf ihrem Arm, und dann wurde sie aufgehalten und gegen die Wand gestoßen.

»Laß mich los!« schrie sie.

»Es gab keine andere Wahl«, zischte Inen.

Teje schüttelte wild den Kopf.

»Du hast gewußt«, wiederholte Inen, »daß es keine andere Wahl gab, wenn du den Harem vermeiden wolltest. Wirf mir also nichts vor, o Teje, denn es war alles, wie du es begehrtest.«

»Aber das Blut«, flüsterte sie, »das Blut, es war warm. Wie viele Gefangene des Pharaos, o mein Bruder – diese Gefangenen, die er nach Theben mitgebracht hat – mußten ermordet werden, damit meine Schönheit wiederhergestellt werden konnte?«

Inen lächelte bitter. »Du wirst bald lernen, solche Erwägungen zu vergessen.«

»Niemals.«

»O doch, du wirst es lernen.«

Teje starrte ihn voller Haß an, dann wand sie sich plötzlich und riß sich von ihm los. Sie begann wieder zu laufen.

»Warte!«

Unwillkürlich erstarrte sie. Sie konnte nicht anders, so stark war der Unterton der Qual, der Sehnsucht in Inens Stimme. Sie wandte sich wieder um. Inen blickte sie eine Weile schweigend an, dann zog er sie an sich. »Ich habe dir bereits gesagt«, flüsterte er ihr ins Ohr, »daß alles, was ich hier tue, für dich ist.« Er atmete tief ein, dann schaute er sich um. »Und als Beweis dieses Versprechens …« – er griff in sein Gewand – »gebe ich dir dies.«

Es war eine Flasche, die Teje entgegennahm.

»Bitte«, flüsterte Inen, »du mußt sie verstecken. Sage keiner Seele etwas davon. Es ist mir verboten, sie jemandem wie dir zu geben.«

»Was ist das?« fragte Teje.

»Du hast es schon einmal bekommen, als ich zu dir kam und deine Wunden behandelte, nachdem du ausgepeitscht worden warst, und dann wieder nach deinem Sturz.«

»Was soll ich jetzt damit anfangen?«

Inen lächelte. »Wenn du deine Schönheit behalten willst«, flüsterte er, »dann trinke es in deinem Wein.«

Er küßte sie flüchtig, indem er ihre Lippen streifte, dann wandte er sich ab und ging in den Tempel zurück. Teje sah ihm nach. Sie berührte die Flasche, die sie in den Falten ihres Gewands versteckt hatte, und spürte dabei unwillkürlich Freude und wilde Erregung aufflackern.

In jener Nacht, als König Amenophis zurückkehrte, war Teje bereit, ihn zu empfangen. Der Anblick ihrer Schönheit, des erneuerten Liebreizes, den er fast, aber nie ganz vergessen hatte, verwirrte ihn völlig. Alles geschah genauso, wie die Herrin Tija es in den Sternen gelesen hatte. Neun Monate später gebar Teje einen Sohn.

An diesem Punkt aber sah Harun den Morgen heraufdämmern und unterbrach seine Geschichte. »O Beherrscher der Gläubigen«, sagte er, »wenn Ihr morgen abend wieder herkommen möchtet, dann werde ich Euch die Abenteuer von Königin Tejes Sohn, dem Prinzen Amenophis, schildern.«

Und der Kalif tat, wie Harun vorgeschlagen, und am folgenden Abend kehrte er zur Moschee zurück.

Und Harun sprach:

Prinz Amenophis' früheste Erinnerung war, daß ihn seine Mutter küßte, die zweite aber, von den Zungen ihrer drei Löwen beleckt zu werden. Damals wußte er natürlich nicht, daß es Löwen waren; das kam erst später, als er die schrillen Schreie seiner Amme verstehen lernte und ihre ständigen Behauptungen, daß Löwen gern kleine Kinder fräßen. Den Prinzen erschreckte diese Warnung nicht wenig, denn bis dahin hatte er eher angenommen, sie seien Geschöpfe wie er; und gewiß schienen die Löwen, die ihn weiterhin pflegten, zu glauben, der Prinz sei ihresgleichen. Und nicht nur er, denn sie kümmerten sich auch um seine liebste Gefährtin, Kija, die Tochter Ejes, des Onkels des Prinzen, die am selben Tag geboren war wie er (das erzählte seine Mutter) und von der der Prinz deshalb annahm, sie sei eigens für ihn geschaffen worden. Wohin auch immer sie zum Spielen gingen, tappten die Löwen um sie herum, um jeden träge anzuknurren, der es wagte, ihnen nahe zu kommen; und nachts, wenn sie zusammen schliefen, lagen die Löwen in einem verworrenen Ring um das Bett der Kinder – ein Kreis aus Fell und Mähnen und zuckenden Schwänzen, Schutzgeister, die keine der Ammen zu stören wagte.

So war es nicht erstaunlich, daß von jenen, die die Kinder draußen sahen, bald weithin behauptet wurde, sie würden von einem seltsamen und gefährlichen Zauber geschützt und seien vom Schicksal für wunderbare Dinge bestimmt. In ihren Gesichtern war eine Schönheit, die, so erzählte man sich, Nachtigallen zum Singen brachte, und in ihren Gliedern ein Strahlen, das manch einen in Angst versetzte, denn es schien so hell wie die Sonne oder der Blick eines Gottes. Manche Menschen, die dem Prinzen begegneten, wie er sich an eine Löwenmähne klammerte und auf dem Rücken des Tiers ritt, als wäre es ein Pferd, oder Kija, wie sie mit den Tieren um den See lief, bildeten sich in der Tat ein, daß sie Götter erblickten, und wurden verwirrt, wenn sie später die Wahrheit entdeckten. Einige wenige beklagten sich bei dem Hüter des Harems, es sei nicht schicklich für ein Mädchen in Kijas Alter, so frei umherzulaufen; und der Hüter, der diese Ansicht teilte, befal ihr, von da an bei den jüngeren Schwestern des Prinzen im Harem zu bleiben.

Doch als der Prinz dies erfuhr, fühlte er sich in tiefstes Unglück gestürzt, und seine Mutter, Königin Teje, traf ihn in Tränen aufgelöst an. Sie nahm ihn in die Arme und küßte ihn zärtlich, während sie ihm mit ihrem Haar die Tränen abwischte. Aber als sie den Grund seines Kummers erfahren hatte, lächelte sie seltsam vor sich hin und versprach ihrem Sohn, daß Kija bald erlöst werden würde. Und so geschah es noch am selben Tag, und Kija wurde nie wieder hinter den Mauern des Harems eingesperrt.

Tatsächlich kam es dem Prinzen von jenem Tag an so vor, als gäbe es nichts, was seine Mutter nicht erreichen könne. Selbst das Verstreichen der Jahre schien ihr Sklave zu sein, denn anders als jede andere Frau schien sie nicht zu altern, und ihre Schönheit verharrte in ewiger Frühlingsblüte; doch als der Prinz sie fragte, wie das möglich sei, lächelte sie nur und legte einen Finger an die Lippen. Dann geschah es, daß einer der Löwen, die nun alle sehr alt waren, krank wurde, so daß sogar der beste Arzt des Pharaos die Hoffnung aufgab. Aber als man Teje die Nachricht überbrachte, kam sie an das Krankenlager, wo der sterbende Löwe lag, und als sie neben ihm niederkniete, winselte er leise, hob den Kopf und versuchte vergebens, die Hand seiner Herrin zu lecken. Erstaunt sah der Prinz, wie eine einzelne Träne im Auge seiner Mutter aufstieg, und dann griff sie in ihr Gewand und zog ein Fläschchen heraus. Darin war eine Flüssigkeit, sehr klebrig und schwarz, und seine Mutter goß sie zwischen die kraftlosen Kiefer des Löwen. Eine kurze Weile verging – und der Löwe gähnte. Er dehnte sich sehr langsam, dann sprang er auf die Beine. Noch ein Gähnen, und plötzlich lief er los, immer im Kreis, als jagte er die Brise, als wäre er ein Junges und niemals krank gewesen.

Doch gab es, wie der Prinz bald erfahren sollte, auch Kummer, dem nicht einmal seine Mutter abhelfen konnte. Einige Jahre später, als er und Kija draußen in der Wüste waren, verschwand einer der Löwen und konnte nicht gefunden werden, bis schließlich nach mehreren Tagen und Nächten der Suche sein Kadaver entdeckt wurde, halb von Vögeln aufgefressen. Seine zwei Gefährten näherten sich und schnupperten an seinen Flanken; dann schienen sie zu seufzen und sackten in sich zusammen. Der Prinz schickte sofort eine Nachricht an seine Mutter, aber obwohl sie sich beeilte, kam sie zu spät, denn die Löwen waren schon tot, ein verworrenes Bündel mit ihrem Kameraden, wie sie es so oft im Leben gewesen waren. Teje befahl, sie zu begraben, aber während schon das Grab ausgehoben wurde, klammerten der Prinz und Kija sich noch an die Löwen, die Ohren auf die Herzen der Tiere gepreßt, als wollten sie nicht glauben, daß nichts mehr zu hören war. »Kannst du sie nicht zurückholen?« fragte der Prinz seine Mutter und blickte sie verzweifelt an, als die Leichname in die Gräber gelegt wurden. »Hole sie zurück wie schon einmal.«

Aber seine Mutter schüttelte den Kopf. »Das ist der Gang der Welt. Alle Dinge müssen sterben.«

»Muß ich sterben?«

Sie blickte ihren Sohn sonderbar an. »Du bist der Abkömmling eines Gottes«, sagte sie schließlich. »Das macht dich anders.«

Der Prinz erwog dies einen Moment lang. »Warum kann ich dann die Löwen nicht ins Leben zurückholen?«

Seine Mutter sah ihn noch eine Weile länger an, nun mit einem spröden Lächeln auf den Lippen, aber dann drehte sie sich um und blickte hinaus auf die brennende Sandfläche, und ihr Gesicht wurde plötzlich so leer wie die Wüste. »Weil die Götter«, murmelte sie, »nicht Leben bringen, sondern jenen, die nicht von ihrer Art sind, nur den Tod.« Sie wandte sich wieder ihrem Sohn zu. »Ich sage dir«, flüsterte sie, indem sie ihn in die Arme nahm, »daß der Tag kommen wird, da du, auch du, nicht nur Zeuge des Todes sein wirst, sondern ihn selbst bringen wirst – denn dies ist, wie ich gesagt habe, der Gang der Welt.« Dann küßte sie seinen krausen, wirren Schopf und seine Lippen, sprach aber auf dem ganzen Weg zum Palast nicht mehr zu ihm.

Ihre Worte aber vergaß der Prinz nicht. Er fürchtete sich, sie Kija mitzuteilen, die den ganzen Morgen stumm und mit verquollenen Augen auf ihrem Bett liegenblieb, als würde seine Anwesenheit sie daran erinnern, daß die Tiere nicht mehr lebten; und als er versuchte, sie aufzumuntern, drehte sie sich um, rollte sich zusammen und starrte die Wand an. Der Prinz ließ sie allein und saß eine Zeitlang neben den Springbrunnen, dann stand er auf und rannte zum See hinunter. Er wußte, daß es die Gewohnheit seines Großvaters Juja war, zu dieser Stunde auf dem Pfad einen Spaziergang zu machen; und in der Tat sah er, als er zum See eilte, die vertraute, so sehr geliebte Gestalt des Großvaters vor sich. Als er ihn eingeholt hatte, nahm er die Hand des alten Mannes, und zusammen gingen sie weiter, ohne daß einer von ihnen ein Wort sprach. Als sie dann zu einer Quelle im Schutz eines Baumes kamen, blieb Josef stehen und lächelte und setzte sich hin. »Als sie noch ein Mädchen war«, erzählte er dem Prinzen, indem er unvermutet die Stille brach, »war dies immer der Lieblingsplatz deiner Mutter.«

Der Prinz nickte stumm und setzte sich dicht neben seinen Großvater, um ihn fest an sich zu drücken.

»Sag mir«, begann Josef nach einer Weile, als er merkte, daß sein Enkel zitterte, »was ist es, o mein Enkel, das dir so schwer auf dem Herzen liegt?«

Noch immer umarmte ihn der Prinz, bis er endlich, ohne aufzublicken, wiederholte, was seine Mutter ihm am Morgen gesagt hatte.

Josef seufzte, so daß er dem Prinzen, als jener seinen Großvater betrachtete, plötzlich viel gebrechlicher und älter erschien, als ihm bisher aufgefallen war. »Deine Mutter«, sagte er endlich, »hat die Macht, die die Welt lenkt, nicht immer für so grausam gehalten.«

»Aber was glaubst du?«

»Was habe ich dich immer gelehrt? Daß es nur einen Gott gibt und seine Herrschaft gut ist.«

»Ja.« Der Prinz dachte darüber nach. »Also muß sich einer von euch irren.«

Josef schüttelte lächelnd den Kopf, dann stand er auf und trat aus dem Schatten heraus. »Sieh die Schönheit der Sonne!« rief er aus, indem er mit seinem Stab nach oben deutete. »Wie sie lodert, wie wundersam sie ist, wie groß! Sie brennt hoch über jedem Land dieser Erde, so daß es keinen gibt, der jemals hoffen kann, sich ihr zu nähern – und doch ist die Macht ihrer Strahlen überall hier um uns herum! Denn durch welches andere Mittel existieren die Tiere – all die wilden und herrlichen Geschöpfe dieser Welt, die Vögel, die singend in den Himmel auffliegen, und die silbern dahingleitenden Fische im Fluß und in den Seen? Und doch ist die Sonne nur das Abbild des einen und einzigen Gottes – und ich sage dir, o mein Enkel, ja, seine Werke sind gut.«

Der Prinz dachte an die Löwen, die unter dem Sand begraben waren. »Warum muß es dann Tod geben?«

»Nur er, der alle Dinge sieht, kann auch alles wissen.« Josef lächelte und wiegte seinen Enkelsohn halb in den Armen. »Doch glaube nicht«, flüsterte er, »daß der Tod an sich nicht auch eine Gnade und Erleichterung sein kann.«

»Wie meinst du das?«

Aber Josef antwortete nicht, und der Prinz blickte beklommen zu seinem Großvater auf, während er daran dachte, wie die Löwen ausgesehen hatten, als sie tot waren. »Wie meinst du das?« wiederholte er flüsternd.

»Ich erinnere mich«, sagte Josef endlich, »wie ich mit deinem Großvater, mit meinem Freund, König Thutmosis, davon sprach, daß eine so schöne und mannigfaltige Welt wie diese, so voller Genüsse und Wunder und Freuden, uns die Kraft geben sollte, dem Tod mit heiterer Hoffnung entgegenzutreten. Ja, o mein Enkel« – er hielt inne – »ich muß bald sterben, denn ich bin alt und müde, und meine Stunde ist nah. Doch wie kann ich daran zweifeln, daß alles zum besten ist, wenn man überall die Beweise für die Güte des

315

Schöpfers sieht, der heller, brennender, strahlender als die Sonne ist?« Er küßte seinen Enkel behutsam auf die Stirn, dann hob er seinen Stock zum Himmel hoch. »Wenn ich dann gegangen bin«, flüsterte er, »betrachte die Sonne, und denke an das, was ich gesagt habe. Lebe in Wahrheit, o mein Enkel, und laß dies deinen Wahlspruch sein – denn ich wage zu glauben, daß du zu einem hohen und wunderbaren Zweck berufen bist. Lebe in Wahrheit – was heißen soll, gesegnet durch die Wärme und das Licht und die Macht des Höchsten.«

Und mit diesen Worten hob Josef den Blick, um in die Sonne zu schauen, und der Prinz tat das gleiche, und dann neigten sie die Köpfe, denn sie ertrugen die Helligkeit nicht; und der Prinz gelobte für sich, daß er tun würde, wie sein Großvater ihn geheißen hatte. Von da an wurde es ihm zur Gewohnheit, mit dem alten Mann als sein Helfer jeden Tag spazierenzugehen, und er sah selbst, worauf Josef ihn immer wieder hinwies, wohin sie auch gingen: Wie unendlich die Schönheiten und Wunder der Schöpfung waren, alle durch die Strahlen der Sonne und den Allmächtigen, der jenseits der Helligkeit ihrer Scheibe wohnte, zum Leben erweckt.

Dann geschah es, daß Josef sehr krank wurde und nicht mehr aufstehen und mit seinem Enkel spazierengehen konnte, und eines Tages dann schlief er ein und wachte nicht mehr auf. Als die Neuigkeit gemeldet wurde, gab es viel Trauer und Wehklagen überall im Palast und in ganz Ägypten, denn nie war ein Diener des Pharaos so geliebt worden wie Josef. Eine lange Reihe von Trauernden folgte seinem Leichnam zum Grab, um ihn in den steinernen Tiefen des Tals zur Ruhe gebettet zu sehen, endlich vereint mit seiner verlorenen Gemahlin. Doch als der Prinz zusah, wie der Stein hinabgelassen wurde, um den Eingang zum Grab zu versiegeln, mußte er an die Vögel denken, wie sie über den Binsen des Sees aufstiegen, und an die Bäume, die immer den Lieblingsplatz seines Großvaters beschattet hatten, und er ertrug es nicht mehr, im Tal zu bleiben. Statt dessen machte er kehrt und rannte, durch die nackten, leblosen Felsen stolpernd, nicht auf Rufe und Bitten seiner Mutter achtend, bis er endlich die Pfade erreichte, auf denen er mit seinem Großvater spazierengegangen war. Und er mußte wieder an alles denken, was Josef ihn gelehrt hatte.

So kam es, daß er von da an keinen anderen Gott mehr verehrte, und wenn er mit Kija die nahe und ferne Umgebung durchstreifte, bewunderte er all die Herrlichkeiten, die von der Sonne beleuchtet wurden, staunte über all die lebenden Dinge, die Tiere und Pflanzen, vom riesigen Flußpferd bis zu den winzigsten Blütenblättern einer Blume, denen sie mit der goldenen Berührung ihrer Strahlen Leben schenkte. Er staunte über die Felder mit ihren Flächen wilden Mohns, ihren Herden geduldiger Rinder, die mit dem weichsten, üppigsten Schlamm bedeckt waren. Er staunte über die Sümpfe, wo sich die Vögel in Schwärmen dicht wie die Binsen sammelten und Schlangen mit märchenhaften Mustern und Krokodile mit breiten, flachen Schnauzen lauerten. Er staunte sogar über die brennend heißen roten Sandflächen, die alle seine Landsleute verabscheuten und fürchteten, denn die Erinnerung an seine Löwen blieb ihm kostbar, und er wußte, daß es die Wüste war, wo sie gelebt hatten, als sie noch frei gewesen waren. Denn selbst in der Wüste spendete die Sonne Leben, und wo immer es Leben gab, dort ging der junge Prinz spazieren.

Doch bald geschah es, daß seine Abwesenheiten, denn so lang wurde allmählich die Zeit, die er draußen verbrachte, seinem Vater zur Kenntnis gebracht wurden. König Amenophis schickte sofort nach dem Prinzen und bemerkte mit Staunen, als er seinen Sohn vor sich sah, daß dieser nahe daran war, ein Mann zu werden, denn seine Stärke schien nun beinahe seiner Schönheit gleichzukommen, die immer, seit seinen ersten Lebensjahren, wunderbar groß gewesen war. König Amenophis nahm dies mit einem eigenartigen Groll wahr, den er zunächst nicht ganz verstand; und er hieß seinen Sohn zwar, an seiner Seite zu bleiben, um zu sehen, ob er sein Unbehagen nicht überwinden könne, mußte aber entdecken, daß es nun erst recht zunahm. Es war ihm unangenehm, wenn der Prinz ihn bei seinen Vergnügungen sah; er ertrug das Gefühl nicht, daß der Blick seines Sohns auf seinem Weinbecher ruhte oder auf seinen Fingern, wenn er sie von einer Sauce sauber leckte. Vor allem ertrug er es nicht, seinen Sohn mit Königin Teje zusammen zu sehen; denn auf seltsame Weise fühlte er sich bei diesem Anblick töricht und war sich seines Bauchs und seines zunehmenden Alters bewußt.

Aber dann geschah es, daß König Amenophis einen Einfall hatte. Er verspürte seit langem Abneigung gegen die Bürde des Königamts, das ihn seit Josefs Tod zunehmend bedrückt hatte, und so beschloß er, daß sein Sohn die Pflichten eines Pharaos erlernen sollte, während er selbst sich einzig den Vergnügungen des Hoflebens hingeben wollte. So kam es, daß der Prinz auf der Stelle zum Regenten ernannt wurde, und in der Tat erwies er sich rasch als der denkbar beste Herrscher, da er sich um das Leben und Glück seiner Untertanen sorgte, keine gewaltigen Tempel für sich errichten ließ und sich nicht in ruhmreiche, aber sinnlose Kriege stürzte. Vielmehr bereiste er sein ganzes Land, hörte stets geduldig die Leiden der Armen und Unterdrückten an, wurde stets zornig, wenn er von Grausamkeiten und Blutvergießen erfuhr – kurz, er suchte immer so zu handeln, wie er sich und Josef gelobt hatte, nämlich in Wahrheit zu leben.

Und dann geschah es, daß der Prinz beschloß zu heiraten, denn es verlangte ihn, Kija als seine Königin zur Seite zu haben, doch zu seinem Erstaunen wurde ihm dieser Wunsch rundweg abgeschlagen. Indem er sich von seinem Sofa bemühte, befahl König Amenophis seinem Sohn, ihm in seinem Thronsaal aufzuwarten, wo er den Prinzen anwies, statt dessen seine Schwester zu heiraten – ein Befehl, den der Prinz empört von sich wies. König Amenophis geriet sofort gewaltig in Wut, aber obwohl er schrie und rot anlief und zitterte, daß sämtliche Falten seines Fleischs zu beben begannen, gab der Prinz nicht nach.

»Tu, was ich befehle!« schrie König Amenophis.

»Das werde ich nicht«, erwiderte der Prinz.

»Ich verbiete dir, Kija zu heiraten!«

»Selbstverständlich kannst du das jetzt tun.« Der Prinz

lächelte grimmig. »Aber der Tag wird kommen, o mein Vater, da ich selbst Pharao bin.« Darauf verneigte er sich, machte kehrt und ging still hinaus, und König Amenophis konnte nur noch stottern. Doch Inen, der hinter einer Säule des Thronsaals gestanden hatte, wandte sich an seinen Begleiter, den Hohenpriester Amuns, und flüsterte ihm dringlich etwas ins Ohr, und die Falten auf der Stirn beider Männer wurde noch tiefer.

Als der Prinz am folgenden Tag mit Kija im Garten saß, trat seine Mutter an ihn heran, die ihre Nichte herzlich umarmte und dann bat, sie mit ihrem Sohn allein zu lassen. Kija warf einen Blick auf den Prinzen, stand dann aber auf und stahl sich fort. Teje nahm ihren Sohn sofort am Arm und bat ihn mit leiser, drängender Stimme, seine älteste Schwester zu heiraten, damit er sie zu seiner Großen Königin machen könne. Sie befahl es nicht, wie ihr Gemahl es getan hatte, und geriet auch nicht in Wut; doch die Antwort des Prinzen war zwar höflich, aber unverändert. Dennoch drängte ihn seine Mutter, aber er schüttelte den Kopf und lachte. »Ich bin erstaunt«, rief er, »daß ausgerechnet du mich bittest, Kija nicht zu meiner Großen Königin zu machen. Du warst ja nicht einmal die Cousine des Pharaos und hast ihn doch überredet, seine Schwester zu deinen Gunsten zu entthronen.«

Teje senkte den Blick. »Das war etwas anderes«, erwiderte sie.

»Wieso?«

Teje zuckte hilflos die Achseln. »Es war der Wille der Götter.«

»Dann ist es vielleicht der Wille des einen Gottes – des Gottes deines eigenen Vaters, vergiß das nicht –, daß ich Kija heiraten und zu meiner Königin machen soll.«

Wieder zuckte Teje hilflos die Achseln, dann wandte sie sich dem Säulengang zu und winkte mit einer anmutigen Geste. Der Prinz sah einen Priester aus dem Schatten treten, und als er die Hand hob, um den Blick gegen die Sonne abzuschirmen, erkannte er in dem Mann seinen Onkel Inen. Er wandte sich wieder zu seiner Mutter. »Wenn du mich nicht überzeugen kannst«, fragte er sie, »warum glaubst du dann, er werde mehr Erfolg haben?«

»Weil er ein Mann von großer Weisheit ist, der viele Geheimnisse kennt und viele wundersame Dinge sieht.«

»Aber ich bezweifle, daß er so weit sehen kann wie mein Großvater.«

Der Prinz merkte, wie seine Mutter zusammenfuhr und sich auf die Lippe biß. Dann streckte sie die Hand aus, um ihn fast behutsam am Arm zu berühren, und küßte ihn auf die Stirn. »Würde ich dich bitten, etwas zu tun, o mein geliebter Sohn«, flüsterte sie, »wenn es nicht zu deinem Vorteil wäre? Geh also mit ihm. Hör zu, was er sagt. Denn es ist alles – ich sage es noch einmal – zu deinem zukünftigen Vorteil.«

Der Prinz blickte sie finster und zweifelnd an, aber dann zuckte er die Achseln und senkte den Kopf und tat, worum sie ihn gebeten. Er folgte seinem Onkel aus dem Palast ins Innerste des Tempels, bis zu der magischen Tür aus gleitendem Metall und dann weiter in den Raum mit dem runden, leeren Becken. Dort angekommen, deutete Inen auf die Reliefs an der Wand, die geheimen Porträts von Osiris und den Göttern, und offenbarte dem Prinzen dann, daß sein eigenes Blut göttlich sei, durch unzählige Generationen von den Sternen herabgekommen. »Und dennoch würdest du dir anmaßen«, sagte er mit plötzlichem trockenem Zorn, so dürr und brennend wie ein Wüstenwind, »eine Blutlinie zu verderben, die seit Anbeginn der Zeit geflossen ist? Das ist so verbrecherisch, wie die Milchstraße oder die heiligen Wasser des lebenspendenden Nils eindämmen zu wollen!«

»Nein«, antwortete der Prinz, »denn sie sind beide die Geschenke des einen, der in der Höhe wohnt.«

»Die Blutlinie ist das Geschenk des großen Gottes Osiris.«

»Nein«, wiederholte der Prinz, »denn es kann nur einen Gott geben.«

Inen lächelte sehr dünn. »Das wirst du nicht mehr denken, o Prinz, wenn der Augenblick deines Todes kommt und du entdeckst, daß du in Wahrheit überhaupt nicht sterben wirst.«

»Alle Menschen müssen sterben.«

Inens Lächeln wurde breiter. »Nicht die von königlichem Blut, von Osiris' Blut – dem Blut, o Prinz, das in deinen Adern strömt.«

Aber der Prinz lachte verächtlich. »Ich habe die Gräber gesehen, in die meine Ahnen gelegt wurden.«

»Doch solche Gräber sind nur die Pforten zu Osiris' Ewigkeit. Auch du, o Prinz, ob du es wünschst oder nicht, wirst dank deiner königlichen Abstammung dorthin gebracht werden.«

Der Prinz starrte ihn einen Augenblick scharf an, dann schüttelt er den Kopf. »Ich glaube weder an Osiris noch an sonst etwas, das du behauptest.«

»Aber es wird eine Zeit kommen, da mußt du es glauben.«

»Gewiß nicht.«

»Aber ich sage dir, der Tag wird trotzdem kommen, denn dein Blut ist dein Schicksal und kann nicht geleugnet werden.«

»Wie meinst du das?«

Inen antwortete nicht; aber während der Prinz seinem Onkel in die Augen sah, schien dessen Blick blitzschnell zu dem Becken neben sich zu huschen, bevor er ihn wieder von Kopf bis Fuß musterte.

»Jetzt reicht es mir«, sagte der Prinz auf einmal ungeduldig und schickte sich an, durch die Metalltüren zurückzugehen. Aber sein Onkel folgte ihm und packte ihn beim Arm. »Es wäre besser für dich«, flüsterte Inen, »ja, und auch für die Herrin Kija, wenn du sie jetzt verlassen würdest, bevor ihr am Ende noch ein Kind bekommt.«

»Warum?« fragte der Prinz, der sich plötzlich unbehaglich fühlte. Seine Frage erschien ihm wie ein zerbrechlicher Krug, von einem Dach geschleudert und durch Stille fallend – und doch kam, obwohl er wartete, kein Aufprall.

Endlich räusperte sich sein Onkel. »Sie trägt doch hoffentlich nicht bereits dein Kind unter dem Herzen?«

Der Prinz antwortete nicht, aber während er sich noch bemühte, ein teilnahmsloses Gesicht zu machen, wußte er schon, daß sein Onkel sein Schweigen gedeutet hatte.

»Ich hatte gehofft«, sagte Inen nach einer Weile, »es würde nicht dazu kommen. Es ist natürlich möglich, daß das Kind, da es dein Blut hat, zu einem Wesen deiner Art heranwachsen wird. Wahrscheinlicher jedoch ...« – er begegnete dem Blick des Prinzen – »wird dein Kind tot sein, bevor es noch geboren wird.«

»Wie kannst du das wissen? Warum sollte es so kommen?«

»Es ist, wie ich gesagt habe, die Natur deines Blutes. Dein Kind muß sie teilen oder – es tut mir leid – tot geboren werden.« Er berührte seinen Neffen an der Schulter. »Und so siehst du«, flüsterte er, »daß wahr ist, was deine Mutter gesagt hat – ich hatte nur deine eigenen Interessen im Sinn.«

Einen Augenblick stand der Prinz stocksteif da; doch dann schüttelte er die Hand seines Onkels ab, machte kehrt und rannte durch die vielen Räume des Tempels dem fernen Gold des Tageslichts, dem Licht der Sonne entgegen. Kein einziges Mal während des nächsten halben Jahres kehrte er zum Tempel zurück oder sprach mit seinem Onkel, womit er die ernstesten Bitten seiner Mutter überging, und widmete statt dessen seine ganze Zeit und Fürsorge Kija und dem ungeborenen Kind. Aber trotz all seiner Aufmerksamkeiten wurde sie einige Wochen vor dem eigentlichen Geburtstermin von den Wehen überrascht, und das Kind kam winzig, mit zerbrechlichen Gliedern und tot zur Welt. Während der nächsten Woche verließen weder der Prinz noch Kija das Zimmer, sondern sie zogen sich ganz in ihre Trauer zurück, und als der Prinz endlich wieder ins Licht der Sonne trat, wirkte sein Gesicht merkwürdig verhärmt und abgemagert.

Von diesem Augenblick an machte er seine Hingabe an den einen Gott Jujas öffentlich – doch Josef war tot, und er hatte keinen Führer außer sich selbst. Aber er erinnerte sich an alles, was sein Großvater zu ihm gesagt hatte, als er im Schatten der Bäume gestanden und auf die Sonne gedeutet hatte, und so gab der Prinz dem Höchsten den ägyptischen Namen »Aton«, was in der Sprache der Heiden »die Sonne« bedeutete. Fortan regierte er im Namen Atons und versuchte – wie er es schon immer getan hatte – es zum Nutzen aller zu tun, so daß die Armen, die Unterdrückten und die Machtlosen ebenso leicht auf ihn zugehen konnten wie die großen Männer bei Hofe. Und so geschah es, daß ihn eines Tages ein Nubier aufsuchte; sehr alt und staubbedeckt, hatte er die riesige Entfernung am Nil entlang bewältigt, von seinem winzigen Dorf bis ins mächtige Theben, um den Prinzen zu bitten, seinen Sohn freizulassen, der in König Amenophis' Kriegen zum Gefangenen gemacht worden war. Und der Prinz erfüllte den Wunsch sofort und ließ auch die Kameraden des Nubiers frei. Dann kam ein Syrer, ebenso alt und elend, wie der Nubier gewesen war, und seine Bitte war die gleiche und die Antwort des Prinzen ebenfalls. Dann kam ein Libyer mit einer entsprechenden Bitte, und wieder befahl der Prinz, die Gefangenen freizulassen. Er bat sie alle, Aton zu preisen und ihm zu danken, und er lehrte sie, daß alle Menschen unter der Sonne gleich seien.

Aber als König Amenophis die Nachricht überbracht wurde, wurde er ein zweites Mal aus seinen Ausschweifungen gerissen und kam in noch größerer Wut als zuvor zu seinem Sohn und verlangte zu wissen, mit welchem Recht die Gefangenen befreit worden seien, wo man sie doch auf seinen ausdrücklichen Befehl hin nach Theben gebracht habe. Dann lachte er plötzlich auf. »Zu welchem Zweck, o mein Sohn, wirst du bald selbst herausfinden.«

Aber der Prinz schüttelte den Kopf und wiederholte bloß, was er den befreiten Gefangenen gesagt hatte, daß nämlich alle gleichermaßen von der Sonne gesegnet seien.

Darauf jedoch lachte König Amenophis wiederum bitter auf. »Die Menschen sind nicht gleich«, fauchte er und stieß mit dem Finger nach dem Prinzen. »Denn es gibt solche, die sterblich sind, und solche unter uns, die Götter sind. Die Stärkeren müssen sich immer von den Schwächeren ernähren, die Größeren von den Geringeren, Blut von Blut, denn diese Welt ist nichts als ein Muster der Vernichtung – und es ist an der Zeit, daß du deinen Platz in ihrer Ordnung einnimmst.«

Mit diesen Worten packte er den Prinzen am Arm und befahl, seinen Streitwagen und seine Waffen zu bringen, und er führte seine Jäger hinaus in die Wüste, mit Eje, dem Onkel des Prinzen, dem Herrn der Streitwagen, an der Spitze. Im Schatten einer Felswand wurde ein prächtiges Zelt aufgeschlagen und mit Kissen und goldenen Tellern und herrlichen Teppichen gefüllt, und einen Tag lang räkelte sich König Amenophis dort und ließ sich mit Speisen und Weinen verwöhnen. Dann endlich kam Eje zu ihm und flüsterte ihm etwas ins Ohr, worauf der König zufrieden grunzte und sich mühsam erhob. Von zwei Sklaven gestützt, bestieg er seinen Streitwagen, dann befahl er seinem Sohn, mit seinem eigenen neben ihm herzufahren. Am Rand eines Höhenrückens zügelte König Amenophis seine Pferde, und als der Prinz hinabschaute, sah er eine Herde meckernder Ziegen. Sie scharrten im Sand und rannten hektisch gegen einen aus einem Netz bestehenden hohen Zaun an; und als der Prinz sich nach dem Grund ihrer Angst umschaute, entdeckte er drei schwarzmähnige Löwen, die sich tief in den Sand duckten. Einer von ihnen machte plötzlich einen Satz und erdrückte mit seinem Gewicht eine Ziege unter sich, und die beiden anderen, die mit hungrigem, zähnefletschendem Knurren vorwärtstappten, fielen genauso über ihre Beute her und packten sie mit ihren Tatzen. König Amenophis lachte zufrieden, während er zusah, wie der stumpfe Sand sich tiefer rot färbte. Er lehnte sich aus seinem Streitwagen heraus und stieß den Prinzen in die Rippen. »Da hast du ihn, o mein Sohn – den Gang der Welt!«

Der Prinz antwortete ihm nicht, denn er erinnerte sich, daß seine Mutter einmal dasselbe gesagt und ihm angekündigt hatte, daß er selbst eines Tages Tod bringen würde. König Amenophis, der das Schweigen seines Sohnes falsch auslegte, lachte noch einmal vor sich hin, dann schüttelte er die Zügel und trieb seinen Streitwagen vorwärts. Am Netzzaun hielt er ihn wieder an, während Eje mit seiner großen Kraft seinen Bogen bespannte. König Amenophis nahm ihn entgegen und legte einen Pfeil auf, zielte und ließ ihn mit einem mächtigen Zischen los. Der Pfeil streifte die Flanke eines

Löwen, der fauchte und knurrte und dann, während sich seine Seite rot färbte, auf den Streitwagen zurannte. Plötzlich sprang er, konnte aber nur das Netz treffen, und während er sich verwirrt abmühte, sich daraus zu befreien, zielte und schoß König Amenophis wieder mit seinem Bogen. Während der Löwe noch matt gegen seine Fesseln ankämpfte, lenkte der König seinen Wagen um den Kreis des Zauns und zielte auf die wütenden Löwen, die darin gefangen waren, bis alle drei verwundet und vor Schmerzen rasend waren. Erst dann kehrte König Amenophis zu seinem Sohn zurück und reichte ihm seinen Bogen und einen Köcher voller Pfeile.

»Töte sie«, befahl er. »Töte sie jetzt.«

Der Prinz starrte auf den Bogen.

»Töte sie!« brüllte König Amenophis plötzlich, während die fetten Falten seines Fleisches wieder zu beben begannen und der Schweiß die glatten Strähnen seines Haars näßte.

Der Prinz ließ die Pfeile und den Bogen in den Sand fallen. König Amenophis verdrehte ungläubig die Augen. »Feigling!« schrie er.

Die Silben hallten um die Felsen, bis sie sich in der Stille der Wüste verloren. Der Prinz bemerkte, daß alle Jäger völlig regungslos standen und daß Eje, sein Onkel, seinen Blick mied.

»Feigling!« schrie König Amenophis noch einmal, indem er vorwärtstaumelte, als wolle er seinen Sohn würgen, aber der Prinz wich ihm flink aus und sprang auf den Sand. Er zog seinen Dolch und schnitt ein Loch in den Zaun, dann näherte er sich dem Löwen, der noch im Netz verheddert war und sich bei dem Versuch zu entkommen beinahe selbst erwürgte. Als er über den Sand schritt, kamen die beiden anderen Löwen voller Wunden und mit blutigem Schaum bedeckt auf ihn zugesprungen; doch der Prinz drehte sich um und sah ihnen in die lodernden Augen, so daß die Löwen verwirrt innehielten und dann langsam zurückwichen. Der Prinz ging weiter auf den im Netz verfangenen Löwen zu und befreite das Tier aus seinen Fesseln; dann zog er die Pfeile heraus, die in seiner Flanke steckten, während er ihm die Mähne streichelte, so daß der Löwe sich halb herumrollte und vor Vergnügen die Augen schloß. Als er dann das gleiche mit den Gefährten des Tiers getan hatte, ging der Prinz zu dem Loch zurück, das er ins Netz geschnitten hatte und hielt es auf. Die drei Löwen schlüpften elegant hindurch und blieben mit zuckenden Schwänzen einen Augenblick stehen, um zu König Amenophis hinaufzustarren, der in seinem Streitwagen schwitzte; und dann schüttelten sie die Mähnen und sprangen davon.

Der Prinz sah ihnen nach, während er zu seinem Wagen zurückging. Da trat Eje vor und hob den Bogen und die verstreuten Pfeile auf. Er reichte sie hinüber, das Gesicht ohne jede Regung, doch mit einer Spur von Belustigung in den Augen, und der Prinz nahm sie entgegen und gab sie an den König weiter. Aber in König Amenophis' Blick lag durchaus keine Belustigung, als er langsam die Hand ausstreckte und das Gesicht seines Sohns berührte. »Deine Wangen werden hohl«, flüsterte er. »Du mußt vorsichtig sein« – seine dicken Lippen verzogen sich endlich zur Andeutung eines Lächelns – »oder deine Schönheit wird schwinden.« Dann wandte er sich ab, schüttelte die Zügel des Streitwagens und brüllte einen Befehl, zum Palast zurückzukehren. Mit dem Prinzen sprach er auf dem ganzen Weg nicht mehr, außer um ihm, als sie endlich in Theben einfuhren, zu befehlen, sich sofort zum Amuntempel zu begeben.

Als sie zusammen im riesigen Vorhof des Tempels anlangten, faßte König Amenophis wieder nach dem Gesicht seines Sohns, dann drückte er sein Haupt nach unten, damit er seinen Hinterkopf betasten konnte. »Ja«, flüsterte König Amenophis, »ja, die Zeit ist reif. Denn ich sage dir noch einmal, o mein Sohn – dem, was du bist, kannst du nicht, wirst du nicht entkommen, sondern mußt wie ich gelten lassen, daß diese Welt auf Blut gebaut ist.« Dann lachte er wie im Triumph, und doch wirkte sein Gesicht, dachte der Prinz, beinahe außer sich vor Begierde. Der Prinz ließ sich am Arm nehmen und mitziehen; doch nie, dachte er plötzlich, hatte er weniger Angst vor seinem Vater empfunden oder weniger

Ehrfurcht vor den Geheimnissen, die seine Eltern immer angedeutet hatten. Sogar der Tempel selbst, so prachtvoll und weitläufig, erschien irgendwie – verglichen mit seinen früheren Eindrücken – merkwürdig verkleinert und wenig beeindruckend, denn es schienen weniger Priester dazusein und weniger Betriebsamkeit auf den Höfen zu herrschen, und in den inneren Heiligtümern waren viele Schätze und Götzenbilder entfernt worden. Mit einem Blick auf einen Sockel, auf dem früher eine Statue gestanden haben mußte, dachte der Prinz, wie leicht ein Gott von seinem Platz gestürzt, und dann, als er durch die magischen Eisentüren schritt, wie leicht ein Brauch, und sei er noch so alt, geändert werden könnte.

Und so gingen seine Gedanken weiter, auch als ihm das furchtbare Geheimnis und der gräßliche Zweck des heiligen Bades offenbart wurden. »Ich werde es nicht tun«, sagte der Prinz, während er hinunter in das leere Becken starrte. »Ich werde es niemals tun.«

»Aber du mußt!« schrie sein Vater, in dessen Zorn sich Angst und Verzweiflung mischten. »Oder sieh, was aus dir werden muß!« Er zeigte auf die Porträts an den Wänden. »Wie kannst du ertragen, ein Ding wie das zu werden!«

»Aber welche Wahl habe ich denn?« antwortete der Prinz. »Denn entweder das, oder ich werde, wie du, ein Mörder, der das Blut von Unschuldigen vergießt. Ich werde nicht der Grund für den Tod all deiner Gefangenen sein.« Er blickte seinem Vater noch eine Weile in die Augen, dann wandte er sich ab und ließ das leere Bad hinter sich. Er suchte es auch kein zweites Mal mehr auf, sondern begann, während erst die Monate und dann die Jahre verstrichen, das Fremdartige, das seine Gestalt mehr und mehr prägte, allmählich zu akzeptieren. Auch versteckte er es nicht, sondern ließ es vielmehr im ganzen Land bekanntgeben – das deutlichste Zeichen seines Wunsches und seiner Absicht, sein Leben der Wahrhaftigkeit zu verpflichten.

Doch es fiel auf, daß es König Amenophis von jenem Augenblick an nicht mehr ertrug, neben seinem Sohn zu sein, oder sich auch nur überwinden konnte, sein Gesicht anzu-

sehen. Und so zog er sich zu seinen Vergnügungen und Trink-
gelagen zurück, und der Prinz herrschte von da an allein über
Ägypten.

An diesem Punkt aber sah Harun den Morgen heraufdämmern und unterbrach seine Geschichte. »O Herrscher der
Gläubigen«, sagte er, »wenn Ihr morgen abend wieder herkommen möchtet, dann werde ich Euch beschreiben, wie gewisse furchtbare Geheimnisse aufgedeckt wurden.«

Und der Kalif tat, wie Harun vorgeschlagen, und am folgenden Abend kehrte er zur Moschee zurück.

Und Harun sprach:

Teje hatte ihre Schmerzen bei der Geburt des Prinzen nie
vergessen, aber sie wußte, als ein jäher peinigender Schmerz
an ihren Eingeweiden riß, daß die bevorstehende Geburt unendlich schlimmer sein würde. Beim geringsten Nachlassen
der Qualen verwünschte sie sich selbst und den vor neun
Monaten begangenen Fehler, als sie es nicht fertiggebracht
hatte, den trunkenen Forderungen ihres Gemahls zu wider-
stehen, und sich dazu verurteilt hatte, ein zweites Kind aus-
zutragen. Der Schmerz fuhr ihr wieder tief in den Leib. Teje
bildete sich ein, daß überall um sie herum winzige Ungeheuer hockten, an ihren Brüsten zerrten, tief zwischen ihre
Schenkel griffen, Fleisch und Knorpel ihres Leibs teilten und
über den Anblick dessen, was sie fanden, unter sich zischel-
ten. Teje konnte nicht richtig sehen, wie die Ungeheuer beschaffen waren, aber sie konnte fühlen, daß sie dünne Gliedmaßen hatten und sich glitschig anfühlten, und sie stellte sich
undeutlich vor, daß ihre Schädel sehr groß waren.

Wieder spürte Teje ein ganz leichtes Nachlassen des
Schmerzes, und sie merkte, daß jemand sie in den Armen
hielt. Sie blickte auf. Es war Kija. »Was…« murmelte sie
schwach, »warum…?«

»Ich habe deine Schreie gehört«, antwortete Kija. »Ich
konnte nicht einschlafen.«

328

Teje faßte sich an den Bauch, dann starrte sie mitfühlend auf den Leib ihrer Nichte; er begann schon zu schwellen. Kein Wunder, dachte Teje, daß Kija so ängstlich wirkte. Wie schrecklich mußte es sein, einen Vorgeschmack der eigenen bevorstehenden Qual zu bekommen und zu wissen, daß alles vergebens sein würde, für nichts ...

Die Schmerzen kamen wieder und mit ihnen die Ungeheuer, die noch immer zischten, während sie ihre Finger tief in ihr Fleisch stießen. Aber dann schmeckte sie plötzlich etwas Bitteres im Mund, und als sie es schluckte, fühlte sie die Schmerzen und die Ungeheuer verschwinden. Sie schlug die Augen weit auf vor Verwirrung. Kija hielt ein Fläschchen mit einer schwarzen Flüssigkeit. »Aber ... wie?« flüsterte Teje und starrte auf das Fläschchen. »Ich dachte ... es ist ein tödliches Geheimnis ... Wo hast du es gefunden?«

»Es war dein Bruder«, antwortete Kija, »Inen, der Priester. Er erinnerte sich, wie grausam meine Schmerzen damals waren. Er sagte mir, der Trank sei ein Zaubermittel.« Sie betrachtete es. »Es wirkt nicht?«

»Doch«, sagte Teje und nickte schwach. »Ja.« Sie lächelte. »Ja.«

»Du wirst nicht ... « Kija warf einen ängstlichen Blick auf die Flasche. »Der Prinz ... du darfst ihm nicht verraten, daß ich es verwendet habe. Er darf es nie erfahren.«

»Nein.« Wieder lächelte Teje; dann spürte sie die Schmerzen zurückkehren, aber milder nun, wie eine plätschernde Welle, und sie überließ sich ihnen, als wäre es zum Schlafen, denn sie erschienen ihr wie Dunkelheit. Wie in einem Nebel fühlte sie sich in ihre Gemächer getragen, auf Kissen gebettet, von Sklavinnen bedient, und sie spürte ihre Schenkel warm werden vom Blut. Dann wurden auf dem Strom seltsamer Alpträume die Wellen des Schmerzes allmählich wieder stärker, und sie wurde sich eines ekelhaften, unnatürlichen Gestanks bewußt, der aus dem Innern ihres Leibes aufzusteigen schien. Teje stöhnte und versuchte den Kopf zu heben. Undeutlich konnte sie Streifen einer gelben Substanz sehen, die mit dem Blut austrat, das sich auf den Kissen ausbreitete; und dann schrie sie und wand sich unbeherrscht, denn die Schmerzen stachen erneut zu, aber millionenfach schlimmer, als ob ein scheußliches klauenbewehrtes Ding in ihrem Schoß kratze. Verzweifelt hob sie wieder den Kopf und bildete sich ein, ihren Gemahl zu sehen, seine Gesichtszüge starr vor Angst und Verzweiflung, der zuschaute, wie jemand mit dem Rücken zu ihr ein Messer über ihren zuckenden Bauch zog. Teje keuchte und stöhnte und kämpfte wieder gegen die Strudel des Fieberwahns an. Sie glaubte zu sehen, wie etwas aus dem Einschnitt gerissen wurde, anscheinend ein winziges gekrümmtes menschliches Geschöpf, und doch war etwas falsch, schrecklich falsch, denn es war glänzend und klebrig von der stinkenden gelben Substanz, und als es sich regte, wirkten seine Glieder unnatürlich dünn. War es ihr Gemahl, den sie schreien hörte – oder sie selbst? Teje wußte es nicht, denn alles wurde schwarz. Schwach fühlte sie, daß ihr Mund aufgedrückt wurde und ein bitterer vertrauter Geschmack zäh durch ihre Kehle floß, und dann überließ sie sich erleichtert der Dunkelheit.

Als sie wieder erwachte, waren die Schmerzen fast abgeklungen, und ihr Leib fühlte sich gereinigt an. Sie schlug die Augen auf. Das Zimmer schien leer; aber dann nahm sie wahr, daß doch jemand bei ihr saß, denn ihre Hand wurde gehalten.

»O meine geliebte Schwester.«

»Inen?« murmelte sie. Sie wandte sich zu ihm, dann runzelte sie die Stirn, als sie sah, wie schmallippig und abgespannt er wirkte. »Was hast du?« fragte sie.

»Dein Gemahl«, flüsterte er, »der große Pharao ist tot.«

»Tot?« Teje wandte sich ab. »Aber … nein … ich erinnere mich …« – dann starrte sie mit einemmal wild um sich – »mein Kind!«

Inen drückte die Hand seiner Schwester fester. »Es gibt viel«, flüsterte er sanft, »das ich dir enthüllen muß.«

»Wo ist mein Kind?«

»Ebenfalls tot – aber, o Teje, es war nie ein Kind.«

Teje starrte ihn verstört an, dann schüttelte sie den Kopf.

»Hör mir zu.« Inen strich zart über Tejes Wangen. »Es war ein Ungeheuer, ein … Ungeheuer. Ich ließ es vorzeitig aus deinem Schoß herausschneiden – denn hätte ich das nicht getan, wäre die Geburt gewiß dein eigener Tod gewesen.«

»Aber …« – Teje starrte ihn noch immer ungläubig an – »wie konntest du das wissen?«

»Habe ich dir nicht immer gesagt, daß es viele Geheimnisse in den heiligen Büchern Amuns gibt, gehütet von den Priestern im Tempel, die von der Natur der Abstammung der Götter sprechen? Eines der Bücher warnt vor dem, was dir nun widerfahren ist – daß nämlich die Königin vom Ausfluß des Königs angesteckt wird, denn mit dem Verstreichen der Jahre muß die Zeit kommen, da Ungeheuer, nicht Kinder aus seinem Samen wachsen. Ungeheuer, sage ich – und doch sind sie in Wahrheit das genaue Ebenbild der sternengeborenen Götter und all dessen, was mehr als sterblich ist in dir. Dennoch« – Inen hielt inne – »wenn der Augenblick kommt – wenn ein Ungeheuer aus dem Schoß der Königin hervorgeht – dann kündigt es die Todesstunde des Pharaos an.«

»Wie?« Teje schüttelte den Kopf. »Und das alles hat sich als wahr herausgestellt?«

»Versuche, es aus deinen Gedanken zu verbannen«, antwortete Inen leise, indem er ihre Hand drückte, bevor er aufstand. Teje bemühte sich trotz ihrer Schmerzen vergebens, ihn festzuhalten. »Und ich?« fragte sie, indem sie wieder auf ihre Kissen sank. »Diese Geburt eines Ungeheuers – was bedeutet das für mich?«

Für einen Augenblick erschien Inens Gesicht kalt und regungslos, aber dann lächelte er plötzlich und beugte sich vor, um sie zu küssen. »Hab keine Angst«, flüsterte er, »denn es gibt ein Geheimnis, das ich dir sehr bald enthüllen muß, seltsamer und wunderbarer, als du jemals glauben würdest.«

»Und dieses Geheimnis«, drängte ihn Teje, »was könnte das sein?«

Aber wieder lächelte Inen nur. »Sag nicht ›dieses Geheimnis‹. Sag lieber … ›dieses Geschenk‹.« Dann steckte er ihr ein Fläschchen zu, verschlossen und voll, bevor er sich umwandte und seine Schwester allein ließ. Sie wäre gern aufgestanden, um ihm nachzulaufen, aber die Wunde am Leib schmerzte zu stark; auch heilte sie mehrere Tage lang nicht, obwohl sie den Inhalt des Fläschchens trank.

Während der Zeit ihrer Genesung wurde sie mehrere Male von ihrem Sohn besucht, der gerade als Amenophis IV. zum König ausgerufen worden war. Seinen welken Hals zierte das Halsband des Pharaos, und seinen geschwollenen Schädel krönte die Doppelkrone Ägyptens. Vor ihm hielt sie den Trank sorgfältig versteckt; aber als sie zum erstenmal mit Kija allein war, zeigte Teje ihren Vorrat, denn sie war seit langem darauf aus, das Geheimnis mit jemandem zu teilen, da es ihr immer schwergefallen war, es für sich zu behalten. Kija lächelte sie schuldbewußt an, räumte aber ein, als Teje sie drängte, daß sie nicht unter den gewohnten Schmerzen ihrer Schwangerschaft litt. »Und doch«, flüsterte sie, wieder mit schuldbewußter Miene, »so wunderbar scheinen die Kräfte dieses Tranks zu sein, daß ich mich fürchte, mir auszumalen, welche Zauberei ihn hervorgebracht haben könnte.« Aber Teje, die sah, wie ihre Wunde nun von Stunde zu Stunde heilte, hatte sich das gleiche gefragt, und als sie sich endlich von ihrem Bett erheben konnte, beschloß sie, daß Inen es nicht mehr aufschieben sollte, ihr alles zu enthüllen.

Sie fand ihn in dem geheimen Gemach im Tempel, wo er am Altar hinter dem leeren Bad betete. Im Allerheiligsten war alles so, wie sie es in Erinnerung hatte; doch in sämtlichen größeren Räumen und Höfen hatte Stille geherrscht, und weder Betende noch Priester waren zu sehen. »Was ist geschehen?« fragte Teje, als Inen zu ihr trat. »Wie kommt es, daß der Tempel so verlassen ist?«

Inen warf sofort einen Blick über die Schulter zum Altar. »Wir haben die Sterne studiert«, sagte er langsam, indem er sich ihr wieder zuwandte, »und Unheil dort geschrieben gesehen, Abscheu.«

»Abscheu?«

»Vor den Göttern und den Heiligtümern und ihren heiligsten Mysterien.«

332

»Und was tut man? Wohin sind alle gegangen?«

Wieder blickte Inen zum Altar und über ihn hinaus. »Man wollte der Gefahr vorbeugen«, murmelte er endlich, »daß der Schatz des Wissens, der in diesem Ort enthalten ist, die Reichtümer, die von allem Anbeginn bewahrt worden sind, von gottlosen Händen beschlagnahmt und zerstört werden.«

Teje kniff die Augen zusammen. »Gottlose Hände, o mein Bruder? Wen meinst du denn da?«

Inen hielt eine Weile ihrem Blick stand, antwortete aber nicht. Vielmehr zeigte er auf die Räume, die hinter den magischen Türen lagen. »Es gibt einen Ort, tief in der Wüste, wohin die heiligen Schätze Amuns gebracht werden. Dort werden sie bleiben, bis die Zeit der Gefahr vorbei ist. Sehr bald gehe auch ich in die Wüste, denn meine Aufgabe in Theben nähert sich ihrem Ende.« Er schwieg einen Moment, dann nahm er Tejes Hand und hob sie an die Lippen. »Auch du«, flüsterte er, »kannst, wenn du willst, mit mir gehen.«

»Theben verlassen?« rief Teje erstaunt aus. »Meinen Palast verlassen, meinen Sohn?«

Inen lächelte dünn. »Ich habe vor kurzem von einem – Geschenk – in meiner Macht gesprochen. Wenn du dich dafür entscheidest mitzukommen, dann wird dieses Geschenk dir gehören.«

»Aber ich weiß nicht einmal, was für ein Geschenk das sein könnte.«

Das Lächeln zuckte noch immer um Inens Mund, und dann nickte er. »Also schön. Warte bitte hier.« Er ging um das leere Bad herum in das Dunkel, das sich hinter dem Altar Amuns dehnte, und Teje bildete sich ein, das Öffnen einer Tür zu hören. Eine ganze Weile herrschte Schweigen, dann kehrte Inen mit etwas in den Händen zurück. Es sah vertrocknet und schwarz aus, und dann, als Teje es besser erkennen konnte, merkte sie, daß es ein Stück eines menschlichen Arms war.

Sogleich wich sie zurück, doch als Inen ihre Reaktion sah, lachte er bitter und streckte die Hand aus, um sie festzuhalten. »Was«, höhnte er, »du wagst deine Bedenken so zur Schau

333

zu tragen, wo du doch all die Jahre in Menschenblut gebadet hast?«

»Ich hatte keine andere Wahl.«

»Dein Sohn, König Amenophis, würde dir nicht zustimmen.«

»Doch du weißt, daß der Tag kommen wird, an dem auch er seine Meinung ändert.«

»Wirklich? Wenn er für sterbliche Augen zu scheußlich anzusehen ist? Während du, o meine Schwester, so schön und jugendlich wie immer geblieben sein wirst. Aber als Folge wovon?« Wieder lachte Inen. »Nicht allein von deinen Bädern!«

Teje starrte ihn mit langsam dämmerndem Grauen an. »Der Trank«, flüsterte sie, »woraus ist er gemacht?«

Spöttisch hob Inen das Stück Arm hoch. »Na, daraus«, sagte er grinsend.

»Nein!« Teje zitterte. »Es ist nicht möglich ... Aber ... wie?«

»Mit Hilfe des Mysteriums, das Isis erlernte, das Geheimnis des heiligen Namens Amuns. Was das ist, darf ich dir nie offenbaren, denn die Weisheit eines Gottes ist etwas Furchtbares – doch seine Wirkung, seine Macht wirst du gleich selbst sehen.« Mit diesen Worten zog er wieder am Arm seiner Schwester und führte sie durch die magischen Türen, wo er in die Hocke ging und das Stück Fleisch in der ausgestreckten Hand hielt. Aus dem Dunkel hörte Teje plötzlich ein leises Tappen, und dann tauchte vorsichtig eine Katze auf, deren feine Nase bebte. Inen hob sie hoch und nahm sie auf die Arme und er fütterte sie mit dem Fleisch, bis die Katze genug hatte. Inen warf einen Blick auf seine Schwester und lächelte kurz; dann schwang er die Katze plötzlich durch die Luft und schmetterte ihren Schädel gegen die Wand.

Teje stieß einen Schrei aus. Sie stürzte vor, doch Inen packte sie und hielt sie zurück. »Sieh.« Er zeigte auf die Katze, und Teje sah, daß ihr Kopf nur noch eine breiige Masse aus Blut und Knochen war. Doch als sie sich losriß und neben ihr niederkniete, sah sie, daß der Körper sich rührte und bemühte, auf die Beine zu kommen, und in das Grauen mischte sich Ungläubigkeit. »Wie ist das möglich?«

Wieder lächelte Inen, sogar als er mit dem Fuß auf den Rücken des Tiers trat. Sie hörten die zarten Knochen zerbrechen, aber trotz all der grauenhaften Verletzungen wand und krümmte sich die Katze noch immer auf ihren Pfoten. »Töte sie«, schluchzte Teje, »hab Erbarmen mit ihr, bitte, töte sie, sofort!«

Inen machte eine Geste mit den Armen. »Ist das nicht ein Wunder?« fragte er.

»*Töte sie!*« schrie Teje.

»Na schön«, seufzte Inen. »Doch es gibt nur eine einzige Möglichkeit.« Unter seinem Mantel zog er einen Dolch hervor, dann packte er die Katze und drückte sie auf den Boden. »Das Herz«, flüsterte er, indem er mit dem Messer zielte, »das Herz muß durchbohrt werden.« Er stieß mit aller Kraft zu. Die Katze spannte sich, dann zuckte sie und wurde schließlich still. Inen lächelte seine Schwester an. »Wie ich es dir versprochen habe«, sagte er nickend, »ein erstaunliches Wunder.«

Teje holte tief Luft, eine Hand auf dem Herzen, die andere auf den Mund gepreßt. »Niemals«, sagte sie, »habe ich ein solches Grauen erlebt.«

»Und doch wäre die Katze, wie du gesehen hast, bald wieder gesund geworden.«

Teje schüttelte den Kopf. »Wie ist das möglich?« flüsterte sie.

»Alles«, antwortete Inen, »ist den Göttern möglich.« Er schwieg und wartete auf eine Antwort seiner Schwester, dann packte er sie ungeduldig. »Nun?« drängte er sie. »Was sagst du? Denn nicht jedem, o meine Schwester, wird Unsterblichkeit angeboten.«

Teje warf einen Blick auf das blutige Bündel zu Inens Füßen. »Ich …« Sie schluckte. »Ich brauche Zeit … zum Nachdenken … zum Überlegen«, erwiderte sie.

Inens Gesicht wurde hart. »Nicht lange.«

»Aber ich muß Zeit haben.«

»Binnen siebzig Tagen wird dein Gemahl zur Ruhe gebettet, und binnen siebzig Tagen danach muß ich deine Entscheidung haben, denn länger kann sie nicht aufgeschoben werden. In der Zwischenzeit, o meine Schwester – verrate nicht, was du mir heute hier gezeigt habe.« Er schwieg und warf einen Blick in das innere Heiligtum. »Denn Wissen kann mitunter ein gefährliches Vorrecht sein.«

»Warum hast du es mir dann gesagt? Warum hast du das Geheimnis aufs Spiel gesetzt?«

»Kannst du es dir denn nicht denken? Kannst du es dir wirklich nicht denken?« Inen starrte sie beinahe enttäuscht an; dann nahm er wieder ihre Hand und drückte sie sehr fest. »Ich werde leben«, flüsterte er, »in alle Ewigkeit. Glaubst du, ich könnte dem mutig entgegentreten, wenn es ohne dich sein muß?« Er küßte sie unvermittelt auf die Stirn, dann ließ er sie los, wandte sich ab und ging auf die Türen zu. »Einhundertundvierzig Tage!« rief er laut, während die Türen zuglitten. Teje war allein.

Als sie an jenem Nachmittag zum Palast zurückkehrte, erschienen die Sonne heller, das Licht kräftiger, die Farben leuchtender und mehr mit Leben getränkt, als Teje sie jemals gesehen hatte – doch ihre Schönheit trug nur dazu bei, ihre Unruhe zu verstärken. Die Kühle der Dämmerung brachte ihr keine Erleichterung, auch nicht die tiefere Stille der Nacht – und so erhob sich Teje, als sie merkte, daß sie nicht schlafen konnte, schließlich von ihrem Bett. Sie ließ sich einen Mantel bringen, dann spazierte sie durch den Garten zum See. Der Weg dorthin war unschwer zu finden, denn er wurde vom Mond beleuchtet, und als sie sich dem Lieblingsplatz ihres Vaters näherte, konnte sie sich aus den Kindheitstagen an jede Windung, jede Biegung erinnern. Doch als sie näher kam, bemerkte sie, daß schon jemand dort war, der unter den Bäumen stand, und sie erkannte gerade noch den gewölbten Schädel vor den Sternen, den verwelkten Körper, die abgemagerten Arme, die zerstörte Schönheit des Königs Amenophis, ihres Sohns. »Nicht hier«, dachte Teje, »nicht jetzt, nicht mit ihm.« Statt dessen kehrte sie zum Palast zurück, rief nach einem Pferd und ritt dann den Pfad entlang, der in die Berge führte. An der Schlucht, die den Eingang zum Tal der Toten bezeichnete, fand sie keine Wachen, was sie überraschte, aber in ihrer Stimmung auch eine Erleichterung war. Zwischen den Felsen saß sie von ihrem Pferd ab und führte es bis zum Grab ihrer Eltern. Nachdem sie es angebunden hatte, kniete sie zum Gebet nieder, um ihren Vater um Trost und Beistand zu bitten.

Doch sie hatte gewußt, noch bevor sie zu seinem Grab kam, was ihr Vater gesagt hätte – und deshalb wußte sie auch, was sie tun mußte. Als sie endlich wieder aufstand, fühlte sie sich entschlossen. Mit gesenktem Kopf stand sie noch eine Weile vor dem versteckten Eingang zum Grab, dann ging sie zu ihrem Pferd zurück, um die Zügel loszubinden. Plötzlich jedoch, als sie gerade die Knoten löste, hörte sie weit weg eine Stimme murmeln, und als sie aufblickte, sah sie in der Ferne schwache Lichter. Sofort überlief sie ein Schauder des Entsetzens, denn sie wußte, daß das zu dieser Stunde und an diesem Ort nur eines bedeuten konnte. Dennoch eilte sie lautlos auf den Hügel zurück, um sich zu vergewissern, und als sie einen Kamm mit Felsblöcken erreichte, spähte sie hinter ihnen vor. Vor sich, weit oben im Tal, konnte sie flackernde Fackeln und eine Gruppe von Männern erkennen, zehn oder zwölf, die an einem Grab versammelt waren – und dann hörte sie sehr schwach das Klirren von Hacken auf Steinen.

Das Geräusch ging sofort in Tejes Herzklopfen unter. Sie war sich nicht sicher, was sie mehr entsetzte: die drohende Gefahr für sie selbst oder der Abscheu vor der Entweihung. Sie blickte auf die festgetretene Erde unter ihren Füßen, unter der ihre Eltern lagen. »Behüte sie sicher«, flüsterte sie. »O Allmächtiger und Allsehender, laß nicht zu, daß sie gestört werden.«

Während ihr Herz noch schneller raste, kroch sie langsam den Hügel hinab, band ihr Pferd los und stieg in den Sattel. Einen Augenblick lang saß sie regungslos da, um ihren Mut zusammenzunehmen, denn sie vermutete, daß die Räuber die Wachen ermordet und gewiß eigene Posten aufgestellt hatten. Dann plötzlich trieb sie ihr Pferd an und galoppierte, so schnell sie konnte, den Weg hinunter, nun nicht mehr darauf bedacht, leise zu sein, sondern nur noch, aus dem Tal zu entkommen. An der engen Schlucht, die von den Bergen wegführte, hörte sie einen gedämpften Schrei und sah zwei Gestalten auf sich zulaufen. Eine bekam ihren Mantel zu fassen, aber Teje löste die Spange, und er glitt von ihren Schultern. Sie galoppierte weiter, aus der Schlucht hinaus und die Straße hinunter, auf die Lichter des Palasts zu, die am Nil funkelten. Auf halbem Weg zum Fluß jedoch sah Teje einen Trupp Reiter, und sie schrie vor Erleichterung, als sie die kahlgeschorenen Köpfe von Priestern erkannte. Doch als sie diese herbeiwinkte, erbleichten sie allesamt, zügelten ihre Pferde und schickten sich an, auf der Straße niederzuknien und sich zu verneigen. Teje jedoch hob die Hand und befahl ihnen, nicht zu zögern, sondern zum Tal zu reiten, um die Räuber zu überrumpeln. Als sie erfuhren, was Teje gesehen hatte, wurden die Priester noch bleicher, und die Augen schienen ihnen vor Empörung und Schrecken aus den Höhlen zu treten. »Entweihung im Tal?« rief ihr Anführer aus. »Das ist ein Grauen und Übel, das man kaum glauben kann. Euer Bruder, o große Königin, unser neuer Hoherpriester, wird in der Tat entsetzt sein, wenn er davon hört.«

Während sie den Priester mit seinen Männern zum Tal weiterreiten sah, zweifelte Teje nicht an seinen Worten, denn es fiel in die Verantwortung des Hohenpriesters, das Tal zu sichern, und sie vermutete, die Nachricht würde Inen in seiner Furcht vor einer bedrohlich näher rückenden Zeit des Frevels bestärken. Doch sie suchte ihn nicht auf, um ihre Vermutung zu bestätigen, noch traf oder erblickte sie ihn zufällig, und sie fragte sich, ob auch er – wie sie es inzwischen tat – die Orte mied, wo sie sich begegnen könnten. Erst als am Tag der Bestattung ihres toten Gemahls der Leichnam vom Tempel zu seinem Grab gebracht wurde, sah Teje ihren Bruder endlich wieder – doch kein einziges Mal sah er ihr in die Augen. Statt dessen schritt er an der Spitze der Prozession, weit getrennt vom neuen Pharao und den königlichen Trauernden, denn diese folgten hinter dem gewaltigen Zug der Schätze, der den Sarg auf seiner Bahre begleitete. Bis Teje endlich vor dem Grab ankam, waren die Schätze schon in die Dunkelheit des Felsens getragen worden, und nur der riesige goldene Sarg blieb draußen. Während Inen die Gesänge und Gebete an Osiris leitete, wurde der Sarkophag von der Bahre gehoben und neben der Tür abgesetzt, wo er dann von zwei maskierten Priestern – einer als Isis gekleidet, der andere als Seth – hochkant gewuchtet wurde. Dabei stimmten beide einen Trauergesang an, und Inen wandte sich endlich der königlichen Familie zu.

Doch noch immer wich er dem Blick seiner Schwester aus und starrte statt dessen sehr kalt auf König Amenophis. »O Osiris!« rief er mit volltönender Stimme. »Dein Abkömmling kommt, dein Verwandter, der Fleisch von deinem Fleisch ist, Blut von deinem Blut! Gegrüßt seist du, Herr der Herrlichkeit, Großer Lehrer der Menschheit, Herrscher der Sterne! Du, der du getötet und in eine hölzerne Truhe gelegt und von deinem Bruder in vierzehn Teile zerstückelt wurdest, behüte den großen Pharao, der nun im Tod hierherkommt, daß auch er nie verwesen, sondern auf immer bei dir leben werde, o Herr der Lebenden und der Toten!« Dann schwieg Inen einen Augenblick, doch Teje sah, daß er ihren Sohn, König Amenophis, weiter kalt anstarrte, bevor er sich endlich wieder dem Sarg zuwandte, den Stab seiner Würde in der Hand erhoben. Behutsam senkte er ihn auf das kunstvoll gefertigte Abbild des toten Pharaos, das den Sarg zierte. Inen berührte es leicht an der linken Brustseite. »Geleite des Pharaos Herz durch die Zeit der Nacht.« Er erhob den Stab noch einmal, dann senkte er ihn erneut, diesmal auf die Lippen im Kopf des Abbilds. »Öffne des Pharaos Mund. Gib ihm Atem. Erhalte ihm auf immer das ewige Leben.«

Inen blieb eine Weile mit gebeugtem Kopf stehen, dann erhob er beide Arme und stimmte erneut einen düsteren Sprechgesang an. Die anderen Priester fielen ein, als der Sarg hochgehoben und in das Grab getragen wurde. Immer noch sangen die Priester, während die Träger endlich wieder aus der Dunkelheit auftauchten und alles für die endgültige Versiegelung des Grabes vorbereitet wurde. Die Steinblöcke wurden herabgelassen, die Ziegelsteine sorgfältig mit Mörtel verbunden, ein großer Haufen Geröll vor der Tür aufgehäuft, bis es endlich so aussah, als wäre da nie ein Grab gewesen.

Inen wandte sich wieder König Amenophis zu und verneigte sich sehr tief. »O mächtiger Nachkomme der sternenbewohnenden Götter, Euer Vater ist jetzt vereint mit Osiris. Das Ritual der Danksagung muß daher angekündigt werden. Werdet Ihr, wie es Brauch ist, unsere heiligen Riten leiten?«

Aber König Amenophis schüttelte den Kopf. »Du weißt«, antwortete er knapp, »daß ich nicht an eure Götter glaube. Wenn ich hierherkam, dann nur, um mich zu vergewissern, daß das Grab meines Vaters wirklich sicher versiegelt ist.«

Inens Lippen verkrampften sich fast unmerklich, aber ansonsten verriet er nicht die geringste Gefühlsregung. »Ich hoffe also, o König, daß Ihr zufrieden seid.«

»Gewiß.« König Amenophis nickte. »Doch nicht alles, fürchte ich, mag selbst nun sicher sein. Es hat Berichte gegeben, o mein Onkel, dunkle Gerüchte, vom Treiben von Dieben in der Nacht.« Er schwieg einen Augenblick und kniff die Augen zusammen. »Sei auf der Hut vor ihnen. Ich möchte meinen Vater in seinem Todesschlaf nicht gestört wissen.«

Wieder verneigte sich Inen tief. »Nichts wird ihn stören«, antwortete er, »in seinem Schlaf des ewigen Lebens.«

Ein schwaches Lächeln zuckte über König Amenophis' geschwollene Lippen. »Es freut mich, das zu hören.« Er nickte und warf noch einen Blick auf das versteckte Grab, dann wandte er sich um und ging zu seinem wartenden Streitwagen zurück. Seine Höflinge und Bedienten folgten in seinem Troß, und von der königlichen Familie blieb nur Teje zurück. Inen stand noch immer wie angewurzelt und starrte auf das Geröll, das den Zugang verbarg; dann aber hob er den Kopf, und diesmal begegnete er dem Blick seiner Schwester. Teje vermochte nicht zu deuten, was sie in seinen Augen sah, ob es eine Bitte oder eine Warnung war oder sogar mehr – der Hinweis auf ein noch nicht offenbartes Geheimnis. Sie hatte sich fast dazu durchgerungen, auf ihn zuzugehen, als Inen sich wieder abwandte, um mit den Priestern zu sprechen, und Teje wußte, daß der Augenblick noch nicht gekommen war.

»Binnen weiterer siebzig Tage«, dachte sie bei sich, als sie zu ihrem Wagen zurückging. »Dann wollen wir miteinander reden und, wenn es sein muß, uns für immer trennen.«

Doch als der siebzigste Tag nach der Bestattung kam, gab es von Inen kein Zeichen, nicht einmal eine Botschaft, und als sich Teje bestürzt zum Tempel begab, fand sie nicht einmal dort eine Spur ihres Bruders. Der einundsiebzigste Tag verstrich und dann der zweiundsiebzigste, bis schließlich zehn Tage ohne Nachricht vergangen waren, ehe eine als geheim gekennzeichnete Botschaft für sie eintraf.

Es stellte sich jedoch heraus, daß sie nicht von ihrem Bruder kam, sondern von ihrem Sohn, der ihr befahl, ihn auf der Straße in die Berge zu treffen, und als sie sich dort einfand, traf sie ihn mit einem Trupp seiner Wachen an. König Amenophis küßte sie herzlich, dann wandte er sich an seinen Hauptmann. »Berichte der Königin«, befahl er, »von dem Geheimnis, das du entdeckt hast.«

Der Hauptmann verneigte sich. »Ihr müßt wissen, o mächtige Königin«, sagte er, indem er zum Tal deutete, »daß ich zum Wächter der königlichen Gräber ernannt wurde.«

Teje runzelte verblüfft die Stirn. »Ist es nicht Pflicht der Priester, die Gräber zu bewachen?«

»Eine Pflicht«, antwortete König Amenophis, »die sie in letzter Zeit vernachlässigt haben, denn in den vergangenen Wochen sind hier immer mehr Gräber aufgebrochen worden. Ich habe deshalb beschlossen« – er machte eine Geste zum Hauptmann hin – »meine eigenen Männer im Tal aufzustellen.«

»Und hast du den Priestern diesen Beschluß mitgeteilt?«

König Amenophis lächelte bitter. »Nein.«

»Ich verstehe.« Teje nickte langsam. »Dann sag mir«, forderte sie den Hauptmann auf, »was du gefunden hast.«

»Vor gut zehn Tagen«, antwortete der Hauptmann, »machte ich mit meinen Männern die Runde, als wir – beim Grab Eures Gemahls, o große Königin – das Geräusch von Schritten über Stein kratzen hörten. Wir stiegen sofort hinab, um den Zugang zu überprüfen, und entdeckten, wie wir befürchtet hatten, daß er aufgebrochen worden war. Drinnen fanden wir fünf Männer, die den Sarg plünderten, und wir ergriffen sie und versiegelten das Grab, so gut wir konnten. Die Räuber wurden dem Gesetz entsprechend behandelt, indem wir ihnen die Nasen abschnitten und die Ohren stutzten und sie dann neben dem Grab auf Pfähle spießten. All dies geschah, wie ich sagte, vor zehn Tagen.«

»Und wo bleibt das Geheimnis?«

Der Hauptmann warf einen ängstlichen Blick auf König Amenophis, dann wieder auf Teje. »Vier der Räuber haben, wie zu erwarten war, längst ihr Leben ausgehaucht. Aber der fünfte, o mächtige Königin …« – der Hauptmann schluckte – »der fünfte lebt noch.«

»Nein.« Teje holte tief Luft. Sie spürte, wie sich ein eisiger Griff fest um ihr Herz schloß. »Wie ist das möglich?«

»Ich hatte gedacht, o meine Mutter«, sagte König Amenophis leise, »daß du diejenige sein könntest, die mir das zu beantworten vermag.« Unter seinem Mantel zog er eine Flasche heraus, die halb mit einer schwarzen Flüssigkeit gefüllt war. »Ich entdeckte, daß Kija davon getrunken hat. Sie hat sie von Inen erhalten. Sie sagt, er habe dir genau den gleichen Trank gegeben, um deine Schönheit trotz des Verstreichens der Jahre zu erhalten.«

Teje warf einen schuldbewußten Blick auf die Flasche, antwortete aber noch trotzig. »Es ist keine Sünde«, sagte sie schließlich, »daß man seine Schönheit und Jugend behalten will.«

König Amenophis lachte bitter auf, während er die Flasche wieder unter seinem Mantel verbarg. »Wir sollten uns sofort zum Grab meines Vaters begeben«, sagte er unerwartet schroff. »Es könnte interessant sein zu entdecken, welche anderen Zauber der Hohepriester Amuns noch besitzen mag.«

»Aber du meinst doch gewiß nicht ...«

Doch König Amenophis hob die Hand. »Sag mir«, fragte er, an den Hauptmann gewandt, »hast du in deinem Bericht über den armen Kerl nicht gemeldet, daß die Spitze des Pfahls ihm durch den Schädel gegangen ist?«

Der Hauptmann verneigte sich. »Ganz recht, o mächtiger König.«

König Amenophis wandte sich wieder seiner Mutter zu. »Nun gut. Dann wollen wir gehen und sehen, was wir vorfinden.«

Doch in Wahrheit konnte man, als sie noch auf dem einsamen Weg ritten und lange bevor der Dieb auf dem Pfahl zu sehen war, schon seine Schmerzensschreie hören, und Teje wußte sofort, daß es die Schreie ihres Bruders waren. Als sie sich dem Grab näherten, sah sie fünf verdrehte Körper, geschwärzt vom Blut und der erbarmungslosen Sonne, von denen vier leblos waren, einer aber noch zuckte und sich wand, während er gräßliche Flüche ausstieß, die sein zerstörtes Gesicht noch mehr entstellten. Als Teje jedoch mit ihrem Sohn an der Seite auf ihn zuging, verstummte der Elende. Dann brach er unerwartet mit einemmal in Lachen aus.

»Warum?« rief Teje in plötzlichem Zorn zu ihm hinauf. »O Inen, sag mir, warum?«

Aber er lachte bloß und gab keine Antwort, und auf alle Fragen seiner Schwester und seines Neffen sprudelte er nur Hohn- und Schmerzenslaute heraus. »Hol ihn herunter«, befahl König Amenophis dem Hauptmann. »Ich ertrage den Anblick solchen Leidens nicht. Und ihr« – er nickte den anderen Wachen zu – »öffnet das Grab wieder. Ihr sagt, ihr hättet sie angetroffen« – er zeigte auf die gepfählten Körper – »als sie versuchten, den Sarg des Pharaos, meines Vaters, zu plündern. Ich möchte wissen, wonach sie gestöbert haben.«

Die Wachen verneigten sich und machten sich sofort daran, seine Befehle auszuführen. Während die meisten damit beschäftigt waren, das Grab zu öffnen, sah Teje zu, wie ihr Bruder auf dem Pfahl behutsam herabgelassen wurde. Sie bemerkte, daß der Hauptmann nicht übertrieben hatte, denn die Spitze war wirklich durch Inens Schädel gedrungen, und als die Wachen versuchten, seinen Körper von dem Pfahl zu ziehen, ertrug sie den Anblick nicht mehr und mußte sich abwenden. Als sie wieder hinschaute, sah sie ihren Bruder zucken und Blut auf den Sand speien, zwar von dem Pfahl befreit, aber mit gräßlichen klaffenden Wunden, die noch näßten, und er lachte und schrie noch immer. Erst als König Amenophis sich neben ihm bückte und ihm die Flasche mit dem Trank in den Mund stieß, wurde er endlich still; und auch als die Flüssigkeit getrunken und die Flasche beiseite geworfen war, blieb er stumm und ließ nicht einmal ein Stöhnen vernehmen. König Amenophis versuchte, ihn zu bedrängen, aber er schien ihn kaum zu hören, und Teje sah, daß seine Augen weit aufgerissen und auf sie gerichtet waren.

Dann hörte man plötzlich das Geräusch rollender Kiesel und keuchende Laute, und die Wachen tauchten aus dem Zugang zum Grab auf. Sie schleppten eine mannsgroße Truhe, und Teje bemerkte, daß die Siegel an den Seiten erbrochen worden waren. »Das war es, was sie wollten«, meldete einer der Männer, nachdem sie die Truhe vorsichtig abgesetzt hatten. »Sie stand in dem innersten Sarg des Pharaos. Als wir sie fanden, war der Deckel nur halb an seinen Platz gerückt.«

König Amenophis warf einen Blick auf Inen, der plötzlich zu lachen begann – nicht wild wie zuvor, sondern mit einer zischenden Drohung. Teje bemerkte, wie das Blut aus dem Gesicht ihres Sohns wich, und einen Augenblick glaubte sie, er werde seinen Onkel schlagen; aber dann wandte er sich der Truhe zu und gab den Wachen ein Zeichen. Ein Ruck, und der Deckel wurde weggezogen. König Amenophis blickte hinunter, dann schaute er sofort weg. Doch als Teje vortrat, um zu sehen, was darin lag, betrachtete er mit ihr gemeinsam den Inhalt, und beide standen lange da und verharrten in Schweigen.

»Vierzehn Teile« sagte König Amenophis schließlich. Er wandte sich wieder zu Inen um. »Du hast ihn, wie Osiris, in vierzehn Teile zerstückelt. Aber warum?« Er packte Inen, schüttelte ihn. »Warum?«

Inen antwortete nicht, aber Teje ahnte die Antwort bereits im tiefsten Innern. »Sieh doch«, sagte sie mit ausgestrecktem Finger, »das Fleisch unter den Binden – wie es sich zu regen scheint – wie es noch zu leben scheint!« Sie griff nach dem Kopf und hob ihn in die Sonne.

Sogar unter den geschwärzten Leinenbinden war ein ganz schwaches Zucken der Augenlider zu erkennen, und als Teje die Binden vom Mund wegzog, sah sie, wie sich die verschrumpelte Zunge noch zu bewegen schien. Sie starrte sprachlos darauf, dann gab sie den Kopf ihrem Sohn, der vor Abscheu und Ungläubigkeit zitterte.

»Wahrhaftig«, rief er aus, »niemals habe ich solches Grauen empfunden noch etwas Merkwürdigeres gesehen oder etwas so voll des dunkelsten Geheimnisses!« Ehrfürchtig legte er den Kopf zurück in die Kiste, dann drehte er sich um und starrte, noch immer zitternd, auf Inen hinunter. »Was ist das Wesen und die Bedeutung dieser Zauberei«, fragte er, »dieses Bösen, das so abscheulich ist, daß ich mich fürchte, deine Antwort zu hören?«

Inen grinste, antwortete aber immer noch nicht. Es erinnerte Teje, die ihn beobachtete, an die Art, wie er gegrinst hatte, als er mit ihr im Dunkel des Amuntempels gestanden und dem Miauen der verstümmelten Katze gelauscht hatte.

»Ich kann es dir verraten«, sagte sie langsam und trat vor.

»Nein!« Zum erstenmal, seit er vom Pfahl genommen worden war, sprach Inen. »Nein!« schrie er noch einmal. »Nein, du darfst nicht!«

»Warum nicht?«

»Es muß unser Geheimnis bleiben.«

»Nein.«

»Aber gewiß …« Inen starrte seine Schwester ungläubig an. »Du wirst doch nicht … doch nicht mein Angebot ablehnen? Komm!« Er stand plötzlich auf und versuchte, sie beim Arm zu nehmen. »Wir müssen sofort von hier weg, der Augenblick ist gekommen!«

Aber Teje wich heftig zitternd vor ihm zurück. »Niemals!« rief sie. »Lieber würde ich sterben, als mit dir zu gehen!«

Inen erstarrte. »Lieber sterben?« flüsterte er. Jede Regung, alles Leben schien aus seinem Gesicht zu schwinden. Dann lachte er plötzlich auf, wie er zuvor gelacht hatte, mit einem Spott, in den sich Bitterkeit und Wut mischten. »Aber du wirst niemals sterben«, flüsterte er. »Du nicht, auch er nicht« – er deutete auf ihren Sohn – »niemand von eurem Geblüt, ihr werdet niemals sterben! Sieh doch!« – er griff nach dem abgetrennten Kopf von Tejes Gemahl – »sei Zeugin des Schicksals, für das du dich entschieden hast!«

»So ist es also wahr« – König Amenophis starrte auf die zerstückelte Leiche seines Vater – »er lebt wirklich noch?«

»Würde er in eine unendliche Zahl von Teilen zerschnitten, würde sein Blut mit den Wassern der Welt gemischt, würden seine Knochen zermahlen und mit Staub vermengt, selbst dann – die Essenz seines Lebens würde bleiben.«

Teje starrte ihren Sohn mit unverhohlener Angst an, doch König Amenophis' Miene blieb vollkommen ruhig. »Wie ist das möglich?« fragte er.

»Durch den Willen der Götter.«

»Ich glaube dir nicht.«

»Trotzdem ist es die Wahrheit.«

»Wie denn?«

»Es wurde so gefügt und erreicht durch die Herrin Isis, die Listigste der Unsterblichen, Meisterin des geheimen Wissens der Sterne, die mit Osiris eine Dynastie unsterblicher Könige hervorgebracht hat. Welche Magie diese Könige dann besäßen, welche Fähigkeiten der Zauberei durch ihre Adern strömten, wurde durch das Handeln der Göttin selbst angedeutet, als sie befahl, ihren Gemahl in eine Truhe einzuschließen und seinen Leib in vierzehn Teile zu zerlegen.«

»Nein«, rief Teje aus, »nein, nein, das war Seth!«

Inen lachte. »So wird es gelehrt. Aber glaubst du wirklich, daß wir, die wir die Weisheit der Götter hüten, unsere tiefsten und zeitlosesten Mysterien verraten und sie der unwissenden Neugier der Massen offenbaren würden? Nein, denn würde die Wahrheit vollkommen verstanden, dann würden alle unsterblich, denn alle würden das Fleisch des Geschlechts lebender Götter essen, bewahrt und zerlegt, wie die Rituale es uns gelehrt haben.« Er starrte wieder auf den Leichnam in der Truhe. »Speise für die Götter, gebildet aus den Göttern.«

König Amenophis schaute ihn ausdruckslos an, dann blickte auch er in die Truhe. »Und allen meinen Vorfahren«, fragte er leise, »habt ihr in gleicher Weise gedient?«

»Wie ich sagte«, antwortete Inen, »verlangt es das Ritual, daß die Leichen siebzig Tage in den Särgen bewahrt und dann in vierzehn Stücke zerlegt werden.«

»Deshalb also seid ihr in das Grab meines Vaters eingedrungen. Aber warum habt ihr die Gräber der anderen Pharaonen aufgebrochen?«

»Um die Leichen fortzuschaffen und zu ersetzen, damit niemand jemals merkt, daß sie geraubt worden sind. Doch nun spielt es keine große Rolle mehr, denn sie sind alle – bis auf diese hier – sicher weggebracht worden.«

»Wohin?«

»Zu einem älteren Tempel, tief in der Wüste, der den Ort bezeichnet, wo die Götter von den Sternen zum erstenmal die Erde betraten. Fragt mich nicht nach seiner Lage, denn ich werde sie nie verraten, noch werdet Ihr sie selbst jemals entdecken.«

»Doch warum müßt ihr dann so dringlich von hier fliehen?«

»Weil wir fürchteten, o großer Pharao, was Ihr tun könntet. Ihr mögt es«, er neigte den Kopf, »als Kompliment auffassen. Glaubt aber nicht« – er hielt inne, um wieder in die Truhe zu schauen – »daß wir nie mehr zurückkehren, denn mit der Zeit werdet Ihr ein vertrocknetes altes Wesen sein, ein Erzeuger von Ungeheuern wie Euer eigener Vater hier. Bis zu diesem Augenblick müssen wir, so verlangen es die Rituale, Euch auf dem Thron Eurer Vorfahren herrschen lassen – und am Ende«, sagte er grinsend, »zweifelt nicht daran, wer-

347

de ich mich von Euch nähren. Ja« – er warf einen Blick auf Teje – »und von deinem lebenden Fleisch ebenso.«

»Und dennoch«, sagte Teje langsam, »bist du nicht unsterblich.«

Inen atmete tief ein, als wäre ihm plötzlich die Luft ausgegangen, und starrte sie mit zusammengekniffenen Augen stumm an.

Teje lächelte; sie wandte sich an ihren Sohn. »Durchbohre sein Herz. Dann wirst du ihn sterben sehen.«

Lange sprach niemand. »Ist das wahr?« sagte König Amenophis schließlich zu Inen.

Inen sah ihm in die Augen, dann schaute er weg.

König Amenophis lächelte schief und hob, mit einer Hand seine Augen beschattend, den Blick zur Sonne. »Ich habe geschworen«, murmelte er, »kein lebendes Wesen zu töten.« Er blickte wieder auf Inen. »Nicht einmal dich.«

Teje blickte ihren Sohn ungläubig an. »Du läßt ihn frei?«

»Grausam, für immer mit einem derart gezeichneten Gesicht zu leben.« König Amenophis betrachtete das nasenlose Gesicht seines Onkels, die noch blutenden Wunden, wo die Ohren gewesen waren, dann wandte er sich wieder an Teje. »Noch grausamer, o meine Mutter, für immer ohne Liebe zu leben – für immer ohne dich zu leben.«

Inen verneigte sich tief und schien fast zu speien vor Verachtung. »Doch nicht so grausam, o Pharao, wie mit dem Wissen um das zu leben, was Euch widerfahren muß.«

Wieder blickte König Amenophis in die Helligkeit der Sonne. »Alle Dinge, darauf müssen wir vertrauen, sind dem Allmächtigen möglich.«

»Mag sein. Und doch liegt die Lösung schon vor Euch, in dieser Truhe.« Inen griff nach einem Stück des verdorrten Arms. »Eßt es«, flüsterte er, indem er ihn langsam vor dem Pharao und Teje hin und her schwang. »Es ist nicht zu spät. Ihr könnt beide noch gerettet werden. Ihr braucht euren Gott in der Sonne nicht, um euch jetzt zu helfen.«

Teje starrte mit plötzlichem brennendem Verlangen auf das Stück Fleisch, und Inen lächelte, als er den Schimmer in ihren

Augen deutete. Sie drehte sich zu ihrem Sohn um. Auch er, bemerkte sie, schien von einem gespannten, flackernden Zweifel erfüllt, und dann, während sie ihn noch beobachtete, griff er nach dem Fleischbrocken. »Und doch ...« flüsterte er plötzlich. Er blickte zur Sonne auf. »Wenn wir dies essen, zu welch einem Fluch der Menschheit könnten wir uns dann entwickeln. Gefährlich genug, so wie wir sind – doch um wieviel gefährlicher, wenn wir nie welken und vergehen. Nein!« Er legte das Stück Fleisch wieder in die Truhe. »Bringt es weg! Wir können die Versuchung seiner Nähe hier nicht ertragen.« Er hielt inne und starrte wieder auf die zerlegte Leiche seines Vaters. »Seht, wie er beweist, was er immer behauptete – daß die Welt nichts als ein Muster der Zerstörung sei. Und dennoch gelobe ich – bete ich –, daß sich das grundlegend ändern wird.«

Mit diesen Worten wandte er sich ab und ging fort, während Teje noch einen Augenblick wie angewurzelt bei der Truhe stehenblieb. Ihr Blick begegnete dem Inens; dann wandte auch sie sich ab und ging. Keiner von beiden schaute sich um, als sie den Pfad hinunterritten, und sie hielten nicht an, bis sie in den Tempel kamen. Dort angekommen, begaben sie sich in das innerste Heiligtum und dann weiter, an dem Bad vorbei und in die Dunkelheit. Weit hinten in der Wand befand sich eine kleine Tür und hinter der Tür ein weiterer, letzter Raum. Eine Statue stand darin, mit der Krone und den Gewändern der Isis und einer Gestalt, die Teje wiedererkennen konnte, wenn sie auf ihren Sohn blickte; und doch hatte die Statue kaum ein menschliches Aussehen, so abstoßend, so entstellt hatte der Bildhauer sie gestaltet, abscheulicher als alles, was Teje je gesehen hatte.

»Kein Wunder«, flüsterte König Amenophis, »daß sie sie an diesem dunklen Ort versteckt haben. Denn es ist gefährlich für Sterbliche, solch einen Anblick zu ertragen.« Er hielt einen Augenblick inne – dann zerrte er an der Statue, die umkippte und auf dem Boden in Stücke zersprang. König Amenophis zertrampelte die Stücke unter seinen Füßen zu Staub.

Später am selben Tag kam Kija nieder. Das Kind war ein

Knabe, und es war nicht tot geboren. Der Prinz erhielt den Namen Semenchkare.

Ebenfalls am selben Tag geschah es, daß König Amenophis sich zur Ruhe niederlegte und in seinen Träumen das brennende Bild der Sonne sah.

An diesem Punkt aber sah Harun den Morgen heraufdämmern und unterbrach seine Geschichte. »O Beherrscher der Gläubigen«, sagte er, »wenn Ihr morgen abend wieder herkommen möchtet, dann werde ich Euch die Art und die Früchte der Träume des Königs Amenophis schildern.«

Und der Kalif tat, wie Harun vorgeschlagen, und am folgenden Abend kehrte er zur Moschee zurück.

Und Harun sprach:

Jede Nacht war es der gleiche Traum, die Vision einer lodernden, unermeßlichen Sonne, von einer Helligkeit, die sterbliche Augen unmöglich ertragen konnten; doch König Amenophis fand, daß mit dem Verstreichen der Monate der Glanz des Lichts leichter zu ertragen wurde. Er bildete sich dann ein, daß er allmählich, kaum wahrnehmbar durch die kreisenden goldenen Strahlen, den Umriß von etwas anderem sah, etwas anderem als der Sonne. »O göttlicher Herr von allem«, rief er in seinem Traum aus, »mächtiger lebendiger Aton, gewähre mir die Stärke, zu erblicken, was verhüllt ist«, und dann starrte er in den Kern der Sonne selbst. Aber die Helligkeit verging, der Traum zerrann, und König Amenophis erwachte allein in seinem Bett, während die Dämmerung der wirklichen Sonne sein Gemach mit morgendlichem Licht erfüllte.

Wie er sich dann, in der Bitterkeit seiner Enttäuschung, danach sehnte, daß Kija, seine Königin, wieder an seiner Seite wäre. Doch er wußte, daß er es nicht gestatten konnte – es in der Tat nicht gestattet hatte, seit jenem Nachmittag, an dem er die volle Wahrheit über seinen Zustand erfahren hatte. Welch andere Hoffnung blieb ihm denn, den Fluch zu zerstören, den uralten Strom besudelten Blutes einzudämmen, wenn nicht die, der letzte seiner langen Ahnenreihe zu sein, der ihn trug? Einen Sohn hatte er bereits, und wenn er Semenchkare betrachtete, wie er an Kijas Brust saugte oder schlafend dalag, fürchtete er sich vor dem Gedanken, daß sogar ein solches Kind, so reizend anzuschauen und so unschuldig, Gift in seinen Adern haben könnte. Manchmal versuchte König Amenophis, die schreckliche Angst aus seinen Gedanken zu drängen; doch letzten Endes wußte er, daß er es sich nicht leisten konnte, denn es war gerade diese Angst, die seinen Willen am Leben hielt. Ohne diese Angst hätte er jede Nacht mit Kija geschlafen, denn sein Verlangen schien zuzunehmen, je mehr sein Körper sich veränderte, es flackerte und brannte durch seine Gliedmaßen wie ein Wüstenfeuer – drängte ihn, höhnte ihn, die Flammen zu löschen.

So kam es, daß er allmählich sogar den Anblick von Kija als Erinnerung an ein für immer verlorenes Glück haßte, und er verbannte sie aus seiner Gegenwart und lebte nicht mehr mit ihr. Und so kam es, daß er allmählich seine liebsten Vergnügungen haßte – die Stille des Sees, wo er einst mit seinem Großvater gesessen hatte, die Spaziergänge durch die Felder, um die Blumen blühen zu sehen, die Schiffsfahrten auf dem imposanten·strömenden Nil, wo der Reichtum und die Schönheiten des Lebens vor ihm ausgebreitet lagen –, alles, was er immer geschätzt und so sehr bewundert hatte; denn alles erschien ihm jetzt, als wäre es zu Staub geworden. Verzweifelt waren König Amenophis' Gebete an Aton – doch unablässig drohend ragte noch immer der Tempel Amuns auf. Denn obwohl er das Götzenbild in seinem Innern gestürzt hatte, fürchtete König Amenophis, Hand an dieses riesige Steingebäude zu legen – aus Angst vielleicht, obwohl er es sich nicht eingestand, daß die Macht Atons doch eine Illusion sein könnte, daß nichts gegen die alten todbringenden Götter zu glücken vermöge. Als wäre er ein Schleier aus Sand in den Winden, die die Felder und die kühlenden Seen versengten, breitete sich der Schatten des Tempels weit und dunkel über Theben aus, so daß König Amenophis sogar wähnte, er läge auf seiner Seele.

Doch da waren noch seine Träume, und in ihnen blieb das lodernde Feuer der Sonne ungetrübt und mit ihm vielleicht ein Zeichen der Macht Atons. Darum betete König Amenophis zumindest, denn während die Zeit verstrich, quälte der flüchtige Blick auf eine andere Vision hinter der lodernden Sonne, die mit jeder folgenden Nacht stärker wurde, den Träumenden mit einem nagenden Gefühl der Hoffnung. Allmählich unterschied er, noch schwach, einen Halbkreis aus Felshängen, die eine staubige Sandebene rahmten. Bald, als die Vision klarer wurde, sah er einen Fluß, der an der Ebene vorbeiströmte, sehr breit, mit einem Saum aus Schilf entlang am Ufer, und er wußte beim Erwachen, daß ein solcher Fluß nur der Nil sein konnte. In großer Aufregung bestellte er seinen Onkel Eje zu sich und beschrieb ihm die Vision des Schauplatzes seines Traums, dann befahl er, Männer am Nil entlang auszuschicken, nach Oberägypten wie auch nach Unterägypten, um zu erkunden, ob es einen derartigen Ort tatsächlich gab. Ungeduldig wartete König Amenophis, denn noch immer wurde die Szene mit jeder Nacht klarer in seinen Träumen, und er war davon überzeugt, daß sie nur eine Botschaft des Himmels sein konnte, erfüllt mit einem sonderbaren und schrecklichen Versprechen. Dann geschah es endlich, daß ein Bote zurückkehrte und, nachdem er sich tief vor König Amenophis verneigt hatte, voller Freude zu ihm aufblickte. »O glücklicher König«, rief er, »viele Tage tat ich, wie Ihr befohlen, und folgte dem Fluß, wie er zum Meer hin strömt. Ich sah, wie entlang des östlichen Ufers die Klippen steil und ungastlich aufstiegen, und ich gab alle Hoffnung auf, den von Euch beschriebenen Ort zu entdecken. Aber dann geschah es endlich, daß die Felsen zurückwichen, und ich sah eine Ebene von der Form eines Halbkreises und Sümpfe, die das Flußufer säumten.« Und als König Amenophis dies hörte, stimmte er ein Gebet des Jubels an und brach noch am selben Tag auf, um auf seiner Barke den Nil hinabzufahren, bis er schließlich an dem Ort eintraf, den sein Sklave beschrieben hatte, und als er ihn betrachtete, wußte er, daß es der Ort aus seinen Träumen war.

Er trat an Land und ließ ein Zelt errichten, und wieder träumte er, als er in jener Nacht einschlief. Er bildete sich ein, die Felsen und die Ebene noch vor sich zu sehen, aber in eine Szenerie von wundersamer Schönheit verwandelt, denn nun erhob sich hier eine Stadt mit schimmernden Türmen und Mauern, mit Gärten, die von Vögeln wimmelten, und fischreichen Teichen, mit Palästen und Häusern von beispielloser Pracht und einem zur Sonne offenen Tempel über dem allem. Beim Anblick dieser Vision empfand König Amenophis eine Begeisterung, die so hell war, daß sie in seinem Herzen zu brennen schien, und nun konnte er sehen, daß sich sogar die Straßen mit Licht füllten. »Ein großes Wunder«, dachte er, »wird durch dies alles angekündigt«, während sich die Freude in seinem Herzen noch höher schwang und heller wurde und die Stadt zu schimmern und zu wachsen schien, um seiner Freude gleichzukommen. Da erwachte er, doch gleich dem fernen Echo von Musik blieb die Freude, wenn auch schwach und tief in seinem Herzen, und er wußte, was er zu tun hatte.

Nach Theben zurückgekehrt, rief er seinen Hofstaat zusammen und schilderte die Vision von der Stadt in seinem Traum. »Ebendiese Stadt«, verkündete er, »müssen wir nun zu erbauen versuchen, denn ich bin davon überzeugt, daß uns, wenn es gelingt, durch die Gnade des Höchsten eine große Segnung zuteil werden wird.« Diese Worte wurden mit gewaltigem Jubel begrüßt, und die Nachricht wurde in ganz Ägypten und darüber hinaus verbreitet, so daß sich die besten Handwerker und Baumeister und Künstler im eifrigen Bestreben, den Traum des Pharaos zu erfüllen, an der Stätte der halbkreisförmigen Ebene versammelten, und aus dem Sand wuchs eine Stadt zum Himmel. Als alles vollendet war, wurde diese Nachricht an König Amenophis überbracht, und er bereitete sich in großer Hoffnung auf die Schiffsreise zu dem Ort vor. Zuerst jedoch begab er sich zum Amuntempel und befahl, das Dach von den Mauern zu reißen, damit das

Sonnenlicht die Räume des Mysteriums reinigen und, so hoffte er, die Dunkelheit seiner Geheimnisse auflösen könne. »Möge Unkraut über seine Böden wachsen«, verkündete er, »und mögen seine Säulen von Schakalen und Eulen heimgesucht werden.« Und um zu verdeutlichen, daß die Vergangenheit fortan vergessen sein sollte, gab er bekannt, daß sein Name nicht mehr Amenophis sei, sondern statt dessen Echnaton, was in seiner Sprache soviel wie »der Ruhm der Sonne« bedeutete.

So geschah es, daß sein Herz bereits bis zum Überfließen von Hoffnung erfüllt war, als er an der halbkreisförmigen Ebene landete; doch als er die auf der Sandfläche heraufbeschworene Stadt zum ersten Mal erblickte, schrie er auf vor Begeisterung und Beifall, denn sie schien das genaue Abbild der Stadt aus seinem Traum zu sein. Voller Erinnerungen an die Helligkeit, die er damals ebenfalls gesehen hatte, und an die freudigen Empfindungen, die ein großes Wunder zu verheißen schienen, bestieg König Echnaton seinen Streitwagen und fuhr auf die Stadt zu; und als er näher kam, betete er um ein Wunder, ein Zeichen. Dann plötzlich, von der Brise getragen, fing er den Duft einer unendlichen Zahl süßer Blumen auf, und als er sich in der Stadt umschaute, sah er, daß mit einemmal Lotusblumen auf den Teichen blühten, schattige Lauben üppig an den Mauern grünten und Bäume mit wohlriechenden Blättern sich tief über die Gebäude und Straßen beugten. Von ihren Zweigen stiegen die Lieder leuchtend bunter Vögel auf, in einem Chor, der lauter war als jeder, den König Echnaton jemals gehört hatte, und er sah sich staunend um, denn es schien, als sei alles Schöne auf der lebendigen Erde aufgetaucht, unversehens aus dem Staub aufgestanden, um ihn zu begrüßen.

Im gleichen Augenblick kam aus der Menschenmenge, die sich am Straßenrand versammelt hatte ein plötzliches Gemurmel, gefolgt von Lauten des Erstaunens, und König Echnaton bemerkte, daß sie sich alle umgewandt hatten und in die Ferne starrten. Er schüttelte die Zügel und lenkte seinen Streitwagen weiter, und als er am Stadttor anlangte, kam ein Bote keuchend und staubbedeckt vorwärtsgetaumelt, um auf der Straße niederzuknien. »O mächtiger Pharao«, rief er aus, »eine Segnung und ein Wunder nähern sich, um Euch zu begrüßen! Auf der Straße, die auf der anderen Seite in die Stadt führt, nähert sich eine Sänfte, gehüllt, wie es scheint, in goldenes Licht. Dahinter folgt ein Zug mit jeglicher Art wilder Tiere, Löwen und Leoparden und tollende Panther, Hirsche von schlanker und wunderbarer Anmut, gefleckte Kühe und schimmernd weiße Ochsen, alle vollkommen gezähmt, wie durch die Schönheit dieser unvergleichlichen Prinzessin, schöner als alles, schöner als das Leben, die in hellem Glanz hoch auf der Sänfte sitzt – denn in Wahrheit, o glücklicher König, scheint sie sogar die Sonne zu beschämen!«

»Nicht die Sonne«, antwortete König Echnaton, der plötzlich zitterte, »sag nicht, die Sonne – denn es gibt nur einen, der dies tun darf.« Aber während er noch sprach, wandte er sich um und schaute voraus, und da blieben ihm die Worte im Hals stecken, denn nun konnte er die Prinzessin sehen, hoch auf einem Thron aus Gold, und sofort erfüllte ihn ein heiteres Entzücken, wie er es nur aus seinem Traum kannte. Wie betäubt trat er auf die Straße hinab, um sie zu empfangen. Als die Prinzessin näher kam, befahl sie mit einer Handbewegung, daß man die Sänfte absetze, und stieg ebenfalls heraus. Dann trat sie vor ins Sonnenlicht.

Nun bemerkte König Echnaton, daß der Bote nicht übertrieben hatte. Nie zuvor hatte er solche sterbliche Schönheit gesehen. Die Gestalt der Prinzessin war vollkommen, schlank wie ein Schilfrohr, ihre Brüste erschienen wie eine Zwillingsfrucht aus Elfenbein, und ihre Füße und Hände waren entzückend klein. Ihr Haar hatte die Farbe der tiefsten Nacht und hing in sieben Zöpfen weit über ihre Taille. Ihre Wangen waren rosig, die Lippen leuchtend rot und die Zähne wie zarte, strahlende Perlen. Unter den langen seidigen Wimpern waren ihre Mandelaugen schwarz, und ihr Glanz schien so hell wie der eines Engels. König Echnaton beobachtete sie, wie sie den Kopf bog auf dem Hals, der lang und schlank war und mit Gold geschmückt, und wie sie die geschminkten Lider senkte, um die glänzenden Augen zu verdecken, als geschähe es aus Begeisterung über seinen ersten Anblick. König Echnaton verlangte es, zu ihr zu sprechen, überhaupt irgend etwas zu sagen, aber er merkte, daß ihre Anwesenheit ihm völlig die Sprache verschlagen hatte, denn er konnte nur denken, daß der Bote weniger als die Wahrheit gesagt hatte. Die Prinzessin war wirklich schöner als die Sonne und schöner als der Mond und schöner als die unendliche Zahl der Sterne, denn es war in der Tat, als wäre deren Feuer vom Himmel gestohlen, deren Strahlen in der Schönheit ihrer Gestalt eingeschlossen worden; und während er sie anstarrte, fühlte der König, daß auch er irgendwie von dem Licht umhüllt wurde. Und als er ihrem Blick begegnete, empfand er ihn träge vor zärtlicher und fesselnder Leidenschaft, und er fühlte sich geblendet und überwältigt von Liebe.

Fast ohne zu wissen, was er tat, streifte er ihre weichen Lippen mit den eigenen. Er nahm ihre schmale Hand und führte sie auf den Palast zu, und die vielen Menschen, die zuschauten, riefen laut vor Staunen und gaben der Prinzessin den Namen Nofretete, was in ihrer Sprache »Sie, die in Schönheit kommt« bedeutete. Und König Echnaton, dem kaum etwas bewußt war außer der Gegenwart der Prinzessin, hörte dennoch die Rufe dieses Namens; und als sie endlich die Menge weit hinter sich gelassen hatten und allein in den Palastgärten standen, wandte er sich seiner Gefährtin zu, und als er seine Sprache wiederfand, redete auch er sie mit Nofretete an.

Darauf lächelte sie und streichelte seine Wangen. Da fühlte sich König Echnaton aufs neue von sanften Flammen verzehrt, und als sie sich reckte, um ihn zu küssen, wich er zurück, denn er versuchte verzweifelt, seinem Entschluß treu zu bleiben – doch spürte er, daß auch dieser von den Flammen verbrannt wurde. Er begegnete ihren Lippen und fühlte seinen Körper schmelzen, so daß er jedes Zeitgefühl verlor, jedes Wissen um den Ort. Dann spürte König Echnaton, daß sich die Lippen der Prinzessin von seinen eigenen lösten, und er blickte sie blinzelnd an, als versuchte er, aus einem Traum zu erwachen.

»Wer bist du?« flüsterte er sanft. »Wie heißt du?«

Wieder lächelte sie ihn an. »Laß mir den Namen«, antwortete sie, »bei dem du mich genannt hast, denn in Wahrheit habe ich vor dieser Zeit viele Namen getragen.«

König Echnaton runzelte die Stirn. »Wie ist das möglich?« Plötzlich ängstlich, trat er einen Schritt zurück. »Wo kommst du her?«

»Aus dem Reich der Sterne«, erwiderte Nofretete, indem sie König Echnaton an der Hand nahm, obwohl er starr wurde und wieder zurückzuweichen suchte. »Sei nicht erstaunt«, flüsterte sie, als sie seinen Widerstand unter ihrer Berührung dahinschmelzen spürte, »denn du sollst wissen, o mächtiger König, daß es im Himmel so viele Welten gibt, wie man Sandkörner in der Wüste findet, und viele Arten von Geschöpfen, die anders als der Mensch sind – und doch sind alle von der einen Hand geschaffen worden.«

Noch immer starrte König Echnaton sie mit zweifelnder Miene an. »Du bist also«, fragte er, »durch den Willen Atons gekommen?«

»Glaubst du«, antwortete sie leise, »daß deine Gebete ungehört verhallt seien?«

»Meine Gebete?« König Echnaton kniff die Augen zusammen, dann lachte er plötzlich. »Aber ich bat, daß mein Blut vom Gift gereinigt werde. Ich bat um die Fähigkeit, zu lieben und Kinder zu zeugen und zu wissen, daß ich damit kein Übel über die Welt bringe. Kurz, ich bat darum« – er zuckte bitter die Achseln – »daß ich wie andere Menschen wäre. Wie könntest du die Antwort auf diese Gebete sein?«

»Was?« antwortete Nofretete. »Ist dein Glaube wirklich so schwach?«

Der König starrte sie mit plötzlichem Staunen und Zweifel an, während er es wagte, sich für einen kurzen Augenblick zu fragen, was es bedeuten könnte, wenn ihre Worte wahr wären. »Ich wünschte …«, murmelte er, »ich wünschte, ich könnte glauben.«

»Wieso«, fragte Nofretete stirnrunzelnd, »woran zweifelst du denn?«

»Du sagst, daß du aus einem Reich in den Sternen kommst und daß du eine Dienerin Atons bist, als Antwort auf meine Gebete gekommen. Aber wie kann ich die Gewißheit haben, daß du nicht ein verkleideter Dämon bist, gekommen, um mich zu verführen?«

Nofretete lächelte, dann deutete sie auf die Stadt, die sich um sie herum ausbreitete. »Siehst du denn nicht«, fragte sie, »wie sogar die Blumen und Bäume sich erhoben, um meine Ankunft zu bejubeln, und wie die Tiere der Wüste und der Weiden mit meinem Troß liefen? Glaubst du, daß meine Macht solche Wunder vollbringen und nicht auch dir, o Pharao, die Geschenke des Lebens gewähren könnte?«

König Echnaton starrte sie mit Sehnsucht und einem schrecklichen, brennenden Verlangen an. »Dann ist es wahr?« flüsterte er. »Du bist wirklich jene Gnade, um die ich zum Höchsten gebetet habe?« Eine kleine Weile stand er noch wie erstarrt da; dann überließ er sich seinem Verlangen und Nofretetes Umarmung. »Was muß ich tun?«

»Liebe mich von ganzem Herzen.«

»Und das ist alles?«

Die Prinzessin schaute ihn eindringlich an. »Glaubst du nicht, daß auch wir, die einst zwischen den Sternen lebten, nun aber auf der Erde wohnen, wissen könnten, was es bedeutet, allein zu sein?«

Der König begegnete ihrem Blick mit Staunen, doch seine Tiefe schien nun unermeßlich zu sein, und die Einsamkeit, die er flüchtig erblickte, war ebenso grenzenlos, eisig und stumm wie die weiten Tiefen des Himmels, und allein der Anblick machte ihn frösteln. Langsam senkte Nofretete die Wimpern, als wären die Tiefen Tränen, die man wegblinzeln konnte, und dann packte sie ihn wild, umklammerte seine Hände und zerbiß ihm fast in die Lippen mit ihren Küssen. Als sie sich wieder löste, deutete sie durch das Laub des Gartens zum Himmel. »Schwöre es bei der Sonne«, flüsterte sie, »deren heilige Strahlen der ganzen Welt Leben und Licht spenden. Schwöre mir, o Pharao, daß du mich mehr als diese Welt lieben wirst.«

»Ich schwöre es gern«, antwortete König Echnaton.

»Dann gewähre ich dir«, flüsterte sie langsam, »jene Gaben des Lebens, die du begehrst. Aber sei gewarnt, denn meinerseits schwöre ich dir – solltest du jemals etwas mehr lieben als mich, dann werde ich dich im selben Augenblick für immer verlassen, o mein Gemahl.«

König Echnaton starrte sie schweigend an, mit gerunzelter Stirn, aber dann lächelte er und schüttelte den Kopf und küßte sie abermals. »Dann darf ich mir sicher sein«, flüsterte er, »daß wir nie getrennt werden.« Er küßte sie noch einmal zärtlich auf die Stirn, dann wandte er sich ab und verließ sie, um seinen Juwelier zu rufen, dem er befahl, zwei gleiche Goldringe anzufertigen. Am selben Abend noch brachte er sie Nofretete und zeigte ihr das Muster, das die Sonnenscheibe und zwei Anbeter darunter zeigte. Er streifte einen davon über ihren Ringfinger und einen auf seinen eigenen. »Trage diesen Ring«, befahl er, »und sei dir meiner Liebe gewiß.«

Am nächsten Tag wurde Nofretete zur Königin des Pharaos ausgerufen, und hoch oben in die Klippen, in einem Kreis um die Stadt, wurde ihr Bildnis zusammen mit dem König Echnatons eingemeißelt, so daß alle Ankommenden ihre Schönheit bezeugen konnten und erfuhren, daß sie die Hüterin des Reichs war; und neben ihrem Bildnis waren in königliche Worte gefaßte Huldigungen zu lesen: »Die Erbin, Groß an Gunst, Herrin der Güte, Würdig der Liebe, Herrin Ober- und Unterägyptens, Große Gemahlin des Königs, die er liebt, Herrin der zwei Länder, Sie, welche die schönste der Schönheiten Atons ist, Nofretete, möge sie ewig leben!«

An diesem Punkt aber sah Harun den Morgen heraufdämmern und unterbrach seine Geschichte. »O Beherrscher der Gläubigen«, sagte er, »wenn Ihr morgen abend wieder herkommen möchtet, dann werde ich Euch die Frucht der Liebe König Echnatons zu seiner Königin schildern.«

Und der Kalif tat, wie Harun vorgeschlagen, und am folgenden Abend kehrte er zur Moschee zurück.

Und Harun sprach:

Wie sie versprochen hatte, brachte die Königin König Echnaton große Freude und die Segnungen des Überflusses und Friedens für alle seine Lande. Auf den Feldern wuchs das Getreide reichlich und fruchtbar; auf dem Nil waren die Schiffe mit guten Dingen beladen; im Haus eines jeden Menschen herrschten Zufriedenheit und Gesundheit, und jeder Tisch des Landes bog sich unter dem Gewicht wunderbarer Speisen – Mandeln und Nüsse, Kuchen und Hühnchen, Süßigkeiten und exotische Früchte und fette Lämmer. Aber am gesegnetsten und am fröhlichsten war die neue Stadt, die auf der halbkreisförmigen Ebene erbaut worden war, denn die Natur selbst schien in Frieden mit dem Menschen zu leben, so daß beider Schönheiten Seite an Seite wohnten. An den Straßen waren jede bunt blühende Blume, jede süß duftende Pflanze, jeder schattenspendende Baum zu finden und in den Gärten und ihren Teichen jede wunderbare Tierart, jedes schöne Lebewesen, dem die Sonne Atem verliehen hatte. Auch brauchten die von Menschenhand geschaffenen Wunder in der Stadt – all die kunstvoll gefertigten Werke aus Metall, Holz oder Stein – den Vergleich nicht zu scheuen, denn sie waren reich an Pracht und Schönheit und Bequemlichkeit. Die Wände waren mit rosenfarbiger Seide bedeckt, die Fußböden mit farbenfroh gemusterten Teppichen ausgelegt, und der kühlende Marmor war von Gold durchsetzt; in jedem Saal gab es einen Springbrunnen und in jedem Garten einen Teich. Nie zuvor war eine so wundervolle Stadt erbaut worden, und das Volk nannte sie voller Staunen »die Wohnung der Sonne«.

Doch niemand war glücklicher in dieser glücklichen Stadt, niemand fröhlicher als König Echnaton selbst. Was er sich stets am meisten gewünscht hatte, war nun endlich sein, denn die Königin hatte ihm Kinder geboren – Schwestern für Semenchkare, Zwillingsschwestern zuerst, dann eine dritte und danach eine vierte. Sorgfältig mit der Milch ihrer eigenen Mutter genährt, wuchsen sie glücklich mit der Liebe ihres Vaters auf, denn es war das größte Vergnügen des Pharaos, im Schatten des Gartens neben seiner Königin im Kreis der Familie zu sitzen. In solchen Momenten blickte er zur Sonne empor und stimmte einen innigen Dankesruf an, dann wandte er sich zu seiner Königin und flüsterte ihr ins Ohr: »Wahrhaftig, es hat nie einen seligeren Mann als mich gegeben!« Darauf lächelte sie und antwortete nicht, außer daß sie seine Wange streichelte und ihn zärtlich küßte. Eines Tages aber wandte er sich an sie und flüsterte ihr mit einem Blick auf die Kinder ins Ohr: »Wahrhaftig, sie sind mir kostbarer als die ganze weite Welt!« Wieder lächelte die Königin; aber diesmal küßte sie ihn nicht und senkte die Augen, um einen merkwürdigen Schimmer zu verbergen.

Am Tag unmittelbar danach bekam König Echnaton Besuch von seiner Mutter, die berichtete, daß ihre drei Löwen krank geworden seien. Diese Tiere waren in den Bäumen ihres Gartens gefunden worden, auf die Äste geschmiegt und vollkommen zahm – am selben Tag, an dem Königin Nofretete angekommen war. Woher sie gekommen waren, blieb ein Rätsel; aber Königin Teje war hingerissen und nahm sie auf der Stelle auf. Auch König Echnaton, den sie an seine Kindheit erinnerten, hatte sie sehr liebgewonnen, und so erfüllte die Nachricht von ihrer Krankheit ihn mit Sorge. Er befahl seinen Ärzten, sich der Löwen anzunehmen, doch es war vergeblich, denn am nächsten Tag waren sie noch kränker und bedrohlich schwach, als hätten sie ihr Blut verloren. Am Tag darauf konnten sie kaum noch die Köpfe vom Boden heben, und Teje kam zu ihrem Sohn und sprach mit ihm unter vier Augen. Sie behauptete, sie habe in der dunkelsten Stunde der Nacht, als sie aus dem Fenster ihres Gemachs schaute, die Gestalt einer Frau durch die Schatten gleiten sehen, unirdisch und seltsam wie ein goldener Hauch im Wind. Teje hatte sich wie erstarrt gefühlt, auch noch, als sie beobachtete, wie die Frau sich neben die Löwen legte, sie streichelte und ihnen dann, der Reihe nach, das

Blut aussaugte. »Und als sie ihr Mahl beendet hatte«, fuhr Teje fort, »hob sie den Kopf, und ich erblickte flüchtig ihr Gesicht, und ich sah, o mein Sohn – ich sah, es war die Königin!«

König Echnaton starrte sie an, erst erstaunt, dann wütend, als ihm klar wurde, daß seine Mutter es ernst meinte. »Warum erzählst du mir diese Lüge?« schrie er bitter.

»Ich sage dir«, antwortete sie, »daß es keine Lüge ist, sondern die Wahrheit.«

»Wie ist das möglich?« rief König Echnaton aus. »Du weißt ganz genau, daß die Löwen überhaupt erst mit der Ankunft der Königin in dieser Stadt aufgetaucht sind. Wie könnte sie an ihrer Krankheit schuld sein, wo sie doch überall, wie die Sonne, die Segnungen des Lebens spendet? Betrachte dich selbst, o Mutter!« Er griff zu einem Spiegel und hielt ihn vor ihr Gesicht. »Du badest nicht mehr in Blut, doch dein Gesicht ist unverändert geblieben. Du trinkst deine Zaubertränke nicht mehr, doch du scheinst nicht zu welken mit den Jahren. Wie könnte das erreicht worden sein, wenn nicht durch die Kräfte der Königin?«

Teje betrachtete eine Weile ihr Spiegelbild. »Ich weiß nicht«, antwortete sie, als sie schließlich die Augen senkte. »Und doch ...« – sie zuckte verzweifelt die Achseln – »ich weiß, was ich gesehen habe.«

Aber der König weigerte sich wütend, seiner Mutter noch länger zuzuhören, und als sie ihm am nächsten Tag die Nachricht vom Tod der Löwen brachte, konnte er sich kaum dazu bringen, Bedauern zu zeigen. Seine Mutter schaute ihn vorwurfsvoll an. »Als du jung warst«, sagte sie, »hättest du darüber schrecklichen Kummer empfunden.«

Aber König Echnaton schüttelte den Kopf. »Alles hat sich verändert«, erwiderte er. »Nicht einmal der schärfste Schmerz kann nun mein Herz durchbohren. Was auch immer ich verliere, ich habe immer noch meine Königin, die mir kostbarer ist als die ganze weite Welt.« Und mit diesen Worten wandte er sich ab und ließ seine Mutter stehen, und er suchte seine Königin und nahm sie fest in die Arme. Sie lächelte ihn an, und diesmal erwiderte sie seinen Kuß, und alles blieb ruhig während des folgenden Jahres.

Aber dann geschah es, daß Eje zu ihm kam, um zu sagen, daß seine Gemahlin – Kijas Mutter, die Herrin Tija – krank geworden sei. König Echnaton schickte seine besten Ärzte zu ihr, aber wieder, wie bei den Löwen, schien jede Mühe vergebens, denn mit jedem Tag, der verstrich, wurde die Herrin Tija schwächer und bleicher, als ob ihr alles Blut entzogen würde. Dann kam Eje zu seinem Neffen und sprach unter vier Augen mit ihm und sagte, er habe einen Schatten tief über seine Gemahlin gebeugt gesehen, der aus Wunden auf der Brust der Herrin Tija trank; dann habe der Schatten den Kopf gehoben und ihm sei gewesen, als habe er das Gesicht der Königin erkannt. König Echnaton geriet sofort in Wut und beschuldigte seinen Onkel, im Rausch geträumt zu haben; doch Eje antwortete ihm, indem er selbst immer mehr in Wut geriet, man könne die Wunden auf den Brüsten der Herrin Tija noch sehen.

Aber der König weigerte sich, länger zuzuhören, und als Eje ihm am nächsten Tag die Nachricht vom Tod der Herrin Tija überbrachte, schien sein Bedauern seltsam verhalten und teilnahmslos. Verwirrt zog Eje sein aufrichtiges Gesicht in Falten. »Als du jung warst«, sagte er, »hättest du darüber schrecklichen Kummer empfunden.«

Doch König Echnaton schüttelte den Kopf. »Alles hat sich verändert«, erwiderte er. »Nicht einmal der schärfste Schmerz kann nun mein Herz durchbohren. Was auch immer ich verliere, ich habe immer noch meine Königin, die mir kostbarer ist als die ganze weite Welt.« Und mit diesen Worten wandte er sich ab und ließ seinen Onkel stehen, und er suchte seine Königin und nahm sie fest in die Arme. Sie lächelte ihn an und erwiderte seinen Kuß, und alles blieb ruhig während des folgenden Jahres.

Aber dann geschah es, daß Kija, die König Echnaton – ermuntert von der Königin – in den königlichen Harem verbannt hatte, mit der Nachricht zu ihm kam, seine jüngste Tochter sei krank. Der König starrte Kija zweifelnd und mißtrauisch an, denn seit Nofretetes Ankunft hatte er den Anblick seiner früheren Königin nicht mehr ertragen; aber dann willigte er ein, sie zum Bett seiner Tochter zu begleiten. Das kleine Mädchen zitterte und war sehr blaß und schwach, und als Kija die Decke wegzog, sah König Echnaton ein Muster feiner Narben auf seiner Brust. »Mein Vater«, flüsterte Kija, » entdeckte, als meine Mutter, die Herrin Tija, krank wurde, die gleichen seltsamen Spuren an ihr. Ich weiß, daß er dir davon berichtet hat und was er als ihre Ursache vermutete. Als ich also von der Krankheit deiner Tochter hörte, beschloß ich, selbst zu dir zu kommen.«

Noch immer blickte König Echnaton auf sein leise stöhnendes Kind und vermied es, Kija in die Augen zu sehen. »Sorge dafür, daß ihr nichts fehlt«, sagte er schließlich. Er bückte sich und küßte seine Tochter auf die Stirn, wobei er spürte, daß ihre Haut zu kribbeln und zu brennen schien, und dann wandte er sich ab und suchte die Königin. Doch als er sie fand, entdeckte er, daß all seine Fragen mit einemmal verstummten, und er konnte sich nur noch der Süße ihrer Küsse hingeben. Von der Krankheit ihrer Tochter sagte er nichts zu ihr; und am nächsten Tag wurde gemeldet, daß ihr Kind in der Nacht gestorben sei.

Wieder war es Kija, die König Echnaton die Nachricht überbrachte. Sie streckte ängstlich die Hand aus, um seinen Arm zu berühren, aber er zuckte zurück, trat ungestüm von ihr weg, weigerte sich immer noch, ihr in die Augen zu sehen, und befahl ihr statt dessen zu gehen. Sie blieb dennoch wie erstarrt und betäubt stehen. Sie wartete auf seine Antwort, aber es kam keine. »Als du jung warst«, fuhr sie schließlich fort, »hättest du darüber schrecklichen Kummer empfunden.«

Doch König Echnaton schüttelte den Kopf. »Alles hat sich verändert«, erwiderte er. »Nicht einmal der schärfste Schmerz kann nun mein Herz durchbohren. Was auch immer ich verliere, ich habe immer noch meine Königin, die mir kostbarer ist als die ganze weite Welt.« Doch als Kija ihn verlassen hatte, hob er den Blick zur Sonne und empfand eine mächtige

Welle des Leids, in das sich Zweifel mischte. »Dies also ist der Tod«, dachte er bei sich, »um den ich so innig und so lange gebetet habe. Doch nun, da ich ihn habe – ja, und alle meine Kinder auch –, erfüllt er mich mit Grauen, und sein Schatten scheint sogar die Strahlen der Sonne zu trüben.« Dann befahl er, ein Grab für seine Tochter vorzubereiten, und setzte sie darin bei, er und seine Königin; dabei mußte er daran denken, daß auch er eines Tages dahingehen würde, und so befahl er, auch für ihn ein Grab anzulegen, hoch in einer Schlucht jenseits der Ebene. Auf die Wände sollten Bilder von Aton gemalt werden, dessen Strahlen Tröstung und Licht spendeten; auf einer Wand aber ließ er das Begräbnis seiner Tochter darstellen – ihr Leichnam feierlich aufgebahrt, er selbst und seine ganze Familie vor Trauer am Boden hingestreckt, als verneigten sie sich vor dem Tod selbst.

Und dann geschah es eines Tages, daß Kija wieder zu König Echnaton kam und die Nachricht brachte, daß eine weitere seiner Töchter krank geworden sei und daß auch sie seltsame Narben kreuz und quer über der Brust habe. Nun endlich hob der König den Blick, um Kija in die Augen zu sehen, und er spürte in sich aufsteigen, was er lange zu unterdrücken versucht hatte – Zweifel und Phantasien, zu furchtbar, um ausgesprochen zu werden. Aber Kija brauchte sie nicht zu hören, sondern nahm ihn beim Arm und führte ihn zu seiner Tochter, damit er selbst die Wunden sehen konnte. Dann führte sie ihn in ein benachbartes Zimmer, denn die Schatten des Abends wurden bereits länger, und die beiden setzten sich versteckt hinter einen Vorhang. Die Dämmerung ging in die Nacht über, die langen Stunden verstrichen, und noch immer lag das kranke Mädchen ungestört. Aber dann endlich, zu dem fernen Heulen eines Schakals, fühlte König Echnaton einen plötzlichen Sturmwind durch den Raum blasen, so daß der Vorhang vor ihm von den Haken gerissen wurde, und er sah, tief über das Bett seiner Tochter gebeugt, einen Schatten, der, so schien es, aus Streifen fließenden Goldes geformt war. Dieser Schatten trank von der Brust seiner Tochter, und doch fand der König, daß er sich weder regen noch sprechen konnte. Dann endlich, als seine Tochter völlig ausgeblutet dalag, erhob sich der Schatten schimmernd und wandte sich ihm zu. Noch einen Augenblick saß König Echnaton regungslos und stumm da, dann schrie er vor Zorn und Ungläubigkeit auf.

Die Königin lächelte ihn an. Ihre Wangen waren gerötet, die Lippen sehr rot. Sie huschte zu ihm und streckte die Hand aus, um seine Wange zu berühren. »O mein Geliebter«, flüsterte sie, »liebst du mich nicht mehr als die ganze Welt?«

Für einen Augenblick schien das Gewicht des Schmerzes auf seiner Brust so schwer, daß König Echnaton entdeckte, sich erneut nicht bewegen noch sprechen zu können. »Dich lieben?« flüsterte er schließlich. »Dich lieben?« wiederholte er. Plötzlich lachte er auf.

Aber das Lächeln auf den Lippen der Königin wurde auf einmal immer schwächer. »Du hast dich also entschieden«, flüsterte sie, und König Echnaton erblickte in ihren Augen jene furchtbare Einsamkeit, die er schon einmal gesehen hatte – so tief und ewig wie der Himmel, schien es. Sie hob ihre Hand vor ihm, und mit einer einzigen anmutigen Bewegung zog sie den Ring vom Finger, dann wandte sie sich um und schleuderte ihn aus dem Zimmer in die Nacht. Mit derselben Geste schien auch sie sich zu erheben und mit der Dunkelheit verschmelzend zu vergehen, so daß nur ihre Stimme noch in der Luft schwebte. »Lebe wohl, o mein Gemahl. Auf immer, lebe wohl.« Dann schien auch das in der Dunkelheit der Nacht zu vergehen, und alles im Zimmer war wieder still.

König Echnaton wandte sich an Kija. »Wie habe ich dir unrecht getan«, flüsterte er. Er küßte sie auf den Mund. »Und wie ich dich vermißt habe, o meine Liebe. Denn es war, als wäre ein Nebel über meine Augen geworfen worden.« Er küßte sie wieder. So drängend packte er sie, so fest drückte er sie, daß sie strauchelte und beinahe schluchzte und versuchte, sich loszureißen. »Deine Tochter …«, rief sie, aber der König brachte sie zum Schweigen, indem er seine Lippen auf die ihren preßte. Er spürte wieder die Flammen durch seine

Glieder schlagen, das sengende Feuer, das er seit der Ankunft der Königin Nofretete nicht mehr erlebt hatte, und sein Verlangen war so ungestüm, daß er es wie einen Schmerz empfand. Kija strauchelte abermals, als er begann, sich gegen sie zu drängen, und diesmal fiel er mit ihr – auf das Bett, auf den Leichnam seiner Tochter; aber er spürte das Feuer noch immer. Er schloß die Augen. Die Flammen loderten auf – ein schriller Schrei – und es kam ihm vor, als schlügen sie bis zum Himmel. Dann öffnete er die Augen und sah das Gesicht seiner toten Tochter.

Als er auf Kija hinabblickte, waren ihre Augen wie Glas, und ihr Gesicht erschien wie das seiner Tochter völlig blutleer und weiß. »Was habe ich getan?« flüsterte er. »Ich spürte ... ich spürte ...« Seine Stimme verlor sich. Er strengte sich an, ein paar Worte des Bedauerns zu finden. Aber als er den Mund öffnete, um sie auszusprechen, hörte er aus der Ferne einen zweiten Schrei – so durchdringend, so schrill vor Abscheu und Verzweiflung, daß er und Kija gänzlich erstarrten. Und dann stieg der Schrei noch einmal auf.

König Echnaton lief aus dem Zimmer, um festzustellen, was die Quelle des Grauens sein konnte. »Nein, nein, nein, nein!« Die Schreie, bemerkte er nun, kamen aus den Gemächern seiner Mutter, der Königin Teje, und als er auf sie zulief, hörte er, wie die Stimme fast erstickte und in Schluchzen überging. Dann hörte er ein Krachen, wie wenn ein Topf zerschlagen wird, und dann ein zweites, und als er das Zimmer seiner Mutter betrat, sah er sie, mit dem Rücken zu ihm und bebenden Schultern, wie sie ihren Schmuck und ihre Schminktöpfe auf den Boden warf. »Mutter!« rief er aus. Und sofort stand sie still. »Was ist los?« fragte er. Noch immer regte sie sich nicht. Er ging zu ihr, streckte die Hand aus, um ihre Schulter zu berühren, und da sah er, wie verwelkt sie erschien, knotig und verdreht wie das Holz von Wüstengestrüpp. Langsam drehte sie sich zu ihm um, und der König konnte bei ihrem Anblick ein Zittern nicht unterdrücken. Ihre ganze Jugend war verschwunden, denn sie wirkte so ausgetrocknet und verrunzelt wie ein uralter Affe, und doch war dies nicht das Schlimmste, denn das Gift in ihrem Blut hatte sich nun ganz behauptet. Nun glich sie mehr der Statue, die König Echnaton zerstört hatte, dem abscheulichen Abbild der Isis im Tempel, als der sterblichen Frau, als die sie noch am Tag zuvor erschienen war. Dann plötzlich empfand der König ein noch viel tieferes Grauen, denn er begriff, daß der Zauber der schützenden Hand seiner Königin – von der er geglaubt hatte, sie hätte ihn für immer von seinem Blut erlöst – nun von ihm genommen und daß alles in seinen früheren Zustand zurückgeworfen war. Und dann dachte er an Kija und daran, daß er das getan hatte, was nie wieder zu tun er sich stets geschworen hatte – er hatte ihren Schoß mit dem Gift seines Samens befruchtet. Ihm wurde bewußt, daß er betete, das Kind möge tot zur Welt kommen.

Aber so geschah es nicht. Ein Sohn wurde geboren, und er erhielt den Namen Tutenchaton, was in der alten Sprache »das lebende Abbild der Sonne« bedeutete. Und König Echnaton hoffte, er würde es sein, denn noch gab es keinen Hinweis, daß sein Blut verflucht sein könnte, noch irgendein Zeichen einer Veränderung an Semenchkare. »Es könnte also sein«, dachte der König für sich, »daß ich doch der letzte meines vergifteten Gebüts bin.« Aber in seinem Herzen fürchtete er, daß alle seine Gebete vergebens wären und daß die Macht Amuns am Ende triumphieren würde. Schon wehte in die Stadt, in der er bis dahin in solcher Freude gewohnt hatte, der Sand von der Ebene hinein, erstickte die Blumen, verstopfte die Teiche, machte die Winde schmerzhaft von scharfem Staub. Dann blieb die alljährliche Nilüberschwemmung aus, und die Feldfrüchte starben ab, so daß die ganze frühere Fülle bald auf das Notdürftigste schrumpfte, während von fernen Grenzen Kriegsgerüchte kamen.

Noch immer betete König Echnaton; aber währenddessen war ihm, als seien die Strahlen der Sonne unbarmherziger und grausamer geworden, als trockneten sie das Korn aus, versengten die fleischlosen Leiber der Kühe, vergifteten seine Stadt mit Hitze und Gestank und Staub. In den sterbenden Straßen breitete sich die Pest aus, und als sie den Palast erreichte, riß sie Kija aus König Echnatons Armen und trug sie in jene Dunkelheit, in die er, so fürchtete er nun, ihr nie folgen würde. Und so trauerte er um sie, um ihre Schönheit, ihre Freundlichkeit und ihre große Liebe zu ihm, die seine ganze Grausamkeit überdauert hatte. Denn nachdem Kija gestorben war, schien auch seine Vergangenheit geflohen zu sein, und seine Erinnerung daran war wie ein Teich, dessen Wasser zu Schlamm geworden ist.

Sobald er Kijas Leichnam zur Ruhe gebettet hatte, wanderte König Echnaton allein in die Wüste hinaus und gelangte schließlich zu seinem eigenen halbfertigen Grab. In die hinterste Nische der innersten Kammer war ein Porträt der verschwundenen Königin Nofretete gemalt worden, so kraftvoll und so vollkommen, daß es beinahe zu leben schien, und als der König es beim Licht seiner Fackel allein betrachtete, bildete er sich für einen Augenblick ein, es träte aus dem Stein heraus. »O mächtige Königin«, rief er laut, »hilf mir, bitte hilf mir!« Doch es kam keine Antwort – denn in Wahrheit hatte sich nichts bewegt. Alles blieb, wie es vorher gewesen war.

Als König Echnaton an jenem Nachmittag in den Palast zurückgekehrt war, wußte er, was er zu tun hatte. Er bestellte Eje zu sich und befahl, Semenchkare zum Pharao zu krönen und seinen eigenen Tod überall in den Zwei Ländern bekanntzumachen.

»Aber was willst du tun?« fragte Eje bestürzt.

»Die Welt bereisen«, antwortete der König. »Auch werde ich nicht ruhen, bis ich Nofretete wiedergefunden habe, denn sie allein kann mir – und vielleicht meinen Söhnen – unser Verhängnis ersparen.« Und mit diesen Worten nahm er seinen Onkel beim Arm und führte ihn hinaus zu einem Hof des Palasts, wo Tutenchaton von seinem Bruder beigebracht bekam, einen Streitwagen zu lenken, wobei beide lachten und einander zuriefen. »Behüte sie gut«, flüsterte König Echnaton. Er wandte sich wieder seinem Onkel zu. »Denn es gibt sonst niemanden, dessen Händen ich sie anzuvertrauen wage.«

Eje verneigte sich tief, und dann umarmten sich die beiden Männer. Einen Augenblick lang starrte König Echnaton noch auf seine Söhne, aber er ging nicht zu ihnen, sondern wandte sich statt dessen schnell ab. »Laß sie glauben, daß ich wirklich tot bin«, sagte er zu Eje, »so daß sie nie auf den Verdacht kommen, was ihr eigenes Los sein könnte.« Nur seiner Mutter sagte König Echnaton Lebewohl; aber sie schien kaum zu hören, was er sagte, während sie, auf einem Sofa kauernd und ins Leere starrend, vor sich hin murmelte. Der König küßte sie liebevoll auf die Stirn, dann wandte er sich wieder an Eje. »Beschütze auch sie gut«, murmelte er, »denn ich weiß, daß sie dir so kostbar ist, wie sie mir immer war.« Dann ging er fort und machte sich auf in die Welt, nicht mehr als König, sondern als gemeiner Mann.

Viele Jahre wanderte er, durch ferne Länder jenseits des Großen Grünen Meeres, über Gebirge, die an den Himmel stießen und durch Städte von unvorstellbarer Pracht und Fremdheit. In allen fragte Echnaton, ob jemand von seiner verlorenen Königin gehört habe. Manche Männer wurden bleich, wenn er ihnen ihre Schönheit und Macht beschrieb, und warfen ihm vor, einen Gott zu suchen. Andere jedoch führten ihn in ihre Tempel und zeigten ihm Statuen einer Göttin, die in der Tat wie seine Königin aussah, nur daß die Hautfarbe und Kleidung nicht übereinstimmten, und diese veränderten sich mit jeder Stadt, so daß sie tausendundeins verschiedene Gestalten zu besitzen schien. Aber von der Königin selbst konnte Echnaton trotzdem keine Spur finden, und je länger er suchte, desto mehr verzweifelte er, denn er glaubte schließlich, die ganze Welt abgesucht zu haben. So geschah es, daß er sich nach zwölf langen Jahren wieder Ägypten näherte, und sein Herz verfinsterte sich, denn er wußte, daß er versagt hatte.

Dennoch überschritt er schließlich die Grenze seines Heimatlands, und seine Lebensgeister erwachten wieder bei dem Gedanken, die Menschen zu treffen, die er einst geliebt hatte. Nachdem er sich sorgfältig einen Schal um den Kopf gewickelt hatte, so daß sein Gesicht und sein Schädel darunter verborgen waren, näherte er sich einem Grenzposten. »Wie steht es um des Pharaos Gesundheit?« fragte er ihn, »und die seines Bruders?«

Der Wachposten sah ihn merkwürdig an. »Des Pharaos Bruder?« sagte er stirnrunzelnd. »König Eje hat keinen Bruder, soweit mir bekannt ist.«

»König Eje?« Echnaton starrte den Wachposten entsetzt und überrascht an. »Aber was ist mit König Semenchkare?«

Der Wachposten lachte kurz auf. »Du bist wirklich lange fortgewesen, mein Freund. König Semenchkare ist seit zehn Jahren tot.«

»Und sein Bruder? Was ist mit Tutenchaton?«

Wieder sah der Wachposten ihn merkwürdig an. »König Tutenchamun«, sagte er mit Nachdruck, »starb vor ungefähr hundert Tagen. Es gibt keinen, der sich heute noch ›Aton‹ nennen würde.« Plötzlich mißtrauisch, kniff er die Augen noch mehr zusammen, dann streckte er ohne Warnung die Hand aus, um den Schal von Echnatons Kopf zu ziehen. Aber Echnaton stieß ihn fort, trieb sein Kamel an und galoppierte an ihm vorbei und die Straße hinunter. Niemand verfolgte ihn, doch so bitter war sein Gespräch mit dem Wachposten gewesen und so voller dunkler Vorahnungen, daß Echnaton sich scheute, auf der öffentlichen Straße zu bleiben, und so bog er ab und ritt in die Wüste. Er wußte, daß ihm dorthin niemand folgen würde, und das erwies sich als richtig, denn in dieser brennenden Einöde schien es nichts Lebendes zu geben. Dennoch begegnete er mitunter Zügen von Nomaden, die ihm den Weg über die scheinbar konturlosen Sandflächen weisen konnten. Immer näher kam Echnaton seinem Ziel; und dann endlich sah er vor sich einen mächtigen Steinbruch, dessen glänzendweiße Felsen leuchtend rosa geädert waren, und da wußte er, daß er nur noch eine Tagereise von der »Wohnung der Sonne« entfernt war.

Er beschloß weiterzureiten, obwohl es schon spät wurde, aber während er auf den Steinbruch zuritt, erhob sich ein Wind, und ein Sandschleier blies ihm stechend ins Gesicht. Verzweifelt bemühte er sich, auf dem Weg zu bleiben, aber der Wind schrie bald wie vor heftiger Qual, und der Sand glich einer nahezu undurchdringlichen Wand. Von den Windböen zurückgedrängt, wendete Echnaton sein Kamel, saß ab und suchte Schutz in dem mächtigen Schlund des Steinbruchs. Doch so tief er sich auch zurückzog, so hoch die Felswände über ihm aufstiegen, wirbelte dennoch der Sand um ihn und brannte in seinem Gesicht, und nicht einmal in der engsten Schlucht entging er ihm. Verzweifelt starrte er zurück in die wirbelnde Dunkelheit und dann vor sich auf eine Felswand am Ende der Schlucht. Doch während er noch hinsah, verschwand sie aus seinem Blick, ausgelöscht von einer schwarzen Staubwolke. Echnaton schauderte. Als der Staub aufwärts wirbelte, schien er, nur für einen Augenblick, die Gestalt einer Frau zu formen, mit ausgestreckten Armen und wild wehendem Haar, und dann war sie verschwunden, und er konnte die Felswand wieder sehen. Er taumelte darauf zu. Doch wieder schien sie zu verschwinden, und Echnaton bildete sich ein, die Frau ein zweites Mal zu sehen, immer noch aus schwarzem Staub geformt, aber nun auch mit Gold durchwirkt, und fast ohne nachzudenken, rief er laut: »O meine Königin!« Es kam keine Antwort. Echnaton rieb sich die Augen. Er konnte noch die Goldtupfen sehen, die nun in Rot übergingen und die wirbelnde Schwärze im Wind färbten, und in diesem Augenblick bildete er sich ein, seinen Namen geflüstert zu hören. »O meine Königin!« rief er wieder aus. »Ich flehe dich an, antworte mir! Zeige dich mir!« Aber als wollte er ihn verspotten, schrie der Wind noch lauter. Alles war wieder schwarz, denn das Gold und das Rot schienen nun völlig verschwunden. Echnaton stöhnte verwirrt. Er spürte, daß er sich im Sturm auflöste, daß die Böen aus seinem Schädel heraus bliesen, daß er selbst aus nichts als wirbelndem Staub gemacht war. »Was muß ich tun?« schrie er. Er stöhnte wieder und schloß die Augen. »Was muß ich tun?«

»Ich habe dir vor langem gesagt, was du tun mußtest.«

Mit ihrer Stimme war auf einmal alles in sich zusammengefallen und still geworden.

Echnaton öffnete die Augen.

Sie stand vor der Felswand. Alles war vollkommen still, unnatürlich still, als wäre es in einem Moment außerhalb des Stroms der Zeit erstarrt. Am Himmel, einem schmalen Streifen zwischen den Rändern der Schlucht, brannten fern die Sterne.

»Ich tat es«, antwortete er. »Ich liebte dich.« Er ging einen Schritt auf sie zu. »Aber ich konnte es nicht tun auf Kosten alles andern, das ich jemals liebte.«

»Doch genau das hattest du versprochen.«

»Dann verstand ich nicht, was du eigentlich verlangtest.«

»Das zumindest« – sie lachte verächtlich – »war klar.«

»Was bist du«, fragte Echnaton langsam, »um eine so grausame und unmögliche Forderung zu stellen? Ich hatte geglaubt, du wärest gut. Ich hatte geglaubt, du brächtest Leben.«

»Das tat ich auch.«

»Doch du brachtest auch Tod.«

Wieder lachte sie, doch nun mit weniger Bitterkeit, und als sie nach seiner Hand griff, schien sie plötzlich zu flimmern. »So liegen die Dinge, o mein Gemahl, daß ich immer beides anbieten werde.«

»Warum?« fragte Echnaton stirnrunzelnd. »Ich verstehe nicht.«

»Warum solltest du?« antwortete sie. »Du kommst nicht von den Sternen.«

»Ist es also so ganz anders im Reich des Himmels?«

»Allerdings«, rief sie lachend aus, »denn es ist ein Reich von grenzenloser Macht, wo Dinge erreicht werden können, die unmöglich aufzuzählen sind, und Wunder von einer Art, die du selbst gesehen hast und dennoch nie verstehen wirst, denn du bist mit dem Staub dieser Welt vermischt.« Wieder schien sie plötzlich zu flimmern und sich zu erheben, um eins zu werden mit dem Lodern des Sternenteppichs. »Ich bin Geist und Fleisch, Auflösung und Beherrschung, Leben und, ja ...« – sie hielt inne – »auch Tod. Im Reich des Himmels ist das kein Wunder – doch auf dieser Welt ist es ein Mysterium, das niemand ertragen kann.«

»Warum«, fragte Echnaton, mit zusammengekniffenen Augen, aber dennoch entschlossen, ihrem Blick standzuhalten, »warum kehrst du dann nicht zu den Sternen zurück?«

»Ich kann nicht«, antwortete sie knapp, und in ihrem Blick schien sich wieder, für einen flüchtigen Moment nur, die Weite einer eisigen Einsamkeit zu dehnen. »Ich habe gesagt«, murmelte sie, »daß meine Kräfte grenzenlos sind – und doch sind sie es in Wahrheit nicht, denn ich kann aus dieser engen Welt nicht entkommen, diesem Ort des Exils, auf den ich vor langem vom Himmel gestürzt bin und der mir nun, fürchte ich, in alle Ewigkeit als Gefängnis dienen wird.«

Aber Echnaton runzelte die Stirn und schüttelte den Kopf. »Alle Dinge sind möglich durch den Willen des Höchsten. Wenn du gefallen bist, dann kannst du auch erhöht werden. Wenn du ausgestoßen wurdest, dann kannst du auch wieder nach Hause gerufen werden. Verzweifle nicht, o meine Königin. Wandle auf dem Pfad der Güte, dann kann viel erreicht werden.«

Aber die Königin lachte auf diese Worte hin mit tödlicher Bitterkeit. »Es gab einmal einen«, antwortete sie, »der versuchte, auf den Pfaden zu wandeln, zu denen du rätst – einer meiner Gefährten, denn als ich auf diese Welt stürzte, kam ich nicht allein. Er war es, der die Menschen als erster in den Künsten des Lebens unterrichtete, der versuchte, sie aus ihrem tierischen Zustand zu erheben und ihnen die Wunder des Universums der Dinge zu offenbaren. Überallhin, durch die ganze Welt reiste er – und doch war sein wahres Zuhause, das Reich, das er am meisten liebte, dieses Ägypten.«

»Dann kenne ich seinen Namen«, sagte Echnaton sehr ruhig. »Er hieß Osiris.« Er schluckte, während sich in sein Grauen Ehrfurcht mischte. »Und nun weiß ich«, fuhr er fort, »daß du eigentlich Isis genannt werden solltest und daß ihr es wart – du und Seth –, die Osiris töten ließen.«

»So war es.« Die Königin senkte den Kopf. »Und doch …« Sie hob den Blick, um ihm wieder in die Augen zu sehen. »Es geschah nicht in dem Sinn, wie der Hohepriester es dir zweifellos berichtet hat.«

»In welchem Sinn dann?«

Sie schaute ihn immer noch an, und es schien Echnaton, als täte sie es nun beinahe mit Mitleid. »O mein Gemahl …«, murmelte sie schließlich. Sie streckte die Hand aus, um ihm behutsam den Schal vom Kopf zu ziehen und dann die aufgeschwollene Wölbung seines Schädels zu streicheln. »Wie ich dir gesagt habe«, flüsterte sie, »er versuchte, Gutes zu tun, der erste König dieses Landes, denn sein Herz war erfüllt von Liebe für alle Dinge – und doch wurde er bald enttäuscht von der Natur dieser Welt, denn sie ist nicht wie der Himmel, sondern altert und eilt ohne Aufenthalt der Hinfälligkeit entgegen. Der König suchte andere zu lieben – aber vergebens! –, denn was immer auf dieser Welt geliebt wird, muß schwächer werden und sterben. Und so wurde er schließlich kraft- und mutlos vor Verzweiflung und begann seine eigene Natur zu hassen, denn er sehnte sich danach, selbst zu sterben. Er kam zu mir, der Weisesten unter seinen Gefährten, wie ich ihm auch die liebste war, und bat mich, ein unmögliches Wunder zu wirken – ihn der sterblichen Menschheit einzuverleiben.«

Echnaton starrte sie staunend an. »Und hast du es vollbracht«, flüsterte er, »dieses unmögliche Verlangen?«

Sie lächelte sehr dünn. »Sozusagen«, erwiderte sie.

»Dann ist es wahr, was die Priester immer behaupten, daß du den Zauber des geheimen Namens Amuns beherrschst?«

Ihr Lächeln wurde breiter. »Alles kann als Zauber bezeichnet werden«, antwortete sie, »was keiner verstehen kann.«

»Nun gut.« Echnaton runzelte die Stirn. »Was also hast du getan?«

»Kannst du es denn nicht erraten?« Sie hob die andere Hand und umklammerte seine Wangen. »Kannst du es wirklich nicht erraten?« Sie küßte ihn sanft, wie sie ihn vor langer Zeit geküßt hatte, bei ihrer ersten Begegnung in der Wohnung der Sonne. »Osiris«, flüsterte sie, »wurde der Linie der Könige Ägyptens einverleibt. Man könnte deshalb sagen, o Pharao – er wurde dir einverleibt.«

»Nein.« Echnaton wich zurück. »Nein. Aber ich … nein.«

»Doch.« Sie lächelte und küßte ihn noch einmal.

»Wie ist das möglich?«

»Du hast teil an seiner Substanz. Was er war, seine Natur, formt mit, was du jetzt bist. In deinem Dasein beweist du das Wunder, das ich vollbracht habe.«

»Und doch«, sagte Echnaton langsam, »ist das Wunder in Wahrheit gescheitert.«

Die Königin erstarrte kurz, dann zog sie eine Braue hoch. »Wirklich?«

»Wir altern, das ist wahr – aber trotzdem sterben wir nicht. Es war also kein Geschenk, das du deinem Gefährten gemacht hast, sondern ein Fluch, ein grausamer und abscheulicher Fluch. Was für ein tiefer Fall, o meine Königin – ein so großes und mächtiges Geschöpf wie du gewesen zu sein und dann in eine so jämmerliche Kreatur wie mich verwandelt zu werden, eine Kreatur wie alle jene Könige, die vor mir kamen, die nun nichts sind als das Spielzeug und die heimliche Nahrung der Priester.«

Die Königin lächelte. »Es war, was er begehrte. Denn ist das Schicksal, das du beschrieben hast, am Ende nicht eine Form der Auslöschung?«

»Und doch hast du ihn geliebt.«

»Geliebt?« Ihr Lächeln wurde kälter. »Du glaubst, ich wäre so töricht gewesen, seine Fehler zu wiederholen?« Sie schüttelte den Kopf. »Ich habe nie wirklich geliebt. Ich habe gesehen, was es bringen kann.«

»Und doch war er nicht sterblich. Er war ein Wesen wie du.«

»Und was besagt das?«

»Ich weiß, daß du ihn geliebt hast.«

Wieder lächelte sie. »Wie das?«

Echnaton blickte sie eine Weile schweigend an. »Warum bist du zu mir gekommen?« fragte er sie schließlich. »Warum hast du von meiner ganzen Linie mich ausgesucht?«

»Du hast es gewagt, in mein Heiligtum einzudringen und meine Statue zu zerschlagen.« Sie zuckte die Achseln. »Ich war – ich gestehe es – amüsiert, neugierig gemacht.«

»Und doch war es auch, dessen bin ich mir sicher, etwas mehr als das.«

»Ach ja?« Sie lächelte. »Wirklich?«

»Ich wage zu glauben – in meinen Wünschen, in meinen Hoffnungen –, daß du ein Echo der Wünsche und Hoffnungen von jemand anderem aufgefangen hast.«

Das Lächeln verharrte lange auf ihren Lippen wie eingefroren. »Das ist in der Tat«, murmelte sie endlich, »eine große Anmaßung.«

»Und ist es nicht trotzdem wahr?«

Die Königin wandte sich ab. Wieder schien sie vom fernen Flackern der Sterne belebt zu werden, und für einen Augenblick fürchtete Echnaton, sie würde zergehen und in das Sternenlicht entschwinden. Doch schließlich wandte sie sich wieder um und fixierte ihn mit ihrem starren Blick. »Dann sag mir«, flüsterte sie, »was du von mir wünschst.«

»Ich will…« – Echnaton zögerte – »was du seinerzeit zu geben versäumt hast.«

Sie streckte wieder die Hände aus und umfaßte sein Gesicht. »Sterblichkeit?« flüsterte sie und ließ das Wort in einem Kuß zergehen.

Echnaton löste sich von ihren Lippen, um die Frage zu beantworten. »Sterblichkeit«, wiederholte er. »Ich will den Frieden des Todes.«

Sie lachte. »Ein kleiner Wunsch.«

»Doch es ist möglich?«

»Daß die aus deinem Geschlecht doch noch den Tod kennenlernen?« Sie schwieg kurz. »Es könnte sein.«

»Und wie?«

»Nur ein Unsterblicher kann einen Unsterblichen vernichten. Nur die Unsterblichen können den Unsterblichen wahren Tod schenken.«

Echnaton starrte sie in einem Tumult aus Hoffnung und Enttäuschung an. »Wie meinst du das? Du sprichst in Rätseln.«

Sie lächelte ihn an. »Es würde von einem aus deiner Linie ein großes Opfer verlangen.«

»Ein Opfer?«

»Dich, o mein Gemahl.« Sie küßte ihn noch einmal. »Wenn

377

ich wirklich ein Echo deines großen Ahnen aus dir heraus aufgefangen habe, wenn deine Wünsche wirklich nicht bloß Anmaßung sind – dann weiß ich, daß du willens bist, dich selbst zu opfern.«

Er starrte sie voller Grauen, aber auch mit ein klein wenig Hoffnung an. »Was also«, flüsterte er, »wäre dieses Opfer?«

Wieder teilte die Königin die Lippen zu einem Lächeln. Diesmal versuchte Echnaton nicht, sich von ihrem Kuß zu lösen, und auch als er ihre Lippen auf seinem Mund spürte, schien er den Klang ihrer Stimme tief in seinem Kopf zu vernehmen. »Es wird dich lehren«, hörte er ihr Flüstern, »daß in Liebe Haß enthalten sein muß und im Leben Tod. Es wird dich lehren, was mein Gefährte nie verstand. Kurz, es wird dich lehren, was es bedeutet, allein zu sein – nicht nur jetzt, nicht nur eine Weile, sondern für die Ewigkeit der Zeit.« Sie hielt inne, und er fühlte sich um so mehr in ihrem Kuß zergehen. »Von solcher Art wäre das Opfer. Von solcher Art wäre dein Schicksal.«

Verschwommen, aus weiter Ferne, fühlte er sich vergehen. Verschwommen, aus weiter Ferne, hörte er zum letztenmal ihre Stimme.

»Nimmst du also solch ein Opfer an?«

Er wußte, daß er ihr nicht zu antworten brauchte, wußte, daß sie verstand. Dunkelheit stieg dicht aus ihrem Kuß auf, so daß nun sogar die Sterne ausgelöscht schienen. Dunkelheit schien der Atem, der seine Gedanken auslöschte. Dunkelheit schien die Welt, schien das Universum selbst.

An diesem Punkt aber sah Harun den Morgen heraufdämmern und unterbrach seine Geschichte. »O Beherrscher der Gläubigen«, sagte er, »wenn Ihr morgen abend wieder herkommen möchtet, dann werde ich Euch schildern, wie Echnaton herausfand, welchen Preis er gezahlt hatte.«

Und der Kalif tat, wie Harun vorgeschlagen, und am folgenden Abend kehrte er zur Moschee zurück.

Und Harun sprach:

Es geschah eines Morgens, daß König Eje zur Jagd ausfuhr. Er war inzwischen ein alter Mann und hatte zwei seiner Großneffen als Könige regieren und sterben gesehen. Am ganzen königlichen Hof gab es keinen, der den Bogen so gut biegen und spannen oder es mit seinem Geschick bei der Verfolgung wilder Tiere aufnehmen konnte. Ungestüm fuhr er an jenem Tag in seinem Streitwagen dahin, und erregend spürte er das Blut durch seine Glieder kreisen, so daß er sich beinahe einbilden konnte, wieder jung zu sein. Er lachte vor Übermut und hieß seinen Wagenlenker absteigen, um selbst zu den Zügeln zu greifen und zu lenken. Bald geschah es, daß seine ganze Gesellschaft weit zurückgefallen war, aber Eje fuhr immer noch weiter; und wenn er anhielt, dann nur, um einen Pfeil schnellen zu lassen. Zahlreich waren die Tiere, die seinem Geschick zum Opfer fielen, und am Ende das größte, das tödlichste von allen – ein gewaltiger Löwe, mit wilder schwarzer Mähne, der seinerseits König Eje getötet hätte, wäre der König nicht so zielsicher gewesen.

Als er sich vom Tod des Tiers überzeugt hatte, zügelte er seine Pferde. Er stieg vom Streitwagen und schritt über den Sand, um seine Beute zu betrachten. Da hörte er plötzlich seine Pferde wiehern, als hätten sie Angst. König Eje blickte zu ihnen zurück, schaute sich dann um und zog langsam sein Schwert. Er konnte nichts sehen, stand aber dennoch einen Augenblick lang regungslos da, das Schwert in die Luft gereckt. Dann bückte er sich langsam neben dem Löwen nieder und zog die Pfeile aus der Flanke des toten Tiers. Stumm betrachtete er es, blickte auf die Stille des Todes; dann hörte er plötzlich wieder die Pferde wild wiehern und spürte, wie ein Schatten über seinen Rücken fiel.

Mit erhobenem Schwert drehte er sich hastig um und sah eine in dunkle Gewänder gehüllte Gestalt vor sich. Als er aufblickte, erbebte König Eje vor schrecklicher, unerklärlicher Furcht und fühlte seine Finger taub werden, so daß ihm das Schwert aus der Hand fiel. »Wer bist du?« flüsterte er.

Die Gestalt antwortete nicht.

»Wer bist du?« flüsterte König Eje zum zweitenmal; aber

dann, als er auf den gedehnten Schädel der Gestalt blickte, der sogar durch die verhüllenden Tücher sichtbar war, wußte er, wer der Fremde war, obwohl er es kaum glauben mochte. »Pharao.« Das Wort schien in der Luft zu hängen und wie Staub zu brennen, während König Eje vorwärtstaumelte und auf die Knie fiel: »Du bist zurückgekehrt!«

»Komm mir nicht nahe.« Die Stimme war kaum mehr als ein Flüstern, mit einem Ton, der betörend schien, melodisch seltsam, wie Silberstücke, die vom Wind verweht werden. Trotzdem erkannte sie König Eje und taumelte unwillkürlich wieder vorwärts.

»Komm mir nicht nahe.«

»Warum?« König Eje blickte verblüfft und unsicher zu seinem Neffen auf. »Was wirst du tun?«

»Was ich in mir nicht beherrschen kann.« Und bei diesen Worten erbebte Echnaton und schien die Fäuste zu ballen, als kämpfe er gegen einen verzweifelten gewaltigen Drang an, der mit dem Geruch seines Onkels zu ihm getragen wurde. »Nichts mehr davon«, zischte er. Wieder erbebte er und schloß halb die Augen. »Ich möchte, daß du mir sagst, was du mit meinen Söhnen gemacht hast.«

König Eje runzelte die Stirn. »Mit deinen Söhnen? Aber … ich habe nichts getan.«

»Wie sind sie dann gestorben?«

König Ejes Miene wurde noch finsterer, und er stand langsam auf. »An den Gebrechen, die uns alle heimsuchen. Semenchkare erkrankte wenige Monate nach deiner Abreise an einem Fieber. Alles, was in unserer Macht stand, taten wir – aber leider war es vergeblich. So groß war die Überraschung, daß nicht einmal ein Grab für ihn vorbereitet war, und so gab meine Schwester ihm ihres, das für sie in Theben angelegt worden war. Er wurde in dem Schrein bestattet, den sie für ihren eigenen Tod vorbereitet hatte, mit allen Ehren, o mein Neffe – mit allen Ehren, ich schwöre es.«

Echnaton nickte knapp. »Und Tutenchaton?« fragte er.

»Tutench…« König Eje schluckte verwirrt. »Er … saß zehn Jahre lang auf dem Thron, wuchs zum Mann heran, ein schöner, sehr beliebter Pharao. Aber dann starb auch er, wie sein Bruder, an einem Fieber. Nichts Rätselhaftes, o mein Neffe, überhaupt nichts Rätselhaftes. Solche Dinge müssen geschehen, denn wir sind alle sterblich, selbst Pharaonen, o mein Neffe, selbst die größten Könige.«

Echnaton lächelte sehr dünn. »Und doch sagte ich dir, o mein Onkel, wenn Tutenchaton wirklich tot ist, ist es ein Wunder, daß die Erde nicht durch die Nachricht verdunkelt wurde, daß der Nil nicht austrocknete, daß der Ozean nicht bebte und das Land selbst nicht auf den Kopf gestellt wurde. Wenn er wirklich tot ist – denn du kannst nicht wissen, was es war, das mit ihm endete.« Echnaton schwieg einen Augenblick, dann schüttelte er den Kopf. »Und doch starb er an einem Fieber – und das war alles?«

König Eje zuckte hilflos die Achseln. »Er wurde mit allem Prunk zur Ruhe gebettet, das verspreche ich dir.«

Sofort erstarrte Echnaton und kniff die Augen zusammen. »Wo?«

»In dem Tal jenseits von Theben.«

»Theben.« Echnaton spie das Wort fast aus. »Warum nicht in einem Grab neben Kija, seiner Mutter, in den Felsen über der Stadt der Wohnung der Sonne?«

Wieder schluckte König Eje und stotterte vor Verwirrung, aber mit plötzlich aufwallender Wut hob Echnaton die Hand. »Ich habe sie mit eigenen Augen gesehen«, rief er. »Jenem Unkraut überlassen, das sogar im Sand wächst, den Schlangen, den Schakalen und dem Klageruf der Eulen. Warum, o mein Onkel? Warum hast du erlaubt, daß mein großes Werk zerstört wurde?«

»Hast du mir nicht befohlen«, antwortete König Eje, »den Befehlen deiner Söhne zu gehorchen?«

»Ja, aber ich kann nicht glauben, daß sie wünschten, du würdest das Werk ihres Vaters zerstören.«

»Du magst recht haben – aber so sprachen sie als Könige.«

»Inen.« Echnaton flüsterte den Namen sehr leise. »Inen. Ist er zurückgekehrt?«

König Eje nickte. »Er ist wieder der Hohepriester.«

»Dann war er es«, flüsterte Echnaton, »der meine Söhne gelenkt haben muß. Und er war es vielleicht, der sie ihren Gräbern übergeben hat.« Er wandte sich ab, huschte lautlos über den Sand und schien mit dem Dunst zu verschmelzen.

»Warte!« rief König Eje.

Echnaton hielt nicht inne.

»Warte«, rief König Eje noch einmal, »ich muß dir noch etwas sagen!«

Aber nur ein Echo antwortete seinem Schrei. Wo zuvor die Gestalt Echnatons gestanden hatte, war nichts mehr als schimmernder Staub in der Luft. König Eje rappelte sich auf und rannte über die Sandfläche. Doch er konnte noch immer nichts sehen. Er blickte in alle Richtungen, dann runzelte er die Stirn und schüttelte den Kopf. »Friede sei mit ihm«, murmelte der König. Ihn fröstelte trotz der brennenden Hitze. »Denn ich fürchte, er braucht ihn sehr.« Noch einmal schaute er sich um, dann ging er zu seinem Streitwagen zurück. Er sah seine Höflinge, die sich nun in einer dichten Staubwolke näherten. Als sie ihn erreichten, fielen sie im Sand auf die Knie und betrachteten staunend den Kadaver des Löwen. Wortlos nahm König Eje ihre Lobesrufe entgegen und sprach auch während der Rückfahrt zum Palast in Theben kein einziges Wort. Doch die Sklaven bemerkten seinen sonderbaren Gesichtsausdruck, und sie flüsterten, ihr König müsse etwas Wundersames erblickt haben.

Und es geschah, noch während König Eje nach Theben zurückfuhr, daß sein Bruder Inen sich ebenfalls von seltsamen Gefühlsregungen bedrückt fand. Er hatte das innerste Heiligtum des Tempels betreten, wo endlich wieder Stille – tiefe Stille, die Stille des Steins und einer dichten, schweren Dunkelheit – hergestellt worden war. Inen hob seine Kerze. Obwohl der Raum klein war, blieben noch immer dichte, lastende Tümpel aus Dunkelheit zurück, nur dünn gerändert vom schwachen Schein der Flamme. Hier, dachte Inen für sich, ist das wahre Mysterium – und wo das Mysterium ist, muß auch Schrecken sein. Er trat vor, hob die Kerze, starrte auf die Statue an der hinteren Wand. Er hatte die Bruchstücke selbst zusammensetzen müssen, denn keinem anderen durfte erlaubt werden, ihre Gestalt anzusehen, und da ihm jedes Geschick abging, war sein Werk plump. Dennoch, obgleich kaum wiederzuerkennen, genügte der Anblick der Statue, um ihn mit Furcht zu erfüllen – wie es allen Dingen ergehen mußte, dachte er, die den Göttern nahe kommen.

Plötzlich glaubte Inen, etwas hinter sich gehört zu haben. Er drehte sich rasch um und hob die Kerze, obwohl er wußte, daß er da nichts sehen würde. Er lächelte kläglich. Seit seiner Verbannung aus Theben waren seine Einbildungen fiebrig gewesen, unbestimmt, durchaus nicht seine eigenen. Er hatte gehofft, mit seiner Rückkehr würden solche Ängste nachlassen. Er hob die Hände an die Stellen, wo einst seine Ohren gewesen waren. Es war vieles verlorengegangen. Er berührte die nasenlose Narbe, die über sein Gesicht lief. Vieles, das trotz all seiner Bemühungen nie wiederhergestellt werden würde. Er wandte sich wieder um und betrachtete die zertrümmerte Statue. Welche Zerstörungswut, dachte er. Welches Sakrileg, welcher Ruin! Halblaut verfluchte er den Verbrecher, der das getan hatte.

Plötzlich dann, gerade als er den Namen seines Neffen aussprach, hörte er ein Geräusch wie einen Schritt, und diesmal war er sich sicher, daß er sich den Laut nicht eingebildet hatte. »Wer ist das?« rief er, indem er die Kerze hochhob. »Wer wagt es, diesen geheimsten, heiligsten Ort zu betreten?«

Noch immer antwortete ihm Schweigen, aber er konnte nun, als wäre sie selbst aus Dunkelheit zusammengesetzt, eine Silhouette erkennen, die noch schwärzer war als all die Schatten ringsum. Ihre Gliedmaßen wirkten dünn, der Leib aufgebläht, der Schädel – wie bei der Statue hinter ihm – stark geschwollen. »Wer ist das?« rief Inen noch einmal. Er hatte versucht, einen Ton der Autorität zu wahren, aber während er sprach, schnappte seine Stimme vor Angst plötzlich über. Die Gestalt tat einen einzelnen Schritt vorwärts und zog mit einer schwungvollen Handbewegung das Tuch fort, das um ihr Gesicht gewunden war. Inen wich zurück vor einem Grauen, das er nicht mehr zu verbergen suchte.

Nun konnte er sehen, wer der Fremde war, denn trotz der Dunkelheit schien seine Haut sehr bleich zu schimmern, als würde sie von innen von einem brennenden weißen Licht erhellt. Auch in seinen Augen war eine erstaunliche Helligkeit, und Inen wußte, daß sein Besucher von einer wundersamen und tödlichen Wandlung gezeichnet war.

Unwillkürlich trat er einen Schritt vor, aber die Gestalt hob die Hand. »Komm mir nicht nahe.«

»Warum?« Inen ballte die Fäuste vor Angst und Zorn. »Was wirst du tun?«

»Was ich in mir nicht beherrschen kann.«

»Und was ist das?«

Der Schatten eines Lächelns schien auf Echnatons Lippen zu zucken. »Du bist nicht«, sagte er leise, »der einzige Hüter des Geheimnisses. Aber sag mir« – er schaute sich um und auf die Steine über seinem Kopf – »wie kommt es, daß das Dach wiederhergestellt und diese Statue« – er zeigte darauf – »wieder aufgerichtet wurde? Als ich diesen Ort zum letztenmal sah, war er dem Unkraut überlassen.«

»Es ist der Tempel deines Gottes, o Verbrecher, der nun umgestürzt und verlassen ist.« Wieder ballte Inen die Fäuste, jedoch nicht mehr vor Grauen, sondern in einem plötzlichen Triumphgefühl. »Deine Werke und deine Statuen sind in den Schmutz geschleudert worden, und sogar dein Name, wo immer man ihn fand, ist ausgetilgt. In künftigen Zeiten wird man vergessen haben, daß jemand wie du jemals existiert hat – du und deine Stadt, dein Gott und deine Söhne.«

»Meine Söhne …« Echnaton sprach die Worte so schroff und mit solch eisigem Nachdruck, daß Inen mit einemmal sein ganzes Entsetzen wiederkehren spürte. »Meine Söhne …« Echnaton kniff die Augen zusammen. »Ist es wahr, was Eje mir sagte, daß beide an Fieber starben?«

»So wurde es gemeldet.«

»Sie waren beide nicht gezeichnet, nicht vergiftet vom Fluch meines Blutes?«

»So wurde es gemeldet«, antwortete Inen noch einmal.

»Aber ist es wahr? Ich muß es wissen. Sag, ist es wahr?«

Inen schluckte. Ohne es zu wollen, sah er Echnaton in die Augen. In ihre Helligkeit gezogen, glaubte er sich plötzlich von ihrem grellen Schein durchbohrt und stöhnte überrascht auf. »Es ist wahr«, murmelte er, »ja, es ist wahr…« Verzweifelt versuchte er, den Blick loszureißen, doch er fand sich noch immer gefangen, so daß er sich einbildete, unter einer rollenden Welle der Furcht zu ertrinken.

»Es ist wahr, es ist wahr…« murmelte er noch einmal.

Echnatons Augen schienen um so stärker zu flackern und zu lodern. »Ich wünschte, ich könnte dir glauben.«

»Warum kannst du es nicht?« Inen schrie nun beinahe, so groß war seine Furcht, so verzweifelt sein Verlangen, aus dem brennenden Blick seines Neffen entlassen zu werden. »Glaubst du, ich hätte sie begraben sehen wollen, bevor sie ihrerseits Söhne gezeugt hatten, wenn sie wirklich die Zeichen des heiligen Blutes getragen hätten? Welchen Wert hatte die Magie ihres Fleisches für mich, verglichen mit der Notwendigkeit, ihre Linie fortzusetzen? Im Tempel des Sands, in sicherer Entfernung von hier, gibt es magisches Fleisch genug, Reihen um Reihen von Leibern, mit Grabtüchern gefesselt – aber auf dem Thron Ägyptens werden keine Erben des Osiris mehr sitzen.« Er schluckte. Sein gesamtes Denken schien noch immer vom Feuer in den Augen seines Neffen beleuchtet. »Es sei denn, daß Teje Söhne hervorbringt. Es sei denn, daß Teje Söhne hervorbringt und die Dynastie fortsetzt…«

»Ja«, murmelte Echnaton. Endlich schloß er die Augen. »Das hatte ich vergessen. Nur sie bleibt.«

»Warum?« Inen versuchte, seine Beunruhigung zu verbergen; aber er wußte, als er die eigene Stimme zittern hörte, daß es ihm nicht gelungen war. »Was wirst du mit ihr tun?«

»Warum sollte dich das etwas angehen?«

»Sie ist meine Schwester.«

Echnaton lachte verächtlich. »Sie ist deine einzige Chance, meinst du, das Geschlecht fortzusetzen. Warum würdest du dich sonst um sie kümmern?«

»Sie war… sie ist…« Inen schluckte, während sein Blick

wieder in das Starren seines Neffen gezogen wurde. »Ich habe nie etwas geliebt«, flüsterte er schließlich, »außer ihr.«

Echnaton lachte bitter. »Und so hast du deine Liebe bewiesen, indem du dich hierher nach Theben zurückgeschlichen und zweifellos versucht hast, sie zu überreden, das Grauen der Ewigkeit mit dir zu teilen – das Fleisch von ihrem Fleisch zu verzehren, Kannibale zu werden wie du.«

Inen starrte ihn überrascht an; dann lächelte er dünn. »Ich habe nichts von dem magischen Fleisch mitgebracht«, antwortete er.

»Warum bist du dann zurückgekommen?«

»Ich habe es dir gesagt – ich hoffte festzustellen, daß Tutenchamun der wahre Erbe deines Blutes sei. Aber vergebens.« Sein dünnes Lächeln wurde breiter. »Denn er lag schon in seinem Grab.«

Echnaton konnte sein Erstaunen nicht verbergen. »Aber das war vor kaum siebzig Tagen.«

»Ganz recht.«

»Du bist erst jetzt zurückgekehrt?«

»Ja.«

»Aber...« Echnaton runzelte die Stirn, und das Feuer in seinen Augen schien plötzlich in eine ebenso tödliche und grimmige Schwärze verwandelt. »Aber... wer hat dann meine Stadt und meinen Gott aufgegeben? Wer hat meinen Sohn überredet, seinen Namen zu ändern? Wer hat befohlen« – er deutete mit einer ausholenden Geste auf die Dunkelheit ringsum – »diesen Ort der Ungeheuerlichkeiten wiederaufzubauen?«

»Das weißt du nicht?«

»Wer?« Echnatons Gesicht schien erneut von brennendem Schmerz gezeichnet. »Wer war es?«

Inens Lachen war so dünn wie sein Lächeln. »Deine Mutter«, zischte er. »Deine Mutter, o Pharao, meine Schwester, Königin Teje! All das hat sie getan!«

»Ich glaube dir nicht.«

»Und doch ist es die Wahrheit.«

»Es kann nicht sein.«

»Schau in meine Gedanken. Du weißt, daß ich vor dir nichts verbergen kann.«

Echnaton hüllte sich einen Augenblick in Schweigen. »Dann bin ich entschlossen.« Er sagte es langsam, als sei er selbst überrascht. Der Schimmer auf seinem Gesicht wurde wieder eisig. »Ich bin entschlossen.« Er wandte sich ab. »Es muß sofort geschehen.«

»Warte!«

Echnaton blieb nicht stehen, aber Inen stolperte vorwärts, lief ihm nach und streckte die Hand aus, um ihn am Gewand festzuhalten. »Warte!« Aber Echnaton drehte sich schon um, das Gesicht so scheußlich verzerrt, daß Inen die Verwandlung kaum glauben konnte, als er hineinblickte, denn die Wangen seines Neffen begannen zu zucken und die Augen zu lodern, und sein Mund war zu einem zitternden Zähnefletschen aufgerissen. »Geh weg«, stöhnte er, »geh sofort von mir weg!«, während seine Hände schon nach Inens Kehle griffen und Inen, der sich verzweifelt wand, gerade noch entkommen konnte. Rückwärts kriechend starrte er ungläubig auf seinen Neffen, auf die deutlichen Zeichen seines schrecklichen Verlangens. »Was ist geschehen?« flüsterte er. »Was bist du geworden?«

Echnaton atmete tief und mit sichtlicher Vorsicht ein, als könne ein zu scharfes Luftholen die mächtige Flut seiner Begierde wieder freigeben. Er grinste scheußlich. »Hast du nicht immer gelehrt, o mein Onkel, daß die Herrin Isis die Macht des geheimen Namens Amuns besaß und damit jeglichen Zauber vollbringen konnte, nach dem ihr der Sinn stand?«

»Ja«, antwortete Inen. »Das lehren wir, denn sie trägt den Beinamen ›Groß an Zauber‹.«

»Dann solltest du wissen, daß sie das, was sie gibt, auch nehmen kann.«

»Wie meinst du das?«

»Daß die Unsterblichkeit der Linie des Osiris nicht mehr besteht. Daß diejenigen, die daran teilhaben, endlich ihren Frieden finden dürfen. Daß kein Leben so ewig ist, daß ich es nicht beenden könnte.«

»Du?«

»Ich. Hast du denn nicht begriffen?« Wieder grinste er gräßlich. »Ich bin selbst der Tod geworden.«

»Nein«, stotterte Inen, »nein, ich verstehe nicht.«

»Ich bin hungrig nach Leben – und was ist der Tod am Ende, wenn nicht ein solcher Hunger?«

»Dann warst du …« Inen erinnerte sich an das verzweifelte Zähnefletschen, das er im Gesicht seines Neffen gesehen hatte, den brennenden, zitternden Blick des Verlangens. »Du warst hungrig nach mir? Hungrig nach meinem …?«

»Geschmack.« Echnaton sprach das Wort nur leise; und doch schien es sich für Inen durch die Dunkelheit zu ergießen wie verspritztes Blut. »Und deshalb, o mein Onkel, solltest du dich von mir fernhalten. Wie zuvor möchte ich auch jetzt, daß du ewig lebst – denn es kann kein schrecklicheres, kein wahrhaft tödlicheres Schicksal geben. Doch kommst du mir nahe, werde ich dir dennoch das Leben austrinken, denn es ist süß und golden und kostbar für mich, und ich werde nicht mehr gegen die Verlockung ankämpfen, die es für mich bedeutet. Alles Leben ist jetzt für mich Versuchung, aber deines, o mein Onkel – deines ganz besonders.«

Als er dies sagte, schienen sich seine Augen auf eine Dunkelheit zu öffnen, die unendlich war, und Inen versuchte den Blick abzuwenden, um sich nicht in dieser Ewigkeit und Kälte zu verlieren. »Warum?« flüsterte er leise. »Warum sollte das meine so kostbar für dich sein?«

Die Dunkelheit in Echnatons Augen schien sich zu trüben. »Ich bin der Tod«, wiederholte er. »Mir ist nicht gestattet, was Sterblichen die teuerste Belohnung ist – die Liebe einer Familie … einer Mutter, eines Bruders, einer Schwester, eines Kindes …«

»Einer Mutter?« flüsterte Inen.

»Natürlich.« Echnaton lächelte. »Denn noch mehr als du ist Teje Leben von meinem Leben – und sie wird aus diesem Grund am süßesten von allen schmecken.« Sein Lächeln verging, und einen Augenblick lang stand er wie erstarrt; dann glaubte Inen zu sehen, daß er zu flackern begann, als wäre

er aus der Dunkelheit gemacht, die den Schein der Kerzenflamme umrahmte. »Laß mich in Ruhe«, flüsterte er. »Ver-
lasse Theben noch heute. Denn sollte ich dir jemals wieder
begegnen, dann – ich schwöre es – wirst du sterben.« Seine
letzten Worte hingen wie ein Echo in der Luft, um wieder
und wieder durch Inens Gedanken zu hallen; doch die Gestalt seines Neffen schien schon verschwunden. Inen trat einen Schritt vor. »Stirb«, hörte er, »stirb.« Doch es war niemand bei ihm. Keine Spur, kein Laut mehr von Echnaton.

Hastig raffte Inen seine Habseligkeiten zusammen, dann
eilte er fast im Laufschritt aus dem Tempel. Das einzelne
Wort klang merkwürdig hallend noch immer durch seinen
Kopf. Er beschloß, noch am selben Nachmittag fortzugehen.
Durch die Wüste fortzugehen. Bedauerlicherweise allein,
wenn es sein mußte. Vor dem Aufbruch suchte er jedoch seine Schwester, durchschritt ihre Gemächer und besuchte all
ihre Lieblingsplätze in der Hoffnung, der Sohn habe seine
Mutter nicht zuerst gefunden. Inen probte, was er sagen wollte. »Komm mit mir«, murmelte er, »komm mit mir, laß uns
miteinander leben und auf immer glücklich sein.« Plötzlich
traf ihn der Gedanke, daß er sie nicht finden würde, daß ihr
Sohn sie doch töten würde, mit unerträglichem Grauen, und
er erinnerte sich, als verstünde er sie erst jetzt, der Worte,
mit denen sein Neffe ihn zum Leben verurteilt hatte: »Es
kann kein schrecklicheres, kein wahrhaft tödlicheres Schicksal geben.« »Nein«, dachte Inen, »nein – nicht wenn meine
Schwester, nicht wenn Teje gefunden werden kann.«

Aber es geschah, während Inen noch den Palast durch-
suchte, daß sie bereits in schnellem Ritt zum Tal unterwegs
war. Denn König Eje hatte nach seiner Rückkehr nach Theben sofort seine Schwester aufgesucht und ihr die Kunde von
der Rückkehr ihres Sohns gebracht; doch Teje hatte zum Erstaunen des Königs keine Freude gezeigt, sondern nur Furcht.
»Du bist dir sicher«, hatte sie ihn bedrängt, »daß es mein Sohn
war?« Und als König Eje nickte, war ihre Stimmung nur noch
finsterer geworden. Sie war sofort aufgestanden und aus dem
Zimmer gestürzt, und als König Eje ihr folgen wollte, hatte

sie ihn wütend angeschrien, er möge sie in Ruhe lassen. So hatte der König weder gesehen, wie sie dem Hauptmann seiner Wache Befehle gab, noch beobachtet, wie sich im Vorhof etwa zwanzig Mann versammelten, zu Pferd und mit Hacken ausgerüstet. Auch hatte er nicht gesehen, wie sie den Palast verließ, um ihren Trupp auf die Straße zum Tal zu führen; denn die Sonne war nun am Untergehen, und es wurde dunkel.

Teje selbst ritt abseits von ihren Reitern, denn sie ertrug es nicht, von denen angestarrt zu werden, deren Gliedmaßen nicht wie ihre waren, deren Leiber nicht geschwollen und deren Schädel nicht gräßlich gestreckt und breit waren. Seit Jahren war es ihre Gewohnheit gewesen, sich in Schwarz zu hüllen, so daß selbst ihre Augen unter einem Schleier verborgen waren; dennoch bereitete es ihr Unbehagen, auf einer öffentlichen Straße unterwegs und den schützenden Wänden ihrer Gemächer fern zu sein. Trotzdem fiel es ihr nicht schwer, die Männer hinter sich zu lassen; denn je mehr sich der Stempel ihres Blutes an ihr zeigte, desto größer, bemerkte sie, war ihre Stärke geworden.

Als sie an den Felswänden vorbeikam, die ins Tal führten, verschwand das letzte Licht der Sonne hinter den Bergen. Teje zügelte ihr Pferd und blickte hinter sich. Die Wachen hatten ebenfalls angehalten und zündeten ihre Fackeln an. Teje mußte lächeln. Sie brauchte keine Flammen, um den Weg zu beleuchten, da sie seit vielen Jahren im Dunkeln besser sah als im hellsten Tageslicht. Sie rief ihnen ungeduldig zu, ihr zu folgen, dann wendete sie ihr Pferd und ritt weiter. Nun war es nicht mehr weit. Sie betrachtete die Konturen der Felsen vor sich und erkannte ihr doppeltes Ziel mit Leichtigkeit. Zu ihrer Linken das eilends bereitete Grab Semenchkares, zu ihrer Rechten das ihres jüngeren Enkels Tutenchamun. Nichts wies darauf hin, wo die Gräber lagen, aber Teje hatte die Stellen mit großer Sorgfalt gewählt, und sie wußte genau, wo die Freilegungsarbeit beginnen mußte. Nur die Wahl, welches Grab zuerst geöffnet werden sollte, ließ sie innehalten; dann lächelte sie und nickte und wandte sich nach links. »Er, der am längsten gelegen hat, soll als erster geborgen werden.« Sie kletterte die Felsen hinauf; dann stand sie über der Tür zum Grab Semenchkares.

Teje bückte sich und hob Kiesel und Staub auf, um sie dann durch ihre langen gekrümmten Finger rieseln zu lassen. Mit einem Ekel, den sie nie ganz zu beherrschen gelernt hatte, blickte sie auf ihre verwelkte und klauenartige Hand hinunter, dann wandte sie sich ungeduldig um und hielt nach ihren Männern Ausschau. Aber alles war dunkel, und von den Fackeln, die sie angezündet hatten, ließ sich nun keine Spur entdecken. In ungläubiger Wut befahl Teje den Wachen lauthals, zu ihr zu stoßen – doch nur das Echo ihrer eigenen Stimme antwortete. Reglos stand sie da und lauschte dem Klang nach, der in der Nacht verhallte; und dann erschauderte sie plötzlich und merkte, daß sie doch nicht allein war.

Sie wandte sich um … und stieß einen keuchenden Laut aus, in dem sich Grauen und Wut und Furcht mischten. »Du!« flüsterte sie. Er stand über ihr auf einem flachen Felsgesims; sein Gesicht war entblößt, der Kopf unbedeckt. Die Zeichen seines Blutes schienen von einem anderen, noch merkwürdigeren Stempel berührt.

»Komm zu mir«, sagte er lächelnd und mit ausgebreiteten Armen. »Denn möchtest du, o meine Mutter, mich nach so langer Zeit nicht umarmen?«

»Eje hat mir gesagt …« stammelte sie, »… daß du zurückgekehrt bist.«

»Und deshalb bist du ins Tal der Gräber hinausgeritten?«

Sie lachte bitter. »Warum nicht?«

»Es ist ein verfluchter Ort.«

»Dann ist es ein um so passenderer Ort für mich.« Sie machte sich plötzlich an dem Schleier vor ihrem Gesicht zu schaffen, zog ihn weg und sah ihrem Sohn in die Augen. »Sieh!« rief sie laut. »Wie häßlich ich geworden bin! Ich, die ich einst so schön und begehrt war, bin ein Ding des Grauens geworden, und die Menschen weichen zurück und wenden sich ab, wenn sie jemals mein Gesicht erblicken!« Sie schluckte, um das Schluchzen zu unterdrücken, dann wurde ihr Elend von einem sengenden Wutausbruch verzehrt. »Ich muß in meinen Gemächern bleiben, ich darf nicht draußen spazierengehen, ich muß mein Gesicht und meinen Leib unter Schleiern und Tüchern und Gewändern verbergen. Es ist schlimmer, o mein Sohn, als jeder Harem – doch wie ich dem letzteren entkommen bin, so werde ich auch diesem Gefängnis des Abscheus entkommen.«

»Wie denn?« flüsterte er.

»Du darfst dich mir anschließen«, erklärte sie plötzlich. »Ja.« Sie nickte mit wütender Heftigkeit. »Ja, ja, du mußt.«

»Was muß ich tun?«

»Mit mir als König herrschen«, antwortete sie. »Denn so, wie ich jetzt unsterblich bin, so werde ich bald aufhören, zu welken und alt zu werden, und wen gäbe es dann, der sich mir in den Weg stellen könnte?«

Echnaton schüttelte langsam den Kopf. »Wie wirst du aufhören, zu welken und alt zu werden?«

Aber Teje hörte nicht darauf und sprach wild weiter, beinahe als läge sie mit sich selbst im Streit. »Es war meine Absicht gewesen«, murmelte sie, »bis zu Ejes Tod zu warten, denn ich liebte ihn, ich liebte ihn … Aber warum sollte ich warten?« Sie lachte noch, während sie schon wieder schluchzte, als ihre zuckenden Finger an ihren Gewändern zerrten und sie wegrissen, um den vertrockneten, aufgeblähten Leib darunter zu enthüllen. »Wenn ich König bin«, sagte sie mit halberstickter Stimme, »wenn ich auf dem Thron sitze, wird niemand mehr wagen, den Blick von mir abzuwenden. Und ich werde geliebt werden. Ich werde geliebt werden. Und alles wird sein wie früher.«

Doch Echnaton schüttelte erneut sehr langsam den Kopf. »Wie«, wiederholte er, »wirst du aufhören, alt zu werden?«

Erschrocken blickte sie zu ihm auf, dann holte sie mit den Armen aus. »Hier, unter dem Sand, wartet wunderbare Beute.«

»Nein«, sagte Echnaton leise. Er hob halb die Hand, als wolle er sie berühren, obwohl er immer noch weit oben auf dem Gesims stand. »Die Körper der Könige sind fortgeschafft worden, o meine Mutter. Fortgeschafft und ersetzt. Erinnerst du dich nicht? Inen hat es uns gesagt.«

»Dann hat er gelogen.« Teje bückte sich plötzlich, scharrte mit den Händen und kratzte an den Steinen, die auf die Felsen gehäuft waren. »Er hat gelogen!« Wieder lachte sie, indem sie hinaufblickte und ihrem Sohn winkte, nur um festzustellen, daß er bereits auf dem Weg zu ihr war, von dem Gesims herunterstieg und mit gemessenem Schritt den Abhang herabkam. Etwa vier Schritte vor ihr spannte er sich, dann blieb er wieder stehen, und Teje sah plötzlich, daß seine Augen hellen Punkten aus Feuer glichen.

Sie schaute noch einmal auf den Staub in ihren Händen, dann verstreute sie ihn und erhob sich langsam wieder. Sie war bereit gewesen, es ihm zu sagen, wurde ihr plötzlich klar, bereit, ihr kostbarstes Geheimnis zu verraten; aber nun, als sie in sein Gesicht blickte, schien sie darin eine solche Gefahr zu entdecken, daß sie vor Schreck wie betäubt war. Wie abgehärmt seine Wangen erschienen, wie klaffend seine Lippen, wie beweglich und rastlos und hungrig sein Blick! »Was ist das«? flüsterte sie, als sie die Stimme wiederfand. »O mein Sohn, sag mir, was ist dir widerfahren, denn nie habe ich an jemandem einen so merkwürdigen Ausdruck gesehen.«

Echnaton holte tief Luft. Er antwortete nicht.

Verzückt und entsetzt starrte Teje ihm noch immer in die Augen. Sie dachte an das Grab unter ihr. Es wäre so leicht gewesen, dachte sie in plötzlichem Zorn des Bedauerns, die Steine wegzuräumen und den Leib des noch lebenden Königs zu zerstückeln – der dort auf den Boden des Grabs gelegt worden war, während man den Leichnam eines anderen in den Schrein eingeschlossen hatte. Weder Eje noch die Priester hatten die List jemals entdeckt, und die Sklaven, die sie ausgeführt hatten, waren auf ihren Befehl hin getötet worden – damit sie gewiß sein konnte, daß der Leib blieb, wo er war, und leicht wiederzufinden wäre. Und wie bei Semenchkare, so war es auch bei Tutenchamun: Es würde kein Problem sein, beide Leichen zu holen und heimlich fortzubringen.

Verzweifelt löste Teje sich aus dem Schimmer der Augen ihres Sohns. Sie schaute sich wieder um, suchte nach den Fackeln, nach einem Zeichen, daß ihre Männer nicht alle geflohen waren. Aber überall herrschte Dunkelheit, und wieder spürte Teje Enttäuschung und heftige Wut in sich aufwallen. Der langersehnten Beute so nah zu sein, dachte sie – und nun war von allen Menschen ausgerechnet ihr eigener Sohn erschienen…

Sie blickte wieder ganz kurz auf ihre Füße. »Es könnte sein«, sagte sie langsam, »daß unter den Steinen immer noch magisches Fleisch zu finden ist.«

»Nein«, flüsterte Echnaton so sanft wie zuvor. »Alles, o meine Mutter, alles, alles ist fort, und von der magischen Linie des Osiris – bist nur du übrig.«

»Und dennoch sollten wir vielleicht nachsehen.« Sie blickte ihn gespannt an. »Ja – du und ich.«

Er zögerte lange mit der Antwort, aber Teje sah, daß seine Augen so hell wie zuvor loderten, und schließlich schüttelte er den Kopf. »Warum«, fragte er, »hast du den Allerhöchsten vergessen, den Gott deines Vaters – den Gott deines Sohns?«

»Hat er nicht *mich* vergessen?«

»Er vergißt nichts.«

»Dann sieh mich an!«

»Ich tue es.« Echnaton nickte, während er die Lippen öffnete. »Ich tue es.«

Beide standen einen Augenblick schweigend da; dann lächelte Echnaton, so traurig und doch mit solchem Strahlen der Liebe, daß es Teje schien, als sie ihn betrachtete, als wären die Zeichen des Fluchs von seinem Gesicht verschwunden und er wäre wieder der kleine Junge, an den sie sich erinnerte – ihr geliebter Sohn, ihr schönes Kind. Er streckte die Arme aus wie zuvor, und diesmal trat sie voller Entzücken vor, ihnen entgegen. Sie spürte, wie er sie hielt, spürte den zarten Hauch seiner Lippen auf der Stirn, und dann plötzlich keuchte sie, denn sie spürte seine Finger an ihrer Kehle.

»Was wirst du tun?« flüsterte sie, indem sie kurz versuchte, seinem Griff zu entkommen, aber dann konnte sie nicht
mehr sprechen, denn ihr Hals schien von einer warmen
feuchten Welle eingehüllt, und sie fühlte all ihre Kraft langsam dahinschwinden. Sie versuchte sich zu drehen und das
Gesicht ihres Sohnes zu beobachten, aber vergebens, denn es
war tief in der Wunde vergraben, die er in ihren Hals gerissen hatte. Ihr Kopf fiel zurück; für einen ganz kurzen Augenblick sah sie am Himmel die Sterne funkeln, und dann
verblaßten sie, und ihr Licht war vollkommen ausgelöscht.
»Kann dies der Tod sein?« fragte sich Teje staunend, und sie
stöhnte, vor Furcht wie vor Jubel. Sie dachte flüchtig an die
Gräber unter ihr und deren Inhalt, und sie wollte sprechen,
ihren Sohn vor dem Geheimnis warnen. Aber schon wälzte
sich die Dunkelheit, die sie am Himmel gesehen hatte, über
sie, und wie sie die Sterne ausgelöscht hatte, legte sie sich
über ihre Gedanken. Sie fühlte kaum noch den Sand am
Rücken, als sie behutsam, ganz behutsam auf die Erde gelegt
wurde, und sie spürte kaum noch den endgültigen Ab-
schiedskuß ihres Sohnes auf der Stirn. Doch sie wußte, was
er getan hatte, und ihr letzter Gedanke, ihr letztes Gefühl
war die Erinnerung an ihren Sohn.

Doch davon wußte Echnaton nichts, und als er endlich davon überzeugt war, daß seine Mutter tot war und der Fluch
ihrer Unsterblichkeit durch seinen Durst tatsächlich gebannt,
ertrug er es nicht, noch einmal ihr Gesicht zu sehen. Er hob
schlecht und recht einen Graben aus und verscharrte ihren
Leichnam, so rasch er konnte; dann stand er auf und ging fort
und ließ das Tal hinter sich. Und wohin er ging und was aus
ihm wurde, kann kein Mensch sagen; und das ist die Geschichte vom Pharao und dem Tempel Amuns, und wie ich
es erzählt habe, so ist es wirklich geschehen.

Und als Leila ihre Geschichte beendet hatte, schwieg sie
lächelnd, um mein Staunen und meine Verwunderung zu betrachten. »Beim heiligen Namen Allahs«, rief ich aus, meine

Augen so groß wie der volle Mond, »diese Geschichte vom Pharao und dem Tempel Amuns, die du mir erzählt hast, ist wirklich bemerkenswert und furchtbar! Vieles, was dunkel war, steht jetzt hell vor mir, und vieles, was geheim war, ist nun enthüllt. Und doch, ich könnte beinahe wünschen, o mächtige Dschinn, daß ich deine Geschichte nie gehört hätte, denn ich fürchte nun zu erfahren, was du mir gewähren möchtest.«

Aber Leila lächelte und streichelte meine Wange. »Wie kannst du daran zweifeln, o mein Geliebter?« flüsterte sie. »Denn hast du nicht, wie Echnaton, meine heilige Statue umgestürzt? Und hast du nicht, wie Echnaton, mich als Gemahlin behalten? Und hast du nicht, wie Echnaton, dein feierliches Gelübde gebrochen und mich doch noch einmal ausfindig gemacht, nachdem ich mich deiner Umarmung entzogen hatte, wie ich es versprochen hatte? Du weißt, was ich ihm gab, und kennst den Preis, den er bezahlte. Wagst du, o mein Gemahl« – sie lächelte – »den gleichen zu zahlen?«

»Allah sei mir gnädig, ich kann nicht!« Und während ich dies sagte, o Fürst, dachte ich an Haidée, meine Tochter, und malte mir aus, was es bedeuten würde, nie mehr bei ihr zu sein, niemals zu beobachten, wie sie zur Frau heranwuchs, damit ich nicht verleitet würde, sie zu töten und mich von ihrem Fleisch zu nähren. Denn auf der ganzen weiten Welt gibt es trotz ihrer vielen Reichtümer und Schönheiten und Wunder nichts Kostbareres als mein Kind – mein einziges süßestes geliebtes Kind. So groß Allah ist, dachte ich für mich, nie werde ich eine so unvergleichliche Freude wegwerfen! Aber plötzlich dann, o Kalif, erinnerte ich mich Eurer Drohung, daß Haidées Leben verwirkt wäre, sollte ich Euren Befehl nicht erfüllen und ohne die Macht über Leben und Tod zurückkommen. Und alsogleich bildete ich mir ein, wie durch die Zauberei des Schreins heraufbeschworen, eine Vision meiner auf Euren Befehl hin getöteten Tochter vor mir zu sehen. So deutlich erschien sie vor mir, daß ich vor Trauer aufschrie und von meinem Sitz aufstand, denn ich sehnte mich danach, sie in die Arme zu schließen. Aber sofort begann die Vision vor meinen Augen zu verschwinden und sich zu wandeln, und ich bildete mir ein, dort, wo meine Tochter gewesen war, ein Bild des aus seinem Grab befreiten Schläfers zu sehen, des Mannes, der einst ein Pharao Ägyptens gewesen war, wie ich wußte, und den Namen Semenchkare getragen hatte, aber nun der ungeheuerliche Vater einer Armee von *udar* war. Ich sah ihn triumphierend seine blutige Keule heben, und auf einmal wandelte sich die Vision aufs neue, und vor mir lag ein Blick auf Kairo, Mutter der Welt, schönste der schönen Städte und Juwel unter Juwelen. Alles jedoch erschien still und stumm; und dann bemerkte ich, daß auf den Straßen und Märkten und in den Moscheen Tote aufgehäuft lagen, um den Fliegen und Hunden als Nahrung zu dienen, und Leichen auf den Wassern des Nils auf und ab tanzten. Und dann verstand ich, o Kalif, daß die ganze Welt bedroht sein könnte, denn die aus dem Grab befreite Gefahr würde sich sicher ausbreiten, wenn nichts getan würde, wenn kein Wunder geschähe, und dann dachte ich für mich, daß allein Allah alles am besten sehen kann. Ich rieb mir die Augen, und die Visionen vergingen, und ich wandte mich wieder Leila zu, die mich an der Hand nahm. Und obwohl ich nichts sagte, fühlte ich ihre Gegenwart in meinen Gedanken, und ich machte mich nicht los, als ihre Lippen meinen Mund berührten. Und sofort spürte ich, wie einen süßen und wunderbaren Schlaf, eine Dunkelheit, und die Dunkelheit erfüllte mich, und ich sah überhaupt nichts mehr.

Als ich erwachte, war ich allein bis auf Isis, meinen Hund, der schlafend zu meinen Füßen lag, und einen Augenblick stellte ich mir vor, nur geträumt zu haben. Aber dann stand ich auf und bemerkte, daß ich verändert war, und ich sah überall um mich herum die Zeichen von Leilas Macht. Gewiß, der Tempel lag in Ruinen wie zuvor, die nackten aufgegebenen Säulen halb im Sand versunken, aber überall, vor den riesigen Steinquadern aufgestapelt, lagen die Leichen der *udar*, der von dem Grab hervorgebrachten Ghule, und von der gewaltigen Zahl – der Armee, die ich vor der von mir durch den Tempel gebauten Mauer versammelt gesehen hatte – war kein einziger übrig. Staunend ging ich durch die Ruinen des Tempels, und außerhalb ihres Schattens, am Nil versammelt, sah ich die Dorfbewohner tief verneigt den Höchsten preisen. Als ich mich ihnen dann näherte, wandten alle sich um und erhoben sich, um mich zu begrüßen, indem sie mich einen Magier von beispielloser Macht nannten; aber während sie mir noch dankten, bemerkte ich, daß in ihrem Staunen auch etwas wie Furcht lag, und ich fragte mich, ob das Zeichen meiner Verwandlung so deutlich war.

Aber niemand sprach davon zu mir, und ich meinerseits offenbarte ihnen nichts. Nur gegenüber dem Dorfvorsteher, mit dem ich allein durch das Tal der Gräber ging, wiederholte ich die Geschichte, die ich am Abend zuvor gehört hatte, und ich befahl ihm, sie zu behalten und das Geheimnis gut zu hüten. Dann, als alles berichtet war, zeigte ich ihm Osiris' Bild, des Gottes, der nicht sterben konnte, das auf die Wände der geöffneten Gräber gemalt war. »Wo auch immer sein Abbild entdeckt wird«, befahl ich, »laß ein Bild der Sonne zu seinen Füßen legen, zur Erinnerung an den Mann, der versuchte, das Tal vom Bösen zu reinigen. Und laß keine weiteren Gräber suchen oder öffnen, weder jetzt noch in künftigen Zeiten, denn eines gibt es hier immer noch, in dem das Böse erhalten ist.«

Aber ich sagte ihm nichts von dem Bösen, das in meinem Blut floß, und obwohl ich wußte, daß ich nun selbst ein Ifrit war, und meinen höllischen Hunger spürte, kämpfte ich hart dagegen an, solange ich in Theben weilte. Und als ich ging und meinen Weg fortsetzte, hatte ich ihm noch immer nicht nachgegeben, und mein einziger Gefährte war Isis, mein Hund.

Endlich dann, während ich dem Nil stromab folgte, kam ich zu einer Ebene, die von einem Halbkreis von Klippen begrenzt war und wo sich außer sandbedeckten Hügeln nichts zu finden schien; und trotzdem fragte ich mich, was dort noch anderes versteckt sein könnte. Ich ging auf eine Gruppe von Nomaden zu, die auf der Ebene ihr Lager aufgeschlagen hatten, und fragte sie, ob es dort heidnische Gräber gäbe. Sie führten mich sofort zu einer wilden, tief eingeschnittenen Schlucht, wo ein Grab, halb fertig, aber sehr weitläufig, betreten werden konnte, und an der dunkelsten Wand in seiner dunkelsten Kammer befand sich ein Gemälde einer Königin – und ich erkannte sie sofort, denn es schien meine Frau zu sein. Da hatte ich Gewißheit, daß ihre Geschichte wahr gewesen war, und in meinem Entsetzen malte ich ein Bild der Sonne König Echnatons auf ihre Wand. Dabei erfüllte mich ein so starkes Gefühl des Wunderbaren, als ich überlegte, daß alles, was mir widerfahren, auch ihm widerfahren war, und so beschloß ich, die Steinbrüche in der Wüste zu besuchen, um den Ort zu finden, wo er, wie ich, seine Gemahlin getroffen und die gleiche tödliche Gabe erhalten hatte, die sie auch mir verliehen hatte. Die Nomaden ließen mich dort allein, und ich entdeckte die Stelle – und wie ich es zuvor getan hatte, ritzte ich das Bild der Sonne ein. Und als ich den Nomaden sagte, der Ort sei verflucht, neigten sie die Köpfe und nickten, als hätten sie das schon immer geahnt.

Aber ich sagte ihnen nichts von dem Bösen, das in meinem Blut floß; und obwohl ich wußte, daß ich nun selbst ein Ifrit war, und meinen höllischen Hunger spürte, kämpfte ich hart dagegen an, solange ich bei ihnen war. Und als ich ging und meinen Weg fortsetzte, hatte ich ihm noch immer nicht nachgegeben, und mein einziger Gefährte war Isis, mein Hund.

Ich kehrte zu der Ebene zurück, überquerte den Fluß und fand dort ein Dorf, sehr zerstreut angelegt und armselig. Staunend dachte ich für mich, als ich auf die Einöde am anderen Ufer schaute, wo sich einst eine mächtige Stadt zu den Sternen erhoben hatte, daß es nichts von Dauer gibt außer Allahs Liebe. Und so erzählte ich den Dorfbewohnern – die meinen staunenden Blick bemerkt hatten und von dem Gedanken, was ich sein könnte, verwirrt waren – einen Teil der Geschichte, die ich von der Dschinn gehört hatte; und dann setzte ich meinen Weg nach Kairo und zu dieser Moschee fort. Und so geschah es, o Fürst, daß ich endlich hier ankam.

Und bevor ich mich mit Euch in diese Kammer setzte, hatte ich niemandem von dem Bösen erzählt, das in meinem Blut fließt; und obwohl ich wußte, daß ich nun selbst ein Ifrit war, und meinen höllischen Hunger spürte, kämpfte ich hart dagegen an, solange ich hier weilte. Und noch immer habe ich ihm nicht nachgegeben, und mein einziger Gefährte ist Isis, mein Hund.

Und alles ist so gewesen, o mächtiger Fürst, wie ich es Euch berichtet habe, und dies ist die Geschichte dessen, was ich sah und hörte und wie ich zu diesem Ding wurde, das Ihr jetzt vor Euch seht.

Und als Harun seine Geschichte beendet hatte, starrte der Kalif ihn voller Staunen an, aber auch mit Furcht, und er wich sofort zurück und sprang auf. »In Allahs Namen«, rief er aus, »diese Geschichte, o Harun, ist das eigentliche Wunder der Wunder, und doch fürchte ich die Bedeutung deiner Worte und den hungrigen Blick in deinen Augen!«

Aber Harun lächelte nur. »Habt keine Angst«, erwiderte er, »denn ich schwor vor langer Zeit Eurem Vater, o mächtiger Fürst, daß ich nie meine Hand gegen Euch erheben würde. Doch möchte ich Euch an Euren eigenen Eid erinnern, daß Haidée, meine Tochter, ihrerseits nicht sterben wird.«

»Besitzt du also die Macht«, fragte der Kalif, nachdem er sich wieder gefaßt hatte, »meine Schwester, die Prinzessin Sitt al-Mulq, zu heilen?«

Harun neigte den Kopf. »Ich besitze die Macht, sie aus der Bedrohung des Todes zu befreien.«

»Dann wird deine Tochter verschont werden.«

»Ihr müßt ihr einen Palast und Bediente und Reichtum gewähren, denn ich kann sie, wie Ihr wißt, nicht mehr beschützen.«

»Alles«, sagte der Kalif und nickte, »soll geschehen, wie du es wünschst.«

»Dann laßt es bis morgen abend geschehen, und ich werde zu Eurer Schwester, der Prinzessin Sitt al-Mulq, zurückkehren und sie aus ihrem Schlaf wecken. Seid Ihr mit meinen Bedingungen einverstanden, o Beherrscher der Gläubigen?«

»Ich höre, und ich bin einverstanden.«

»Dann sei Allah gepriesen.« Harun verneigte sich noch einmal und küßte dem Kalifen die Hand. »Treffen wir uns auf der Straße über die Mukattam-Berge – denn da wir dunkle und wunderbare Mächte anrufen werden, tun wir es am besten fern von sterblichen Blicken. Bis morgen also, o Fürst.« Und mit diesen Worten schien er, während der Kalif ihn noch anblickte, wie Nebel in der Morgenluft zu vergehen, und der Kalif war allein in der Kammer des Turms.

In sehr verwirrter und aufgeregter Stimmung stieg er die Treppe hinab und ließ sofort alles so ausführen, wie er versprochen hatte. Und so geschah es, daß Haidée in schöne Gewänder gekleidet und von hundert Bedienten in einen Palast geleitet wurde, der reich an Marmor und Gold war, wo eine Schale mit Obst auf jedem Tisch und ein Teller voller Juwelen auf jedem Hocker stand. Und als dann alles getan war und die Stunde der Abendgebete begonnen hatte, rief der Kalif seinen Diener Masud, und die beiden brachen zu den Mukattam-Bergen auf.

Als sie sich der Hochfläche näherten, die weiter nach Hulwan führte, hielt der Kalif inne und schaute zurück nach Kairo und darüber hinaus. Hell waren die Herdflammen, die in seiner ganzen Stadt funkelten, und purpurn schimmerte die Wüste, wo die Sonne gerade untergegangen war, doch dies war nichts, verglichen mit dem Licht der Sterne, denn sie glühten über ihm, eine Myriade silberner Punkte, und der Kalif dachte, als er sie anblickte, an das Reich der Dschinn. Und dann fühlte er, als hätten die Sterne es entzündet, ein Feuer der Ungeduld in sich aufsteigen, wie er es nie zuvor gespürt hatte, und er blickte sich um und rief Haruns Namen.

Stille war die einzige Antwort.

»O Harun«, rief der Kalif noch einmal, »der Augenblick ist gekommen, daß du deine Macht über Leben und Tod zeigst!«

Noch immer keine Antwort.

»O Harun«, rief der Kalif zum drittenmal, »gib mir, was mir versprochen ist, oder ich werde befehlen, daß deine Tochter getötet wird!«

Während seine Worte über die Wüstenberge hallten, sah der Kalif, daß Masud begonnen hatte, vor Angst zu zittern. Seine Zähne klapperten, und seine Augen waren weit aufgerissen, und er hob langsam den Arm, um hinter den Kalifen zu zeigen, der sich sofort umdrehte und, genau auf dem Grat der Hochfläche stehend und von den Sternen abgehoben, die Gestalt Haruns erblickte. Doch sein Gesicht schien trotz des Schattens seltsam erleuchtet, ein flackerndes tödliches Silber, und der Kalif glaubte, als er es anstarrte, noch nie im Leben einen Ausdruck so gierigen Hungers gesehen zu haben, denn er schien Haruns Wangen einzuziehen und seine Augen auszuhöhlen, so daß der Kalif sich vorstellte, ihre Tiefen könnten sogar die Sterne auftrinken. Eine ganze Weile stand er wie erstarrt da, dann holte er endlich tief Luft und befahl Masud, ihm zu folgen. Doch der Mohr wollte sich nicht von der Stelle rühren, und so verfluchte ihn der Kalif und machte sich allein auf. Der Anstieg war schwerer, als er sich vorgestellt hatte, denn der Weg war steil und steinig unter den Füßen, und er brauchte eine Weile, bis er den Grat erreichte. Aber als er schließlich oben war, mußte er feststellen, daß er allein dort stand, und obwohl er sich überall umschaute, war von Harun keine Spur zu sehen.

Der Kalif spürte nun eine schreckliche Angst, sehr weich und matt, die aus dem Magen aufstieg und in der Kehle kratzte. Er versuchte, noch einmal Haruns Namen zu rufen, merkte aber, daß er nicht mehr Herr über seine Stimme war, und so rutschte und glitt er den Berg wieder hinab, und endlich fand er seine Stimme wieder und schrie laut nach Masud. Ein Schatten stieg vor ihm auf, und der Kalif rief erleichtert: »Masud, Masud, wir müssen sofort von hier weg!« Doch dann drehte sich der Schatten um, und der Kalif sah, daß es Harun war, aus dessen Gesicht der Hunger völlig verschwunden war. »Willkommen, o Kalif!« sagte er mit einer

402

Verneigung. »Der Augenblick ist gekommen, da alles erfüllt werden muß!«

»Masud?« flüsterte der Kalif. »Wo ist Masud?«

Harun lächelte. Er deutete auf ein Bündel, das zu seinen Füßen lag. Es schien bloß ein Haufen zerfetzter Lumpen zu sein, aber als der Kalif daneben niederkniete, fand er, daß es der Mohr war, dessen Fleisch in säuberlichen Streifen von seinen Knochen geschält worden war. Langsam stand der Kalif auf. »Du hast geschworen...« flüsterte er, »du hast geschworen, mich nicht zu töten.«

»Das tue ich auch nicht«, antwortete Harun, »denn alles ist getan worden und wird getan werden, wie ich es gelobte.«

»Meine Schwester...« Der Kalif leckte sich die Lippen. »Wo ist also meine Schwester? Du hast gelobt, sie würde gesund.«

»Ich gelobte«, antwortete Harun, »ich würde versuchen, sie für immer vor dem Tod zu bewahren.«

»Was hast du dann mit ihr gemacht?« schrie der Kalif.

»Nun«, antwortete Harun, »habt Ihr etwa geglaubt, ein Ifrit hätte nicht die Macht, eine Sterbliche zu seinesgleichen zu machen?«

»Ich...« Der Kalif schluckte. »Ich verstehe nicht...«

Harun lächelte, antwortete aber nicht und machte eine Geste mit dem Arm; und der Kalif sah aus der Dunkelheit der Straße einen silbernen Schimmer aufsteigen, flackernd und gespenstisch, wie Haruns Fleisch. Und dann plötzlich verstand er, und er schrie und versuchte zu fliehen. Aber schon waren seine Glieder erstarrt, so daß er dem Blick seiner Schwester, der hell brannte vor Verlangen und Hunger, nicht entkommen konnte. Statt dessen stand der Kalif da und erwartete sie so unbeweglich wie ein Steinblock; und seine Schwester umarmte ihn; und noch immer rührte er sich nicht.

Harun jedoch hatte sich nicht verweilt, um zuzuschauen, sondern war schon auf der Straße unterwegs, als die Prinzessin den Kalifen in die Arme schloß. Und wohin er ging und was aus ihm wurde, ist nicht überliefert, und niemand kann es wissen. Denn nur Allah in seiner Weisheit vermag alle Dinge zu sehen, und bei ihm allein liegt die Kenntnis der Zukunft und der Vergangenheit. Gelobt sei Allah und gesegnet sein Name, denn seine Gnade und seine Weisheit und seine Macht müssen uns alle führen!

*Einfügung, zwischen die
Lord Carnarvon
übergebenen Manuskript-
blätter gelegt*

The Turf Club
20. Nov. 1922

Lieber Lord Carnarvon,
die Zeit, so scheint es, wartet wirklich auf keinen, und so
trifft es sich, daß ich, just nachdem ich diese Geschichte
noch einmal durchgeblättert habe, höre, daß meine Droschke gekommen ist, um mich zum Bahnhof zu bringen. Allerdings frage ich mich nun, was Sie damit anfangen werden?
Ist es bloß eine Verrücktheit meinerseits, was ich da flüchtig erblickt habe – kann es sein, wirklich sein, daß unter den
vielen Schichten der Phantasie und Sage, den Hinzufügun-
gen aus Jahrtausenden des Aberglaubens, ein Grab aus Gold
verborgen liegt? Binnen einer Woche, vielleicht weniger, werden wir Gewißheit haben. Kommen Sie also bald, lieber Lord
Carnarvon. So heiß und rauh das Tal sein mag, erfüllt mich
doch allein der Gedanke daran mit einer wunderbaren Energie! Ich bin mir sicher, daß auch Sie, wenn Sie es erblicken,

405

Ihre Stärke und Gesundheit wiederhergestellt finden werden.

Ich werde Sie und Lady Evelyn mit aller Geduld, die ich
aufbringen kann, erwarten.

H.C.

Die Geschichte vom geöffneten Grab

*W*ährend der Zug fauchend und zischend im Bahnhof von Luxor zum Stehen kam, straffte Howard Carter die Schultern, als nähme er soldatische Haltung an. Er wußte sehr wohl, daß alle Augen auf ihn gerichtet waren, denn die Nachricht von seiner Entdeckung hatte solches Interesse geweckt, daß sogar der Provinzgouverneur anwesend war, auch er von den Gerüchten über Geheimnisse und Gold angelockt. Unempfindlich gegen alle aufdringlichen Blicke, hatte Carter jedoch die eigenen Augen fest auf die Tür des Erste-Klasse-Waggons gerichtet, die gerade aufschwang. Eine junge Frau stieg aus, wandte sich dann um und nahm den Arm eines wesentlich älteren Mannes, der herabstieg – nicht ohne Mühe, denn sein Bein war ein wenig steif – und einen Augenblick in der Sonne blinzelnd stehenblieb. Er war groß und schmal und anspruchsvoll gekleidet, eher für die Pall Mall passend als für eine Ausgrabungsstätte, aber aus seinem Gesicht, so meinte Carter, sprachen große Willenskraft und Liebe zum Abenteuer.

Begleitet vom Provinzgouverneur, trat er vor.

Der Earl of Carnarvon, der noch immer seine Augen beschattete, sah plötzlich die beiden Männer, und sofort hellte ein Lächeln seinen strengen Blick auf. »Carter!« Er nahm die Hand seines Kollegen und schüttelte sie energisch und danach, als er vorgestellt wurde, die Hand des strahlenden

Gouverneurs. Nachdem die Grüße ausgetauscht waren, deutete er auf die junge Frau, die neben ihm stand. »Darf ich Ihnen, Exzellenz, nun meine Tochter vorstellen, Lady Evelyn Herbert.« Wieder strahlte der Gouverneur, und wieder wurden überschwengliche Grüße ausgetauscht. Zwischendrin drehte sich Lord Carnarvon zu Carter um. »Ich hoffe, Sie nehmen es mir nicht übel«, tuschelte er mit einem entschuldigenden Heben der Schulter, »aber ich konnte unmöglich ohne sie kommen, denn meine Tochter hat, wie Sie wissen werden, Ihre Arbeit seit langem mit größtem Interesse verfolgt. Außerdem« – er senkte die Stimme noch mehr und zwinkerte – »hat sie darauf bestanden mitzukommen, damit sie mich weiterhin bemuttern kann.«

Carter verbeugte sich. »Es ist mir selbstverständlich stets ein Vergnügen, Lady Evelyn zu treffen.«

Als die junge Frau das mitbekam, streckte sie Carter die Hand zum Kuß hin und lächelte ihm dabei verschwörerisch zu, so daß er, während sein Blick zwischen ihr und ihrem Vater hin und her ging, ein plötzliches besorgtes Stirnrunzeln nicht unterdrücken konnte. Er wartete nun voller Ungeduld, daß der Gouverneur sein Begrüßungszeremoniell zu Ende brachte, und als alles endlich über die Bühne gegangen war, wandte er sich eilends ab, um sich einen Weg durch die Menge zu bahnen, hinaus aus dem Bahnhofsgebäude und zu dem davor wartenden Automobil. Lord Carnarvon und Lady Evelyn folgten ihm, und während sie auf ihr Gepäck warteten, blieb Lord Carnarvon neben Carter stehen und nahm ihn beim Arm.

»Wir haben beide Ihr Dokument gelesen«, flüsterte er, »Lady Evelyn und ich.«

Carter merkte, daß seine Besorgnis erneut auf den ersten Blick zu erkennen gewesen sein mußte, denn Lord Carnarvon lächelte nervös und hob die Hände. »Bitte, bitte, mein lieber Carter, Sie haben nichts zu befürchten! Meine Tochter, dafür verbürge ich mich, ist die Diskretion in Person. Und auf mein Wort« – er lächelte mit seiner gewohnten Schüchternheit – »man kann durchaus sehen, warum Sie die Sache geheimhalten wollten.«

Carter warf einen Blick auf die Gepäckträger, die inzwischen das Auto beladen hatten. »Kommen Sie«, murmelte er, indem er Lady Evelyn die Tür aufhielt, »Sie müssen beide müde sein. Ich bringe Sie zu Ihren Zimmern.« Er wartete, bis sie es sich bequem gemacht hatte, dann ging er um den Wagen herum, um sich neben Lord Carnarvon zu setzen, während der Motor mit einiger Geduld stotternd in Gang gebracht wurde. »Also dann«, flüsterte er. »Sie sagen, Sie haben all meine Papiere gelesen? Und was halten Sie davon? Eine komische Geschichte, oder?«

Lady Evelyn lächelte ihn an. »Komisch, Mr. Carter, ist kaum ein ausreichendes Adjektiv.«

»Was um alle Welt könnte hinter der Sache stecken?« fragte Lord Carnarvon.

»Etwas sehr ... na ja ...« – Carter zuckte die Achseln – »Komisches.«

»Sie glauben also wirklich, daß das Grab das des Tutenchamun ist?«

»Ich habe noch keinen Beweis am Mauerwerk selbst gesehen, doch das Zeugnis des Manuskripts scheint es zumindest nahezulegen.«

Lady Evelyn beugte sich mit funkelnden Augen vor. »Das Manuskript behauptet, man habe ihn mit allem Prunk begraben!«

»Das dürfte wohl wahr sein«, sagte Carter nickend, »denn das war der uralte Brauch der Pharaonen.«

»Du meine Güte! Was glauben Sie denn, was wir dann finden könnten?«

Wieder zuckte Carter die Achseln. »Mehr als Schätze, mehr als Gold; ich hoffe auf irgend etwas – Inschriften, Papyri, was auch immer –, das Licht auf Tutenchamuns Regierungszeit werfen könnte. Sie haben das Material gelesen. Sie wissen beide, daß er Erbe einer der außerordentlichsten Epochen der Geschichte war. Was würde ich nicht darum geben, mehr darüber zu erfahren!«

»Wir haben Ihr Manuskript«, sagte Lord Carnarvon leise.

Carter schnaubte verächtlich. »Ohne Bestätigung hat es nicht den geringsten Wert.«

»Dann müssen wir beten, daß das Grab nicht geplündert worden ist.«

Carter lächelte dünn. »Auf diese Möglichkeit muß man leider immer gefaßt sein.«

Doch Lady Evelyn schüttelte den Kopf. »Aber es kann ja gar nicht ausgeraubt worden sein«, sagte sie munter, »sonst wäre doch das Monster darin entwischt.«

»Monster?«

»Ja, ja, der Ghul – König Tut höchstpersönlich!«

»Ich sehe, Sie sind so drollig wie eh und je, Lady Evelyn.«

»Sie glauben also nicht, daß ...?«

»Was«, spottete Carter, »daß es einen Dämon gibt, einen Fluch?«

»Sie glauben es wirklich nicht?«

Er lachte auf. »Wirklich, Lady Evelyn, ich muß mich entschuldigen, denn ich bin Damengesellschaft so wenig gewohnt, wie Sie selbst wissen werden, daß ich kaum sagen kann, ob Sie mich auf den Arm nehmen wollen. Die Geschichte ist eine Mischung aus Aberglauben und phantastischem Märchen, trotz aller zweifellos zugrundeliegenden historischen Wahrheit. Jedes Zeitalter muß die Vergangenheit in seinem eigenen Licht neu interpretieren. Unser Licht ist glücklicherweise das der Vernunft und der dokumentierten Fakten. Deshalb bin ich schließlich so begierig zu erfahren, was Tutenchamuns Grab enthält.«

Mit solcher Entschiedenheit brachte er dies vor und mit solch grimmiger Miene, daß er beinahe Lady Evelyns Lächeln ausgelöscht hätte, aber dann, nach einer kleinen Pause, flackerte es schwach wieder auf. »Dennoch«, murmelte sie, »muß es etwas Merkwürdiges mit dem Grab auf sich haben – und ich für mein Teil, das gebe ich gern zu, kann nicht erwarten, herauszufinden, was!«

Carter erwiderte nichts, sondern saß schweigend und mit fast versteinertem Gesicht da, als ihr Automobil vor dem Winter Palace Hotel vorfuhr. Alle drei Passagiere stiegen aus, aber Carter blieb auch noch stumm, als sie die Halle betraten. Lord Carnarvon wandte sich zu seinem Kollegen, um ihm die Hand zu schütteln. »Wir machen uns nur ein bißchen fein«, sagte er mit einer Geste zur Treppe. »Reisestaub und so weiter. Dann stoßen wir im Tal zu Ihnen und besichtigen unser Grab.«

Carter nickte.

»Also dann ...« Lord Carnarvon deutete noch einmal auf die Treppe. »Prima! Auf bald.«

Carter nickte zum zweitenmal, rührte sich aber noch immer nicht von der Stelle, und dann griff er plötzlich noch einmal nach Lord Carnarvons Hand. »Ich möchte noch sagen«, platzte er heraus, »daß ich ganz fürchterlich dankbar bin.«

»Mein lieber Freund«, rief Lord Carnarvon ein wenig verblüfft, »ich bin derjenige, der dankbar sein sollte. Na, ich würde doch lieber dieses Grab von innen sehen als das Derby gewinnen.« Er schüttelte Carter noch einmal die Hand, dann wandte er sich ab und stieg eilends die Treppe hinauf. Lady Evelyn dagegen verweilte noch an Carters Seite, als habe sie abgewartet, bis ihr Vater außer Hörweite war.

»Sie wissen, daß dies das aufregendste Abenteuer ist, das er sich vorstellen kann«, sagte sie schließlich.

»Ich meine, was ich gesagt habe. Ohne ihn wäre meine ganze Arbeit umsonst gewesen.«

»Ja.« Sie senkte den Blick. »Ja, ja, ich weiß.«

Carter merkte auf. »Was ist denn, Lady Evelyn? Sie haben noch etwas auf dem Herzen?«

»Es geht ihm nicht gut«, platzte sie heraus. »Ja, ja, er wird Ihnen erzählen, daß er kerngesund ist, aber das stimmt nicht. Er ist wirklich ganz schön krank gewesen. Also bitte, Mr. Carter ...«

»Er sollte sich demnach ausruhen. Sich nicht aufregen. Natürlich erst, nachdem er das Grab gesehen hat.«

»Ja.« Lady Evelyn lächelte. »Ja. Das wäre das beste.« Sie drückte Carters Hand, dann wandte sie sich langsam ab und stieg die Treppe hinauf.

»Lady Evelyn!«

Sie blieb stehen.

»Wir stehen ganz kurz vor dem Ziel. Ihr Vater wird es um nichts auf der Welt versäumen wollen.«

»Natürlich nicht.« Sie lächelte. »Wie können Sie glauben, ich würde das nicht verstehen?«

Carter verneigte sich und machte kehrt, blieb dann aber noch einmal stehen. »Oh«, fügte er hinzu, »da ist noch etwas.«

Lady Evelyn zog eine gepflegte Augenbraue hoch.

»Die Stufen zum Eingang des Grabes – ich habe die verläßliche Auskunft erhalten, daß sie morgen nachmittag freigelegt sein werden.«

Howard Carter kauerte neben der Tür auf der untersten Stufe und siebte den Schutt durch, der immer noch den unteren Teil des Eingangs verbarg. Er hob eine Tonscherbe auf und hielt sie ans Licht; dann legte er sie auf einen Haufen ähnlicher Scherben, die er sorgfältig hinter sich gestapelt hatte.

»Carter! Donnerwetter! Was haben Sie gefunden?«

Er schaute sich um, lächelte dann und stand auf. »Lord Carnarvon, Lady Evelyn. Bitte – kommen Sie zu mir herunter.«

Als sie neben ihm standen, bückte er sich und hob ein paar der Scherben auf. »Sehen Sie«, sagte er, »Sie können die in den Ton geprägten Kartuschen nachziehen. ›Semenchkare‹«. Er las die Hieroglyphe laut vor. »Und hier« – er zeigte darauf – »›Echnaton‹.«

Lord Carnarvon nahm das Fragment mit ehrfürchtiger Vorsicht in die Hand. »Dies beweist also, daß das Grab aus dieser Periode stammt, meinen Sie?«

»Nahezu sicher. Aber ich vermute ...« – Carter ging wieder in die Hocke – »daß wir sehr bald genau wissen, wem es gehört.«

»Wie das?« fragte Lady Evelyn.

Carter kratzte ein wenig Schutt von der Tür weg. »Auch

hier finden sich einige Kartuschen«, erklärte er, »in den Stein gemeißelt. Ich habe auf Ihre Ankunft gewartet, bevor ich sie vollständig freilege.«

»Gut«, sagte Lady Evelyn heiter, »hier sind wir!«

Carter blickte zu Lord Carnarvon auf, der langsam nickte.

»Also schön«, flüsterte Carter. »Dann wollen wir mal sehen, wessen Grab dies ist. Entdecken, ob alle unsere Vermutungen zutreffend sind.«

Wieder bürstete er mit großer Vorsicht den Sand weg. Mehrere Minuten lang arbeitete er schweigend, und weder Lord Carnarvon noch Lady Evelyn sagten ein Wort. Dann plötzlich hörten sie Carter tief einatmen, und sie sahen, wie er den Kopf neigte und sich in der Hocke zurücklehnte.

»Was ist?« erkundigte sich Lady Evelyn ungeduldig. »Was haben Sie gefunden?«

»Hier.« Carter deutete auf die Umrahmung einer Kartusche. »Können Sie sie erkennen?«

Lord Carnarvon bückte sich. Er tupfte sich die Stirn ab, die vor Schweiß glänzte. »Was bedeutet das?«

»Es ist ein Titel«, antwortete Carter. »›Er-welcher-der-Ausdruck-Amuns-ist, der-Geliebte-des Osiris‹.« Er hob den Kopf. »Der Titel des Königs Tutenchamun.«

Am folgenden Morgen, nachdem die Siegel sorgfältig fotografiert worden waren, wurde der Zugang geöffnet und die großen Steinquader entfernt. Dahinter lag aufgehäuft bis zur Decke eines abfallenden Korridors der Schutt, den Carter drei Wochen zuvor gesehen hatte. Wie weit in den Fels hinab und wohin der Gang führen mochte, war unmöglich zu erkennen.

Unter der wachsamen Aufsicht Ahmed Girigars wurde sofort mit dem Freiräumen begonnen. Bald stellte sich heraus, daß der Schutt mit zahlreichen Artefakten durchsetzt war – Topfscherben, Vasen, Alabastergefäßen, einige davon mit den Kartuschen von Pharaonen gestempelt: Echnaton, Semenchkare oder Tutenchamun. Trotz Lord Carnarvons wachsender Ungeduld bestand Carter darauf, daß selbst die winzigsten

Fragmente aufgehoben, aus dem Schutt gesiebt und sofort zu ihm gebracht wurden. Er verriet nicht, was er zu finden hoffte; doch Lord Carnarvon beobachtete, daß sein Kollege, wenn er ein Fragment beiseite legte, jedesmal sichtlich erleichtert ausatmete.

So ging die Arbeit langsam voran, und als der Abend hereinbrach, war sie noch immer nicht vollendet. Es gab noch keinen Hinweis auf eine Grabkammer, nicht einmal auf eine Tür.

Sie wurde Mitte des folgenden Nachmittags erreicht. Carter tauchte aus dem Gang auf und winkte, bevor er mit Ahmed Girigar wieder in die Dunkelheit tauchte. Bis sich Lord Carnarvon und Lady Evelyn zu ihnen gesellt hatten, war der Umriß der Tür deutlich zu erkennen, und Carter zeigte mit sichtlicher Erleichterung auf die Siegel. »Sehen Sie?« fragte er. »Sie sind nicht erbrochen worden. Was auch immer dort drinnen begraben wurde« – er machte eine Geste – »ist noch vorhanden.«

»Und nun?« fragte Lord Carnarvon. »Wollen wir nachsehen?«

Carter warf einen Blick auf Ahmed, dann schüttelte er den Kopf. »Der restliche Schutt muß noch gesiebt werden. Wir wollen nichts überstürzen. Wir müssen uns immer – in jedem Stadium – an die Grundsätze der wissenschaftlichen Untersuchung halten.« Doch als er dies sagte, stand ihm selbst die Ungeduld ins Gesicht geschrieben, und während er mit Ahmed sprach, lächelte er irgendwie gequält, als müsse er sich anstrengen, die eigene Anspannung zu lindern. »Um Gottes willen«, wies er ihn an, »beeilt euch. Ich halte das Warten nicht mehr lange aus.«

Ahmed quittierte diese Anweisung mit momentanem Schweigen; dann wandte er sich nach den Arbeitern um, klatschte in die Hände und rief ihnen auf arabisch etwas zu. Die Arbeit wurde mit doppeltem Tempo fortgesetzt, und endlich – nach unendlich langem Warten, so erschien es den Zuschauern – war der Schutt entfernt und die ganze Tür

416

stand frei vor ihnen. Ahmed drehte sich zu Carter um. »Jetzt, Sir«, flüsterte er. Sein Blick war ganz glasig, seine Lippen merkwürdig verkniffen. »Der Augenblick ist da.«

Mit zitternden Händen schlug Carter eine kleine Bresche in die obere linke Türecke. Nichts als Dunkelheit war zu erkennen. Als zur Probe eine Eisenstange eingeführt wurde, erwies sich der Raum dahinter als leer. »Eine Kerze«, befahl Carter, »gebt mir eine Kerze, denn es könnten giftige Gase darin sein!« Jemand zündete eine Kerze an und reichte sie ihm, und als die Proben zufriedenstellend durchgeführt waren, versuchte Carter, die Öffnung ein wenig zu erweitern. Mittlerweile zitterten seine Hände so stark, daß er die Kerze nur mit Mühe halten konnte; doch er hätte sie um sein Leben keinem anderen gegeben. Unter Schuttgeriesel wurde das Loch vergrößert. Carter hielt die Kerze hinein und spähte endlich, endlich durch die Lücke.

In diesem Augenblick mußte er an das Dokument aus der Al-Hakim-Moschee denken und an die Geschichte, was man in Semenchkares Grab gefunden hatte; aber er versuchte, diese Erinnerung aus seinen Gedanken zu verbannen. Er wußte nicht, was er zu entdecken hoffte, aber gewiß, dachte er mit ein wenig Selbstverachtung, keinen auf seinem Thron wartenden Pharao. Er kniff die Augen zusammen. Zunächst konnte er nichts erkennen, denn die heiße Luft, die aus der Kammer ausströmte, ließ die Kerzenflamme flackern. Aber als sich seine Augen an das Licht gewöhnten, tauchten aus dem Dämmerlicht allmählich Details des Raumes auf. Carter starrte in stummem Staunen darauf; er spürte, wie seine Hand um die Kerze taub zu werden begann. Er versuchte zu sprechen, bekam aber kein Wort heraus.

»Was gibt es?« fragte Lord Carnarvon ängstlich, indem er eine Hand auf Carters Schulter legte. »Können Sie etwas sehen?«

»Ja«, flüsterte Carter heiser. »Wunderbare Dinge.« Aber er merkte, daß er nichts mehr hinzufügen konnte, und obwohl er wußte, daß er den Kopf zurückziehen und das Loch erweitern mußte, damit alle hineinblicken konnten, vermochte er zunächst den Blick nicht loszureißen. Noch immer schwelgte er in den Wundern der Kammer, dem Anblick exotischer Tiere, von Statuen und Gold – überall, überall schimmerte es von Gold.

Es war, überlegte Carter später in der Nacht, der Tag der Tage gewesen, der wundervollste, den er je erlebt hatte, und ganz gewiß einer, wie er ihn nie wieder sehen würde. Er schob seinen Schreibtischstuhl zurück und setzte sich, angespannt von dem Vergnügen eines Übermaßes an Bildern und Emotionen. Nie zuvor, dachte er, hatte er ein solches Gefühl der Scheu empfunden wie in dem Augenblick, als das Loch geöffnet wurde und die Kammer vor ihm lag. Jahrtausende waren vergangen, seit der letzte menschliche Fuß den Boden betreten hatte, und doch, als er die noch frischen Spuren des Lebens ringsum bemerkte – den halbgefüllten Eimer mit Mörtel für die Tür, die rußige Lampe, den Fingerabdruck auf der frischgetünchten Wand, das als Abschiedsgruß auf die Schwelle gelegte Blumengewinde –, hatte er gemeint, es sei erst gestern gewesen. Sogar die Luft, die er atmete, unverändert durch die Jahrhunderte, war von denen geatmet worden, die die Mumie zur letzten Ruhe gebettet hatten. Die Zeit selbst schien angesichts solcher Details aufgehoben.

Dann, nach der Scheu, stürmten andere Empfindungen auf ihn ein: die triumphale Freude der Entdeckung, die fieberhafte Erwartung, der fast unbezwingbare Drang, Siegel aufzubrechen und Truhendeckel zu öffnen, die gespannte Erwartung – warum, dachte Carter, sollte er es sich nicht eingestehen? – des Schatzsuchers. Und welche Schätze waren auch in dem Raum zum Vorschein gekommen! Die Wirkung war verblüffend, überwältigend gewesen, denn er war mit wunderbaren Dingen angefüllt, die in einem grenzenlosen Überfluß übereinandergetürmt schienen: erlesen bemalte und eingelegte Truhen; Alabastervasen; merkwürdige schwarze Schreine; Blumensträuße; wunderschöne geschnitzte Sessel; ein wirres Durcheinander umgestürzter

Streitwagen; und Gold, Gold, überall Gold. Insbesondere drei große vergoldete Liegen hatten Carters Staunen erregt, denn ihre geschnitzten Seitenteile hatten die Gestalt bizarrer Tiere – mit seltsam langgezogenen Körpern, wie es ihr Zweck erforderte, doch mit Köpfen von verblüffendem Realismus. Carter lächelte bei der Erinnerung und schloß die Augen, während das Bild eines Kopfes, eines Löwenkopfes, vor seinem inneren Auge erschien. Solche Tiere – so wild, so stark, so prachtvoll, überlegte er voller Trauer – würde man nie wieder in der ägyptischen Wüste antreffen; denn sie waren tot, bis zum Aussterben gejagt, für immer dahin. Doch der Kopf der Liege war lange davor geschnitzt worden, als die Löwen, wie die Pharaonen, noch herrschten in Ägypten, und Carter fiel wieder ein, wie er staunend seine Form betrachtet hatte – die glänzende Oberfläche, eingefangen vom Strahl der Taschenlampe, das Profil, das grotesk verzerrte Schatten auf die Wand warf – und es mit einemmal geschienen hatte, als werde er lebendig.

Abrupt schlug Carter die Augen auf. War es nur seine Phantasie, oder hatte er – im selben Augenblick als er sich daran erinnerte, wie der Löwenkopf sich scheinbar bewegt hatte – ein Geräusch draußen auf der Veranda gehört? Er stand auf und schaute hinaus in die Dunkelheit der Nacht. Es schien nichts dazusein, und es war ja auch außerordentlich spät – unwahrscheinlich, daß zu dieser Stunde noch jemand unterwegs sein sollte. Er kehrte zu seinem Stuhl zurück und ließ sich darauf fallen; doch im selben Moment blickte er fast gegen seinen Willen auf die Statue Tutenchamuns auf seinem Schreibtisch. Zwei solche Figuren waren in dem Grab gefunden worden, Porträts des Königs aus schwarzem Holz, aber lebensgroß und mit goldenem Kopfschmuck. Sie standen sich wie Schildwachen gegenüber und trugen Keulen in den Händen; und über ihrer Stirn reckte sich die schützende heilige Kobra. Carter fragte sich, was sie bewachten. Bislang war nur die Vorkammer des Grabes geöffnet worden. Was mochte nicht alles noch der Entdeckung harren? Noch wundervollere Schätze, hoffte Carter – unvergleichliche

Schätze. Papyri waren noch nicht gefunden worden, keine Dokumente oder Urkunden aus der Zeit des begrabenen Königs. Ohne sie, dachte er, wäre sein Manuskript als historischer Bericht wertlos, sein großartiger Fund irgendwie unvollständig. Aber die Bestätigung wartete gewiß irgendwo. Es mußte so sein, dachte Carter – sie wartete doch gewiß?

Wieder starrte er auf die Kobra am Kopfschmuck seiner Statue. »*Wadjit*«, flüsterte er leise für sich. Er glaubte den Zweck jetzt deutlicher zu verstehen. *Wadjit* – Hüter der Weisheit des wartenden Pharaonengrabes.

Dann plötzlich hörte Carter wieder ein Geräusch, und diesmal war er sich sicher, denn es war nicht von der Veranda gekommen, sondern von außerhalb seiner Arbeitszimmertür. Es klopfte, und als Carter aufstand und zur Tür ging, um aufzumachen, entdeckte er Ahmed Girigar. »Ach«, sagte er nickend und kam sich beinahe töricht vor, »Sie sind es.« Er machte eine Geste mit dem Arm. »Bitte, wollen Sie nicht hereinkommen?«

»Es tut mir sehr leid, Sir«, flüsterte Ahmed, während er ins Arbeitszimmer trat, »so spät herzukommen ...«

»Das macht nichts. Ich bin gerade erst von Lord Carnarvon zurückgekehrt.«

»Er muß, denke ich, ein sehr glücklicher Mann sein.«

»Das sind wir alle, Ahmed, oder nicht?«

Doch Ahmed gab keine Antwort, und sein Blick wanderte zu der Statuette des Pharaos auf dem Schreibtisch. »Wann, Sir«, fragte er schließlich, wobei er noch leiser als vorher flüsterte, »werden Sie das Grab öffnen?«

»Das Grab ist bereits geöffnet worden.«

»Nein.«

Carter runzelte die Stirn. »Wie meinen Sie das?«

»Die Statuen des Königs, die wir in der Kammer fanden – stimmt es denn nicht, daß sie die Hüter einer weiteren Tür sind?«

Carter strich sich über den Schnurrbart. Er antwortete nicht.

»Bitte, Sir«, flüsterte Ahmed, nun mit drängendem, beinahe

verzweifeltem Ton, »ist es nicht so? Denn auf der Wand, vor der sie stehen – ich habe es mit eigenen Augen gesehen –, ist der vermauerte Umriß einer weiteren Tür. Muß dann nicht etwas dahinter warten? Ist nicht dort der König zu finden?«

Wieder zögerte Carter. »Ohne den Schatten eines Zweifels«, gab er schließlich zu.

»Dann muß ich Sie noch einmal fragen, Sir – wann beabsichtigen Sie, die Tür zu öffnen?«

»Es wird zur gegebenen Zeit geschehen – wenn alles vorbereitet ist.«

»Nein, Sir!« Ahmed schüttelte heftig den Kopf. »Es muß jetzt geschehen! Es muß noch in dieser Nacht geschehen!«

Carter starrte ihn erstaunt an. »Das kommt nicht in Frage«, erwiderte er. »Wir müssen erst die Vorkammer ausräumen.«

»Wir können es nicht riskieren, diese Tür zu öffnen, wenn die ganze Welt darauf blickt.«

»Ich möchte Sie daran erinnern, daß ich diese Ausgrabung leite.«

»Das habe ich nicht vergessen, Sir. Und doch möchte ich Sie bei allem Respekt meinerseits daran erinnern, daß Sie das Grab nie entdeckt oder auch nur daran gedacht hätten, danach zu suchen, wenn man Ihnen nicht das Geheimnis der Al-Hakim-Moschee gezeigt hätte.«

Fast unmerklich senkte Carter den Kopf.

»Sie wissen, Sir, warum Ihnen das Geheimnis offenbart wurde.«

»Ja«, antwortete Carter, nun wieder mit einem gewissen Zorn in der Stimme. »Weil Sie wußten, daß das Grab ohnehin entdeckt würde, und Sie fürchteten, es würde von einem Mann wie Mr. Davis gefunden. Sie wollten einen Archäologen dafür, nicht wahr, Ahmed? Sie wollten einen Mann der Wissenschaft? Schön« – er hielt inne – »den haben Sie bekommen.«

»Nicht nur einen Mann der Wissenschaft, Sir.«

»Ach ja?«

»Auch einen Mann, der dieses Land kennt und liebt.«

»Sie wissen, daß ich das tue.«

»Dann verachten Sie seine Geheimnisse nicht. Glauben Sie nicht, daß nutzlos ist, was Sie vielleicht nicht verstehen.«

Carter atmete tief ein und wandte sich halb ab. »Sie wissen, daß ich das nicht glaube«, sagte er schließlich.

Ahmed verneigte sich, erwiderte aber nichts.

»Und trotzdem …« Carter lächelte freudlos. »Sie können von mir nicht erwarten, daß ich an einen Dämon im Grab glaube.«

Ahmed blieb mit gesenktem Kopf und schweigend stehen.

Carter seufzte noch einmal. »Heute nacht ist es sowieso zu spät«, sagte er, indem er sich wieder umwandte, zu seinem Schreibtisch ging und die Statuette Tutenchamuns in die Hand nahm. »Ich kann die Kammer nicht betreten, ohne Lord Carnarvon zu benachrichtigen, und er ruht zur Zeit, denn er ist sehr erschöpft.«

»Nein!« Erschrocken starrte ihn Ahmed an. »Nein, Sir, das können Sie nicht machen.«

Carter runzelte die Stirn. »Und warum nicht?«

»Würden Sie sein Leben aufs Spiel setzen?«

»Sein Leben?« Carter lächelte. »Seinen Ruf vielleicht und außerdem meinen als Ausgräber – aber nichts Schlimmeres.«

»Ich flehe Sie an, Sir …«

»Nein.« Carter hob die Hand. »Bis hierher bin ich gegangen, Ahmed – aber nicht weiter. Wenn wir das Grab morgen abend betreten, dann kann ich es nicht tun, ohne Lord Carnarvon zu informieren. Er ist mein Gönner – und mehr, er ist auch mein Freund.«

Ahmed blickte auf die Statuette Tutenchamuns. »Dann müssen Sie ihm sagen«, flüsterte er, »welcher Gefahr er sich aussetzt. Und möge Allah ihn und Sie und uns alle führen.« Er verneigte sich. »Gute Nacht, Sir.«

Carter war wieder allein. Er stand eine Weile regungslos, in Gedanken verloren, während ihm ein Satz ungebeten durch den Kopf ging. Als er endlich zum Schreibtisch zurückkehrte und die Statuette wieder hinstellte, murmelte er vor sich hin. »Der Tod wird auf raschen Schwingen zu einem jeden kommen, der das Grab des Pharaos anrührt.« Er lachte halb und schüttelte den Kopf. »Quatsch«, flüsterte er. »Kompletter Quatsch.« Er warf noch einen Blick auf die Statuette auf dem Tisch. »Vernünftige Leute sollten solche Gedanken voller Verachtung abtun.«

Während er dies noch zu sich sagte, war er bereits fest entschlossen. Er nickte. Ja, er würde es Lord Carnarvon bestimmt erzählen. Wenn es getan werden mußte, dann am besten bald, und sein Gönner würde den Spaß gewiß nicht versäumen wollen. Und sofort spürte Carter den Kitzel frischer Aufregung, einen goldenen Strom der Vorfreude bei dem Gedanken, in der kommenden Nacht in die innerste Kammer des mit Schätzen gefüllten Grabes einzudringen – und inmitten der prachtvollen Ausstattung der Gruft den Bestattungsschrein eines Pharaos von Ägypen zu finden.

Carter hatte beschlossen, den Zugang ganz unten am Fuß der Wand zu öffnen. »Dann wird es ein leichtes sein«, hatte er erklärt, »das Loch zu verbergen, so daß niemand jemals zu erfahren braucht, was wir getan haben.« Dennoch war seine unbehagliche Stimmung greifbar, und als die Öffnung endlich durch das Mauerwerk gebrochen war, blickte er zu den zwei Wächterstatuen des Pharaos auf, die zu beiden Seiten von ihm standen, als würde er sich stumm entschuldigen.

Er griff zu einer Taschenlampe und leuchtete dann durch das Loch, das er gebrochen hatte. Ein erstaunlicher Anblick bot sich ihm, denn dort – innerhalb eines Schrittes von der Tür und dann so weit er sehen konnte – stand etwas, das aussah wie eine solide Wand aus Gold mit eingelegten Feldern aus leuchtend blauer Fayence. »Wir haben ihn!« flüsterte Carter außer sich vor Freude. »Tutenchamun!« Er deutete auf das Gold. »Jetzt ist kein Zweifel mehr möglich, daß dies die Grabkammer ist, denn in diesem Schrein« – er deutete auf das Gold – »werden wir ganz innen den Sarg des Pharaos entdecken.« Er blickte über die Schulter auf Ahmed und erlaubte sich ein Schmunzeln. »Nicht gut möglich, daß daraus etwas entkommt. Ich glaube, wir sind für eine Weile in Sicherheit vor einem Dämon.«

»Nein, nein«, sagte Lady Evelyn heiter, »Sie vergessen die Sage. Nicht der Pharao ist in dem Sarg begraben, sondern ein Stellvertreter, denn Königin Teje wollte den echten Leichnam ohne Scherereien fortbringen können.« Sie lächelte Ahmed an. »Ist das nicht richtig? Der Ghul könnte doch noch darin sein, völlig frei, und nur darauf warten, sich auf uns zu stürzen?«

Sie zog die Lippen zurück, um imaginäre Reißzähne zu zeigen, aber Carter mischte sich ein, bevor Ahmed antworten konnte. »Vergessen wir doch das Gerede von Dämonen!« rief er ungehalten. »Hinter dieser Tür sind genügend Wunder verborgen. Lieber Himmel, das ist das Allerheiligste der archäologischen Wissenschaft!« Er sah sich nach seinen Begleitern um. »Wer möchte der erste sein, der dieses Heiligtum betritt?«

Keiner antwortete, bis endlich Lord Carnarvon mit den Füßen scharrte und sich räusperte. »Sie, Carter. Es ist Ihr Fund.«

Aber Carter schüttelte den Kopf. »Ich habe Ihnen bereits gesagt, daß wir ohne Sie nicht hier wären.« Er schwieg, dann reichte er die elektrische Taschenlampe hinüber. »Sie müssen der erste sein.«

Lord Carnarvon ging vor der Öffnung in die Hocke und spähte hinein, wobei er seine Erregung nicht mehr verbergen konnte, als er auf die goldene Wand blickte. Er schaute noch einmal zurück, dann schien er sich sichtlich zu wappnen, bevor er sich mit dem Kopf zuerst durch das Loch in der Mauer zwängte. Das Licht der Taschenlampe sprang hin und her, spielte auf dem Gold, und dann, als er durch war und aufstand, schien es zu verschwinden. »Hallo?« rief Carter. »Was können Sie erkennen?«

»Sie haben recht!« kam gedämpft klingend die Antwort. »Es ist in der Tat das Allerheiligste!«

Carter bedeutete Lady Evelyn, daß sie ihrem Vater durch

die Öffnung folgen solle, und dann, nachdem er Ahmed auf die gleiche Art durch das Loch geschickt hatte, kroch er endlich selbst in die innerste Kammer. Sowie er sich aufrichtete, merkte er, daß seine anfängliche Vermutung vollkommen richtig gewesen war, denn er stand vor einem Bestattungsschrein, der so mächtig war, daß er fast den ganzen Raum ausfüllte und keinen Schritt breit Platz zwischen sich und der Wand ließ. Als er sich nach links wenden wollte, sah er, daß Ahmed und Lady Evelyn sich zentimeterweise durch die Lücke schoben, und so wandte er sich nach rechts, um zu sehen, was dort liegen mochte. Wieder einmal, als er in die Stille von mehr als dreißig Jahrhunderten eintrat, empfand er Staunen und tiefe Ehrfurcht angesichts der Geheimnisse und Schatten der Vergangenheit, so daß ihm schon das Auftreten seines Fußes, das geringste Geräusch, wie eine Entweihung erschien.

Als er hinter sich blickte, waren Lady Evelyn und Ahmed anscheinend um die Ecke des Schreins gebogen. »Hallo?« flüsterte er. Niemand antwortete ihm. Er leuchtete mit seiner Taschenlampe in die andere Richtung, auf jene Kante des Schreins, auf die er sich zubewegte. »Hallo?« rief er noch einmal, aber noch immer kam keine Antwort. Sehr langsam schob er sich wieder voran. Plötzlich jedoch, als er sich der Ecke der Kammer näherte, hörte er vor sich ein leises, keuchendes Ächzen und dann einen gedämpften Laut, als wäre etwas zu Boden gestürzt. Im selben Moment versagte die Taschenlampe in Carters Hand, und die Kammer war in völliges Dunkel gehüllt.

Er hörte Lady Evelyn einen spitzen Schrei ausstoßen, in dem sich Schrecken und Erregung mischten.

»Alles in Ordnung«, rief er, »bitte, es besteht kein Grund zur Beunruhigung!« Allerdings fragte er sich, ob dem wirklich so war. Wieder war es vollkommen ruhig geworden. Er spitzte die Ohren; das Grab schien nun so still zu sein, wie es durch die Jahrtausende gewesen war. Nervös tat Carter einen weiteren Schritt vorwärts und bog, sich an der Wand entlangtastend, um die Ecke. Während er sich noch mit äußerster Sorgfalt voranschob, griffen seine Hände mit einemmal ins Leere, und im selben Augenblick flammten sämtliche Taschenlampen wieder auf.

Carter konnte nun sehen, daß er an einem Durchgang stand, nicht versiegelt wie die andern, sondern offen zu einer weiteren Kammer, kleiner als die andern und mit viel niedrigerer Decke. Ein einziger Blick genügte, um ihm zu verraten, daß er die schönsten Schätze von allen vor sich hatte, denn die Kammer war mit Symbolen der Unterwelt gefüllt, der Figur eines Schakals, Statuen der Götter, alle so wunderschön, daß er einen Laut des Staunens und der Bewunderung ausstieß. Doch noch immer schien es keine Spur von Papyri zu geben, auch keinerlei Inschriften auf den Wänden des Raums, und mit einem plötzlich aufwallenden Gefühl der Verzweiflung ließ er den Strahl der Taschenlampe kreisen. Zum zweitenmal keuchte er auf – aber diesmal vor Bestürzung, denn er sah Lord Carnarvon benommen vom Boden aufstehen, das Gesicht so weiß wie Staub.

»Um Gottes willen«, rief Carter aus, indem er vortrat, um ihn am Arm zu nehmen, »sind Sie gestürzt?«

»Bin ohnmächtig geworden, einfach so«, sagte Lord Carnarvon. Er zuckte zusammen, als er einen Schnitt an seiner Wange betupfte. »Tut mir schrecklich leid. Bin richtig erschrocken.«

»Was meinen Sie, was passiert ist?«

Lord Carnarvon runzelte die Stirn. »Ich bin mir wirklich nicht sicher.« Er schaute auf die aufgehäuften Schätze ringsum. »Ist vermutlich alles ein bißchen viel gewesen. Das Gefühl der ungeheuren Vergangenheit und alles. Sie wissen, was ich meine. Schwarze Wolke, plötzlicher dunkler Nebel. Wirklich seltsam.« Er schaute sich noch einmal um. »Sehr seltsam.«

»Paps!« Lady Evelyn tauchte in dem offenen Durchgang auf. »Bist du verletzt?«

»Es ist nichts«, sagte er lächelnd, »kein Grund zur Sorge.«

»Du hast dich geschnitten.«

»Bloß ein kleiner Kratzer.«

»Wir sollten hinausgehen.« Sie griff nach der Hand ihres Vaters, aber dann plötzlich erstarrte sie, als ihr zum erstenmal die Herrlichkeiten in der Kammer bewußt wurden. »Donnerwetter«, flüsterte sie schließlich, indem sie sich zu Carter wandte, »so etwas Aufregendes wie heute nacht habe ich noch nie erlebt. Ich glaube, das wird sich als der ›Große Augenblick‹ meines Lebens erweisen.« Sie blickte noch einmal auf die Statue des Schakals; dann zog sie am Arm ihres Vaters. »Komm, Paps«, flüsterte sie, »du siehst noch angeschlagen aus. Die ganze Aufregung. Höchste Zeit, ins Freie zu kommen.«

Sie drehte sich wieder zu Carter um und küßte ihn, so schnell, daß er keine Zeit hatte zurückzuweichen; dann schlüpfte sie zwischen dem Schrein und der Wand durch, an Ahmed vorbei, der wartete, um auch Lord Carnarvon vorbeizulassen. »Was ist geschehen, Sir?« fragte er eindringlich, sowie er mit Carter in der Kammer allein war.

»Er wurde ...« Carter hielt inne, dann zuckte er die Achseln – »überwältigt.«

»Er hat nichts gesehen? Nichts gehört?«

Carter schüttelte den Kopf. »Warum sollte er, Ahmed? Hier gibt es nichts.«

Doch Ahmed schluckte und starrte ins Dunkel. »Wie können wir das wissen? Wir haben noch nicht genau nachgesehen.«

Carter brummte etwas vor sich hin und ließ den Strahl der Taschenlampe im Raum kreisen. Die Schatten tanzten, aber in den Tümpeln der Dunkelheit blieb alles andere still.

»Wir sollten suchen, Sir«, sagte Ahmed. »Wir sollten uns doppelt vergewissern.«

»Nein.« Carter sprach mit plötzlicher Entschiedenheit. »Wir haben ohnehin schon mehr als genug getan.«

»Bitte, Sir ...«

»Nein.« Carter nahm Ahmeds Arm. »Wir müssen sofort weg von hier.« Er bedeutete Ahmed, sich zum Ausgang der Kammer weiterzubewegen. Widerstrebend tat Ahmed, wie geheißen, und Carter, der hinter ihm herging, sorgte dafür, daß er nicht umkehren konnte. »Die Versuchung, bestimmte Gegenstände zu stören oder sogar mitzunehmen«, bemerkte Carter, während er Ahmed durch die Öffnung folgte, »hätte sich als viel zu groß erwiesen, wären wir in dieser Kammer geblieben.« Und bei diesen Worten schaute er noch einmal zurück und wäre allzugern in den winzigen Raum zurückgekehrt, um nachzusehen, ob nicht doch einige Papyri gefunden werden könnten – aber er riß sich zusammen, ballte die Fäuste und zwang sich weiterzugehen. »Nein, nein«, murmelte er, »versiegeln wir das Loch, sofort. So ist es sicherer, weitaus sicherer.«

»Sicherer, Sir?« Ahmed warf einen Blick auf Lord Carnarvon, der, immer noch blaß, an der gegenüberliegenden Wand saß; aber sowie er merkte, daß Carter nicht antworten würde, machte er sich daran, die verräterische Öffnung zuzugipsen.

Als alles fertig war, stellte Carter einen Korb so hin, daß die frisch verputzte Stelle verborgen war, bevor er die Gruppe wieder die Treppe hinaufführte. Als Lord Carnarvon die kühle Nachtluft im Gesicht spürte, atmete er tief ein, und Carter sah, daß allmählich wieder Farbe in das Gesicht seines Gönners zurückkehrte. »Fühlen Sie sich jetzt besser?« fragte er.

Lord Carnarvon nickte. »Tut mir so leid«, murmelte er. »Wirklich peinlich. Sehr schlechtes Bild.« Dann hielt er inne und rieb sich geistesabwesend die Wange, wobei er sich den Finger mit Blut beschmierte, das er dann vorsichtig ablutschte. »Aber ich muß schon sagen!« rief er mit einem zufriedenen Lächeln im Gesicht plötzlich aus. »Das Allerheiligste! War es nicht die wunderbarste Sache?«

Am nächsten Morgen traf Carter sehr früh an der Grabungsstätte ein, denn er hatte kaum Schlaf finden können. Doch so früh er kam, war er nicht der erste; denn als er sich dem Grab näherte, wartete Ahmed schon auf ihn, mit ängstlichem Blick und bleichem Gesicht. »Bitte, Sir«, flüsterte er, »sehen Sie sich das an.« Er führte Carter die Treppe hinunter, durch die Tür und in das Grab, und sobald sie durch die zweite Tür in die Vorkammer geschlüpft waren, deutete er auf die dritte – dieselbe, durch die sie in der Nacht zuvor gekrochen waren. Carter starrte überrascht darauf, denn der Korb, den er vor das Loch gestellt hatte, war beiseite gestoßen worden, und das Mauerwerk lag über den Boden verstreut.

»Jemand anderes muß eingebrochen sein!« rief er aus. »Wer würde das wagen?«

»Nein, Sir«, antwortete Ahmed, indem er auf den Schutt deutete. »Jemand – etwas – ist ausgebrochen.«

Carter starrte einen Moment lang schweigend auf den Schutt, dann schüttelte er heftig den Kopf. »Ihre Arbeit letzte Nacht – die war zweifellos zu flüchtig. Es muß herausgefallen sein.«

»Aber, Sir ...«

»Kein Aber. Machen Sie es noch einmal und diesmal ordentlich. Und um Gottes willen« – er blickte zur Treppe – »machen Sie schnell! Bald werden andere kommen, und niemand darf es wissen. Niemand darf es herausfinden!«

Mit einem verstohlenen Lächeln entfernte Carter die letzten Steine von Ahmeds Maurerarbeit, womit er zugleich den Beweis für ihr heimliches Eindringen einige Wochen zuvor beseitigte. Er hatte alle Mühe, sich nicht nach Lord Carnarvon umzudrehen, der, wie er wußte, mitten unter den anderen Gästen saß, mit dem Lächeln eines frechen Schuljungen im Gesicht und sichtlich nervös bei dem Gedanken, irgendwer könnte ihre Mogelei ahnen. Doch als er den letzten Ziegelstein herauszog, suchte Carter nicht den Blick seines Freundes und Gönners, sondern wandte sich statt dessen den Reihen der versammelten Gäste zu, die auf Stühlen in der Vorkammer saßen. Diese Männer, dachte Carter plötzlich, die zur offiziellen Öffnung der Tür hierhergekommen waren, machten die wahre Creme der archäologischen Gemeinde Ägyptens aus; und doch stand in sämtlichen Gesichtern ein Ausdruck größter Verblüffung, wie sie jeder ungebildete Laie verraten würde. Der gleiche Ausdruck, argwöhnte Carter, war auf seinem eigenen Gesicht zu sehen, selbst wenn er wußte, was hinter der Tür lag, durch die er schon einmal geschlüpft war.

Er betrat als erster den frisch geöffneten Raum, und dann, sobald er mit seiner Besichtigung fertig war und in die Vorkammer zurückkehrte, folgte ihm Lord Carnarvon. Keiner von beiden sprach ein Wort, als sie aneinander vorbeigingen; doch Carter bemerkte, daß glänzende Schweißperlen auf der Stirn seines Freundes standen und seine Lippen ein wenig geöffnet waren wie zu einem törichten Lächeln. Er schien von irgend etwas tief bewegt zu sein, und Carter, der ihn noch nie in einem solchen Zustand erlebt hatte, spürte eine plötzliche Welle der Sorge, fast der Angst. Als Lord Carnarvon endlich wieder in der Tür zur Grabkammer auftauchte, betrachtete Carter ihn genau. In seinen Augen stand ein benommener, verwirrter Ausdruck, und als er Carters Blick begegnete, warf er vor ihm die Hände hoch, eine unbewußte Geste des Unvermögens, zu beschreiben, was er empfand. Dennoch schien er, als er zu der Wand hinüberging, wo Carter stand, unbedingt reden zu wollen, zu versuchen, seine Gefühle trotzdem in Worte zu fassen. »Verdammt seltsam«, flüsterte er, »verdammt seltsam. Ein höchst merkwürdiges Gefühl der Entweihung. Nicht der Ruhe des Pharaos, verstehen Sie, sondern des Stroms der Zeit an sich, falls das irgendeinen Sinn ergibt. Wissen Sie, was ich meine, Carter? Das Gefühl, daß wir irgendwie die Grenzen weggestoßen haben?«

»Grenzen?« fragte Carter stirnrunzelnd. »Grenzen wovon?«

»Ach, wie könnte ich es ausdrücken?« Lord Carnarvon warf noch einmal die Hände hoch. »Jene wohl, die es zwischen der fernen Vergangenheit und uns Heutigen geben sollte.«

Carters Blick wurde noch finsterer, aber er sagte nichts.

»Ist wohl nicht sehr klar ausgedrückt.« Lord Carnarvon zuckte entschuldigend die Achseln. »Aber ich fühle – ja, ich fühle es wirklich –, daß wir die Ströme der Vergangenheit mit der Gegenwart vermischt haben, mit dem Jetzt. Und deshalb muß ich mich einfach fragen …«

Carter zog eine Augenbraue hoch. »Ja?«

»Na ja – wissen Sie – ob es klug war.«

»Warum denn nicht? Schließlich sind wir Archäologen. Die Vergangenheit in die Gegenwart einzuführen ist doch unser Ziel.«

»Ach, ich weiß nicht.« Lord Carnarvon zuckte wieder die Achseln. »Sie müssen mich für närrisch halten. Aber ich muß mich dennoch fragen – Carter – mein lieber Carter«, zischte er plötzlich, »war es klug?«

Ein heller Sonnenstrahl fiel durch das Zimmer, beleuchtete träge tanzende Stäubchen und brachte Lord Carnarvons Spiegel zum Funkeln. Für einen Augenblick von dem Glanz geblendet, hielt er beim Rasieren inne, dann verstellte er den Spiegel ein wenig, damit die Morgensonne nicht hineinfiel. Doch als er sein eigenes Spiegelbild musterte, merkte er, daß er sich kaum erkannte. Das Gesicht, das ihn ansah, war in Schatten verloren, so daß es ihm vorkam, als könne es jedem x-beliebigen gehören. Die Schatten, bildete er sich ein, stiegen aus unbekannten Tiefen und wogten aufwärts.

Plötzlich wurde er von einem scharfen Schmerz aus seiner Träumerei gerissen und zuckte zusammen. Er hob einen Finger und stellte den Spiegel wieder so ein, daß er den Schnitt in seinem Gesicht betrachten konnte. Es war derselbe, wurde ihm klar, den er sich mehrere Wochen zuvor zugezogen hatte, als er im Grab Tutenchamuns in Ohnmacht gefallen war. Die Wunde war nie richtig verheilt – und nun hatte er sie wieder aufgerissen.

Ein Blutstropfen spritzte auf das Porzellan des Beckens. Lord Carnarvon drehte den Hahn auf, und als er das Wasser herumwirbelte, färbte es sich rötlich, bevor es abfloß.

Er wurde in einer Droschke zurückgebracht, wobei er merkwürdig und unverständlich vor sich hin murmelte. Lady Evelyn, die von dem Rückfall bereits benachrichtigt war, erwartete ihn auf der Treppe des Hotels. »Oh, Paps«, flüsterte sie, als man ihm aus dem Wagen half. Sie nahm seinen Arm und führte ihn die Stufen hinauf. »Was hattest du eigentlich vor, du dummer Mann?«

Lord Carnarvon starrte seine Tochter an, als wäre er erschrocken, sie zu sehen. »Die Moschee«, flüsterte er. »Bin die Moschee besichtigen gegangen.«

»Die Moschee?«

»Um zu sehen, ob es die Wahrheit war.«

Lady Evelyn schwieg, während sie die geschwollenen Drüsen an seinem Hals betrachtete. »Ich hätte nie erlauben dürfen, daß du nach Kairo kommst«, sagte sie schließlich, »wo ich doch wußte, daß du dich so schlecht fühlst.«

»Eve.« Er klammerte sich plötzlich an sie, als hätte er Angst, die Treppe hinunterzufallen.

»Ja, Paps?«

»Es war niemand dort.«

»Wo?«

»In der Moschee. Ganz oben im Minarett.«

Lady Evelyn zuckte die Achseln. »Ich verstehe nicht, warum dort jemand hätte sein sollen.«

»Aber begreifst du denn nicht?« flüsterte er. »Wie kann ich nun wissen, ob irgend etwas davon wahr ist?«

»Bitte, Paps …«

»Nein …« Er hob die Hand, um seine geschwollenen Drüsen zu berühren. »Wie kann ich mir sicher sein … was das hier ist … was es bedeutet?«

»Paps.« Lady Evelyn reckte sich, um ihren Vater auf die Wange zu küssen. Da sie fühlte, daß seine Haut brennend heiß war, gab sie sich Mühe, ihre Besorgnis oder ihren Schrecken nicht zu zeigen. »Es besteht kein Anlaß zur Sorge«, flüsterte sie, »aber nur, wenn du tust, was deine Ärzte sagen. Du weißt, wenn du es nicht tust, wirst du dich noch elender fühlen – und wo, liebster Paps, liegt da bitte das Geheimnis?«

Sie drückte seinen Arm, dann führte sie ihn weiter die Treppe hinauf in die Empfangshalle. Er schluckte und versuchte

432

noch etwas hinzuzufügen, aber die Worte, die er plapperte, ergaben keinen Sinn mehr.

Carter riß das Telegramm auf, sobald er es erhalten hatte. Er las es in aller Hast, dann fluchte er, und sein Gesicht wurde leer.

»Schlechte Nachricht?« fragte sein Kollege, so beiläufig er konnte. »Doch hoffentlich nichts Ernstes?«

Carter stand noch einen Augenblick schweigend da, dann faltete er das Blatt wieder zusammen. »Es ist von Lady Evelyn«, murmelte er, indem er es weitergab. »Lord Carnarvon ist krank, und sie ist sehr besorgt. Ich muß sofort nach Kairo fahren.«

»Du liebe Zeit. Wie ärgerlich, daß Sie gerade jetzt gehen müssen, wo wir mit der Arbeit so gut vorankommen. Hoffen wir, daß es dem alten Knaben bald wieder gutgeht.«

»Ja.« Carter nickte langsam. Er sah sich in der leeren Vorkammer um, dann blickte er durch die Lücke in der Wand auf den goldenen Schrein dahinter. »Ich habe gehofft, ich könnte ihm eine gute Nachricht mitbringen.«

»Ach ja?«

Carter strich sich über den Schnurrbart. »Hatte gehofft, ein paar Papyri zu finden, wissen Sie? Urkunden, persönliche Aufzeichnungen, solches Zeug. Aber es scheint jetzt sicher, daß nichts dergleichen hier ist. Kein einziger Schnipsel.«

Sein Kollege lachte. »Verflixt, Carter, Sie sind wirklich gierig. Ist das, was Sie gefunden haben, nicht genug, um Sie bei Laune zu halten?«

»Um mich bei Laune zu halten, ja. Aber genug ist es trotzdem nicht.«

»Aber was wollen Sie dann?«

»Ach, wissen, was wirklich geschehen ist. Die Wahrheit finden, verstehen …«

Carters Kollege schwieg einen Augenblick, dann zuckte er die Achseln. »Es ist alles so furchtbar lange her.«

»Ja. Und da liegt das Problem. Ich hatte gedacht, wenn ich diese Entdeckung mache, wenn ich diese Gegenstände ans

Licht bringe, dann könnte auch … ich weiß nicht … das … das Innenleben der Alten zum Leben erweckt werden. Das klingt vermutlich dumm. Aber was ist schließlich immer meine Inspiration gewesen? Nun, die Vorstellung, daß sie lebten und dachten und fühlten wie wir. Aber wir wissen es nicht. Genaugenommen können wir uns absolut nicht sicher sein. Wenn wir hier stehen, sogar in diesem Grab – was wissen wir denn wirklich? So wenig. So wenig. Wir sind so furchtbar weit entfernt.«

Sein Kollege klopfte ihm auf den Rücken. »Hören Sie, mein Bester, ist Ihnen nicht klar, daß dieser Fund Sie berühmter gemacht hat als jeden Archäologen, der je gelebt hat? Es steht Ihnen überhaupt nicht an, sich so bedrückt zu zeigen.«

»Nein«, seufzte Carter. »Aber ich kann nichts dafür.« Er warf noch einen Blick auf den Schrein des Königs, indem er seine Taschenlampe über die Bresche in der Wand schwenkte. »Das Geheimnis entzieht sich uns noch immer. Die Schatten bewegen sich, aber die Dunkelheit verschwindet nie ganz.«

Er verfiel in Schweigen und senkte den Kopf, dann blickte er wieder auf das zerknitterte Telegramm in seiner Hand. Er strich es glatt und las es noch einmal. »Ich sollte mich sofort nach Kairo aufmachen.«

Sein Kollege nickte. »Hoffen wir, daß der alte Knabe bald gesund wird.«

»Das wollen wir wirklich hoffen.« Carter lächelte grimmig. »Oder wir werden allen möglichen Blödsinn darüber zu hören bekommen, wie dieses Grab Unglück gebracht habe.«

Im Continental Hotel in Kairo tat ein kranker Mann früh am Morgen seinen letzten Atemzug.

Im selben Moment flackerten in der ganzen Stadt die Lampen und gingen dann auf einmal aus. Eine Dunkelheit hüllte Kairo ein, so lastend wie die eines ungeöffneten Grabes.

Im selben Augenblick wurde im Tal der Könige ein Wächter am Grab Tutenchamuns aufgeschreckt. In den Felsen über seinem Kopf hörte er ein plötzliches Geräusch, und als er von seinem Stuhl aufstand, sah er eine Staubwolke, die sich in einem Rinnsal von losgetretenen Kieseln herniedersenkte. Als er aber hinging, um der Sache auf den Grund zu gehen, konnte er weder etwas finden noch etwas hören außer einem heftigen Windstoß.

Der historische Hintergrund
der handelnden Personen

AMENOPHIS III. (ägyptisch Amenhotep): Von späteren Generationen »der Prächtige« genannt. Seine lange Regierungszeit bezeichnete den Höhepunkt des Überflusses und Reichtums Ägyptens. Nach Reliefs aus seinen letzten Jahren zu urteilen, scheint er an abstoßender Fettleibigkeit gelitten zu haben.

GEORGE HERBERT, 5. EARL OF CARNARVON: Ungeheuer reich aufgrund seines Erbes wie auch seiner Einheirat in die Familie Rothschild, war er ein begeisterter Sportler, dessen zwei Leidenschaften Pferde und Automobile waren. Durch einen Autounfall in Deutschland 1901 beinahe zum Krüppel geworden, besuchte er Ägypten, um sich zu erholen, und in dieser Zeit wuchs seine Begeisterung für die Archäologie. Nachdem Gaston Maspéro, der Leiter des Service des Antiquités, ihm Howard Carter vorgestellt hatte, finanzierte er später 15 Jahre lang Carters Ausgrabungen und wurde schließlich mit der Entdeckung des Tutenchamun-Grabes belohnt. Er starb wenige Monate danach wahrscheinlich an einer Schnittwunde beim Rasieren, die sich infiziert hatte.

HOWARD CARTER: »Der große Ägyptologe«, wie er im Nachruf der *Times* genannt wurde, der das Grab Tutenchamuns entdeckte, die außergewöhnlichste Leistung in der Geschichte der Archäologie. Carter hatte allerdings nie eine formelle Ausbildung genossen, und sein bedeutender Fund war der Gipfel jahrelanger harter Arbeit.

Siebzehnjährig zum erstenmal nach Ägypten geschickt, arbeitete er als Zeichner bei den Gräbern von Beni Hasan und den Ruinen von Tell el-Amarna und dann am Totentempel der Königin Hatschepsut in Theben. 1899 wurde er zum Generalinspekteur für Oberägypten ernannt, und in dieser Eigenschaft räumte er zahlreiche Gräber aus und installierte die ersten elektrischen Lampen im Tal der Könige. Nach einem Streit mit französischen Touristen in Sakkara legte er 1903 seinen Posten nieder und schlug sich in den folgenden vier Jahren als Antiquitätenhändler und gelegentlicher Fremdenführer durch. Erst seine Begegnung mit Lord Carnarvon rettete ihn aus materieller Not und ermöglichte ihm die Fortsetzung seiner archäologischen Ausgrabungen.

Nach der Entdeckung des Tutenchamun-Grabes widmete er die ihm verbleibenden Lebensjahre der Analyse seines Inhalts und Streitigkeiten mit den ägyptischen Behörden. Er blieb unverheiratet und starb 1939.

THEODORE DAVIS: Ein reicher und schon etwas betagter amerikanischer Rechtsanwalt, dessen Ausgrabungen im Tal der Könige zur Entdeckung oder Ausräumung von über zwanzig Gräbern führten. Bezeichnend für seine Berichte über die Gräber sind vor allem die Irrtümer und Auslassungen. 1914 beendete er seine Ausgrabungen mit der Bemerkung: »Ich fürchte, das Tal der Gräber ist jetzt erschöpft.« Einige Monate später starb er.

ECHNATON: Der Sohn Amenophis' III., nach dem er ursprünglich genannt war, regierte mehrere Jahre neben seinem Vater, doch stellen manche Historiker in Frage, ob es wirklich eine Mitregentschaft war. Im fünften Jahr seiner Alleinherrschaft änderte er seinen Namen und befahl die Errichtung einer neuen Hauptstadt in Mittelägypten an der Stelle, die heute Tell el-Amarna heißt. Von dieser Stadt aus verkündete er die ausschließliche Verehrung der Sonnenscheibe, des »Aton«, eine Politik, die zu einem beispiellosen kulturellen und wirtschaftlichen Aufruhr überall in Ägypten und seinem Weltreich führte. Nach Echnatons Tod wurde sein Name von allen öffentlichen Denkmälern entfernt, so daß jede Erinnerung an ihn und seine Revolution verlorenging. Erst die Ausgrabungen des 19. Jahrhunderts zeigten, daß er überhaupt existiert hatte.

Zwangsläufig klaffen in seiner Geschichte noch immer große Lücken, und Darstellungen seiner Persönlichkeit und Regierungszeit weichen kräftig voneinander ab. Heutige Historiker neigen zu weniger nachsichtigen Interpretationen; für Flinders Petrie jedoch ragte Echnaton unbestritten als »der originellste Denker, der jemals in Ägypen gelebt hat, und einer der größten Idealisten der Welt« heraus.

EJE: Mit großer Wahrscheinlichkeit Bruder der Königin Teje und somit Echnatons Onkel, obwohl die Verwandtschaft nicht endgültig nachgewiesen ist. Unter Tutenchamuns Regierung stieg er zum Wesir auf. Er ist auf der Wand im Grab seines Großneffen dargestellt, wie er die letzten Riten an der Mumie des toten Königs vollzieht. Eje regierte da bereits selbst als Pharao, aber er war ein alter Mann, und seine Herrschaft nur kurz. Auf ihn folgte Haremhab, ein General, der nicht mit dem königlichen Haus verwandt war. Während Haremhabs Regierungszeit wurden die Namen Echnaton, Semenchkare, Tutenchamun und Eje aus den königlichen Akten getilgt.

AHMED GIRIGAR: Als Carters langjähriger Vorarbeiter beaufsichtigte er die Arbeit im Tal der Könige sowohl vor als auch nach der Entdeckung des Tutenchamun-Grabes.

BI-AMR ALLAH AL-HAKIM: In der ägyptischen Geschichte als »der muslimische Caligula« berüchtigt, war Al-Hakim der

Sohn des Kalifen Al-Asis und wird in Geschichten der Epoche als beinahe sagenhaft psychotisch und frevlerisch dargestellt. Man nimmt allgemein an, daß er von einem seiner vielen Feinde ermordet wurde – möglicherweise sogar, wie behauptet worden ist, von der Prinzessin Sitt al-Mulq persönlich, die er angeblich heiraten wollte. In koptischen Legenden heißt es dagegen, er habe auf den Mukattam-Bergen eine Vision Christi gehabt, worauf er sich in ein Kloster zurückzog, während er für die Drusen ein Messias und für die Ismailiten ein Heiliger ist. Tatsächlich haben die Ismailiten seine baufällige Moschee in jüngster Zeit wiederhergestellt, so daß von ihrer früheren Aura des Bösen und des Verfalls heute nichts mehr zu spüren ist.

LADY EVELYN HERBERT: Lord Carnarvons Tochter. Sie war seine ständige Begleiterin bei seinen ägyptischen Abenteuern und pflegte ihn auf dem Sterbebett. Es wurde auch behauptet, sie sei eine »dicke Freundin« Carters gewesen. 1923 heiratete sie und wurde Lady Beauchamp.

INEN: Der Bruder der Königin Teje. Er übte das Amt des »Zweiten der vier Propheten Amuns« aus. Ansonsten liegen die Einzelheiten seines Lebens im dunkeln.

JUJA: Der einzige Adlige, der mit einer Bestattung im Tal der Könige ausgezeichnet wurde. Seine Mumie weist ein auffallend nicht-ägyptisches Äußeres auf. Die Gleichsetzung Jujas mit dem biblischen Josef wurde zum erstenmal von Ahmed Osman in seinem Buch »Ein Fremder im Tal« vorgeschlagen.

KIJA: Zweite Gemahlin Echnatons, auf Inschriften als »Die königliche Lieblingsfrau Kija« bezeichnet. Sie scheint bei Hof eine Bedeutung gehabt zu haben, die ihrem offensichtlich nachgeordneten Rang widersprach, und es liegt auf der Hand, daß sie von Echnaton sehr geliebt worden sein muß.

MASUD: Der sagenhafte nubische Diener des Kalifen Al-Hakim. Sein homosexueller Appetit war bei sämtlichen unredlichen Ladenbesitzern Kairos gefürchtet.

PERCY E. NEWBERRY: Leiter der Expedition des *Egypt Exploration Fund* zur Erforschung der Gräber von Beni Hasan (1891–92). Trotz seiner Enttäuschung, Echnatons Grab nicht entdeckt zu haben, und seiner Fehde mit Blackden und Fraser gab er den gewählten Beruf nicht auf, sondern wurde Professor für Ägyptologie in Liverpool. In den Jahren nach der Entdeckung des Tutenchamun-Grabes wurde er einer der engsten Freunde und Förderer Carters.

NOFRETETE: Die Große Königin Echnatons, deren Eltern und Herkunft im dunkeln bleiben. Sogar noch mehr als Königin Teje scheint sie ungewöhnliche Macht ausgeübt zu haben und wird stets als gleichberechtigt mit ihrem Gemahl dargestellt, etwa wenn sie an seiner Seite an religiösen Zeremonien teilnimmt oder manchmal sogar ausländische Feinde erschlägt. Ihr späteres Schicksal ist ungewiß, und ihr Grab ist, falls es existiert, nie gefunden worden.

WILLIAM FLINDERS PETRIE: Der Begründer der wissenschaftlichen Ägyptologie. Seine Ausgrabungsmethoden waren denen seiner Zeitgenossen weit voraus, indem sie sich auf die Sicherung auch des kleinsten Zeugnisses konzentrierten. Sein 1894 erschienener Bericht über seine Arbeit in Tell el-Amarna ist ein Klassiker der archäologischen Forschung.

SEMENCHKARE: Eine schattenhafte und kurzlebige Gestalt, selbst nach den Maßstäben der Amarna-Periode. Es wurde sogar die Ansicht geäußert, er könnte Nofretete gewesen sein, die unter Pseudonym als Pharao regierte. Wahrscheinlicher ist freilich, daß er der ältere Sohn Echnatons war, der nach dem Tod seines Vaters auf den Thron kam, aber bald darauf selbst starb.

Zur Kontroverse um seinen wahrscheinlichen Bestattungs-
ort siehe Anmerkung des Autors auf S. 445.

SITT AL-MULQ: Schwester des Kalifen Al-Hakim und angebli-
ches Objekt seiner inzestuösen Begierden, anscheinend eine
beinahe ebenso gefürchtete Gestalt wie ihr Bruder. Nach seinem Tod herrschte sie vier Jahre lang mit harter Hand als Re-
gentin, bis auch sie auf geheimnisvolle Weise verschwand.

TEJE: Die Große Königin des Amenophis III. Sie bildete eine
Ausnahme sowohl wegen ihrer nichtköniglichen Abstammung als auch wegen ihres außerordentlich großen Einflus-
ses auf ihren Gemahl. Offensichtlich lebte sie auch sehr lang,
denn ein Wandgemälde in einem Grab in Tell el-Amarna zeigt
sie mit ihrem Sohn in dessen zwölftem Regierungsjahr.
   Ein Teil ihrer Grabausstattung wurde im Grab Semenchkares entdeckt; Theodore Davis' Zuschreibung dieses Grabes
an Teje selbst ist schlüssig widerlegt worden.

THUTMOSIS IV.: Der Vater von Amenophis III. Seinen Glauben an den Wert von Träumen habe ich nicht erfunden. Eine in Giseh gefundene Stelle berichtet, wie die Große Sphinx
dem Prinzen im Schlaf erschien und ihm den Thron versprach, wenn er nur den Leib der Sphinx vom Sand befreie.
Thutmosis tat, worum er gebeten worden war, und wurde
zur gegebenen Zeit Pharao.
   Sein Grab wurde 1903 von Howard Carter entdeckt.

TIJA: Frau des Eje und Hohepriesterin der Isis. Sie scheint mit
dem königlichen Haus verwandt gewesen zu sein.

TUJA: Frau des Juja. Das gemeinsame Grab der beiden wurde 1905 von Theodore Davis entdeckt. Zahlreiche Indizien
sprechen für Tujas nubische Herkunft.

TUTENCHAMUN: Höchstwahrscheinlich der Sohn von Echnaton und Kija, bestieg er den Thron noch als Kind und re-

gierte rund neun oder zehn Jahre, bis er aus ungeklärten Gründen starb. Von allen Mumien, die im Tal der Könige beigesetzt wurde, befindet sich nur die des Tutenchamun noch immer in ihrer ursprünglichen Ruhestätte.

HARUN AL-VACHEL: Fiktive Person, deren Abenteuer sich im großen und ganzen an »Tausendundeine Nacht« anlehnen. Die Geschichte seiner Expedition nach Lilatt-ah stützt sich auf »Die Geschichte von der Messingstadt« und die Geschichte seiner Heirat mit Leila auf »Die Geschichte von Dschullanar, der Meermaid, und ihrem Sohne, dem König Badr Basim von Persien«.

Anmerkung des Autors

Die meisten Ägyptologen scheinen Meinungsstreitigkeiten regelrecht zu genießen, aber ich habe festgestellt, daß dies in ganz besonderem Maß auf diejenigen zutrifft, die über die Amarna-Periode arbeiten. Die Verwandtschaftsverhältnisse in der 18. Dynastie sind ein heiß umstrittenes Diskussionsthema, und wenn der Stammbaum, auf den ich diesen Roman gestützt habe, eher einen Querschnitt der Meinungen als einen Konsens darstellt, dann deshalb, weil auf diesem Gebiet keine Einigkeit herrscht.

Es gibt noch ein anderes größeres Minenfeld, durch das ich mit der echten Unbekümmertheit des Laien gewandert bin. Grab KV55, zuerst 1907 von Theodore Davis ausgegraben und von ihm Königin Teje zugeschrieben, bleibt bis heute das meistdiskutierte Grab Ägyptens nach der Großen Pyramide von Giseh. In *Der Schläfer in der Wüste* habe ich mich dafür entschieden, es Semenchkare zuzuweisen; auf der Grundlage aller einander widersprechenden Meinungen, die ich gelesen habe, scheint mir dies am besten mit den Fakten übereinzustimmen, aber der Leser sollte bedenken, daß im Lauf der Zeit das Grab nicht nur Königin Teje, sondern auch Kija und Echnaton selbst zugeschrieben wurde. Zum Glück für

445

Sinn und Zweck dieses Romans wird die Wahrheit vermutlich nie mit Sicherheit bekannt werden.

Schließlich muß ich mich überschwenglich bei Fiona Burtt vom Britischen Museum für all ihre Hilfe bedanken, desgleichen bei Lucia Garlin, die mir ihre Fotografien des von Carter und Newberry entdeckten Steinbruchs zeigte. Danke auch wie immer – und sie wissen, daß sich das von selbst versteht – an Sadie, Patrick, Andrew und Filj, desgleichen an meinen mitunter geselligen, Bastet-ähnlichen Kater Stan.